STRAFFA OCH LÅTA DÖ

MATS OLSSON

STRAFFA OCH LÅTA DÖ

Pocketförlaget

www.pocketforlaget.se
redaktion@pocketforlaget.se

Svensk pocketutgåva enligt
avtal med Norstedts.

Omslag: Miroslav Sokcic
Omslagsfoto: Miroslav Sokcic, Fotolia
Författarfoto: Axel Öberg

Tryck: Nørhaven, Danmark 2015

ISBN: 978-91-7579-118-0

”I get scared when I remember too much”

– Rod Stewart,
”Lady Day”, 1970

KAPITEL 1

HON VILLE HA smisk.

Inte mer med det.

Inte ovanligt eller ens uppseendeväckande längre, men det var så det började.

Det konstiga var att jag inte förstod det med en gång.

Det gjorde inte hon själv heller.

Eller också gjorde hon det.

Det var svårt att avgöra.

Hon var i vissa ögonblick säker, i andra inte.

Ville.

Kanske.

Helt säkert.

Inte.

Ja.

Verkligen inte!

Nä.

Eller?

Jag har alltid förstått, nästan direkt, nästan vid första ögonkontakten, första leendet, innan de själva har fattat det, men i det här fallet förstod jag ingenting, och när berg-och-dal-banan långsamt klättrade uppåt satt jag lugn och stilla, kanske förväntansfull, bara för att desperat tvingas klamra mig fast i vagnen när den i rasande fart for nedför stupet.

Jag brukade veta vad jag ville, jag löste inte biljett till en berg-och-dal-bana om jag inte noggrant hade scoutat dess rutt och vagnarnas beskaffenhet, men i hennes fall blev det precis tvärtom: Trots att jag är dominant av naturen var det jag som hamnade i underläge, jag som blev ett lamm som villigt leddes iväg för att offras.

Kanske mer en bock, slog det mig.

Jag hade kanske legat av mig.

Det hade varit ett tag sen.

Det var visserligen många år sen, det var när jag var yngre, men jag hade boxats, och jag visste att om man blott för en sekund släpper garden och tappar uppmärksamheten ligger man raklång och kan inte ens hoppas på gonggongen.

Då kan det vara bra att ha huvudskydd.

Förutom att jag alltid visste vad jag ville brukade jag ha full kontroll över det som händer, brukade sällan försätta mig i situationer där det fanns risk för att jag skulle tappa fotfästet och inte styra mitt eget öde. Jag var på så sätt precis som Lars Lagerbäcks fotbollslandslag: Bra på fasta situationer, snabb att utnyttja chansen när den kom.

Jag har ofta låtit omständigheterna styra mitt yrkesliv, men i de här sammanhangen tror jag inte alls på slumpen.

Jag tror inte att nånting bara händer, det är kanske själva innebörden i att vara dominant.

Även om man aldrig kan förutse ett skeende till hundra procent är man bättre förberedd på det oförutsedda om man åtminstone har försökt att förbereda sig.

När jag väl förstod att hon ville ha smisk förberedde jag mig så gott jag kunde. Jag gick punkt för punkt igenom en checklista som jag var välbekant med, jag hade nämligen själv sammanställt den.

Det borde ha gått bra.

Det gick fullständigt åt helvete.

Kanske var det internets fel.

Jag vet inte.

Men allting gick fullständigt åt helvete, det kunde vem som helst se.

Det var bara början.

KAPITEL 2

Stockholm
Oktober

KVINNAN SOM VILLE men kanske inte ville ha smisk hette Ulrika Palmgren och var vinimportör.

Hon bodde i Malmö.

Jag satt öga mot öga med henne i Stockholm men det var via internet som jag lärde känna henne bättre. Eller också lärde jag känna henne sämre.

Jag har ingen bra förklaring till varför jag ville sluta arbeta som journalist, och hade tjatat till mig ett avgångsvederlag, men jag tror att det dels berodde på rastlöshet och dels på oro för tidningens framtid. Det verkade inte som om det fanns nån plats för det tryckta ordet.

Jag hade heller ingen bra förklaring till varför jag tänkte använda avgångspengarna till att öppna restaurang, men efter ett helt liv på krogen ansåg jag mig ha tillräckligt med kunskaper.

Hur hon hade fått mitt namn blev jag aldrig riktigt klar över, men när Ulrika Palmgren kom till Stockholm för att sälja in ett vin som producerats av en rocksångare som jag aldrig hade hört talas om var jag en av de presumtiva kunderna hon tog kontakt med.

Baren på hotell Anglais vid Stureplan var på dagtid en enda stor samlingsplats för alla som inte har egna kontor och valde att mejla, ringa, ha möten och jobba från en hotellbar. Det var det som förr kallades att ha kontoret på fickan, i dag har man kontoret i baren. Det var ett vuxendagis.

Ulrika Palmgren hade blivit tilldelad ett hörn där hon hade sina flaskor i en låda av trä på golvet och sina broschyrer på bordet framför oss, och medan jag testade det ena vinet surare än det andra insåg jag att rocksångaren måste ha varit bättre på musik än vin, och jag tittade ut över ett alltmer höstlikt Stockholm och fick en plötslig impuls att gå ut och sparka i löven på marken i Humlegården. Män i min ålder ska inte få den sortens impulser. Framför allt inte om vi ska föreställa vuxna och slå oss in i krogbranschen.

”Vi är några stycken som ska äta på Riche om nån timme”, sa Ulrika Palmgren när hon hade berättat om vinet och rocksångaren. ”Du är välkommen. Om du vill, alltså.”

Jag förutsatte att hon skulle bjuda, så nån timme senare satt jag på Riches vackra rotunda med utsikt över Birger Jarlsgatan bort mot Stureplan. Det var Ulrika Palmgren, jag och två män som jag var vagt bekant med, eller också inte alls, men vi brukade nicka när vi träffades och jag hade läst om dem och deras krogar i både tidningar och på matbloggar. En av dem hade axellångt mörkt hår och läspade på ett manligt feminint vis medan den andre hade rakat huvud, ett stort tatuerat ankare på insidan av vänstra armen trots att han förmodligen aldrig sett en båt ens på bild. Och som för att bevisa att ingenting är som det verkar hade den läspande, långhårige öppnat en ganska modern köttkrog på Söder, medan den biffige ankarmannen med rakad skalle hade slagit igenom som konditor med små cupcakes och skulle nu försöka utvidga rörelsen, ”brancha ut” som han sa. De pratade om viner jag inte kände till, och om Micael Bindefeld fortfarande var den festarrangör man skulle anlita om man ville lansera ett vin som producerats av en känd rocksångare. Men jag lyssnade inte så noga, så jag vet inte med säkerhet.

Jag tog lövbiff, den gamla klassiska varianten som den serverades på Victoria i Kungsträdgården på sjuttiotalet med mos, rå äggula, riven pepparrot och en biff så utbankad att den var tunn som ett, tja, löv. Ulrika Palmgren hade fått langa in några flaskor av ett vin som hette Devil's Peak i baren, men om jag förstod det rätt hade det varken med bergstoppen i Kapstaden eller med Deon Meyers roman att göra.

”Dom hade en stor hit med den”, sa hon och syftade på gruppen som rocksångaren hade varit med i. Hon nynnade på nåt som slutade med ”… if you come into my arms, I'll take you to the devil's peak”.

De skriver inte såna låtar längre.

Jag hade inte direkt lagt märke till Ulrika Palmgren under eftermiddagens vinprovning på Anglais, upptagen som jag var av impulsen att sparka i höstlöv, så jag var inte säker på om hon hade bytt om till middagen eller inte. Hon hade i alla fall mörka långbyxor, vit blus och en kavaj som såg ut att vara i jeans-material men förmodligen var tillverkad av nåt mycket dyrare. Hennes bruna hår var tillbakadraget i hästsvans men några hårslingor hade rymt och hängde ned över hennes högra kind. Hon strök bort dem med jämna mellanrum, och det såg ut att vara nåt hon gjorde automatiskt, som en reflex och inte för att de störde. Hon verkade vara på väg mot femtio, hade små och ganska attraktiva rynkor i ögonvrårna, ett vinnande leende och ett halsband med en tunn silvernyckel som hängde långt ned mellan hennes bröst.

Jag var varken intresserad av hennes viner eller av de två männen i sällskapet så till slut satt jag mest och tittade på henne, ibland räcker det med att sitta och titta på en kvinna för att livet ska vara uthärdligt. Jag trodde kanske jag hade gjort bort mig i hennes ögon när jag hade gått bort till baren för att be Stefan, den skallige barchefen, om ett glas fylligt australiskt rött i stället för Ulrika Palmgrens Devil's Peak, men när middagen var avklarad, och de två andra försvann åt var sitt håll, höll jag upp kappan åt henne och hon sa:

”Du säger inte mycket.”

Jag ryckte på axlarna.

”Du sa knappt nånting under hela middagen.”

”Ibland har jag inget att säga, och då säger jag ingenting. Ibland har jag mer att säga, och då pratar jag”, sa jag. ”Har jag druckit för mycket kaffe pladdrar jag, men ibland funderar jag bara.”

”Vad funderade du på i kväll?”

”Om nyckeln du har kring halsen går till ditt hjärta eller nån annanstans.”

”Det var snabbtänkt”, sa hon.

Det hade hon rätt i. Jag hade inte funderat på nånting, men nånstans ska en nyckel passa.

”Mitt plan till Malmö går från Bromma klockan sju i morgon bitti, så jag … hinner inte vara uppe så länge, men får jag bjuda på nåt i baren på mitt hotell? Vad säger man, en sängfösare?" frågade hon.

"Bara det inte är rocksångarens vin", sa jag.

Hon skrattade ganska intagande, och när vi var tillbaka i baren på Anglais hade hon inget emot att jag beställde en dubbel macchiato och en sexa illaluktande grappa, medan hon själv tog ett glas vitt. Jag såg inte vilken sort, men det var i alla fall inte rocksångarens.

"Du är inte din sångare trogen", sa jag.

"Uppriktigt sagt så … tja … nåt ska man sälja", sa hon. "Allting går att sälja, och jag har druckit sämre viner."

Det kom ganska behaglig men opersonlig loungemusik ur högtalarna, och jag häpnade som alltid över att det i en helt vanlig bar står en discjockey i ett bås och väljer låtar. Hur svårt kan det vara? Lite gammal Sade, Norah Jones, en bossanova vad som helst eller den ganska gräsliga Melody Gardot, som borde hemsökas av Billie Holidays spöke varje gång hon lägger sig ned för att sova. Just den här unge mannen verkade ha haft jobbigast med att välja hatt, eller så hade han bara en och den verkade inte passa eftersom den höll på att trilla av hela tiden.

"Du är kanske den tysta, starka typen", sa hon. "Är det så man säger, den tysta, starka? Eller starka, tysta?"

"Man kan nog säga vad som helst", sa jag. "Tysta, starka eller starka, tysta, det kan gå på ett ut."

Hon tog en djup klunk av vinet, lutade sig tillbaka och la det ena benet över det andra. Jag hade inte sett det tidigare, men hon hade ett par ganska vasst klackade stövletter med hög snörning på fötterna.

"Man ska nog akta sig för att reta upp dig", sa hon.

"Jaså?"

"Och inte vara olydig", sa hon och log utan att släppa min blick med sin. Det var jag som vände bort blicken först och tittade ut mot Humlegården. "Det känns så", fortsatte hon.

Jag högg inte på det betet eftersom jag inte visste om det var ett bete eller bara nåt hon sa, själv hade jag inte känt nånting. För vissa människor betyder somliga ord inget mer än vad som står i en ordbok, för andra kan samma ord ticka som en bomb med både löften och hot om kärlek, sex eller hat. Det hade varit så lätt, eller också minns jag fel, men radarn hade inte blippat under hela kvällen, så även om jag noterade att hon sa ordet ”olydig” lät jag det passera och koncentrerade mig i stället på en man som klistrade upp affischer för en turné med Tommy Sandell på korvståndet snett över gatan.

”Jag fattar inte att nån vill se honom i dag. Han var inte ens bra när han var bra”, sa jag, och pekade ut mot affischerna.

”Han är på tv ibland”, sa Ulrika.

”Alla är med i tv”, sa jag.

”Jo, men ändå”, sa hon.

När vi hade druckit upp, krafsade hon sitt namn och rumsnummer på notan, vi genomförde en av de där märkliga luftkindpussar som jag aldrig lyckats behärska, hon gick till sitt rum och jag gick ut, drog upp rockkragen och vandrade mot busshållplatsen vid Stureplan. Det satt en affisch för Tommy Sandell på busskuren också, och jag var förvånad över att han skulle ut på en så lång turné. Sist han var ute på vägarna hade han ställt in nästan hälften av spelningarna, det var ingen hemlighet att Tommy Sandell tyckte om att dricka.

”Den legendariske svenske bluesmästaren” stod det på affischen bredvid en bild av honom som var minst femton år gammal. Jag räknade till nitton spelställen, de flesta var pubar på landsbygden, men både KB i Malmö och Akkurat i Stockholm var med på listan.

Jag hade aldrig gillat Sandell, och det var förmodligen fördomsfullt: Jag hade en tanke om att blues var nåt äkta, eller kanske ”äkta”, och även när Tommy Sandell sjöng *Hoochie coochie man* så lät det som allsång i tv. Han hade gjort *Got my mojo working* i tv-programmet från Skansen, och alla tanter, tonåringar, tv-chefer och b-kändisar sjöng med i refrängen. Jag hade aldrig sett programmet, men som tidningsman, eller före detta tidningsman, vet jag ofta mer än jag behöver.

Jag brukade stöta på Tommy Sandell på krogen men hade börjat undvika honom eftersom jag var rädd för att säga nåt spydigt om Louisianas träskmarker, äkta blues eller att nån ens vågade ta ordet i sin mun när Sven Zetterberg fanns, en Sven Zetterberg som omfamnade, förstod och behärskade både blues- och soulidiom på ett sätt som Tommy Sandell aldrig skulle förmå sig till om man så stack honom med en vass pinne i ryggen varje morgon klockan sju i tre år.

Dessutom hade jag blivit allergisk mot hans allt yvigare gester och teatraliska språk. Eftersom han också hade börjat måla tavlor, och till och med lyckats kränga några som han hade visat i ett kaféprogram i tv, hade han börjat klä sig i uppknäppta, bylsiga skjortor och stora, vidbrättade hattar, och han lät och uppförde sig mer som en gammal trubadur än en bluesman, vad nu det är.

Men det var ett tag sen jag hade stött på honom, och jag antar att ingen av oss just då visste att vi skulle få mer att göra med varandra än vi kunnat ha mardrömmar om.

När bussen kom var det 1:an. Jag brukade hellre åka 56:an, men sen de bytt ut de flesta gamla, skramlande 56:orna som helt verkade sakna fjädring mot nya, ljudlösa och bekväma bussar kunde det kvitta.

När jag tittade ut genom den långa, blå bussens fönsterrutor var himlen stjärnklar och det verkade komma ånga ur folks munnar när de pratade och andades.

Fyra dagar efter vinmötet i Stockholm kom ett mejl med rubriken "Tjoho!" från Ulrika Palmgren där hon undrade om jag skulle köpa nåt rocksångarvin, men jag hade en känsla av att hon redan hade förstått att jag inte skulle det, och att hon mejlade för mejlandets skull. Och kanske borde jag ha reagerat redan här, "Tjoho!" är inget uttryck jag använder till vardags, men jag svarade artigt att det hade varit trevligt att råkas, men eftersom mitt krogprojekt fortfarande var på planeringsstadiet ville jag inte binda upp mig med att beställa viner redan nu. Förmodligen skulle jag inte komma igång förrän till sommaren, om ens då. Jag skrev också att det var mer troligt att jag skulle jobba för en krögare som hette Simon Pender. Vi hade känt varandra några år, och han hade erbjudit mig att hjälpa till på en krog som han skulle arrendera i nordvästra Skåne.

Jag hade fått så pass mycket pengar när jag lämnade tidningen att jag inte behövde känna panik, jag hade tillräckligt för att klara mig de närmaste fyra åren, så egentligen gjorde jag inte så mycket denna höst mer än att träffa en del leverantörer, gå på bio, sitta på krogen och surfa nätets mörka vrår, och jag hade gott om tid att svara på

Ulrika Palmgrens mejl. Hon skrev i princip varje dag, och hon skrev förhållandevis roligt om sig själv och sitt liv. Hon var förvånansvärt öppenhjärtig, och jag tänkte ett tag påpeka för henne att mejla är det samma som att skicka vykort, vem som helst kan läsa.

Hon var fyrtiosex och skild. Dottern pluggade och bodde i Köpenhamn. Efter skilsmässan lämnade Ulrika villan i Falsterbo och köpte en lägenhet i centrala Malmö. Hon hade inte jobbat när hon var gift, men när mannen, som var advokat, hade hittat "nåt yngre och piggare" hade Ulrika Palmgren gjort vinintresset till sitt jobb.

Eftersom jag aldrig sparar nånting har jag inget direkt minne av var eller hur min nyfikenhet väcktes. Jag raderar mejl när jag har läst dem, kastar böcker när jag är klar med dem och köper numera cd-skivor bara för att lägga in dem i min iPod innan jag kastar eller ger bort dem.

Det kan ha handlat om tv-serien *Weeds*. Hon höll på med säsong fyra, tyckte om serien och kastade plötsligt in några rader om en scen där Mary-Louise Parkers knarklangande rollfigur Nancy Botwin får smisk av en mexikansk borgmästare i hans limousin. Ulrika Palmgren tyckte scenen var fascinerande.

Det tog tre dagar innan jag svarade.

Jag visste inte om detta var ett bete – "*fascinerande*", en krok hon kastade ut, eller om hon bara helt oskyldigt beskrev en scen i en tv-serie.

Eftersom jag hade prenumererat på nyhetsbrev och följde sajter om "smisk på film och tv" hade jag en uppsjö av andra scener att nämna, men jag frågade till slut om hon hade sett *Secretary*, en film om en undergiven Maggie Gyllenhaal och en dominant James Spader. Hon skrev:

"Jag har sett den. Fascinerande."

Efter det släppte alla hämningar och hon berättade långt och ingående om hur hon efter skilsmässan hade lovat sig själv att testa allt hon var intresserad av, men tidigare hade varit för feg eller för hämmad för. Hon hade alltid fascinerats av straff. Hon förstod inte varför, men blotta tanken var upphetsande. Hon hade en gång berättat om sina känslor för advokaten, och vad han kunde göra med henne om hon var olydig, men han hade bara skrattat.

Jag visste mer än jag låtsades om detta ämne, och svarade att fantasi och verklighet är två vitt skilda saker, att det hade stått 'Smisk är den nya missionären' på omslaget till en veckotidning, att tidningarnas sexrådgivare testade straffredskap och att det verkade som om var och varannan höll på med det i sina sexliv. Företeelsen måste vara kittlande eftersom den ingick i så många nya filmer, popvideor och tv-serier.

Hon tyckte att jag verkade veta vad det handlade om, hon hade känt det redan i Stockholm, och det hade hon rätt i. Jag visste mer om detta ämne än vad som kan vara nyttigt, men som allting utvecklade sig blev jag osäker:

Jag visste kanske inte alls vad det handlade om längre.

KAPITEL 3

Malmö
Oktober

EN AV TIDNINGENS gamla tjänstebilar ingick i mitt avgångsvederlag, och den ödesdigra dag när jag rullade söderut från Stockholm var Sverige så grått, dystert och ödsligt att det såg ut som forna Sovjetunionen. Inte för att jag hade varit i forna Sovjetunionen, men man kan ju tänka sig.

Ulrika hade varit väldigt tydlig med vad hon ville, eller också inte. Mejlen var motsägelsefulla, och jag skrev till slut att jag skulle köra till Malmö och så fick vi se vad som hände, att man får ta det som det kommer. Jag bestämde mig för att ta med en mattpiskare för säkerhets skull, den tog ändå ingen plats och hade visat sig väldigt behändig vid några tillfällen.

Mattpiskaren hade i min ägo aldrig använts på en matta. Den var gjord av flätad rotting och reste i ett gammalt gitarrfodral. Om den användes rätt kunde den lämna ganska snygga, hjärtformade märken.

Jag kände mig som huvudpersonen i en fransk sjuttiotalsfilm som heter *La Fessée* och handlar om en man som åker runt och utdelar smisk på beställning. Det är en ganska enformig film som jag trots allt såg tre gånger på en vecka på en biograf i London när jag var sjutton och hade behövt pengarna till andra saker.

Jag var kanske inte förväntansfull, men när jag nu hade bestämt mig för att köra söderut kunde det bero på att det hade varit längesen, alldeles för längesen.

Mer än ett år, två till och med. Jessica. Hette hon det? Eller Johanna. Josefin? Nej, Jessica. Hon var på konferens med företaget i Stockholm och vid en bardisk ledde det ena till det andra och kodordet olydig slutade i en lördagsmorgon när hon var mest orolig över hur länge märkena skulle sitta i.

”Dom blir lite svåra att förklara hemma”, sa hon.

Hon hade inte berättat att hon var gift.

Men hon var okomplicerad, hon var inte ute efter att försöka förstå eller förklara behov och känslor, och hon ville heller inte straffas för sina tankar. Hon var sugen på ett äventyr. Men hon hette Johanna. Eller Jessica. Hon var nånstans ifrån.

Jag vet inte, och jag var så inne i det som hade hänt att jag körde alldeles för fort och blev invinkad norr om Linköping av en kvinnlig polis som klev ur sin bil och sa:

”Det gick lite fort där.”

”Jag satt i tankar”, sa jag.

Tankar värda 2 500 kronor för fortkörning.

När jag kom fram till Malmö checkade jag in på Mäster Johan i den stadsdel som kallas Gamla Väster. Jag hade föreslagit att Ulrika och jag skulle ses i lobbyn på hotellet så kunde vi gå bort till Bastard och äta, eller bara ta nåt att dricka. Bastard var en relativt nyöppnad restaurang av den sort där de använder allt på grisen, från yttersta svanskotan till öronen, man kunde till och med få grisens halsmandlar med kanel och socker som drinktilltugg, och nån sa att de ibland satte ett grisöga på drinkpinnen för effektens skull. Men det var bara nåt jag hade hört.

När vi sågs var det som om vi inte visste om vi skulle ta i hand, kramas eller utföra den märkliga kindpussteatern så det blev en märklig ta-varandra-på-armen, le och titta bort.

Åtminstone i hennes fall.

Hon verkade nervös.

Skrattade lite tillgjort åt vad vi än sa, men stack sin arm innanför min när vi gick bort till Bastard.

Krogvärmen och en förförisk doft av mat slog emot oss när vi öppnade dörren, och den förste jag såg var Tommy Sandell. Eller om det var han som såg mig, för det var han som vrålade:

”Svensson! Harry Svensson! Hur har du hittat hit? Och vem är den förtjusande unga damen?”

Han satt till vänster om ingången vid ett stort bord som var belamrat med glas och vinflaskor, och han hade sällskap av en lätt berusad kvinna som såg lagom alkad ut. Tommy Sandell reste sig på ganska vingliga ben och kom fram till oss.

”Svensson!” sa han och skakade entusiastiskt min hand.

”Sandell”, sa jag, inte lika entusiastiskt, och märkte att han redan glömt mig och bara hade ögon för Ulrika.

”Och vad heter unga damen?” frågade han samtidigt som han tog Ulrikas hand och kysste den. ”Åh, vad härligt, jag älskar en kvinnas händer. Vad vore världen utan en kvinnas händer?”

Ulrika såg smickrad ut.

Sandell hade en vit stråhatt med breda, stora brätten, ett par slitna jeans, boots som såg ut att vara kopior av nåt bättre märke, och en bylsig vit skjorta som var öppen nästan ned till naveln. Han såg alltså ut som vanligt. Han hade börjat använda mörka glasögon, men de satt långt ned på näsan och han såg ut att tappa dem.

”Hur har ni det i Malmö bland bönderna? Har ni ätit panntofflor i dag?” sa han med sitt sedvanliga försök att prata skånska varje gång vi sågs, men han lät som en fullblodsidiot eller möjligen ett fyllo. I mina ögon kunde han vara vilket som. ”Tog ni rullebören hit? Har Iff-Iff match i kväll?”

”Ska inte du spela?” frågade jag.

”Jo, men du vet, man måste ladda bluesbatterierna, få upp känslan, du vet hur det är.”

”Det låter kanon”, sa jag.

”Och du själv, Svensson, har du börjat spela gitarr?” frågade han och pekade på gitarrfodralet jag hade i handen.

”Nej, inte direkt”.

”Ta fram den”, sa han. ”Ta fram den så ska jag smeka fram en blues som jag smeker en kvinnas arm.”

”Inte i kväll”, sa jag. ”Vi ska äta.”

”Ät, och låt Bacchus flöda”, sa han. ”Jag ska bara ta en konjagare, sen ska vi spela blues, natten är lång.” När han vinglade tillbaka till bordet kastade han en slängkyss åt Ulrika innan han satte sig under den tuffa bilden på en ung Johnny Cash med cigg i munnen och la sin ena arm om den lagom alkade kvinnans axlar. Hon märkte det inte, hon var koncentrerad på att försöka lyfta ett glas vin utan att spilla.

"'Låt Bacchus flöda'", sa jag när vi manövrerade oss bort från hans bord, fram mot bardisken. "Vad fan betyder det?"

Bastard serverar bland annat en alldeles egen planka med olika djurkroppsdelar som de döljer bakom namn som rillette eller paté. Vi petade bland de påstådda läckerheterna, mest för att jag skulle kunna fösa pungkulorna åt sidan, om det nu låg ett par såna på plankan. Jag var inte så hungrig, mer spänd eller förväntansfull, kanske till och med kåt.

"Spelar du verkligen gitarr?" frågade Ulrika på den sortens skånska jag kommit att förknippa med intellektuella fotbollssupportrar och reklamare.

"Nej", sa jag.

"Varför går du då omkring med en gitarr?"

"Det är ingen gitarr i fodralet", sa jag.

"Vad är det då?"

"Det får du kanske se, det beror sig på."

"På vadå?"

"På hur olydig du har varit."

"Det vet du", sa hon och skrattade till. "Jag svarade B".

Bland alla mejl vi hade utväxlat hade jag gjort en lista på synonymer till ordet olydig och frågat vilken som beskrev henne bäst. Detta kan för en oinitierad verka komplett meningslöst, men ingår för andra i världens längsta förspel. På listan stod orden stygg, busig, okynnig, trotsig, svårhanterlig eller ostyrig och hon hade hon valt B, B som i busig.

Det blev högljutt borta vid ingången och när jag sneglade dit såg jag hur arrangören och turnéledaren Krister Jonson försökte få ut Tommy Sandell ur lokalen. Det gick så där.

Jag kände Krister Jonson litegrann, han hade spelat bas i olika band och arrangerade sen några år tillbaka turnéer med artister som både Gud och publiken hade glömt. Tommy Sandell var en av dem.

Om Sandell numera betedde sig som, och försökte se ut som, en trubadur såg Krister Jonson ut som han alltid hade gjort. Han var tunn och smal, och håret var långt, mörkt, stripigt och uppklippt på ett sätt som gjorde att han såg ut som Rod Stewart och Ron Wood när de fortfarande var unga och Faces var världens om inte bästa så gladaste rockband. Han hade skinnjacka, svarta jeans, gympaskor och en urblekt T-shirt, för kvällen med den klassiska Dr Feelgood-loggan med det insmickrande, smajlande fejset, glimmande solglasögon och en injektionsspruta.

Jonson verkade ha betalt notan och försökte fösa ut Tommy Sandell, men Sandell stod med ett vinglas i ena handen och en vinflaska i den andra, och det såg ut som om han sjöng. Det gick inte att höra där vi satt eftersom det var mycket folk i lokalen och nivån på sorlet var hög.

Jag vet inte vad Jonson lovade eller hotade Sandell med, men motvilligt försvann sällskapet från lokalen, och när Ulrika och jag hade pratat en stund om hennes ringar, varav en var formad som en stor fjäril, sa vi inte så mycket. Ingenting, faktiskt.

”Ska vi gå hem till mig?” frågade hon till slut. ”Jag bor borta vid torget, vid Gustav, alltså.”

Jag betalade och vi gick tysta mot Gustav Adolfs torg. Hon stack sin arm innanför min.

Hon bodde i ett stort vitt hus som kanske var funkis, jag kan aldrig riktigt avgöra vad som är vad. Fyra trappor upp, en välstädad lägenhet med stort fönster mot torget, tre rum och ett litet kök som nog borde kallas pentry. Vi hängde av ytterkläderna, och hon stod mitt på golvet i vardagsrummet och sa:

”Så vad händer nu?”

Hennes hår var utslaget, hon hade knälång mörk klänning med ett skärp om midjan och samma stövletter som hon hade haft i Stockholm. Jag gick fram och la armarna om henne, smekte henne över ryggen och lät handflatorna glida ned över stjärten.

”Det här, till exempel”, sa jag.

Men hon var spänd, och när hon kände att jag blev upphetsad över att smeka henne sa hon:

”Men ska du inte … jag vill … ja, få det gjort, liksom … ”

”Vi har inte bråttom”, sa jag.

Förspel kan i min värld aldrig bli för långa.

”Vänta här”, sa hon, tog sig ur min omfamning och gick in i sovrummet. Medan hon rumsterade i ett skåp eller en garderob i andra rummet tittade jag på de inramade affischerna som hon hade på väggarna. Advokaten plockade med sig all den äkta konsten i skilsmässan, hade hon berättat i ett mejl.

Det låg en Miles Davis-cd och en med Rihanna bredvid cd-spelaren, det var ett tecken så gott som något på den moderna och kanske mondäna svenska musiksmaken hos en generation som inte vill ladda ned eller inte vet hur man gör.

Ulrika Palmgren kom tillbaka med en brandhjälm i ena handen.

Hon sa: ”Du måste ... eller, jag vill att du ska ha den här på dig.”

”Var har du fått tag på en brandhjälm?”

”Blocket”, sa hon som om det skulle förklara allt.

Jag hade aldrig varit mycket för maskerad. Det kan bero på att jag inte är mycket för nånting. Under en period träffade jag en kvinna i London som hade en skolbänk i sitt sovrum och en skoluniform och en rotting i garderoben. Så länge det bara var hon som klädde ut och av sig var det ett ypperligt och tillfredsställande förhållande. Men när hon ville att jag skulle klä ut mig till viking och låtsas plundra hennes lägenhet och våldta henne drog jag mig ur. Jag är inte mycket för våldtäkt ens i fantasin.

Nu stod jag med en brandhjälm i handen.

Det såg ut att vara en alldeles riktig hjälm.

”Du måste”, sa hon. ”Om det ska funka. Tror jag.”

Eftersom jag aldrig intresserat mig för maskerader borde jag ha gått därifrån, men jag kunde fortfarande känna hur mjuk och varm hennes kropp var, hur fyllig och rund hennes stjärt var, och tog följaktligen på mig hjälmen.

Jag kände mig som en idiot.

Ulrika Palmgren blev i samma ögonblick som förbytt.

Hon spärrade upp ögonen och började spela en roll så fasansfullt uselt att den kunde vara från en stum- eller möjligtvis porrfilm.

”Nej”, sa hon med pipig röst, och höll händerna mot kinderna. ”Det var inte jag.”

”Va?”

”Det var inte mina tändstickor.”

”Tändstickor?”

”Jag rörde dom aldrig.”

”Jag vet inte vad du … ”

”Det var inte meningen, jag lekte inte med dom, jag lovar. Snälla, snälla, låt mig slippa smisk.”

Jag blev aningen förvirrad här och sa: ”Jag trodde att … ”

”Eller, jo! Ja! Ge mig smisk, jag har varit så busig och dum.”

Det kändes som om jag hade tappat all kontroll över situationen och i ett försök att ta tillbaka den – det var trots allt jag som var dominant, eller hur? – tog jag tag om henne och böjde henne över ryggstödet på en fåtölj samtidigt som jag vek upp hennes klänning. Hon höll på om tändstickorna, men tystnade när jag smällde henne med handflatan. Hon hade strumpebandshållare och nylonstrumpor med spets, och hon låg alldeles stilla när jag drog ned hennes trosor. Det var en bedårande syn, men jag hade velat dra ut på det, hade velat ha mer ge och ta, kel och smek, men just då hade jag hade ingen aning om vad vi höll på med så jag sa:

”Tändstickor ska man inte leka med, du kunde bränt ned hela huset.”

”Ja, jag vet, förlåt.”

Jag klatschade henne en, två och tre gånger och det sved i handflatan och hon blev röd om stjärten, och det verkade som hon slappnade av, som om hon accepterade och kanske till och med njöt, innan hon reste sig, vände sig om, drog upp trosorna, släppte ned klänningen och väste: ”Vad fan håller vi på med?”

”Håller på … ”

Jag såg inte slaget, men hon måste ha hämtat kraft långt nere ifrån och hon träffade mig med höger knytnäve rakt över näsan. Det var inget speciellt hårt slag, men det kom så överraskande att jag föll baklänges, snubblade på en mattfrans, slog huvudet i kanten på ett soffbord innan jag låg raklång på golvet och jag var glad över att jag hade en brandhjälm på huvudet.

Jag slutade boxas eftersom jag hade så lätt att få näsblod, och jag behövde inte ta mig över näsan med handen för att inse att det som rann var blod.

"Ut härifrån!" skrek Ulrika Palmgren. "Du är sjuk, hör du det? Det här är sjukt! Onormalt!"

Jag kom upp på fötter, och var inte så förvirrad av knytnävsslaget som av hennes beteende, jag trodde vi befann oss just här av en anledning, och att vi hade pratat om det, mejlat om det, förberett oss i flera månader, och jag förstod ingenting. Men jag vet när jag inte är välkommen så jag tog gitarrfodralet och min rock och gick ut genom dörren som hon drog igen bakom mig med en smäll som ekade i hela trappan. Jag väntade på hissen när hennes dörr slogs upp och hon skrek:

"Hjälmen, tänkte du sno hjälmen? Den kostade trehundrasjuttiofem kronor på Blocket."

Hon fick hjälmen, drog igen dörren och jag trodde att Ulrika Palmgren därmed försvann ur mitt liv.

En bra regel är att undvika akutmottagningar. Framför allt en fredagskväll.

Sjukhuset i Malmö såg inte ut som när jag var liten, nu bestod det av moderna byggnader med mycket fönster och glas, men en akutmottagning är en akutmottagning och jag satt i två timmar tillsammans med horder av misshandlade unga män och kvinnor, berusade tonåringar och folk som ramlat och slagit sig innan en ung sjuksköterska i slöja förbarmade sig över mig, kände på näsan, fyllde näsborrarna med bomull och satte tejp på ett litet jack ovanför ögat. Jag måste ha fått det av fjärilsringen.

"Vad har du gjort? Det var en kraftig smäll", sa hon.

"Vände mig om och gick in i toadörren på hotellet", sa jag.

"Är du musiker?" frågade hon och pekade på gitarrfodralet. "Skulle du spela nånstans i kväll?"

"Ja, det var meningen, men det blev inställt."

De andra på akuten behövde hjälp mer än jag, och jag skämdes en del för att jag ens gått dit, men var ändå nöjd över att den unga sjuksköterskan konstaterat att näsan inte var knäckt.

Jag gick längs Bergsgatan ned mot stan igen, utan att riktigt förstå vad jag varit med om eller vad jag gett mig in i. När jag gick förbi rockklubben KB var klockan över elva, och klubben hade redan bytt publik och förvandlats till disco, men jag såg den handskrivna lappen på dörren.

Tommy Sandell
Inställt pga sjukdom

Jag var inte förvånad.

KAPITEL 4

Malmö
Oktober

REGN ÄR ALDRIG så förrädiska som i Malmö och en grisig, kall och rå höstkväll som denna kan staden och dess invånare hemsökas av en sorts regn som inte är regelrätt regn utan mer ett mellanting av duggregn och väldigt hög luftfuktighet.

Det är regn som inte finns, man märker inte dropparna, om man ens kan kalla detta finstilta väderfenomen för droppar, men är man ute tillräckligt länge är man plötsligt blöt in på kroppen utan att ens ha känt att det regnat. Just en sån kväll, en stund efter midnatt, stod jag på Larochegatan, bredvid Lilla Torg med dess pittoreska kullerstenar och en stor, tramsig lampskärm mitt på torget, vid den lilla skiv- och serietidningsaffären och tittade dels på skyltningen och dels på min näsa. När jag strök mig över munnen blev handen blodig och när jag drog den genom håret blev den blöt.

Blöt och blodig, det känns som berättelsen om mitt liv.

Näsborrarna var proppade med bomull, och över hela näsan satt ett en decimeter brett plåster. Näsan var inte knäckt men svullen, och jag hade ett litet, tejpat jack i ena ögonbrynet. Blodet hade slutat droppa men sipprade fortfarande från näsan, och den tidigare så vita bomullen var röd.

Jag hade visserligen snygg kostym och en förhållandevis stilig, lång rock av japansk design, men jag såg inte klok ut.

Bootsen tog in vatten och strumporna var blöta, men jag hade mina bästa kläder och en mattpiskare i ett specialdesignat gitarrfodral i handen.

Jag såg ändå inte klok ut.

Det satt av nån anledning ett exemplar av Michael Jacksons *Bad* i fönstret, den sortens bättre begagnade affärer brukar annars oftast rikta sig till såna som gillar traditionell rock, gärna av sextiotalssnitt.

Det hade varit en katastrofal kväll.

Fo-ku-se-ra … jag måste börja fokusera.

Min radar hade aldrig svikit mig och när den nu inte hade tänt en enda varningslampa måste det ha berott på nätet.

Jag har inget emot internet, men det kan aldrig ersätta mänsklig kontakt, en impuls eller en plötslig blick.

Man ska inte lära känna människor på nätet för man lär inte känna dem.

Internet är på så sätt en bluff.

Det var visserligen en ruggig kväll i november och ovanligt öde på gatorna, men det satt och stod ganska många på uteserveringarna som efter rökförbudet hade blivit attraktiva året runt. Det var däremot svårt att acceptera att den gamla saluhallen hade blivit ett Thank God it's Friday.

Det var tomt i lobbyn på hotellet, jag såg ingen i receptionen och åkte upp till min våning. På väg till rummet la jag märke till en dörr som inte gått igen, men jag gick in till mig, ställde ifrån mig gitarrfodralet och synade ansiktet i toaspegeln. Jag bytte skjorta och torkade bort blodet från hakan och halsen, satte mig i en fåtölj och började planlöst bläddra mellan tv-kanalerna. Bruce Springsteen har skrivit en låt om att ha femtiosju tv-kanaler men inget att titta på. Texten blev sannare för varje år.

Fjärrkontrollen och tv:n var av en så modern sort att jag blev tvungen att ringa ned till receptionen och fråga hur man stängde av. Därefter öppnade jag dörren och tittade ut i korridoren. Hotelldörren snett emot hade fortfarande inte slagits igen.

Jag är så nyfiken.

Det är en egenskap som lett mig både rätt och fel, den har oftast varit till stor nytta i mitt jobb, och till slut var jag helt enkelt tvungen att gå ut och kolla in i det andra rummet för att … jag vet inte, nån kunde ha gått ut och glömt trycka till dörren, och det var därmed lätt för vem som helst att gå in och stjäla nåt. Alla rum hade automatisk dörrstängare, men den här verkade inte ha fungerat fullt ut och dörren stod på glänt eftersom låskolven hindrade den från att slå igen. Det hängde en Var-god-stör-ej-skylt på dörrhandtaget.

Det var tänt i rummet. Det hördes snarkningar inifrån, inga timmerstockar utan slafsig, blöt och snorig fyllesnark.

Jag kunde ha slagit igen dörren och gått tillbaka till mitt eget rum, men i stället öppnade jag den försiktigt och gick in.

Rummet såg ut precis som mitt: En stor, bred säng vid ena väggen, ett skåp i mörkt träslag för kläder, en svårbegriplig tv över ett barskåp, två fönster med fördragna gardiner och två fåtöljer med vit klädsel.

Man hade haft fest.

Det låg och stod ett tjugotal tomma ölburkar på golvet tillsammans med ett krossat glas och en och annan godispåse. Det stank av gammal fylla, utspilld öl och nåt jag helst inte ville tänka på.

Mannen som snarkade så högt och fylleflåsande var Tommy Sandell.

Han låg på höger sida av sängen, närmast fönstret.

Bredvid honom låg en kvinna. Jag kunde inte begripa hur hon kunde sova när Tommy Sandell snarkade så högt. Hon låg under täcket, och det verkade som om hon hade kläderna på sig.

Det var inte samma kvinna som Tommy Sandell hade haft armen om på Bastard.

Hon låg på rygg, och det var inte förrän jag gick närmare sängen som jag såg att hon tittade upp i taket.

I samma sekund insåg jag att hon inte andades.

Tommy Sandell, musiker och konstnär, flåsade som en bluesens snarkoman i en hotellsäng i Malmö, och bredvid honom låg en död kvinna med kläderna på.

Hon hade kortklippt, korpsvart hår och en tunn jacka över en T-shirt med ett stort kvinnligt ansikte som kunde vara Deborah Harrys, men det var svårt att se eftersom täcket var ganska högt uppdraget.

Jag hade sett mycket men aldrig en död människa.

I alla fall inte på så här nära håll.

På film och i tv känner man alltid efter pulsen på kroppens hals, men det behövdes inte nu. Jag hade aldrig tidigare sett en död människa live, men det var ingen tvekan om att kvinnan var död.

Jag fick för mig att hon tittade anklagande på mig, men hennes ögon var helt uttryckslösa.

Jag visste inte om jag skulle sluta dem, men bestämde mig för att inte röra nånting förrän jag hade ringt till polisen.

För det var väl det jag skulle göra?

Eller skulle jag först ringa ned till receptionen och säga att det ligger en död kvinna i ett av era rum?

Eller skulle jag försöka väcka Tommy Sandell?

Hade kvinnan blivit sjuk?

Eller hade han dödat henne?

Vad Tommy Sandell hade på sig under täcket vet jag inte, men det låg manskläder i en stor, utspridd hög på golvet på kvinnans sida av sängen. Det låg två gitarrfodral framför klädskåpet, det ena var stängt men det andra var öppet och där låg en röd gitarr av märket Gibson, en gitarr som var alldeles för fin för Tommy Sandell.

Kvinnan var död och Sandell sov, polisen kunde vänta. Med tanke på hur det luktade vid hans sida av sängen verkade det som om Tommy Sandell hade skitit på sig.

Jag smög tillbaka till mitt rum och hämtade mobiltelefonen.

Jag var inte så bra på att fotografera med den, men plåtade sängen, tog närbilder på kvinnan och Sandell, på flaskorna på golvet, gitarrerna och kläderna. Först därefter ringde jag.

Tryckte bokstaven C och fick fram Carl-Erik Johansson. Han var en av få som man fortfarande kunde prata med på tidningen, en som fortfarande var intresserad av journalistik och inte enbart räknade klick för att se vad eller vem som var mest läst på webben.

När han äntligen svarade förstod jag att jag hade väckt honom. Och det är klart, män med fru och barn sover när det är natt, om inte barnen är väldigt små för då är alla vakna och bråkar om vem som ska gå upp. Jag vet inte hur många barn Tommy Sandell hade eller hur många fruar han hade haft men han sov djupt, ovetande som han var om vad som låg bredvid honom och vem som stod med mobiltelefon i rummet.

”Jaha … och vad vill du så här dags?” frågade Carl-Erik Johansson med en lätt irriterad gäspning.

”Det har hänt en grej”, sa jag.

”Jaha”. Han lät inte så värst vaken eller intresserad. ”Kan det inte vänta till i morgon?”

”Du kan inte gissa var jag står.”

”Nej, det har du alldeles rätt i.”

”Jag står i Tommy Sandells hotellrum i Malmö.”

”I Tommy Sandells … ”

”Ja, Tommy Sandell. Till och med du borde veta vem Tommy Sandell är.”

”Jag vet vem det är, men varför är det så speciellt att du står i hans hotellrum? Och varför måste du meddela mig detta mitt i natten?”

”Det är inte det som är det speciella”, sa jag. ”Det ligger en död kvinna bredvid honom i sängen.”

Det blev tyst i andra änden. Kände jag Carl-Erik rätt hade han nu vaknat till och satt upp.

”Kan du ta det igen?”

”Det ligger en död kvinna bredvid Tommy Sandell.”

”Han, då? Lever han?”

”Ja, men han sover. Han vet ingenting.”

”Ta det en gång till, framför allt vill jag veta vad du gör där? Och varför låter du så konstig? Är du förkyld, det låter som om du är täppt i näsan.”

”Den är lite svullen, jag gick in i en dörr. Men det var jag som hittade dom. Deras dörr stod öppen, jag tittade in och såg dom i sängen.”

Han var tyst en bra stund, och det enda som hördes var Tommy Sandells snarkningar. Till slut sa Carl-Erik Johansson:

”Har du ringt polisen?”

”Nej, du är den förste jag ringer.”

”Har Sandell dödat henne?”

”Det vet jag inte. Han sover. Men jag kan väcka honom och fråga. Ska jag göra det? Så har vi några citat också.”

”Vad fan pratar du om?”

”Jag har plåtat hela skiten med mobilen. Jag vet att jag har slutat, men är du intresserad, the full story?”

”Du vet att jag inte jobbar aktivt med nyheter längre, men … visst, jag kan ringa några samtal. Men för helvete, ställ inte till med nånting, du måste ringa polisen."

Jag knäppte bort samtalet och ringde polisen.

Därefter väckte jag Tommy Sandell.

Han hade ingen aning om var han befann sig eller varför, men jag fick några förvirrade citat, sånt man förr kallade pratminus, tog en bild när han satt upp med huvudet i händerna och lät honom sen lägga sig ned igen.

Med tanke på att han var lika vit kring näsborrarna som jag var svullen hade han använt mer än öl, vin och vodka.

Jag åkte ned till receptionen, berättade vad som hänt för nattportieren, tog ett äpple från en skål och satte mig att vänta på polisen i en av fåtöljerna i lobbyn.

Duggandet hade upphört, nu föll regnet med full kraft, piskade mot gatstenarna och sköljde de stora hotellrutorna.

Näsan var så öm att det var svårt att bita över äpplet. Men det var ett gott äpple, jag har alltid tyckt om mogna Granny Smith.

KAPITEL 5

Malmö
Oktober

DET KOM TILL att börja med två poliser till hotellet.

En var lång och hette Börje Klasson, han pratade småländska. Den andra var kort och hette Anna Pärsson, hon talade malmöitiska och höll dessutom högra handen på pistolen i hölstret. Båda hade båtmössa.

Nattportieren, en vithårig, medelålders man som bröt på nåt balkanspråk, hade ringt in en av sina chefer, en sömnig kvinna som hette Helena och verkade ha pyjamas på sig under kappan, så vi var fem personer som åkte upp till rummet där Tommy Sandell lyckats somna om, men där den döda kvinnan var lika död som när jag lämnade dem.

Anna Pärsson ställde några frågor om vem jag var, vad jag gjorde i Malmö och hur jag hade hamnat i Tommy Sandells rum. Medan Börje Klasson pratade i en kommunikationsradio följde hon med in på mitt, såg sig om och sa sen:

”Ja, han såg ju inte för snygg ut, men man känner ju igen han.”

”Man gör väl det”, sa jag.

”Är du också musiker?” frågade hon och pekade på gitarrfodralet som stod lutat mot ena väggen.

”Nej.”

”Men du har gitarr?”

”Typ.”

”Vad har hänt med näsan? Har du varit i slagsmål?”

”Nej, jag gick in i toadörren. Det blev en bra smäll. Jag var på akuten och kollade näsan. Det var efter det som jag såg att dörren till hans rum inte hade slagit igen ordentligt.”

Hon nickade, krafsade nåt i ett block och gick ut i korridoren.

Jag vet inte hur många poliser som dök upp till slut.

Gatukorsningen utanför hotellet spärrades av, ena hotellhissen fick enbart användas av polis, och en uniformerad kvinnlig polis som inte var Anna Pärsson fick stå vakt utanför Tommy Sandells hotellrum.

Jag hade varit inne i det rummet mer än som var nyttigt eller ens lagligt, men nu var jag utkörd. Jag satt ett tag på mitt eget rum, men gick sen ner i lobbyn och tittade på polisbilarna, polismännen och de civilklädda personer som jag antog var antingen kriminalare eller tekniker. Räknade jag rätt var det ungefär fifty-fifty mellan män och kvinnor.

De små gatorna på Gamla Väster är så trånga att man fick flytta några polisbilar för att få fram två ambulanser till entrén. Två män och två kvinnor bar upp två bårar och när de kom tillbaka låg Tommy Sandell på en av dem. Han verkade blott vagt medveten om vad som hände, men jag fick för mig att han vinkade till mig.

Den som låg på den andra båren vinkade inte.

Till slut kom en kvinna fram till mig. Hon såg egensinnig ut, var ganska lång, hade slitna, uppvikta blå jeans, gympaskor och en knälång ljusgrå kappa som var knäppt ända upp i halsen. Hennes hår var mörkt, axellångt, okammat och ostyrigt, och hon hade en rund liten pillerburk till hatt på huvudet. Hennes ögon var bruna, pigga och nyfikna. Hon kunde vara nånstans mellan trettio och fyrtio.

”Och det är du som är Henry?” sa hon frågande, och höll en lapp framför sig som om hon behövde läsglasögon men var för fåfäng för att skaffa ett par, eller använda dem om hon nu hade haft några. Innan jag hann korrigera henne sa hon: ”Nej, Harry står det. Är det du som är Harry?”

”Svensson”, sa jag. ”Harry Svensson.”

”Jag heter Eva”, sa hon. ”Vill du att vi går upp på ditt rum, eller kan vi sitta här och snacka?”

”Det går bra här.”

Hon satte sig i fåtöljen bredvid min, sträckte ut benen, andades ut i en djup suck och petade mellan två tänder med höger lillfingernagel.

”Jaha, ja, så kan det också gå”, sa hon. ”Det verkar bli en lång historia. Eller också är allting glasklart. Känner du han?”

”Nej, jag vet ju vem han är, vi har stött på varandra genom åren, men … nej, jag kan inte säga att jag känner honom. Det var en ren händelse att vi träffades här borta på Bastard i går kväll, jag hade ingen aning om att han skulle spela i Malmö.”

”Har du ätit där?”

”Var?”

”Bastard?”

”Nej, det blev inte av.”

”Alla pratar om det, men jag har inte varit där än. Och jag vet inte hur det uttalas, om det är som på svenska, ’Ba-STARD’ eller som på engelska ’Bäästörd.’”

Om Anna Pärsson hade pratat en bred och på många sätt typisk malmöitiska hade Eva en dialekt som jag mer förknippade med ”söder om landsvägen”, från Svedala ned mot Trelleborg till, hon lät som om hon kom från landet.

”Förlåt mig”, sa hon och sträckte fram handen. ”Jag heter inte bara Eva, jag heter Eva Månsson och är kriminalinspektör vid polisen här i Malmö.”

Vi skakade hand. Hon hade ett fast och bra handslag. Jag skulle aldrig ha gissat att hon var kriminalinspektör.

”Och vad i helvete har hänt med ditt ansikte?” frågade hon.

”Jag skar mig när jag rakade mig”, sa jag.

”Det var som fan”, sa hon och tittade klentroget på mig.

”Nej, det var ett skämt, jag gick in i dörren när jag hade rakat mig.”

”Du vet att det finns handtag, va? Har dom kaffe här, förresten? Nåt som går att dricka och inget rävapiss.”

”Ja, dom har en automat där borta, jag kan hämta om du vill. Mjölk? Socker?”

”Svart”, sa Eva Månsson.

Det satt inramade autografer från både Mel C och Wayne Gretzky ovanför kaffeautomaten intill frukostmatsalen, Magnus Härenstam hade till och med gjort en teckning på sig själv som tack till hotellets personal. Jag tryckte fram var sin kopp förvånansvärt drickbart kaffe och när jag kom tillbaka hade Eva Månsson tagit av sig kappan – som såg väldigt second hand ut – och hade lagt den över ena armstödet på fåtöljen. Under kappan hade hon en skjorta med en ros på, som gav ett intryck av countrymusik eller kanske rockabilly, hennes uppvikta jeans kunde tyda på det. Och som vi satt där i var sin fåtölj gick vi än en gång igenom vad som hade hänt, vad jag gjorde i Malmö (jag svävade en del på målet där), hur jag hade upptäckt Sandell och den döda kvinnan, och om jag hade rört nåt i rummet. Jag sa att jag inte hade rört nånting, och det var sant: Jag hade inte rört nåt, jag hade bara fotograferat. Jag hade visserligen tagit tag i Tommy Sandell när jag fick upp honom i sittande ställning, men jag tyckte inte att man behövde betrakta det som att vidröra nåt.

”Ja, då var vi väl klara för den här gången”, sa hon. ”Folk säger att dom serverar vad fan som helst på djuret.”

”Va?”

”Precis vad fan som helst, säger dom”.

”Var då? Vem?”

”Där inne, där du inte åt.”

”Jaså, nä, jag vet inte”, sa jag.

”Du hade kanske annat att tänka på”, sa hon.

Jag tittade bort. Vad visste hon? Vad ville hon med den frågan?

Jag bytte ämne: ”Det är bara en sak, jag är journalist.”

”Alla har sina problem.”

”Eller rättare sagt, jag var journalist, jag har slutat, men det här kan jag inte släppa, det här måste jag skriva om. Jag har redan gjort upp om att göra det.”

”Det är ett fritt land”, sa hon. ”Sist jag kollade så hade vi pressfrihet.”

”Bara så du vet”, sa jag.

Hon slog samman sitt anteckningsblock, stoppade det i bakfickan på sina jeans och vi reste oss och skakade hand.

Hon tog kappan och slängde den över axeln, och jag följde henne mot utgången.

”Var du ensam på Bastard?” frågade hon plötsligt.

”Ensam?”

”Ja, eller var du där med nån?”

”Nej, men det har väl inte … nej, jag var inte ensam. Jag var där med en bekant, eller jag träffade en bekant där.”

”Jaha, ja”, sa hon, och fick det att låta som om jag sagt nåt som lät misstänkt. ”Jag tyckte nån på hotellet sa att du hade träffat nån här i lobbyn, eller utanför på gatan.”

”Ja, det kanske var så det var”, sa jag och insåg hur korkad eller skyldig jag lät.

”Nån man känner? Nån man vet vem det är?” fortsatte hon. ”En kändis? Du känner ju Sandell.”

”Det tror jag inte”, sa jag. ”Alltså, jag tror inte det är nån som du känner, och jag känner egentligen inte alls Tommy Sandell.”

”Nänä, det har ju inte jag med att göra, vem du känner eller vem du träffar i Malmö”, sa hon, log och vände sig om och gick.

Jag förbannade mig själv för att jag följde henne med blicken.

Dels för att jag inte visste vad jag skulle säga om hon frågade fler gånger vem jag var på Bastard med, eller vad polisen hade med det att göra, och dels för att jag inte kunde låta bli att lägga märke till att hennes jeans var väldigt välsittande.

Jag försökte låta bli att tänka på vad jag hade i ett gitarrfodral på rummet.

Eftersom det var lördag var det i princip omöjligt att göra en extraupplaga av tidningen. Jag var inte ens säker på om Tommy Sandell var tillräckligt stor kändis för att förtjäna en, han var ju inte ens död. Även om han hade varit med i både allsången, *Bingolotto* och *Så ska det låta* var han ingen kändis av dignitet. Men det är klart, ”Den kände rocksångaren” gick alltid att få in på en löpsedel, även om Sandell numera var bluessångare, eller till och med konstnär, i sina egna ögon.

Vem den döda var som låg bredvid honom var det då ingen som visste, inte ens Tommy Sandell.

Hon var knappt värd ett omnämnande.

Tjugotvå minuter över nio på morgonen la man ut den första texten på webben.

Högst upp låg en bild på polisbilar och avspärrningar utanför Mäster Johan, och bilden såg dramatisk ut eftersom det var natt när den togs. Nattligt blåljus från polisbilar ger alltid ett spännande skimmer åt alla bilder, de behöver inte ens vara tagna i New York, det räcker med Malmö.

Det dröjde till efter lunch innan andra tidningar nappade på storyn om musikern och den döda kvinnan, och började lägga ut egna texter på sina webbsidor, men ingen var lika initierad som min, jag hade ju varit med nästan hela vägen.

De andra, till och med TT, Tidningarnas Telegrambyrå, var alla tvungna att förlita sig på en presstalesman hos polisen som sa "inga kommentarer" på fyra eller fem olika sätt. Ingen nämnde Tommy Sandell vid namn.

Ungefär samtidigt kom en webbtomte från tidningen med kamera och intervjuade mig utanför entrén till Mäster Johan.

Nattens regn hade upphört, och vi hade nu en klarblå himmel med en sol som åtminstone gav ljus om än inte värme.

Vid det här laget hade jag duschat, bytt kläder, slitit bort plåstret över näsan och tagit ut bomullen ur näsborrarna. Men näsan såg ändå svullen och missfärgad ut, och tejpen i ögonbrynet satt fortfarande kvar. Den beslöjade sjuksköterskan hade sagt att jag skulle låta den sitta i två dygn.

Webbmannen var en före detta skrivande reporter som man inte visste vad man skulle ta sig till med, och man hade följaktligen omskolat honom till tv-man. Han hade inte så bra koll på kameror, så en timme senare fick vi göra om inslaget eftersom han hade glömt att trycka på en eller annan knapp.

Men kvart över tre på eftermiddagen kunde man se mig i rörliga bilder utanför en mordplats. Jag pekade mot huset bakom mig och berättade vad som hade hänt. Men jag sa inte att det var just jag som hade hittat Sandell och liket, detta skulle sparas till nästa dags papperstidning, upplagan blev allt större om söndagarna och det här var en story som borde skapa nyfikenhet.

Jag fick omedelbart ett sms från Carl-Erik Johansson:

Vad har du gjort med näsan?

Det hade börjat dyka upp kriminalreportrar från andra tidningar och tv-kanaler, själv satt jag på mitt rum och skrev en text som handlade om mitt möte med Tommy Sandell inne på Bastard, och hur jag av en händelse hade upptäckt honom med ett lik i sin säng.

När väl Carl-Erik Johansson hade vaknat och börjat agera hade redaktionsledningen bestämt att vi skulle publicera hela storyn med namn och allt i söndagstidningen. Jag tänkte "vi" av gammal vana, jag hade visserligen slutat, men det var lätt att falla in i gamla spår. Efter en tidig morgonmangling kom redaktionsledningen fram till att betala mig tjugofemtusen för detta första avslöjande och därefter mellan tolv- och femtontusen för varje ny liknande artikel beroende på hur sensationell eller exklusiv den var. Jag accepterade och lät webb-tv-inslaget ingå i den överenskommelsen.

Söndagar är ingen bra dag för tidningar i Malmö.

Efter att ha drivit omkring i stan och upptäckt att alla ställen som normalt säljer tidningar ännu inte hade öppnat fick jag gå bort till Centralstationen. Den är helt omgjord jämfört med förr. De flesta tågen stannar numera under jorden och Pressbyrån ligger i nåt som kallas Glashallen.

Jag kunde förstås ha läst tidningarna på nätet, men jag är gammaldags på så sätt att ingenting finns på riktigt förrän man läst det i en tidning som man rent fysiskt håller i händerna.

Min nyhet dominerade löpsedlarna. Det var ett tag sen.

Det var fyra sidor i tidningen med min story och mina bilder, som såg suddiga ut i tryck, och ytterligare två sidor som handlade om Tommy Sandells liv och karriär.

Det stod inte så mycket om den döda kvinnan, vilket förstås berodde på att ingen visste vem hon var, eller vad hon gjorde där.

Nattportieren, som hette Marko Vidic, sa att Tommy Sandell hade kommit med ett stort sällskap som hade satt sig i soffgrupperna bredvid lobbyn och beställt öl och vin. Hotellet har ingen bar eller traditionell servering, så han hade varit upptagen med att öppna glasskåpen där spriten var inlåst, och han hade ingen riktig koll på vilka som befann sig i Sandells sällskap, när de gick därifrån eller vilka som följde med honom upp på rummet.

"Dom kan ha varit tio-tolv pers", sa han. "Jag vet inte när Sandell gick. Om jag går på toan eller måste hämta nåt på kontoret kan vem som helst ta hissen eller trappan upp till sina rum utan att jag märker det", sa han.

Ja, det hade jag själv gjort flera gånger.

Vidic hade heller inte sett nån lämna hotellet.

Jag hade läst tidningarna på en bänk inne på stationen och när jag kom tillbaka till hotellet var "Valpen" den förste jag såg i lobbyn. Han hette egentligen Tim Jansson och var en av de nya journalister som avgudades av redaktionsledningar i större delen av världen eftersom han inte var så intresserad av att berätta, av att hitta nåt nytt, viktigt eller spännande att skriva om, han var bara intresserad av hur många klick hans notisliknande alster genererade på webben.

Det mesta han fick ur sig var lögn.

Jag hade försökt påpeka det ett bra tag innan jag slutade. Vem som helst kunde se och förstå det, men antingen brydde sig ingen i ledningen, eller också tog det sån tid att räkna alla webbklick att ingen hann med nåt annat.

Han kallades "Valpen" eftersom han var så ung. Han såg ut att vara tolv år och hoppade och gläfste som en leklysten hundvalp. Jag hade fått ett sms om att "Valpen" skulle komma. "Det är en så bra story, vi måste skicka en elitsoldat", stod det i messet.

"Valpen" hade ljusa jeans som hängde på halva rumpan och en så kort, tajt T-shirt att hela navelpartiet syntes, hans huvud var rakat och han hade gigantiska wraparounds med blå glas.

"Voff", sa jag när jag gick förbi.

Jag brukade göra det, han förstod aldrig varför.

"Jag har världens grej på gång", sa han.

Det hade han alltid.

"Jag ska träffa spaningsledaren, och han ska exklusivt dra hela storyn för mig", sa han. "Det kan vara han som springer omkring och skjuter här i Malmö som har gjort det."

Jag hade inte hjärta att säga att spaningsledaren i det här fallet var en kvinna, så vem han än skulle träffa som skulle "dra hela storyn" så inte var det spaningsledaren. Om "Valpen" ville ha hela storyn kunde han läsa dagens tidning, men det var typiskt för dagens unga journalister, de läste inte ens tidningen. Och om inte vi själva läser tidningen, hur ska vi då kunna kräva att folk ska betala pengar för att göra det.

Själv skulle jag träffa Krister Jonson, turnéledaren för och arrangören av Tommy Sandells turné.

Det hade gått nästan två dygn, men när vi sågs utanför en pub som heter Bull's Eye, och gemenligen kallas Bullen i Malmö, så hade han exakt samma kläder på sig som när jag såg honom försöka få iväg Tommy Sandell från Bastard på fredagskvällen.

Jag började undra om han färgade håret för att det skulle se så svart ut. I så fall en märklig fåfänga, han brydde sig ju inte om sitt utseende för övrigt. Han satt redan på uteserveringen med en stor stark och en cigarett när jag kom till Bullen.

”Kan vi inte gå in?” frågade jag. ”Det är rätt kallt. Det är alltid så rått här i Malmö.”

”Ska bara röka upp den här”, sa han.

Han hade funnits i utkanten av det svenska musiklivet så länge jag kunde minnas. På sjuttiotalet spelade han först bas med ett proggband från Göteborg, därefter i ett hårdrocksband och det var där han la sig till med Rod Stewart-frisyren. På åttiotalet spelade han blues med nån norrlänning jag glömt namnet på, men mest var han numera känd som turnéarrangör.

Vi kom aldrig inomhus denna sena eftermiddag. Han rökte nästan ett paket röda Prince, som han måste ha köpt utomlands eftersom det stod 'Smoking kills' på paketet, och drack fyra stora starka medan vi pratade. Vi avbröts bara när en av tidningens fotografer kom förbi och tog en bild på Jonson och mig.

”Hur kom du på att göra en turné med Sandell?” frågade jag. ”Det är väl ingen som vill se honom?”

”Förvånansvärt många”, sa han. ”Speciellt på landet. Dom är inte så nogräknade, om man säger. Och har man haft nån hit, skitsamma om det är längesen, så kommer det folk. Dom bryr sig liksom inte. Och har du varit med i tv kan du fylla vilken pub som helst. Tommy har ju varit med i tv, sen har han väl inte haft hits, om man säger.”

”Men du vet ju lika bra som jag att han är opålitlig.”

”Tja, en chansning, visst. Man får hålla alkoholen på lagom nivå, två kalla starköl på förmiddagen när vi rullar iväg, två vid lunch och tre-fyra innan vi spelar."

"Vad gick snett i fredags?" frågade jag, och försökte hålla mig varm genom att fälla upp kragen och sticka händerna i rockfickorna. Jag önskade jag hade haft mössa, eller en sån där tjock Rod Stewart-frisyr som Jonson hade.

"Det blev för många. Han blev skitfull. Visst. Du träffade väl honom på krogen där vid hotellet, han var dyngrak redan då. Och det var synd, det var bara skitställen på hela turnén, om man säger, men KB i Malmö var lite prestige."

Han tände en ny cigg på glöden av den han rökte, kastade håret tillbaka – och han hade otroligt tjockt och fylligt hår för att vara mellan fyrtio och femtio, om det nu var äkta – och sa:

"Dessutom var det bra betalt."

"Vad får ni?"

"Det är lågbudget. Tio-femton på faktura på dom andra ställena, på KB skulle vi få trettiofem. Nu vet jag inte hur det blir, dom vill förstås inte betala, om man säger."

"Och vad får du?"

"Femton procent. Det går ihop. Låga omkostnader. Tommy bor på hotell, jag spelar själv bas och 'Klossen' trummor. Tommy bodde på motell rättare sagt, det var bara i Malmö han krävde finhotell. Visst. Jag hade några hotellkuponger, och om jag bokade på nätet och betalade i förväg blev det inte så dyrt."

"Du och 'Klossen', då?"

"Ja?"

"Var bodde ni?"

"Vi bor i bussen. Det har jag gjort i så jävla många år. 'Klossen' är en bra bluestrummis, han har aldrig varit van vid att ha det fett på turné så han bryr sig inte, om man säger. Jag tar inte ut nåt för att jag själv spelar. 'Klossen' får en tusing extra. Visst."

"Klossen" hette egentligen Roger Blomgren, och hade spelat med en del blues- och rockabilly-band. Att han kallas "Klossen" har sina givna anledningar. Han är liten och satt, och på håll ser han ut att vara lika bred som han är lång.

”Var är ’Klossen’ nu?”

”Det vet jag inte. Polisen är klar med oss, så vi kör väl hem till Hagfors och sen tar han tåget till Stockholm. Så brukar vi göra, om man säger.”

”Vad hände i fredags? Såg du tjejen Sandell hade i sängen?”

”Nej, jag såg henne inte. Jag fick honom till giget, men förstod att han inte kunde spela. Han tappade munspelet, hade gitarren bakfram och hällde i sig vin.”

”Men var kan han ha träffat henne?”

”Ingen aning. Låt mig hämta en öl till, så ska jag berätta.”

”Nej, jag pröjsar.”

Det var skönt att komma inomhus även om det bara var för den lilla stund det tog för bartendern att krana upp en ny öl.

Krister Jonson hade fått fart på en ny cigg och tog tre djupa klunkar ur ölglaset innan han sa:

”Du vet hur han är, Tommy. Visst. Du vet hur han snackar så mycket om damer, ’galanta damer’”, sa Krister Jonson och härmade Tommy Sandells yviga sätt att uttrycka sig på.

”Kvinnor dras till honom.”

”Ta din donna från i fredags. Han bara ältade om att hon var för snygg för dig och att det var han som skulle sätta på henne.”

”Jaha”, sa jag, och kände mig alltmer illa till mods över att Ulrika Palmgren verkade figurera i tankarna hos både polisen och Krister Jonson.

”Men ska jag säga en sak?” sa han på det där sättet som inte kräver ett svar, han tänkte säga det han tänkte säga vare sig jag ville det eller inte.

”Allting är bullshit.”

”Bullshit?”

”Bullshit.”

”Hur då?”

”Det är över, han har gjort sitt på den fronten. Visst.”

”Gjort sitt?”

”Han får inte upp den, om man säger”, sa Krister Jonson.

”Nähä …?”

”Och det är kanske det jag är mest förbannad över med Sandell. Jag har åkt med … ja, åkt med och spelat med fängelsekunder, tjyvar, bögar, heroinister, haschtomtar och pedofiler, om man säger, men jag har aldrig åkt med nån så divig som Tommy Sandell. ’Klossen’ och jag humpar allt, lastar och lastar av, och där sitter han med vinflaskan och två-tre ’galanta damer’ i omklädningsrummet och pratar om blues och poesi och kärleken och vilka vackra händer dom har, och skulle han inte kunna få måla av dom nakna, dom har ju så fina kroppar. Och dom går på det, följer med och klär av sig och så låtsas han måla av dom, om han kan.”

”Vill du inte ha nåt att äta?” frågade jag. ”Dom har jäkligt bra stekt fläsk med löksås, om jag minns rätt.”

”Nej, det är lugnt, öl mättar och är nyttigt. Visst.”

Han tittade i den nyttiga och mättande ölen och sa:

”Och jag begriper mig inte på dom.”

”Vilka då?”

”Brudarna. Fruntimmerna. Det brukar ju komma riktiga sumphägrar annars, speciellt när man åker med gamla sextiotalsband. Visst. Dom har en originalmedlem som spelar bas, sen är det några drägg som dom har hittat på arbetsförmedlingen i Manchester, men dom drar ändå folk ute i landet, och det kommer riktiga sumphägrar som minns sin ungdom och tror att dom kommer i samma kläder som då. Och dom ser för jävliga ut, det är så man skäms för hela jävla människosläktet. Men med Sandell var det alltid fräschingar, om man säger.”

Han drack upp det sista ur ölglaset.

”Men han får inte upp den. Jag har hjälpt honom … ”

”Har du hjälpt till att lyfta?”

”Lyfta?”

”Ja, så han fick upp den?”

”Nej, men jag skickade efter små, blå piller på nätet, han begriper sig inte på sånt som nätet. Och han vågade inte gå till doktorn, det skulle skada hans anseende. Men inte ens Viagra hjälpte eftersom han är så jävla full när det är dags, och då funkar inte pillren. Och ändå så står dom där framför scenen, och ändå så kommer dom till omklädningsrummet, det är fan i det inte klokt.”

”Om man säger”, sa jag.

”Va?”

”Det var inget.”

”Visst.”

”Så du såg honom aldrig med den här tjejen, eller med nån tjej över huvud taget i fredags?” frågade jag.

”Jo, det var ju hon som var på krogen, men jag tror hon blev full och åkte hem. Hon verkade bra dragen, han drar en del såna fyllekärringar också. Jag vet inte vem hon är, har aldrig sett henne. Och sen på giget hade jag ju mest koll på han som har stället, han var skitsur, om man säger. Det var nån som ordnade taxi till Tommy, och dom var ett gäng som åkte tillbaka till hotellet, men jag vet inte vilka dom var. ’Klossen’ och jag lastade ut grejerna och sen åkte vi ut till det där nybyggda området i hamnen och la oss att sova i bilen. Visst. Där har jag stått med bilen många gånger.”

”Det låter ju mysigt.”

”Ja, man kan fälla sätena ganska långt i gamla Mercabussar”, sa Krister Jonson, som vanligt helt utan förmåga att upptäcka eller avläsa ironi.

”Men en sak vet jag, att vad han än gjorde med henne i sängen så satte han inte på henne.”

”Hon hade alla kläder på sig”, sa jag.

”Jaha, ja då hade han inte ens försökt måla av henne, för då hade hon varit naken”, sa Krister Jonson.

”Han är kanske som Bill Wyman?”

”I Stones?”

”Det hette ju alltid att Bill Wyman hade legat med, typ, tiotusen kvinnor, men enligt Keith Richards memoarer så bjöd Wyman bara in tjejerna till sitt hotellrum för att dricka te. Och så skrev han upp vad dom hette i en anteckningsbok.”

”Vad säger du?”

”Det är ju många såna skrönor om kändisar, en del basketspelare, såna som Magic Johnson och Wilt Chamberlain”, sa jag. ”Chamberlain ska tydligen ha nån sorts inofficiellt rekord, men jag vet inte.”

”Nä, man vet inte. Det gör man inte”, sa han eftertänksamt.

”Ska du ha en öl till?” frågade jag.

”Nej, ska köra långt, om man säger”, sa han och reste sig.

”Vi håller kontakten”, sa jag.

”Visst.”

Krister Jonson tände en ny cigg och gick mot gågatan där han svängde höger för att hämta bilen. Själv gick jag in på Bullen och beställde en portion fläsk med löksås och en stor starköl.

Inte mycket hade hänt på stället sen jag var yngre, mer än att alla hade blivit äldre.

KAPITEL 6

Malmö
Oktober

JAG VAKNADE AV att mobilen ringde. Eller ringde och ringde, den lät som en gammal biltuta. Det är ett av undren med den nya tekniken, man kan skaffa sig en ringsignal som låter som en skällande hund, en gammal biltuta, ett flipperspel och en bryggarfis.

Jag hade druckit mer än en starköl på Bullen, och det var med trång betongkeps, och en udda smak i munnen, som jag famlade efter mobilen i sängen. Jag kände inte igen numret i displayen.

"Och vem i hela helvetets helvete är Tim Jansson?" vrålade en röst i samma ögonblick som jag kraxade fram ett hallå. Jag kom så småningom på att det var kriminalinspektör Eva Månsson som skrek.

"Han ... jag ..."

"Vem han än är så har den jävelen skrivit en massa piss i din tidning."

"Jag har inte läst ... "

"Han påstår att han har pratat med spaningsledaren, men han har fan i mitt hjärta inte pratat med mig. Vad i helvete är det för dynga han spyr ur sig? Hittar han på? Det finns inte ett ord av sanning i hans artikel", sa hon och lät plötsligt lite lugnare.

"Jag har inget ansvar ... "

"Nej, men nån jävel måste jag skälla på, och jag har inte Janssons nummer. Så nu får du skälla på honom, råttan på repet och allt det."

"Det är väldigt lustigt att du säger 'skälla'", sa jag.

"Va?"

"Han kallas för 'Valpen'".

"Det var ju jävligt kul."

"Skälla. Hundvalp. Typ så", sa jag.

Sen blev inte mer sagt. Eva Månsson bröt samtalet och jag låg kvar i sängen och försökte räkna ut hur mycket jag hade druckit kvällen innan. Det gick så där.

Jag hade alltid haft ett gott förhållande till hotellet och dess personal och dan efter jag hade upptäckt liket i Tommy Sandells säng fick jag flytta till ett rum som var som en lägenhet i en alldeles egen del av hotellet. Jag har bott i hotellrum som varit mindre än den walk-in closet jag nu kunde hänga upp mina kläder i. Från det ena fönstret kunde man se över takåsarna i Malmö, men jag såg inget intressant. Man gör sällan det över takåsar, framför allt inte i Malmö.

Eva Månsson hade ringt så pass tidigt att jag hade gott om tid att gå ut och köpa kvällstidningarna innan jag åt frukost. Det var fortfarande kyligt, och ganska blåsigt, men solen sken och den blå himlen var ovanligt blå för att vara så här års.

”Valpen” satt redan vid ett bord, och jag gjorde stor affär av att sätta mig vid ett helt annat bord, men det hindrade inte ”Valpen” från att hålla upp tidningen och gläfsa över hela lokalen:

”Kolla, jag toppar hela tidningen!”

”Och inte ett ord är sant”, sa jag.

”Vafan menar du med det?”

”Det var ett skämt, ’Valpen’”.

Han rynkade förnärmat på näsan och fortsatte läsa artikeln han hade skrivit.

Det såg ut som om han hade läst den flera gånger redan.

Det är inget märkligt med det, så gör alla journalister. Eller nästan alla. Vissa kan inte skriva, än mindre läsa.

Och vad kan man begära av en valp?

Jag satt med det som förr hette International Herald Tribune, men nu var en internationell New York Times, framför mig när ”Valpen” tassade ut med halva svansen bar.

Jag visste det inte då, men elitsoldaten hade blivit hemkallad.

Jag var inte så intresserad av baseboll, däremot trodde jag att det skulle få mig att se intressant ut om jag lusläste basebollresultat. Det fanns i och för sig ingen att imponera på mer än ”Valpen”, och han hade precis gått så jag övergick till *Kalle & Hobbe*.

När jag hade fått i mig tillräckligt många koppar kaffe gick jag upp på rummet, fick ihop en artikel av mitt samtal med Krister Jonson och skickade iväg texten. Fortsatte det så här skulle jag tjäna mer pengar än när jag var anställd, jag kanske till och med skulle bli rik.

Eva Månsson hade inte sagt ett ord om vad jag hade skrivit. Jag antog att hon inte hade nåt att invända mot just den artikeln, så jag ringde, helt förutsättningslöst, upp henne och frågade om jag fick bjuda henne på lunch.

”Gillar du Japan?” frågade hon.

”Så där”, sa jag. ”Lite för trångt, jobbigt språk och för långt bort.”

”Jag menade japanskt.”

”Som i mat?”

”Som i mat.”

”I så fall gillar jag Japan.”

”Koi. Ligger på torget vid ditt hotell. Halv två?”

”Halv två”, sa jag.

Jag tänkte lägga mig för nån timmes stödvila innan jag skulle träffa Eva Månsson och var precis i färd med att slå av datorn när jag upptäckte att jag hade fått ett mejl.

Det kom från en Hotmail-adress, och avsändarens namn var inget namn utan en bokstavskombination som jag inte kände igen. Den verkade vara sammansatt på måfå, om nu inte ”zvxfr” stod för nåt viktigt i cybervärlden.

Jag öppnade mejlet.

Det var kort och koncist och bestod av en enda fråga:

Varför skriver du inte om smisket?

Säg det.

Det är inte ofta jag drabbas av panik. Panik är inget av mina favorittillstånd, men det är med panik som med kyla, låtsas man inte om den så finns den inte. Men den till synes enkla frågan var ändå tillräcklig för att få fart på både blodtryck och en bakfyllebultande hjärna.

Varför skriver du inte om smisket?

Det sägs att man i nära-döden-situationer ser hela sitt liv passera revy, men jag var inblandad i en halkkrock med en telefonstolpe en gång och hela mitt liv passerade inte alls revy, jag kom inte längre än till tjugoårsåldern innan det small. Och när nu bilder, minnen och upplevelser formades till en snabbspolad film i skallen så var det bara delar av mitt liv som for förbi, delar av mitt liv som jag alltid hade försökt hålla så hemliga som möjligt.

Vad skulle jag skriva om? Och varför? Vem ville att jag skulle göra det?

Ulrika Palmgren? Men hon hade inte behövt skicka nåt mejl, hon bodde bara några kvarter bort och kunde lätt ta sig hit och ge mig en ny käftsmäll. Och ville hon verkligen att jag skulle skriva om vårt taffliga, misslyckade försök till en scen, en S&M-lek eller nåt sexuellt? Jag trodde inte det. Och var skulle jag i så fall skriva om det?

Jag hade skött det mesta av den delen av mitt liv utomlands, och när jag gjort det i Sverige hade jag varit nästan hundraprocentigt säker på att det aldrig skulle slå tillbaka mot mig eller den partner jag haft för tillfället.

Jag hade inget emot att prata om både det mest privata och det mest förbjudna, men i så fall ville jag göra det i sällskap där jag kände personen eller personerna väl. Nu har det blivit allt mer modernt att fläka ut både sin kropp och sitt inre i de offentliga rummen, men jag har inget behov av att göra det, har aldrig haft.

Så vad skulle jag skriva om? Varför? Vem ställde frågan?

Varför skriver du inte om smisket?

Jag studerade meningen.

Den var inte mycket att studera.

Sex ord och ett frågetecken.

Alla orden var rättstavade.

Versalt V i ”Varför” och frågetecken på slutet.

Det var ingen slarver som hade skrivit meningen.

Men varför hade mejlaren skrivit just nu?

Hade frågan nåt med Tommy Sandell och den mördade kvinnan att göra? Hur? Varför?

Mejlet hade skickats tjugotre minuter innan jag upptäckte det, och jag var övertygad om att den som ställt frågan redan hade loggat ut. Han eller hon hade förmodligen författat denna enkla mening på ett internetkafé och det var meningslöst att ens försöka få kontakt. Skulle jag lyckas med det skulle jag bli tvungen att sitta vid datorn och svara i samma ögonblick som mejlet droppade in.

Jag skulle kanske göra som all datorsupport i hela världen säger när man har problem med datorn: Slå av och slå på den igen.

Det fungerar ibland, och ibland är även jag skrockfull.

Jag slog av datorn.

Jag väntade en minut (det är det ingen som säger att man ska göra, men det känns som om datorn hinner vila lite extra under den minuten).

Slog på datorn igen.

Gick in i mejlkorgen.

Mejlet från ”zvxfr” låg kvar.

Det gjorde frågan också, och den gjorde mig alltmer irriterad.

Varför skriver du inte om smisket?

Det blev ingen stödvila.

Jag tittade ut över de fåniga takåsarna en stund och gick sen ner till Koi för att träffa kriminalinspektör Eva Månsson.

Jag hade ingen plan med mötet, men så mycket hade jag lärt mig i mitt yrkesliv att man ska träffa och prata med så många som möjligt. Ibland gav det nåt för stunden, ibland gav det nåt flera år senare och ibland gav det ingenting. Men det skadade aldrig.

Eva Månsson hade samma gråa kappa som sist, men i stället för jeans hade hon en knälång kjol med revärer som Keith Richards hade kunnat ha på sina byxor på sjuttiotalet, och i stället för gympaskor hade hon ett par fräna cowboyboots.

”Texas?” frågade jag och pekade på bootsen.

”Blocket”, sa hon, och jag insåg att man tydligen kunde köpa det mesta på Blocket.

Hon beställde en stor sushi och åt med både pinnar och fingrar. Det gladde mig. Jag bjöd en gång en kvinna på sushi för jag trodde jag hade sett en glimt i hennes ögon, men hon beställde in bestick och åt sushi med kniv och gaffel och det var synnerligen avtändande.

”Vad är det här?” frågade Eva Månsson. ”Är det detta som ni kallar för 'off the record'?”

”Jag vet inte vad det är”, sa jag. ”Vi får se. Jag lovar inte att hålla tyst, men jag kan lova att inte publicera eller skriva nånting som du inte känner till.”

”Jag kan leva med det”, sa hon.

”Men det gäller dig också, i så fall”, sa jag.

”Ja, det är klart.”

”Jag tror inte att han har gjort det”, sa jag.

”Sandell?”

”Han är för det första inte typen, och dessutom var han så full och påtänd att han inte visste var han befann sig. Han var i princip medvetslös, och det skulle vara ett underverk om han kunde ta upp en kvinna på rummet, ta livet av henne och lägga henne i sängen.”

”Hur gick det till, då?”

”Det vet jag inte. Men jag pratade med Krister Jonson … ”

”Turnéledaren?”

”Jag pratade med honom och han sa att Sandell numera är oförmögen att ha sex, eller som han uttryckte det – 'han får inte upp den'.”

”Vi har också pratat med Jonson, men det sa han inte till oss.”

”Men jag säger det nu. Du ser, du kan ha nytta av mig.”

”Gillar du Sandells musik?”

”Nej, men säg inte det till honom”, sa jag.

”Hon du träffade i fredags, gillade hon Sandell?”

Eva Månsson hade en förmåga att prata om vad som helst bara för att plötsligt kasta in en fråga om nåt helt annat när man var som minst beredd. Jag hade aldrig sagt om jag hade träffat en han eller en hon.

”Var det därför ni sågs, för att se Tommy Sandell på KB?”

”Nej, det var det inte.”

”Hon såg bra ut, säger dom”, sa Eva Månsson.

Det finns en sak jag hatar med väldigt många kriminalfilmer och kriminalserier på tv, och det är när en person plötsligt borstar upp sig och säger myndigt och ilsket: ”Och vad är det här? Är jag misstänkt, eller?”

Jag kanske inte borstade upp mig, men jag hatade mig själv när jag sa:

”Jag förstår inte varför du är så intresserad, är jag misstänkt? Tror du att jag har gjort det?”

”Du var där. Du var i rummet.”

”Jo, men jag var också på akuten, och där måste dom väl kunna … jag fattar inte vad jag säger. Måste jag ha ett alibi, helt plötsligt?”

”Kanske, kanske inte”, sa hon och log. Hon såg förtjusande ut.

”Vi sågs på en tillställning i Stockholm och bestämde att vi skulle träffas i Malmö om jag kom hit, och det gjorde jag.”

”Så du kom hit bara för att träffa henne?”

”Nej, men delvis. Jag är en fri man, jag gillar att köra bil, jag åker runt halva landet om jag får lust till det.”

”Om du tar det här så betalar jag för kaffe, det ligger ett ställe på andra sidan kvarteret, på Engelbrektsgatan”, sa Eva Månsson.

Stället hette Noir, och vi satt på höga stolar vid ena fönstret. Jag sa:

”Hur är det med Sandell?”

”Ska man mäta bakfyllor tror jag att hans sprängde Richter-skalan. Vi la han på sjukhus första natten, men där kunde han inte ligga kvar, även om han såg ut som om han hade slickat piss på en brännässla.”

”Var är han nu?”

”Egentligen skulle han sitta i arresten här i stan, men det är så fullt i Malmö numera att han som så många andra sitter nån helt annanstans.”

”Var då?”

”Ystad.”

När vi skiljdes åt tog hon två steg ut genom dörren, vände sig om och sa:

”Spelar du gitarr, förresten?”

”Nej”, sa jag. ”Varför det?”

”Jag trodde kanske det var därför som du och Tommy Sandell kände varandra.”

”Men vi känner inte varandra.”

”Det är bara så konstigt, när jag gick igenom anteckningarna från förhören i fredags var det nån som sa att du bar på ett gitarrfodral.”

”Folk säger så mycket”, sa jag.

”Det gör dom”, sa hon. ”Men det stämmer inte?”

”Vilket då?” frågade jag, naturligtvis för att vinna tid. Vad höll hon på med?

”Att du gick omkring med ett.”

”Gitarrfodral?”

”Ja.”

”Jo, det kan stämma.”

”Utan att spela gitarr?”

”Jag kan väl ha en gitarr utan att spela på den? Jag gillar gitarrer. Eller … vad vill du jag ska säga?”

”Sanningen, och hela jävla sanningen, eller vad dom nu säger i amerikanska domstolar, i alla fall på tv.”

Jag försökte som vanligt intala mig att panik inte finns om man inte låtsas om den.

Jag började tvivla på min egen tes.

När jag kom upp på rummet var jag förbannad. Jag slog på datorn, öppnade mejlboxen och – det hade inte kommit fler mejl. Men det som störde och förbryllade mig låg kvar.

Varför skriver du inte om smisket?

Jag hade faktiskt ingen aning.

KAPITEL 7

Köpenhamn
December

JAG KÖRDE FRAM och tillbaka mellan Malmö och Stockholm några gånger veckorna efter mordet. Det hände inte så mycket med utredningen, mer än att man kunde slå fast att den döda kvinnan var en Justyna Kasprzyk från Polen, och jag undrade om polacker hade lika svårt att komma ihåg och stava Harry Svensson som jag hade att komma ihåg och stava Justyna Kasprzyk.

Det hade tagit förvånansvärt lång tid att ta reda på vem hon var.

Ingen saknade henne.

Ingen hade anmält henne som försvunnen.

Hon hade inga personliga tillhörigheter på sig, ingen handväska med körkort eller id-kort, inga smycken och ingen mobiltelefon. Mordet hade blivit uppmärksammat i alla möjliga medier, men ingen trädde fram och sa att de visste vem hon var eller var hon kom ifrån, inte ens Tommy Sandell hade en aning om vem hon var, eller hur hon hade hamnat bredvid honom i sängen. Han satt däremot fortfarande häktad, misstänkt för att ha strypt henne. Förmodligen skulle han släppas inom kort på grund av svag bevisföring, ingen alls faktiskt.

Polisens kriminaltekniker fastslog tidigt att kvinnan med stor sannolikhet vuxit upp i ett gammalt östland, detta kunde man utläsa av hur hennes tänder var lagade.

Men hennes fingeravtryck gav ingenting förrän polisen i Malmö efter fem veckor fick ett mejl från polisen i Bydgoszcz i Polen om att fingeravtrycken matchade en Justyna Kasprzyk som gripits för sedlighetsbrott på ett av stadens hotell. Hon var vid tillfället nitton år.

Det enda jag visste om staden var att det var där som speedwayföraren Tomasz Gollob föddes.

Justyna var tjugosex när hon dog i en främmande säng, med en främmande man, i en främmande stad, i ett främmande land, och ingen ville veta av henne.

När jag efter ihärdigt letande på nätet fick tag på en person som i telefon motvilligt gick med på att han var hennes bror var han inte alls villig att ta emot mig eller ens prata med mig. Föräldrarna kunde ingen engelska, men Justynas bror sa:

”Min familj är hederlig, vi har glömt namnet du pratar om.”

Justyna höll till i Köpenhamn och hade en hemsida där hon kallade sig själv för *escort girl*.

Jag känner mig hemma i hamnar, dras ofta till dem med skräckblandad förtjusning. Köpenhamn är ingen riktig hamn längre, men på grund av en död ung kvinna åkte jag på kort tid dit mer än en gång.

När jag var riktigt liten var hamnen i Köpenhamn stor och brusande. Den doftade av kryddor, kaffe och ospecificerad mat och hade en helt egen rytm som präglades av fjärran länder och den eventuella fara som man kunde inbilla sig ingick i det konceptet.

I dag har de mat- och kryddoftande magasinen blivit bostadsrätter, gallerier och konserthus, och självaste Nyhavn är en turistfälla. Förr i tiden var Nyhavn en fascinerande plats med bovar, sjömän, tatuerare, bordeller, barer och kvinnor som satt i fönster eller stod i dörröppningar och sålde nåt som jag var för liten för att begripa.

Köpenhamn är inte vad det har varit.

Under en period var staden ett hem för övervintrande hippies och amerikanska jazzmusiker. De kunde inte ens betala för att få spela i USA men hittade en fristad i Danmark, där det var lätt att hitta röka, publik och kvinnor som var både intresserade, villiga och generösa.

Det är lite svårt att vänja sig vid att det tidigare så fria Köpenhamn blivit en chic hemvist för det man hittar i alla storstäder: Gap, 7-Eleven, Gucci, Tommy Hilfiger, Ralph Lauren och annat internationellt trams till ockerpriser. Där danskarna en gång hånade Stockholm för stadens ambitioner att bli nåt mer och större, kanske till och med ett internationellt centrum, är det precis vad Köpenhamn är i dag med sitt renoverade slakthusområde à la New Yorks *Meatpacking District* och krogar som har fler stjärnor i Michelin-guiden än man rökt joints på

Christiania. Det är nästan obegripligt att detta frisinnade land, denna egensinniga stad, dessutom blivit så främlingsfientlig och rasistisk.

Nu var jag så vuxen att jag trodde mig förstå vad kvinnorna sålde i Köpenhamn, men de stod inte längre i dörröppningar eller hängde ut från fönster i Nyhavn för att göra det, den största delen av den handeln sköttes via internet.

Jag hade inte så mycket annat att göra, och eftersom ingen annan verkade bry sig hängde jag på eget bevåg på lyxhotellens barer i Köpenhamn eller bland sprutnarkomaner och gatuprostituerade på den ökända Istedgade. Ingen kände en tjugosexårig polsk eskortflicka.

Där fanns inte så många polska prostituerade längre. Polskorna hade för längesen ersatts av kvinnor från Litauen, Ryssland och Moldavien, och nu hade människohandlarna börjat hitta ännu billigare kvinnlig arbetskraft i Afrika.

En två meter lång, svart man med breda axlar och bowlingklot till nävar hejdade mig en kväll på en tvärgata till Istedgade. Han tryckte upp mig mot en graffitiprydd vägg med ett grepp om strupen och sa:

”Om du inte köper, så *forsvind*. Och sluta trakassera mina *piger*.”

Han var huvudet längre än jag, då är jag ändå nästan 1,90, men när han släppte mig tog han sig ändå tid att titta på en bild av Justyna. Medan det verkade röra sig i den väldiga skallen funderade jag på om alla video- och dvd-butikerna på Istedgade verkligen kunde bära sig. Vem köper video eller dvd i dag? Allt finns på nätet. Alla laddar ned. Framför allt porr. Det var nog tio år sen jag själv hade besökt en porrbutik, däremot fanns det sajter som jag kollade åtminstone en gång i veckan, bara så man inte missade nåt.

”Hon gjorde speciella grejer”, sa jätten framför mig. ”Jag har aldrig jobbat med henne, vita brudar är trubbel, tror dom har egen vilja. Men jag vet vem hon är.”

”Hon finns inte längre. Hon är död”, sa jag.

Han ryckte på axlarna. ”Det kan hända vem som helst, både dig och mig. Men jag vet en som jobbade med henne. Hon heter Lone och brukar äta lunch på Dan Turèll.”

När han gick därifrån såg han ut som en vandrande lagårdsdörr. Han hade kunnat strypa mig om han ville.

Café Dan Turèll har fått namn efter den danske deckarförfattaren Dan Turèll och ligger på Store Regnegade i ett område som blev populärt när de gamla husen köptes upp av reklambyråer och butikerna började sälja de kläder i ny dansk design som erövrade världen.

Det är ett öppet och ljust café som påminner om en fransk bistro, och det tog tre dagar och tre luncher innan en lång bartender med snaggat hår och omfångsrikt ljust skägg pekade ut en kvinna som han sa var Lone.

Hon hade väldigt kort, blont hår och såg inte alls ut som en prostituerad, hur nu de ser ut. Hon hade en laptop och en stor, svart almanacka framför sig på restaurangbordet, och i blus och sober, mörk dräkt såg hon mer ut som en affärskvinna än nåt annat. Kjolen var kanske lite för kort, och visade för mycket av hennes lår, för affärer. Men det berodde förstås på vilken typ av affärer det gällde.

Lone åt en sallad med rökt lax, drack ett glas vitt vin och var motvillig och stressad. Hon ryckte på axlarna åt bilden av Justyna, och det var inte förrän jag sa att hon var död som hon reagerade.

”Är du *strisser*?” frågade hon. ”Är du snut?”

”Nej, jag är bara en som aldrig lärde känna henne”, sa jag. ”Det är sorgligt att ingen känns vid henne.”

”Hon jobbade ensam”, sa Lone medan hon petade i salladen.

”Hon dog i Malmö”, sa jag. ”Vet du om hon kände nån i Malmö?”

”Nej, men jag umgicks inte med henne. Jag visste bara att hon hade specialkunder. Och jag hörde det inte från henne själv, det var nån annan som sa att hon tog tåget till Malmö minst en gång i månaden. Hon hade en kund som betalade väldigt bra. Hon sa att han skulle göra henne rik. Hon ville till Amerika, till New York, där kan man tjäna stora pengar.”

Men Justyna Kasprzyk blev inte rik.

Hon kom aldrig till USA.

Hon dog på ett hotellrum i Malmö och hennes aska skulle så småningom hällas ut i det som kallas minneslund.

Den kvällen blåste det snålt och vasst i Köpenhamn, och när jag kom ut från Centralstationen i Malmö föll regnet hårt och obönhörligt.

Tåg som går under jorden i Malmö. Det kunde man inte ens tänka sig när jag var liten.

Jag vet inte vad kriminalinspektör Eva Månsson trodde eller tyckte om mig, eller varför hon gick med på att träffa mig, men hon var min enda ingång, min enda källa, i den här soppan och det var ofta ganska roligt att prata med henne, så länge vi pratade om musik, film och tv-serier. Hon var trettioåtta år, det hade hon sagt, och jag förutsatte att hon var ensamstående, men vi hade inte pratat om det.

Vi sågs på Kin-Long en kväll när Chien hade lagat en specialrätt med bläckfisk, räkor och fisk. Chien var en tunn man som inte såg ut att nånsin bli äldre än tjugofem och han pratade en lustig skånska med en intonation som verkade komma lite varstans ifrån. Chien var en av få krögare som gjorde menyn mer kinesisk jämfört med den Svensson-anpassade fyra små rätter och friterad banan.

Jag frågade: ”Även om ni jobbar med annat nu måste du väl själv ha funderat över varför en person, låt oss säga att det är en man, lägger en död kvinna i en säng bredvid en full och påtänd halvkändis.”

”Det är klart.”

”Och?”

”Vad tror du själv?” frågade hon.

Förutom att hon när som helst kunde komma med ovidkommande eller överraskande frågor hade Eva Månsson också en förmåga att nästan alltid svara på en fråga med en motfråga.

”Jag tror att mannen tog livet av kvinnan av en olyckshändelse, det var inte meningen, nånting kan ha gå snett. Hon var prostituerad och dom lekte kanske nån sån strypsexlek, och så gick det åt helvete”, sa jag.

”Det är lätt hänt”, sa hon. ”Var det inte en rocksångare?”

”Michael Hutchence i INXS, men han var väl ensam? Han hängde sig och runkade ensam på ett hotellrum, om jag minns rätt”, sa jag. ”Men vad gäller vår hotellman tror jag att han ville sätta dit Tommy Sandell … eller, nä, det är inte rätt ord, han ville inte sätta dit Tommy Sandell, men han ville markera nånting, han ville på nåt konstigt sätt straffa honom. Jag tror faktiskt att mördaren blev förbannad för att det var jag och inte Tommy Sandell som upptäckte kvinnan. Han ville att Sandell skulle få uppleva den ångesten."

"Varför ville han straffa honom?"

Jag hade inte hunnit fullfölja den tanken ens för mig själv, och blev förvånad över att jag hade uttryckt den högt. Jag svarade:

"För att han spelar så jävla pissig blues. Vi kan faktiskt ha med blueskännare att göra, dom är inte kloka, dom är mer rigorösa än en normal religiös fanatiker, bin Laden var en amatör i jämförelse."

Eva Månsson skrattade.

"Så vad händer med Sandell nu? Kan man få träffa honom?" frågade jag.

"Nej, han får bara träffa sin advokat, och han får inte läsa tidningar om det står om det här fallet", sa Eva Månsson. "Vi väntar på nåt, men vi vet inte vad, vi vet inget och vi hittar inget. Han kan inte sitta häktad tills korna kommer hem, han kan faktiskt släppas när som helst. Men varför tror du att den som har gjort det ville straffa Sandell?"

"Jag vet inte. Jag får inte ihop det."

"Har du träffat henne fler gånger?"

"Vem?"

"Hon på Bastard? Du kom ju ner hit för att träffa henne, det var ju så allting började. Och nu hänger du här hela tiden, då måste ni ju träffas stup i minuten."

Eva Månsson hade inte med detta att göra, men jag hade svårt att säga det eftersom det skulle låta så misstänkt. Men egentligen kvittade det vad jag sa, allt lät misstänkt.

"Nej, vi har inte träffats", sa jag. "Varför är du så intresserad av henne?"

"Inte alls, men jag vill ha ett sammanhang. Du åkte sextio jävla mil i bil för att träffa henne, och sen ses ni aldrig mer. Lite konstigt är det."

"Vi kanske inte hade nåt att prata om", sa jag.

"Nej, du satt ju på akuten hela kvällen", sa Eva Månsson.

"Kollade du verkligen det?"

"Jag är jävligt noggrann, skit ska hänga ihop. Du hade ett gitarrfodral med dig."

Jag undvek det förbannade gitarrfodralet och bad om notan. Medan jag höll på med kontokortsmaskinen sa hon: ”Man får inga *fortune cookies* här. Det får man i Amerika, har jag hört.”

”Har du hört? Har du aldrig varit där?”

”Nej, det har inte blivit av.”

”Varenda svenne åker till New York.”

”Jag är kanske rädd för att bli besviken”, sa hon.

”På vadå?”

”Det vet jag inte.”

”*Fortune cookies* är ändå bara påhitt, du tror väl inte på sånt? Det är som att läsa ett horoskop.”

”Man vet aldrig.”

”När jag började som journalist fick jag skriva horoskop varje dag.”

”Du snackar.”

”Hur går det till då? Tror du att man tittar med kikare, eller?”

”Nä, men nån … inte fan vet jag … nån utbildning måste man väl ha.”

”Det var en som ringde och klagade på horoskopen, hon tyckte inte att dom stämde alls på henne, och tidningens jazzskribent sa, ’Har du tittat på himlen? Har du sett hur mulet det är? Det fattar du väl själv att det är svårt att se hur stjärnorna står?’ Och hon som ringde köpte det. Men det var inte så konstigt att hon var upprörd, jag skrev ju inte om henne, mina horoskop handlade om kompisar, mina föräldrar, nån tjej jag var kär i.”

”Det var det jävligaste jag har hört”, sa Eva Månsson.

”Driver du med mig? Du är utredare, du är polis, du är kriminalinspektör, du tror väl inte på sånt skrock som nån bara hittar på?”

”Man vet aldrig.”

När vi hade gått ut från Kin-Long slog det mig att jag inte visste var hon bodde. Jag tänkte fråga, men Eva Månsson var snabbare:

”På akuten sa du att du skulle spela den kvällen, men att det blev inställt.”

”Jag minns inte vad jag sa.”

”Sköterskan påstod det.”

”Ja, då gjorde jag väl det, då”.

”Jag tror inte att han fattar vad som har hänt.”

”Vem?”

”Sandell.”

”Nähä … och?”

”Nä, inget mer. Jag tror inte det. Han säger så konstiga saker.”

”Som vadå?”

”Konstiga saker.”

Våra möten var på så och på många andra sätt både irriterande och ofullständiga.

Just den kvällen var kylig och för Malmö typiskt rå, med en otäck, benvit fullmåne… och jag kan ju inte släppa det … hade behövt det.

Eller inte.

Jag hade hållit min sedvanliga monolog om horoskop och att stjärnorna inte kan påverka oss och våra liv, men med tiden hade jag kommit på att fullmånen påverkar både mig och mina böjelser.

Jag är rädd för fullmånen.

Jag är rädd för höjder, fullmånen och Dressman-männen.

Min rastlöshet, oro och behov – allt kommer innan jag ens fattat vad som är på gång. Jag förstår aldrig förrän jag tittar upp och ser det skinande klotet, och är det mulet kanske jag aldrig kommer på det, men just den där kvällen när Eva Månsson försvann bort mot Södra Förstadsgatan i Malmö var det stjärnklart och månen lyste så starkt att det blev skuggor på marken.

Det är obehagligt.

Som att pressas ned mot marken, som om det är fullständigt omöjligt att fly, som om jag inte kan komma undan vem jag är och vad jag tänker.

Jag kan äcklas av mig själv.

Tydligen har jag tillräckligt med spärrar för att inte gå över gränsen och bli kriminell, men jag skräms av mina tankar eftersom de blir så intensiva under fullmånens gång.

Det finns ibland, eller har funnits, sätt att tillfredsställa behoven, och aldrig känns sex så intensivt och så mäktigt som då. Djuriskt. Som att bli nån annan, förflyttas in i en helt annan värld och efteråt vakna upp och känna det som om jag varit nedsövd när jag i själva verket varit mer aktiv och levande än normalt.

Men en kväll i Malmö i fullmånens sken fanns bara en enda sak att göra: dricka.

Jag drack på Bullen där jag suttit med Krister Jonson, men jag satt inomhus.

Jag drack på Café le fil du Rasoir, som matsalen och baren på Savoy heter, och jag tror till och med att jag gick in på hotellets pub, The Bishops Arms, och drack nåt så enkelt som stora starka med fler glas calvados än vad som är nyttigt.

Jag säger aldrig så mycket vid dessa tillfällen eftersom jag inte vet vad jag skulle kunna häva ur mig, jag sitter ensam långt in eller längst bort vid bardisken och försöker låta bli att tänka.

Jag hade lyckats ta mig tillbaka till Mäster Johan, till min egen lilla våning, utan att jag kom ihåg det, men jag låg inte i sängen utan på golvet när jag vaknade av att en hundjävel skällde, det lät som en schäfer och den gav aldrig upp, och fick man verkligen ha hund på hotellet?

Men ljudet kom från innerfickan på kavajen och det kom från min mobiltelefon, den kunde tydligen skälla också, det finns ingen hejd på vad utvecklingen kan hjälpa oss människor med.

När jag fick igång den hörde jag Eva Månsson:

”Dom släpper han i dag. Och det snöar. Sandell får en vit jul, himma hos mossan, om han har nån.”

När jag kom på fötter och tittade ut genom fönstret snöade det över takåsarna i Malmö.

Min almanacka låg på golvet.

Jag hade slagit upp datumet när jag hittade Sandell med Justyna Kasprzyk i en hotellsäng.

Jag hade skrivit och ringat in ordet ”HA!” och dragit en pil till tecknet för fullmåne.

KAPITEL 8

Malmö
December

INGEN KAN HITTA i Malmö längre.

Det som en gång var min egen ficka är i dag som att bära död mans byxa.

Ingenting blev lättare av att jag var bakfull som en felnavigerad val och att snön yrde med flingor stora som pizzor.

Jag hade tur som fick åka med en av tidningens fotografer till Ystad. Min tanke var att hänga utanför polisstationen, ta emot Tommy Sandell och ta honom med oss innan han hann reagera, och framför allt innan han hann prata med eller ta kontakt med en annan tidning eller tv-kanal.

Och även om jag fortfarande hittar någorlunda i centrala Malmö är det nya systemet med yttre ringväg väldigt förvirrande. Och så nytt är det inte heller, den slingan har säkert funnits i tio år, kanske ännu längre. Men Stefan Persson, en ung man med skäggstubb och ring i höger öra, var som alla fotografer: Han körde bil bra och hittade överallt. Det är som om alla dagstidningsfotografer har en inbyggd GPS, att det faktum att de kan hantera en kamera också betyder att de både hittar och kör bra. Jag hade själv köpt en GPS men hade ännu inte lyckats begripa mig på den.

Vi körde ut ur stan via Dalaplan och Ystadvägen, jag tror att den fortfarande leder till Ystad så småningom.

Men jag vet inte, det känns inte som samma väg längre. Det är möjligt att minnena förskönar, men att åka på Ystadvägen från Dalaplan är numera som att åka i gamla Östtyskland, inte ens ordet deprimerande fungerar som beskrivning: Gamla tegelhus som tiden gjort fula och fabriker och åkerier som jag inte minns fanns, men det måste de ha gjort. Och när man förr åkte in, genom och ut ur en massa samhällen på väg mot Ystad ser man dem i dag bara som sovstäder bakom höga bullermurar medan man själv dundrar fram på nåt som liknar en motorväg.

Jag sov ganska gott när Stefan Persson väckte mig utanför häkteslokalen i Ystad och sträckte fram en mugg rykande hett kaffe. Det är också nåt tidningsfotografer är bra på, att hitta kaffe där man minst anar det.

Det snöade i Ystad också. Men det var ingen snö som blev liggande, det var bara en obehaglig blötsnö som drabbade mänskligheten i södra Skåne som ett hot.

Om Tommy Sandell blev förvånad över att se mig och Stefan Persson när han kom ut från polisen en timme senare visade han det inte.

Själv blev jag förvånad över att Sandell såg så pass pigg ut, det verkade som om veckorna i häktet snyggat till honom både mentalt och kroppsligt.

Han hade lagt sig till med skägg, hade keps som det av nån anledning stod "Yankees" på, slitna jeans, gympaskor och en grå överrock av samma typ som kriminalinspektör Eva Månsson brukade ha. Han bar sina tillhörigheter i en stor, svart plastpåse. Även om han framstod som lätt luggsliten såg han betydligt bättre ut än när jag hade träffat honom senast, då låg han på en bår och det såg ut som om han vinkade.

Framför allt måste han ha sett tusen gånger bättre ut än jag själv kände mig.

"Svensson!" utbrast han och kramade mig. Han böjde huvudet bakåt och sa: "Aha, man har inte borstat tänderna i dag?"

"Jo, lite", sa jag.

Stefan Persson tog bilder på kramen, han tog bilder där Tommy Sandell stod på trottoaren och sträckte armarna mot himlen. Just en sån bild låg över två sidor i tidningen dan därpå med rubriken: *NU BÖRJAR LIVET.*

Det var en bra bild med snöflingor och allt, och det var så Tommy Sandell såg det: Han hade hamnat i skiten, han hade "suttit inne", men han hade tagit sig upp och upplevelsen hade fått honom att bestämma sig för att börja ett nytt liv.

Jag hade redan ringt till Krister Jonson och bett honom att mot betalning köra ned till Malmö och hämta Tommy Sandell så att ingen annan skulle kunna få tag på honom. Jag hade också skrivit en rak nyhetsartikel till webben om att Tommy Sandell var släppt och därmed inte längre misstänkt för mordet på en ung polsk kvinna. Andra media skulle därefter snabbt börja jakten på honom, och det gällde att hålla honom gömd.

Det skulle vara korkat att ta Sandell till Mäster Johan igen, och även om min första tanke hade varit att checka in honom på Hilton vid Triangeln ville jag inte att han skulle bo på hotell, det skulle gå alldeles för lätt att hitta honom för den som ville.

I stället körde Stefan Persson oss till Kin-Long, kinakrogen. Jag visste att Chien kom dit ganska tidigt om dagarna, och vi fick sitta i det inre rummet, det som numera fungerade som bar, utan att nån störde oss.

I bilen hade jag suttit fram och Tommy Sandell där bak, och han hade pratat oavbrutet.

”Förstår du vad det här kan ge mig nu? Förstår du vilken inspiration jag har fått? Jag kan måla, jag kan skriva, jag kan sjunga och spela. Jag är fri.”

”Ja, jag vet det, det var jag som hämtade dig”, muttrade jag.

Han lyssnade inte, han bara pratade: ”Alla stora bluesmusiker har suttit i fängelse, till och med Johnny Cash, och se hur det gick för honom.”

”Han satt väl bara några timmar”, sa jag tyst för mig själv.

”Robert Johnson satt inne”, fortsatte han.

”Nej, men han sålde sin själ till djävulen”, muttrade jag.

Tommy Sandell var en frälst man.

Han hade inte fått läsa tidningar när han satt häktad, och hade följaktligen inte läst min första artikel, den med bilderna som jag hade tagit av honom, den döda kvinnan och det sönderfestade rummet. Det kändes inte som om han så gärna hade ställt upp på en intervju om han hade sett de bilderna.

Inne på Kin-Long drack Tommy Sandell isvatten och te, och vi åt en frukost som bestod av dumplings. Det kan tyckas vara en udda frukost, men det var goda dumplings och jag hade inte ätit en bit på hela dan så det kunde lika gärna vara lunch eller middag för min del. När vi hade ätit klart åkte Stefan Persson därifrån, han behövde inte fler bilder.

"Det är slut med sprit och sånt nu", sa Sandell.

Det blev en bra intervju.

Tommy Sandell var i vissa lägen naiv som ett barn och inte det minsta medveten om vilka fällor jag gillrade för honom - han inte bara gick in i dem med öppna ögon, han tog in hela soffgrupper, satte upp tavlor på väggarna och gjorde sig hemmastadd i dem.

"Vet du vad det bästa var?" frågade han.

"Ärtsoppan?"

"Ärtsoppan? Vad menar du?" frågade han och såg förvånad ut.

"Dom brukar säga att ärtsoppa är gott på institutioner och i storkök."

"Storkök? Dom hade matvagn."

"Då vet jag inte vad det bästa var", sa jag och tänkte att matvagnen säkert kom från ett storkök.

"Rutiner", sa han.

"Rutiner?"

"Jag fick rutiner. Tidig frukost, och sen fick jag göra en lista över vad jag ville göra resten av dan. Dom flesta, och du, Svensson, vilka typer där fanns, du skulle inte tro mig … jag har material för en dubbel-LP … dom flesta ville bara spela tv-spel och sånt, men jag fick pennor och papper, fina pennor må min herre tro, och jag fick in en akustisk gitarr och, fattar du, Svensson? Det bara kom till mig … musik, bilder, jag har inte känt så stor skaparkraft på många år."

Jag orkade inte säga att man inte gjorde dubbel-LP längre.

"Sen var det lunch, sen var det promenad, och ville jag prata med nån filur om livet och knark och sprit så kunde jag göra det. Men egentligen pratade jag bara med min advokat."

Tommy Sandell tog sig om hakan och såg sig omkring.

"Tror du man kan få en öl?" frågade han.

”Det var ju slut med det, sa du”.

”Ja, men för bövelen, *en* öl kan inte skada. Jag har för fan suttit i fängelse, jag måste få en liten belöning, balsam för själen.”

Chien kom med en halv liter Mariestad på flaska.

Jag lät Tommy Sandell berätta om hur det var att sitta i häktet i Ystad, men började undan för undan fråga om kvällen i november.

Han hade druckit nästan två flaskor öl och sa:

”Det är jävligt svårt, alltså ... det är som ... vad heter det, jag glömmer ord numera ... minnesluckor! Så heter det, det är som minnesluckor.”

”Vad minns du?”

”Att vi checkade in, jävligt flådigt hotell, min herre, det var på tiden efter alla vandrarhem dom tvingar in en skapande konstnär på nu för tiden.”

Det var också som om det räckte med två öl för att han skulle få tillbaka sitt typiska sätt att prata, det storvulna, överdrivna, och det var också som om den fräschör jag tyckte mig ha sett i Ystad, och i bilen på väg till Malmö, försvann med varje klunk. Ansiktsfärgen blev röd och anletsdragen verkade falla samman, hela han verkade bli mindre och hopsjunken.

Samtidigt kände jag mig piggare och starkare för varje glas vatten och varje ny kopp kaffe jag drack. Det var kanske kinakaffe.

”Du gick på krogen ... ”

”Krogvärmen är det bästa jag vet, krogvärmen och en kvinnas famn.”

”Du var där med en kvinna.”

”Kanske det”, sa han efter en stund. ”Hur såg hon ut?”

”Kort, mörk, hon sa inte så mycket”, sa jag och undvek att nämna att hon verkade alkad.

”Stora bröst?”

”Det minns jag inte.”

”Där ser du själv, dessa satans kreatur till minnesluckor. Men det är därför tiden i fängelset var så bra, när man har suttit av *hard time* så vet man vad som gäller.”

Han började på en tredje öl, och det som startat som en glimt i ögat blev till slut ett stort leende, och så viftade han fram och tillbaka med pekfingret framför mitt ansikte och sa:

”Men din kvinna, henne minns jag.”

Alla verkade göra det.

”Snygg, vacker, galant. Hur var hon?”

”Hon var trevlig.”

Han skrattade högt.

”Trevlig! Jag menar i sängen. Hur var hon i sängen? Tystlåten och stilla? Full fart? Skrek hon?”

”Jag vet inte, vi låg inte med varandra.”

Han skrattade igen.

”Och det vill du att jag ska tro?”

”Du får tro vad du vill.”

”Hade jag satt på henne hade hon skrikit, det kan jag lova, det brukar dom göra.”

Jag nämnde inget om vad Krister Jonson hade berättat.

”Jag är mer intresserad av kvinnan som låg i din säng”, sa jag. ”Minns du nånting av henne, eller hur just det gick till?”

Han flyttade på sig i soffan, och det lät som om han fes. Efter bara några sekunder spred sig en sur lukt i lokalen.

”Det var ljuvligt”, sa han. ”Blir alltid gasig av kinamat. Det är kanske därför det är sed att släppa sig och rapa efter maten i Kina. Har du hört det?”

”Kom igen, Tommy, skärp dig. Vad minns du?”

Han hade slutat hälla upp öl i glaset och drack i stället direkt ur flaskan innan han började massera tinningarna medan han stirrade ned på soffbordet framför sig som om han koncentrerade sig djupt. Till slut sa han:

”Jag minns vagt att vi var på KB, klubben. Men nån måste ha hackat upp lite pulver för jag var helt jävla stasad. Jag tror Krister, Jonson alltså, du vet vem han är … jag tror han var skitsur. Jag kände mig i bra form, men jag fick inget ljud i gitarren och det var som om jag gick i träsk eller soppa … ”.

Därefter tystnade han som om han inte riktigt visste vad han pratade om eller ville säga, men han hittade en tråd och sa: ”Men efter det, det var som en dålig film, du vet såna dom visade på tv förr, suddigt och konstigt och man begrep inte ett skit, men titta måste man för det var den enda filmen på tv den veckan.”

”Det var fest i lobbyn på hotellet, sen vet ingen vart alla tog vägen. Vissa av dina festpolare försvann, men några måste ha följt med upp för det var burkar på ditt rum. Men hur kom du dit upp? Minns du? Tänk, Tommy. Du säger själv att du var ’helt stasad’, och andra säger att du var helt borta.”

Han grymtade nåt obegripligt. Han sa:

”Man … man måste vara på tå hela tiden som artist”.

”Och vad fan betyder det?”

”Tänk på det, Svensson, tänk på det. På tå”, sa han och pekade allvarligt på mig. ”Alltid på tå.”

”Jag tänker på att ingen gett sig till känna, ingen har identifierats och ingen har anmält sig till polisen för att berätta”.

”Tjallare är dödens, det lärde jag mig på kåken.”

”Men kom igen, Tommy, du satt inte på kåken, du satt inte av *hard time*, du var på ett mysigt ställe där dom binder kransar, gör korgar och sån skit, jag har sett hemsidan.”

”Jag har svurit”, sa han och la höger knytnäve över sitt hjärta. ”Jag tjallar aldrig.”

Hade jag varit lagd åt det hållet hade jag kunnat använda min högra knytnäve till att nita honom rakt över näsan.

”Jag minns att jag satte på henne”, sa han till slut. ”Hon var som ett djur, skrek som en gris när det gick för henne. .”

Jag sa fortfarande ingenting om vad Krister Jonson hade berättat, jag sa: ”Du var helt väck, Tommy, hon hade alla sina kläder på sig och det hade du också.”

”Tror du det?”

”Jag vet det. Minns du inte att jag var där? Jag var i rummet.”

Han la pannan i veck, såg ut att fundera länge och väl, sken till slut upp och sa:

”Jag vill ha en öl till. Och kanske nåt litet starkt”, sa han och la huvudet på sned som ett litet barn som ber om godis vid kassorna i snabbköpet trots att det är inte lördag. ”En konjagare. Tror du kinesen har konjagare?”

”Kinesen heter Chien”, sa jag. ”Han har konjak.”

Han hade till och med väldigt fin och gammal konjak, men jag bad om den billigaste. Det kändes som om Tommy Sandell höll på att glida bort från mig och då var det onödigt att betala dyrt för det. Han skulle ändå inte märka nån skillnad.

Vi hade suttit hela dan i det inre rummet på Kin-Long och det såg ut som om Tommy Sandell sov, när han plötsligt ryckte till, tittade upp och frågade:

”Var det du som stoppade om mig?”

Jag satte mig upp, skärpte mig. Det här var nåt nytt. Jag hade gjort mycket i det rummet, men jag hade inte stoppat om Tommy Sandell.

”Nej, det var inte jag”, sa jag.

Han tittade på mig.

”Nej, han var större.”

”Nån som var större än vad jag är … stoppade om dig, är det vad du säger?”

Han suckade djupt, drack häftigt ur ölflaskan och sa: ”Äh, jag vet inte, det är så suddigt.”

”Sa han nånting? Tänk nu, för helvete, Tommy.”

”Jag tänker, jag tänker, men det blir inte bättre för att du skriker åt mig.”

Jag förstod inte hur Krister Jonson stod ut med att åka landet runt med den här barnungen.

”Sa han nånting? Minns du det? Kom igen, Tommy.”

Tommy Sandell svarade inte, Tommy Sandell hade somnat.

Jävla idiot, tänkte jag. *Idiot!*

Samtidigt kom ett sms från Krister Jonson: Han hade en timme kvar, meddelade han. Jag vände mig bort från den snarkande Tommy Sandell, slog på datorn och började skriva ut den intervju som nästa dag, synnerligen exklusivt, skulle publiceras till en bild med en jublande Tommy Sandell bland virvlande snöflingor i Ystad och rubriken *NU BÖRJAR LIVET*.

Det verkade inte vara ett nytt liv, inte med tanke på hur han såg ut där han halvlåg i en soffa på en kinakrog i Malmö och snarkade med öppen mun.

Chien hade bytt om, och det hade börjat komma middagsgäster ute i restaurangen, men Krister Jonson hittade in till det innersta rummet, och när jag tittade upp från datorn pekade jag på Tommy Sandell och sa:

"Han har börjat ett nytt liv."

"Jag ser det", sa Krister Jonson. "Jag la några kalla i en kylväska för säkerhets skull. Han har börjat nya liv förr, om man säger."

Medan Chien serverade Krister Jonson en vårrulle och kyckling med ananas gick jag till två olika bankomater och tog ut sammanlagt tolvtusen kronor som skulle täcka bensinkostnader, omhändertagande och viss tystnad.

I det här fallet handlade det inte om faktura, nu var allting svartare än Kongo, som Krister Jonson själv så fyndigt hade uttryckt det.

När jag gav honom pengarna sa jag:

"Sandell har inte frågat efter sin mobiltelefon, men jag hittade den i plastsäcken bland hans andra grejer. Jag har inte slagit på den och det behöver väl inte du heller göra? Om han sitter i din buss kan ingen nå honom i natt. Du kan väl slå av din mobil också? Då behöver du inte ljuga om det ringer en reporter och frågar om du vet var Sandell är."

Krister Jonson såg exakt likadan ut som senast, förutom att det stod Motörhead i stället för Dr Feelgood på hans T-shirt. Han nickade och sa mellan tuggorna:

"För tolv papp behöver jag inte slå på mobilen på en vecka, om man säger. Och om du vill kan jag köra hem honom till mig, vi är väl inte framme förrän nån gång framåt morgonen. Tanten brukar aldrig vakna så dags, så då kan han sova på min soffa och så kör jag honom till Stockholm i morgon. Visst."

Det gick förvånansvärt lätt att få någorlunda liv i Tommy Sandell, och han muttrade nåt som lät ganska godmodigt medan vi ledde ut honom till Krister Jonsons Mercabuss.

När vi fått upp honom i passagerarsätet och jag hade spänt fast honom fick han ett lustigt uttryck i ögonen och sa:

”Vet du vad han sa?”

”Vem?”

”Han som var större än du.”

”Vad sa han?” frågade jag snabbt och intresserat.

”Han hyssjade och sa att jag skulle sova vidare, för … ’det här är precis som Robin Hood på julafton.’”

”’Som Robin Hood på julafton’, sa han precis så?”

”Ja”, sa han och såg nöjd ut.

”Vad menade han med det?”

”Han drog väl ut genom fönstret med alla pengapåsarna”, sa han och gapskrattade.

Jag gick runt till andra sidan bussen och frågade Jonson: ”Du som känner honom, vad fan pratar han om?”

Krister Jonson ryckte på axlarna, drog ett sista bloss på sin cigg, kastade fimpen på marken, klev in i sin buss och styrde ut från Malmö. Det rök om avgasröret och luktade illa i säkert en minut efter det att han hade försvunnit bort från Triangeln. Det var kanske inte världens bästa långfärdsbuss men jag hade hört att den skulle vara skön att sova i.

Jag inbillade mig att jag hörde Tommy Sandells snarkningar ända bortifrån motorvägen.

Jag gjorde upp med Chien och fick kvitto för maten, ölen och den sista konjagaren, Sandell hade druckit två. Eller två och en halv, jag svepte det sista av den tredje, jag hade ju betalat för den.

Krister Jonsons tolvtusen fick jag hitta nåt sätt att få tillbaka, jag hade varit rätt duktig på kvittofiffel när kvittofiffel var sånt man skulle syssla med.

Jag skickade artikeln, och Carl-Erik Johansson ringde själv en halvtimme senare och sa att allting var kanon.

”Är det ingen annan som kommer åt honom nu?” frågade han.

”Ingen.”

”Hur vet du det?”

”Det behöver du inte veta”, sa jag. ”Det räcker om du attesterar.”

Jag ringde till Eva Månsson och läste helt kort in på hennes telefonsvarare att jag hade träffat Tommy Sandell och gjort en intervju som skulle publiceras nästa dag. Jag berättade varken för Carl-Erik Johansson eller för Eva Månssons telefonsvarare att jag, i praktiken, söp ned Tommy Sandell - och det var ju väldigt hyggligt, nu när han skulle sluta ”med sprit och sånt” - och att han hade svamlat om en stor man som pratade om Robin Hood samma kväll som en ung polsk kvinna blev mördad.

Några hemligheter måste en man ha.

I alla fall en journalist.

Speciellt i en värld som blivit av med alla sina hemligheter.

Det var ingen schäfer som väckte mig nästa morgon, ingen gammal biltuta, inget flipperspel eller pianoriff, inget av det som den moderna tekniken anser att vi människor inte kan leva utan. Jag hade stängt av mobiltelefonen på kvällen så att ingen skulle kunna ringa mig, och jag beställde en old school-väckning som bestod i att jag ringde ned till receptionen och bad dem ringa mig klockan sex.

Man kan själv knappa in de uppgifterna på hotellrumstelefonen, men det är en process så svår att jag gärna avstår. Jag försökte en gång för längesen, och då ringde telefonen en timme efter jag hade somnat och därefter varje påföljande timme.

Nu steg jag upp klockan sex, och klockan sju satt jag i bilen på väg norrut, på väg mot Stockholm.

Snöfallet hade under natten övergått till ett regn som slog hårt mot bilrutan, vinden blev byig och jag höll så hårt om ratten att knogarna vitnade.

KAPITEL 9

Stockholm
Januari

ALLA SVENSKAR DRÖMMER om en vit jul, men när den väl kommer – och den kommer oftare och mer brutalt än vad de flesta svenskar minns – vill de omedelbart slippa den, och börjar blogga och twittra om vilket helvete snön ställer till med.

Kriminalinspektör Eva Månsson i Malmö hade haft rätt: Det blev en vit jul, inte bara för Tommy Sandell utan för större delen av Sverige.

Den snö jag hade stött på när jag körde norrut från Malmö gjorde sig snabbt bekväm, la sig till rätta och vägrade flytta på sig. Termometern utanför mitt fönster i Stockholm visade vissa morgnar på minus nitton grader, och det är en temperatur som är avsedd för eskimåer och inte för moderna och mondäna storstadsmänniskor.

Den panik jag hade känt i Malmö, när jag fick det mystiska mejlet och när Eva Månsson nästan alltid ställde en massa obehagliga frågor hade inte gjort sig påmind på länge.

Jag hade inte fått fler mejl.

I alla fall inte i det ämnet.

Jag hade däremot fått förfrågningar om medverkan i både radio och tv med tanke på vad jag hade skrivit om Tommy Sandell och den döda kvinnan i Malmö.

Ibland ställde jag upp, ibland inte.

Det hade mest att göra med om jag fick betalt eller inte, och om de såg till att jag fick åka taxi både till och från radiohuset och olika tv-studior.

Det fanns ett program med en kriminolog, eller brottsprofessor eller nåt sånt, som var omåttligt populärt, och både jag och kriminalinspektör Eva Månsson skulle vara med i samma program.

Man hade flugit upp henne för att prata om galningen som sköt invandrare i Malmö och jag skulle, som vanligt, prata om Tommy Sandell. Hon hade egentligen inget ansvar för utredningen om invandrarjägaren, men produktionsbolaget var, på grund av den ständiga dominansen av män och gubbar i media, ute efter en kvinna som kunde uttrycka sig och såg bra ut i tv.

Det gjorde Eva Månsson. Och hon svor inte i tv. När hon kom till Stockholm sa hon:

"Här är för jävelen kallt som en åsnepitt i Alaska."

Men när hon väl filmades i en studiosoffa använde hon ett helt annat språk, det var knappt man märkte den skånska dialekten ens.

De hade placerat henne på Lydmar, och det hotellet har en väldigt fin bar där vi drack var sitt glas vin innan jag bjöd henne på middag på en krog på Riddargatan där jag brukar hålla till.

"Träffar du Sandell nånting?" frågade hon.

"Nej, jag trodde vi skulle ses i en radiostudio en morgon, men han dök aldrig upp. Lika bra det. Jag har inget att säga honom, och det verkar inte som om han har nåt att säga mig eller oss heller."

Detta var nu inte helt sant.

Och jag undrade om Eva Månsson var lika hemlighetsfull med vissa saker som jag. Jag hade inte berättat om hur Tommy Sandell sa att en man som var större än jag hade stoppat om honom, och jag vet inte riktigt varför jag inte hade gjort det.

Jag hade heller inte berättat om mejlet jag fått.

"Var det hit ni gick?"

"Vem?"

"Du och hon."

"Förlåt?"

"Hon du träffade i Malmö."

"Du vet nog mer än jag i den frågan", sa jag mer retligt än jag tänkt mig.

"Du blir alltid så upphetsad när hon kommer på tal", sa Eva Månsson.

Det hade varit det som var felet den kvällen, att jag blev upphetsad. Förmodligen en fullmånefan som jag inte ens la märke till.

”Var det här ni träffades? Är det hit du brukar ta dom?”

”Vilka dom?”

”Inte vet jag. Hon.”

”Nej, det är det inte.”

”Du sa att ni hade träffats på en tillställning i Stockholm, och jag trodde att det kanske var här.”

Jag sa ingenting på ett tag. Jag kunde inte säga att det var vinprovning, för det var rätt lätt att kolla för en så envis och noggrann kvinna som Eva Månsson, och jag kunde inte bara hitta på en tillställning för då hade hon säkert bara sagt att det inte fanns nån.

”Det var en fest på ett helt annat ställe.”

”Fest? Ingen tillställning?”

”Inte vet jag vad det skulle kallas.”

”Du sa tillställning förut, nu är det fest.”

”Jag tror det är samma sak.”

Hon la besticken ifrån sig och sa:

”Nu vill jag ha vanligt svart bonnakaffe och en stor jävla konjak.”

Malmö hade drabbats av en person som sköt mot invandrare, en modern ”laserman”, och jag försökte föra över samtalet dit, men enligt Eva Månsson fanns det inte så mycket att säga.

”Jag har ingen förstahandsinformation även om tv-folket tror det. Men jag är inte dummare än att jag begriper att dom vill ha ett fruntimmer i stället för alla gubbar. Och jag tackar aldrig nej till en gratisresa till Stockholm”, sa hon.

”Och ni har inte kommit en millimeter längre vad gäller Sandell och Justyna?”

”Nej, vi har gått igenom hotellet och hotellgästerna för femtioelfte gången, vi har lyst kärringen han satt med på krogen men vi har inte hittat nånting nytt.”

Hon svepte det sista av konjaken och sa:

”Men så är det ibland, det är inte meningen att vissa fall ska bli uppklarade.”

”Det där är bara nåt du säger”, sa jag.

”Ja, det har du rätt i, jag sa det alldeles nyss”, sa hon.

Vi bad krogpersonalen ringa efter taxi, och jag följde henne till ingången. Hon hade lager på lager av kläder och toppade allting med en pälsmössa som kunde ha tillhört en rysk soldat vid fronten under vinterkriget. Snön både vräkte och yrde utanför fönstren och taxin hade problem med att ta sig uppför backen på Riddargatan.

När taxin hade sladdat bort i snön gick jag tillbaka in på krogen och satte mig.

Det är aldrig så skönt att sitta på en krog med stora fönster som när det regnar eller snöar. Det var ganska fullt vid de små borden, och det uppstod ett lågmält sorl som är ett av de vackraste ljuden jag vet.

Jag satt kvar tills de stängde.

Jag hade inte så mycket annat att göra.

Och nån ska sitta kvar tills en krog stänger.

Kanske skulle jag ta ytterligare en sväng till Köpenhamn. Men jag trodde inte jag skulle hitta nåt, eller få nån att säga mer än vad de redan hade sagt.

Och varför skulle jag göra det?

I vems intresse?

Och vem skulle jag berätta det för?

Eva?

Var jag nu helt plötsligt Eva med henne?

När jag vaknade morgonen därpå var det bara sjutton minusgrader. Våren var på väg.

Elementen var varma men huset var gammalt och det drog vid fönstren och längs golvlisterna så jag hade faktiskt en tjock tröja, halsduk och skor på mig när jag slog på datorn.

Jag hade fått mejl.

Jag kände inte personen som skickat mejlet, och avsändaren var ingen som man lärde sig utantill, men jag kände igen den så fort jag såg den: zvxfr. Meddelandet löd:

Bra tv. Men Eva Månsson har inte berättat allt.

Klockan var tio, mejlet hade landat 7.45.

Vad var det Eva Månsson inte hade berättat?

Jag tog mobiltelefonen och ringde, samtalet gick direkt till svararen, hon satt förmodligen på planet ned till Malmö.

Jag läste inte in nåt.

Vad skulle det i så fall vara?

Vad skulle jag i så fall säga?

Jag var inte bra på att berätta om mig själv.

Betydligt bättre på att berätta om andra.

KAPITEL 10

Göteborg
Februari

HAN BESTÄMDE SIG när han satt i bilen och lyssnade på regnet som slog mot taket och rutorna.

Bestämde sig.

Skulle visa henne.

Visa att man inte uppför sig hur som helst.

Inte ostraffat, i alla fall.

Han skulle aldrig glömma föraktet i hennes blick. Eller om det var förvåning. Nej, det var förakt. Avsky.

Samma blick som nästan alla kvinnor gav honom.

Och sättet som hon sa att hon hade ångrat sig... att det varit fel allting... från början till slut... han hörde orden, men han såg också föraktet, eller om det var avskyn, sen kvittade det om hon lät medlidsam på rösten. Medlidandet var nästan värst, värre än föraktet. Som om hon tyckte synd om honom, som om hon ansåg sig förmer bara för att hon, just hon, såg så bra ut.

Han gick ut ur bilen, hämtade väskan som låg i bagageluckan och satte sig bakom ratten igen.

Han reste alltid med en speciell väska, åtminstone när han körde bil, eftersom han tidigt hade lärt sig att alltid vara förberedd. Tillfällena dök upp när man minst anade det. Allt låg i prydlig ordning och han behövde bara sticka ned handen och dra upp en peruk som fick honom att se några år yngre ut när han fick den på plats på hjässan, åtminstone tyckte han det själv när han tittade i backspegeln. Den var svart och tjock och gick att trycka fast. Han tog fram en mustasch som passade till.

Glasögon? Han provade ett par stålbågade.

Nej.

Han provade ett par med tjocka, mörka bågar.

Varför inte?

Han hade blivit duktig på att maskera sig, byta utseende.

Nu såg han såg annorlunda ut, distingerad. Det var inte mycket som gick att göra åt kroppen, men han hade under åren övat in mer än en hållning, och när han samtidigt haltade, höll huvudet lite på sned och var klädd i både peruk, mustasch och glasögon skulle han vara svår att känna igen för till och med den som redan hade sett honom en gång. Han trodde inte att så många hade gjort det, kanske ingen alls, man behövde till exempel inte gå förbi receptionen på hotellet om man skulle upp på rummen, det gick förvånansvärt bra att hålla sig anonym.

Han lät högra handen glida över innehållet i väskan, lätt packning, det var ju första gången, skulle ha blivit första gången. Gå varligt fram. Se vart allting ledde.

Det hade bara lett till ett kafé och en alldeles för dyr räksmörgås.

Hon hade kastat en blick på honom, och han hade vetat att ingenting skulle leda till nånting.

Hon hade bett honom gå.

Kört i väg honom. Som en hund.

Byracka.

Samtalen via mejl hade lovat så mycket mer.

Men han skulle visa henne.

Tukta henne.

Han tog upp ett par handbojor ur väskan och stoppade dem i kavajfickan. Hur lätt han än packade hade han alltid handbojor i väskan, en bitboll, silvertejp och en hårborste av trä. Skulle det bli aktuellt kunde han alltid använda sin livrem.

Det knäppte om bilens dörrlås när han tryckte på startnyckelns fjärrkontroll och började gå tillbaka till hotellet. Regnet hade tilltagit i styrka, och han hoppades att peruken skulle sitta kvar.

Man kunde inte ta sig upp till hotellets olika våningar utan rumsnyckel, men han trodde det skulle gå lätt att få ta tag i en i hotellets pub.

The Bishops Arms låg en trappa ned, och värmen från puben gjorde hans glasögon immiga. Han blev stående just innanför dörren, osäker, han var inte van vid glasögon och visste inte hur en man med glasögon reagerade i såna här fall.

Han tog ett par steg och stod stilla nedanför trappan tills han kunde se åtminstone hjälpligt innan han tog av glasögonen och torkade av dem på sin halsduk.

Direkt innanför dörren till vänster löpte en lång bardisk som ledde in till små valv där det stod bord, stolar, fåtöljer och en väggfast soffa, där kunde man sitta om man ville vara i fred. Till höger om ingången stod fler bord, men den delen av lokalen var mer öppen och lättillgänglig. Det var fullt av män i puben, män som provade whisky eller drack öl i pintglas, precis som i England. Män på nån sorts konferens. Han hade själv varit på konferenser och blev alltid lika förfärad över hur mycket det söps. Han hade tänkt beställa en Guinness och leka ficktjuv, men när han närmade sig bardisken la han snabbt märke till tre män som stod med både öl och whisky framför sig, den ene, rödmosig och överviktig, hade lagt mobiltelefon, plånbok och rumsnyckel på bardisken bredvid sig.

Ibland är folk så vårdslösa eller godtrogna, det räckte med att han lutade sig fram och låtsades kolla vilka ölsorter de hade på fat för att kunna lägga vänstra handen över plastnyckeln och låta den glida ned i rockfickan, därefter rätade han på ryggen och gick mot hissen. Åkte man upp från puben behövde man inte passera lobbyn.

Han tyckte sig se ett känt ansikte i en av fåtöljerna nära dörren ut till trappan och hissen, och när han stod i hissen, förde in nyckeln och tryckte på knappen började en tanke formulera sig samtidigt som hissen rörde sig uppåt.

Tanken gjorde honom upprymd.

Han hade inte varit upprymd tidigare, då hade han bara haft en uppgift, nåt som måste göras, eventuell upprymdhet fick alltid vänta till sen, i lugn och ro. Men nu skulle han förutom en ren bestraffning kunna fullborda nåt stort och viktigt om han bara var lugn och fokuserad.

Två flugor i en smäll, så att säga.

Tillfället gör tjuven.

Det var detta som gjorde honom upprymd.

Ibland är folk så vårdslösa eller godtrogna, det räckte med att han knackade uppfordrande och officiellt på dörren för att hon skulle öppna och titta ut. Hon hann inte reagera förrän han kastade sig mot dörren som for inåt och slog emot henne så hon vinglade till och tog stöd mot väggen. Han smällde igen dörren bakom sig och när hon rätade på kroppen för att antingen säga eller skrika nåt knöt han näven och slog henne i magen, det var vad man kallade en magsugare när han växte upp och hade fått lära sig att försvara sig. Hon tappade luften och föll på knä och det var enkelt att ta dra tillbaka hennes händer och sätta på handbojorna. Han lyfte henne med ena armen och till hälften släpade, till hälften bar henne in i rummet där han släppte henne på sängen. Hon kippade fortfarande efter andan medan han hämtade väskan vid dörren, bar den till sängen, öppnade den och tog fram bitbollen som han pressade in i hennes mun genom att hålla för hennes näsborrar med ena handens fingrar och öppna hennes mun genom att sticka in den andra handens fingrar mellan hennes tänder och hålla ned tungan. Han drog undan hennes hår och knäppte fast bitbollen bakom nacken.

Medan hon låg stilla på sängen, och andades tungt, tog han av sig ytterrocken och hängde prydligt upp den på en krok ute i den lilla hallen.

Rummet var stort och rymligt med skrivbord, säng och en liten soffgrupp. Regnet slog mot takfönstren, och det stod ett halvfullt konjaksglas och en tom miniflaska Grönstedts Monopole på sängbordet, hon hade alltså varit fräck nog att skåla när hon hade sparkat ut honom. Var det just detta som hon firade? Hon skulle få nåt att fira.

Han borstade av sina handskbeklädda händer och tittade på henne där hon låg på sida och flämtade i sängen.

Hennes bröst höjdes och sänktes i den vita blusens urringning, och den blå kjolen med små, vita blommor hade glidit upp och visade naken hud ovanför ett par ljusa nylonstrumpor.

Han drog ned kjolen.

Var sak har sin tid, aldrig gå händelserna i förväg.

”Man ska alltid häkta fast kedjan i dörren när man bor på hotell”, sa han.

Inte för att det hade gjort nån skillnad.

Dörren gick inåt, och hans kroppstyngd skulle ha varit tillräcklig för att kedjan skulle slitas loss.

Han visste det.

Han hade gjort det förr.

Hon kände till att börja med inte igen honom.

Slaget i magen hade inte gjort speciellt ont, inte alls faktiskt, däremot var det som om all luft hade pressats ur henne, och vad han än hade satt i hennes mun gjorde det inte precis lättare att andas.

Peruken, mustaschen och glasögonen hade lurat henne, men när han sa att man alltid skulle använda dörrkedjan på hotell kände hon igen hans röst.

Hon kände sig förvånansvärt lugn.

Hennes kjol måste ha glidit upp, för han drog ned den.

Hon undrade varför, hon var övertygad om att han skulle våldta henne.

Hon försökte tänka klart och kom på att det bästa var att ligga alldeles stilla, det skulle åtminstone inte reta upp honom.

Hon kunde inte säga nånting.

Hon kunde rulla runt på sängen, men hon skulle inte kunna resa sig och ta sig ut ur rummet. Om hon lyckades komma på fötter var han alldeles för stark för henne, det hade han precis visat. Om hon hade kunnat säga nåt hade hon kunnat förhandla, erbjuda honom nåt, men nu hade hon den där grejen i munnen, vad det nu var.

Hon förstod inte hur det hade kunnat gå så snett.

Kontakten på nätet hade varit både spännande och upphetsande, men bilden som han lagt upp på sig själv var antingen ett ungdomsporträtt eller en helt annan person. Men å andra sidan var det inte så mycket själva utseendet som hans utstrålning som skrämde henne när de träffades. De satt på ett kafé som hette Brogyllen, snett över gatan från hotellet. Hon hade hoppats kunna känna ett visst mått av sexuell dragning, det var ju vad det handlade om *(eller?)* men hon visste omedelbart att det inte skulle hända, och ju längre de satt vid ett av de stora fönsterborden desto hellre tittade hon ut på regnet och spårvagnarna som gled förbi där utanför, nr 11 åt ena hållet till Bergsjön, åt andra hållet till Saltholmen, det såg ut som om de vek sig på mitten när de rundade hörnet utanför kaféet. Hon bestämde sig till slut för att säga att hon ville blåsa av det här, att hon hade ångrat sig. Hon var väl feg. Hon var väl rädd. Det var hon, inte han. Men han var också … så skrämmande, eller obehaglig.

”Det är inget personligt”, hade hon sagt när hon tog fram det lilla kuvertet med hotellrumsnyckeln ur sin handväska, samtidigt som hon drack upp det sista av sitt te. Han memorerade rumsnumret, det gick av sig självt.

”Inget personligt”? Nähä, vad var det då? Nåt opersonligt? De var likadana allihop.

Ljög.

Men han antog att hon såg bra ut.

Bibehållen.

Fyllt fyrtio, det hade hon berättat.

Han önskade att han packat lite mer omsorgsfullt.

Borde åtminstone haft en rotting med sig.

Den hade hon gjort sig förtjänt av. På bara skinnet.

Rottingen var svår att hantera, men han hade tränat så mycket att han hade blivit riktigt bra, något av en expert, kunde lägga röd rand efter röd rand över skinkorna, det hade bara varit att fråga polskan, om hon hade varit i livet. Han var övertygad om att hon stod upp på tåget över Öresundbron, hela vägen till Köpenhamn, när de hade träffats.

Han slog på tv-n.

Flippade mellan kanalerna och stannade vid ett lekprogram där kändisar gissar och sjunger med två pianister.

Han kände inte igen nån.

Han skruvade upp volymen.

Rummet låg avsides och verkade välisolerat, och tack vare bitbollen skulle hon inte kunna ge så mycket ljud ifrån sig att eventuella rumsgrannar skulle reagera, men det skulle ändå låta när väl bestraffningen började. Å andra sidan hade han läst att alla rockband brukade bo här, gästerna var nog vana vid ett och annat.

Han tog av sig kavajen och hängde upp den på en krok bredvid rocken, öppnade väskan och tog fram den ovala, stora och tunga hårborsten.

Den var relativt ny, han hade bara använt den en gång.

Han gick fram till sängen.

Hon följde honom med blicken när han tog av sig kavajen och rumsterade i den där stora väskan. Hon var fortfarande övertygad om att han skulle våldta henne, och när han närmade sig sängen … *med en hårborste i handen?* … försökte hon sparka honom, men han tog ett grepp om hennes midja med båda händerna och la henne över sina knän, precis som hon sett på skämtteckningar, precis som hon sett på en typ av bilder som gjort henne intresserad och upphetsad.

Nu var hon bara rädd.

Hon kunde inte röra händerna på grund av handbojorna, och när han la sitt högra ben över hennes kunde hon inte röra sig över huvud taget.

Han lutade sig fram och sa i hennes öra: ”Du ville ha smisk.” Hans röst lät pressad och grötig, som om han hade en varm potatis i munnen. ”Du ska få som du vill.” Hon kände hur han långsamt började dra upp hennes kjol, den kjol han tidigare dragit ned. Nu satt han rak och lät handen glida upp över hennes lår och stjärt. Det kändes som om han hade handskar på sig.

Han tog tid på sig: Studerade strumpebandsknapparna som vore de konstverk, hur de var fästade i den vita strumpebandshållaren … betraktade den nakna huden mellan strumporna och de vita trosorna, stack fingrarna innanför linningen och drog ned dem till knävecken.

Hennes stjärt låg vit och naken framför hans ögon.

Klatscharna ekade genom hotellrummet, men dränktes av nån som ylade en gammal sextiotalsschlager i tv-programmet. Han tyckte inte att någon var bättre än vad Lill-Babs hade varit och koncentrerade sig i stället på skinkorna som dallrade under hårborsten och för varje slag blev allt rödare.

Hon försökte bita ihop över det hon hade i munnen. Ligga stilla, inte ge honom den tillfredsställelsen, inte visa att det gjorde ont, men det sved mer än hon kunnat föreställa sig.

När de först fick kontakt på en nätsajt, hade hon kanske hoppats på, eller föreställt sig, inbillat sig, nån form av lek eller rollspel (allt det hon läst om i tidningarnas sexspalter, på nätet, på sajter, hemsidor) men det fanns ingenting av det hos den här mannen. Han utdelade en bestraffning. Varje slag var hårt och beslutsamt och brände, hon försökte vrida sig loss, sparka, men hon kom ingenstans ... *sved, brände* ... och det lät som om han mumlade, eller nynnade, hon försökte skrika.

Han ställde henne på knä framför sig och sa: ”Har du lärt dig en läxa nu?”

Det brann om huden.

Hon nickade häftigt.

Lakanet där hon haft ansiktet var blött av tårar.

Han reste sig, stod bakom henne.

Knäppte upp och tog av livremmen.

Slog den runt hennes hals och drog åt.

Hårt.

Hårdare.

Han undrade om det som hon utstötte var vad som kallades guttурala läten. Hon vred sig under livremmens grepp, ögonen verkade pressas ut ur sina hålor, kroppen skakade våldsamt och blev så småningom och till slut stilla.

Alldeles stilla.

Men han släppte inte taget.

Höll livremmen kring hennes hals medan han långsamt räknade till trettio.

Då släppte han den, fångade upp henne och la henne på sängen.

Han låste upp hennes handbojor och vände henne på rygg. Tog bort bitbollen.

Hennes trosor hade glidit ned när han smiskade henne och de låg nu på golvet. Han tog upp dem och trädde dem på henne.

Tog på kavajen och la tillbaka hårborsten, handbojorna och bitbollen i väskan samtidigt som han tog upp en liten plastpåse som han stoppade i kavajfickan. Precis som han alltid hade förklädnad och straffredskap i väskan hade han tabletter. Sömntabletter, piller mot åksjuka – det fanns hur mycket som helst om man bara hade lite fantasi, det fanns gånger när mor hade proppat honom full med piller så han skulle sova medan hon åkte till Köpenhamn.

Han behövde inte fjättra henne.

Hon skulle ingenstans.

Han tog hennes plastnyckel och gick ut ur rummet, bort till hissarna och tryckte på pubknappen.

Hade han tur skulle mannen som han hade känt igen sitta kvar.

Det var fortfarande fullt i puben, mer högljutt än tidigare.

Mannen satt kvar.

Ensam, och det var underligt.

Alla visste att han tyckte om kvinnligt sällskap och aldrig sa nej trots att han hade fru och barn hemma. Hur många hade han? Två? Tre? Fyra?

Trångt vid disken, men ena fåtöljen vid mannens bord var tom, som om de andra gästerna inte ville vara till besvär.

Han lutade sig fram med ryggen ut mot lokalen, sträckte fram handen och sa:

”Jag vill bara hälsa. Jag ska inte störa.”

”Känner jag dig?” sa mannen, tittade upp och tog emot den framsträckta handen. Handslaget var slappt och ointresserat.

Han sluddrade och det såg ut som om ögonen gick i kors. Det skulle kanske inte vara nödvändigt med pillren, men man kan aldrig veta.

”Jag är bara en beundrare, gillar er politik och … jag tycker att just du har gjort en stor insats för jämlikheten, kan jag inte få bjuda på en öl?”

”Nej, man blir så fet av pilsch … av öl, jag vill ha en virre, en sexa. Malt.” Ordet sexa lät som ”schexa”.

Han beställde ett glas till mannen, och trots att puben var full var bartendern snabb och satte ett glas på bardisken. Han betalade, smusslade ned några ovala och några runda, gula tabletter i glaset, gick tillbaka, ställde whiskyn på bordet och satte sig. Mannen sa:

”Inget själv? Till dig själv, menar jag?”

”Nej, jag ska köra bil. Jag ska snart gå.”

Mannen viftade avvärjande, som – det är lugnt.

”Så du hamnade här, av alla ställen?”

”Push”, sluddrade mannen.

”Push?”

”Alla ska på Push, det är där brudarna är, fina brudar, men jag var där i går och ... jag hatar Push.”

”Jag vet inte vad det är.”

”Stureplan i Göteborg ... så trött på det, trött på hela grejen, hela den skiten. Skitmusik ... blir bara så trött.”

Som alla andra höjdare i mannens parti gillade han Bruce Springsteen, det sa han i alla intervjuer. Och han gav alltid ett så ungdomligt och kanske hippt intryck i media, men nu, nedsjunken i en fåtölj i en fuskpub, såg han ut att vara sin rätta ålder.

”Jag har aldrig varit på ... vad hette det?”

”Push”, sa mannen, men det lät som ”pusch” och det stänkte saliv ur hans mun när han sa det.

”Jag har aldrig varit där, men jag antar att dom inte spelar Bruce Springsteen, om det nu är ett diskotek.”

”Diskotek ... ”

Han skrattade.

” ... hur länge sen var du ... herregud, finns inga diskotek, bara klubbar ... och brudarna, självupptagna, magra skrällen, som att knulla en stång, älskar bara sin mobil, ligger fan och sch-m-schar när man knullar dom.”

Han skakade på huvudet.

Försökte lyfta whiskyglaset.

”Förr i tiden gick man på Penny Lane, men det är helt jävla kört i dag, där är det VM i fjortis dygnet runt.”

Mannen hade fått upp glaset till munnen, sög i sig whiskyn och försökte föra en konversation, men inget vettigt blev sagt och efter en kvart började hans huvud sjunka ned mot bröstkorgen där partiets symbol satt fastnålad på den röda slipsen.

”Jag kan hjälpa dig upp på rummet.”

”Jag fattar inte... så jävla full, hur gick det till?”

”Jag hjälper dig.”

”Jag bor på Avalon. Avalon. Hittar du dit? Det här är inte Avalon.”

”Ja, jag hittar.”

Han fick upp mannen ur fåtöljen och ledde honom ut ur puben till hissen, tryckte på rätt knapp och tog så småningom in honom i det hotellrum han just hade lämnat.

”Det här ser inte ut som Avalon.”

”Jo, det är Avalon.”

Hon låg kvar i sängen och tittade tomt in i väggen.

Han placerade mannen i soffan, där han halvlåg med nacken mot ryggstödet. Han tog av mannens skor, knäppte upp hans byxor och drog ned dem tillsammans med kalsongerna. Därefter lyfte han upp honom och la honom bredvid kvinnan i sängen. Mannen hade gula kalsonger med blå älgar på, det var otippat.

Han undrade om det skulle gå att runka honom i det tillstånd han var – det hade sett bra ut med sossesperma i sängen – men även om mannens penis styvnade när han tog på den, och började dra upp och ned, så mjuknade den lika snart, så han släppte taget och lät den ligga slapp.

Han vände honom så han låg sked med kvinnan och placerade mannens högra arm om hennes kropp.

Nu gick han igenom hennes tillhörigheter.

Tog hennes handväska som innehöll id-kort, börs, kreditkort, mobiltelefon och en massa krafs som bara kvinnor bär omkring på, tamponger, gamla kvitton, en våtservett, en nyckelring, huvudvärkstabletter, hårnålar, hårsnoddar, en spegel, läppstift, lösa mynt från tre olika länder, tändsticksplån, tuggummi, ett utgånget och ett giltigt pass, sju olika pennor, en tom souvenirflaska som innehållit parfym och ett foto på en ung kvinna som måste vara hennes dotter, de var ganska lika. Hon såg också bra ut, bortskämd. Han skulle kanske söka upp henne och låta henne smaka den rotting som mamman slapp.

Han fick se.

Ibland var livet fullt av möjligheter, ibland inte.

Han gick igenom hennes resväska, hittade bland kläderna ett USB-minne som han plockade på sig. Han slog igen väskan och packade därefter ned hennes dator i dess datorväska.

Han la allting, inklusive mannens mobiltelefon, skor, byxor och kalsonger, i sin egen stora trunk, drog igen blixtlåset och såg sig omkring i rummet.

Han lät den stora rullväskan i plåt stå kvar bredvid soffan, han visste vad hon hade i den, det hade hon berättat.

Därefter tog han på sin rock, öppnade dörren, kontrollerade så ingen befann sig i korridoren, hängde DO NOT DISTURB-skylten på handtaget. Den här gången förvissade han sig om att dörren verkligen gick i lås bakom honom.

När han satt i bilen på väg söderut började han slappna av, och det var nu bilder och ljud dök upp, de röda märkena, ljudet av hårborste mot hud … han skulle kanske unna sig en whisky och en cigarr när han kom hem.

Han hade stängt av både hennes och sin egen mobiltelefon för längesen och kastade ut SIM-korten längs E 6:an i höjd med Fylleån. När han kom hem skulle han bränna både sina och mannens kläder, bränna hennes handväska och allt vad den innehöll. Man kunde förmodligen desinficera bitbollen, men det var lika bra att bränna den också. De var inte svåra att få tag i, de fanns i vilken sexbutik som helst. De kostade faktiskt inte alls så mycket, nån hundring, och var ännu billigare om man beställde på nätet. Han hade läst om hudflagor som fastnat i handbojor hur mycket man än försökte rengöra dem så när han stannade för att tanka söder om Halmstad tog han fram dem och släppte dem i en avloppsbrunn vid utfarten från den nattstängda macken.

Han hade ett brett leende i ansiktet när han körde vidare och tänkte att det här skulle inte ens den förbannade journalisten kunna förstöra.

Han skulle bränna och göra sig av med allt.

Utom hårborsten.

Han tyckte mycket om den och var övertygad om att inte ens kriminalteknikerna i *CSI* skulle kunna härleda dess blankpolerade yta till hennes stjärt.

Han hade beställt hårborsten på nätet, och den var dyrare än en bitboll eller ett par handbojor.

En helt vanlig hårborste.

KAPITEL 11

Februari
Göteborg

JESPER GRÖNBERG VISSTE inte var han befann sig när han vaknade.

Det var en underdrift.

Visserligen visste han inte var han befann sig, men han visste inte heller vem han var.

Uppvaknandet var som ett flammande, kritvitt ljus i ögonen och en flammande, kritvit hetta i skallen.

Det kändes som om han precis blivit född och hamnat i nåt som förmodligen skulle kunna klassas som ett helvete.

Det brann i helvetet.

Hela han brann.

Han försökte vända på sig.

Det tog emot.

Han kunde inte röra sig, han var fast.

Det låg nån bredvid honom.

En kvinna.

Hon låg alldeles stilla.

Så då hade han fått ligga, trots allt.

Han flyttade mödosamt den hand som låg över kvinnan och kände att han var naken från midjan och ned.

Det var blött.

Säg inte … fan, också: Han hade pissat på sig.

Nej, han hade inte pissat på sig eftersom han inte hade några kläder på underkroppen, han hade helt enkelt pissat i sängen. Som en tonåring. Som en amatör. Som en tonårig amatör.

Han försökte puffa på kvinnan.

Hon rörde sig inte.

Han hade pissat i sängen, men var tvungen att pissa igen.

Var fan befann han sig?

Hotellrum? Såg ut som ett hotellrum.

Inte hans. Var det hennes?

Hur hade han hamnat här?

Han vände sig mödosamt på rygg, och efter nåt som kändes som en evighet rullade han runt på höger sida och satte sig försiktigt upp.

I samma ögonblick blev han våldsamt illamående, kastade sig fram mot det som han trodde var badrummet, hann fram och allt kom på en gång. Han stod på knä och spydde i toastolen medan det skvalade piss runt hans knän på golvet.

Så här bakfull hade han inte varit sen han pluggade i USA. Eller, han pluggade inte så mycket. Det var två år av ständig fest, ständig fylla. Han spolade, drog ned en handduk från handdukshållaren och drog den över golvet innan han kastade den i badkaret.

Han brukade alltid minnas.

Alltid.

Och han brukade aldrig bli så berusad.

Han hade lärt sig att skulle han kunna genomföra ett samlag – och vad var nu det för ordval? – skulle han kunna knulla en ung brud både fram och bak fick han inte bli för packad.

Men nu satt han på golvet på en främmande toalett och betraktade sin penis. Han var stolt över den. Han ville gärna visa den.

Hade han stuckit den i bruden som låg i sängen?

Han visste inte.

Han hoppades det.

Han kom på fötter och stöttade sig mot väggen med vänstra armen medan han stapplade ut i rummet.

Hon låg kvar i samma ställning i sängen som tidigare.

Han hade nog kört hela natten, tänkte han, det var därför hon sov så hårt. Utmattad.

Men hon hade kläder på sig …

… var hade han sina kläder?

Om han kunde klä på sig kunde han smita ut och ta sig härifrån, var han än befann sig, innan hon vaknade.

Han hittade inga kläder.

Han hittade en resväska och en rullväska i plåt. De måste vara hennes. Han kunde inte öppna nån av dem, fingrarna var lama och styva.

Han kunde inte gå ut halvnaken.

Och även om han kunde öppna nån av väskorna kunde han inte ta på sig en klänning, eller kjol för den delen.

Han kunde visserligen svepa in sig i en badhandduk, om det fanns fler än den han torkat piss med, men han kunde knappast gå ut insvept i en badhandduk.

Inte han.

Han kom nämligen på vem han var.

Och när han satte sig vid skrivbordet såg han en room servicemeny för Elite Plaza Hotel i Göteborg.

Vad fan gjorde han här?

Göteborg … nån debatt … debatt om jämlikhet … Konserthuset? … jämställdhet, man, kvinna, nåt sånt, samma gamla skit … men han brukade bo på Avalon, det var nyare och häftigare, och de hade genomskinlig pool på taket. Vad gjorde han här?

Skulle han ringa ned till receptionen och säga:

”God morgon, det här är Jesper Grönberg … ja, *den* Jesper Grönberg, jag bor inte på hotellet, men jag befinner mig i rum … ”

Han visste inte ens vilket rum han befann sig i.

” … och jag skulle behöva ett par byxor och ett par skor.”

Då skulle nån säga:

”Och var är era skor och byxor? Och varför befinner ni er på det rummet om ni inte bor på hotellet?”

”Jag vet inte.”

Det var ingen bra idé.

Han öppnade dörren på glänt och tittade ut i korridoren. En ung städerska av asiatiskt ursprung stod och plockade med shampoflaskor och tvål vid en städvagn tre-fyra dörrar bort.

Han kunde inte ropa på henne och säga att han behövde skor och byxor.

Men å andra sidan: Det var väl här som Rolling Stones och andra stora artister brukade bo? Personalen var nog van vid både det ena och det andra.

Han stängde försiktigt dörren och gick tillbaka in i rummet. Han skulle bli tvungen att väcka kvinnan, hon visste var de befann sig, hon skulle kunna gå bort till Avalon och hämta lite kläder till honom.

Men först fick han svepa en handduk kring midjan.

Löjligt egentligen: Här hade han satt på henne hela natten, och så kunde han inte visa sig halvnaken för henne. Det fanns ytterligare en badhandduk på handdukshängaren och han knöt den kring midjan innan han gick ut i rummet och satte sig på sängkanten.

”Du, hallå, du, vem du än är … kan du vakna?” sa han lågmält och knuffade försiktigt på kvinnan.

Hon var lite äldre, fyrtio, kanske. En MILF. Det var intressant. Han brukade ju annars alltid ragga upp småbrudar, såna som precis fyllt tjugo.

Men var hade han träffat henne? Hur hamnade de här?

Hon tittade underligt på honom.

Släppte honom inte med blicken.

Om hon nu var vaken, varför låg hon så stilla?

Han la vänstra handen på hennes kind.

Kinden var kall, iskall.

Blicken tom.

Hon var död.

Han blev förvånad över att han bara helt kallt konstaterade att hon var död. Han tänkte inte längre än så.

Här satt han, Jesper Grönberg, utan kläder på underkroppen i ett främmande hotellrum med en främmande kvinna som var död.

Det var inte förrän han började se rubriker och löpsedlar framför sig som han reagerade. Det kändes som timmar, men det tog kanske bara en minut för att han skulle inse den totala vidden av situationen, och det var som om hela hans kropp fylldes av en djup, gruvlig panik, och en ångest han aldrig ens föreställt sig bubblade upp inom honom och kom till slut ut som ett fasansfullt skrik.

Han kastade sig från sängen som om hennes död skulle vara smittsam och han var tvungen att flytta sig så långt bort som möjligt. Men han kom inte längre än till soffan där han blev sittande med fötterna uppdragna och armarna runt knäna.

Hans kropp skakade och han började gråta. Tunga, djupa snyftningar kom ut genom munnen och tårarna rann längs kinderna.

Fan. Fan. Fan. Fan. Hur fan hade det här gått till?

Han mindes ingenting. Eller bara vagt ... nån ville gå till Push, och hur han bara var trött på hela den scenen, Stureplan i Göteborg, alla coola, kalla människor, brudar som ... som bara var ute efter honom för att han var Jesper Grönberg, men å andra sidan var det fler och fler som inte visste vem han var, dumheten spred sig så lavinartat att allmänbildning hade strukits från ordlistan i dagens Sverige. Men å andra sidan var han själv bara ute efter ett ligg, ett kravlöst knull ... och hur hade han hamnat här?

Han satt i en pub.

Tänk, Jesper, tänk ... en pub.

En pub. Ölglas. Whisky.

Där gick tankarna in i väggen.

Jävla borgarjävlar! Hade hans parti fortfarande suttit vid makten hade han haft livvakter, såna som på engelska kallades *minders*, som tog hand om honom, hindrade honom från att ragga upp vem som helst, som kollade, såg till att han inte söp ned sig, som hjälpte honom i säng, som redde ut situationer som hade blivit för penibla och omöjliga. Ingenting var omöjligt för den sortens tjänstefolk.

Vem kunde han ringa?

Partiledaren?

Jo, just snyggt. Han hade nyligen blivit vald till partiledare eftersom han stod för allt det som inte var Stureplan, som inte var det Jesper Grönberg stod för: Krogarna, kändisfesterna, klubbarna, stekarna. Medan Jesper Grönberg och flera andra i den gamla partiledningen synts på ställen där klassisk, gammal svensk arbetarklass inte hade tillträde härstammade den nye partiledaren från gammal arbetarmiljö i Bergslagen. Med sina grova händer och sin stora kropp hade han förmodligen blivit stoppad och bortfraktad i handfängsel innan han ens hunnit fram till uteserveringen på Sturehof på Stureplan i Stockholm.

Han kunde ringa den före detta partiledaren, men även om de hade stått med armarna om varandra på galabilder och filmpremiärer eller vid konserter så var de inte alls så goda vänner när kamerornas lampor hade slocknat.

Vad hette livvakten som han tyckte så mycket om? Johan? Nisse? Peppe? Fan! Även om han kom på namnet hade han inget nummer till honom, och han kunde inte, bara sådär, ringa växeln till Säpo och säga att han satt byxlös bredvid ett lik på ett hotellrum i Göteborg.

Hem … han kunde ringa hem.

Men Lena var förmodligen på nån aktivitet med barnen, innebandy, hockey, hästar – fan vet vad de höll på med en lördagsförmiddag. Under sin tid som jämställdhetsminister hade han pratat om hur viktigt det var för män att ta sitt ansvar som föräldrar, ta sitt ansvar för barnens uppväxt. I tv- och tidningsarkiven fanns det tusentals bilder på honom och Lena med Nicke, Nils och Jennifer. Nils var döpt efter Nils Lofgren, han som spelade gitarr med Bruce Springsteen. Jennifer var döpt efter nån i tv-serien *Vänner*, han visste inte vem, men Lena gillade henne. Nicke var inte döpt efter nån, slog det honom.

Han skulle bli tvungen att ringa till Lena. Han behövde ju inte berätta att han saknade byxor och kalsonger. Eller att det låg en död kvinna i en säng och stirrade envetet och oupphörligt på honom. Han orkade inte med hennes blick. Hur gjorde man? Man slöt ögonen, drog ned ögonlocken.

Han visste inte hur man gjorde.

Det såg så lätt ut på film och på tv.

Han vågade inte röra vid henne.

Han tittade bort och trevade i innerfickan på kavajen efter mobiltelefonen, men den var inte där. Han hade den alltid i vänster innerficka.

Han kände i de andra fickorna. Reste sig från soffan och trevade i sängen bredvid den döda kvinnan.

Hans mobiltelefon var borta.

Vad hade han för nummer hem?

Vad var numret till Lenas mobil?

Nicke hade egen mobil, men de andra två barnen hade ännu inte fått nån trots att de tjatade och sa att ”alla har egna mobiler”.

Jävla borgarjävlar.

Jävla mobiltelefoni.

Han kunde inga nummer längre.

Han kom på fötter igen och började leta efter en telefonkatalog. Det fanns ingen. Han hittade en bibel i ett skåp, men ingen telefonkatalog. Vem fan läser bibeln i dag? Vem använde telefonkataloger? Måste hon glo så förbannat? Han tog upp handduken som han hade använt för att torka piss med och la den över hennes huvud. Äntligen, nu slapp han hennes stirrande blick … vad skulle han ha haft för nytta av en telefonkatalog? … han befann sig i Göteborg, och alla nummer han sökte gällde Stockholm. Hade det inte varit för att partiet ville måna om landsbygden och sina gamla rötter hade han aldrig lämnat Stockholm, det fanns ingen anledning … *spela fotboll, bonnjävlar* … var det inte så man skrek på fotbollsmatcher? Åtminstone i Stockholm. Göteborgare påstod att Göteborg var en stad, en storstad, men han skrev under på påståendet att när man reser från Stockholm till Göteborg får man ställa tillbaka klockan tre år.

Minst.

Han kunde ringa 118 118 och fråga efter sitt eget nummer, men hur var det nu? Hade han hemligt nummer? Ja, visst hade han det. Då hade det inte hjälpt med telefonkatalog i alla fall. Eller?

Huvudvärken satt som ett glödgat spjut i skallen. Brukade de inte ha huvudvärkstabletter på hotellrum? Han drog ut lådor, krafsade runt bland skohorn och nål och tråd, men inga tabletter. Brudar brukade väl ha sånt i handväskan? Han hittade ingen handväska. Varför hade hon ingen handväska?

Han satt därefter apatiskt i soffan med handduken kring sig och tittade på kvinnan.

Hade han dödat henne?

Han hade inget bra svar på den frågan.

Han visste inte.

Hur hade hon dött?

Han såg inga märken mer än möjligen en rodnad kring halsen och några skavsår kring handlederna.

Vad hade han gjort med henne?

Han började få stånd.

Det var ingen sexuell upphetsning. Han hade läst om, eller hört, hur soldater inför en strid kan få stånd, hur man kan få stånd i en krissituation, hjärnan fattar inte riktigt vad som händer och skickar fel signaler, och han antog att det här var nåt liknande: Hans tillvaro höll på att rämna och han stod inför sitt livs största, värsta strid...

... och det var längesen han var så hård.

Så stor.

Så pulserande.

Det var som att greppa en bultande trädgren.

Han hoppades att det inte var en sexuell upphetsning.

Han skämdes.

Gick bort till skrivbordet med handduken putande framför sig, lyfte luren och pratade med receptionen.

Därefter gick han tillbaka och satte sig i soffan med huvudet mot de uppdragna knäna.

Det var så han satt när en ung kvinna från hotellreceptionen låste upp dörren och släppte in polisassistent Johanna Mårtensson och polisaspirant Mikael Johansson i rummet.

Det var så han satt, en man i fyrtioårsåldern, ganska lång och ganska vältränad för sin ålder, med mörkt hår som redan hunnit bli grått över öronen, det var de grå tinningarnas förbannade charm, det var den som gjorde att kvinnor tyckte om honom.

Polisassistent Johanna Mårtensson tog fram sin komradio och ringde efter förstärkning.

KAPITEL 12

Februari
Stockholm

DET SÄGS ATT varje människa tänker på sex var femtonde minut. Eller också gäller det bara män. Men varför skulle det vara så? Eller också minns jag fel.

Jag tänker på sex så ofta jag hinner.

Det är inget medvetet beslut, inget jag bestämt mig för.

Det är bara att se sig omkring.

Jag satt vid ett av de stora fönstren på Riches rotunda och hade en fantastisk parad av människor, män och kvinnor, framför ögonen. Den snö som låg kvar var bara en svart isskorpa längst ut på trottoarkanterna, och även om temperaturen fortfarande bara var strax över noll var det ganska behagligt i solen, och det var mycket folk i rörelse, många att studera, många att fundera kring.

Jag brukar roa mig med det.

Roa mig med att gissa, fundera på vem som är, vem som varit eller vem som skulle kunna tänka sig.

Jag frågade en gång en god vän som är gay om hon kan se vem som är och vem som inte är.

Hon sa:

”Det är svårt att förklara, men det handlar mest om en besvarad blick. Vissa kan man se rätt lätt, vissa fotbollsspelare, där är en som går som Zeb Macahan, men å andra sidan finns det väldigt många manhaftiga kvinnor som inte är gay. Det är alltid svårt att avgöra på bild eller i tv, men om jag träffar personen i fråga kan jag slå fast det ganska lätt.”

Jag frågade om hon aldrig hade haft fel.

Hon tänkte ganska länge, sen sa hon:

”Nej, jag har aldrig haft fel.”

Men det hade jag haft, om än aldrig med så katastrofal utgång som i Malmö.

Jag bestämde mig för att börja träna.

Jag beställde ytterligare en kopp kaffe, och tänkte att jag nån gång skulle kolla det där med hur ofta man, män, möss eller människor tänker på sex när jag kom på att man kan kolla allting i sin mobiltelefon. Jag började fibbla med Google när telefonen ringde i min hand. Displayen: Carl-Erik Johansson.

”Vad gör du?” frågade han när vi utbytt artighetsfraserna.

”Sitter på Riche och funderar på livets väsentligheter”, sa jag. Jag sa inte ordet sex, det fick han själv räkna ut. Han kanske tänkte på det lika ofta som jag, det var kanske en folkrörelse.

”Det är lika bra att gå rakt på sak, jag undrar ... eller vi undrar ... eller, *redaktionsledningen* undrar om du kan hjälpa oss.”

”Med vad?”

”Det har hänt igen.”

”Vadå?”

”Som Tommy Sandell.”

”Jag fattar inte.”

”Men den här gången är det mer, vad ska jag säga ... delikat?”

”Delikat?”

”Jesper Grönberg”, sa han.

”*Den* Jesper Grönberg?” frågade jag.

”Polisen i Göteborg hittade honom i morse på ett hotellrum med en död kvinna i sängen.”

Jesper Grönberg ... arbetarpartiets *whiz kid* ... framtidens politiker, före detta minister, jämställdhet, wow – liksom, sågs länge som en möjlig statsminister.

”Men ... jag fattar inte”, sa jag.

”Tycker du inte att det är lite för likt det som hände Tommy Sandell i Malmö för att det ska vara en händelse?”

”Ja, jo, nä ... jag vet inte”, sa jag. ”Har han dödat henne?”

”Det är oklart. Grönberg var tydligen närmast apatisk när polisen gick in på rummet. Han har inte sagt så mycket. Och dessutom: Han hade inga byxor, inga kalsingar, inga skor och strumpor. Du fattar att detta är stort, va? Vi kanske kan sälja tidningar igen."

"Och vad ska *jag* göra? Eller vad kan *jag* göra?"

"Du drev ju hela Tommy Sandell-storyn hos oss. Chefredaktören ville att jag skulle ringa till dig."

"Men det finns en gigantisk skillnad jämfört med då."

"Som?"

"Det var jag som hittade Sandell. Jag var mitt uppe i det. Nu, jag vet ingenting, det är du som sitter på alla uppgifterna."

"I och för sig, men du hade väl bra kontakt med den kvinnliga polisen där nere? Hon var väl din källa?"

"Du får inte fråga efter mina källor."

"Förlåt … "

"Jag skojade. Eva Månsson. Det är ett tag sen jag pratade med henne, och jag kan inte se hur hon skulle kunna bistå med nåt, hon är i Malmö och du sa att det här med Grönberg hände i går i Göteborg."

"Jo, men om fallen är så pass lika tar väl polisen i Göteborg kontakt med polisen i Malmö?"

"Det är inte alls säkert", sa jag. "Och ni har väl kriminalreportrar till sånt?"

"Absolut", sa han. "Det är en kriminalinspektör Benny Göransson i Göteborg som har hand om fallet, åtminstone just nu. Men det blir säkert en massa polishöjdare inblandade, det här är ju både delikat och hett."

Tre kvinnor med barnvagnar och barn hade betalat och reste sig. En var blond … sättet som hon böjde sig fram över barnvagnen, reste sig och slätade till kjolen över höfterna, blåste bort en slinga hår intill ögat …

"Är du där?" frågade Carl-Erik Johansson.

"Ja, vad sa du?"

"Om du kan hjälpa till, menar jag. Ringa dina kontakter. Förutom de vanliga kriminalreportrarna har chefredaktören skickat Tim till Göteborg, du kommer ihåg honom?"

"'Valpen'", sa jag. "Då blir det bra grejer."

"Är du ironisk nu?"

”Ironi har blivit omodernt”, sa jag och följde kvinnan med vagnen tills hon försvann i folkmängden. Hon hade en väldigt stilig svart kappa, snävt skuren i midjan. ”Dessutom håller jag på med annat.”

”Är du upptagen just nu?”

”Typ.”

”Det handlar bara om ett enda samtal”, sa Carl-Erik Johansson. Det var vad han brukade säga.

”Vet man vem kvinnan var? Hon i Malmö var prostituerad.”

”Polisen har inte släppt namnet, av hänsyn till hennes anhöriga, antar jag, men jag vet inte. Hon var incheckad på hotellet, det var hennes rum. Grönberg bodde tydligen på ett annat hotell.”

”Okej”, sa jag. ”Jag ringer och så får vi se vad det ger.”

Det gav ingenting.

Carl-Erik Johanssons ”ett enda samtal” blev alltid fler, så hade det alltid varit och så skulle det alltid förbli.

Den här gången hade alla samtalen ett gemensamt:

De gav ingenting.

Jag hade bara en person jag kunde ringa till, och hon svarade inte.

På polishuset sa man att Eva Månsson inte var i tjänst förrän på måndag.

På mobilsvararen sa hon att man skulle göra det man brukade göra, det vill säga läsa in nåt käckt, eller skicka ett sms.

De närmaste timmarna ringde jag till henne tjugosju gånger och lämnade tre röstmeddelanden. Jag skickade fyra sms.

Det fanns på Hitta.se en Eva Månsson som bodde på Amiralsgatan i Malmö. Jag hade ingen aning om det var samma person. Sajten uppgav ett 040-nummer men inget mobilnummer. Jag ringde det jag förutsatte var ett hemnummer men fick varken svar eller telefonsvarare.

Det slog mig att jag inte visste namnet på nån av hennes kolleger. Jag försökte komma ihåg vad poliserna hette som hade pratat med mig när jag hade hittade Tommy Sandell, men jag hade inte en susning. Och frågan är om det hade varit till nån nytta.

När jag ringde en tredje gång till polishuset sa kvinnan som svarade att de hade pratat om Eva Månsson, och:

”... det var nån som sa att hon skulle till Göteborg i helgen.”

Carl-Erik Johansson ringde och frågade om jag hade ett fungerande nummer till Tommy Sandell, eller om jag visste var han befann sig.

”Ingen jävla aning”, sa jag. ”Men enligt vad jag hört har han fått nytt skivkontrakt och håller på att spela in.”

”Har du nån kontakt på skivbolaget?”

”Jag vet inte ens vilket skivbolag det är.”

”Har du kollat nätet?”

”Nej.”

”Storyn ligger ute nu, men det står bara ’känd politiker’. Vi publicerar namnet i papperstidningen i morgon. Det kommer att bli ett jäkla liv.”

”Vad bra”, sa jag, och så la vi på.

Ingen i det som kallas gammelmedia hade skrivit annat än lismande hyllningsartiklar om Jesper Grönberg de senaste åren.

Det var ingen hemlighet att han var notoriskt otrogen. Han hängde officiellt på kändistillställningar och innekrogar för att ”komma nära väljarna”, men hans väljare hade ingen aning om exakt hur nära han ville komma dem, eller vilken typ av väljare som han mest av allt ville komma nära.

Vad gjorde Eva Månsson i Göteborg?

Jag hade inte erkänt det för mig själv, men jag förstod naturligtvis att den som skickat mejl till mig hade nånting med Tommy Sandell-fallet att göra.

Han eller hon hade nämnt Eva Månsson vid namn i sitt senaste mejl, ett nytt mord hade inträffat i Göteborg och Eva Månsson skulle till Göteborg den här helgen.

Jag tror inte på slumpen.

Det är därför jag genomskådar de flesta bluffar. Vissa säger att det är cynism, jag kallar det realism.

Jag ringde igen, och hörde Eva Månssons röst på telefonsvararen.

Jag promenerade hem genom Stockholm, till en del för att röra på mig och få frisk luft, men också för att rensa hjärnan från tankar.

Jag satt en stund vid ett fönster och tittade ut på en klar och molnfri natthimmel.

Månen var både full och vit, men även om den inte såg hotfull ut så såg den inte speciellt glad ut.

KAPITEL 13

Stockholm
Februari

JAG SATT PÅ Il Caffè på Bergsgatan i Stockholm.

Det är ett litet, trångt och vänligt fik med en yttre bardel och två inre rum, och eftersom det ligger så nära både polishuset och Rådhuset på Kungsholmen brukar där hänga många poliser, advokater och såna som ska upp eller ned i rättegångar. När jag slutade infinna mig på redaktionen var det här jag brukade sitta, och jag var inte ensam om att använda Il Caffè som kontor, men ibland var det svårt att koncentrera sig när en advokat vid bordet bredvid intalade sin klient vad han eller hon skulle säga i rättegången. Popstjärnor, musiker, före detta boxare, reklamare, klädskapare, IT-folk, skådespelare, inflyttade skåningar, formgivare, fotografer, journalister, före detta fotbollsspelare, hundägare, småbarnsföräldrar och författare – alla hängde på Il Caffè.

Men eftersom det var söndag var det en mer avslappnad stämning än på vardagarna. Stockholm har de senaste åren fått ungefär samma söndagarnas re-la-la-laxa-attityd som storstäder likt New York eller London alltid haft: Businessmänniskorna verkar ha sovit länge, och kommer direkt från sängen i slappa träningsoverallsbyxor och T-shirts som de annars aldrig skulle visa sig ute i, för en långfrukost där snacket inte så mycket handlar om affärer eller brott utan mer om lägenhetsvisningar, priset på barnvagnar och vem som blivit ihop med vem eller tvärtom.

Själv hade jag tidningar, en surdegsmacka med en skiva stark ost och en latte på framför mig. Morgontidningarna hade nyheten om mordet i Göteborg på förstasidan och på två helsidor inne i tidningen. Ingen av dem publicerade Jesper Grönbergs namn.

Det gjorde däremot kvällstidningarna, som lustfyllt vältrade sig i den olycka som denne framgångsrike, och kanske populäre, politiker drabbats av. En hade Grönberg på förstasidan, den andra hade honom i en spalt till vänster och en stor bild på en kvinna fotograferad bakifrån med rubriken: SÅ FÅR DU FAST RUMPA. Som om just det var avgörande för tingens tillstånd, de fasta, perfekta rumporna var så gott som alltid de mest ointressanta.

Av tidningsartiklarna framkom inte mer än det som Carl-Erik Johansson berättat för mig ... ringde själv efter polis, hittades på ett hotellrum med död kvinna ... en tidning valde att inte nämna att Grönberg saknade byxor, men just den detaljen fanns med i den tidning jag själv arbetat för ... båda tidningarna hade dragit upp en bild där Grönberg sjöng *Hungry heart* på en partikongress.

Den döda kvinnan kallades ”Den mystiska kvinnan”, men ingenstans stod att Jesper Grönberg under hela sin karriär hade umgåtts med fler ”mystiska kvinnor” än vad som var nyttigt för en man i hans ställning – jämställdhetsminister, familjefar och allting.

Jag avbröts av en ung kvinna i slapp söndagsmundering som kom fram till mitt bord och frågade:

”Kan jag ta några tidningar?”

”Nej”, svarade jag.

”Nähä”, sa hon.

”Det är mina tidningar”, sa jag.

”Oj, då”, sa hon.

”Jag har köpt dom”, sa jag. ”För egna pengar.”

Hon stirrade på mig som om jag var en galning. Köpa tidningar, vem gjorde det? Var inte all information gratis numera?

”Jag trodde dom tillhörde stället”, sa hon.

”Vi är ett utdöende släkte”, sa jag.

Detta är en del av den tryckta tidningens dilemma: Ingen köper tidningar mer än möjligtvis jag och Carl-Erik Johansson. Han köper två ex av sin egen tidning och ett av den andra för att det ska stå 2-1 i matchen mot konkurrenten.

Kvinnan satte sig vid ett av de väggfasta borden intill bardisken. Hon blängde på mig.

Jag fortsatte läsa, Grönbergs historia återberättades som i en dödsruna: Från genombrottet i SSU och den rekordsnabba karriären upp i partiets topp. På mer än ett ställe stod att han tidigt fick namnet ”Den nye Kennedy” eftersom han hade samma sorts ungdomliga utstrålning, såg lika traditionellt bra ut som USA:s före detta president, men det stod inget om sena ragg på Stockholmskrogarna, inget om kvinnoaffärerna, trots att det fanns likheter med mer än en Kennedy där också.

Allting var egentligen lika löjligt som Springsteen-kopplingarna, John F Kennedy tillhörde en svunnen tid och epitetet ”Den nye Kennedy” sa mer om åldern på partihöjdarna, och i viss mån redaktörerna, än om de unga väljare som inte hade en aning om vem John F Kennedy var, för de flesta var JFK bara namnet på en flygplats utanför New York.

Trots att jag inte hade kunnat bidra med nånting hade ”min” tidning gjort kopplingen till mordet i Malmö. Men presstalesmän för polisen i både Göteborg och Malmö förklarade att de än så länge inte hade några ledtrådar, men att de jobbade helt förutsättningslöst – samma bullshit som de alltid kom med. Enligt en artikel signerad ”Valpen” Tim Jansson hade Tommy Sandell blivit kontaktad, men valt att inte uttala sig, det stod ”inga kommentarer” på inte mindre än tre ställen i den korta artikeln. Man hade däremot gjort ett stort faksimil på min artikel från Ystad, den med rubriken *NU BÖRJAR LIVET*. Eftersom det var ”Valpens” uppgifter trodde jag inte alls på dem, Tommy Sandell hade aldrig nånsin, i hela sitt liv, missat ett tillfälle att uttala sig för medierna vad det än handlade om. Att han inte uttalade sig nu berodde förmodligen på att han hade däckat nånstans. Jag var övertygad om att ”Valpen” inte hade pratat med honom.

Den nye partiledaren uttalade sig dels i ett TT-telegram och dels på en hastigt sammankallad presskonferens i SVT och TV4, men han sa inte så mycket mer än det som stod i nyhetstelegrammet: Jesper Grönberg var en omtyckt och skicklig medarbetare, och partiet valde att vänta med ytterligare uttalanden tills man visste mer om vad som hade hänt.

Hycklare och lögnare: De visste vem Jesper Grönberg egentligen var, vad han höll på med, men alla upprätthöll en prydlig fasad. Fast det är klart … det är ju inte brottsligt att vara otrogen och bedra sin fru, sin familj och sina väljare. I alla fall inte enligt svensk lag, det är väl mer rent moraliskt då, och jag hade inte förstått att jag hade moral.

Eva Månsson svarade inte i telefon den här dan heller.

Däremot ringde Carl-Erik Johansson.

Jag stod vid disken på Il Caffè och beställde ytterligare en kaffe av den vänliga flickan med de intressanta tatueringarna samtidigt som jag resonerade med mig själv om huruvida jag skulle ta en av de gräsligt oemotståndliga, smöriga kardemummabullarna som kom från det närliggande bageriet Fabrique. Kvinnan som ville sno tidningarna fortsatte blänga på mig när jag gick tillbaka och satte mig med både kaffe och kardemummabulle.

”Tala”, sa jag till Carl-Erik Johansson.

”Har du fått tag på polisen i Malmö?” frågade han.

”Nej, jag ringer hela tiden”, sa jag.

”Dom vet vem kvinnan är i alla fall. Att dom inte gick ut med det i går berodde på att det tog tid innan dom kom på vem hon var. Alla hennes personliga tillhörigheter var borta, och – var det inte så i Malmö också?”

”Jo.”

”Det talar för samma person, eller hur?”

”Som har gjort det, menar du?”

”Ja.”

”Kanske det.”

”I vilket fall … hon bor i Malmö, eller, förlåt, hon bodde i Malmö, var fyrtiosex år, och hon var inte prostituerad utan jobbade som vinimportör och hette, låt mig se … jag hade det ju här … alldeles nyss … ”

Han behövde inte säga mer, men det visste inte Carl-Erik Johansson så han bläddrade vidare i sina papper innan han sa:

” … hon hette Ulrika Palmgren.”

Eva Månsson ringde på kvällen.

Jag frågade varför hon inte hade svarat i telefon, men sa inte att jag hade blivit orolig, om det nu var det jag hade blivit; det var i så fall inget jag hade erkänt för mig själv.

Hon pratade om en rockabillygala hon hade varit på i Göteborg, att hon hade glömt mobilen hemma, men tyckte det var skönt att vara utan den.

”Det var två skitbra band som spelade, ett hette Mean Devils och kom från Portugal, det andra kom från England och hette Carlos & The Bandidos, dom hade mexarhattar.”

”En sombrero är underskattad i alla form av underhållning”, sa jag.

Om jag hade tankar kunde jag inte formulera dem. Och kunde jag formulera dem så visste jag inte om jag vågade. Mordet hade ägt rum i Göteborg, men Ulrika Palmgren var från Malmö och det var mer än sannolikt att kriminalinspektör Eva Månsson på nåt sätt skulle bli inblandad i utredningen.

Episoden med brandhjälmen rullade som en gammaldags stumfilmskomedi i skallen och jag undrade om brandhjälmen var kvar, och om mina fingeravtryck i så fall fanns på den.

Men mina fingeravtryck var inte registrerade nånstans, så då kvittade det om de fanns på brandhjälmen.

Normalt sett hade jag gärna lyssnat när Eva Månsson berättade om galan i Göteborg eftersom rockabilly är en musikform jag sympatiserar med, men nu hörde jag bara med ett öra. Jag avbröt henne, och sa:

”Du vet att det har varit ett mord till?”

”Ja, det ringde precis en kriminalinspektör Göransson från Göteborg, han lät förresten som en rätt dryg jävel, och han berättade att dom hade hittat Jesper Grönberg på ett hotellrum med en död kvinna …”

”Som var från Malmö”, avbröt jag.

”Jag vet inte mer än så, vad han sa”, sa hon. ”Vi får väl undersöka hennes lägenhet i så fall, se om vi hittar nåt.”

Datorn! Ulrika Palmgren hade haft en bärbar dator, en Mac. Vem hade den nu? Hon måste ha haft den med sig till Göteborg om hon var där på kundbesök. I så fall borde polisen i Göteborg ha datorn. Hade hon varit en sån som sparade allt, alla våra mejl? Brukade inte kvinnor göra det? Det var väl bara män som ville ha rensat på skrivbordet? Stryka streck över allt? Eller var det bara jag? Att skuldkänslorna var så bedövande berodde på att jag inte berättat hela sanningen, och inget annat än sanningen, trots att Eva Månsson frågat så många gånger, eller i alla fall antytt.

Vi avslutade samtalet, och jag gick bort till köksbordet och slog på datorn.

Ett enda mejl på ett dygn, och jag kände igen avsändaren.

Den här gången skrev min anonyme mejlvän:

Det står inget om smisket den här gången heller ;)

Om inget annat så var han ironisk.

Jag sov illa om ens alls.

Framåt morgonen hade jag åtminstone formulerat en plan.

Jag skulle kunna dra nytta av hundjäveln, den de kallar ”Valpen”.

KAPITEL 14

Malmö
Februari

NÄR JAG NÄSTA morgon ringde till kriminalinspektör Eva Månsson sökte jag henne genom polisens växel i Malmö. Jag ville därmed visa både henne och en eventuell kollega med stora öron att det var ett officiellt samtal, och att vi inte skulle prata om rockabilly eller tv-serier på hennes tjänstetelefon.

”Månsson”, sa hon.

”Svensson”, sa jag.

”Och vad vill du?”

”Har ni kommit nånstans med det nya mordet?”

”Inte vad jag vet”, sa hon. ”Ta det med göteborgaren.”

”Men jag vill i alla fall fråga dig en sak”, sa jag.

”Vadå?”

Jag drog igång en lögn om ”Valpen”, om att ”Valpen” hade fått loss en uppgift från en poliskälla, även om alla hans källor bara fanns i hans egen fantasi, om att båda morden hade inslag av nån form av S&M. Det var förstås lögn, men jag kunde inte berätta att det var jag själv som fått mejl med ett innehåll man kunde tolka på det viset.

”Det har inte stått nåt om detta nånstans, och du har inte sagt nåt”, sa jag.

Eva Månsson var tyst i andra änden av linjen.

”Du kommer ihåg ’Valpen’?” undrade jag. ”Du kallade honom ’Jycken.’”

”Idioten”, sa hon.

”Jag vet inte vem han har pratat med, eller vem av er som har läckt, men jag tyckte det var bättre om jag försökte kolla den uppgiften, helst med dig, i stället för att släppa loss honom, då kan vad som helst hända.”

Jag hörde en stol skrapa, och Eva Månsson sa:

"Vänta lite, jag ska bara stänga dörren."

Det slog mig att jag inte visste var hon jobbade, eller hur det såg ut på hennes rum eller kontor, kallade man det ens kontor hos polisen? Hade hon rockabillyaffischer på väggarna? Fick poliser ha det?

"Så där", sa hon. "Jaha, ja. Jag vet inte riktigt vad jag ska säga eller hur jag ska ... hur jag ska handskas med det. Jag tror att jag måste ta det med mina överordnade och med den dryge göteborgaren till att börja med."

"Men du förnekar det inte?" frågade jag.

Hon satt tyst en stund, och sa sen: "Vad är det dom brukar säga, politikerna? 'Inga kommentarer'? Det är vad jag säger just nu: Inga kommentarer. Och jag sticker ut ett öga på dig om du skriver nåt." Och så la hon till: "Med en sax."

Jag förstod inte varför just en sax skulle vara värre än en kniv, en nål eller en vass pinne, men vi kom överens om att hon skulle ringa tillbaka, och hade jag inte hört av henne framåt kvällen så skulle jag söka henne på hennes mobiltelefon.

Det kändes som om jag kommit en bit på vägen.

Men jag visste inte vart jag var på väg eller var jag skulle hamna.

Jag hamnade än en gång i Malmö.

Eva Månsson och jag träffades i mitt rum på Mäster Johan dan därpå. Hon hade ringt på kvällen och ville att vi skulle träffas där vi kunde sitta i fred, för hon ville inte ta det på telefon, och jag föreslog Mäster Johan. Jag körde från Stockholm klockan sex på morgonen och vi satt på eftermiddagen i min lilla soffgrupp med var sin kopp kaffe och några småkakor som jag plockat upp från ett fat bredvid kaffemaskinen utanför frukostmatsalen.

Eva Månsson hade fått längre hår sen sist, och när hon tog av en kort och snyggt sliten skinnjacka hade hon en vit blus som var nedstucken i ett par mörkblå byxor. Vi satte oss och Eva Månsson öppnade en välanvänd och nött portfölj och tog fram en stor mapp som hon la framför sig på soffbordet.

Jag hade som vanligt en tidningsbunt på bordet, och hon ögnade snabbt igenom ytterligare en artikel om Ulrika Palmgren och hur chockade hennes vänner var över det som hade hänt. Nån hade försett redaktionerna med bilder som det stod ”Foto: PRIVAT” under, och jag undrade hur mycket Ulrika Palmgrens gamla vänner eller väninnor hade fått för det besväret, och om man kunde kalla dem vänner eller inte. Hon såg helt annorlunda ut mot när jag träffade henne, håret var kortare och hon såg märkligt nog äldre ut än hon hade gjort i verkligheten

”Jag vet inte var jag ska börja”, sa Eva Månsson och la ifrån sig tidningen. ”Och … jag vet inte hur jag ska säga, men du hade inte fel. Inte helt fel, i alla fall.”

”Så ’Valpen’ hade hittat nåt?” sa jag.

”Till och med en blind hund hittar en nackad höna”, sa hon. ”Men det är lite förbryllande, det finns inga tecken på det som vi brukar kalla S&M, inga piskor, inga rep, inget sånt. Men båda kvinnorna, både … ” hon öppnade mappen och bläddrade bland några blad ” … både polskan och Ulrika Palmgren hade fått, ja, helt enkelt – dom hade fått smäll på gumpen.”

”Va?” sa jag, och försökte låta mer förvånad och bestört än jag var.

”Jag har ju inte sett Palmgren, men polskans ballar var röda som nykokta kräftor.”

”Säg inte ballar i Stockholm, det betyder nåt helt annat där”, sa jag.

”Jaha, skinkorna, då. Är det bättre?”

Jag ryckte på axlarna, och sa: ”Balle betyder kuk i Stockholm.”

”Det var en intressant upplysning.” Hon fortsatte: ”Jag har fått Palmgrens papper faxade från Göteborg och hennes skinkor var röda och svullna, så det ser ut att vara samma person som har gjort det.”

”Och du tror inte det är Grönberg?”

”Nej, han är i livet, precis som Tommy Sandell är i livet, men han är ett offer, han också. Det är ju inte så att han glömt var han la byxorna, nån har klätt av honom och tagit med sig hans kläder.”

Hon tog på sina glasögon och när hon gick igenom vad hon visste om de två fallen försvann hennes grova, skånska dialekt och hon pratade som hon hade gjort när vi var med i samma tv-program, levande och lättfattligt men också officiellt och effektivt.

Man hade inte hittat en enda ledtråd i hotellrummet i Göteborg, det hade man inte gjort i Malmö heller. Jesper Grönberg kom inte ihåg nånting mer än att han inte ville gå på nåt som hette Push utan i stället gick på en pub, han hade kanske druckit för mycket. Han mindes inte. Han kom inte ihåg nånting.

”Den dryge göteborgaren trodde att Grönberg hade blivit drogad, och man hittade spår av sömnmedel, men egentligen var han nog bara pissefull”, sa Eva Månsson.

Man hittade inga tecken på yttre våld på Justyna Kasprzyk, förutom de röda skinkorna. Hon hade blivit strypt men mördaren hade troligen använt händerna och det syntes inga blånader eller andra märken på halsen.

”Det verkar som om polskan hade ställt upp på det här frivilligt”, sa Eva Månsson och tittade upp över glasögonen. ”Det finns många sjuka jävlar där ute.”

”Sjukt och sjukt, smisk är den nya missionären”, sa jag. ”Hela S&M-grejen är en folkrörelse, det är som hårdrock.”

”Och hur vet du det?” frågade hon, tog av glasögonen och strök luggen ur pannan.

”Jag läser tidningar.”

Hon tog på glasögonen igen och fortsatte berätta: De hade inte hittat nån ledtråd hemma hos Ulrika Palmgren heller, framför allt hade de inte hittat hennes dator.

”En kvinna som hon, egen business, hon måste ha en dator”, sa hon. ”Men var är den?”

”Han tog väl den också”.

”Troligen. Vi har lyssnat på hennes telefonsvarare i lägenheten, men där fanns bara ett meddelande från dottern, hon pluggar tydligen i Köpenhamn, men jag vet inte vad och jag har inte pratat med henne, det har göteborgaren gjort. Och hennes mobiltelefon är borta, mammans alltså.”

Jag tänkte fråga om de hade hittat en brandhjälm hemma hos Ulrika Palmgren, men jag hejdade mig, hon hade kanske haft den med sig till Göteborg.

”Och så är där några små skillnader.”

”Vadå?”

”Palmgren verkar inte ha ställt upp frivilligt, hur mycket missionär du än säger att det handlar om.”

”Inte?”

”Hon hade skavmärken kring handlederna, som om hon hade haft handbojor på sig, och hon ströps med ett bälte, förmodligen mördarens livrem, men det vet vi inte. Enligt våra tekniker hade polskan fått smäll med handflatan, medan det verkar som om Palmgren fått smäll med nån form av tillhygge, nåt platt.”

Hon drog ut ett blad ur mappen, vände på det och la det på bordet framför mig.

Jag inbillade mig att jag kände igen Ulrika Palmgrens rumpa, men det kan ha varit inbillning. Den var fotograferad från tre olika håll, uppifrån och från sidorna. När jag hade sett den hade den varit vit, nu var den – röd och svullen. Jag trodde att det där andra tillhygget, som Eva Månsson pratade om, förmodligen hade varit en hårborste, men det sa jag inte, jag hade sett en del såna filmer på nätet.

”Varför berättade ni inte detta från början? Eller varför har ni inte berättat det?” frågade jag.

”Såna där experter tycker vi ska vänta”, sa hon. ”Dom inbillar sig att det här är en sjuk jävel, dom tror att alla är seriemördare, och dom tror att han skulle bli förbannad, besviken eller upprörd över att det han hade gjort inte kom ut. Dom tror att han skulle avslöja sig på nåt sätt, ta kontakt eller nåt annat. Men dom tror så jävla mycket, och dom ser alldeles för mycket på tv. Dom tror polisarbete är som *CSI* eller *Criminal minds*, att allt bara är teknik och profileringar när det i verkligheten mest handlar om slumpen, både brotten och upplösningarna. Därför sa vi ingenting. Det är likadant med han som skjuter på invandrare här i stan, det finns grejer om honom som vi inte har berättat.”

”Som vadå?” frågade jag.

Eva Månsson log och skakade på huvudet.

”En sak till”, sa hon. ”Ulrika Palmgrens trosor satt bakfram. Den som tog på henne dom hade ingen koll på sånt, eller så slarvade han.

Men det verkar också konstigt, han var så noggrann med allt annat."
"Han kanske inte är så van", sa jag.
"Van?"
"Ja, med kvinnor, och deras underkläder."
Hon läste från ett nytt blad och sa: "Polskan hade vanliga trosor, vita, men Palmgren hade strumpeband, strumpebandshållare och nylonstrumpor, hela kittet."
"Men inget sexuellt?"
"Nej, vi har inte hittat nånting som tyder på att kvinnorna har haft samlag, frivilligt eller ofrivilligt. Och det verkar inte som om han har onanerat medan han höll på, vi hittade ingen sperma."
"Han ville straffa dom", sa jag.
"Han straffade kvinnorna genom att smiska dom och sen döda dom, och han straffade männen genom att låta dom förnedras offentligt", sa hon. "Det behöver man inga profilerare för att räkna ut. Frågan är varför."
Hon tog av sig glasögonen igen och stack in dem i fodralet.
Jag hade kunnat säga att profilerarna inte hade helt fel vad gällde vår man. Han hade verkligen hört av sig, och även om mejlen var korta kunde man ana besvikelse över att varken jag eller nån annan hade skrivit om en detalj som han tydligen var mycket stolt över, en detalj han tyckte var viktig. Som han ville få ut. Som han *måste* få ut?
"Kan jag skriva om det här, då?" frågade jag och pekade på mappen som fortfarande låg på bordet.
"Du kan skriva det jag har berättat, men du får inte citera mig eller nån annan, och du får inte berätta vem som kommit med uppgifterna. Men båda mina överordnade här i Malmö plus göteborgaren är med på det."
Jag hjälpte henne på med skinnjackan och följde henne ut till hissen.
"När kommer det här i tryck?" frågade hon.
"Det vet jag inte, jag måste ringa och kolla", sa jag.
"Han hade tagit Palmgrens personliga tillhörigheter, men hennes väskor stod kvar, både en resväska med kläder och en rullväska i plåt där hon hade sina vinflaskor. De enda fingeravtryck vi hittade var

hennes egna och Jesper Grönbergs, det verkar som om han hade försökt öppna väskorna, han letade kanske efter nåt att ta på sig", sa hon innan hon vinkade med högra handen och gick in i hissen.

En timme senare checkade jag ut, satte mig i bilen och körde tillbaka till Stockholm.

Det var en förhållandevis ljus kväll, men lika svårt som alltid att hitta en parkeringsplats vid midnatt i den svenska huvudstaden.

KAPITEL 15

Stockholm
Mars

JAG VÄNJER MIG aldrig vid att det inte låter om en tidningsredaktion längre.

När jag en gång var springpojke åt redaktörer larmade det om teleprintrar, smattrade om skrivmaskiner. Editionschefer med uppknäppta skjortor, högröda kinder och typometrar i händerna skrek ut order om rubriker, texter och bilder. Det sjöng om rörposten när manusen for genom redaktionen och ned till sätteriet där slamret kring sättmaskinerna nästan gjorde det omöjligt att prata.

Den äldste sättaren ansvarade för kyldisken där ölen låg, och de flesta ärenden jag fick uträtta bestod i att springa mellan sätteriet och redaktionen med famnen full av ölflaskor, om jag skulle upp, och fickorna fulla av sedlar och mynt, om jag skulle ned. Däremellan tog jag beställningar på varm korv och cyklade till ett korvstånd vid Fiskartorget i Malmö med ett trettiotal olika beställningar på varianter av korv med mos och bröd. Och så öl, förstås. Speciellt en redigerare brukade bli så full att han föll ihop över skrivbordet, och de kvällarna fick jag stå i ombrytningen med hans mer än lovligt skissartade skisser över hur sidorna för Simrishamn, Kristianstad, Hässleholm och Perstorp skulle se ut och försöka få ihop det till en del av en tidning.

När tryckpressen gick igång framåt kvällen kändes det som om hela huset vibrerade, som om vi alla befann oss på en stor färja på väg att lägga ut med dånande motorer i skakig sjögång.

Det luktade trycksvärta och metall, och röken från cigaretter och piptobak låg tung som en gammaldags Londondimma över lokalerna.

Det finns ingen dimma i London längre.

Det hörs ingenting på en tidning i dag.

Det syns ingen.

Det är, faktiskt, som om tiden står stilla.

Ingen vrålar i en telefon.

Känsliga samtal ringer man ändå nån annanstans, det är därför man har mobiltelefoner.

Carl-Erik Johansson mötte mig utanför en vaktkur.

Jag fick legitimera mig hos en uppumpad, skallig vakt som såg ut att lika gärna kunna platsa i en huliganarmé utan att det ens behövde spelas ett fotbollsderby, och jag fick en bricka att sätta på kavajslaget: "Svensson. Gäst."

Även om vi hade haft tät kontakt på telefon de senaste månaderna hade jag inte träffat Carl-Erik Johansson på åtminstone ett år. Det var svårt att avgöra om han tappat ännu mer hår än senast, han var en av de där personerna som blev skalliga när de nådde mopedåldern.

Han hade vit skjorta, öppen i halsen, och en ljus kostym. Jag hade hört talas om de nya klädkoderna, men det kändes ändå underligt att se honom klädd på det viset.

Vi fick gå igenom ytterligare två låsta glasdörrar, som Johansson öppnade med ett plastkort, innan vi ens nådde fram till hissarna som skulle ta oss upp till härligheten.

Där vi en gång suttit i ett helt kvarterskomplex med höghus och tryckerier var lokalerna numera fyllda med allehanda småindustrier, radiostationer, PR-bolag, kvartersläkare, garage och motionsanläggning. All tidningsproduktion var förlagd till en enda våning, och när vi kom dit in förstod jag än en gång, och som alltid, varför jag hellre satt på till exempel Il Caffè och jobbade. Det är förödande för journalistiken att sitta isolerad i ett kontorslandskap långt från den verklighet där verkligheten verkligen äger rum: ute på stan, i landet, bland människor, på fotbollsarenor, rockklubbar, förortsfik och tunnelbanestationer.

Jag hade inte besökt redaktionen sen jag slutade och jag kände inte igen nån av de nästintill minderåriga personerna jag råkade få syn på bakom de många olika skärmar som avdelade redaktionsgolvet. De få jag kände igen hade stått ute på gatan och rökt, och jag häpnade över hur fårade, rynkiga och trötta de såg ut.

”Och här har du webben”, sa Carl-Erik Johansson och pekade ut över ett område som täckte nästan sjuttiofem procent av redaktionsvåningen. Jag hade tidigt fått lära mig att webben skulle dominera framtiden och att papperstidningen skulle bli ett komplement, i stället för tvärtom. Det enda som var fel i den framtidsvisionen var att förändringen kom snabbare än nån hade kunnat ana.

”Dom andra väntar på oss här borta”, sa Carl-Erik Johansson medan jag lät blicken svepa över lokalerna. Det hjälpte inte hur mycket jag lät den svepa, jag kände inte igen nån för det, förutom en vaktmästare som alltid brukade vara vänlig mot mig. Han hade haft hand om den stora bilparken förr i tiden, nu satt han i växeln.

”Har ni byggt om igen?” frågade jag.

”Vi har byggt om tre gånger det senaste året”, svarade han. ”Snart ryms hela tidningen i städskrubben.”

Vi gick igenom en korridor där det hängde stora, inramade målningar av alla tidningens chefredaktörer. Det kändes som om tempot hade ökat de sista åren, som om tidningen först hade tre chefredaktörer på trettio år, och därefter trettio på tre år.

Den senaste hette Anna-Carin Ekdahl.

Hon satt på ena kortsidan vid ett stort, vitt bord i ett av alla de mötesrum som upptar en stor del av utrymmena på svenska företag. Jag tror att hon precis hade fyllt eller skulle fylla fyrtio. Hon såg yngre ut.

Anna-Carin Ekdahl hade varit chefredaktör i över ett år nu, det var ett modernt rekord.

Jag hade aldrig haft så mycket med henne att göra, men visste mycket väl vem hon var. Hon kom som ambitiös nyhetsjägare nånstans från västgötaslätten, verkade kunna jobba hur många och långa pass som helst och hon sov villigt över i ett av tidningens vilorum om det visade sig nödvändigt. Med tiden blev hon så pass smart, och så duktig på att få fram nyheter, att hon avancerade i en svårmanövrerad hierarki, intog den ena chefsposten efter den andra och hamnade till slut som chefredaktör. Det gick en massa rykten om att hon hade legat sig till framgångarna, och mindes jag rätt hade hon knullat runt ganska rejält när hon kom till Stockholm, men hade hon varit man skulle det ha räknats som en merit och inget som genererade skitsnack.

Vi hade aldrig umgåtts, vi var olika generationer och hade olika intressen. Hon var lång och såg vältränad ut, hon brukade i intervjuer alltid säga hur mycket hon älskade att jogga. Hennes cendréfärgade hår var kortklippt, ögonbrynen var markerade och hon bar för dagen en mörk dräkt med en brosch på ena kavajslaget.

Det glimmade om broschen när ljuset föll på ett visst sätt.

Blusen var vit.

Jag tror att hon var ogift men särbo med en annan journalist, som var chef på ett produktionsbolag som gjorde dokusåpor för tv.

Bredvid henne satt Lotta Berg, Carl-Erik Johansson presenterade henne som nyhetschef. Jag hade varken träffat henne eller sett hennes namn. Hon var ung och blond, hade vit, vid klänning med en blå kofta över axlarna.

Hon såg menlös ut bredvid chefredaktören.

Det var kanske meningen.

Mitt emot henne satt Martin Janzon, han var också nyhetschef, och förutom Carl-Erik Johansson var det honom jag kände bäst trots, eller kanske just därför, att han var så ung. Jag förundrade mig över att man lyckats få på honom en kostym.

Daniel Claesson, däremot, webbchef.

Det kändes som om han fått tjänsten eftersom man inte visste vad man skulle göra med honom. Han var typen som försökte kompensera att han var så liten och spenslig med att bära sig åt som en furir, prata korthugget och befälsaktigt samtidigt som han koncentrerade sig så hårt på att peka med hela handen att han aldrig la märke till att alla skrattade bakom hans rygg.

”Vill du ha kaffe? Mineralvatten? Vi har dammsugare och chokladbollar i automaten”, sa Anna-Carin Ekdahl.

Jag avböjde, och när Carl-Erik Johansson i grova drag förklarat vad det handlade om började jag berätta. Lotta Berg gjorde små anteckningar i ett stort kollegieblock, Claesson skrev som besatt och Carl-Erik Johansson antecknade som vanligt med kusligt små bokstäver. Anna-Carin Ekdahl satt med huvudet i händerna och tittade på mig, medan Janzon halvlåg i sin stol.

När jag var klar med min historia blev det tyst kring bordet.

Jag tror inte att de andra väntade på att Anna-Carin Ekdahl skulle yttra sig först, hon var bara snabbast med att formulera sig, och när tystnaden väl bröts så var det just Ekdahl som sa:

”Det här är … det är skitbra, Harry. Skitbra!”

”Det är vad det är”, sa jag och ryckte på axlarna.

Carl-Erik Johansson hade uttryckt en del oro och till och med tveksamhet om hur mycket eller vad som skulle gå att publicera, och det var därför han hade fått till stånd det här mötet, men när vi väl var på plats gick alla *all in*, som det heter numera. Anna-Carin Ekdahl tittade på oss allihop och sa:

”Vad säger ni? ’Smiskmördaren’? Ska vi kalla honom ’Smiskmördaren’? Eller är det bättre med ’Smiskmorden’? Vad säger ni?”

”Det är väl … ”, började Martin Janzon.

”’Smiskmorden’ ser bättre ut i vinjetterna, det har du rätt i. Det får stå ’Smiskmorden’ i vinjetterna och så kallar vi honom för ’Smiskmördaren’ i texten. Det bestämmer vi. Tack, Martin.”

Det jag gillade med henne var de snabba rycken. Det är möjligt att tidningens ägare, efter all kritik mot den mansdominerade tidningsvärlden, var ute efter en sorts kvinnlighet, vad nu det är, men när de tillsatte Anna-Carin Ekdahl fick de en kvinna med betydligt hårdare nypor än de flesta män hade. Hon tänjde ständigt på den publicistiska anständighetens gränser, var obönhörlig och självsäker i tv-debatter om vart kvällspressen var på väg, och hennes blogg var en av de mest lästa och mest citerade i andra medier. Nu frågade hon:

”Är vi helt solo, Harry?”

”Helt”, sa jag.

”Garanterat?”

”Garanterat.”

”Bra.”

Hon fortsatte: ”Harry skriver huvudstoryn, Lotta och Martin ser till att vi får ett rejält bakgrundsmaterial, med många detaljer, om tidigare, liknande fall, allt från sektledaren till polischefen och galningen i Halland som hade tortyrkammare på tomten. Ni får be Emma förklara S&M, och vilka sjuka varelser som håller på med det, Helena får skriva nåt medicinskt, inte katten vet jag, och så ber ni Kruger skriva nåt om hur det svenska samhället förändrats och hur det var bättre förr."

Emma Lundin var tidningens sexrådgivare, Helena Bergkvist den medicinska reportern och Bertil Kruger var visserligen pensionerad men brukade kallas in när man ville slå hårt, besinningslöst och ogenomtänkt mot sossarna. Eller få en analys av varför Sverige var ett land i ständigt förfall, om det nu inte var samma sak.

"Ledarsidan, vi måste få med ledarsidan också", sa Anna-Carin Ekdahl. "Ansvarar du för det, Martin?"

Martin Janzon nickade.

"Webben, då?" frågade Daniel Claesson. Det var det första han hade sagt sen jag kom.

Anna-Carin Ekdahl vände sig mot mig och sa:

"Du lovar att vi är solo?"

Jag nickade.

"Då struntar vi i webben i dag, vi kör stort och exklusivt i pappret och avslöjar på varenda jäkla sida, vi lägger inget på webben förrän i morgon bitti", sa hon.

"Vi ska kanske vara lite försiktiga med att kalla dom 'sjuka varelser'", sa jag. "Ni hade själva en rubrik om att 'Smisk är den nya missionären' på söndagstidningens etta. Det känns som en folkrörelse som nu har spritt sig i ned i folklagren."

Ingen sa nåt.

"Dom första bilderna på smisksex var såna streckgubbar och streckgummor som egyptierna ritade inne i pyramiderna", fortsatte jag.

"Värsta experten", sa Lotta Berg. Det var det enda hon sa på hela mötet.

"Allmänbildad", sa jag. "Vet lite om mycket."

"Det är alltid bra läsning, många extraköpare och många klick på webben när vi skriver om sånt här, sen får vi kalla dom vad vi vill och tycka vad vi vill. Det var längesen vi skrev nåt om sektledaren, hans risterapi och hans kvinnor. Det ligger sen flera år tillbaka en film på nätet som fortfarande är nåt av det mest klickade vi har, det är bra om vi kan få in honom också. Lever han, förresten?"

”Jag tror han lever”, sa Carl-Erik Johansson.

”Han såg så skröplig ut senast.”

”Han såg nog skröplig ut redan när han föddes”, sa Carl-Erik Johansson.

”Nåt mer?” frågade Anna-Carin Ekdahl.

”Ska vi inte ha nåt om Grönberg också? Jag tror inte att han är inblandad just i smiskdelen, eller det vet jag att han inte är, men det skadar väl inte att nämna honom igen? Det har väl inte du nåt emot, Anna-Carin?” sa jag.

”Nej, verkligen inte. Det är en utmärkt idé”, sa hon. ”Dra Grönbergs story igen, och se till att Kruger nämner honom i sin krönika som ett exempel på hur det går utför med Sverige.”

”Då måste ni publicera bilden där han sjunger *Hungry heart* igen, mer utför än så kan det inte gå om en som han gillar Springsteen”, sa jag.

Martin Janzon skrattade till, de andra var nollställda eftersom de visste att Anna-Carin Ekdahl dyrkade Springsteen.

”Då så”, sa Ekdahl, slog ihop handflatorna och så var mötet slut. Allt som allt tog det sjutton minuter. Jag hade haft mobiltelefonen framför mig hela tiden och sett tiden gå. Jag gillade verkligen hennes effektivitet.

”Vill du sitta här och skriva?” frågade hon.

”Nej, jag har eget kontor nu”, svarade jag.

”Jaha, var då?”

”På Kungsholmen”, sa jag. ”Ganska nära polishuset.”

”Varför slutade du egentligen? Det är såna här grejer vi behöver.”

”För att det var för många möten, och man får inte ’såna här grejer’ på möten.”

Det brukade jag säga, det lät rätt bra. Sen la jag till: ”Men egentligen vet jag inte.”

Det var mer med sanningen överensstämmande. Det bara tog slut en dag, tidningsekonomin blev sämre och som ett resultat av det blev kringskurenheten så snäv att vi under några år inte gjorde annat än jaga skvaller om kändisar genom att lusläsa varenda amerikansk och engelsk sajt eller blogg i ämnet.

”Det kändes som om jag var i vägen”, sa jag, men då hade hon redan skyndat vidare längs en korridor, förmodligen på väg till ytterligare ett möte om allt eller inget. Hon hade snäv kjol, en sån som jag tror kallas pennkjol, och det kan ju vara lämpligt på en tidningsredaktion. Och det var kanske så att män skulle ha kostym på redaktionen och kvinnor kjol eller klänning.

Carl-Erik Johansson var tvungen att följa mig ned till huliganvakten, och vi gick tillsammans genom redaktionen, mitt i den stora tidningstystnaden.

Jag hade tänkt sitta vid datorn hela nästa dag eftersom jag var säker på att få ett mejl från en Hotmail-adress så snart tidningen hade kommit ut, och jag hoppades vara så snabb att jag skulle hinna svara innan mejlmannen, om det nu var en man, hann logga ut.

Men jag tog några öl och calvadoser för många på kvällen, och sov följaktligen längre än jag hade föresatt mig, det verkade dessutom som om jag satt mobiltelefonväckningen på en helt annan dag.

När jag väl slog på datorn och öppnade mejlboxen låg redan det förväntade mejlet där. Det stod:

Äntligen. Men ”Smiskmördaren”... Nja.

Så kunde man också se det.

KAPITEL 16

Göteborg
Mars

MAN BRUKAR SÄGA att man inte ska bry sig om vad som står i tidningen för den är ändå bara nåt man slår in fisk i nästa dag.

Jag har aldrig förstått det uttrycket.

Det kan bero på att jag aldrig sett nån slå in fisk.

Däremot är det en sanning att journalister tröttnar snabbt.

Medan läsarna vill ha mer och mer och mer i samma ämne vill en redaktör vidare, lämna det gamla bakom sig och hitta nya nyheter, nya ämnen, nya avslöjanden och allt nyare uppseendeväckande skandaler.

Eller också är det som jag minns fel.

Återanvändningen är en minst lika stor del i den moderna journalistiken där kostråd, bantningskurer, inkomstlistor, däck- och datortester återkommer med två eller tre månaders mellanrum. Det hade aldrig gått förr, när folk nästan slaviskt köpte tidningen varje dag. Men nu när folk köper ett eller två exemplar i veckan är det inga problem med att återanvända gamla listor, tester eller recept.

Efter avslöjandet om ”Smiskmorden” spelades mediepjäsen enligt formulär 1 A.

Avslöjandet följdes några dagar upp i andra artiklar, de upptog visserligen mindre utrymme och hamnade längre bak i tidningen men fanns i alla fall med. Andra tidningar vände och vred på ämnet för att hitta ytterligare nya vinklar, somliga feminister skrev inlägg om hur ”Smiskmördaren” visade upp patriarkatet i all sin vidrighet medan andra tyckte att S&M var det slutgiltiga tecknet på sann feminism. En man från föreningen Röda Rappet skrev ett uppmärksammat debattinlägg i den stora morgontidningen där han påpekade att förtjusningen i S&M inte var ett tecken på männens makt, han var nämligen själv sexuellt undergiven och drömde om stränga kvinnor, en sorts matriarkat. Jag funderade på att tipsa honom om Harriet Thatcher, en av mina bästa vänner, en dominant kvinna som hade som yrke att straffa män i New York.

Det fanns så många kanaler och så mycket programtid att fylla att jag var med i en morgonsoffa i tv, två debattprogram, en dokumentärfilm samt en intervju i ett radiomagasin trots att jag inte hade gjort mer än att skriva en nyhetsartikel. Jag visste mer än vad jag hade skrivit om det som hade hänt, men jag höll mig strikt till den officiella versionen. Så småningom dog intresset för morden. Jesper Grönberg släpptes och gick under jorden. Det hette att frun tagit barnen och flyttat till hemlig ort.

Min tes i det ena debattprogrammet handlade om Jesper Grönbergs familj. Programledaren var en ung och till synes arg kvinna som ifrågasatte vikten av att publicera artiklar om otrohet, handlade inte detta trots allt om privatlivet?

Det är alltid svårt att få sagt nåt vettigt i dessa tv-debatter, men jag lyckades skrika högst i några sekunder och sa att om man som Jesper Grönberg byggt en politisk karriär på att vara familjefar och kärnfamiljens korsriddare, då hade fan i mig hans väljare rätt att få veta hur han raggade unga tjejer på krogen.

Efteråt handlade inläggen i tidningar, på nätet och twitter bara om att jag hade svurit i tv.

Jag ringde till kriminalinspektör Eva Månsson en gång om dan, men vi fick mindre och mindre att prata om, dels för att det inte hände nånting med utredningarna och dels för att Eva Månsson inte satt på förstahandsinformation om mordet i Göteborg. Dessutom verkade hon för tillfället mer sysselsatt med den person som sköt på invandrare i Malmö. Kriminalinspektör Benny Göransson i Göteborg visade sig inte bara sakna all form av humor, han vägrade för det mesta att ringa tillbaka när jag sökte honom, och vid de tillfällen – eller rättare sagt, *det enda* tillfälle – när han ringde tillbaka hade han inget att säga, eller också ville han inte säga nånting. Man vet aldrig var man har göteborgare.

Om jag i början kollade min mejlkorg ett dussintal gånger om dan så gjorde jag det alltmer sällan.

Förutom de vanliga knäppskallarna hörde aldrig den riktige knäppskallen av sig, och jag kände både besvikelse och lättnad över detta faktum.

Besvikelse över att inte få reda på vad som hade hänt med Justyna Kasprzyk och Ulrika Palmgren och lättnad över att inte behöva ställas till svars för min egen inblandning med Ulrika Palmgren och för att jag inte hade berättat att ”Smiskmördaren” antagligen och förmodligen hade varit i kontakt med mig via mejl mer än en gång.

Tiden har förmågan att få en att glömma, men tiden hinner också alltid i kapp en.

Carl-Erik Johansson ringde och sa att de hade en hel kartong med post till mig på redaktionen, och vaktmästarna visste inte vad de skulle göra med den. Några minuter senare fick jag ett samtal från Göteborg, men det visste jag inte när det ringde för då stod det bara ”Dolt nummer” i displayen. Jag satt inte på Il Caffè utan på Mellqvist, ett fik i Stockholm som jag inte använde för att skriva på utan för att läsa på. Mellqvist låg på Rörstrandsgatan och ägarna hade blåst ut en vägg där det låg en tobaksaffär så nu gick det in fler än tio personer åt gången. Om jag var ensam tyckte jag fortfarande bäst om att sitta i den gamla delen vid fönstret, med bra utsikt över människor och bilar på Rörstrandsgatan, men om jag skulle träffa nån valde jag att sitta vid ett bord i den lite större utbyggnaden.

När jag svarade var det en man som bröt ganska kraftigt på engelska i andra änden och han frågade:

”Är du Svensson?”

”Det är jag.”

”Som har skrivit om mordet på hotellet i Göteborg?”

”Det är jag.”

”Okej … är det okej om vi pratar engelska?”

”Det är okej.”

Vi fortsatte på engelska, och det lät cockney om honom när han frågade om man fick betalt.

”För vad?” frågade jag.

”Information”, sa mannen.
”Vilken typ av information?”
”Jag kanske minns nåt från den kvällen.”
”Vilken kväll?”
”*You know* … kvällen med politikern och bruden.”
The politician and the slag var orden som han valde.
Jag tänkte säga att Ulrika Palmgren inte var en *slag* men gick i stället ut på gatan för att kunna prata lite mer ostört. Jag gick mot tunnelbanestationen vid S:t Eriksplan, men utanför banken på hörnet stod en man och blåste i en saxofon och det skulle bli svårt att höra vad engelsmannen sa, så jag vände och gick åt andra hållet.
”Vad kan du berätta, då?” frågade jag.
”Jag kanske såg honom.”
”Vem?”
”Snubben.”
”Grönberg?”
”*Who tha fuck is that*?”
”Politikern.”
”Ja, han. Men den andre också.”
”Okej … ”, sa jag och drog ut på det.
”Så hur mycket får man?”
”Det beror på vad du har att säga.”
”Jag vill ha tusen pund.”
”Jag vet inte hur mycket tidningen betalar ut.”
”Hemma betalar tidningarna miljoner för vad skit som helst.”
”Du är engelsman, alltså?”
”Jag är trött på Göteborg, det bara regnar. Jag tänker åka hem.”
Nej, det regnar ju aldrig i England, tänkte jag.
”Varför har du inte sagt nåt tidigare? Till polisen, typ?”
”*Fuck tha police!*”
”Var är du?”
”Göte-*fucking*-borg.”
”Har du ett nummer jag kan nå dig på?”
”Nej. Jag ringer dig, jag fick numret i växeln.”
”Jag måste prata med nån, jag jobbar inte på tidningen längre, och

jag måste få tillstånd av nån på redaktionen, jag måste en jävla massa innan du kan få ett svar."

"Men prata då, så ringer jag upp igen om en timme. Okej?"

"Okej. Vad heter du ...?"

Han hade redan lagt på.

Eftersom jag just hade pratat med Carl-Erik Johansson ringde jag till honom och fick veta det jag redan visste eller misstänkte: Man kunde betala ut tipspengar, och summan berodde naturligtvis på hur bra tipset var och följaktligen också vad man kunde göra av det i tidningen.

"Han vill ha tusen pund", sa jag.

"Pund?" sa Carl-Erik Johansson.

"Ja, det blir väl femtontusen, nånting."

"Nä, pundet står lägre nu, men tio-tolvtusen kan du säkert få ut av oss om det blir bra i tidningen. Men då ska det bli jävligt bra, ofta betalar vi inte ut mer än två-tretusen. Och när jag jobbade på en landsortstidning brukade man skicka en hundring till folk som ringde och tipsade om en väldigt hög ormbunke."

"Eller om en morot som såg ut som en penis med pung?"

"Nej, det handlade bara om ormbunkar. Varför vill han ha pengarna i pund, förresten?"

"Han är engelsman. Han påstår att han var på puben samma kväll som mordet i Göteborg, han kan berätta om nån som han såg tillsammans med Jesper Grönberg."

"Varför har han inte sagt nåt innan?"

"Jag fick uppfattningen att han inte är så förtjust i polisen. Han vill hem till England, tycker det regnar för mycket i Göteborg."

"Det gör det ju inte i England", sa Carl-Erik Johansson.

När vi var klara gick jag tillbaka in på Mellqvist och satte mig på en pall vid fönstret och väntade.

Det dröjde en timme och sju sekunder, tre cappuccinor och en kladdig ingefärsbulle, innan engelsmannen ringde.

"Det är jag."

"Jag förstår det."

"Vad sa dom?"

”Dom sa att det är okej med pengar, till en viss gräns, men jag måste ju höra vad du har att berätta innan jag ger dig nåt, det fattar du väl?”

”*Sure*. Du är förstås i Stockholm?”

”Ja.”

”Kan du komma hit?”

Jag försökte argumentera emot, men satt två timmar senare i bilen på E4:an på väg söderut från Stockholm. Jag hade hämtat min post, och Carl-Erik Johansson hade rätt, det var verkligen en hel kartong. Jag trodde inte folk skrev brev längre.

Det började bli varmt och vårligt, och även om det varit en del ljusa moln på himlen i Stockholm försvann molntäcket ju längre söderut jag kom, och när jag stannade för en korv med mos och förvånansvärt bra automatkaffe på en bensinmack i Gränna, med ganska behaglig utsikt över den långsmala Vättern, kunde jag sitta utomhus vid ett av picknickborden.

Jag hade kartongen med post bredvid mig och började plocka bland breven, men insåg snabbt att det mesta var meningslös goja. De som säger att nätet står för nåt nytt i kommunikationen mellan media och läsare var aldrig med på den tiden när man öppnade ett helt vanligt brev med frimärke på utsidan och en bit toapapper med bajs på insidan. Det hade kommit en del seriösa brev, med samma innehåll som i många av debattartiklarna, uppblandade med handskrivna, anonyma och väldigt hatiska brev. I ett av dem stod, spretigt skrivet med blyertspenna, ”alla tjäringar ska ha pisk”, medan de andra brevskrivarna som vanligt skyllde precis allting på antingen Gudrun Schyman, muslimer eller Zlatan Ibrahimovic. De flesta av dessa verkade vara handskrivna av män i sjuttioårsåldern.

Det hade inte kommit några nya mejl från den jag trodde var mördaren, och jag fick för mig att han kanske hade skrivit ett gammaldags brev, det var därför jag gick igenom dem så noga, annars hade jag kastat de flesta utan att öppna dem. Med lite träning ser man snabbt vilka som är nåt att ha och vilka som inte är det.

Jag hade ett dussintal brev kvar som jag la i datorväskan i sätet bredvid mig i bilen innan jag slängde kartongen med de öppnade breven i en sopcontainer på baksidan av macken och körde vidare mot Göteborg.

Min engelsman ville ses på en pub som hette Paddington's och låg på St Pauligatan 1 i Göteborg.

Det var ute i *the wasteland*.

Öster om E6:an.

Jag hade aldrig varit öster om E6:an i Göteborg utom en gång när min GPS var ny och jag hade programmerat den så illa att jag inte alls kom av motorvägen på rätt ställe utan irrade i nåt som kan ha hetat Olskroken innan jag kom därifrån och med nöjesfältets berg-å-dal-bana som riktmärke på egen hand navigerade förbi Liseberg, Gothia Towers, Scandinavium och Gamla Ullevi, som heter så trots att arenan är relativt nybyggd.

Det soliga vädret hade försvunnit strax utanför Borås och när jag passerade avfarten till Landvetter slog regnet intensivt mot bilrutan och det kändes som höst.

När jag var liten fanns det en schablonbild av små, tunna engelsmän som ofta bar plommonstop och paraply, om de inte var sångare i Rolling Stones. De pratade en sorts engelska som jag tror gick under namnet "drottningens" och stod för en "stiff upper lip"-värdighet man inte hittade nån annanstans i världen.

Dåtidens engelsmän var en produkt av ett par världskrig, och misären under efterkrigstiden, medan dagens engelsmän är ett resultat av den nya tidens överflöd och skräpmat, där en diet på pommes frites, chips, fläsksvålar och några liter öl om dan har skapat en bastant och konstant överviktig befolkning. Värdigheten försvann i samma ögonblick som de första fotbollshuliganerna reste ut i Europa, slog sönder affärer och pissade i fontäner.

Jag hade inte varit på alla Göteborgs pubar, men de två-tre jag hade besökt längs Avenyn var ganska vidriga, av den sort som går under beteckningen sprejmys, där man sprejat in en "äkta" engelsk pubkänsla, eller kanske ännu hellre irländsk. "Äkta" irländska pubar hade varit populära så länge att varannan svensk nu ansåg sig vara en expert på Guinness utan att för den skull kunna stava till det.

Mannen jag skulle träffa på Paddington's drack inte Guinness, men han satt vid ett litet bord längst in i lokalen med nåt som såg ut som en pint bitter. Jag visste inte att det var han, men han vinkade fram mig till bordet och sa, på engelska:

”Jag kände igen dig, jag har sett dig på tv.”

Han var inte fet, men ganska kraftig med kort, mörkt hår och båda underarmarna fulla av tatueringar, men det var svårt att se vad de skulle föreställa. Han saknade en eller annan tand i både över- och underkäken, och de som satt kvar såg maskätna och svarta ut, men det var inte så konstigt, de flesta engelsmän är paniskt skräckslagna för tandläkaren.

”Beställ en bitter, vilken som, dom har riktig öl här till skillnad från dom pissiga ställena vid Avenyn.”

Jag beställde en mineralvatten och trodde att mannen bakom bardisken skulle kasta flaskan på mig. Och det är klart: Är man som pubägare stolt över sitt rika ölsortiment ser man det säkert som en förolämpning om nån beställer mineralvatten, till och med på fel sida E6:an.

Mannen som hade ringt sa att han hette Jimmy, och när vi satt mitt emot varandra fingrade han på sitt ölglas och jag såg att han bitit ned naglarna på alla fingrarna utom höger långfinger, det var kanske det han skulle visa. Men han hade en ren, vit T-shirt utan text eller bild och ett par blå jeans.

”Vad kan du berätta då?” frågade jag.

”Hur mycket får jag?”

”Det beror på vad du berättar.”

”Jag vill inte ha pissepengar.”

”Men vi kan heller inte betala hur mycket som helst för ingenting. Jag måste höra vad du kan berätta först, och om det går att använda.”

Han verkade tveka, men reste sig, hämtade en ny pint, kom tillbaka till bordet och började berätta.

”Jag jobbade extra den kvällen. Svart. Snuten förhörde mig aldrig eftersom jag bara hoppade in för en kompis, mitt namn fanns ingenstans. Vem som helst kan krana öl, och är du engelsman behöver du inte ens kunna krana, det är bara att säga 'Cheers, mate' lite då och då så är du hemma. Politikern verkade skitpackad redan när han kom. Han drack whisky, jag vet inte vilken sort för det var inte jag som hällde upp. Han satt ensam vid bordet som står vid hissdörren. Jag höll på att torka glas när jag såg den andre snubben, han hade precis kommit in från gatan och det verkade som om han inte visste riktigt vad han skulle göra, det såg ut som om han fick imma på glasögonen. Det regnade den kvällen också, precis som nu, precis som varenda *fucking* dag i Göteborg."

"Det regnar rätt bra i England också."

"Men då regnar det åtminstone i England."

Han hade en viss poäng där.

"Jag vet inte om han torkade av glasögonen eller inte, men plötsligt var han framme vid bardisken, och det såg ut som om han skulle beställa nåt för han lutade sig fram, men när jag kollade nästa gång var han försvunnen."

Han fortsatte:

"Sen dröjde det ... jag vet inte, för det var rätt mycket att göra, men det dröjde kanske en timme, kanske mer, innan han var tillbaka, och då stod han vid politikerns bord, och det verkade som om han ville bjuda honom på nåt. Han kom fram till bardisken och jag hörde hur han sa till min kollega, på riktigt *fuckin' 'orrible* engelska: 'Vann viski, plis.' Min kollega frågade vilken sort och han sa: 'The schiip vann'. Jag vet inte vad han fick, men han gick tillbaka till bordet och sen ... efter det, jag såg aldrig vad som hände, men när jag kollade lite senare var både han och politikern borta. Jag såg ingen av dem igen."

Jag höll på att säga "Wow!" eftersom min nyfunne vän Jimmy förmodligen hade sett mannen som mördade Ulrika Palmgren, men jag ville inte verka alltför imponerad.

"Så vad säger du?" frågade Jimmy.

"Var det ... var det ingen annan som såg honom, den här snubben?"

"Inte vet jag, vi pratade inte om det."

"Men ingen annan har ... det här finns inte med nånstans. Är det inte konstigt att det bara var du som såg honom, som la märke till honom?"

Jimmy ryckte på axlarna och sa:

”Mycket folk, man har fullt upp, jag vet inte, jag hade ju inte full koll heller.”

”Men du reagerade, var det nåt konstigt… med honom?”

”Nej, jag såg att du hade skrivit, och var på tv och tänkte, *fuck* … jag kan kanske tjäna pengar.”

”Hur såg han ut?”

”Glasögon, som jag sa. Mustasch. Storväxt. Men … ”

”Men?”

”Jag vet inte, det såg ut som om … nåt inte stämde. Jag vet inte.”

”Vad var det som inte stämde?”

Han satt ett tag, och det såg åtminstone ut som om han funderade. Sen sa han:

”Kläderna, det var som om han var för stor för sina kläder.”

”För stor för sina kläder? Hur fan menar du då? Var dom för små?”

”Nej … inte så, inte för små, mer bara … illasittande.”

Han tittade på mig som om jag skulle betygsätta hans historia, och på ett sätt skulle jag det. Jag hade tusen pund i sedlar i fickan, och jag skulle avgöra hur många av dem han skulle få. Jag sa:

”Nåt annat?”

”När han kom in från gatan hade han en väska med sig, det såg ut som en hockeytrunk, varenda jävel spelar hockey i Sverige, men han såg inte ut som en hockeyspelare. Men sen, när han kom tillbaka, när han var nere hos politikern, då hade han ingen väska.”

”Frisyr?”

”Jag vet inte vilken hårfärg, men han hade jävligt konstig frisyr.”

”Ålder?”

”*Fuck knows* … femtio, sextio … mer åt sextio, för gammal för att spela hockey i alla fall.”

”Vet du var han befann sig när han var borta? Satt han nån annanstans inne i puben?”

”Nej, han var väck. Han gick inte ut på gatan, men man kan ta hissen upp till rummen från puben.”

”Måste man inte ha nyckel då?”

”Det vet jag inte, jo, kanske, det tror jag.”

Polisen hade gått igenom och förhört alla hotellgästerna, men det fanns ingen som ens gick att misstänka för att ha dödat Ulrika Palmgren eller på nåt sätt ha varit inblandad.

”Har du varit i kontakt med nån annan? En annan tidning? Eller tv?”

”Nej, jag ringde dig. Ska du skriva om det?”

”Ja, om dom vill, det är inte jag som bestämmer det.”

”Inget namn.”

”Vadå inget namn?”

”Jag vill inte ha namnet i tidningen.”

”Men då faller en del av trovärdigheten, jag hade hoppats på namn och bild.”

Jimmy skakade på huvudet. ”Vad brukar ni skriva? ’En anonym källa?’ Det är jag, en anonym källa.”

Så där satt vi och sa ingenting medan jag hoppades att Glenn Hysén skulle dyka upp. Jimmy drack upp det sista av sin öl, och sa:

”Nu när jag tänkt efter … det var en grej till.”

”Vadå?”

”Han hade ytterkläder på sig när han kom in, jag minns inte hur rocken såg ut, men jag tror det var en rock, det var i alla fall ytterkläder. Men när han stod hos politikern hade han inte ytterkläder på sig.”

Jag köpte en ny pint till honom och erbjöd honom sjuhundra pund.

”Tusen.”

”Sjuhundrafemtio”, sa jag.

”Åttahundra.”

”Okej”, sa jag, och bestämde mig för att själv behålla tvåhundra pund. Det gick av gammal vana.

Jag brydde mig inte ens om att ringa till kriminalinspektör Göransson i Göteborg, varför förnedra sig? Däremot ringde jag till Eva Månsson när jag hade checkat in på Elite Plaza. Jag frågade om hon på rak arm kände till om de som jobbade på puben under mordkvällen hade blivit förhörda, och hon sa att så vitt hon visste så hade de det, och kom hon ihåg rätt så hade förhören inte gett nånting, ingen hade sett, ingen mindes, det hade varit mycket att göra, nån konferens av nåt slag.

Jag berättade om Jimmy, vad Jimmy hade sagt.

”Och hur får man tag i Jimmy, om man nu skulle vilja det?” frågade hon.

”Jag tror inte ens han heter Jimmy”, sa jag.

”Och du får lik förbannat inte avslöja dina källor, eller hur? Även om du hade vetat vem han är, menar jag.”

”Men kan du inte ringa Göransson och säga att vi kanske har ett signalement?”

”Jo, men han är en jävla bobbe. Han skiter i vad jag säger, dels för att jag är kvinna och dels för att jag inte ska lägga mig i hur han sköter sitt jobb och dels för att han är – en bobbe.”

Regnet hade inte upphört, och efter att ha ätit en god torsk på ett ställe som heter Bon fick jag huka och springa längs husväggarna och var blöt om fötterna när jag kom in på puben The Bishops Arms i källaren till Elite Plaza. Jag gick fram till bardisken och beställde ett glas rött och höll en monolog för en till att börja med ganska ointresserad bartender om varför man tillverkar skor som tar in vatten.

”Är inte det hela tanken med skor? Att man ska kunna gå utomhus i regn utan att bli blöt om fötterna? Annars hade man lika gärna kunnat gå barfota”, sa jag.

Bartendern ryckte på axlarna.

Han var inte engelsman, men försökte se ut som en, det ingick nog i arbetsuppgifterna.

”Folk sa att skor av just det här märket är världens mest bekväma skor, och det har dom rätt i, dom är fantastiska att promenera i, men dom tar in vatten.”

Det var bara jag och fyra, kanske fem, personer till i puben och bartendern tömde diskmaskinen och började torka glas. Det var inte som i England där de hänger upp glasen och låter dem rinna av på bardisken. Det är förmodligen en pubs motsvarighet till att bli blöt om fötterna när det regnar.

”När jag gick till en skomakare sa han att det är äkta läder, och jag sa, är inte det bra, är inte det kvalitet, det bästa? Då ska det väl inte läcka in vatten?”

”Du får spreja dom”, sa bartendern.

”Det sa skomakaren också. Det har tre olika skomakare sagt, och så har dom lurat på mig olika sprejer som ska hålla vattnet borta.”

”Och?”

”Det funkar inte, strumporna är så blöta att jag kan vrida ur dom om jag varit ute i regn. Och dessutom, om det nu är äkta läder ... har du nånsin sett eller hört talas om en bonde som springer ut till kor och hästar med en sprejflaska när det regnar? Deras skinn, har du sett nåt mer äkta än det? Det regnar fan inte in i en häst eller en ko.”

Bartendern skrattade. Han hade hela tänder i både över- och underkäken, svarta jeans och rutig skjorta. Det såg ut som om han hade en tatuering i nacken, men jag kunde inte se vad den föreställde.

”Vad heter du?” frågade jag.

”Linus.”

”Harry.”

”Jag vet, du skrev om skiten på hotellet, jag såg dig på tv.”

”Jobbade du den kvällen?”

”Nej, jag var ledig.”

”Hoppade Jimmy in för dig?”

”Jimmy?”

”Engelsman. Sa han jobbade svart den kvällen, hoppade in för nån.”

”Nej, inte för mig, jag var schemalagt ledig, men han heter inte Jimmy”. Linus kliade sig i skallen och sa: ”Men jag vet vem du menar, han brukar hoppa in lite varstans i stan, men jag kommer inte ihåg vad han heter.”

”Kan man lita på honom?”

”Ja, det tror jag. Han har lite trasslig ekonomi, men jag tror inte han sysslar med nån skit, eller så. Kevin, kanske. Ja, Kevin. Kallas ’Kev’. Hamnade här för nån brud, som alla andra engelsmän.”

”Han såg antagligen mördaren här den kvällen, Jimmy, Kevin eller ’Kev’, alltså.”

”Hur vet du det?”

”Jag har träffat honom.”

”Wow, jag vet bara vad dom andra sa, att det var snormycket folk den kvällen, ingen har sagt nåt om att ha sett nåt.”

Jag pekade bort mot hissen och sa:

”Man kommer ju rakt upp till rummen härifrån, eller hur?”

”Ja.”

”Men man måste ha nyckel, eller hur?”

”Ja.”

”Så var fick han nyckeln från om han inte var gäst på hotellet?”

Linus log och sa:

”Har du nån aning om hur många nycklar vi hittar här när vi har stängt? Folk blir på röken, dom tappar, dom lägger ifrån sig, dom kommer in här, upp med plånboken och nyckeln på bardisken och sen glömmer dom både pengar och nyckel.”

Jag hade inte tänkt på detta. Jag hade själv glömt den nya tidens nycklar på hotellrummet när jag gick ut, och det var bara att begära en ny i receptionen när man kom tillbaka och trevade i fickorna som fickpingis på speed. Ibland blev nycklarna avmagnetiserade om man hade dem för nära en mobiltelefon, och då drog personalen nyckeln i en maskin, precis som man drar ett kreditkort, och så hade man en ny, fungerande nyckel.

Det kom in en man och kvinna, och Linus gick några steg längs bardisken för att ta deras beställning. Mannen var i femtioårsåldern, kvinnan såg ut att vara hans dotter. Rent åldersmässigt, alltså. Hon hade kortklippt svart hår och en ljus kappa. Han drack en whisky med is och hon ett glas vitt. Det luktade regn och blöta kläder om dem.

Jag drack upp rödvinet, sydafrikanskt, vinkade åt Linus, gick bort mot hissen, öppnade dörren och tryckte på min våning.

När jag kom upp åkte jag omedelbart ned till receptionen igen. En kille i vit skjorta, svarta byxor och svart väst, han brukade parkera gästernas bilar, stod bakom disken och jag frågade:

”Registrerar ni på nåt sätt om man blir av med en nyckel och får en ny?”

Han skakade på huvudet. ”Nej, om vi inte känner igen gästen får han legitimera sig, och så kollar man så det är rätt person.”

”Så den kvällen när mordet ägde rum här … det går inte att kolla om nån blev av med sin nyckel?”

”Nej, och det är en sak till.”

”Vadå?”

”Vissa gäster begär och får två nycklar. Dom sätter en av dom i kontakten på rummet så inte strömmen ska brytas när dom går ut, dom vill kanske ladda datorn, och har dom båda nycklarna med sig ut och blir av med en så är det ju bara att använda den andra.”

”Jo, det är klart.”

”Många lämnar helt enkelt inte in nycklarna när dom checkar ut, det är lätt att glömma. Sen finns det såna som sparar dom som souvenirer, men det är mest på sommaren, när det är mycket turister”, sa han. ”Men jag förstår inte varför, det är ju bara en liten plastbit.”

Jag hade takfönster, och det lät ganska behagligt när regnet slog mot taket och rutorna.

Kvällsstäderskan hade satt in en liten flaska konjak, en kupa och en chokladbit på sängbordet, och jag hällde upp, tog av cellofanen kring chokladbiten och ringde till Eva Månsson för att berätta det jag hade hört. Det gick fram så många signaler att jag var beredd att lägga på när hon svarade.

”Förlåt, jag kom precis ut ur duschen”, sa hon.

”Duschar du på kvällen?” frågade jag.

”Ja, så har man det gjort på morgonen.”

”Men tänk om man ligger och svettas på natten, då får man duscha om sig på morgonen.”

”’Duscha om sig’? Du är inte klok.”

Jag ville egentligen fråga om hon hade svept en handduk om sig när hon kom ut ur duschen, om hon hade en badkappa, kanske en pyjamas eller var naken.

Tänk om mobiltelefonen låg på ett köksbord eller ett litet bord i hallen och Eva Månsson stod med vatten droppande från den nakna kroppen ned på hallgolvet, eller köksgolvet.

"... jag har själv en massa hotellnycklar i väskan, ibland tror jag att det är kreditkort", sa hon.

Jag hade inte hört vad hon först sa, upptagen som jag var med att fantisera om hur det såg ut hemma hos Eva Månsson, framför allt hur Eva Månsson såg ut hemma hos Eva Månsson.

"Har du tänkt på en sak?" frågade hon.

"Kanske. Vad då?"

"Tänk om han är färdig nu."

"Vem?"

"Gärningsmannen. Det har ju inte varit fler mord, vi har inte hittat nånting och han har inte hört av sig."

Jag svarade inte på det.

Jag trodde inte att han var färdig, men jag hade inget som helst belägg för det.

"Jag pratade med en profilerare om en helt annan sak, ja, om han galningen i Malmö, och passade på att fråga lite om vår gärningsman."

Jag blev lätt stressad över att jag fortfarande inte hade berättat om mejlen som jag hade fått, men jag tyckte om att hon sa "*vår* gärningsman".

"Och vad sa han, då, profileraren?"

"Att gärningsmannen kan ha varit ute efter att straffa kvinnorna och männen, men på olika sätt. Kvinnorna dog och de kända männen får leva med skammen."

"Jag tror inte Tommy Sandell skäms", sa jag.

"Nej, men det förstod kanske inte gärningsmannen. Normalt så ökar intensiteten i känslorna hos en sån här figur, och dåden blir värre, grymmare och inträffar oftare, men nu är det tyst. Jag tror han kan vara färdig, och då får vi aldrig tag på honom."

"Ja, nä, kanske. Jag vet inte."

"Nä, nu måste jag sluta, jag står här utan kläder och det blir blött på golvet."

Jag svepte konjaken och det tog flera timmar innan jag kunde somna eftersom jag fantiserade om hur Eva Månsson såg ut naken med duschvatten som droppade på hallgolvet, eller köksgolvet.

I såna lägen kan det vara vilket som, det var inte golvet som var det viktiga.

KAPITEL 17

Köpenhamn
Mars

HAN HATADE KÖPENHAMN, men återvände alltid.

Det fanns många anledningar till det, men inga hade med just Köpenhamn att göra. Han hade hatat Köpenhamn ända sen mor åkte dit, när karlarna bjöd henne och han fick vara ensam kvar hemma i huset med ljuden utifrån, mörkret och skräcken, både för det som kanske fanns därute och för det som skulle hända när hon kom hem, för hem kom hon alltid, luktade gammal sprit, svett, rök och nåt han instinktivt trodde var kön, fast han visste inte om eller hur det luktade. Ofta var hon på dåligt humör, skrek och gormade. Han hade hatat Köpenhamn sen hon tog med honom för att gå på Tivoli och köra radiobil och åka pariserhjul och dricka citronvand, men det slutade alltid med att de aldrig kom fram till Tivoli för hon skulle bara ta en öl till lunch, och framåt kvällen blev han satt i ett hörn på ett sjapp i Nyhavn, och – han valde att inte tänka mer på det.

Han hade handlat fläsksvålar på Netto. Det var en speciell sorts fläsksvålar han var ute efter, och han köpte alltid två påsar, en som han åt direkt, den här gången på en bänk på Kongens Nytorv, där han satt tills det började duggregna, och en som han brukade ta med sig och äta i bilen på väg hem över Öresundsbron.

Svålarna hette Öffer, "gammeldags flæskesvær" stod det på påsen, och han tyckte om dem eftersom de både var väldigt salta och bjöd tuggmotstånd och dessutom hade mycket fett kvar på själva svålen. På Öffer-påsen fanns en teckning av en trevlig gris, en gris med långa ögonfransar, en liten mörk hatt, små, runda läsglasögon, en mustasch under trynet och nåt som såg ut som en fluga om halsen.

Han satt på Ködbyens fiskebar, vilket bara det var en motsägelse

... en fiskkrog i Köttbyn, eller Köttstaden borde man säga. Han var inte mycket för nånting, men förutom fläsksvålar älskade han ostron, och det var på ren chans som han hade provat ostronen på Köttstadens fiskkrog dit den lilla polska horan hade föreslagit att de skulle gå eftersom det var populärt, och ... stället var bra: Hög samtalsvolym, en stor bardisk där man alltid kunde få plats och – fantastiska ostron. Han hade fått ett bord alldeles vid fönstret och det som hade startat som ett stilla duggregn på Kongens Nytorv hade övergått till ett ihållande hällregn som i långa, svepande sjok sköljde marken utanför krogen, piskade mot de stora rutorna i den starka vinden och gjorde det svårt att se över torget till de låga tvåvåningsbyggnaderna som hade blivit gallerier, krogar, kaféer, eller IT-kontor.

Man skulle dricka mörk öl eller champagne till ostron, det hade han läst, men han drack Coca-Cola, och han beställde tolv ostron, sex av varje sort. Han sparade de som var stora till sist, sladdriga, mjuka, uppfläkta, de smakade inte bara hav eller salt, de smakade som han trodde mor luktade när hon kom hem från Köpenhamn.

När han kisade ut genom regnet gled en bil upp framför krogen, eller "gled upp" var fel: Den vräkte sig fram och blockerade ingången som om den ägde Flaesketorvet, och ut ur bilen sprang en ung, blond och kortklippt kvinna och en man i en tunn, stickad tröja av nåt slag. De kom in på krogen och skakade av sig vattnet som två blöta hundar och hennes urringning visade att hon inte hade behå. Mannen hade en djupt V-ringad tröja, med en skog av mörkt hår under, samt två tunna kedjor runt halsen. De såg ut att vara av guld.

Hon hade stora ringar i öronen, rött läppstift och vita tänder i ett leende som aldrig tycktes ta slut, och hennes skinkor guppade provocerande under den korta, svarta klänningen när paret gick förbi honom och fick plats vid bardisken. Mannen var av samma sort som bilen, självklar, självsäker och förhatlig, förmodligen en BMW, trodde han. Den var svenskregistrerad. Paret drack ur höga, smala glas, hon pussade mannen på kinden. Klänningen hade glidit upp och visade lår, han kunde ana spetsen på ett par svarta, tunna trosor, han hade inte sett nån i så stort behov av straff på länge, och han önskade att han hade mer tid. Hon borde få skära sitt eget björkris: Att själv tvingas välja ut de kvistar som skulle svida mest i skinnet var en nyttig lektion i ödmjukhet, det visste han.

Hon gled ned från barstolen och svepte förbi på ett par högklackade sandaletter. Hon såg honom inte. Två pojkar tittade på en fisk som simmade runt, runt i en akvariepelare. Han följde henne med blicken, längtade efter att tvätta bort det självbelåtna leendet.

Han betalade kontant och tog sig därefter så gott det gick genom sjöarna av regnvatten till sin egen bil.

Han behövde inte vänta länge, glasdörrarna till krogen öppnades och paret sprang skrattande mot bilen. Mannen torkade regnvatten från pannan innan han hoppade in bakom ratten. BMW:n startade med ett rytande, vindrutetorkarna gick igång och sprätte regnvatten omkring sig medan bilen backade ut. När mannen trampade på gaspedalen stänkte det vatten om däcken och hans egen bil blev duschad.

Han startade och följde efter.

Hans plan var vag.

Följa efter och se var de stannade.

Mannen skulle inte innebära problem, han kunde lägga honom i bakluckan. Det var alltid nån som stannade vid en bil som stod övergiven i vägkanten.

De körde mot bron, på väg mot Malmö.

Om det var lite trafik på den svenska sidan kunde han preja dem där, säga att deras baklyktor var sönder, säga vad som helst.

Mannen körde fort, vårdslöst.

Han skulle låta henne betala för det också, hon hade ett ansvar som passagerare, eller hur? Hon kunde be mannen sakta in. Han skulle låta henne klä av sig naken och sen hålla räfst och rättarting. Rotting eller ris, det var frågan. Han kände ivern, kände att han hade en viktig uppgift. Var hon en sån som lätt fick märken? I så fall skulle rottingen vara att föredra. Å andra sidan var det nyttigt att skära sitt eget ris, det kunde han verkligen dra ut på, låta henne våndas. Han kunde låta henne få en hel uppfostringsdag, börja med skamvrån, låta henne stå på knä på småsten en timme, tvätta hennes mun med såpa och sluta med rottingen. Eller riset.

Möjligheterna var oändliga.

Så här uppspelt hade han inte varit på länge.

När de hade passerat sista avfarten i Danmark lät han avståndet öka mellan bilarna. Regnet gjorde visserligen att sikten var minimal, men det var dumt att chansa. Han skulle hinna i fatt dem vid betalstationen. Väl där höll BMW:n redan vid luckan där man sticker in kreditkortet.

Själv valde han en fil två rader bort, där höll bara en bil framför honom. Men föraren klarade inte av automaten, eller också var det fel på kreditkortet. Backlyktorna började lysa, mannen rullade ned fönstret och vinkade åt honom att backa. Idiot.

Han hade två bilar bakom sig, och när väl manövern med att få alla att backa och byta fil var BMW:n försvunnen.

Han körde planlöst, men de kunde ha vikit av var som helst.

Han stannade på en rastplats och satt en stund och lyssnade till det mjuka surret från motorns tomgång och svischet av vindrutetorkarna innan han till slut ringde ett nummer som han inte hade lagt in i mobilen, han kunde det utantill.

Förhandlingarna var ovanligt segdragna, dels för att det var sent och dels för att det med så kort varsel skulle bli svårt att hitta rätt person, men han körde tillbaka till Köpenhamn, och när han tre timmar senare rullade bort från ”Pisserenden”, som en gata vid namn Larsbjörnstraede kallades, och än en gång körde mot Öresundsbron var han trots allt nöjd.

Eller ganska.

Det hade blivit dyrt, men det var det värt.

Han hade råd.

Han hade fått tre alternativ och valde till slut en ryska som med lite fantasi kunde påminna om kvinnan på krogen, skillnaden var att den ouppfostrade på krogen var en äkta blondin, den här såg ut som om hon doppat håret i en burk vit färg. Man kunde ta ryskan från Ryssland, men inte Ryssland från ryskan. Men många unga ryskor var söta, och han undrade ibland över vad som hade hänt med forntidens bastanta, ryska kärringar i hucklen och med kroppar som lagårdsdörrar, det verkade som om alla ryska kvinnor kastade diskus eller stötte kula på den tiden, nu var de tennisstjärnor och fotomodeller.

Den lilla polskan hade varit fantastisk på sitt sätt, men ryskor var stryktåliga, det fick man verkligen ge dem.

Femtontusen danska kronor var lite mer än tusen kronor rappet. Han undrade hur mycket ryskan fick och hur mycket den serbiska gangsterkärringen som låg bakom verksamheten behöll.

Egentligen struntade han i vilket.

Vid ett rödljus utanför Tivoli öppnade han den andra påsen med fläsksvålar, stack ned fingrarna, tog upp ett par svålar och stoppade dem i munnen.

De var hårda, Öffers svålar, hårda och gammaldags.

När han var mitt på Öresundsbron hade regnmolnen börjat dra bort över Sundet.

Månen var rund och blek, insvept i dis.

Det såg ut att bli en fin och regnfri dag.

KAPITEL 18

Solviken
Mars

NÄR JAG SLOG på tv:n på morgonen visade man upp en väderkarta med en stor sol ritad över hela södra och västra Sverige. Men när jag tittade ut genom mina takfönster var himlen över Göteborg nästan svart, och regnet dundrade envist och utan pardon mot rutorna och takplåten.

Jag tog med datorn till hotellets frukostmatsal för att sitta där och surfa, men när jag öppnade väskan upptäckte jag de oöppnade breven, och medan jag satt med en mugg kaffe gick jag igenom dem.

Det var samma goja som i de brev jag hade öppnat dan innan, men jag blev lite intresserad av ett kuvert som det stod *Trelleborgs Allehanda* på. Mitt namn och adress var skrivna på en gammaldags skrivmaskin, det såg faktiskt ut att vara en klassisk Halda, och brevskrivaren hade slagit så hårt på tangenterna att det hade blivit hål i brevpappret för varje o och e.

Tidningens namn stod högst upp på brevpappret, därefter:

Bäste kollega.
Efter att ha läst Dina skriverier om den s.k. "Smiskmördaren" kom jag att tänka på några artiklar som jag själv skrev för några antal år sedan, emedan jag vid den tiden var lokalredaktör i Anderslöv för Trelleborgs Allehanda.

Det var framför allt en formulering som polisen använde i det Du skrev: "Han var bara ute efter att straffa dom." Detta fick mig att reagera med påföljande minne. Men det tog två dagar (minnet är inte som förr!) innan pengen föll i grisen. Exakt så sa en polis som skötte utredningen om två, kanske tre (detta måste jag i så fall undersöka), fall där en man hade straffat flickor genom att aga dom, minns jag rätt hade mannen i fråga plockat upp dom när dom liftade efter att ha varit på dans. Detta rapporterade jag om, och intervjuade sedermera en av töserna. Mannen blev ehuru och emedan aldrig gripen.

Jag är numera pensionär, men följer dagligdags nyhetsflödet. Jag har också samlat allt jag har skrivit genom åren, och om Du, bäste kollega, vill kan jag leta upp de gamla artiklarna för att se om det finns några likheter, och om det till och med kan befinnas vara samme man bakom dessa gruvliga illdåd.

Bästa hälsningar
F.d. redaktör
Arne Jönsson

Arne verkade skriva med boxhandskar på händerna, men han var noggrann och brevet innehöll inga överkorsade eller överstrukna ord. Han uppgav en adress i Anderslöv, ett samhälle några mil norr om Trelleborg, och ett telefonnummer med riktnummer 0410, vilket jag förutsatte gick till Trelleborg, och det var det enda nummer som stod, ett hemnummer. Ingen mobil, inte ens ett faxnummer, en fax var annars nåt som äldre människor brukade klänga sig fast vid.

Det var ett på många sätt både rart och rörande brev.

Mannen var pensionär, hade tråkigt och satt hemma och "följde nyhetsflödet" och fick för sig både det ena och det andra.

Om han hade lämnat en e-postadress hade jag kunnat mejla och tacka för visat intresse, men som det blev knycklade jag ihop brevet tillsammans med de andra som jag hade fått och kastade allihop i en papperskorg på väg ut från frukostmatsalen.

Ingen på tidningen hade varit speciellt entusiastisk över en uppföljning på storyn om "Smiskmördaren", och det bestämdes att vi skulle avvakta några dagar för att se om jag över huvud taget skulle skriva nåt om vad "Jimmy", eller om han nu hette "Kev", hade berättat.

I brist på annat körde jag söderut. Krogen som min vän hade arrenderat över sommaren låg i en av de gamla fiskehamnarna på sydsidan av Skälderviken ut från Ängelholm och Farhult mot Svanshall, Skäret, Arild och Mölle. Just Mölle var en välkänd gammal, klassisk badort vid Skånes enda riktiga berg, som jämförelsevis inte är mer än en kulle och därför heter Kullen.

Det kan vara så att just Göteborg, och enbart Göteborg, ständigt är belägrat av regnmoln, för när jag kom en bit utanför stan övergick det intensiva, sköljande regnet till att bli dugg, och efter en halvtimme kunde jag slå av vindrutetorkarna, se en skymt av havet på höger sida och dessutom få en glimt av blå himmel, precis det som meteorologen hade lovat på tv.

Nyhetschefen Martin Janzon, sms:ade när jag var i höjd med Halmstad, och när jag körde in på en bensinmack för att tanka ringde jag upp honom.

”Du!” sa han. ”Vi kör en kort story om knäppskallen och det nya signalementet i morgon, det som du kom på i Göteborg. Kan du skriva en sån? Tretusen tecken. Inte mer.”

”Bara om du skickar en bild på dig själv i kostym”.

Jag fortsatte söderut, och när jag passerat Hallandsåsen och kom in i Skåne var himlen klarblå och molnfri. Det brukar vara så, det är alltid fint väder i Skåne.

Från motorvägen fortsatte jag in på väg 112 som leder till Höganäs. I höjd med Jonstorp tog jag till höger vid en skylt som pekade mot Mölle och fortsatte kustvägen till Solviken.

Ju närmare vattnet man kom desto brantare, smalare och kurvigare blev vägen, och när jag kört förbi två, tre bondgårdar uppe vid stora vägen övergick bebyggelsen till att bestå av hus som ursprungligen måste ha varit kolonistugor men som blivit på- och utbyggda. Bredvid dem låg gamla, solida hus som gått i arv i generationer och fortfarande utstrålade en gammaldags kvalitet jämfört med de nybyggda villor med altaner, balkonger och stora panoramafönster som vätte ut mot Skälderviken. Allra längst ned låg några gamla fiskebodar som hade gjorts om för att passa den moderne svenske semesterfiraren.

Det var alls ingen stor hamn. Den gick inte att jämföra med Torekov på andra sidan Skälderviken eller ens med Mölle. Några små utombordare guppade vid en träbrygga, men sommarens alla segelbåtar hade ännu inte blivit sjösatta.

Precis som världens stora hamnar hade tömts på båtar, magasin och sysselsättning och i stället fyllts av nya, chica bostadsrätter hade också de små nordvästskånska hamnarna tvingats acceptera de nya tiderna. Det var inte som förr, när man kunde cykla till vilken hamn som helst och köpa nyfångad fisk på morgonen. Som så mycket annat hade fisken försvunnit, och få kunde leva på fisket, om de inte hade så stora båtar att de kunde gå långt ut i Nordsjön och vara borta i flera dygn.

De som ändå fiskade gjorde det som fritidsnöje, alla hade jobb i Helsingborg, Höganäs eller Ängelholm.

Krogen låg högt, med vidunderlig utsikt över både hamnen och Skälderviken, i en låg och lång enplansbyggnad med stora fönster och en uteservering.

Jag gick ut ur bilen och uppför en bred trappa av trä. Ingen syntes till, men nån pratade högljutt på baksidan och när jag gick runt huset fick jag syn på Simon Pender. Solen sken men trots att det inte var speciellt varmt hade han tropikhjälm och ett par märkliga, knälånga kakishorts ur vilka det stack ett par bleka ben. Han pratade upphetsat med en man som stod på en stege och såg ut att försöka laga en stupränna.

Simon Pender vände sig mot mig och sa:

”Kan du litauiska?”

”Nej.”

”Är det inte typiskt? Precis när man lärt sig polska så har polackerna kommit upp sig och blivit ersatta av folk från Litauen. Den här kan varken svenska, engelska eller tyska”, sa han och pekade mot mannen på stegen.

”Jag visste inte att du kunde polska”, sa jag.

”Nej, det kan jag inte, men det lät rätt bra när jag sa det, erkänn det. Vet du förresten hur man ser att en bil är från Polen?”

”Nej”, sa jag trots att jag visste det.

”Man ser det på lacken.”

”Jaha.”

”Fattar du? På lacken!”

Simon Pender och jag hade börjat umgås när jag skulle wallraffa på en exklusiv golfklubb utanför Stockholm. Tidningen ville ha en skandalskildring om vad som erbjöds, vad man drack och åt, vilka som var där och vältrade sig i ofattbar lyx, och sen skulle man jämföra med hur svårt det var för unga fotbollsflickor, eller möjligen ridhusflickor, att få träningstider. Vad ingen visste var att Simon Pender var nybliven hovmästare på golfklubbens krog, och han kände omedelbart igen mig efter att ha serverat mig på ett antal restauranger i Stockholm genom åren.

Fotbollsflickorna, eller om det nu möjligen var ridhusflickorna, fick fortsätta kämpa för bättre träningstider utan min medverkan.

Simon var storvuxen och högljudd, och hade ett brokigt och kringflackande liv bakom sig, det verkade som om han sysslat med allt, från krogar till tennis, golf, kryssningsfartyg, kortspel och hovmästeri i Sverige, Thailand, Vietnam, England och Hongkong. Hans pappa var engelsman och hans mamma svenska. Nu sa han nåt till mannen på stegen, gick sen in i restaurangköket och frågade:

”Har du ätit? Jag har fått fläsk från en slaktare, jag kan göra fläsk med löksås.”

”Det låter kanon.”

”Vill du stanna? Det är visserligen inga sängkläder där ute, men där står en säng eller så kan du ligga på en luftmadrass.”

”Nej, jag ska till Malmö.”

”Vad ska du göra där?”

”Jag vet inte riktigt.”

Och det visste jag inte heller.

Jag drevs ibland av den sortens rastlöshet, att jag måste iväg, bort eller hem, utan att riktigt veta varför. Jag hade hela mitt liv försökt komma bort från Malmö, men det är nåt oförklarligt som drar mig tillbaka, jag vet att så fort jag kommer dit vill jag därifrån.

När vi hade ätit gick vi ut med var sin mugg kaffe i handen och tittade på huset jag skulle få låna. Mannen från Litauen stod fortfarande på stegen, och det såg ut som om han bankade på stuprännan med en hammare.

”Mitt” hus låg ytterligare en bit upp från själva restaurangen och var kringgärdat av en dunge björkar, och när vi gick in luktade det fuktigt och instängt som det brukar göra om hus som stått obebodda en hel vinter. Men det var större än jag hade väntat mig, tre stora rum med kök där nere, och en trappa som ledde upp till ett stort och ett mindre sovrum samt ett förvaringsutrymme på andra våningen. Man kunde se hamnen och Skälderviken från ovanvåningen och från köksfönstret.

”Men kostar inte det här extra för dig?” frågade jag.

”Samma pris, med eller utan.”

”Och var ska du bo, då?”

”I Ängelholm. Huset är ditt, om du vill ha det”, sa han.

Det ville jag.

Vi skakade hand, jag körde söderut, checkade än en gång in på Mäster Johan och skrev mina tretusen tecken till tidningen trots att Martin Janzon inte hade skickat en bild på sig själv i kostym. Ibland får man offra sig.

På väg ut började jag prata med en vänlig kvinna i receptionen eftersom jag hade fått samma tanke här som på Elite Plaza i Göteborg.

”Kan man ta sig upp på rummen från garaget utan att passera lobbyn?” frågade jag.

”Ja, men vi måste ju låsa upp och släppa in dig”, sa hon.

”Om man kommer med bil, ja. Men man måste väl kunna ta sig in i garaget genom dörren om man kan portkoden?”

”Jo... men vi har ju kameraövervakning på ingången till garaget.”

Hon pekade in på kontoret där det i taket satt en liten tv som visade en svartvit bild på garageinfarten.

”Men om det är mycket att göra här på kvällen eller natten hinner man kanske inte kolla tv:n hela tiden, om man har koden kan man smita in. Eller också kan man springa in samtidigt som en bil kör in.”

”Men då måste vi ändå öppna garageporten för bilen, då skulle vi se det.”

Det hade hon rätt i. Jag funderade en stund och sa:

”Bandar ni från övervakningskameran?”

”Nej, det får man inte göra utan tillstånd från länsstyrelsen. Det finns inga band, vi ser bara det som händer när det händer."

Hon berättade att de ibland såg hånglande par, eller en man som kissade mot väggen, och hur roligt det var att trycka på högtalarknappen och ropa nånting, de där ute hade ingen aning om att de var kameraövervakade eller varifrån rösten kom.

Jag gick ut och gick mot Kin-Long, dit Chien hade lockat mig med löfte om en ny fiskrätt. Som om jag behövde lockas, jag gick dit under alla omständigheter.

Jag var inte lika övertygad som alla andra om att mördaren hade tagit med sig Justyna Kasprzyk till Tommy Sandells rum via receptionen, men det var inte förrän nu jag insåg att det faktiskt fanns en annan möjlighet, men vem hade koden till ett garage?

Ett vaktbolag? Ja, kanske.

Brevbäraren? Nej, brevbärare delar inte ut post i garage.

Ett parkeringsbolag? Ja, kanske.

Det var trots allt ett parkeringsgarage, och nån förutom hotellpersonalen borde ha tillgång till det.

Himlen var fortfarande himmelsblå när jag gick över Gustav Adolfs torg och ställde mig utanför Ulrika Palmgrens port. Jag tittade på namnskyltarna. "U Palmgren" var redan ersatt med "T Ljungberg".

Fiskrätten på Kin-Long var en blandning av kolja, bläckfisk, räkor och pilgrimsmusslor i en mjukt vitlökskryddad, ljus sås, och till den fick jag en sauvignon blanc från Sydafrika. Jag tog en konjak till kaffet, och blev låg, sentimental, ensam och kåt.

Jag vände mig om, tittade ut och kunde inte förstå vilken konstig lampa de hade satt upp på hotellet tvärs över gatan. Nu hette det Hilton, men när det byggdes och invigdes hette det Sheraton och hela Skåne vallfärdade dit för att åka hiss och se ut över Malmö, Öresund och, om man hade tur, Köpenhamn.

Sen såg jag: Fullmånejävelen.

Det var fullmånejävelen som glödde likt ett ilsket, hotfullt och hånfullt klot, speglade sig i de många rutorna på hotellet, och jag tyckte den skrattade skadeglatt åt mig.

By the light of the silvery moon, var inte det en låt?

Morgonen därpå satt jag länge och läste tidningar i frukostmatsalen och funderade på om jag skulle köra till Köpenhamn, det såg ut att vara väder för det. *By the light of the silvery moon*, visade sig mycket riktigt vara en låt som bland andra Fats Domino hade spelat in. Låten kom från en film med samma namn och som hade Doris Day i huvudrollen. Och fanns det inte en film där hon fick smisk? Jag tog fram mobiltelefonen och letade på en filmsajt … *On moonlight bay*, jag visste att det var nåt med måne. Filmen hade varit svår att få tag i på sin tid. Nu fanns allt på nätet.

Jag kunde inte bestämma mig för Köpenhamn eller inte, och gick i stället ut och köpte kvällstidningarna. Mina tretusen tecken om ”Smiskmördaren” såg ut som tvåtusen i tidningen, men det satt en teckning, en så kallad fantombild, över artikeln och visade ett mansansikte som kunde vara vem som helst. Jag gick så småningom upp på rummet, slog på datorn och öppnade mejlboxen.

Jag hade fått mejl från en gammal bekant. Det stod:

Det är ju inte ens likt.

Kanske inte, men vad visste jag, jag hade aldrig sett karln.

II

KAPITEL 19

Solviken
Juni

EFTERSOM JAG KÄNDE Simon Pender borde jag ha förstått att mitt engagemang i hans krog skulle innebära mer än att bara hjälpa till med att stava rätt på de kritade menytavlorna.

Men jag hade inget emot det.

Jag bodde gratis, och hade tillräckligt med tid över för att promenera, sitta i en stol och läsa, ligga på en klippa och sola eller sitta inomhus och titta på gamla långfilmer eller tv-serier.

Även om jag försökte slå ifrån mig hela episoden hade jag mardrömmar om Ulrika Palmgren och min roll i hennes död. Jag insåg också att det efter mina skriverier om ”Smiskmördaren” inte skulle bli lika enkelt, eller oskyldigt, att försöka leka olydiga leken vid en bardisk eller på en fest

Jag visste inte vilket som var värst.

Simon var som krögare högljudd och bullrig, och även om de flesta gästerna satt tysta över den oftast väldigt goda maten, som var lokalproducerad, och de fantastiska vinerna, som ingen rörde, blev det aldrig riktigt så pinsamt som på många andra finkrogar på landsbygden.

Vi hade diskussioner om detta.

När vi satt en natt på verandan med var sitt glas calvados och gloddе på hur lampan längst ut på hamnpiren speglade sig i vattnet sa Simon:

”Men du fattar ju inte. Det beror på att detta är lika mycket utflykt som middag. Man åker bil till och från krogen så det blir ingen fördrink i baren, och det är ingen musik i högtalarna. När såg du senast en familjemiddag med mormor, faster, barnbarn och hund på Riche eller Sturehof eller Tranan i Stockholm?”

"Det vet jag inte."

"Nej, för det har aldrig hänt. Det är två olika klientel som har helt olika avsikter med sina krogbesök. När dom kommer hit så kommer dom inte enbart för att gå på krogen. Dom behöver inte ens vara härifrån, dom kan komma från hela landet och dom ska titta på naturen, spela golf, köpa keramik, äta kungens kakor ... "

"Vaniljhjärtan på Flickorna Lundgren", sa jag.

" ... som är berömda i hela landet. Och så kör folk bil. Dom kan inte kröka."

"Men jag ... "

"Du kan krypa hit."

"Jo, men ändå."

"Det är väldigt enkelt: Familj, bil och ingen sprit."

"Dom kan fan åka taxi."

"Det tycker folk är för långt, det kostar för mycket."

Efter ytterligare två glas calvados hade jag ändå pratat in mig i en situation där jag en kväll i veckan skulle stå för en grillkväll med New Orleans-tema, både vad gällde maten och musiken.

Men det som lät som briljanta idéer över några calvadoser en varm, svensk natt i början av juni kändes som en gräsboll i munnen på en katt dan efter. Jag hoppades att Simon skulle ha glömt samtalet, men medan jag försökte få i mig en kopp kaffe morgonen därpå bankade det på dörren, och när jag öppnade stod Mr Pender där. Han hade redan pratat i telefon med kontakter (ibland ville jag inte veta vilka dessa "kontakter" var), och det skulle levereras två stora grillar nästa dag samt tre litauer som skulle gräva en sorts grund för grillarna att stå på.

Med ett beduintält över själva grillarna skulle gästerna kunna välja mellan att sitta utomhus under bar himmel, sitta på verandan under tak eller sitta inomhus och bli serverade om det regnade.

"Och vem ska grilla?" frågade jag.

"Du, du sa ju att du var fena på grill."

"Ja, men jag säger så mycket."

Men där jag hade lösa idéer var Simon Pender en person som omedelbart tog tag i tankar på irrfärd, och eftersom han kom ihåg allt jag hade sagt kvällen innan hade vi snart grillkväll varje tisdag.

Vi köpte kycklingvingar och färdigkryddade lammburgare från bönder i närheten, handlade rimmat fläsk och fläskkotletter från Pärsons och fick en deal med importören av ett mexikanskt öl som hette Tecate och som var mycket godare än det överskattade Corona.

Simon hade, som sagt, sina kontakter och det kom reporter och fotograf från lokaltidningen och gjorde reportage om oss.

Reportern var en grånad, äldre man som verkade lätt alkoholiserad och snabbt drog i sig fyra flaskor Tecate, och undrade om det gick att beställa en gin och tonic.

Fotografen var en ung kvinna som hette Anette Jakobson och sa att hon var sommarvikarie. Hon hade kort, mörkt hår, pigga ögon, uppnäsa och blå jeans, det lät som om hon kom från Blekinge. Jag såg till att bjuda henne till invigningen.

Hon kom och såg förtjusande ut i en vid och löst sittande ljus klänning med blå prickar, men hade också med sig en man som såg ut som en kroppsbyggare, brädåkare, personlig tränare eller skidlärare. Hon presenterade honom som "min kille", han muttrade nåt obegripligt, men gick loss rejält på maten.

Att folk åt vanliga hamburgare förvånade mig inte, det verkade bara vara jag som gillade burgarna med chili och hackad vitlök i färsen, däremot var lammburgarna populära, men bäst gick kotletterna, kycklingvingarna och de rimmade, panerade och grillade fläskskivorna.

Fläsket för att ingen brukar grilla fläsk, det har man mest till bruna bönor, löksås eller raggmunk, kycklingvingarna för att de var så förbjudet svartbrända och fläskkotletterna eftersom man i Skåne styckar dem så att benet, fettkanterna och en del av filén är kvar vilket gör dem saftiga och smakrika.

Hemligheten med all grillning är att det ska vara hett under köttet. Det ska brännas, det ska slå eldslågor från den glödande kolen, först då blir det riktigt gott. Kycklingvingarna låg över natten i en blandning av lagerblad, svartpeppar, citronskal, vitlök, olivolja och flingsalt som krossades, blandades och rördes runt.

Vingarna grillades superhett.

De tog slut tidigt, redan första kvällen.

Som tillbehör hade vi bakad potatis, pommes frites som var kryddade med rökt chilipulver, cole slaw, sallad på gurka och Viken-tomater med dill, senap och sesamolja i dressingen och helt vanliga Heinz vita bönor på burk. Jag hade hottat upp dem med tabasco, vitlök och den allt större favoriten rökt paprikapulver. Jag gjorde också en sorts wok som jag hade utvecklat från en kokbok för barn som Johanna Westman hade skrivit: Jag ångade blomkål och broccoli nån minut medan jag hettade upp olja och några droppar tabasco i en wokgryta med hackad chili och vitlök och lät det fräsa innan jag la i blomkålen och broccolin och dränkte allt i sesamolja.

Simon hade bjudit både lokalradion och rikstidningar, och den statliga lokal-tv:n kom och gjorde ett inslag på en minut och nio sekunder.

Simon Pender inledde med att fråga tv-reportern, en mager, mörkhårig kvinna som såg ut att vara tolv år:

”Vet du vad Gorbatjov sa dan efter Tjernobyl-olyckan?”

”Nej”, sa reportern tveksamt och osäkert, hon verkade inte ha en aning om vem Gorbatjov eller vad Tjernobyl var.

”I går ba’ tjoff!”, sa Simon med ett brett leende rakt in i kameran.

Vitsen kom obegripligt nog med i tv. Jag sa därefter nåt om Louisiana och den kvinnliga nyhetsuppläsaren avslutade sändningen med att säga att det var jag som hade upptäckt och avslöjat ”Smiskmördaren”, men att han fortfarande var på fri fot.

Som om det var mitt fel.

Och det kanske det var.

Jag hade sms:at en inbjudan till kriminalinspektör Eva Månsson, men hon svarade att hon var på semester på Sicilien men kanske kunde komma vid ett senare tillfälle.

Vem var hon på Sicilien med?

Hade kriminalinspektörer ett privatliv?

KAPITEL 20

Skanör
Juni

ALLTING HADE GÅTT mycket lättare än han hade kunnat tänka sig eller ens drömma om.

Några dagar efter kvällen i Ködbyen bläddrade han i en veckotidning medan han väntade på att bli klippt och upptäckte henne på bild. Ingen tvekan, ingen som helst, hon hade ett glas champagne i ena handen och tittade rakt in i vimmelfotografens kamera tillsammans med en skådespelare han inte kände igen vare sig till namn eller utseende, mannen hade också ett glas champagne i handen. Bildreportaget handlade om en vernissage på Galleri Gås i Skanör, ett galleri som ägdes av Lisen Carlberg, kvinnan han sett i Köpenhamn, den långbenta som i sinom tid skulle få en rättmätig och välförtjänt bestraffning ... Lisen, bara namnet!

Sen var det lätt att söka på nätet: Tjugonio år, hette Elisabeth men alla sa Lisen, född och uppvuxen i Falsterbo, rik pappa, bankman, företagsledare i sextioårsåldern. Hon var utbildad i London och Paris, hade jobbat på galleri i Los Angeles, och ställde nu ut verk av en sjuttioårig skånsk före detta bonde som målade i en stil som kallades naivistisk. Han hette Ragnar Glad, men såg butter ut, var grovhuggen med kraftiga nävar. Bluff och båg, tänkte han efter att ha sett utställningen.

Vem som helst hade kunnat måla de tavlorna.

Enligt katalogen var de en vidräkning med det moderna konsumtionssamhället, men det fanns inga proportioner: På en soptipp var kråkorna större än lastbilarna, husen mindre än bilarna och en död ko som tippades från en lastbil var mindre än de råttor som jagade likt bruna vargar lite varstans.

Han satt på Skanörs gästgivaregård, åt nässelsoppa med ägghalva och rökt lax, och det var förvånansvärt gott. Han drack isvatten och servitrisen hade frågat om han ville ha en citronskiva i glaset, han hade hört talas om krogen, vem hade inte det, men hade aldrig varit där förrän nu och besöket berodde enbart på Lisen Carlberg.

Hennes nummer och adress fanns på nätet, och han blev inte förvånad över att hon bodde i Höllviken, ett samhälle öster om Falsterbo som hade blivit en lyxförort till Malmö

Han hade aldrig varit i Skanör, bara i Falsterbo, på utflykt med skolan, töserna hade retat honom som vanligt och Katja Palm hade knuffat honom så han föll i en koskit. Mor blev inte glad åt de förstörda byxorna. Det borde ha varit Katja Palm som drabbades av mors vrede och björkris. Katja, snygg och populär, alltid i moderiktiga och utmanande kläder, satte en ära i att reta honom. Han blev aldrig retad av killarna sen han en dag slog en cykelkedja om högra handen och gav sig på den störste och dummaste.

Han hade varit i Falsterbo ytterligare en gång kom han på, det var tidigare än skolutflykten. Både mor och far jobbade en sommar, han vaktmästare, hon servitris, på nåt som hette Falsterbogården, och var både hotell och restaurang, innan far försvann och han blev ensam med mor.

Men kroglokalen var stilfull med höga, levande och tända ljus trots att det var sol ute och mitt på dan, stolarna var vackert välvda, och flickan som serverade honom hade långt ljust hår, uppsatt i hästsvans. Hon hade ett vänligt leende.

Det fanns ett övergångsställe för gäss utanför krogen … han förstod inte denna omsorg om djur när man ändå skulle nacka dem och servera dem i sitt eget blod i november.

Han tyckte inte om gås.

Broschyren från Galleri Gås låg bredvid kaffekoppen, och hade förstås en teckning av en gås på framsidan och en bild på Lisen Carlberg. Han hade följt henne några dagar, hade suttit utanför hennes bostadsrätt i Höllviken: Tre våningar upp, golv-till-tak-fönster och utsikt över Öresund. Hon hoppade in i en Mini Cooper på morgnarna, en sån som förr kallades ”hundkoja”, och körde till galleriet i Skanör, till Malmö för bankärenden, kläder, mat, kaffe, hon var barbent, långbent, högklackade sandaletter, korta klänningar, kjolar, livet var bekymmersfritt och det skulle han ta ur henne.

Han hade till och med ringt, ringde en morgon när hon precis hade satt sig bakom ratten. Han såg henne ta upp mobilen, titta på displayen – och:

”Ja, det är Lisen.”

Han harklade sig.

”Det är Lisen, vem talar jag med?”

”Jag måste ha ringt fel”, sa han. ”Förlåt.”

”Det gör ingenting, det händer alla”, sa hon. ”Ha en bra dag.”

Hon la ifrån sig mobilen, startade sin 2000-tals-koja och körde förbi honom där han höll på gatan utanför hennes hus. Hon hade inte sett honom från en BMW i Köpenhamn, hon såg honom inte nu heller.

Hennes röst var mjuk, och hon pratade vad man kallade fin skånska. Han blev lite störd över att hon hade låtit så vänlig … det passade inte in i bilden han hade målat upp.

Men just denna morgon bestämde han sig:

Redan strax före sex var han ute och skar björkkvistar som han la i ett avlångt kar fyllt med vatten och ett par nävar grovsalt, det gav kvistarna ett bättre bett, och han satt i bilen utanför hennes hus och väntade, men Lisen Carlgren dök aldrig upp, persiennerna var neddragna och hundkojan syntes inte till.

Han körde i stället till galleriet och tittade på de tolv tavlor som Ragnar Glad hade målat.

Det satt en elegant kvinna i fyrtioårsåldern bakom ett bord, och hon reste sig och frågade om hon kunde hjälpa till.

”Är inte galleristen själv här i dag?” frågade han. Han var inte säker, men han trodde att det hette gallerist.

”Lisen menar du?” frågade kvinnan.

”Ja, så heter hon visst.”

”Nej, Lisen åkte till New York i morse. Hon ska titta på konst, vi behöver ju tavlor till utställningar både i höst och i vinter. Men hon är tillbaka om, vad blir det nu, tio dagar.”

Ute på gatan tog han fram mobilen och skrev "L" tio dagar fram i almanackan, därefter promenerade han i det behagliga försommarvädret på de pittoreska små gatorna, med eller utan kullersten, bort till gästgiveriet och dess nässelsoppa. Tavlan med soptippen kostade trettiosjutusen, den gamle bonden borde se ut som han hette.

New York var hon i, alltså, snärtan.

Han tyckte om New York, Amerika, var man ful fanns andra som var fulare, var man dålig på engelska var andra sämre, det fanns en sorts rättvisa i det som han tyckte om. Han mindes konferenser i Texas och Tennessee där han såg helt normal ut jämfört med andra deltagare med enorma magar, meterbreda rövar och underliga utväxter i nacken och på kinderna.

New York ... han undrade om Lisen kände till ett ställe, ganska långt ned på Tredje avenyn, med ljudisolerade rum och dominanta eller undergivna kvinnor. Det kostade, men i USA fick man valuta för pengarna, *first class* om man kunde betala för sig, sen kunde det handla om vad som helst. Han var ingen rökare, men kunde unna sig en god cigarr, och brukade handla i en väldoftande affär på West Broadway, mitt i turisternas SoHo. Sist hade han köpt en kartong Padron anniversary. Det såldes inga kubanska cigarrer i USA, men de från Nicaragua var minst lika bra, han hade gett sjuhundra dollar för en låda med tjugofyra ... cirka trettio dollar för en cigarr, 200 kronor, man unnade sig vad man kunde i livet.

Han gav rejält med dricks. Servitrisen hette Pernilla. Hon neg när han gick, väluppfostrad tös, han tyckte om henne.

Det brådskade inte med Lisen Carlberg, det fanns gott om björkar, han kunde alltid skära nytt.

Och den som väntar på nåt gott ... Lisen visste inte ens *att* hon väntade, eller *vad* hon väntade på. Hon satt kanske med en drink just nu ... nej, det var bara morgon i New York, men såna som hon drack nog champagne till frukost. Han hade än en gång blivit lurad på sin uppgift, men den här gången kunde han inte ringa. Han hade ringt för en vecka sen och den serbiska gangsterkärringen tyckte han skulle ligga lite lågt ett tag, "lie low" hade hon sagt. Ryskan var upprörd och trodde hon skulle få ärr. Skitsnack, det skulle inte bli några ärr, det skulle ta några dagar sen var märkena borta, men alla serber var skurkar, det handlade bara om pengar.

Han önskade ibland – allt oftare, faktiskt – att den lilla polskan fortfarande var i livet, men hon hade blivit girig, hon drömde om Amerika.

Alla drömde om Amerika.

Han skulle kanske flytta dit.

KAPITEL 21

Solviken
Juni

DET KVITTAR VAR jag befinner mig, riktigt varma sommarmorgnar påminner mig alltid om Los Angeles. Jag har bott i Los Angeles i omgångar, och jag brukade alltid älska de morgnar som redan tidigt var heta och ljuvliga, med gnisslande syrsor, en radio i ett hus med öppna fönster, en röst som sa ”Good morning, Los Angeles” och countrymusiken var mjuk och vacker, om det nu var en countrykanal som stod på, vill säga.

Det finns inga countrykanaler i Sverige, men jag tryckte in en gammal Waylon Jennings i iPoden innan jag satte på vatten till kaffe och la ut sängkläderna på verandan.

Det verkar vara min plikt att prenumerera på alla tidningar som finns, och när jag gick ned till brevlådan och tog upp de fyra morgontidningar jag hade för tillfället var det nära att jag missade ett brunt kuvert i brevlådan.

På kuvertet stod textat:

HARRY SVENSSON
Till handa

Namnet var skrivet med vanlig kulspetspenna, kuvertet saknade frimärke och hade ingen adress mer än mitt namn.

Det hade alltså inte delats ut av brevbärare.

Nån måste ha lagt kuvertet i lådan.

Jag var dessutom inte säker på att ”till handa” skulle särskrivas.

Jag tittade mig omkring som om jag skulle få se personen som lämnat kuvertet, men den enda jag såg var flickan som brukade smyga kring krogen och mitt hus. Hon kunde vara nio-tio och jag brukade säga till Simon att hon var som en vildkatt, hon var nyfiken och ville delta, men så fort man sa nåt, eller gjorde en rörelse i hennes riktning, försvann hon in i skogen igen. Varken jag eller Simon hade en aning om vem hon var eller var hon bodde.

”Hej”, sa jag försiktigt åt hennes håll. ”Har du sett om … ”

Hon hukade sig och försvann snabbt mellan träden in i skogen bakom mitt hus.

Jag bestämde mig för att nån gång följa efter henne, men gick nu upp till huset, satte mig i en av stolarna på verandan, sprättade försiktigt upp kuvertet och tog upp ett foto.

Det var ett svartvitt foto.

Jag hade till att börja med ingen aning om var det var taget, men jag kände igen mig själv, kände igen mig själv som tonåring i en underlig frisyr med axellångt hår som var struket bakom öronen. Jag hade glasögon på den tiden. Mörka, fyrkantiga. Jag hade ett par shorts som jag inte alls kom ihåg och en ljusblå, solblekt tröja.

Det var sommar, det kunde man se.

Jag höll armarna om en flicka.

Vi tittade båda rakt in i kameran, hon hade ena foten mot mitt vänstra ben så hennes knä var böjt. Hon bar sandaler, ett par kakishorts med fickor på sidorna, en ljus blus och ett tunt halsband med ett litet kors om halsen. Det gick inte att se, men jag kom ihåg att hon hade ett sånt. Trots att fotot var svartvitt såg man att hon var somrigt brunbränd. Hon tittade i kameran, men hon lutade sitt huvud mot mitt bröst och hennes ögon var stora och mörka på ett sätt som jag bara har sett hos Linda Ronstadt sen dess. Hon hade långt, mörkt hår och en lugg som ständigt hängde ned i ögonen, en lugg som jag kom ihåg att hon oräkneliga gånger försökte skaka undan eller blåsa bort.

Jag hade båda mina armar om henne.

Hon hade båda sina händer på mina armar.

Hon hette Ann-Louise, och vi var oskiljaktiga.

Min farmor brukade kalla henne min lilla fästmö, för det var just på somrarna hos min farmor på landet som vi lekte som barn.

Men vad hette hon mer än Ann-Louise?

Det var så mycket jag hade glömt, ännu mer som jag hade förträngt.

Jag hade inte tänkt på Ann-Louise på fler år än jag kunde begripa.

Så varför nu?

Varför låg det en bild på henne och mig, från en sommar på den tiden när somrarna var somrar, i min brevlåda just den här dagen?

”Du får tänka dig för innan du gifter dig med henne, hon har socker”, brukade min farmor säga.

Jag visste som liten inte vad det innebar att ”ha socker”. Men ju mer vi umgicks, och ju äldre vi blev, desto mer förstod jag att hon var född diabetiker, och jag var en gång med när hennes mamma injicerade insulin i hennes lår. Dagens insulinsprutor liknar feta kulspetspennor, men sprutorna på den tiden var grova och av glas, och varken sprutan eller kanylen var av engångsmodell så Ann-Louises mamma fick koka dem efter varje injektion, morgon och kväll.

Jag gillar inte alls sprutor.

Jag brukar säga att det är därför som jag aldrig är sjuk, jag tycker sprutor är otäcka.

Jag låg ibland i sängen innan jag somnade och tänkte på vad farmor hade sagt, och om det var jag som skulle sticka sprutan i låret på Ann-Louise om vi gifte oss.

Jag sa en gång till henne att jag inte var förvånad över att hon hade socker eftersom hon var så söt.

Billigt? Tja. Men vad visste jag, jag var bara ett barn.

Kaffet hade kallnat på verandan, och jag hade tappat intresset för tidningarna.

En kvinna gick förbi med en hund nere vid hamnen, men det var också allt. Ingen från gästbåtarna hade ännu kommit upp på däck.

Jag gick över till krogen där Simon Pender redan stod och pratade med ytterligare en litauer. Den här hette Andrius Siskauskas och var en väldigt pådrivande, ambitiös och intensiv man med hockeyfrilla och en lustig, gammaldags mustasch. Han såg ut att vara medlem i ett symfonirockband från slutet av sextiotalet.

Han var advokat från början, men när han kom till Sverige plockade han potatis och grönsaker tills han hade tillräckligt för att starta ett företag som sysslade med allt från byggverksamhet till snickerier, städning, trädgårdsarbete och viss heminredning. Den här morgonen hade han fått nys om några stora trådspolar som han hade sett på flaket på en lastbil. Han tyckte vi skulle ha dem som bord vid grillen.

Simon hade stekt ägg och bacon och jag tog för mig, stänkte tabasco på äggen, hällde upp ett stort glas juice och satte mig.

”Jag har fått ett kuvert i brevlådan”, sa jag.

”Jaha”, sa Simon. ”Det brukar man få, det är det man har brevlådor till.”

”Nån har lagt kuvertet där, ingen brevbärare alltså, utan nån måste ha gjort det i natt eller i morse.”

”Jag vet inte, har du sett nåt, Andrius?”

Det hade inte Andrius, men han sa:

”Jag tänker: Pojkarna komma med såna rullar. Kostar inget alls. Dom komma gratis.”

Om det var rullarna eller pojkarna som kom gratis var osäkert, det var alltid ett äventyr att lyssna på Andrius fantasifulla sätt att använda svenska språket.

Eftersom det var tisdag hade vi grillkväll, och även om vi tog trehundrasjuttiofem kronor per person, exklusive dricka, hade vi så gott som fullbokat. Vi hade diskuterat priset. Simon tyckte vi skulle ta fyrahundratjugofem, för det gjorde man på andra grillkvällar på andra krogar, men jag tyckte vi skulle ligga i underkant i rent konkurrenssyfte.

Jag grillade inte så mycket själv, Andrius hade nämligen en pojke som hette Ksystofas och som hade varit kock i Vilnius. Han tyckte det var betydligt roligare att grilla en gång i veckan hos mig i stället för att blanda murbruk eller plocka potatis. Han var snabb, duktig och delade min syn på grillning: Det ska brännas! Lågorna ska slicka köttet!

Det fanns en badplats några hundra meter från hamnen, och ville man undvika Stockholm skulle man inte gå dit. Det kändes som om halva Stockholm, Lidingö och Saltsjöbaden hade, eller hade haft, släktingar med hus i trakten, och även om jag själv bodde i Stockholm kändes det som om jag var den ende som pratade skånska på klipporna: Det var som att befinna sig mitt på Stureplan eller på ett möte i finans- och mäklarvärlden.

Vattnet var ovanligt varmt, och jag kunde efter frukost simma ut ganska långt och ligga på rygg och flyta, titta upp och försöka tänka lika klart som himlen.

Varför hade jag fått en gammal svartvit bild på Ann-Louise och mig i brevlådan?

Vad gjorde hon i dag?

Min farmor hade haft en gammal lådkamera, och jag vet att hon tog några bilder på oss, men det var mycket längre sen, vi var mycket yngre på de bilderna, vi var barn.

Jag hade aldrig sett den här bilden.

Det hade stått om vår krog lite varstans, och både Simon och jag hade varit med i tv så det var inte svårt att lista ut var jag befann mig, även om det hade varit naturligare att skicka bilden till min adress i Stockholm.

Det var som om nån ville att jag skulle veta att han eller hon befann sig i min närhet.

Mobilen ringde när jag hade kommit upp på klipporna igen och stod och torkade mig. Jag såg i displayen vem det var.

"Hej", sa jag.

"Hej", sa kriminalinspektör Eva Månsson.

"Hur var Sicilien?"

"Fantastiskt, det var tråkigt att jag inte kunde komma på invigningen, men nu är jag hemma igen och undrar om jag kan komma i kväll."

"Absolut", sa jag glatt.

"Vi blir två", sa hon.

"Okej", sa jag, inte lika glatt.

Vem var den andre?

"Visst", sa jag. "Det är lugnt, jag skriver upp dig."

Trådspolarna som två av Andrius pojkar levererade passade perfekt kring grillen, de gav dessutom en genuin, rustik känsla av Louisiana och dess träskmarker även om vi befann oss i en nordvästskånsk hamn med klart, blått vatten.

Jag såg aldrig var Eva Månsson parkerade bilen, men jag såg när hon gick upp för trapporna från hamnplanen till restaurangen, och såg förtjusande ut i en mörkblå klänning med ett mönster som på håll såg ut som små hjärtan. Hon hade också en stor, vit rosett i håret och kom i sällskap med en annan kvinna som hade blå, breda jeans som var uppvikta nedtill, en rutig skjorta och kortklippt, nästan snaggat hår.

Eva Månsson presenterade henne som Lena.

Vi hann inte prata eftersom beställningarna for som spjut genom grillröken, men ju längre kvällen led desto mer blev jag övertygad om att Eva Månsson och Lena var ett par.

När de hade ätit gick de längst ut på piren, och det såg för några ögonblick ut som om de höll varandra i handen.

De kom tillbaka för att dricka kaffe, jag bjöd dem på allt och följde dem till bilen, en ganska rejäl jeepliknande.

Lena satt vid ratten, och jag frågade Eva Månsson:

"Inget nytt om vår man?"

"Inget nytt", sa hon. "Det är inte precis så att det fallet står högst upp på vår agenda längre."

"Men ni tog ju han som sköt på invandrare", sa jag.

"Ni och ni … jag var inte alls inblandad, jag var på Sicilien när dom grep honom. Men det är så mycket annat, hela Malmö är som en outlet för vapen just nu. Som vår presskärring sa i radio häromdan: 'Malmö är en förlorad stad.'"

Jag tänkte säga att jag hade fått ett mystiskt kuvert i brevlådan, men vad hade Eva Månsson med det att göra?

"Tommy Sandell är på väg in på Svensktoppen", sa jag.

"Oj, det visste jag inte. Jag lyssnar inte på Svensktoppen", sa hon.

"Inte jag heller, men jag brukar kolla listan i tidningen och Tommy Sandell är en av veckans utmanare", sa jag.

Det skulle komma ett nyinspelat album och en box med musik från hela hans karriär, det visste jag också, och första singeln från albumet var på väg upp på listorna. Den hette precis som rubriken på min intervju med honom när han kom ut från häktet i Ystad, *Nu börjar livet*.

"Jag tror inte du gillar låten", sa jag till Eva Månsson. "Den är som all svensk gubbmusik, bredbent och gitarrdominerad med Springsteen-klockspel och sax, den svänger inte ett skit, den är rätt vedervärdig, faktiskt."

Lena vinkade med högra handen innan hon la i växeln och bilen började rulla. Rutorna var nedvevade och när hon hade vänt på vändplatsen och körde upp mot stora vägen hade Eva Månsson satt på musik i bilen, det lät som Stray Cats *Runaway boys*. Eva vinkade när de körde förbi.

Det tog nära två timmar att städa upp efter stängning, och när jag satt ensam på min veranda och tittade på den lilla svartvita bilden som nån hade lämnat i min brevlåda bestämde jag mig för att köra till en plats som jag inte hade besökt på många år.

Jag visste inte vad det skulle ge, eller vad jag skulle där att göra, men jag brukar lyda impulser.

Det är det enda jag lyder.

KAPITEL 22

Anderslöv
Juni

JAG VET INTE varför jag använde GPS, för även om det var mer än tjugo år sen hittade jag naturligtvis på egen hand, men den metalliska GPS-kvinnan var ett bättre sällskap än lokalradion som bara sände fånig frågesport och önskemusik med en programledare som verkade ha problem med att prata.

”Avfart längre fram.”

Lite senare:

”Sväng till höger.”

Hade jag svängt till vänster hade jag hamnat på Sturup, eller Malmö Airport som flygplatsen heter numera.

Vägen steg brant de första hundra meterna, men planade så småningom ut. När jag var liten var det en grusväg, men även om den nu var asfalterad var den lika smal som då. Det hade legat ett sågverk här, men det var nedlagt och byggnaderna stod tomma och ödsliga i halvmeterhögt ogräs, och det jag förutsatte var sågar reste sig svarta, rostiga och hotfulla bakom höga stängsel, lika ålderdomliga och utdömda som en gång dinosaurierna.

Jag tror att Pelle hade jobbat på sågen. Det var han, Ann-Louise, hennes bror och jag som lekte och växte upp tillsammans på somrarna. Jag kom inte ihåg vad nån av dem hette i efternamn, och jag mindes inte ens vad Ann-Louises bror hette i förnamn. Pelle var nittiofemprocentare, i dag hade man sagt att han inte hade alla hästar hemma.

Han var stor och grov med tjockt, ljust hår, ett alldeles klotrunt ansikte, och han var ständigt snorig. När det blev för tjockt på överläppen stack han ut tungan, drog in, tuggade och svalde. Han sa aldrig så mycket, förutom när han låtsades vara nyhetsuppläsare i tv, det kunde hända när som helst, och då ställde han sig rak i ryggen och pratade gallimatias, drog namn och platser utan samband och mening, men med hög och klar röst. När han var klar med sändningen slog han ihop klackarna och gjorde honnör.

Träden var höga och lövtunga, och det var som att köra i skymning. Jag kom inte ihåg att det låg en stor gård här, men den syntes kanske inte då. Nu dominerades den av fyra höga, vita torn som troligen innehöll de kemikalier som krävs för det moderna jordbruket.

Vägen svängde skarpt när jag kom fram till den gamla järnvägsstationen, och när jag hade kört över spåren svängde jag in på en öppen plats och parkerade.

”Vänd när det är möjligt”, sa GPS-kvinnan.

Det var kanske det jag skulle ha gjort.

Jag slog av GPS:en och gick ut. Det var en varm sommardag, och luften stod stilla. Stationshuset på andra sidan spåren var övergivet och hade förfallit. Det växte ogräs nästan ända upp till taket. Jag hade läst att en konstnär eller keramiker hade tagit över stationen när tågen till slut bara gick förbi Börringe, men byggnaden såg nu alldeles tom och urblåst ut.

Det plingade och bommarna gick ned, och efter några minuter kom Sten Broman förbi, så hette tåget. Alla pågatåg hade namn efter kända skåningar, ett hette till och med Bombi Bitt trots att det bara var en fantasifigur. Broman var en kulturpersonlighet som en gång ledde frågesport om klassisk musik i tv.

Som liten tar man så mycket för givet. När jag nu fortsatte ut på landet var jag mållös över hur stora och böljande sädesfälten var. Jag mindes inte att trakten var så kuperad. På sina ställen var det omöjligt att se var sädesfälten började och slutade eftersom de dök upp på ena sidan av stora och väldiga kullar och försvann på andra sidan i en sorts sädens oändlighet. Vägen var så smal att jag fick köra åt sidan vid en mötesplats och släppa förbi en omålad mopedbil som på tre hjul knattrade fram mitt på den smala och kurviga vägen. Jag vet inte om det sitter ett styre eller en ratt i ett sånt fordon, men det känns som om det är avsett för en person. Det satt två män i förarhytten, och båda var omåttligt tjocka, det såg ut som om hytten skulle spricka, som om de klivit in i en bubbla och dragit upp en dragkedja. Ingen av dem tittade på mig, båda hade blickarna på vägen.

Efter ytterligare några hundra meter såg och kände jag igen en liten sjö på vänster hand, körde dit och gick ut ur bilen.

Det var lika kvavt, varmt och instängt här som nere vid stationen. Jag försökte se var Ann-Louise och jag brukade bada, men allt var numera upp- och vildvuxet och jag hittade inga stigar som ledde till sjön eller ens till en öppen plats där man kunde lägga ut en filt. En man stod upp i en eka ute på sjön, det satt ett barn i båten men jag kunde inte se om det var en pojke eller flicka. Jag kunde heller inte se vad de gjorde, jag såg inga metspön och båten rörde sig inte. Luften dallrade och mannen höll handen kupad över ögonen och verkade kisa åt mitt håll tills jag klev in i bilen och körde därifrån.

Jag körde förbi en före detta lanthandel och tog in på en liten grusväg som jag inte alls kom ihåg.

Detta hade varit min barndom, min uppväxt, mina somrar, men jag kände inte igen mig.

Det jag kände var i stället en hotfullhet, inbillad eller verklig, som trängde in i bilen, då hade jag ändå fönstren stängda. Jag såg få människor, och de jag såg blängde som om jag var där för att avslöja en hemlighet, hota deras liv och existens.

En medelålders man i vita shorts och en röd Manchester United-tröja med namnet Giggs på ryggen vattnade en gräsmatta vid ett till synes nybyggt hus av tegel, och han följde mig med misstänksam blick tills jag hade kört förbi.

En ung kvinna stod på gårdsplanen till en smutsig och illa underhållen bondgård med fallfärdig lada, ett barn utan kläder lekte med en griskulting och när den sprang förbi sparkade kvinnan till den så den tjöt och försvann runt husknuten.

På en annan gård stod de två männen jag hade sett i mopedbilen. Det verkade vara far och son. Den äldre av dem hade en liten, fånig hatt på hjässan, den yngre hade en Lantmännen-keps och en vit T-shirt som spände lika mycket kring hans omfångsrika mage som hytten till bilmopeden hade gjort kring honom och mannen jag trodde var hans pappa. På tröjan stod:

DET HETER
NEGERBOLL

Bilmopeden hade ett litet flak bakom förarhytten, det såg ut som om de precis hade klivit ut, och de följde bilen med sina blickar när jag körde förbi.

Jag kom till en trevägskorsning där jag vände och körde tillbaka samma väg som jag kommit, och de två männen vid gården hade blivit tre. Den nyanlände hade förmodligen kommit i en röd Ford Mustang utan navkapslar för det stod nu en sån med nosen mot vägen bredvid mopedbilen. Hur den nye kände de två andra var oklart, han hade slitna blå jeans, rutig skjorta och en gammaldags blå sydstatskeps. Jag kan inte många bilmärken, men jag vet att det var en Mustang eftersom det var en häst längst fram på kylaren. Egentligen är det ganska enkelt med bilar: Häst=Mustang, stjärna=Mercedes.

Mannen i kepsen hade också satt på sig ett par väldigt illasittande solglasögon med spegelglas, han såg inte riktigt klok ut i dem. De stirrade efter mig så länge jag kunde se dem i backspegeln, och jag nynnade automatiskt på banjoslingan från *Den sista färden* när jag fortsatte till byn där min farmor bott och där jag själv hade lekt.

Här hade gått tåg förr, ett tåg som länkade Börringe med Anderslöv och Östra Torp men som så småningom ersattes av rälsbuss som ersattes av busstrafik som ersattes av ingenting, och nu hade spåren rivits upp så jag ställde bilen på den före detta banvallen en bit från huset där min farmor och farfar hade bott.

En man rörde sig i trädgården, men han verkade inte se mig.

Jag försökte lista ut vilket hus Ann-Louise hade bott i, men även om byn var liten hade jag svårt att känna igen mig eftersom alla hus var ombyggda eller tillbyggda, och det låg dessutom en nybyggd, stor tvåvåningsvilla insprängd mellan två av de äldre husen ungefär där det förr hade legat ett redskapsskjul för järnvägen.

Skjulet var borta, och alla tillbyggnader gjorde att ingenting såg ut som jag mindes. Allt var dessutom mycket mindre. Där det en gång kändes som en oändlighet från ena änden av byn till den andra tog sträckan nu på sin höjd två minuter att gå.

Jag vände och började i stället gå mot tivolit som hade legat mitt i skogen. Man kallade det tivoli, men det hade varit en gammal nöjesplats med dansbana, restaurang och fotbollsplan. När tivolit blev nedlagt plundrades det på det mesta, men ännu när vi hade det som högkvarter stod det möbler i den gamla restaurangen, det fanns två målställningar på fotbollsplanen och det satt till och med en fungerande telefon på väggen inne på det som hade varit nöjesfältets kontor. Vi sa alltid att vi skulle ringa utlandssamtal, men vi kände ingen som bodde utomlands, och dessutom visste vi inte hur man gjorde. Man ska inte glömma att farmor hade en granne som tog på sig finkläder när hon väntade rikssamtal från en son i Stockholm. Däremot brukade jag ringa från skogen ned till farmor och fråga om maten var klar. Det var på den tiden när man svarade med sitt nummer i telefon.

Skogen hade varit Sherwood-skogen och jag dess Robin Hood, med Pelle som Lille John och Ann-Louise som jungfru Marion. Skogen var platsen där Davy Crockett slogs mot indianer och skurkar, och Pelle, Ann-Louise och vad nu hennes bror hette ställde upp på vad jag än föreslog, jag kom ju från stan.

Sista sommaren var annorlunda.

Ann-Louise var inte längre Davy Crocketts sidekick, en pojkflicka som kunde klättra i träd och kasta smörgås med fler studsar än nån annan: Hon hade vuxit, hon hade blivit rundare och jag kunde inte sluta tänka på henne, och hennes nya kropp, där jag låg om nätterna i en säng på en vind vid ett gavelfönster där tågen gick förbi.

Mannen i trädgården hade närmat sig grinden, men blev stående på grusgången. Det stod en friggebod där farfar hade haft kaninburar, och det gigantiska körsbärsträdet var borta. Kaninerna var gulliga, men man skulle aldrig fästa sig vid en för endera dan hängde den flådd på väggen i vedboden och ytterligare nån dag senare låg den stekt på ett fat vid söndagsmiddagen.

Jag gick upp på stora vägen och in i skogen.

Vi hade haft tre olika stigar till nöjesplatsen, men jag hittade ingen av dem, skogen hade blivit tät, snårig och igenväxt och enda vägen var det som för längesen hade varit uppfarten där folk gått, kört häst och vagn och så småningom kanske åkt droska från Anderslöv, Skurup och Trelleborg.

Vägen var brant, och eftersom ingen hade kört på den på många år, och eftersom ingen ens verkade gå eller promenera här längre, var den stenig och ojämn, och på sina håll så lerig att jag fick hoppa åt sidan där det växte ormbunkar och låg tre, fyra gigantiska myrstackar. Jag försökte titta in i skogen, men den var mörk och luktade sur, gammal och rutten. Luften var fuktig och stillastående och det landade kryp i håret, spyflugor surrade som fläktar och mygg stora som bålgetingar satte sig på armarna, händerna och i nacken.

Det blev ljusare och grönare när jag kom högst upp på vägen, men där tog den också slut. Jag kunde visserligen se himlen, men det som växte grönt och nytt hade redan hunnit bli så pass högt att man inte kunde se nånting.

Jag hoppade upp och ned några gånger för att försöka se om tivolit låg kvar, men såg ingenting.

Jag försökte gå igenom växtligheten, men den var så tjock, och marken var så sank, att jag gav upp när jag fastnade med högra stövelklacken i en lerpöl som gav ifrån sig ett slurpande ljud när jag drog upp foten.

Det satt en liten skylt på en stolpe framför mig, som ett minnesmärke.

Där var en teckning över hur festplatsen hade sett ut, och det var ungefär så som jag mindes. Det stod att tivolit hade varit en av södra Skånes största nöjesplatser, och att det lades ned 1949. Farmor hade berättat att en sångare som hette Snoddas, som hade slagit igenom i ett radioprogram, hade uppträtt där och då hade det varit publikrekord. Men det stod inte på skylten, där stod att publikrekordet var från 1930 när Per-Albin Hansson hade valtalat. Och kunde jag min nöjeshistoria slog inte Snoddas igenom förrän på femtiotalet.

Ingenting hade varit igenvuxet då, vi hade hela området för oss själva och den sista sommaren gjorde jag om restaurangen till en skolsal: Ett bord blev kateder, några stolar blev skolbänkar, jag skar en käpp och sa att den som svarade fel på förhöret skulle få smaka rottingen.

Kanske hundra, kanske tusen gånger har jag tänkt på var jag fick det ifrån. Jag hade alltid hittat på lekar åt oss, och de andra hade alltid ställt upp på dem för jag kom ju från stan, och alla barn på landet ville vara som vi och göra som vi.

När första förhöret var över hade Ann-Louise fel på allt.

Det berodde inte på att hon var dum, tvärtom: Hon hade fått de svåraste frågorna.

Medan Pelle och vad nu Ann-Louises bror hette fick frågor om namnet på stationen där tåget stannade, vilken skola de gick i och vad det var för färg på himlen (fast den fick Pelle tänka länge på) fick Ann-Louise frågor om svensk geografi, politik och vilka som ledde fotbollsallsvenskan. Framåtböjd fick hon sex rapp med käppen.

Hon gned sig med ena handen där bak, och jag frågade:

"Gjorde det ont?"

"Nej", sa hon. "Kanske lite."

Jag försökte i nästa runda ge lite svårare frågor till hennes bror och Pelle, men när det var Ann-Louises tur kom det ändå att handla om basisten i Led Zeppelin, amerikanska filmregissörer och vem som ledde skytteligan i allsvenskan.

När resultatet stod klart kom hon fram ganska motvilligt.

"Jag får bara svåra frågor", sa hon trumpet.

"Det är slumpen", sa jag med stort allvar, som om jag verkligen trodde på vad jag sa.

"Du tror väl inte han gör skillnad?" frågade hennes bror.

Pelle tuggade snor.

Hon såg misstänksam ut men böjde sig fram.

"Vänta lite", sa jag. "Eftersom det är andra gången måste du dra ned byxorna."

Hon reste sig och tittade på mig.

"Såna är reglerna."

Hon sa ingenting, rörde sig inte, förutom att hon skakade bort luggen och tittade på mig.

"Jag har gjort det här hur många gånger som helst i stan, jag kan reglerna."

Efteråt, när hon hade dragit upp byxorna igen, sa hon att hon inte ville leka mer.

Hennes bror och Pelle tyckte att hon var tramsig, och jag sa att då fick det väl vara, och så gick vi alla var och en till sitt.

Vad de andra tänkte visste jag inte, och om jag länge låg sömnlös den kvällen berodde det delvis på att jag var orolig över att hon skulle berätta om leken för sina föräldrar, men också över att jag inte kunde glömma hennes nakna stjärt. Jag visste att jag aldrig hade sett en så vacker syn och jag var övertygad om att jag aldrig skulle få se nåt lika vackert igen så länge jag levde.

Oberoende av de andra brukade Ann-Louise varje dag komma och sätta sig på en stor sten utanför farmor och farfars tomt klockan åtta på morgonen, och hade jag varit orolig över hur hon hade reagerat på skolleken hade jag inte behövt vara det. Morgonen därpå satt hon som vanligt på stenen, men jag gick inte ut.

Kanske var jag rädd för känslorna, för vad vi gjort, för att det var onaturligt, och för att man inte gjorde så med nån man tyckte om. Händelsen var på ett sätt inte ovanlig, de flesta har nån gång lekt doktor, men jag kände också att det som hade hänt inte var helt normalt.

”Ska du inte gå ut till henne?” frågade farmor.

”Nej, jag har ingen lust i dag”, sa jag. ”Jag vill vara inne och läsa.”

Ann-Louise gick hem strax före tolv för att äta.

Kvart i ett var hon tillbaka.

Hon gick hem klockan fem.

Det var noga med hennes mattider på grund av sockret.

Det hade varit strålande sommarväder länge, men nästa dag regnade och blåste det skarpt.

Ann-Louise satt på stenen i gummistövlar och regnkappa när jag gick upp ur sängen och tittade ut genom gavelfönstret.

När 11.02-rälsbussen körde förbi sa min farmor:

”Nu bryr jag mig inte om vad du säger, jag ber henne komma in, och så ringer jag till hennes mor och säger att hon äter här, det finns korvgryta till henne också.”

Jag var glad över att se henne. Farmor hjälpte henne av med regnkappan och stövlarna, skakade vattnet från regnkappan och ställde stövlarna i farstun innan hon hämtade en tjock handduk och torkade Ann-Louises hår och ansikte så hon blev rosig om kinderna. Vi gick upp på ovanvåningen medan min farmor lagade lunch, eller det som på landet kallas middag. Det vi kallar middag hette kvällsmat.

"Vill du inte vara med mig?" frågade hon.

"Jo, men det var du som inte ville, du ville ju gå hem häromdan", sa jag.

"Nej, vi kan leka skola", sa hon. "Om du vill."

"Du tyckte ju inte det var roligt."

Hon ryckte på axlarna och tittade i golvet. "Jo, men jag vill inte dra ned byxorna när dom andra är med. Vi kan leka skola, vi kan göra vad du vill", sa hon.

Jag vet inte vilket som var värst, lekarna jag hittade på och utsatte henne för, eller att jag lärde henne röka. Vi cyklade till Anderslöv och köpte cigaretter, man kunde köpa lösa i en kiosk bakom Solidar vid torget, och vi satt på kontoret på restaurangen på tivolit högst upp på en backe i en skog, och jag visade hur man höll cigaretten, hur man drog in och blåste ut, hur man drog halsbloss. Hon klarade inte halsblossen, och blev knallröd i ansiktet av hosta.

Jag läste för henne.

Hon läste aldrig själv, men tyckte om när jag gjorde det, och jag kunde läsa vad som helst, serierna i *Trelleborgs Allehanda* och *Skånska Dagbladet*, eller nån av böckerna som farmor hade i kartonger på vinden, kriminalromaner i den gamla Manhattan-serien med röda pocketomslag och tecknade män i kostym och hatt med pistol i handen, kvinnor med kurviga kroppar och djupa urringningar, eller västernromaner i en serie som handlade om två kåbåjsare som hette Bill och Ben och var farmors favoriter. Vi låg på ängen vid ett fotbollsmål eller på en filt vid sjön. Om det regnade satt vi på kontoret på tivolit och lyssnade på regnvattnet som forsade i de gamla, rostiga stuprännorna. Jag läste, hon lyssnade, vi rökte.

Jag hittade också på lekar där hon var olydig elev, en tillfångatagen spion, en som kidnappats av pirater eller en snattare som åkt fast. En gång frågade jag om det inte gjorde ont.

Ann-Louise sa: "Lite, men ... sen blir det bara varmt och sen ... efter ett tag är det ... rätt skönt."

Hon blev röd om kinderna.

”Skönt?”

Hon nickade.

”Hur då?”

”Som varmt ... liksom ... inte bara där bak.”

Gud ... det jag vet i dag om sexualitet och det som kallas BDSM ... vi visste ingenting, och jag vet inte om jag verkligen tror att Ron Wood i Faces har rätt när han sjunger: ”I wish that I knew then, what I know now, when I was younger”.

Ingenting ska nämligen vara lätt.

Dan innan jag skulle åka hem cyklade vi till sjön och badade nakna, det var första gången. Sjöbottnen var dyig och vattnet kväljande varmt. När vi sprang upp la jag mig på en filt medan Ann-Louise stod framför mig och torkade sig på en handduk, och jag fick stånd.

Hon tittade på den uppkäftiga, lilla pinnen och slog förfärat handen för munnen.

”Vad är ... varför gör den så?”

”Det är för att du är så söt”, sa jag, utan att veta vad jag pratade om.

Hon strök håret ur ögonen, ställde sig oblygt på knä bredvid mig och sa:

”Får jag ta på den?”

Jag hade tagit på den ganska flitigt med egna händer, men att känna hennes hand, en flickas hand, gjorde att den omedelbart ryckte till och spottade ur sig nåt tunt, vattnigt.

Ann-Louise skrek. ”Gjorde jag det?”

Molnen hade blivit mörka och rullade in över sjön, och så småningom började det regna, först lätt men sedermera allt kraftigare. Vi låg inrullade i filten under ett träd och jag kysste henne försiktigt, trevande, oskyldigt.

”Jag vill inte att du åker”, sa hon.

”Men jag kommer ju tillbaka”, sa jag.

”Nej, ni lever ett annat liv i stan, du glömmer mig.”

”Du kan komma och hälsa på.”

”Du skulle skämmas för mig.”

”Nej, det skulle jag inte.”

”Jag kan inte läsa så bra, och jag vet inte hur man ska vara där inne med alla tuffa töser och pågar som du känner. Och jag vet inte om jag får åka.”

”Det ska nog ordna sig”, sa jag. ”Vi kan skriva till varandra.”

”Jag skriver så dåligt”, sa hon.

”Du kan ringa från tivolit”, sa jag.

”Jag har inte ditt nummer.”

”Jag skickar det.”

Det var en bit att gå till stationen dan därpå, men hon följde mig.

Hon höll hårt i mig när rälsbussen kom allt närmare, och tårarna rann utefter hennes kinder när jag satte mig längst bak vid ett fönster. När rälsbussen började rulla stod hon först stilla, sen sprang hon på perrongen, fortare och fortare, tills perrongen tog slut och hon inte kunde komma längre. Jag såg henne till slut bara som en liten, suddig prick.

Liten för att hon var så långt borta, suddig för att jag själv grät.

Hon ringde aldrig.

Det kan bero på att jag aldrig skickade mitt nummer, och hon vågade antagligen inte gå in till min farmor och fråga.

Jag skrev aldrig, och jag vet inte varför.

Jag tyckte om henne.

Hon skrev en gång. Jag vet inte hur hon fick adressen. Det var ett julkort. Under teckningen av en tomte med julklappssäck hade hon textat med blyertspenna, jag mindes det utantill, kunde se den lätt spretiga och tveksamma handstilen:

Hej.
Hur mår du?
Håppas bra.
Här är tråket.
Ann-Louise

Jag svarade inte.

När farfar dog flyttade min farmor till en lägenhet i ett samhälle som heter Fru Alstad och jag åkte aldrig mer tillbaka.

Det kändes som om Malmö låg en evighet från det nedlagda tivolit, och det gjorde det kanske. I dag tar det tjugo minuter med bil, det är motorväg ända fram till Sturup, eller Malmö Airport.

Jag hade varit så djupt försjunken i tankar, tyngd av minnen, att jag först inte märkte hur flugorna hade blivit allt ilsknare beroende på att jag svettades så ymnigt. Det var som om nåt onaturligt höll på att hända i skogen, i naturen. Jag försöker verkligen inte visa det, men jag är ofta rädd för, och känner obehag i, stora, tomma lokaler, enorma hamnar och tydligen också täta skogar. Det knakade bland träden, en fågel tjöt, det lät som om nån andades tungt inne bland träden och jag kände ett allt större obehag, en rädsla jag inte kunde förklara. Jag började gå ned mot vägen, bort från minnena, men obehaget växte, det lät som om det var nån bredvid mig, inne i skogen, nån som gick tungt och målmedvetet för det knäppte bland träden, den gapiga fågeln slog med vingarna och skrek, men jag såg den inte, däremot började jag springa. Jag minns inte när jag sprang senast och den branta backen gjorde så att jag till slut sprang så fort att jag nästan föll omkull innan jag kom ned på vägen.

Jag stod en stund och hämtade andan med händerna på knäna, torkade mig i pannan och rätade på ryggen.

Cool, Harry, keep cool.

Jag såg mig omkring. Det syntes ingen i skogen eller utanför nåt av husen. Ingen hade sett mig.

Höger stövel var lerig och jag torkade av den med lite gräs innan jag började gå tillbaka ned mot byn.

Mannen som tidigare stått inne i sin trädgård väntade på mig bakom en buske på andra sidan banvallen. När han såg mig uppe på vägen stegade han fram och började gå med stavar i händerna, som om han hade varit ute på en motionsrunda och inte alls väntat in mig. Han tajmade tempot så vi var framme vid min bil samtidigt.

”Hej”, sa jag.

”God dag”, sa han och bugade.

Han kunde vara i åttioårsåldern. Tunt, grått hår och ojämnt rakad på ett sätt som många äldre män är, med en skog av grå skäggstrån kring näsborrarna. Skjortan var uppknäppt över en rund, liten mage och var man tillräckligt uppmärksam kunde man, med tanke på fläckarna, förmodligen se vad han ätit till frukost de senaste dagarna eller åren. Han log förväntansfullt.

”Jag har varit mycket i ditt hus”, sa jag.

”Ja, jag vet det, jag vet vem ni är”, sa han.

”Alla känner apan”, sa jag. ”Jag heter Harry, Harry Svensson.”

”Det stämmer”, sa han. ”Jag heter Conrad Persson. Med C.”

”Med C?”

”Ja, med C. Conrad med C. Mor tyckte det var finare. Finare än K. Men man hör ju inte skillnaden, Konrad som Conrad, det låter likadant, jag tror inte att Svensson märkte skillnad när jag sa det just nu. Det är bara i skrift man märker det. Och mor tyckte det såg finare ut med C.”

”Du kan säga Harry”, sa jag.

”Tack så mycket”, sa han och bugade en gång till.

En gardin rörde sig i fönstret där farmor hade haft sin tv-fåtölj, och jag hann skymta ett grått huvud som jag tror tillhörde Conrads fru. När hon såg att jag hade upptäckt henne försvann hon bakom gardinen igen.

”Jag är åttiofyra”, sa Conrad.

”Bra jobbat”, sa jag. ”Då vet du en hel del.”

”Vi har sett dig på tv. Både Hilma och jag. Ja, det har vi.”

”Är jag mig lik?”

”Du ser ut som en jänkare, dom brukar ha såna stövlar, det brukar dom, och sån frisyr.”

”Kommer du ihåg en som hette Ann-Louise och som bodde här nånstans? Vi brukade leka tillsammans.”

”Ann-Louise Bergkrantz.”

”Bergkrantz? Jag hade för mig att det var ett kort namn.”

”Ja, men det var som ogift. Då hette hon Gerndt. Hon och hennes bror Sven-Göran, dom hette Gerndt båda två”, sa han. ”Ja, föräldrarna också, förstås”, la han till. ”Dom hette också Gerndt.”

”Och så var det Pelle”, sa jag.

”Pelle, ja.” Han tittade sig omkring, släppte taget om ena staven och gjorde en cirkelrörelse vid tinningen med ett pekfinger. ”Men han klarade sig bra länge. Nu är han på skyddad verkstad på Österlen. Kanske i Ystad. Simrishamn också, kanske."

"Och Ann-Louise?"

"Hon hade bra jobb på kassan i Malmö. Men hon blev blind."

"Blind?"

"Sockret." Han nickade häftigt. "Sockret tog synen. Eller hon är nog inte riktigt blind, bara lite, men hon har mörka glasögon och blindhund, säger dom. Jag tror hon flyttade till Trelleborg när barnen blev stora."

"Hon har barn?"

"Ja, två, en påg och en tös. Mycket snäll man. Han är speditör. Sköter båtarna i Ystad och Trelleborg."

"Och ... vad hette nu hennes bror igen?"

"Sven-Göran?"

"Ja."

"Han hette Sven-Göran."

"Jo, men ... "

"Han blev fotografare, han hade kort i tidningen och utställningar i Malmö, uppförstorade kort på väggarna, men det var inga riktiga tavlor, det var bara kort som var uppförstorade."

"Och nu?"

"Det blev för bra."

"För bra?"

"Ja, det blev det. För bra."

"Hur då?"

Han tittade sig omkring igen och gjorde sen en rörelse med högerhanden som om han tog en snaps.

"Han sypp", sa han.

"Sypp?"

"Ja, men det blev för bra. Blev av med jobbet och allting. Fick ta avgiftning. Kunde inte ta kort längre. Sen fick han beredskapsjobb av kommunen, ibland kunde folk se honom sopa eller räfsa i Trelleborg."

Jag nickade, men jag lyssnade inte riktigt.

"Han blev innebränd", sa Conrad.

"Vem?"

”Sven-Göran.”

Jag kom knappt ihåg hur Sven-Göran Gerndt såg ut, men om jag tänkte efter hade han nog burit på en kamera den sista sommaren. Det var förmodligen han som hade tagit bilden på mig och Ann-Louise, bilden som nån hade lagt i min brevlåda.

”Hur gick det till?”

”Sängrökning. Det var vad dom sa, i alla fall.”

Jag visste inte vad jag skulle säga så jag bytte ämne.

”Vad är det för några som bor i den gamla lanthandeln?”

”Dom heter Johansson, dom har bott där länge. Tösen spelade fotboll, hon var med i Malmö FF ett tag.”

”Och där gick en man och klippte gräs på den lilla vägen som går in från lanthandeln, det såg ut som om han bodde i ett splitternytt hus.”

”Nej, det huset har nog tio år på nacken. Han heter Björklund, han jobbar inne i Malmö. Där bodde en fru också, men ingen har sett henne på ett tag, hon kanske tröttnade på att pendla.”

Det rörde sig bakom gardinen igen, och jag fick en ny skymt av Hilmas huvud.

”Nej, jag får väl ge mig av”, sa jag. ”Det var trevligt att prata.”

”Tack så mycket”, sa han och bugade.

Jag tog ett par steg mot bilen, men vände mig om och sa:

”Förresten, vad är det för några som bor en bit in på vägen?”

”Bengtsson och söner, menar du?”

”Kanske det, vad gör dom?”

”Inte mycket. Gubben heter Bengt, han är pensionär och ene sonen går på socialen. Jag tror han heter Bill. Men gubben har en son till, som gillar bilar, han heter … ”

”Bull?”

”Va?”

”Nä, det var inget”, sa jag.

”Han heter Johnny.”

”Vad gör han, då?”

”Lite av varje. Plockar med bilar och sånt.”

När jag lämnade Conrad med C körde jag förbi hus och tomter med solstolar, en och annan grill på en altan, studsmattor och uppblåsbara pooler men ingen utnyttjade dem trots att det var sommar och sommarlov.

Det var inte vad jag var van vid från nordvästra Skåne.

Jag saknade havet, luften, den öppenhet man automatiskt får vid vatten.

Mindes inte alls unkenheten.

Eller så hade jag med åren vant mig vid en typ av människor som var utåtriktade och vänliga i motsats till den misstänksamhet och instängdhet som tycktes råda där som barn jag lekt.

Några stackmoln hade stannat för att vila sig i en blå himmel medan jag satt på en bänk på torget i Anderslöv och tänkte på Ann-Louise, på tivolit som rasat, skogen som vuxit sig tät och ogenomtränglig. Det kändes sorgligt och längesen, men ändå som om det hade hänt bara för nån vecka sen. Jag vred på huvudet. Kiosken där man kunde handla lösa cigaretter för längesen eller i går var borta, och den enda butiken verkade vara en Ica Nära. Jag försökte komma ihåg namnet på pensionären som hade skrivit till mig. Vad hette gubben? Agne? Gustav? Alfred? Vad hette han i efternamn? Nåt vanligt, Svensson? Nej, det hade jag kommit ihåg. Olsson? Pålsson? Jag hade helt glömt, men det var lätt att ta fram mobilen och ringa till *Trelleborgs Allehanda* och fråga efter namnet på en före detta redaktör.

Lätt att ringa, men inte lika lätt att få svar.

En ung kvinna som svarade i telefon sa att hon inte hade någon aning, men hon kopplade mig så småningom till en man som hade jobbat på *Trelleborgs Allehanda* i hela sitt liv. Han sa att den jag sökte hette Arne Jönsson, och var en levande legend i tidningskretsarna på Söderslätt.

Jag fick numret och ringde.

Det gick fram så många signaler att jag tänkte lägga på, när jag hörde en kraftfull stämma:

”Jönsson.”

”Svensson”, sa jag. ”Jag heter Harry Svensson, och …”

”Det var på tiden.”

”Förlåt?”

”Det var på tiden. Det är ju flera veckor sen jag skrev till dig.”

”Jo, men du vet hur det är … det är som det är med posten.”

”Jaha, det säger du. Var är du?” frågade han.

”Jag är faktiskt i Anderslöv”, sa jag.

”Vad bra, jag har kokt bruna bönor och ska precis steka korv och fläsk. Vill du ha? Men då får du skynda dig.”

Jag gick in bilen, la i ettan och gjorde en halv rivstart.

Det handlade trots allt om bruna bönor, korv och stekt fläsk.

KAPITEL 23

Anderslöv
Juni

ARNE JÖNSSON BODDE i utkanten av Anderslöv i en stor, röd enplansvilla i tegel. Jag ställde bilen på gatan och gick upp mot huset genom en välskött trädgård. Det fanns inte så mycket blommor och inga rabatter, men det stod en flaggstång med en hissad korsvimpel mitt på gräsmattan och lite varstans löpte några låga häckar som jag tror kallas buxbom, gräset var kort och snyggt.

Arne Jönsson var kort och tjock.

Han var framför allt ... tjock.

Han hade vågigt, brunt hår och var välrakad, han doftade dessutom av nåt rakvatten som jag förknippade med gammaldags, med förr.

Fetman var inte av den sorten man kan se på ganska många skånska män med slappt hängande, gigantisk mage på väg mot knäna. Arne Jönsson var mer ... kompakt. Han hade välstruken vit skjorta, ett par mörka byxor och ett förkläde som det stod "Le Chef" på och hade en teckning av en klichéfransk kock med tunn mustasch och hög, vit kockhatt på huvudet.

"Jag fick det av frun, Svea. Det är franska så det betyder inte chef utan kock. Hon tyckte jag skulle ha ett sånt när jag skulle ta hand om mig själv. Hon dog, förstår du. Och hon stod för allt med hushållet, men när hon visste att hon snart skulle gå bort så skrev hon upp recepten på allt jag tyckte om, visade hur man skulle göra, köpte det här förklädet på Kiviks marknad, och jag gör så gott jag kan."

Han ledde mig in i huset, genom ett välstädat och noggrant möblerat vardagsrum, med en stor tjock-tv i ena hörnet, till ett stort, rymligt kök som doftade av de bönor som det ångade om från en gryta och det fläsk som fräste i en stekpanna. Han hade dukat för två, tallrikar, tygservetter, öl- och snapsglas, på ett stort klaffbord med en blommönstrad duk som var lika välstruken som hans skjorta.

"Svea hade hand om trädgården också, men nu har det flyttat in en familj från Litauen längre ned på gatan och dom klipper och ansar. Man kan ju köpa färdiga bruna bönor, men det blir inte lika gott. Man ska lägga bönorna i blöt över natten, sen kokar man dom, och så ska man ha mycket sirap i och riktigt salt stekfläsk till. Du vet att dom har köttbullar till bruna bönor där uppe där du bor, va? Men det ska man inte ha. Fläsk, och kanske några skivor falukorv, ska det vara. Problemet är ju bara att man fiser så gräsligt när man ätit bruna bönor."

Han tittade på mig och sa: "Vi äter väl först? Sen kan vi prata".

I själva verket hade han pratat hela tiden. Han pratade som en man som sällan hade nån att prata med, som om det var så mycket han skulle berätta för han visste inte hur länge han skulle ha mig att berätta nåt för. Eller också var det bara hans sätt.

Han tog fram två burkar starköl och en flaska Renat.

"Vatten, tack", sa jag. "Jag kör."

"Det är problemet med den yngre generationen. Här på landet kunde vi alltid köra på vångavägarna, men på den tiden fanns inga fartkameror eller laser och såna grejer. Men vi har gott kommunalt vatten här i Anderslöv, det har vi visst det."

Han skar två skivor grovt bröd som han la i stekpannan när han hade tagit upp fläsket. Jag hade ett svagt minne av att farfar åt just det när farmor stekte fläsk till bruna bönor, brödet fick ligga i pannan och suga åt sig stekfettet. Jag kan inte säga att jag tyckte det var gott när jag var liten och tackade nej när Arne erbjöd mig en skiva. Han åt bägge, och fettet rann nedför hakan på honom, men han var snabbt där med en bit hushållspapper och torkade bort det flottiga.

"Svea brukade alltid ha tygservetter med mönster, men jag tycker det går lika bra med hushållspapper, det finns ju papper med gubbar och fjärilar och allt möjligt nu, det är nästan som riktiga servetter", sa han.

Jag såg med avund hur Arne Jönsson drack en öl och svepte en stor snaps till maten, men trots att jag bara drack vatten var det en kunglig, en furstlig måltid, och jag försökte knäppa upp översta jeansknappen utan att Arne Jönsson skulle se det medan han dukade av och diskade.

”Knäpp bara upp du, det är skönt”, sa han. ”Jag diskar, det går fortare än man tror. Svea ville inte ha diskmaskin.”

Han var snabb vid vasken, sköljde av tallrikar, glas och bestick och ställde allting i ett torkställ på diskbänken. Han gned av stekpannan med hushållspapper men lät grytan med bönor stå kvar på spisen. ”Hon ville inte ha en sån heller”, sa han och pekade på torkstället. ”Svea torkade alltid för hand, men lite moderniteter har jag unnat mig, och det är med bruna bönor som annan mat, det är ännu godare dan efter. Kaffe?”

”Absolut”.

”Hatar inte du också kaffebryggare?” frågade han medan han ställde en gul emaljkanna som han fyllt med vatten på spisen. Han skopade upp kaffe i en papptratt och lät sen vattnet rinna ned i en röd, gammaldags kanna, också den av emalj. Arne Jönsson satte två kaffekoppar med fat, en snipa grädde och en skål med socker på en bricka och bar in allting på det som hade varit hans kontor. På det som fortfarande var hans kontor, ska jag kanske säga.

Han verkade inte ha dator, men det stod mycket riktigt en, förmodligen antik, skrivmaskin av märket Halda mitt på ett skrivbord som var välstädat och välorganiserat med brevpapper, kuvert, klipp och anteckningar i små fack, saxar i en burk, tejphållare, pennor i ett pennställ och gem i en gemkopp. På skrivbordet stod också ett pipställ med sju pipor av varierande längd, storlek och utseende.

Det var som om Arne Jönsson läste mina tankar, för han sa:

”Nej, jag rökar inte längre. Det gick inte. Det är tolv år sen nu. Det gick lättare än jag trodde att sluta. Men när jag rökade hade jag sju pipor i omlopp. En för varje dag. Sen sa doktorn ifrån, det pep om lungorna. Men dom är bra nu. Mina lungor, alltså, inte doktorns.”

Det satt stora och små, inramade bilder på väggarna och Arne Jönsson var med på nästan allihop tillsammans med rikskändisar och det jag förutsatte var lokala dignitärer, eller helt enkelt bara personer som Arne Jönsson gjort reportage eller nyhetsartiklar om.

En mycket ung, och till synes väldigt bakfull, svensk kung i bygghjälm invigde ett eller annat med en grävskopa i bakgrunden, dåvarande statsministern Thorbjörn Fälldin skakade hand med en ung, men lika tjock, Arne Jönsson; både Fälldin och Jönsson hade pipa i munnen. Jag tittade på en bild av Lill-Babs där hon hade skrivit en hälsning till Arne, och han sa naturligtvis direkt:

”Det var ett grant fruntimmer. Hon är grann i dag med, men på den tiden satte hon hjärtan i brand. Hade jag inte haft Svea så vete gudarna vad som hade hänt. Grädde och socker?”

”Svart går bra”, sa jag.

”Vill du ha en gök?”

”En gök?”

”Ja, en kaffegök, eller kör du fortfarande?”

Jag skrattade och sa: ”Ja, jag kör fortfarande, så jag vill inte ha en kaffegök.”

”Känner du igen han där nere till höger? Det är Svin-Olle. Du minns honom, väl? Han som ville stoppa invandringen, åtminstone till Sjöbo. Jag har aldrig gillat såna nassar, dom enda nassar jag gillar är dom man gör fläsk av. Eller hur?”

När han hade hällt upp kaffe fyllde han på med brännvin och fyra sockerbitar i sin egen kopp och sa:

”Men Sjöbo har alltid varit ett jädrans ställe. Varje gång det handlade om misskötta djur så var det i Sjöbo, somliga orter kommer aldrig ifrån sin historia.”

Medan han pratade gick han bort mot ena väggen och drog undan ett draperi med en broderad drake på, och bakom draperiet fanns hans klippsamling. Det stod hundratals gröna pärmar med tygryggar i långa, prydliga rader längs hela ena väggen, och Arne Jönsson drog höger pekfinger över dem medan han mumlade nåt för sig själv.

”Här, ser du Svensson, här tror jag att vi har rätt pärm”, sa han och drog ut en av dem. ”Och om du undrar var draperiet kommer ifrån så fick jag det av en kinesisk danstrupp som uppträdde på Folkets hus. Det var inte mycket till dans, tyckte jag, men det var minsann ett snyggt draperi, Svea satte upp det. Kom här ska du se.”

Jag fick sitta i hans stol och han la pärmen framför mig på skrivbordet och började bläddra. Han verkade ha klistrat in precis allting som han hade fått publicerat, det var referat från kommunalfullmäktige, reportage om nån från trakten som jobbat i USA, kriminalhistorier och upprörda krönikor om politiker som rev, skövlade eller skulle bygga nytt för egen snöd vinnings skull och naturligtvis en och annan artikel om misskötta djur i Sjöbo. Han hittade snabbt vad han sökte, rätade på ryggen och pekade på en artikel som han klistrat in under en sammanställning av helgens småklubbsfotboll.

”Det hände en lördag, jag hade polisjouren den helgen, fick nys om det på söndagen och här är det som stod i måndagstidningen”, sa han.

Det såg ut att vara en trespaltare, småklubbsfotbollen toppade sidan. Rubriken löd:

17-årig flicka liftade
fick ris på gumpen

Jag läste:

Festen i Falsterbo slutade inte som en 17-årig flicka från norr om Trelleborg hade väntat sig.

Hon blev av med sina kamrater när discodansen hade slutat och försökte lifta hem.

En bit utanför Falsterbo fick hon napp. En skåpbil stannade och mannen bakom ratten erbjöd sig köra henne till Trelleborg.

Men när de närmade sig staden körde han in på en väg i närheten av Albäcksstugan och stannade. Till flickans förvåning drog han ut henne ur bilen, lade henne över sitt knä och gav henne ett rejält kok stryk på bara ändan med ett björkris.

Därefter varnade han henne för att lifta med främlingar, gick in i bilen och körde därifrån och flickan fick gå hela vägen hem. Därstädes berättade hon för en orolig moder vad som hade hänt, och på söndagsmorgonen kontaktades polisen i Trelleborg.

– Hon kommer inte ihåg hur mannen såg ut, och hon tänkte

inte på att ta registreringsnumret men uppvisade ännu mitt på söndagen en smärtande bakdel, hon hade fått en duktig omgång, säger tjänstgörande befäl Torsten Rahm vid polisen i Trelleborg.

17-åringen uppgav att hon ganska snabbt somnade i bilen och överraskades komplett av det som hände. Mannen gjorde eljest inga närmanden mot 17-åringen, och Torsten Rahm säger:

– Det verkar faktiskt som om han bara var ute efter att straffa henne.

Flickan säger att bilen var av skåpbilsmodell och vit. Om mannen säger hon bara att han var "stor och stark", och att hon blev så överraskad och chockad att hon inte minns mer.

Den som har upplysningar om det skedda kan meddela sig till polisen i Trelleborg.

"Men det var aldrig nån som hörde av sig, och fallet blev aldrig uppklarat", sa Arne Jönsson. "Och jag tror att hon hade druckit, även om hon inte sa det. Det var därför hon somnade, hon var helt enkelt full."

Han bläddrade vidare en sida och sa:

"Jag gjorde en uppföljning. Jag ringde inte, du vet, man ska alltid åka dit, det är svårare för dom att säga nej om man står utanför dörren."

Det här var en större artikel, den verkade vara fem spalter bred och rubriken löd:

Bodil, 17, varnar jämnåriga kamrater:
LIFTA INTE MED FRÄMLINGAR

Bodil hette Nilsson, hade krulligt, permanentat hår och var fotograferad utanför huset där hon och hennes mamma bodde. Bodil såg surmulen ut, hennes mamma stod i bakgrunden och höll handen för munnen som om hon fortfarande var förfärad över vad som hade hänt hennes dotter, eller så hade hon bara dåliga tänder. Arne Jönsson hade själv tagit bilden.

Det stod inte så värst mycket mer än att Bodil med egna ord fick förklara vad som hade hänt efter discot. Arne Jönsson frågade varför hon inte tog bilnumret och här sa hon att det verkade som om registreringsskylten var övertejpad, men hon var inte säker eftersom hon vid tillfället var ”jättechockad, och hade jätteont där bak”.

Arne Jönsson tog tag i pärmen igen och bläddrade till sista sidan.

”Det räckte inte med det”, sa han, och tog loss en liten plastficka som satt tejpad på insidan av pärmen. ”Jag hade en kollega, en som hette Göran Pålsson på *Kristianstadsbladet*, vi brukade tipsa varandra, utbyta nyheter och sånt, och han ringde mig när han hade läst dom här två artiklarna. Samma sak hade hänt där uppe. Två gånger, till och med. Han gick till posten, tog kopior och skickade dom till mig.”

Han vecklade ut ett blad som hade legat i plastfickan och räckte över det. Där fanns två kopierade artiklar som publicerats i *Kristianstadsbladet* med ungefär samma innehåll som i Arne Jönssons. Två flickor hade liftat och åkturen hade slutat med att föraren av en vit skåpbil hade kört in på en skogsväg där en av dem, precis som Bodil Nilsson, hade fått smaka björkris på bara stjärten medan den andra hade fått smisk med mannens handflata. Hon var tjugo, den andra arton. Båda hade blivit lämnade på skogsvägen, ingen kunde ge en klar beskrivning av mannens utseende, enligt tjugoåringen var han välväxt och hade mustasch och långt hår, artonåringen hävdade däremot att han var korthårig och renrakad. Båda var dock överens om att han var storväxt och enligt en kommissarie Björn Werner var det ingen tvekan om att båda flickorna hade fått var sitt rejält kok stryk.

Göran Pålsson hade inte varit lika ambitiös som Arne Jönsson och hade inga citat från nån av flickorna. Däremot uttalade sig Björn Werner i båda artiklarna.

”Förstår du vad jag menar?” sa Arne Jönsson.

”Ja, jag tror att det var samme man som var inblandad i de här tre fallen, men varför skulle det vara samme man som håller på i dag?”

”Det vet jag inte. Men jag tycker det är för likt för att det ska vara en händelse.”

”Vad har han gjort under tiden, då?”

”Det vet jag inte det heller. Han kände kanske inget behov av att straffa nån.”

”Det tror jag”, sa jag.

”Det kanske han gjorde, men vi känner bara inte till det, dom kanske aldrig anmälde det, gick aldrig till polisen. Den tjugoåriga tösen gick inte till polisen i Kristianstad förrän hon hade läst om artonåringen. Hon sa att hon skämdes. Det finns kanske fler. Du vet hur det är med våldtäkter, många kvinnor inbillar sig att det är deras eget fel, dom har fel kläder på sig och såna grejer.”

”I och för sig”, sa jag. ”Men vad hände sen? Följde du upp det här? Fick dom tag i nån, nåt spår, hade dom nån misstänkt?”

”Nej, men jag tror inte dom la så stor vikt vid det.”

”Lever … vad hette han nu … Torsten Rahm? Han i Trelleborg.”

”Ja, men han är gammal, och såvitt jag har hört är han förvirrad. Och det var ändå inte han som ledde utredningen, han bara uttalade sig. Det var en som hette Göte Sandstedt som hade hand om det, och jag tror att han tyckte det var rätt åt henne, hon Bodil, jag tror inte han la två fingrar i kors för att ta reda på nånting. ’Oss emellan, Arne’, sa han, ’en rejäl omgång på bara röven, jag tror min själ det gjorde henne gott, det skulle fler må bra av.’ Han var av den gamla stammen.”

”Lever han?”

”Ja, det tror jag. Han sitter på ett hem nånstans, men han lever. Varför frågar du? Ska du prata med honom?”

”Det vet jag inte.”

”Du tror också att det är samma person, eller hur?”

”Nej, inte alls.”

”Varför vill du prata med Göte, då?” frågade han.

”Det vet jag inte”, sa jag. ”Det är inte alls säkert att jag vill det.”

”Det konstiga är att dom stora drakarna aldrig tog upp det. Jag trodde det skulle vara nåt för rikspressen, men jag såg bara en liten enspaltig artikel i *Kvällsposten* om Bodil, dom hade rewritat mig. Jag fick inget för det, det får man aldrig, men jag fick nittiofem kronor för att dom publicerade bilden på henne och hennes mor.”

Han stod fortfarande bredvid skrivbordet och tittade frågande eller uppfordrande på mig.

Jag trodde inte det var samme man nu som då, men Arne Jönsson hade en poäng i att det säkert fanns fler offer än dem vi kände till, om det nu var samme man, vilket jag inte trodde.

Men jag var intresserad och jag visste vem jag skulle ta kontakt med, som skulle kunna hjälpa till.

”Göte … vad han nu hette … ”

”Sandstedt.”

”Just det, Göte Sandstedt, på vilket hem sitter han?”

”Jag kan skriva upp det till dig. Vill du prata med Göran Pålsson också, jag kan skriva upp honom med. Han vet säkert var dom andra finns, dom som han skrev om.”

När jag gick därifrån hade jag en lapp med mig där Arne Jönsson hade skrivit upp några telefonnummer, några namn och några adresser.

Jag gick ut och satte mig i bilen och tog fram mobiltelefonen. Jag öppnade mejlboxen.

Jag hade fått mejl från Ulrika Palmgren.

Bortsett från allehanda skräpmejl som jag fick trots att jag satt in spärrar för reklam så hade jag fått ett mejl från Ulrika Palmgren, det var i alla fall hennes avsändare.

I raden för ärende stod: Tjoho!

I mejlet stod:

Hej, Harry.
Hur mår du?
Ska vi göra ett nytt försök?
U.

”Tjoho”, det hade hon skrivit förr.

Däremot hade hon inte skrivit det här mejlet eftersom det hade skickats för en timme sen och hon var bevisligen död. Men nån hade skrivit det, nån hade tillgång till hennes dator och adressbok, nån hade läst hennes mejl, nån visste att jag hade känt Ulrika Palmgren.

Som jag satt där på en gata i solen i Anderslöv och stirrade på mejlet ringde telefonen. Det var Eva Månsson.

Vi utbytte artighetsfraser, men jag kände mig disträ och orolig. Hon tackade för middagen i Solviken, och sa sen:

”Men egentligen är det inte därför jag ringer.”

”Nähä.”

”Vi har fått ett mejl, ett anonymt mejl.”

”Jaha?”

”Det kanske intresserar dig. Så här står det: ’Ett litet tips: Kolla journalistens dator!’ Och … ja, inte vet jag, men det känns som om det är du. Men jag vet inte varför vi skulle kolla din dator, vet du?”

Jag sa ingenting.

Bilden på mig och Ann-Louise, ett mejl från en död kvinna och nu ett tips till polisen om att kolla min dator.

”Är du kvar?”

”Dålig täckning, du kommer och går.”

”Som sagt, inte vet jag. Vet du nåt som vi borde veta … hallå!”

”Svårt att höra vad du säger”, sa jag.

”Vet du det? Nåt vi borde känna till?”

”Nej”, sa jag.

”Var är du?”

”I Anderslöv.”

”Vad gör du där?”

”Jag har precis träffat en gammal kollega”, sa jag.

”Du kan ju komma förbi.”

”Jag har ett annat möte nu.”

”Möte? Du jobbar ju inte.”

”Nej, men det handlar om krogen, vi ska kanske ha en ny leverantör.”

”I Anderslöv? Det ligger långt från Solviken, jag trodde ni bara köpte in från gårdarna i närheten.”

”Nu försvinner du helt”, sa jag och knäppte bort samtalet.

Jag gick ut ur bilen och tillbaka till Arne Jönsson.

När han öppnade dörren sa han:

”Jaha?”

”Tror du att nån vet var Bodil Nilsson finns i dag?”

”Det gör det säkert, jag kan ta reda på det”, sa han. ”Jag kan ta reda på allting i dom här trakterna. Ska jag göra det?”

”Gör det”, sa jag.

”Kom in”, sa han. ”Du tror också att det är samme man, va?”

Kanske det.

Men det sa jag inte.

Jag sa ingenting.

”Stannar du på kvällsmat?” frågade han hoppfullt.

KAPITEL 24

Vaggeryd
Juni

JAG BERÄTTADE ALLT för Arne Jönsson eftersom jag behövde en person att lita på, nån att anförtro mig åt, och Arne verkade vara en sån.

Och när jag säger att jag berättade allt, så ... tja, kanske inte riktigt allt. Nästan ingenting, slog det mig där jag satt i bilen, mitt i natten, på väg till Stockholm.

Det var som vanligt med Harry Svensson:

Varje gång jag bestämde mig för att lägga alla kort på bordet slutade det med att jag egentligen berättade eller avslöjade mindre än jag hade gjort tidigare.

Arne Jönsson hade sett konfunderad ut när jag gick igenom vad som hade hänt sen jag först hittade Tommy Sandell i en säng på ett hotellrum i Malmö tillsammans med en polsk prostituerad.

Jag förstod det.

Han hade inte fått veta nånting som han inte redan visste.

Men jag stannade på kvällsmat och Arne stekte kalla kokta potatis, ägg och några skivor falukorv. Det var precis en sån rätt som min farmor kunde ställa på bordet när det var kväll.

”Hur får du så här goda och brända kanter på potatisen?” frågade jag.

”Jag steker i smör och lite strösocker”, sa Arne.

Arne hade inget trådlöst nät, så jag kopplade upp mig via mobiltelefonen innan jag körde och skickade ett mejl till ”Ulrika Palmgren”.

Hej.
Vilken överraskning att höra av dig.
Men jag tror inte det skulle vara en bra idé att träffas igen.

Jag vet inte riktigt var du befinner dig.
Harry

Polisen hade aldrig hittat Ulrika Palmgrens dator, och jag var helt säker på att mannen som mördat henne hade tagit inte bara hennes dator utan också hennes mobiltelefon när han lämnade hotellrummet i Göteborg.

På ett eller annat sätt hade han knäckt hennes lösenord, gått igenom hennes korrespondens och tyckte förmodligen om att driva med mig, se till att jag var på tå.

Det duggregnade när jag körde från Anderslöv, och när jag hade kommit en bit in i Småland föll regnet med sån kraft att vindrutetorkarna fick gå på högsta hastigheten i nästan en timme.

När jag stannade och tankade kollade jag mina mejl i mobilen, men jag hade inte fått fler från 'Ulrika Palmgren'. Inte från nån annan heller. Och om mördaren hittills hade varit så försiktig och förslagen var jag till nittionio procent säker på att han nu hade förstört den dator han snodde med sig från hotellrummet i Göteborg.

Det var ingen trafik, regnet upphörde utanför Norrköping och natten blev ljus, vacker och mystisk, så som en svensk sommarnatt ofta blir. Solen var på väg upp när jag körde på Essingeleden in mot Stockholm, och huvudstaden är sällan så vacker som när nattbelysningen håller på att släckas och en nyvaken sommarsol är på väg att ersätta den.

Som vanligt var det nästan omöjligt att hitta parkeringsplats, och jag fick ställa bilen mer än fem kvarter bort. Lägenheten var varm och instängd, och trots att jag hade betalat för eftersändning av all post låg ett tiotal kuvert på hallgolvet, inget var från en okänd beundrare eller eventuell mördare.

Jag öppnade två fönster och balkongdörren, slog på datorn och började föra över alla mina filer till ett USB-minne.

Efter att ha sovit fyra timmar steg jag upp, åt en snabb frukost på Il Caffè, där jag inte kände igen nån eftersom det var mitt i sommaren, och körde därefter iväg för att få datorn rensad. Jag hade också tiggt till mig en ny dator på tidningen.

När jag körde söderut var det med två nakna datorer, en ny och en gammal, samt ett späckat USB-minne.

Jag stannade för att tanka och satt en timme i solen vid ett picknickbord intill en bensinmack utanför Gränna och förde tillbaka ett urval artiklar, mejl och musikinnehåll till min gamla dator.

Däremot förde jag över allt jag hade till min nya dator.

Den skulle polisen aldrig få kännedom om.

Några mil söder om Jönköping körde jag av motorvägen och in i ett samhälle som heter Vaggeryd. Där bodde Värner Lockström.

GPS:en tog mig bort från huvudgatan, det som hade varit gamla E4 innan den blev motorväg utanför samhället, och jag hamnade på en sidogata två kvarter ned där Värner Lockström hyrde en lägenhet i bottenplanet på ett gult tvåvåningshus i trä.

Himlen var grå och dyster, det var varmt och kvavt och det kändes som om det skulle kunna börja åska när som helst.

Det var precis vad Värner Lockström sa när han öppnade dörren.

”Kommer du med åska?” frågade han och tittade upp mot himlen.

Jag hade aldrig träffat Lockström, men jag hade haft brev- och mejlkontakt med honom och hade så sent som kvällen innan pratat med honom i telefon. Han höll en låg för att inte säga hemlig profil och hade gått med på att träffas enbart för att jag en gång hade gjort honom en tjänst.

Han var liten, tunn och oansenlig, hade grå morgontofflor på fötterna, så kallade mysbyxor på underkroppen och en gammaldags vit undertröja med en märklig brun, liten väst utanpå. Det var tur att det inte blåste där vi stod för i så fall hade hans överkamning stått en halv meter upp, den var nåt av det värsta jag hade sett: Den började nere i nacken till vänster och låg sen som en tunn, liten matta över hjässan ned till högra örat. Han flackade nervöst med blicken och harklade sig innan han frågade:

”Kom in, vill du ha nåt?”

”Ja, nåt skulle jag vilja ha, kaffe kanske”, sa jag.

Han gick före in i en korridor som ledde till ett litet kök med fönster mot några garage.

”Du får ursäkta”, sa han. ”Jag har inte så många gäster, inga alls, faktiskt.”

Han fyllde två muggar med vatten, ställde dem i en mikrovågsugn och när det plingade tog han ut muggarna och la i några skedar pulverkaffe.

”Mjölk? Socker?” frågade han.

”Mjölk, inget socker”, sa jag.

”Jag har tyvärr ingen mjölk hemma.”

”Då får det gå ändå.”

”Kaka?”

”Tja”, sa jag och ryckte på axlarna. Det var kanske med kakorna som med mjölken, han hade inga men ville inte framstå som en dålig värd och var tvungen att fråga.

Han tog fram en så kallad dammsugare ur ett skåp, slet upp plasten, tog fram en kniv och delade arraksrullen i två bitar. Jag fick en av dem. Det märktes att han inte var van vid att ha gäster om detta var allt han bjöd på. Men lägenheten var ren och välstädad, även om den var påvert möblerad förutom en femtiotums platt-tv som tog upp nästan en hel vägg i vardagsrummet.

”Jag har hittat en del”, sa han. ”Ja, det du frågade om.”

”Vad bra”, sa jag. ”Har du klippen här?”

”Nej, i källaren, jag har mitt arbetsrum och arkiv där nere.”

Vi gick ut i trapphuset, han drog igen dörren till lägenheten bakom sig och visade mig nedför en trappa som ledde till en lokal som förmodligen hade varit ett förråd, men som Lockström genom åren låtit renovera och gjort om till arbetsrum.

Förutom ett stort hänglås satt ett sjutillhållarlås och ett smäcklås i dörren och Lockström öppnade noggrant och omständligt med nycklar från en stor knippa. Han tände ett lysrör i taket och låste dörren bakom oss lika noggrant och omständligt som han hade öppnat den.

Det stod ett skrivbord under ett litet gallerförsett fönster och det stod elva grå arkivskåp längs de vitmålade väggarna. Rummet gav ett nästan kliniskt intryck.

”Jag har scannat in nittio procent av samlingen på datorn nu, men jag har inte hjärta att kasta klippen, man vill ju ändå ha det på riktigt på nåt sätt", sa han.

Värner Lockström hade i många år samlat tidningsklipp som handlade om aga som bestraffning och uppfostringsmedel … ja, smisk i alla dess former. Han tillhandahöll allt från debattinlägg från fyrtio- och femtiotalen om skolagans vara eller inte vara till nyhetsartiklar och insändare. Han hade börjat i liten skala med postorderförsäljning i Sverige, men hade med tiden skaffat kontakter i hela världen, och man ansåg allmänt att Värner Lockström hade en av världens största samlingar inom detta synnerligen specialiserade område. Han hade med tiden blivit datoriserad och man kunde nu gå in på hans hemsida, beställa det man var intresserad av och betala med kreditkort. Han tog tolv euro för varje klipp och hade byggt upp en ganska imponerande verksamhet.

Jag hade en gång hjälpt honom med en artikel i en finsk tidning som handlade om en sjuksköterska som greps av polisen i ett arabiskt land efter att ha druckit alkohol tillsammans med en man. Hon dömdes till tjugo rottingrapp, och artikeln berättade sakligt om hur hon fördes in i ett rum där fyra män i uniform väntade. Två av dem böjde henne över ett bord och höll fast henne medan den tredje knäppte upp och drog ned hennes byxor och trosor innan den fjärde mannen utförde bestraffningen.

De finska medierna hade försökt få henne att ställa upp och berätta, men hon avböjde. Den finska ambassaden bekräftade däremot att bestraffningen hade ägt rum, vilket gav artikeln stor trovärdighet, det florerar annars många nyhetstelegram om prygelstraff i muslimska länder som bara är lögn eller skrämselpropaganda.

Det som gjorde att jag kom ihåg den här händelsen var att mannen med rottingen hade ett exemplar av Koranen i armhålan så att inte rappen skulle bli för hårda. En svensk diplomat uttalade sig i artikeln och sa att detta tydde på att bestraffningen mer handlade om förödmjukelse än smärta, och jag upphör aldrig att häpna över människans uppfinningsrikedom.

Jag prenumererade på Lockströms nyhetsbrev, där han efterlyste artikeln, och det var rätt enkelt för mig att skaffa en fysisk tidning som jag kunde skicka till honom. Det var därför jag nu stod i en källare i Vaggeryd i Småland och tittade på fyra klipp från *Hallands Nyheter*, *Smålandsposten*, *Barometern* och *Nordvästra Skånes Tidningar*.

Lockström stod mitt i rummet och såg både förvirrad och förlägen ut. Han sa:

”Du är faktiskt den förste som är här, förutom byggjobbarna, men då hade jag inte arkivskåpen. Det här är ju inte precis nåt man skryter om, nåt man berättar för grannarna. Men det blev för litet där uppe, jag var tvungen att expandera.”

”Säljer du fortfarande lika mycket?” frågade jag.

”Ja, det har inte förändrats nämnvärt. Man säger att alla bara laddar ned och tittar på Youtube, men förvånansvärt många vill fortfarande läsa på papper. Det är många äldre som inte har datorer, och det finns såna som har datorer men ingen printer, vissa vill ha allting på pränt och till slut är det alla dom som är misstänksamma mot nätet och alla rykten eller uppgifter om att vem som helst kan gå in och läsa vad som helst”, sa han.

Han fortsatte: ”Men man kan inte stanna på samma plats hela tiden, man måste utvecklas. Jag översatte ju amerikanska insändare till svenska och nu har jag börjat översätta gamla svenska insändare till engelska och dom säljer oerhört bra, framför allt i USA. Ditt klipp är fortfarande en bästsäljare, det har inte varit utanför Topp tio sen jag fick det.”

”Men du vet att alla insändare är bluff”, sa jag.

”Är dom det, då? Är du så säker på det?”

”Många, dom flesta, det har du väl fattat?”

”Kanske det, men man vill ju så gärna tro”, sa han och såg förhoppningsfull ut.

”Jag skötte en insändarsida en gång, och jag var alldeles för ung för att arbeta med sånt, men redaktionschefen gav mig bara ett råd, om det kom insändare från *Lisa, 17*, som tycker aga är bra skulle jag kasta dom, för dom är alla skrivna av män. Jag skrev en själv en gång, för längesen, det blev en jäkla debatt som var både stimulerande och underhållande.”

Lockström skrattade till, och sa:

”Jo, jag får väl erkänna att jag också … ”. Han tittade i golvet, tittade upp på mig och frågade:

”Kom det några?”

”Vadå?”

”Insändare.”

”En del.”

”Jag tog inte fram dom som du redan har sett, dom från Skåne, men jag har dom allihop och jag kan slå kopior.”

”Nej, det är lugnt”, sa jag och bläddrade i de fyra klippen.

”Det verkar som om mannen var flitig i södra Sverige under några år”, sa Lockström. ”Händelserna är ju väldigt lika varandra, förutom den i Halmstad. Han plockade upp dom i en bil, men i Halmstad ringde han på hos en kvinna och sa att han var polis.”

Det var ingen större skillnad mellan Lockströms klipp och dem jag hade sett hemma hos Arne Jönsson. Jag var övertygad om att det var samme man som under två-tre år rört sig från Skåne till Halland och Småland med en enkel uppgift: Att ge tonårsflickor eller unga kvinnor ett kok stryk, i de flesta av fallen var det för att varna dem för att lifta, men vad gällde kvinnan i Halmstad var anledningen mer diffus. Enligt polisrapporten uppgav hon att mannen straffade henne för att hon hade orsakat en trafikolycka.

I inget av fallen hade mannen antastat dem sexuellt.

Ingen framträdde med namn, och om det berodde på att journalisterna inte var lika ambitiösa som Arne Jönsson eller om flickorna var mer negativt inställda till publicitet än Bodil Nilsson visste jag inte. Och jag brydde mig inte. Jag hade fått bekräftelse på vad jag redan trodde, och vad Arne Jönsson tidigt hade misstänkt.

Medan Lockström slog kopior på artiklarna sa han:

”Jag har ett klipp till. Det faller lite utanför ramen, men jag tror du vill se det i alla fall.”

Han la kopiorna i ett kuvert och räckte över ett annat klipp, från *Göteborgs-Posten*. Lockström sa: ”Kolla det här, det är precis som i Halmstad, han låtsas vara polis, men det hände fem år senare än dom andra klippen och här är han i Göteborg, så långt norrut hade han inte varit tidigare.”

Tidningen hade inte gjort så stor affär av händelsen, det var en oansenlig enspaltare om en man som mitt på dan tog sig in i en förortsvilla och gav kvinnan i huset smisk på bara stjärten. Jag bad att få en kopia på den också.

När vi stod på trappan vid ingången var molnen mörkare än tidigare och man kunde höra dovt muller långt bortifrån.

”Jag minns att man körde igenom Vaggeryd förr i tiden”, sa jag. ”Byn måste ha dött när all trafik hamnade utanför.”

”Ja, det är visserligen gott om företag här i trakten, men många fick slå igen, mest korvstånd och mackar och vägkrogar. Mitt företag slog också igen, men det berodde nog inte på vägen.”

”Vad hände?”

”Vi tillverkade spislock, jag tror ingen använder spislock i dag.”

”Jag känner en”, sa jag och tänkte på Arne Jönsson. ”Så du gjorde spislock?”

”Nej, jag var kamrer, men det var bra att ha det här att gå vidare på”, sa Lockström och nickade nedåt källaren. ”Samtidigt blev jag sjukpensionär. Det är bra konstigt, jag har aldrig lyft nåt tyngre än en pärm med fakturor och ändå gick ryggen sönder.”

”Då så”, sa jag och sträckte fram handen.

”En sak till”, sa han.

”Ja?”

”Dom breven du fick när du skötte insändarsidan … ”

”Ja.”

”Dom som din chef sa att du skulle kasta … gjorde du det?” frågade han och såg än en gång nästan kusligt förhoppnings- och förväntansfull ut.

”Ja, dom var ju ändå bara bluff”, sa jag.

”Man vet aldrig”, sa Värner Lockström med ett slipprigt leende på läpparna.

När jag satte mig i bilen kollade jag än en gång mejlen, men jag hade inte fått några. I stället körde jag söderut i ett hejdundrande åskväder i ungefär en timme medan regnet bultade på taket, blixtarna lyste upp himmel och landskap och knallarna fick bilen att skaka. Det var svårt att se genom regnmassorna och risken för vattenplaning gjorde att det tog längre tid än vanligt att köra.

När regnet upphörde körde jag in på en mack och köpte en av de där vidriga korvarna som ligger och rullar i en sorts värmeskåp bredvid kassan. De har alla fantasifulla namn, men de ser ut som bajskorvar och smakar som såna. Inte för att jag har smakat på en bajskorv, men man kan tänka sig.

Men jag kunde åtminstone ringa till Arne Jönsson och avlägga en sorts rapport, och han hade i sin tur varit både flitig och duktig vid sin gröna telefon med svart lur och försåg mig med ytterligare några namn, adresser och telefonnummer.

Jag skulle ha fullt upp dan därpå.

KAPITEL 25

Skanör
Juli

EFTER NATTENS ÅSKVÄDER hade morgonen varit frisk och klar. Det var en bedårande svensk sommardag med familjer på väg till badstranden och öppna bilar som gled längs kullerstensgatorna i det som fortfarande var ett idylliskt överklassnäste. Han såg en familj på trottoaren där barnen bar på fiskespön och undrade om barn verkligen fiskade i dagens Sverige eller om det bara var en schablon från förr. Han kom inte ihåg om han hade fiskat nån gång, han trodde inte det.

Lisen Carlberg hade kommit tillbaka från New York och satt vid ett fönsterbord på gästgiveriet. Det såg ut som om hon åt en sallad. Hon hade sällskap av två andra personer, en medelålders man i stråhatt, ljus linnekavaj och skäggstubb, det ångade konstnär om honom. Den tredje personen vid bordet var kvinnan som han hade pratat med på Galleri Gås förra gången han var i Skanör.

Själv satt han i dunklet i andra änden av lokalen och gömde sig bakom en tidning. Inte för att han behövde gömma sig, hon visste inte vem han var och hon skulle bli tvungen att resa sig och gå bort mot hans bord för att lägga märke till honom. Men det skulle hon nog inte göra i alla fall. Trots att han var så stor (och kanske annorlunda) hade människor, ja, mest kvinnor, väldigt lätt för att inte lägga märke till honom.

Det var rena slumpen att de satt på samma restaurang. Han var i Skanör för att hämta henne, visst var det så, men det visste inte hon, inte än i alla fall, och att han hade gått till gästgiveriet berodde mest på att han hoppades att servitrisen i hästsvans – han kom ihåg att hon hette Pernilla – skulle vara där. Hon var snäll och vänlig, log mot honom och hade till och med frågat om han ville ha en skiva citron i sitt isvatten.

Det var i stället en lång, ung man med ring i höger öra som serverade honom hans fisksoppa. Han sa att Pernilla var ledig, och just då kom Lisen Carlberg in med sitt sällskap. Hon hade en kort, ljusblå kjol och en enkel vit och vid T-shirt med nåt som verkade vara Brooklyn Bridge som motiv. Även om tröjan såg enkel ut var han övertygad om att den hade kostat mycket pengar. De drack vitt vin, nej, förresten: Det såg ut som om konstnären drack rosé.

Lisen hade ingen behå.

Han skulle verkligen straffa henne.

Den här gången hade han skurit björkriset redan kvällen innan, en varm sommarkväll i björkdungen, inte alls mycket mygg.

Egentligen hade han velat att hon själv skulle skära sitt ris: En gång hade mor skickat ut honom nio gånger innan hon var nöjd, och efteråt hade han fått sopa upp avbrutna kvistar från golvet och ställa allting i ordning innan han kunde klä på sig, gå ut till sitt rum i uthuset och försöka badda skinkorna och låren med en handduk som han hade doppat i kallt vatten, detta var en verklighet som Lisen inte visste nåt om, men den bekymmerslösheten skulle han snart ta ur henne.

Hon kallade till sig den unge mannen med ring i örat och sträckte fram ett kreditkort.

... hon var tvungen att dö ...

När de gick ut från gästgiveriet väntade han några minuter innan också han bad om notan. Han betalade med kontanter.

Han såg Lisen kindpussa mannen i stråhatt utanför ingången.

Han önskade att hon inte behövde dö, att hon tvärtom skulle få leva resten av sitt liv med vetskapen om att ha blivit tuktad och minnet av förödmjukelsen att som vuxen få ris på bara skinnet

KAPITEL 26

Solviken
Juli

JAG HADE KOMMIT till Solviken mitt i natten, och jag sov längre än beräknat eftersom jag trodde att mobiltelefonens hundskall kom utifrån och följaktligen hann jag varken äta frukost eller prata med Simon Pender innan jag sprang ned till bilen för att köra söderut.

Jag förbannade mig själv för att jag hade glömt att plocka med cd-skivor och därmed var tvungen att lyssna på kvinnan i lokalradion som pratade som om hon hade en potatis i munnen, och behandlade världens enklaste frågesport som om den gällde liv eller död. Jag vet inte vem som var mest korkad, programledaren eller den deltagare som ringde in och aldrig hade hört talas om Barack Obama.

Medan jag var i Stockholm hade Arne Jönsson träffat folk och utnyttjat kontakter, och han hade till exempel hittat Bodil Nilsson, flickan som liftarnas värsta fiende hade plockat upp efter en utekväll i Falsterbo. Hon hette fortfarande Bodil Nilsson, jobbade på en reklambyrå i Malmö men bodde som så många andra i Höllviken. När jag ringde henne på torsdagskvällen hade hon varit mycket tveksam till att träffa mig, men hade till slut gått med på en lunch på ett enda villkor, att jag inte skrev en rad om vårt möte.

Hon hade föreslagit nåt som hette Slottsträdgårdens café i Slottsparken i Malmö. Jag hade aldrig hört talas om det, men hon sa att en känd tv-kock ägde och drev stället och jag trodde kanske att jag kände igen hans namn, det var i alla fall vad jag sa till Bodil Nilsson.

Det verkade vara ett populärt fik, alla utomhusborden var upptagna och det var kö in till själva kaféet där man beställde, plockade till sig och betalade. Jag gick ut igen och ställde mig under ett träd för att hålla utkik efter Bodil Nilsson, men såg ingen som verkade passa in på bilden jag hade av henne.

Däremot kom en kvinna som jag bara kan beskriva som sensationell.

Hon hade axellångt mörkblont hår, en knallröd basker som matchade ett knallrött läppstift och en knallröd liten handväska som hängde ned på höften i en tunn rem. Hon hade blus, sandaletter och ett par långbyxor som satt tajt och slutade strax under knäet.

Hon tittade sig omkring, och gick med bestämda steg rakt fram till mig och sa:

”Så det är här du gömmer dig?”

”Va?”

”Det är väl du som är Harry”, sa hon.

”Ja.”

”Bodil”, sa hon. ”Bodil Nilsson.”

Jag hade inte rodnat sen jag var tonåring, men kände att jag blev röd om kinderna, dels för vad jag hade tänkt när jag såg henne, dels för hur förvånad jag blev över hur en vuxen Bodil Nilsson såg ut.

Hon sträckte fram handen och sa: ”Hej.”

Jag tog hennes hand och det gick en ilning som gjorde mig knäsvag genom armen, genom kroppen.

”Ska vi bara stå här?” frågade hon.

Jag hade varit beredd att stå där resten av livet om hon också stod kvar, men jag tog mig samman, släppte hennes hand och vi gick in på själva kaféet och beställde.

Hon tog en sallad och jag en varm smörgås, vi beställde kaffe och hällde upp isvatten.

Hon hittade ett bord längst bort i skuggan under ett träd av ett eller annat slag och vi började kallprata om sommaren, om åskvädret och regnet men vilken bra sommar det ändå hade varit.

Till slut sa jag: ”Jag känner mig dum … men jag … jag vet inte vad jag hade förväntat mig, den enda bild jag sett av dig var i *Trelleborgs Allehanda* och, du ser inte ut som på den.”

”Bilden som han den tjocke tog, menar du?”

”Arne Jönsson.”

”Så hette han kanske.”

Hon hade en mjuk och vänlig röst, och pratade en skånska som var lika mjuk och vänlig men svår att placera, jag var annars väldigt bra på att höra varifrån olika dialekter kom.

”Han heter så fortfarande, det var han som hittade dig”, sa jag om Arne Jönsson.

”Jag hatade den bilden, men det gick liksom inte att säga nej när han helt plötsligt bara stod där med kamera på magen och sa att han var journalist. Man skulle ha sånt hår på den tiden.”

Jag var glad över att hon inte hade sånt hår längre, men det sa jag inte.

”Klassiskt journalisttrick”, sa jag. ”Man ska inte ringa i förväg, det är mycket svårare att säga nej till en som står utanför dörren.”

”Du är längre än på tv”, sa hon. ”Jag tyckte jag kände igen dig när jag kom, men jag blev osäker eftersom du var så lång.”

”Det var för att jag stod upp”, sa jag.

”Va?”

”Det var ett skämt. Dom brukar säga att tv lägger på några kilon.”

”På dig tog tv bort några centimeter”, sa hon och log.

Jag hade pratat med henne, lyssnat på henne och tittat på henne i tio minuter, men det kändes som om jag kände henne, som om jag hade känt henne hur länge som helst. Hon var lättpratad och verkade ha humor, och utstrålade en avslappnad självsäkerhet som också kunde tolkas som med- eller omedveten sexighet. Hon hade uppnäsa och jämna tänder.

”Och du heter fortfarande Nilsson”, sa jag.

”Det var väldigt praktiskt när jag gifte mig, han hette Peter Nilsson så jag behövde aldrig byta. Det hade ju varit löjligt om jag skulle gjort som alla gör i dag när de har så många dubbelnamn att de inte får plats på körkortet. Tänk om jag skulle heta Bodil Nilsson Nilsson bara för att jag skulle behålla mitt flicknamn”, sa hon och skrattade igen. ”Och nu ligger jag i skilsmässa och behöver inte byta namn igen, det är väldigt praktiskt.”

Jag tänkte säga att jag var glad över skilsmässan, men hejdade mig.

”Så varför bestämde du dig för att träffa mig?” frågade jag.

Hon rörde med skeden i sin kaffekopp och tittade ut mot serveringen innan hon vände blicken mot mig och sa:

”För att jag fick en känsla av … jag läser inte så mycket tidningar längre … ”

”Det är det ingen som gör”, sa jag.

” … men jag var vagt medveten om de två kvinnorna som blev mördade. Sen såg jag dig i en tv-debatt och … jag hade inte läst dina artiklar då, men jag googlade och hittade dom och det var då jag fick en känsla av att det påminde om det som jag var med om. Alltså, jag dog ju inte, jag sitter här framför dig … ”

Och hur skulle jag kunna undvika att lägga märke till det?

” … men jag har inget som bevisar att det är samme man, det är bara en känsla, det var ju så längesen, tjugoett år sen … ”

Hon var alltså trettioåtta i dag.

” … det är ju inte så att jag tänker på det som hände var och varannan dag. Det hände och jag kan inte stryka det ur mitt medvetande, men när jag såg dig på tv och läste artiklarna var det så mycket som kom tillbaka från den kvällen och dagarna efteråt.”

Jag bad henne berätta hur det gick till.

”Vi åkte till Falsterbo, vi brukade göra det, Anna, Lollo och jag. Anna hade ordnat sprit, nån kille som hon kände brukade ordna sånt, och … alltså, jag berättade det inte för mamma och inte för polisen och inte för den tjocke … ”

”Arne Jönsson”, sa jag.

”Ja, han, men jag blev skitfull, annars hade jag nog aldrig … jag hade aldrig försökt lifta i alla fall, men jag blev av med Anna och Lollo, och när man inte är van vid att dricka, så – ja, ibland slår spriten på utan att man kan kontrollera det, och vi kom ifrån varandra, och jag måste ha gått åt fel håll, och jag minns inte att jag somnade, men när jag vaknade låg jag på stranden, och när jag tog mig upp till diskoteket var nästan alla bilar borta från parkeringsplatsen. Vi hade åkt buss dit, men skulle åka hem med killen som Anna kände eftersom det inte gick nån buss så sent. Det fanns ju inga mobiltelefoner på den tiden så vi kunde inte ringa eller sms:a, och det var då jag började gå och varje gång jag hörde en bil höll jag upp tummen.”

”Fick du lift meddetsamma?”

”Nej, jag hade hunnit utanför Falsterbo när han kom”, sa hon och betonade ordet han.

”Hade det kommit många bilar dessförinnan?”

”Tre-fyra kanske, de saktade inte in ens.”

”Stannade han direkt när han såg dig?”

”Nej, det var nog som det brukar gå till, men … jag vet inte, jag hade aldrig liftat förr. Han körde förbi, saktade in, stannade, höll stilla en stund, sen tändes backlyktorna och då förstod jag att han åtminstone skulle fråga vart jag skulle.”

”Vad var det för bil?”

”Jag och bilar, ingen aning”, sa hon och log. ”Den var vit, det var en skåpbil.”

”Var det en skåpbil som en buss, med fönster? Eller var det en skåpbil som en varubil?”

”Mer som en varubil. Tror jag.”

”Stod det nåt på sidorna?”

”Inte vad jag minns.”

”Öppnade han dörren eller vevade han ned rutan?”

Hon funderade en stund och sa:

”Han måste ha lutat sig över passagerarsätet, för när jag stod bredvid bilen var dörren på passagerarsidan öppen.”

”Vad sa han?”

”’Vart ska du?’ Jag berättade var jag bodde, han sa att han kunde köra mig nästan ända hem, och då hoppade jag upp i bilen.”

”Du var aldrig orolig?”

”Varför det?”

”Främmande man i bil, mitt i natten, ensam tjej … ”

”Jag var skitfull. Jag var bara glad över att få åka.”

”Vad hade du på dig?”

”Varför det?”

”För att det ibland känns som om svensk lag är skriven på ett sånt sätt att kvinnor får skylla sig själva om dom råkar illa ut, man säger att dom klätt sig provocerande, vad nu det betyder. Jag bara försöker tänka om det var nåt hos dig just där och då som fick honom att stanna, eller om han redan tidigare hade bestämt sig för att göra vad han gjorde."

Hon ryckte på axlarna och sa:

"Jag hade vad man brukar ha på den tiden, vi går ju nästan i uniform i det här landet, vi är så trendmedvetna och rädda för att se annorlunda ut att det är löjligt. Kort kjol, mini, vita lackstövlar och skjorta med vida kragsnibbar. Vi sminkade oss likadant alla tre, ljusblå ögonskugga, läppglans och vi lånade plastarmband av varandra. Och jag hade lånat en jeansjacka av Anna."

Jag nickade, och hon fortsatte:

"Men jag tror inte klädseln betydde nånting, han hade ju björkriset med sig i bilen, det fanns inga björkar där han stannade."

"Han hade bestämt sig för att plocka upp nån, vemsomhelst, och det råkade bli du."

"Jag tror det", sa hon.

"Vad hade han på sig? Pratade ni? Hur lät han? Hur såg han ut? Hur gammal var han?"

"Jag var sjutton år, Harry. Han kunde ha varit tjugofem, men i mina ögon såg han ut som en vuxen och alla vuxna är femtio när man själv är sjutton. Jag vet inte. Och jag var full. Jag tog upp ett paket cigg ur min väska, det var en lila mockaväska om du vill veta, och då sa han 'Får du röka för dina föräldrar?' och jag sa att det hade inte dom med att göra, och då sa han 'Tänk om du får smaka mattebankaren när du kommer hem', men jag svarade inte på det för jag hade problem med att tända ciggen. Jag fick faktiskt aldrig fyr på den."

"Var det allt han sa?"

"Ja, som jag minns."

"'Får du röka för dina föräldrar?'"

Hon nickade.

"Och 'Tänk om du får smaka mattebankaren när du kommer hem.'"

"Precis", sa hon.

"Och han sa 'mattebankaren' och inte 'mattpiskaren'?"

"Ja, är det viktigt?"

"Det betyder att han är från Skåne", sa jag.

Hon ryckte på axlarna och sa: ”Kanske det.”

”Hur lät han, ljus eller mörk röst?”

”Ganska mörk, men ju mer jag tänkt på det desto mer kom jag på att han pratade lite … grötigt.”

”Som om han förställde rösten?”

”Det vet jag inte, mer som att han hade en potatis i munnen. Är inte det ett uttryck?”

”Jo, precis som hon som leder frågesport i lokalradion.”

”Lyssnar du på lokalradion?”

”När jag kör bil.”

Hon tittade storögt på mig, och sa: ”Jag vet ingen som lyssnar på lokalradion mer än pensionärer.”

”Man får trafikinformation”, sa jag vagt. ”Vad hade han på sig? Hårfärg … såna grejer.”

”Mörka byxor, rutig kortärmad skjorta. Sen tror jag att han var mörkhårig, han hade väldigt underlig frisyr, lite som Frankensteins monster med hög lugg, och ett par stora, fyrkantiga glasögon med mörka bågar. Mick Jagger-läppar. Dom verkade inte passa i ansiktet.”

Jag noterade att hon sa ”Frankensteins monster”, de flesta säger ”Frankenstein”, men det var ju han som skapade monstret. Pluspoäng för Bodil Nilsson. Jag sa:

”Såg du fantombilden i tidningen?”

”Ja, men det såg ut som vemsomhelst.”

”Och sen, då? Vad hände?”

Hon drog ett djupt andetag och sa:

”Jag somnade och märkte inte att han stannade. Jag vaknade när han öppnade dörren på min sida och drog ut mig. Jag var yrvaken och vimmelkantig och hade ingen aning om var jag befann mig, och han höll mig i höger arm och drog mig mot en bänk där han satte sig och sen … sen, gick det som det gick”, sa hon, slog ut med händerna och log ett snett leende.

”Bänk? Som en rastplats, eller picknickplats?”

”Ja. Där var bord också.”

”Kom där inga bilar, var där ingen annan?”

Hon ryckte på axlarna och sa: ”Det var mitt i natten, det låg avskilt och hans bil liksom skymde.”

”Det märkte du?”

”Ja, jag blev klarvaken och spiknykter på en sekund, och rädd.”

”Du trodde att … ”

”Jag trodde jag skulle bli våldtagen eller mördad.”

”Så vad hände?”

”Han satte sig på bänken, drog ned mig över sina knän, lyfte på kjolen, drog ned trosorna och slog mig där bak med riset.”

”Du sa att han hade det med sig, såg du det innan han drog ut dig ur bilen?”

”Nej, det måste ha legat bak i bilen, det låg inte i förarhytten. Det var inte förrän han släpade mig mot bänken som jag såg att han hade nåt i höger hand, men jag förstod inte vad det var.”

”Sa han ingenting?”

”Inte då, men jag kom i efterhand på att han liksom nynnade.”

”Nynnade?”

”Ja, som en melodi, medan han höll på. Jag tänkte inte på det då för jag var chockad och riset sved nåt för jävligt och jag tänkte mest på att försöka komma loss, men han var stark och höll mig.”

”Men han sa ingenting?”

”Jo, efteråt. Då sa han att han hoppades att jag hade lärt mig en läxa.”

”Att du hade ’lärt dig en läxa’?”

”Precis.”

”Och sen?”

”Sen ställde han mig upp, gick till bilen, klev in och körde därifrån.”

”Och där stod du?”

”Där stod jag och bölade.”

”Hur lång tid tog det?”

”Det vet jag inte, två minuter kanske, om ens det, men det kändes som en evighet.”

”Och det var inte på skoj, det var på riktigt?”

”Det kan du ge dig fan på”, sa hon och blev mörk i blicken. ”Märkena satt kvar i mer än en vecka”.

”Tog han riset med sig, eller kastade han det på marken?”

Hon funderade och sa: ”Det har jag aldrig tänkt på, men jag tror han tog det med sig.”

Den här storyn hade gått rakt in på Värner Lockströms topp tio, slog det mig.

Jag plockade fram artiklarna från *Kristianstadsbladet* men också klippen som jag hade fått av Lockström.

”Och det här hände ungefär samtidigt?” frågade hon och bläddrade i klippen.

”Ja, en tidsperiod på ungefär två år. Där är ett klipp från Göteborg, det faller utanför ramen, det hände flera år senare.”

”Och varför är du så intresserad?”

Jag hade kunnat svara att ämnet av olika anledningar alltid hade intresserat mig, men jag sa:

”Jag hamnade mitt i det när jag hittade den unga polska kvinnan i sängen med Tommy Sandell”, sa jag.

”Men det är ju inget som rör dig, menar jag.”

”Nyfikenhet, det är det som driver en journalist. Jag tror ju inte att journalister löser mordfall, det händer bara i deckare, men jag är nyfiken, jag kan inte förklara det på annat sätt.”

”Har du berättat det här för polisen?” frågade hon och pekade på klippen som låg framför oss på bordet.

Jag skakade på huvudet.

”Varför inte det?”

Jag ryckte på axlarna och sa: ”Det känns inte som om dom bryr sig längre. En polis som jag har haft kontakt med sa att nu handlar allting i Malmö om gäng, vapen och uppgörelser i undre världen. Det här hände för tjugoett år sen så vad har det med dagens verklighet att göra?”

”Du måste tro att det har nåt samband med morden på kvinnorna, annars hade du inte suttit här med mig”, sa hon.

Det hade jag gärna gjort under vilka omständigheter som helst, men jag sa:

”Jag vet inte … en känsla, en magkänsla, den har alltid varit en sorts ledstjärna i mitt jobb. Den känner när nånting inte stämmer, eller när saker som inte borde ha med varandra att göra ändå har med varandra att göra. Du sa ju själv att du … ”

”Ja, jag vet. Men om det är samme man … vad har han i så fall gjort under tiden?”

”Det frågade Arne Jönsson också. Jag tror att han har hållit på, men att det aldrig har kommit fram. Han har blivit bättre och smartare, han har kanske bott nån annanstans. Det kan finnas ett stort mörkertal, det dröjde ju innan en av tjejerna gick till polisen eftersom hon skämdes över att hon hade blivit lurad.”

Hon fnös och lutade sig tillbaka på stolen. Hon sa:

”Ja, det ska gudarna veta. Efter artikeln i *TA* verkade det som om alla glodde på mig, det var skitjobbigt att gå ut. Det var tur att det var sommar, jag behövde åtminstone inte gå i skolan. Nu var det bara Anna och Lollo som jag pratade med.”

Hon berättade också att det inte stämde att hon hade fått gå hela vägen hem. När hon hade ordnat kläderna och till slut började gå mot stora vägen upptäckte hon att hon befann sig utanför Trelleborg, och när hon gick in i stan kom hon till en telefonkiosk, hittade en enkrona i handväskan och ringde hem till sin mamma som kom och hämtade henne.

”Det fanns nåt som hette Albäcksstugan utanför Trelleborg, och det var där han … gjorde det. Den finns inte kvar längre, jag åker förbi ibland, det är motorväg ända till Trelleborg från Malmö och det är en stor rondell där rastplatsen låg.”

”Gick ni till polisen direkt?”

”Nej, jag ville absolut inte att nån skulle få reda på vad jag hade varit med om, det var väldigt skämmigt, och även om mamma var alldeles förskräckt var det inte förrän nästa dag som jag gick med på att hon ringde polisen. Men vi kunde lika gärna ha låtit bli eftersom dom inte verkade lägga två fingrar i kors för att leta efter honom eller efterlysa honom. Det kom hem en riktig äckelgubbe. Han bara stirrade på mig och flinade när mamma berättade vad som hade hänt, och det kändes som om han tyckte det var rätt åt mig.”

Jag sa inte att det var precis vad Arne Jönsson hade sagt om en av poliserna. Jag tog fram mobiltelefonen, tryckte fram anteckningsboken, scrollade tills jag hittade vad jag sökte och sa:

"Hette han Göte Sandstedt?"

"Just det", utbrast hon. "En rälig gubbfan som krävde att få se bevis på mina skador, så jag fick dra ned byxorna och visa rumpan. Det kändes som om han studerade 'skadorna' i en halvtimme innan han sa åt mig att dra upp byxorna. Han ställde en massa frågor, men inte lika detaljerade som dina, och han krafsade i ett anteckningsblock men jag fick känslan av att han inte skrev nåt. Jag tror han var jävligt nöjd över att se en naken rumpa på en sjuttonårig tjej. Det är vad jag tror."

"Och ni blev aldrig kontaktade av nån annan? Du hörde aldrig av den här polisen igen? Det var ingen som berättade att det hade hänt liknande saker på andra platser i Skåne?"

Hon skakade på huvudet och sa: "Nej, jag tror att han … Arne … ringde till mamma en gång och frågade hur allting var, men det var också allt."

"Kände du igen mannen?"

"Nej."

"Du såg inte honom på diskoteket, eller utanför?"

"Nej, inte vad jag minns."

"Har du sett honom igen?"

Hon bet sig i underläppen och satt tyst och tittade mig i ögonen.

"Har du det?" frågade jag.

"Nej", sa hon, men det lät tveksamt. Hon fortsatte: "Eller jag vet inte. Det är kanske tio år sen … "

"Som du såg honom?"

"Jag vet inte, säger jag."

"Förlåt."

"Jag hade handlat på Malmborgs i Caroli City … ja, du vet, här i Malmö, och när jag ställde mig i kön för att betala var det en man som hade packat två kassar med varor, vände sig om och gick mot utgången. Jag såg aldrig honom framifrån, men det var nåt i hans sätt att gå, att röra sig, som gjorde att det klack till i mig. Jag visste inte vad jag skulle göra, om jag skulle springa efter honom, men jag betalade, packade mina varor och när jag kom ut på gatan såg jag ingen som liknade honom, då var han borta."

”Och det var sättet som han gick på som du kände igen?”

”Ja, eller själva sättet som han rörde sig på, som när han lämnade mig utanför Trelleborg den natten, när han gick till bilen och körde därifrån. Och nu när jag tänker tillbaka så … ja, jag minns det nu, han hade riset i höger hand, han tog det med sig.”

Därefter tittade hon på klockan och sa att hon var tvungen att gå tillbaka till reklambyrån så jag plockade ihop klippen och stoppade dem i jackfickan.

Jag erbjöd mig att följa henne till byrån för jag skulle ändå åt samma håll.

Jag hade ingen aning om var byrån låg, men jag hoppades den skulle ligga i andra änden av stan.

Tyvärr låg den bara tvärs över gatan från Slottsparken in i det som kallas Gamla Väster och som blivit ett hem för nyrika personer med så kallat kreativa yrken, journalister, fotografer, författare, reklamare och en övervintrad gammal rockprofil som heter Bladh.

När vi stod utanför byråns port sa hon:

”Det var trevligt att träffas. Och du skriver inget om detta, du nämner inte mitt namn nånstans, dom skulle driva med mig om dom fick veta”, sa hon och nickade in mot kontoret.

”Får jag bjuda dig på middag i kväll?” frågade jag plötsligt.

Hon log, lyfte höger arm, rättade till min skjortkrage och sa:

”Hur skulle det se ut? Även om jag ligger i skilsmässa så är jag inte skild än.”

”Nej, nej, inte så”, sa jag, även om det var precis så jag menade. ”Som tack för intervjun, alltså, för att du ville träffa mig.”

”Då så”, sa hon. ”Men jag har en dotter som jag måste hämta hos en dagmamma, och sen har jag lovat grilla åt henne och två av hennes kompisar i kväll.”

”Ett par rejäla t-benstekar?”

Hon log och sa: ”Nej, mer hamburgare och marshmallows. Det är visserligen sommar, men det är lik förbaskat fredag och fredagsmys. Men jag kan kanske komma förbi din krog nån gång.”

”Hur vet du att … ”

”Snälla, du. Googlar inte du alla du ska träffa första gången? Du har mina nummer", sa hon, vände sig om, öppnade dörren och gick in på reklambyrån.

Jag följde henne med blicken och svor tyst när dörren slog igen bakom henne.

KAPITEL 27

Skanör
Juli

GALLERIET STÄNGDE FYRA, men han ville vara ute i god tid och satt sen en timme i sin bil hundra meter därifrån. Han hade gått förbi hennes hundkoja, hennes Mini, och såg med tillfredsställelse att däcken mot gatan var punkterade.

Hon var tvungen att dö.

Han kände varken sorg eller glädje, han bara konstaterade faktum.

Han hade dödat förr.

Både djur och människor … eller, ja kvinnor då.

Han hade straffat ett antal kvinnor men låtit dem leva, och det var helst så han ville ha det, men ibland blev man tvungen att straffa och låta dö.

Det hade gått förvånansvärt lätt.

När han plockade den första var han oförberedd, en ren impuls, och han fick ändra frisyr och skaffa glasögon efteråt. Det hade stått om henne och en annan i *Kristianstadsbladet*.

En annan hade blivit kändis, om man nu kan kalla bild i *Trelleborgs Allehanda* för att bli kändis, men då var han beredd och körde omkring med ett björkris i bilen i närheten av nöjesplatser fredags- och lördagskvällar för att försöka plocka upp lifterskor, varna dem för att lifta och ge dem en läxa. Han hade gjort samma sak i Småland och Halland, men ingen hade tydligen gått till polisen för han hade inte sett nånting nånstans.

Ibland förstod han inte hur lätt det var.

Hur lättlurade kvinnorna var.

Dumma.

Han hade kunnat släppa Katja Palm, han behövde inte ha dödat henne, men han ville verkligen att hon skulle se vem han var innan han straffade henne, och ansiktsuttrycket – *"herregud, är det du?"* – var nästan mer värt än risbastun. Hon fick stå på knä på småsten i en timme, det hade mor tvingat honom att göra efter utflykten till Falsterbo. Katja Palm var ogift och det skrevs om henne i några veckor under rubriken 'Mäklare mystiskt försvunnen', men man hittade henne aldrig och det skulle man heller aldrig komma att göra.

Han såg Lisen Carlberg säga hej till sin assistent samtidigt som hon låste dörren till galleriet.

Hon gick mot sin bil, knäppte upp låsen och öppnade dörren.

Hon tog ett steg tillbaka och tittade på det punkterade vänstra framdäcket. Hon tittade på vänster bakdäck. Hon såg sig omkring och såg ut att yttra en svordom. Hon gick runt bilen och tittade på de andra två däcken, det var luft i dem, det visste han.

Hon rotade i en liten väska som inte verkade rymma mer än ett läppstift, drog fram en mobiltelefon och ställde sig att titta på displayen.

Han startade bilen och rullade långsamt fram.

Motorn spann, hördes knappt.

Vevade ned rutan.

"Så det är din bil", sa han. "Jag såg att den hade punktering när jag körde förbi, men jag visste inte vem jag skulle meddela."

Hon ryckte till, hon hade inte hört bilen.

"Ungar", sa hon och skakade på huvudet. "Vandaler."

Hon såg tårögd ut. "Fan, också! Vad ska jag göra nu?"

"Har du ingen bilverkstad som du brukar använda?"

"Jo, men ... "

"Eller var bor du? Jag ska till Höllviken och du kan få åka med mig om du ska åt samma håll."

"Jag bor i Höllviken", sa hon. "Ska du dit?"

"Ja."

"Okej", sa hon, log och stoppade ned mobiltelefonen.

"Hoppa in", sa han, sträckte sig över passagerarsätet och öppnade dörren på höger sida.

Lisen Carlberg klev upp och satte sig.

”Vilken tur att jag stötte på dig. Du kan kanske släppa mig vid verkstan i Höllviken, så får dom bilnycklarna och kan åka och hämta min bil, går det bra?”

”Det går alldeles utmärkt”, sa han. ”Dom behöver nog inte ens bärga den, dom kan säkert byta däck här och köra hem bilen till dig.”

Hennes kjol hade glidit upp på låret.

Hennes ben var bruna.

Det luktade gott om henne.

Nåt som inte doftade parfym utan kändes naturligt och äkta, som betydde att det var dyrt.

Hon drog till synes omedvetet ned kjolen.

Han skulle snart dra upp den igen … dra ned hennes underbyxor … göra allt i ordning, dra ut på det, verkligen *dra ut på det* ... det skulle bli en nyttig läxa.

”Ibland är det så …”, sa hon plötsligt.

Han vred på huvudet och tittade på henne.

”Ibland är det bara problem”, sa hon.

Han nickade.

Du har ingen aning om vilka problem du har nu, lilla fröken, tänkte han.

”Men mitt i detta finns det ändå nån som du, som är hjälpsam och omtänksam. Jag vet inte hur jag ska kunna tacka dig”, sa hon och la handen på hans arm.

Det kändes som om det brände i huden.

Det var ingen obehaglig känsla.

Han tyckte om hennes röst.

Det hade han gjort redan när han ringde till hennes mobiltelefon, och när hon nu satt bredvid honom, doftade nåt äkta men dyrt och pladdrade om ditt och datt, upptäckte han att han njöt av att lyssna på henne. Hon berättade att hon hade sålt alla tavlorna av Ragnar Glad och var så glad för hans skull.

”Ursäkta vitsen”, sa hon och skrattade.

Han hade inte hört nåt så förtjusande.

Det tog tjugo minuter att köra från Skanör till Höllviken, och han önskade att hon skulle längre än så, att hon bodde i Haparanda eller åtminstone Köping, var nu det låg. Han kunde plötsligt inte alls komma ihåg varför han hade retat upp sig så på henne på fiskkrogen i Köpenhamn.

Hon visade vägen till Dragan's Däck & Verkstad, och han stannade kvar dels för att se till att hon inte blev lurad, och dels för att han ville titta på henne, hur hon strök håret ur pannan, tittade ut genom kontorsfönstret, log och vinkade mot honom.

När hon kom ut gick hon rakt fram och gav honom en kram, hon räckte honom inte mer än till bröstkorgen.

”Dom fixar det med en gång, jag får åka med tillbaka till Skanör och så sätter dom på nya däck och – simsalabim, jag har en bil igen, det tar inte mer än tio minuter”, kvittrade hon. ”Och det är tack vare dig, hur ska jag kunna tacka dig?”

Hon gav honom en kram till.

Han blev yr.

Han skakade på huvudet, hon visste inte hur mycket hon hade att tacka honom för.

Han hade aldrig varit kär.

Han undrade om det kändes så här.

Han var förtrollad.

Hon var så genuint vänlig och … söt.

Han förbannade sig själv för att han hade missbedömt henne.

Hon vinkade glatt när hon åkte i väg med en av bilfirmans reparatörer, en ung kille i Malmö FF-keps, och han gick långsamt tillbaka till sin bil.

Han hade aldrig fått en kram, slog det honom.

Han var kanske ensam om det i hela världen.

Han körde ut ur Höllviken.

Han körde hemåt.

Han körde ut i vägrenen och stannade.

I rymden kan ingen höra dig skrika.

Inte på en motorväg heller.

När långtradarna dundrade förbi skrek han rakt ut.

Han slog handflatorna mot ratten och när det inte räckte bankade han pannan i ratten och skrek.

Han skrek och skrek tills han blev hes och huvudet värkte.

Då satte han sig upp.

Han bestämde sig.

Han körde till nästa avfart, körde över motorvägen och tillbaka åt samma håll han kom ifrån.

Han brukade tanka i Svedala.

Björkriset skulle kanske komma till användning i alla fall.

KAPITEL 28

Hököpinge, Trelleborg, Svedala
Juli

NÄR DÖRREN TILL reklambyrån hade slagit igen bakom Bodil Nilsson promenerade jag förbi pittoreska, små hus med tulpaner och klängrosor på Gamla Väster, gick över Lilla Torg till Stortorget där jag hade parkerat. Lilla Torg kallas Malmös Ibiza, och det var ett passande namn en så här varm fredagseftermiddag mitt i sommaren när det kullerstensbelagda torget var fullt av folk som drack öl, vin och till och med kaffe i shorts, tunna klänningar och solglasögon. Sorlet från uteserveringarna överröstade musiken som strömmade ut från barerna.

Det var bastuvarmt i bilen eftersom den stod i solen, och jag satt med dörren öppen och rutorna nedvevade medan jag la in en adress som jag hade fått av Arne Jönsson i min GPS.

Jag skulle till Hököpinge.

Det var ytterligare ett gammalt samhälle som försvunnit ur folks medvetande sen vägarna breddades för att pendlarna till och från Malmö skulle ta sig från eller till jobbet så snabbt som möjligt

Men de senaste åren hade Hököpinge blivit ökänt eftersom kommunen vägrade ta emot flyktingbarn. Om barnen kom från Asien eller Afrika minns jag inte, men invånarna visade med stor tydlighet att de inte ville ha med sånt folk att göra, och kom jag ihåg rätt var de rädda för att samhället skulle drabbas av cykelstölder. Hököpinge ingick i Vellinge kommun som länge hade varit känd som landets mest högervridna. En politiker med lustig mustasch, han kallades till och med borgmästare, hade sett till att kommunen var både högervriden, vit, hade landets lägsta skatt och var fasansfullt välbärgad.

Huset jag sökte låg avskilt vid en stor, lummig lund som man nådde genom att köra in på en smal grusväg genom en allé med lövträd, det kan ha varit lindar, jag är inte så bra på träd. De var emellertid enormt höga så de hade säkert stått där ett bra tag. Själva huset såg ut att vara en gammal disponentvilla på tre våningar med pampig entrétrappa. Hököpinge hade en gång haft ett sockerbruk, men om byggnaden hade tillhört det gamla bruket visste jag inte, i dag var den ett privat sjuk- och ålderdomshem.

Parkeringen låg till höger om entrén, och när jag ställde min bil i en parkeringsruta såg jag i backspegeln en bil som backade ut från andra sidan parkeringen och körde därifrån. Bilen hade redan kommit en bit ned i allén när jag klev ut ur min, och trots att det hade regnat på natten hade grusvägen hunnit bli torr, det dammade om däcken och det var omöjligt att på så långt håll avgöra vilken sorts bil det var.

Receptionen såg ut att tillhöra ett multinationellt företag och när den tjänstgörande sjuksköterskan kom fram och hälsade hade hon privata kläder och såg mer ut som en gammaldags sekreterare på Wall Street än en sköterska på ett sjukhem i Hököpinge.

Hon var i femtioårsåldern, hade snävt skuren dräkt, dubbelslipade glasögon med smala bågar och hon sa att hon hette Birgit Löfström.

Jag sa att jag hette Harry Svensson.

Hon sa välkommen.

Jag sa att jag ville träffa Göte Sandstedt.

Hon frågade om jag hade avtalat tid.

Jag sa att det hade jag inte, jag bara råkade passera och kom på att det var här som Göte bodde numera.

Hon frågade om jag kände Göte, hon var Göte med honom.

Jag sa att vi hade gemensamma bekanta.

Hon sa att det egentligen inte var besökstid.

Jag sa att om det inte störde henne så störde det inte mig.

"Och ni heter Svensson?" sa hon.

"Harry", sa jag.

Hon bad mig vänta och jag följde henne med blicken när hon försvann bort i en av två korridorer. Det var inget konstigt med det, jag följer alltid kvinnor med blicken, det kan vara en defekt eller ett karaktärsdrag.

Om inte receptionen såg ut att tillhöra ett stort företag kunde den vara lobbyn på ett mysigt men dyrt hotell på landet.

Det stod en meterhög porslinsvas med blommor vars namn jag aldrig skulle kunna gissa mig till på ett bord mitt på golvet.

Det hängde stora oljemålningar av män på väggarna.

Det stod inte vad männen hette, men de såg alla allvarliga, kanske till och med bistra, och viktiga ut.

Det var behagligt svalt i rummet.

Jag tittade ut genom ett av två stora fönster. Det satt två män och en kvinna på en terrass. Kvinnan och en av männen satt i solstolar, den andre mannen satt i en rullstol med en rutig filt om benen. Det såg ut som om kvinnan löste ett korsord.

Det stod en kanna saft på ett bord med några glas. Jag förutsatte att det var saft, det kunde lika gärna ha varit vodka och apelsinjuice.

Birgit Löfström gick så tyst att jag inte hörde när hon kom tillbaka.

”Herr Svensson?” sa hon.

”Det är jag”, sa jag.

”Göte säger att han inte känner en Harry Svensson, men han är nyfiken och har inget speciellt för sig just nu så ni är välkommen in på hans rum.”

”Är han förvirrad?”

”Göte? Inte då. Han har problem med knäna, det har han, men han är fullständigt klar i huvudet trots sina åttiofem. Det är nog mest på grund av knäna som han är här”, sa hon.

”Jag får väl nämna några av våra gemensamma bekanta så kanske han minns mig”, sa jag, och tänkte att jag kanske skulle haft blommor med mig, brukade man inte ha det? Jag hade verkligen ingen hyfs.

Götes rum var en lägenhet.

Den bestod av ett litet pentry med skåp för kaffekoppar, glas och några tallrikar, ett sovrum och ett stort vardagsrum med en platt-tv på ena väggen. Det flimrade nåt såpigt på tv-skärmen, men ljudet var nedskruvat och jag kunde inte räkna ut vad han tittade på. En balkongdörr stod öppen, och det såg ut som om den ledde till en privat liten altan i markplanet. Rummet verkade ligga på ena gaveln eftersom jag varken såg parkeringsplatsen eller terrassen där de andra personerna hade suttit.

”Hej, Göte”, sa jag.

Han satt i en fåtölj vars ben var nedstuckna i fyra bruna gummiliknande produkter som gjorde fåtöljen högre och förmodligen lättare att sätta sig i och framför allt ta sig upp från. Han var propert klädd i vit skjorta med manschettknappar som kan ha varit av guld, grå byxor med pressveck, ljusa strumpor och ett par svarta morgontofflor av tyg.

Han hade vitt, tjockt hår med sidbena, en näsa som verkade ha sniffat på mer än en whisky och ett par hårda, stålgrå ögon.

Han var välrakad och luktade rakvatten.

”Jag känner inte dig”, sa han.

Hans röst var myndig, och han pratade som om han var van att bli hörd, van att bli åtlydd. Hans skånska var bred, men han skämdes inte för den.

”Nej, vi har aldrig träffats, men vi har gemensamma bekanta”, sa jag.

”Jaha, vem då?” sa han.

”Arne Jönsson”, sa jag.

Han rynkade pannan och det såg ut som om han funderade.

”Arne … menar du *den* Arne Jönsson?” sa han.

”Antagligen”, sa jag.

”Tidningsmannen?”

”Precis”, sa jag.

”Det var längesen jag såg eller träffade honom. Är han lika tjock?”

”Han har kraftig benstomme”, sa jag

Göte Sandstedt blängde på mig.

”Jag förstår inte … har han skickat *dig*, för att hälsa på? Jag har aldrig haft mycket till över för tidningsmän, och jag hade inte mycket till övers för honom heller, han la sig bara i sånt som han inte hade med att göra”.

”Tidningsmän har en tendens att göra det”, sa jag. ”Tidningskvinnor också.”

”Så vad vill du?”

”Prata om en annan gemensam bekant. Hon heter Bodil Nilsson”, sa jag.

Han rynkade pannan igen.

”Bodil … Bodil … Bodil, det är ett vackert namn”, sa han. ”Men Bodil Nilsson … nej, jag känner inte igen det.”

”Det är längesen nu, det är tjugoett år sen. Men hon liftade hem från ett diskotek och mannen hon åkte med …”

”Nu minns jag” sa han och sken upp. ”Han gav henne en omgång, eller hur?”

”Det kan man säga”, sa jag. ”Men jag är nyfiken på vad som hände med utredningen? Kom ni nånsin fram till nånting?”

Han skrattade och slog högra handen mot höger knä.

”Kom fram till? Det var inte mycket att komma fram till. Hon kom inte ihåg så mycket, och ett kok stryk har min själ ingen dött av. Vårt samhälle började gå åt fanders när de förbjöd rottingen i skolan.”

”Så du, eller ni, bara struntade i fallet?”

”Jag berättade väl vad hon hade sagt för mannarna, men vad var det … hon sa att det var en skåpbil, eller hur?”

”Ja, en vit skåpbil”, sa jag.

”Där ser du själv, hur stor var chansen att vi skulle hitta en ’vit skåpbil’? Hon kom ju inte ihåg registreringsnumret. Nej, hon fick precis vad hon förtjänade.”

”Hur vet du det? Kände du henne?”

”Nej, inte personligen, men typen.”

”Vilken typ är det?”

Nu spände han irriterat ögonen i mig.

”Och vem är du? Vad vill du med det här?”

”Jag har träffat Arne Jönsson, jag har träffat Bodil Nilsson och jag vet att en man i ett par år körde omkring i Skåne och Småland, plockade upp unga kvinnor som liftade och gav dem ett kok stryk. Är det nåt du känner igen?”

”Känner igen?” sa han.

”Ja, det måste ha varit samma person”, sa jag. ”Ni måste ha gjort den kopplingen.”

”Jag pratar inte mer om det här, jag ringer på Birgit”, sa han efter en stund och sträckte sig efter en ringknapp som hängde i en sladd från armstödet på fåtöljen.

”Det är väl inte farligt att prata”, sa jag. ”Det finns i dag en man som gör ungefär samma sak, men han dödar dessutom kvinnorna, känner du igen det?”

Han släppte ringknappen och satt tyst i säkert en halv minut medan jag lyssnade efter en väggklocka som tickade, det brukar alltid ticka hos äldre människor, men jag hörde ingen.

”Är du också tidningsman?” frågade han till slut.

”Jag har slutat”, sa jag.

”Jag har sett dig på tv.”

För att ha varit med i två-tre tv-debatter blev jag igenkänd av förvånansvärt många.

”Jag är längre i verkligheten”, sa jag.

”Förlåt?”

”Det var inget.”

”Hade Birgit nämnt att du är tidningsman hade jag sagt åt henne att be dig fara åt helvete. Vad håller du på att rota i det här för?”

Han hade blivit röd i ansiktet.

”Jag vet faktiskt inte”, sa jag.

”Ge fan i det, då.”

”Jag blev inblandad utan att egentligen vilja det, jag har träffat Bodil Nilsson och jag tyckte mycket om henne, jag har inte så många andra förklaringar. Men om ni hade gjort ert jobb för tjugoett år sen hade kanske två kvinnor inte behövt dö i dag”, sa jag.

”Jag har inget att säga, vi hade annat att göra på den tiden än att bry oss om en slyna som hade druckit sig full och fick vad hon förtjänade”, sa han.

”Så du visste att hon var full? Det sa hon aldrig, inte till dig eller nån annan”, sa jag.

”Det begrep väl alla utom hennes mor. Vad fan är det du vill?”

Jag hade hoppats att han skulle kunna bistå med nån sorts information, men Arne Jönsson hade haft rätt: Göte Sandstedt var en man av den gamla stammen, inskränkt och oresonlig.

”Ut härifrån, snart börjar *McGyver*.”

”Har du egna barn?” frågade jag.

”Det ska du ge fan i”, sa han.

”Jag hoppas att du inte har det”, sa jag.

Jag vände mig och gick innan han hann svara. Dörren gick igen av sig själv bakom mig.

När jag kom ut i receptionen frågade Birgit Löfström om Göte hade känt igen mig.

”Ja, det var roligt att prata”, sa jag. ”Han är en fin gammal herre.”

”Vi är så glada över att ha honom hos oss”, sa hon.

Jag gick mot utgången, men kom att tänka på en sak, bilen som hade kört därifrån när jag kom, det var nåt jag kände igen med den. Jag vände mig om och gick tillbaka till hennes lilla mottagning.

”När jag parkerade så körde en annan bil härifrån”, sa jag. ”Vet ni vem det var, fru Löfström?”

”Nej ... ”

”Jag hann aldrig se vad det var för sorts bil”, sa jag.

”Den siste som var här hälsade på Göte”, sa hon.

”Vem var det?”

Nu tittade hon misstänksamt på mig och sa: ”Varför vill ni veta det?”

Det pep om en telefonväxel på hennes skrivbord och en lampa såg ut att blinka irriterat.

”Nu ringer Göte”, sa hon och tittade frågande eller anklagande på mig.

Hon reste sig och försvann med snabba steg i korridoren mot Göte Sandstedts rum, och jag följde henne med blicken innan jag gick mot utgången. När jag körde därifrån stod hon ute på trappan och tittade efter mig.

Jag vinkade.

Hon vinkade inte tillbaka.

Jag vet inte vad jag hade för rätt att anklaga Göte Sandstedt för att inte ha gjort sitt jobb för tjugoett år sen. Själv hade jag en del på mitt samvete, jag kunde ha agerat annorlunda men var inte så säker på att polisen hade kunnat hitta mördaren om jag hade berättat att han varit i kontakt med mig eller att jag själv hade haft med Ulrika Palmgren att göra. Men om Göte Sandstedt hade gripit mannen som smiskade lifterskor för så längesen hade förmodligen både Justyna Kasprzyk och Ulrika Palmgren varit i livet.

Jag stannade och knappade in en ny adress i min GPS.

Jag hade fått också den av Arne Jönsson, som visade sig ha ett stort och effektivt kontaktnät.

Nu var jag på väg till Trelleborg.

Det var så mycket som hade förändrats sen jag var barn.

Små samhällen jag kom ihåg från förr var nu bara namn på vägskyltar. Motorvägen gick rak och bred direkt till Trelleborg. Bodil Nilsson hade haft rätt, Albäcksstugan fanns inte längre, där låg i stället en rondell, och det var svårt att tänka sig vad som hade hänt här en sommarnatt för tjugoett år sen, och hur det hade kunnat hända.

Långtradarna kom fortfarande med jämna mellanrum från färjorna som gick till Polen och Tyskland och fortsatte upp genom Skåne, Småland eller Halland till Göteborg eller Stockholm.

Jag hade ingen aning om vart jag var på väg, men jag följde GPS-kvinnans instruktioner och kom till slut nästan ända fram till Vångavallen. Detta var fotbollsarenan som Gud inte glömde, han hade aldrig ens hört talas om den. Fotbollslaget hade åkt ut ur högsta serien, och det var ingen större förlust, ingen var intresserad av Trelleborgs FF ens i Trelleborg.

Ann-Louise Bergkrantz, född Gerndt, bodde på en av smågatorna i närheten av Vångavallen.

”Ankomst”, sa GPS-kvinnan.

Jag höll utanför en stor villa i gult tegel.

Jag tystade GPS-kvinnan, fortsatte tills gatan tog slut och körde därefter runt kvarteret. När jag nästa gång passerade den gula tegelvillan såg det ut som om nån befann sig i trädgården, men det var svårt att avgöra eftersom det löpte en hög syrenhäck runt den delen av tomten.

Det satt en stor parabolantenn på taket, en asfalterad nedfart ledde till garaget som var placerat till höger om det som såg ut som en finingång.

Området bestod av gammal, traditionell villabebyggelse från fyrtio- och femtiotalen, men när jag parkerade vid slutet av gatan och långsamt promenerade tillbaka var det lätt att se att nya, unga barnfamiljer hade flyttat in eftersom det här och var fanns bollar, trehjulingar, plastbilar och studsmattor. De nyinflyttade hade alla satt in nya, större och modernare fönster.

Förr stängde man in sig.

I dag röjer man trädgårdarna, fäller träd och skaffar panoramafönster, antingen för att kunna se bättre eller för att visa upp sig, jag var inte säker på vilket.

Ann-Louise Bergkrantz trädgård såg ut som de alltid gjort i de här trakterna. Rabatterna var välansade, välfyllda och prunkande, men de enda blommor jag kände igen var pelargoner.

Det är så tyst i Sverige.

Bodil Nilsson skulle grilla med sin dotter och hennes kompisar i Höllviken, men på den här gatan i Trelleborg hördes inga ljud av barn, syntes inga bilar i rörelse och ingenstans kom den för Sverige så typiska fredags- och sommarlukten av tändvätska, grillkol och bränt kött.

Det luktade blommor, det surrade av insekter. Förutom det var det ljud- och doftlöst.

Jag hade inte kunnat se in genom syrenhäcken från bilen, men när jag stod på trottoaren gick det bra.

Ann-Louise satt i en solstol, en sån man kan fälla och ligga raklång i om man lyfter armstöden. Men hon hade inte fällt den, hon satt upp, rak i ryggen.

Om det nu var hon.

Jag kände inte igen henne.

Om det var Ann-Louise hade hon blivit stor och väldigt rund i ansiktet.

Hennes hår var kortklippt och började bli grått. Hon hade mörka solglasögon, och det låg en hund i gräset bredvid henne.

Det såg ut som en labrador.

Ann-Louise satt alldeles stilla med ansiktet mot eftermiddagssolen.

Om det nu var hon.

Jag hade ursprungligen tänkt knacka på, berätta vem jag var och kanske be om ursäkt för en sommar då tiden var oändlig. Framför allt för att jag hade burit mig så illa åt när jag bara lämnade henne ensam på en perrong och aldrig mer hörde av mig.

Säga att jag aldrig hade glömt henne.

Fråga om hon kände till att en bild på henne och mig hade hamnat i min brevlåda i Solviken.

Men jag gick inte in.

I mitt yrke ingår det att gå in där man inte får, att buffla bland porslin och att ställa frågor ingen vill svara på.

Men jag vågade inte. Jag stod tyst och stilla på en trottoar i närheten av Vångavallen och tittade genom en syrenhäck på en kvinna som satt i en stol med en hund bredvid sig på en välansad gräsmatta.

Det lät som om hunden fes.

Den lyfte på huvudet och sniffade.

”Fy, vad det stinker, var det du?” sa Ann-Louise.

Hunden reste sig upp, skakade på kroppen, nosade sig i rumpan och tittade först därefter åt mitt håll.

Den kunde inte se mig, men hundar har ju bra luktsinne och kan förnimma mer än sin egen rumpa. Jag tror dessutom att jag luktade godare.

Hunden såg ut att ha varit med några år.

Ann-Louise kliade den på halsen, lutade sig fram och sa nåt i dess öra som jag inte hörde.

Hunden tog två steg åt mitt håll och morrade.

”Vad är det?” frågade Ann-Louise. ”Vad är det du hör?”

Om jag inte hade känt igen hennes utseende så kände jag åtminstone igen dialekten, hennes röst.

”Är det nån där?”

Hon vände huvudet åt mitt håll.

Jag flyttade mig försiktigt åt vänster och gick sen i rask takt runt kvarteret tillbaka till bilen.

När jag körde förbi den gula tegelvillan stod Ann-Louise och hunden på trottoaren.

Eftersom hon hade solglasögon fick jag aldrig se om hon fortfarande hade Linda Ronstadts ögon.

GPS-kvinnan valde en helt annan väg än jag själv skulle ha gjort, och jag kom att passera Svedala på vägen upp mot nordvästra Skåne. Jag hade inte ätit sen lunchen med Bodil Nilsson så när jag tankade utanför Svedala passade jag på att gå in på macken och köpa ytterligare en av dessa äckliga, feta korvar vars tillvaro består av att till allmän beskådan rulla runt bakom glas bredvid en kassa.

Kvinnan bakom disken var i tjugoårsåldern, hade kort, mörkt hår och en liten dödskalle i en tunn kedja i höger öra. Jag vet inte om bensinmackskläder räknas som uniform, men jag har alltid varit en sucker för kvinnor i uniform. Hon hette Johanna, så stod det på en liten skylt som var fästad i bröstfickan på blusen.

När jag betalade sa Johanna:

”Ska du till Malmö?”

”Nej, egentligen inte, varför frågar du?”

”Jag slutar om en halvtimme och behöver lift. Bussarna till stan passar inte mitt schema på fredagarna.”

Jag hade kunnat köra via Malmö, men hade ingen lust att vänta i trettio minuter. Dessutom hade jag en del att både tänka på och göra när jag kom hem.

”Tyvärr, jag ska åt andra hållet”, sa jag.

Jag gick ut och satt med bildörren öppen, åt halva korven innan jag fick nog och klev ur bilen och kastade resten i en papperskorg. Det smattrade om linorna på flaggstängerna, jag hade inte märkt att det hade börjat blåsa.

GPS-kvinnan lotsade mig till ringvägen som gick runt Malmö så jag kunde ha tagit med Johanna i bilen om det inte hade dröjt så pass länge innan hon slutade, det var ingen större omväg.

Kanske skulle det bli regn igen.

Det hängde en grå molnbank över Danmark till vänster om mig hela vägen mot Solviken, och jag undrade vad Bodil Nilsson gjorde, hur det såg ut där hon bodde, om hon skulle hinna grilla innan det eventuellt började regna, var hennes blivande före detta man befann sig, om hon gjorde sina egna hamburgare eller om hon köpte frysta, vad hennes dotter hette och hur gammal hon var.

Jag visste inte om Ann-Louise Bergkrantz fortfarande arbetade, eller om handikappet gjorde att hon bara satt i en trädgård intill Vångavallen i Trelleborg med en hund med benägenhet för att fisa. Hon hade kanske semester.

Det var mycket jag hade velat fråga henne om.

Jag har med åren visserligen lärt mig att sluta grubbla på hur, när och varför, men jag var ändå nyfiken på om det vi hade gjort för så många år sen hade blivit en del av hennes liv tillsammans med en man som var speditör, om det var nåt som hade blivit ett behov eller intresse, eller om hon bara hade skakat det av sig som hennes hund skakade av sig vad det nu var en blindhund kunde tänkas skaka av sig.

Jag tror inte att man ska gräva i det förflutna, men jag vet inte.

KAPITEL 29

Svedala
Juli

OM HAN SKULLE ta flickan på macken skulle han inte kunna tanka eller gå in i butiken, han skulle inte ens kunna röra sig på själva mackområdet.

Han hade sett övervakningskamerorna, och han visste att de fångade en när man tankade, när man kom in i butiken, när man bläddrade i tidningar eller köpte spolarvätska och när man tryckte kaffe. Man hade dessutom en kamera rakt i ansiktet när man betalade.

Han satt därför i bilen hundra meter från macken utrustad med kikare.

Såg henne, tittade på henne, följde henne med blicken.

Hennes skift borde snart vara slut, och då skulle hon gå till busshållplatsen för att ta bussen till Malmö.

Han skulle kunna köra upp jämsides och erbjuda henne lift.

Stå bakom busshållplatsen på stora vägen och ge henne en magsugare, det hade fungerat utmärkt med vinkärringen.

Han hade tagit med sig datorn och hennes USB-minne från hotellrummet i Göteborg. Minnet innehöll bara listor över vinsorter, kunder och fakturor. Han var förvånad över att hennes verksamhet gick så bra.

Datorn var värre, men inte mycket. Han hade läst en artikel som slog fast att de sju vanligaste lösenorden bestod av olika många siffror från ett till tio.

På åttonde plats kom – *Seinfeld.*

Sen kom olika bokstavskombinationer.

Han höll på och lekte med datorn lite då och då, och det tog honom bara ett par dagar att knäcka koden.

Hennes dotter hette Jill och han skrev namnet Jill och olika sifferkombinationer, och hittade till slut rätt, det sjöng om datorn och han kom in i Ulrika Palmgrens värld. Det var i den han såg hur hon hade surfat på S&M-sajter, hade mejlat fram och tillbaka med bland andra journalisten, och hur hon och journalisten till slut hade bestämt att träffas för att se "hur det skulle gå". Han kastade så småningom USB-minnet i Trelleborgs hamn, krossade hennes dator och spred ut delarna i ett kärr i skogen.

Nu satte han kikaren för ögonen och tittade in i butiken.

Hon hade inte slutat än.

Hon hade ett nytt örhänge, han hade inte sett det förut. Det var nåt som hängde i en kedja.

Hon skrattade åt nåt en man sa som hade tankat och betalade.

Hon hette Johanna.

Hon var söt, men hade nåt oärligt, falskt i ögonen. Hon tyckte inte om honom, det var så med vissa i honkönet: De kände rädsla eller skräck när de såg honom, kanske avsky – ändå hade han inte gjort dem nånting.

Han hoppades att hon skulle byta om när hon slutade.

Hoppades att hon skulle ta på kjol eller klänning.

Han tyckte bättre om att dra upp en kjol eller klänning när han hade dem över knäna, det gjorde proceduren enklare, det var så svårt att knäppa upp jeans om kvinnan var motspänstig.

Han hade skrikit i bilen alldeles nyss.

Han tänkte sällan på det som en gång hade hänt, men han kom ihåg när han skrek senast.

Längesen.

Mor hade bestämt att han skulle få stryk, sa åt honom att skära ett ris och göra sig beredd, han hade skurit och bundit riset, städat undan på matsalsbordet, gjort i ordning grammofonen, lagt riset på bordet och tagit fram rätt singel.

Gul. Skivan var gul.

Cliff Richard, *Living doll*.

Han kunde den utantill.

Han la singeln på skivtallriken, knäppte upp livremmen och byxknappen i midjan, gylfen, förde ned byxorna, kalsongerna, var glad över att de saknade fartränder. Mor var noga med kläder och skoputs, det var därför hon blev så arg när han kom hem från Falsterbo med smutsiga byxor, trots att det var Katja Palms fel.

Drog upp skjortan, böjde sig över bordet och ropade: "Mor!"

Men hon kom inte omedelbart. Hade hon druckit var hon oberäknelig. Bestraffningen varade lika länge som *Living doll*, två minuter och trettiosju sekunder, men det fanns olika sätt att slå, snabbt och hårt eller långsamt. Han hade aldrig vetat om han skulle skrika eller inte, ibland när han inte skrek slog hon hårdare för att få honom att skrika, ibland när han skrek blev hon arg för det och slog hårdare för att visa att han inte hade nåt att skrika över.

När hon kom in den gången var han rädd. Hon hade druckit, han märkte det på hennes rörelser, på att hon hade cigaretten i munstycke … han kunde inte förklara det, men där han stod med byxor och kalsonger vid vristerna hade han fått stånd. Mor tittade på honom och sa:

"Ställ dig upp! Vad fan håller du på med? Ligger du och runkar, ditt räliga, lilla äckel."

Hon slet upp honom, tog hans penis, drog tillbaka förhuden och fimpade cigaretten på ollonet.

Det var då han skrek.

Han hade aldrig skrikit sen dess, förrän nu.

"Och tror du att du slipper stryk tror du jävligt fel."

Cliff Richard: *Got myself a cryin', talkin', sleepin', walkin' living doll …*

Själv försvann han i en blå dimma där smärtan var ett omfamnande töcken och han drömde om karuseller, sockervadd och far som gungade honom, och efteråt när verkligheten och smärtan nådde honom fick han själv försöka läka sig så gott det gick … han hade blivit bra på att ta hand om sig själv.

Det stod en man vid kaffeautomaten inne i butiken på macken, en annan bläddrade i en hög med filmer och en tredje pratade med Johanna.

Hon skrattade.

Flörtade.

Han satte sig upp, ställde in skärpan.

Kände igen mannen.

Journalisten!

Det var journalisten!

Vad *fan* gjorde han här?

Hade han kommit på honom, förföljde han honom? Hade han blottat sig? Låtit honom komma för nära?

Hjärtat slog hårt, han blev röd i ansiktet och fick tvinga sig att tänka klart: Nej, journalisten var inte ute efter honom, han hade bara tankat, allting var en ren händelse, konstigare saker än så hade hänt, eller hur? *Eller hur?*

Johanna Statoil sa nåt till journalisten som tittade på klockan och skakade på huvudet. Nu blev han arg, förbannad: Den flörtiga lilla slynan försökte antagligen få lift, försökte komma undan sitt straff, försökte fuska.

Journalisten kom ut och höll en korv med bröd i handen. Han satte sig i sin bil med dörren öppen och åt glupskt. Det såg ut som om han kastade mer än hälften av korven, sen drog han igen dörren, tog på ett par solglasögon, startade bilen och körde därifrån.

Han tittade inte ens åt hans håll.

Det enda som hördes var smattret av linorna när de slog mot flaggstängerna.

Även om det *måste* ha varit en ren händelse blev han störd över att han och journalisten hade befunnit sig på samma bensinmack samtidigt.

Journalisten hade till och med pratat med hans offer.

Om han hade ... om han hade varit lite snabbare: Det här var ett ypperligt tillfälle att sätta dit journalisten på riktigt. Söva ned fanskapet och låta honom vakna med en död Johanna nästa morgon.

Nu var det för sent att starta bilen och försöka hinna i kapp journalisten, han visste inte ens vart han skulle. Dessutom kom en kort, kraftig man med en tuppkam och ring i höger öra för att avlösa Johanna Statoil, han visste det för han hade sett honom på macken vid tidigare tillfällen.

Hon var borta några minuter, och när hon kom tillbaka hade hon en kort, vid sommarklänning och jeansjacka på sig. Hon var barbent.

Den korte med tuppkam sa nånting och hon skrattade innan hon vinkade, satte ett par hörlurar i öronen, gick ut ur butiken, bort mot infarten och upp mot busshållplatsen.

Han körde förbi henne, stannade, gick ut ur bilen och ställde sig att titta på ena baklyktan.

Hon närmade sig.

”Såg du om den lyste när jag bromsade?” frågade han.

”Va?” sa hon.

Sen sa hon inte mer.

Två snabba steg, höger knytnäve och en lyckad magsugare.

Hon låg på golvet där bak och försökte få luft när bilen rullade hemåt.

Händerna bojade på ryggen.

Bitboll i munnen.

Kjolen hade glidit upp.

Vita trosor.

Det var en dödskalle som hon hade i örhänget.

KAPITEL 30

Solviken
Juli

MOLNBANKEN HADE GÅTT i konkurs när jag kom fram till Solviken och körde ned mot hamnen. Folk har alltid sagt att Solviken heter Solviken eftersom där alltid är soligt. Det är förstås inte sant, jag har upplevt några riktiga oväder, men det känns som om man inte drabbas lika hårt av dåligt väder där som på andra ställen i Skåne. Man säger dessutom att Kullaberg klyver molnbankar som en jättes näsa där den ligger längst ut på halvön. Det kan däremot stämma. Jag har befunnit mig på den här sidan av Skälderviken många gånger och sett hur det blixtrat och regnat, hört hur det mullrat borta mot Torekov och Båstad, eller in mot bukten där Ängelholm ligger, medan man på den här sidan av Skälderviken kunnat sitta utomhus och betrakta dessa udda, fascinerande skådespel.

Om jag inte hade varit så hungrig när jag kom till Svedala hade jag kunnat vänta med att äta, bensinmackskorven låg som en steroidstinn, vidrig flottyrring i magen. Trots att det var mycket folk på krogen bjöd Simon Pender nämligen på stekt ungtupp med ett fylligt rött från Australien. Min motprestation var att lyssna på ytterligare en vits.

”Varför var Hitler världens sämste golfspelare?”

”Jag vet inte.”

”Han kom aldrig ur bunkern.”

Jag hörde hans skratt hela vägen ut i köket. När han kom tillbaka med en bricka full med tallrikar till ett ganska stort sällskap som satt ute på verandan gick han förbi mitt bord och viskade:

”Han kom aldrig ur bunkern … visst fan är det bra, erkänn det!”

Själv satt jag vid ett av fönsterborden och såg ljuset från fyren spegla sig som ett suddigt streck i vattnet i hamnen. Det blåste inte alls, och hade jag gått längst ut på piren hade jag så småningom kunnat se solen sänka sig mellan Kullaberg och Hallands Väderö. Men jag tittade inte på solnedgången, jag tog i stället vinflaskan med mig upp till mitt hus, hällde upp ett glas och satte mig att ringa på verandan.

Arne Jönsson hade lyckats dra fram namnen till kvinnorna som figurerade i Värner Lockströms gamla klipp. Malin Ljungberg som hade delat samma öde som Bodil Nilsson hette numera Malin Frösén, bodde i Karlskrona där hon var rådgivare på en bank. Hon var gift, hade två barn och var inte speciellt lockad av att prata om vad som hade hänt. Men när jag berättade att jag hade träffat Bodil Nilsson och kopplade samman flickorna från den tiden med dagens mord började hon prata, först motvilligt därefter alltmer öppet. Men hon krävde att jag inte skulle nämna hennes namn nånstans.

Malin hade varit på fest i en villa, och hade inte speciellt långt hem.

”Det brukade ta en halvtimme att gå, jag hade gjort det många gånger, och jag vet inte varför jag höll upp tummen när jag hörde en bil bakom mig. Jag hade aldrig liftat förr. Jag hade druckit mer än jag hade tänkt och kände mig lite snurrig, det var kanske därför som jag höll upp tummen.”

Hon trodde inte sina ögon när en vit skåpbil, efter cirka hundra meter, stannade och därefter backade tillbaka mot henne. Hon sprang fram mot bilen, och när hon berättade var hon bodde sa mannen bakom ratten:

”Hoppa in, jag ska åt det hållet.”

”Körde han dit?” frågade jag.

”Ja, till att börja med. Sen svängde han av, kanske … tja, en kilometer innan vi var framme, han sa att det var en genväg.”

”Men det var det inte?”

”Nej, han stannade på en rastplats och sa att han hade punktering.”

”Men det hade han inte?”

”Nej, han öppnade dörren och drog ut mig, och så … ja, du vet.”

”Han hade inget björkris? Det hade han senare”, sa jag.

”Nej, han satte sig på en bänk, la mig över sina knän, drog ned mina trosor och smällde mig med handflatan. Det var som man kan se på gamla skämtteckningar.”

Värner Lockström hade några hundra såna teckningar till försäljning.

Hon beskrev mannen som storvuxen och i trettioårsåldern.

Hon sa att även om det var mitt i natten verkade det som om han kom från jobbet för han var välklädd i ljusa byxor, vit skjorta och kavaj, som om han jobbade på ett kontor i Malmö.

”Slips?” frågade jag.

”Nej”, sa hon efter en stund.

”Sa han nåt mer?” frågade jag. ”Hur lät han?”

”Han hade mörk, eller … nej, grov röst. Kan man säga så?”

”Ja, det går bra. Hade han glasögon?”

”Nej”, sa hon.

”Han frågade inte om du fick lifta för dina föräldrar?”

”Jag var tjugo, jag hade flyttat hemifrån, jag hade egen lägenhet”, sa hon.

”Så det enda han sa var det där om punkteringen?”

”Ja, eller … nja, efteråt sa han nånting om att han hoppades att jag fick en läxa, att man inte skulle lifta med okända män.”

”Och sen körde han?”

”Ja. Jag borde ju ha kollat bilnumret, men jag var så chockad att jag … tänkte inte klart”, sa hon.

”Men det var en skåpbil?”

”Ja, en vit.”

”Stod det nåt på sidorna?”

”Nej, ingenting”, sa hon.

”Men var det inte konstigt att han körde en skåpbil mitt i natten om han kom från ett kontorsjobb?”

”Kanske, det tänkte jag inte på.”

När hon hade rättat till sina kläder promenerade hon hem, men hon ringde inte till polisen.

”Det var ju ganska skämmigt, vad skulle jag säga? En man har gett mig smäll på rumpan? Det var inte förrän en vecka senare när det stod om hon, den andra, och då tog jag kontakt med polisen i Kristianstad."

"Och vad hände då?"

"Inte mycket. Dom antecknade och sa att det påminde om det som hänt henne, men då hade han tydligen haft ett björkris."

Den andra hette Cecilia Trygg som ogift. Hon hette numera Cecilia Johnson och bodde sen många år i Auckland i Nya Zeeland där hon födde upp hundar, vilken sort vet jag inte, men det var ingen högoddsare att gissa på fårhundar.

Det tog tid innan jag kunde räkna ut tidsskillnaden mellan Sverige och Nya Zeeland, men när jag ringde på kvällen var Cecilia Johnson pigg och vaken, hon hade just bryggt kaffe och hade inget emot att prata om vad som hade hänt.

"Har dom äntligen tagit honom?" frågade hon på en sjungande engelsksvenska, eller … hon lät faktiskt mer som en fårfarmare i en australisk film.

Jag förklarade vad som hade hänt, eller snarare: Jag förklarade vad som *inte* hade hänt.

Cecilia Johnson beskrev mannen som "mellan trettio och fyrtio" med ljust hår som var så långt att det gick ned över öronen. Han var stor och stark, och även om hon kämpade emot lyfte han henne som en vante innan han tryckte ned henne över knäna.

Hon trodde att han skulle våldta henne och blev förvånad över björkriset och att han sen bara lämnade henne.

Jag frågade hur hon hade hamnat i Nya Zeeland.

"Du vet, man skulle runt jorden efter skolan, och jag träffade en man här och jag blev kvar, svårare än så är det inte. Vi delar samma intressen. Vi tycker om hundar och barn, vi har fyra barn."

Jag frågade inte hur många hundar de hade, men sa: "Drick ett glas CJ Pask för mig".

"Vad är det?" sa hon.

"Vet du inte det, du bor ju i landet! Det är ett fantastiskt gott rött vin", sa jag.

"Jaha, nej, jag vet inte, jag är nykterist, jag har aldrig druckit en droppe alkohol", sa hon.

”Inte ens då, den gången?”

”Nej, jag hade varit på repetition med sångkören och upptäckte att jag hade punka på båda däcken på cykeln när jag kom ut från kyrkan. Och då kom mannen i skåpbilen förbi”.

Jag hade haft fel.

Jag trodde att han jagade unga kvinnor som hade druckit för mycket och skulle straffas för nåt som han ansåg var ett lösaktigt leverne, men i Cecilias fall handlade det inte alls om det. Hon var uppenbarligen vad vi reportrar brukade kalla skötsam, kanske till och med ”familjeflicka”, hon var nykter och sjöng i kör.

Däremot var jag säker på att det var han som hade sett till att hennes däck var punkterade.

”Sa han nånting? Sa han nånting om varför?”

”Nej, inte direkt, men efteråt sa han nåt om att lära sig en läxa”, sa hon.

”Lära sig en läxa?”

”Ja, jag var väl chockad och hörde inte så noga, men jag tyckte han sa det, eller nåt ditåt, jag minns inte exakt”.

”Hade du kört över glassplitter eller nåt sånt?”

”Nej, nån hade skurit sönder båda däcken.”

När vi avslutade samtalet kom jag att tänka på min pappa. När jag för många år sen lyssnade i lurar till en gammal kassettbandspelare sa han:

”Tänk att det är stereo i en sån liten”.

Fast han uttalade det ”stero”.

Nu tittade jag häpet och imponerat på mobiltelefonen och sa till mig själv:

”Tänk att man kan ringa till Nya Zeeland med en sån liten.”

Den lilla apparaten kunde dessutom berätta att jag hade två missade samtal, båda från Arne Jönsson.

”Jag har hittat henne”, sa han när jag ringde upp.

”Vem?”

”Hon i Halmstad.”

”Oj.”

”Hon bor inte kvar i Halmstad, men en före detta kollega som känner en före detta polis som fortfarande har känningar inom den nuvarande polisen luskade fram att hon och hennes man bor i Göteborg", sa Arne. "Och hon som bodde i Göteborg, hon dog i en bilolycka för sju år sen. Du vet, den där notisen du hade hittat."

"Och nåt säger mig att du vet vad hon heter, hon som bodde i Halmstad men som nu bor i Göteborg."

"Ja, det vet jag. Hon heter Maria Hanson, och jag har hennes nummer också."

Krogen hade stängt och Simon höll på att duka undan, flytta in bord, kuddar och stolar tillsammans med de två unga servitriserna och en av Andrius Siskauskas många pojkar.

Själv höll jag på att borsta tänderna när jag hörde nåt på baksidan av huset.

Jag vänjer mig snabbt vid både ljud och oljud.

Jag hade aldrig hört nån röra sig på baksidan av mitt hus.

Nu hörde jag steg, hörde grenar som bröts och det lät som om nån gick in i husväggen.

Jag gick ut ur badrummet, smög ut på verandan och gick så tyst jag kunde ned till krogen.

"Det är nån som smyger på baksidan av mitt hus", sa jag till Simon som kom på verandan med femton sittdynor på huvudet - det var en tävling han hade med servitriserna, vem som kunde bära flest; Simon vann alltid - men nu lät han dem falla till golvet i en enda hög och sa:

"Vänta här."

Han gick ut i köket och kom tillbaka med en ficklampa i ena handen och en golfklubba i den andra. Han gav mig klubban, det var första gången jag höll i en.

"En sån här ska du ha, det måste man ha på landet för att skydda sig."

Jag vände och vred på klubban, men den sa mig ingenting. Jag sa å andra sidan ingenting till den heller.

"Jag lyser så slår du", sa Simon och vi gick så tyst vi kunde upp mot mitt hus.

"Det luktar rök", viskade jag.

Simon nickade, gick tillbaka in på krogen och hämtade en brandsläckare som hängde på väggen i köket.

Skogen växte så nära baksidan av huset att det nästan var omöjligt att gå längs väggen, men det lät som om nån rörde sig inne i buskaget och när vi rundade hörnet på huset försvann en person bakom andra gaveln samtidigt som det slog upp några halvmeterhöga lågor från en hög med kvistar och grenar som hade placerats mot väggen. Det luktade bensin.

Simon armbågade mig värre än Martin Dahlin på sin tid, tryckte sig in längs väggen, fick fart på brandsläckaren, det fräste om lågorna när ett tjockt vitt skum la sig över dem och till slut fick stopp på branden.

”Vad fan var det där?” sa Simon.

Han var svettig och såg för en gångs skull förvånad ut.

”Jag vet inte”, sa jag. ”Nån försökte sätta eld på huset.”

”Och vad fan är det där?” sa han.

Han pekade ut mot parkeringsplatsen och när vi hörde en bil rivstarta sprang vi tillbaka mot krogen, men när vi kom ned till hamnen såg vi bara baklyktorna på en bil som försvann upp mot stora vägen.

”Vem är förbannad på dig?” frågade Simon.

”Det är många.”

”Du ska kanske börja räkna dom.”

”Jag fattar faktiskt ingenting”, sa jag.

Vi gick tillbaka upp till huset. Branden hade aldrig fått tag om brädorna och det enda som hade brunnit var högen med kvistar.

Jag sparkade bland kvistarna och grenarna, men skummet från brandsläckaren hade effektivt dödat elden och det fanns ingen synlig glöd.

”Såg det inte ut som en raggarbil?” sa Simon.

”Jag vet inte, jag såg bara baklyktorna.”

”Jag såg inte heller så noga, men jag fick känslan av gammal raggarbil. Men det är å andra sidan dom enda bilar jag känner igen.”

Vi gick tillbaka in på krogen och Simon hällde upp ett par duktiga calvadoser till sig själv, mig, flickorna och Andrius Siskauskas pojke. Andrius pojke visade sig vara nykterist så jag drack även hans calvados innan jag gick upp till mitt, kollade både baksidan och framsidan av huset innan jag gick in och låste om mig.

Jag sov med min klubba i sängen.

KAPITEL 31

Hemma
Juli

HAN VAR BESVIKEN på Johanna Statoil.

Hon var så självsäker när hon stod på macken i Svedala och låtsades som om hon regerade hela världen, var drottning i sin värld.

Han hade tänkt ta ut bitbollen när det var dags eftersom det ibland var väldigt underhållande att lyssna till hur de bad, och vad de lovade, när de såg björkriset eller rottingen och insåg vad som skulle hända, men Johanna Statoil babblade hysteriskt bakom bitbollen så han lät den sitta kvar.

Hon var starkare än han hade trott och han fick använda all sin kraft för att hålla henne på plats medan riset dansade.

Det var inte mycket till drottning som låg med rumpan bar framför honom.

Men det var ett bra ris.

Däremot hade han hoppats att hon skulle visa större värdighet.

Hon verkade inte ens uppskatta Cliff Richard.

Han var inte säker på att hon var medveten om att han tog av sin livrem, slog den runt halsen på henne och drog till.

Det skvalade på golvet när hon drog sin sista suck.

Han hatade att torka piss, men det här var inget han kunde be litauerna städa upp.

Skinkorna och låren var röda och svullna när han tog på henne trosorna.

Han bar ut och la henne på trappan innan han tog fram en skurtrasa, en hink och en kvast och torkade upp på golvet.

Han ångrade att han redan hade tagit livet av henne.

Hon skulle själv ha fått torka upp.

KAPITEL 32

Göteborg
Augusti

JAG HADE FÖRESLAGIT att vi skulle ses på Paddington's, men det tyckte inte Maria Hanson, hon visste inte var den låg.

Jag hade nämnt Paddington's som ett skämt, men hon förstod det inte ens när jag sa att vi kanske kunde få se Glenn Hysén där.

"Glenn vem?" sa hon.

Jag undvek att säga "alla heter Glenn i Göteborg", men det tog ändå en timme att övertala henne.

Först ville hon bara lägga på, sen bad hon mig vänta och jag hörde hur hon drog igen en dörr. Sen bad hon om mitt nummer och sa att hon skulle ringa upp om en stund.

Det tog fyrtiotre minuter innan hon ringde, och jag satt under tiden och tittade på en sädesärla som trippade och pickade på marken utanför min veranda. Detta är livet på landet: Fåglar trippar och pickar, människor tittar på medan de gör det.

När hon ringde tillbaka bad hon mig än en gång förklara vem jag var och vad jag höll på med, och vad det hade att göra med vad hon hade varit med om för så längesen.

"Jag vill inte prata om det på telefon", sa hon till slut.

"Jag kan vara i Göteborg om två timmar", sa jag.

"Min man är på golfbanan hela dan och sen tar golfgänget några öl, så ... ja, det kan passa. Låt mig tänka var vi ska ses."

Hon tänkte.

Det var medan hon tänkte som jag kastade ur mig det där om Paddington's.

"Vi kan ses på Park Avenue", sa hon till slut. "Men inte på uteserveringen, där är man så oskyddad. Göteborg är en liten stad, alla känner alla och jag vill inte att nån ska känna till det här samtalet, eller att vi träffas. Ingen vet om detta", sa hon.

Det tog en timme och fyrtiofem minuter att köra till Göteborg, och jag hade en kvart till godo innan jag skulle träffa Maria Hanson. Jag parkerade på en tvärgata till Avenyn, gick över till Park Avenue hotell, satte mig längst in i baren och beställde ett glas isvatten.

Det skulle vara en hårdrocksgala på Ullevi och stan var full av svartklädda personer i varierande åldrar och med varierande längd på håret. Från att ha ansetts som en fara för barn och ungdom hade hårdrock blivit folkligt och en del av svenskheten. När Tommy Sandell gick in på Svensktoppen med *Nu börjar livet* la jag märke till att det låg minst två hårdrocksband efter honom på listan. Sandell hade gått rakt in på tredje plats.

Maria Hanson hade haft rätt om en sak. Uteserveringen på Park Avenue var full, och kön med folk som väntade på bord ringlade långt ut i hotellets lobby där hela familjer klädda i hårdrockströjor, svarta jeans och gympaskor checkade in. Förvånansvärt många hade Ramones-tröjor. Ramones var inte hårdrock i mina öron men passar egentligen in överallt.

När hon väl kom la jag knappt märke till henne.

Maria Hanson var alls inte oansenlig, men hon hade ett sätt att röra sig som gjorde att det såg ut som om hon smög mellan borden. Hon förde ned solglasögonen på näsan, såg sig omkring, upptäckte mig, föste upp glasögonen igen och gick fram till mitt bord.

Att det gick så snabbt kan ha berott på att hon kände igen mig.

Det kan också ha berott på att jag var den ende gästen i lokalen.

Jag hann knappt lägga märke till att hon satte sig mitt emot mig.

Men jag tror hon hade pepitarutiga långbyxor som räckte precis nedanför knäna, såna hade blivit moderna igen. Hon hade vit blus som var öppen i halsen, blont hår i page och en sjalett mönstrad med gyllene slingor om huvudet. Det hängde ett tjockt hjärta som såg ut att vara av guld i en förvånansvärt tunn kedja runt halsen.

"Maria?" sa jag.

Hon nickade.

Såg sig omkring.

Hon hade solglasögon, men jag kunde svära på att hon flackade med blicken bakom de mörka glasen.

”Jag är glad att du tog dig tid”, sa jag.

Hon nickade, lite mindre tydligt än förra gången.

”Vill du ha nåt?” frågade jag.

Hon skakade på huvudet.

”Säkert? En sallad, en räkmacka, vatten, öl, vin?”

”Är det för tidigt för ett glas vin?” sa hon.

Jag hade inte tänkt på det när jag pratade med henne i telefon, men hennes röst var i verkligheten lika undflyende och smygande som hennes uppenbarelse.

Men hon var inte liten och tunn, det bara verkade så.

Hon var brun som bara blonda, svenska kvinnor kan bli, hade axlar som om hon hade simmat när hon var yngre.

Och kanske var det för tidigt för ett glas vin. Kyparen hade bara ögon för uteserveringen, och när han inte styrde och ställde på den verkade han mer intresserad av att ordna kön än att ta upp beställningar.

Till slut reste jag mig, gick bort till bardisken och beställde ett glas vitt till Maria Hanson och en räkmacka och ytterligare ett glas isvatten till mig själv.

Jag visste inte vad jag skulle säga, eller hur jag skulle börja.

Hon sa ingenting.

Hon verkade hålla blicken mot bordet.

”Tycker du att det är jobbigt?” frågade jag.

Hon nickade.

”Vill du inte prata om det?”

Hon nickade igen.

Hon hade ljust nagellack på välansade naglar men inget läppstift, och eftersom hon inte tog av solglasögonen kunde jag inte se om hon var sminkad eller inte. Hon plutade med munnen som man ibland gör när man tänker koncentrerat, eller är tveksam.

”Det är så längesen som jag … jag har försökt distansera mig, men när du ringde började jag tänka, och då blev allting så verkligt igen, även om det var helt overkligt det som hände”, sa hon.

Jag nickade.

”Hur fick han kontakt med dig?” frågade jag när kyparen demonstrativt smällde ett glas vin och ett glas vatten på bordet.

”Han ringde på dörren”, sa hon.

”Hade du sett honom tidigare?”

Hon skakade på huvudet.

”Vet du att han gjorde samma sak här i Göteborg några år senare?”

Hon skakade på huvudet.

”Jag är ju inte säker, men jag tror det var samme man”, sa jag.

Hon lyfte sitt glas och läppjade på vinet.

Det såg kallt och gott ut.

Hon ställde tillbaka glaset på bordet och började snurra det mellan sina fingrar.

Kyparen kom med en överdådig räksmörgås. Han hade vit skjorta, svart förkläde, ett par märkliga pilotglasögon som gjorde att pupillerna såg ut som bruna tefat. Han luktade svett.

”Vi har faktiskt mycket att göra”, sa han och ställde tallriken framför mig.

”Det är inte mitt problem”, sa jag. ”Om det är konsert på Ullevi och stan är full av folk får ni väl ta in mer personal, det kan ju inte ha kommit som en överraskning för er.”

Han fnös när han gick därifrån.

”Han ringde alltså på dörren”, sa jag till Maria Hanson.

Hon nickade.

”Och du hade inte sett honom, sa du, du hade inte lagt märke till honom nån annanstans i stan, i nån affär, på en trottoar, i en bil?”

Hon skakade på huvudet, och jag började undra om det var allt jag skulle få ur henne, nickar eller huvudskakningar. Men det var som om hon plötsligt bestämde sig, drog ett djupt andetag och började prata snabbt, tonlöst och nästan viskande. Jag blev orolig för om mobiltelefonen skulle kunna ta upp det hon sa.

Hon hade inte sett honom.

Hon packade upp matkassar på köksbänken när det ringde på dörren.

”Min man och jag var nygifta, vi hade inte bott i huset mer än två veckor och allting var så nytt och underligt för mig. Min man kommer från en bättre familj, och vi hade fått huset i bröllopspresent av hans föräldrar och … jag hade aldrig bott i hus och jag kände mig osäker på hur man skulle göra och vem jag var."

Hon tog en klunk av vinet och strök sig försiktigt kring munnen med fingrarna på höger hand.

"Han var stor, och han höll upp en polislegitimation", sa hon.

"Såg du det? Att det var det?"

"Nej, men han sa att han kom från polisen, han sa ett namn också som jag inte hörde och som jag inte kan komma ihåg, jag var bara så rädd för att det hade hänt nåt eftersom det bara var andra gången jag körde bil på egen hand. Jag var så osäker, och jag var alltid nervös för jag visste inte om jag körde rätt eller fel, och ju mer jag tänkte desto mer fel blev det. Och för att svara på din fråga: Jag bara förutsatte att det var en polisbricka, han lät så övertygande, han lät som en polis."

… och han sa att hon hade ställt till med en olycka och bad att få komma in, och när han kom in sa han att en kvinna hade blivit förd till sjukhus när hon föll av cykeln efter att ha blivit prejad i en rondell.

"Kommer ni ihåg det, fru Hanson?" frågade han myndigt och uppfordrande.

Hon skakade på huvudet, men hon var inte förvånad eller överraskad om hon verkligen hade ställt till med nåt eftersom hon var livrädd i rondeller, stirrade stint framför sig och höll krampaktigt i ratten när hon närmade sig dem.

"Är hon allvarligt skadad?" frågade hon försiktigt.

"Skrubbsår, mörbultad, men hon kommer att överleva", sa han. "Ett vittne tog ert bilnummer, och det är därför jag är här nu. Jag kan ta med er till stationen, fru Hanson, men kvinnan vill inte göra anmälan. Däremot tycker hon att ni bör ha nån form av straff så att det här inte upprepas. Håller ni med om det?"

Hon slog ut med händerna.

"Är städskåpet här?" frågade han och klev ut i köket. Han öppnade dörren till skåpet och tog fram en mattpiskare. Den var av plast, den var mörkblå.

”Kvinnan tycker jag ska ge er lite gammaldags, handfast uppfostran. Vad säger ni? Några rapp med mattebankaren … och så är allting glömt efter det.”

Det gick så fort.

Han var så bestämd och stor och myndig att hon inte kom sig för att protestera, hon var paralyserad.

”Bra!” sa han, som om de verkligen hade kommit överens om nånting. Han tog henne i örat och ledde henne till köksbordet. När han sa åt henne att knäppa upp byxorna gjorde hon det så som man gör i en dröm, som om allting var förutbestämt, det var som om hon såg sig själv i en pjäs som utspelades i slow motion. Efter det släppte han taget om hennes öra, drog ned hennes byxor och trosor, böjde henne över köksbordet och sa:

”Om ni inte ligger tyst och stilla och tar ert straff får ni följa med till polisstationen, är det förstått, fru Hanson?”

Hon tänkte inte ge ett ljud ifrån sig för hon ville inte att nån skulle upptäcka vad som hände, att hon hade försatt sig i den här situationen där hon skämdes för att hon var så dålig bakom ratten, och hon ville heller inte riskera att göra honom arg. Det var till och med så att hon tyckte det lät alldeles för högt när mattpiskaren träffade, det lät som ett pistolskott och hon var orolig för att nån granne skulle höra, och det var inte förrän efter två, tre rapp som hon blev medveten om hur ont det gjorde.

Hon fick tolv.

Att det var tolv rapp visste hon eftersom han räknade dem högt.

När han var klar hörde hon hur han hängde upp mattpiskaren och stängde dörren till städskåpet innan han drog upp hennes kläder, ställde henne på fötter och sa:

”Jag önskar er en god eftermiddag, fru Hanson. Kör försiktigt i fortsättningen, jag hoppas ni har lärt er en läxa.”

Hon torkade sina tårblöta kinder med ena handen, och höll upp sina byxor med den andra när han gjorde honnör, gick ut ur köket, fortsatte genom vardagsrummet och ut i hallen där han först öppnade och sen smällde igen ytterdörren bakom sig …

"Jag tror jag vill ha ett glas vin till", sa hon.

"Jag struntar i kyparen den här gången", sa jag.

Jag var lite tagen av Maria Hansons berättelse, och behövde röra på mig.

Jag beställde ett glas vitt och tog det med mig tillbaka till bordet.

Hon tog en klunk och sa:

"Och vet du vad det lustiga var?"

Jag skakade på huvudet.

"Om man nu kan tycka att nånting är lustigt, men mattpiskaren var ny, jag hade inte använt den själv ens. Jag höll på att bygga upp vårt hushåll och jag hade köpt den på AW Angels järnhandel två dagar tidigare, den kostade nitton och nittiofem."

Hon kom ihåg det eftersom hon samma morgon hade skrivit in summan i en bokföringsbok. Hon tog sin roll som ung hemmafru på stort allvar och skrev upp alla utgifter och inkomster i olika kolumner i en liten bok med blå pärmar för att se hur mycket de gjorde av med och var man eventuellt kunde spara.

"Undras om Angels finns kvar, det var en klassisk järnhandel med expediter som sprang omkring med en blyertspenna bakom örat och hjälpte kunderna. Det är säkert nedlagt. Det låg snett emot Norre Kavaljeren, och *det* är nedlagt, det vet jag. Allting försvinner."

"Du är för ung för att bli så nostalgisk", sa jag.

Hon log. "Jag undrar vad mannen som sålde mattpiskaren skulle ha sagt om han fick veta vad den kom att användas till."

"Mattpiskaren spelade stor roll i uppfostran i gamla tiders Sverige, det verkar som om det är nåt sånt som den här mannen håller på med."

Hon sa ingenting, och jag funderade på varför vår uppfostrande vän hade befunnit sig i Halmstad, och hur han hade fått upp spåret efter Maria Hanson.

Händelsen föll utanför ramen.

Han hade inget björkris, alltså verkade han inte ha varit förberedd. Han hade fått syn på Maria Hanson, nånting hade triggat honom och han improviserade fram ett helt nytt scenario som han tydligen tyckte var så framgångsrikt att han upprepade det en gång till några år senare.

”Hur gammal var du när det hände?” frågade jag.

”Tjugoett”, sa hon. ”Och dum i huvudet.”

”Det kan hända den bästa. Han har lurat andra”, sa jag.

Hennes man hade i alla fall tyckt att hon var dum i huvudet när hon väl berättade. Hon hade tittat ut på gatan när ”polisen” hade gått, men där syntes ingen. Hon bestämde sig för att inte berätta för nån om vad som hade hänt, men när hennes man vid middagsbordet frågade varför hon satt så konstigt började hon gråta och berättade allting från början.

”Men jag fick ingen tröst”, sa hon. ”Han blev tvärtom jättearg och gormade om att han inte kunde begripa hur korkad jag var som släppte in en okänd man på det viset. Han sa det inte rent ut, men det kändes som om han tyckte att jag fick skylla mig själv.”

Morgonen därpå åkte de till polisstationen i Halmstad för att göra en anmälan. Två dagar senare publicerade *Hallands Nyheter* en liten artikel som varnade unga kvinnor för att öppna dörren för en man som utgav sig för att vara polis. Det var den artikeln jag fått en kopia på av Värner Lockström.

”Det stod ju inte att det handlade om mig, det stod ’kvinnan’”, sa hon.

Hennes man jobbade vid kommunen, men bytte sida och blev chef för ett byggföretag. Nu var han vd för ett import- och exportföretag som gick väldigt bra, och det var många år sen som hon hade behövt föra bok över utgifter och inkomster eller se var de kunde spara. De hade inte fått några barn, och hon kunde sörja det.

”Det var inte mig det var fel på”, sa hon tonlöst. ”Han ville inte ens ha hund.”

Hon ville ha ett tredje glas vin.

Eftersom vår vän hade pratat mer med Maria Hanson än med nån annan försökte jag få henne att tänka efter en gång till, försöka komma ihåg hans ord, uttryck och röst och berätta hur han lät. Jag frågade om han hade sagt nåt mer.

Det hade han inte. Men han hade mörk röst, och han pratade en underlig dialekt.

”Jag är inte så bra på dialekter, men han var inte hallänning i alla fall. Det lät mer som skånska, även om det också lät som om han försökte dölja att han pratade skånska.”

”Som om han hade en potatis i munnen”, sa jag.

Hon funderade och sa:

”Ja, ungefär så, det kan man nog säga.”

”Och han sa ’mattebankare’?”

Hon nickade.

”Jag hade aldrig hört det förr, jag visste inte vad han pratade om.”

”Det är skånska”, sa jag. ”Han använde exakt det ordet med en flicka i Skåne.”

Så här flera år efteråt hade hon kommit på att när hon tänkte att han ”såg ut som en polis” så var det inte en svensk polis, det var mer som en polis i en amerikansk film eller tv-deckare.

”Han hade hatt och kostym, och en lång trenchcoat som räckte nedanför knäna. Jag tänkte att han måste ha köpt den på ett ställe för storvuxna, för han var väldigt stor, det var som om han fyllde upp hela köket.”

”Glasögon?”

Hon skakade på huvudet.

”Håret?”

”Han tog faktiskt inte av sig hatten, men jag fick för mig att han var snaggad, det brukar ju poliser vara i gamla filmer från Hollywood.”

Hon drack upp det sista av vinet.

”Han tog inte av sig rocken heller”, sa hon. ”Men han hade skinande blanka skor, det är inte ofta man ser det på män.”

”En dum fråga”, sa jag.

Hon nickade.

”Medan han slog dig med mattpiskaren … nynnade han?”

”Nynnade?”

”Ja, som en melodi. En av de andra flickorna sa att han gjorde det och när jag kollade med de andra så trodde de att han gjorde det, lågt, liksom för sig själv.”

Hon funderade länge, sen skakade hon långsamt på huvudet.

”Inte vad jag minns. Men det var så mycket, förvåningen, chocken, att det gjorde så ont. Jag bara … hoppades att varje rapp skulle vara det sista. Nej, jag minns inte att han nynnade. Men han räknade, han räknade alla slagen."

Hon lutade sig tillbaka och tog av sig solglasögonen.

Hon var inte sminkad.

Hon hade ett vackert och vänligt ansikte.

Hennes ögon var blå men ledsna eller trötta. Det var svårt att avgöra om det var berättelsen om det som hänt som gjort henne ledsen eller om hon bara var trött på livet som det hade blivit.

"Jag ska nog inte dricka mer", sa hon. "Det är lika bra att jag tar en taxi hem, jag kan aldrig hålla reda på när bussarna går."

"Var bor du?"

"Billdal."

"Det säger mig ingenting", sa jag.

"Inte mig heller", sa hon och skrattade.

Det var stökigt utanför Park Avenue med alla mer eller mindre berusade hårdrockare och det verkade omöjligt att hitta en taxi till Maria.

"Åt vilket håll ligger Billdal? Jag ska till Skåne", sa jag.

"Billdal är söderut", sa hon.

"Du kan åka med mig."

"Det är ingen större omväg", sa hon.

Vi körde förbi Scandinavium, svängde vid Gothia och Mässan, passerade Liseberg, där karuseller och berg-å-dalbanor var i full gång, och fortsatte E6:an söderut mot Malmö.

"När du ser en skylt som det står Spårhaga på ska du ta av", sa hon.

Vi körde förbi Ikea och Maria Hanson sa:

"Det jag har tänkt på ... alltså, tror du att han är en sån som tycker om det, som njuter av det?"

"Hur då?" frågade jag, trots att jag visste exakt vad hon menade.

"Jag vet inte, men jag har ju läst om den typen, som tycker om att slå eller bli slagna, att dom blir upphetsade då, sexuellt alltså."

"Jag vet inte", sa jag. "Jag tror inte det."

"Varför inte det?"

"För han ... han har aldrig närmat sig nån av kvinnorna eller flickorna sexuellt, vad jag vet. Jo, han har lyft på kjolen eller dragit ned byxorna, men det tycks som om han verkligen bara var ute efter att straffa dom. Försökte han nåt sexuellt med dig?"

Hon skakade på huvudet.

"Han tyckte kanske inte att jag var attraktiv", sa hon.

"I så fall är han en idiot", sa jag.

"Här är det, här ska du av", sa hon och pekade på en skylt det stod Spårhaga på.

Hon lotsade mig till vänster i en rondell – och det var tur att jag körde, Maria Hanson fick kanske fortfarande panik i rondeller – därefter vidare förbi en bensinmack, en vändplats för bussar och till slut in på en liten gata där husen verkade vara storslagna.

Hon drog mig i armen.

"Här, stanna här", sa hon.

Resan hade tagit tjugoen minuter.

Jag kunde bara se taket på huset eftersom tomten var kringgärdad av en hög häck, men det låg upphöjt och det såg ut som om de hade sjöutsikt, eller om det nu var havet.

"Man kommer aldrig långt hemifrån, är det inte så?" sa hon. "Vi bor i Göteborg, men det tar bara två minuter att gå till Hallandsgränsen härifrån, ändå är jag aldrig hemma i Halmstad längre."

Jag nickade.

Hon nickade.

Vi sa ingenting.

"Jag kunde ha ... eller, jag borde kanske bjuda in dig på en drink, som tack för vinet, men min man kommer om en halvtimme och vi ska på nån bjudning senare i kväll", sa hon till slut.

"Det är lugnt", sa jag. "Men om jag får fram nåt mer, eller om jag behöver veta nåt mer ... är det okej om jag ringer?"

Hon nickade.

"Du verkar snäll", sa hon.

"Jag är som jag är, varken mer eller mindre."

Vi tog i hand och hon gick ut ur bilen.

Jag följde henne med blicken när hon gick framför bilen och bort mot en järngrind, och jag hann tänka att det var synd att de där pepitarutiga byxorna var omoderna ett tag, men i och för sig: Allt mode rör sig i cykler, det som en gång var omodernt blir snart modernt och tvärtom. Hon öppnade grinden, vände sig om och vinkade innan hon gick in och lät grinden slå igen bakom sig.

Jag fortsatte ned till vattenbrynet där det fanns en vändplats, en brygga och en badhytt, stannade och knappade in ”Hem” i GPS:en.

Det var omöjligt att bli klok på om man i dagens Sverige försökte öppna sina hus och visa sig och sitt eller om man försökte gömma sig. Här verkade det gå på ett ut, det berodde kanske på om man hade nåt att dölja eller inte.

Jag såg ett par som satt vid en pool med glas och sugrör på ett bord mellan solstolarna, men i övrigt var tomterna lika inhägnade som Maria Hansons och jag vet inte om det fanns människor bakom häckarna och murarna eller om allting möjligen bara var svenska välfärdsattrapper. Man kunde i alla fall se den ljusblå röken ringla upp mot den blå himlen och känna lukten av tändvätska och bränt kött.

Det var lördagseftermiddag och allsvensk fotboll, och medan jag lyssnade på radiosportens referat från de olika arenorna tänkte jag på vad som hade lockat vår mördare till just de här flickorna och kvinnorna.

Kanske var det så enkelt att han såg en attraktiv kvinnlig bakdel ... och så var det nånting som startade inom honom. Både Bodil Nilsson och Maria Hanson såg bra ut vad gäller den detaljen, väldigt bra till och med. Jag hade ingen aning om hur de andra såg ut. Jag skulle kanske ringa och be dem skicka en bild, det var inte så konstigt längre när var och varannan kvinnlig Hollywood-stjärna tog selfies, nakenbilder på sig själva och la ut på Instagram.

Dagen hade utvecklat sig till ytterligare en sån där väderkväll som gjorde att det var fullt på krogen i Solviken när jag kom tillbaka.

Simon Pender var upptagen med gäster och kockar och jag smög ut i köket och hämtade några tomater och en bit gurka, öppnade dörren till kylen och plockade på mig ett par grillade kycklingklubbor, innan jag gick upp till mig själv utan att höra en enda ordvits, Simon måste ha varit sjuk. Jag gick runt huset och kollade så ingen hade försökt tända en brasa innan jag gjorde en minimalistisk sallad med dressing av soja och sesamolja till klubborna, tog fram ett stort anteckningsblock och penna och satte mig att äta samtidigt som jag försökte sammanställa vad alla mina vittnen hade berättat. Eller kontakter, det kändes som om vittnen var nåt polisen hade hand om.

Det var inte så lätt att få sammanhang.

Vissa berättade om nåt som hade hänt för tjugo år sen medan Jimmy, bartendern i Göteborg, hade mannen i ganska färskt minne. Jag skrev:

MALIN FRÖSÉN, f d Ljungberg.
Trettioårsåldern, *storvuxen*, ljusa byxor, vit skjorta, kavaj, ingen slips, inga glasögon. *Grov röst*. Plockade upp henne när hon liftade. Smisk med handflatan. Hoppades att hon "hade *lärt sig en läxa*". Verkade spontant.
Första gången nånsin?
Kanske.

CECILIA JOHNSON, f d Trygg. Nya Zeeland.
Mellan trettio och fyrtio. Ljust långt hår som täckte öronen. *Stor och stark*. Plockade upp henne efter repetition med kör. Punktering på cykeln, däcken sönderskurna. Hade björkris med sig. "Hoppas du *lärt dig en läxa*."

BODIL NILSSON, f d Nilsson.
Kanske tjugofem, såg i hennes ögon ut som femtio (anm: *detta verkar otroligt*). *Mörk röst*, pratade grötigt. Mörka byxor, rutig, kortärmad skjorta, mörkt hår med hög lugg (som Frankensteins monster), Mick Jagger-läppar, stora, fyrkantiga glasögon med mörka bågar. *Kraftig*. Hade björkris med sig i en vit varubil. Bodil skitfull. Frågade om hon fick röka för föräldrarna, frågade om *mattebankare*. Nynnade på en melodi. Hoppades att hon *lärt sig en läxa*. Såg honom många år senare i Malmö (tror hon). Tyder i så fall på att han är kvar i den här landsändan.

MARIA HANSON.
Mörk röst. Kostym. Hatt (som i en amerikansk deckare), trenchcoat, putsade skor. Inga glasögon. Kunde ha varit snaggad under hatten. Mattpiskare. Sa *mattebankare* som till Bodil Nilsson. Minns inte att han nynnade däremot räknade han slagen högt. *Storväxt*. Hoppades hon *lärt sig en läxa*. Gjorde honnör när han gick (militär?).

JIMMY (Kevin, ”Kev”), bartender, engelsman.
Glasögon, mustasch, *storväxt*, konstig frisyr. Minns glasögonen eftersom han verkade få imma på dem och inte visste hur han skulle bete sig med dom. ”För stor för sina kläder”, ändrade till ”illasittande kläder”. Bar på en hockeytrunk. Femtio-sextio, för gammal för hockey. Hade ytterkläder när han kom, men inga ytterkläder när han pratade med Jesper Grönberg. Väldigt dålig engelska, *’orrible*.

Alla fem var överens om att han var stor och kraftig, ”stor och stark” till och med.

För tjugo år sen verkade han vara i trettioårsåldern, eller mellan trettio och fyrtio. Jag brydde mig inte om Bodil Nilssons påstående att han kunde vara femtio, hon hade ju varit ”skitfull”. ”Kev”, bartendern på Bishops Arms trodde han var i sextioårsåldern.

Alla var också överens om att han hade mörk, grötig röst eller pratade konstigt över huvud taget, och att hans engelska var förfärlig.

Alla flickorna sa att han hade nämnt nåt om att de ”hade lärt sig en läxa”.

Maria Hanson hade lagt märke till att han hade välputsade skor.

Ingen av de andra sa nåt om det.

Jag hade heller inte frågat eftersom Maria Hanson var den jag pratade med sist.

Var jag så mycket klokare?

Inte alls.

Och vad skulle jag göra med all denna information?

Det visste jag inte heller.

Men jag var övertygad om att han inte gjorde allt detta för sexuell njutning, han var helt enkelt ute efter att straffa dem. Men varför … det var en helt annan sak.

Och de olika, annorlunda och fula frisyrerna betydde antagligen att han hade många olika peruker, och att han dessutom var ganska duktig på att byta förklädnad. Jag tänkte ringa till Bodil Nilsson och fråga om … jag visste inte vad jag skulle fråga om. Om han hade nyputsade skor? Om hon kom ihåg vilken melodi han nynnade på?

Egentligen ville jag bara höra hennes röst.

Ville bara prata med henne.

Hon pratade en så vacker, mjuk skånska.

Jag satt med mobilen i handen och tänkte att om man kan ringa till Nya Zeeland med en sån liten apparat så var det inga problem att ringa till Höllviken.

Men hennes man var kanske hemma.

Det lät som om det bara var hon som skulle grilla med sin dotter och hennes kompisar kvällen innan, mannen var kanske på tjänsteresa och kom hem i kväll och luktade av en annan kvinna när han kröp ned i sängen. Män är så korkade.

Jag tog upp hennes nummer och klickade fram Google-bilden av hennes hus.

Det var ett för Höllviken typiskt, ganska nybyggt, hus. Ljust tegel, några buskar vid vägen och en brevlåda med ett målat motiv. Jag kunde inte se motivet även om jag förstorade bilden. Förmodligen var det kor på en äng, en segelbåt, en midsommarstång eller fåglar mot skyn, det brukade vara det.

Det fanns inga leksaker, inga cyklar och ingen grill utanför huset, det tydde på att de hade stor altan på andra sidan, kanske med utsikt över vattnet, det var svårt att få en uppfattning om exakt var huset låg om man tittade på kartan. Jag hade varit i Höllviken, Kämpinge och Ljunghusen när jag var liten, men det var andra samhällen i dag, en helt annan värld. De gamla kolonistugorna från tidigt femtiotal hade rivits eller byggts om till stora, vräkiga hus, och om man körde igenom Höllviken var det som att köra igenom en stad på spanska solkusten med designbutiker och affärer som sålde baddräkter, gummibåtar, sololjor och annat som den moderna människan behöver för att roa sig en sommardag.

Däremot gick det en man på vägen utanför huset.

Det var kanske Peter Nilsson, hennes man.

Google-kameran hade inte fångat honom rakt framifrån, men man kunde se att han hade gubbkeps, glasögon med stora, mörka bågar och den sortens skäggstubb som så många reklamare har, i alla fall i Malmö.

Det var kanske bara en granne, men det struntade jag i.

Jag hatade honom monumentalt och skulle alltid göra det.

KAPITEL 33

Anderslöv
Augusti

HAN SATT PÅ en bänk några meter från mors grav.

Han satt under ett stort träd där det strilande regnet inte nådde honom.

Luften var fuktig och varm.

Han hade ställt en liten sommarbukett i en vas vid gravstenen.

Inte för att han ville.

Små regndroppar fastnade på blommornas blad.

För hans del fick graven gärna förfalla, men det gällde att hålla ett speciellt sken uppe för att undvika misstankar.

Efter episoden med mors cigarett hade han aldrig fått stånd.

Den lilla polskan hade försökt.

Om hon blev förskräckt över brännmärket eller ärren på hans lår och skinkor, så låtsades hon inte om det. Hon hade försökt. Hade hållit, smekt, tagit den i sin mun. En gång hade hon med sig några blå piller i en liten plastburk, hon hade beställt dem på nätet.

När också det hade misslyckats föreslog hon att de skulle stämma tillverkarna av Viagra och bli miljonärer.

Det var han redan.

Men det visste hon inte då.

Han började tidigt utföra ärenden, klippte gräs, räfsade, tvättade bilar, målade garageportar, samlade tomflaskor och tomburkar och pengarna han drog in gömde han nogsamt i uthuset. Mor var rädd för råttor, hon var övertygad om att det fanns råttor i uthuset och det kändes som om den låda av metall han förvarade pengarna i låg ganska säkert under en av golvbrädorna.

Han hade flyttat ut i uthuset och inrett ett eget rum där.

Han hade aldrig sett en råtta.

Han hade däremot hört dem om nätterna.

Till mor sa han att de var stora som kaniner, hade halvmeterlånga, feta svansar och ögon som glimmade ilsket i mörkret.

Han förstod aldrig varför far bara försvann.

Var mor på gott humör när han frågade om far sa hon att det skulle han ge fan i. Var hon på dåligt humör fick han hämta mattebankaren, ta fram rätt skiva och göra sig i ordning.

Alla människor har minnen till musik, och ibland ringde de till nåt önskeprogram i lokalradion och ville höra en speciell låt. Han hade varit nära att ringa till den otrevliga programledaren och önska *Living doll* med Cliff Richard och berätta om sina minnen.

Mor tyckte om musik.

När hon var glad, och hade druckit lagom mycket, tog hon in honom i stora rummet och bad honom ta ut singlar och lägga dem på skivtallriken och så sjöng hon med i melodierna, eller till och med tog honom i handen och dansade med honom.

Anita Lindblom, Lill-Babs, Connie Francis, Siw Malmkvist, Pat Boone, Perry Como, Gunnar Wiklund – allt utom Cliff Richard, honom sparade hon till speciella tillfällen.

Om hon åtminstone kunde ha förklarat varför hon hatade honom så.

Hon sa tillräckligt ofta att han var i vägen, att han var en börda, var ful och dum och hade hon inte haft honom att dra på hade hon kunnat bli nåt stort, hon var faktiskt bra på att både dansa och sjunga.

Hon hade ärvt huset av sina föräldrar och hade inte gjort så stora förändringar, inga alls egentligen. Hon sov fortfarande i sitt gamla flickrum. Hon städade aldrig, det fick han göra. Om han bad försiktigt om en peng för att han hade gjorde fint sa hon att han skulle vara glad för att han inte fick stryk.

Han visste inte om hennes mor eller far hade slagit henne.

Varför visste hon så mycket om bestraffningar annars?

Han frågade aldrig. Lärde sig tidigt att tiga.

Ibland, när hon lämnade honom ensam för nån av sina eskapader i Köpenhamn, eller serverade på stora gillen, gick han in i hennes flickrum och tittade i gamla fotoalbum. Han kände knappt igen mor på bilderna: Hon var söt, hon var vacker och skrattade inför alla fotografer, det var som om hon flörtade med dem.

Far hade varit hovmästare på fina krogar i Malmö. Det fanns en bild på honom i stilig kostym med två servitörer och två servitriser på en krog som hette Kramer.

Män kom och hälsade på när far arbetade.

Då fick han gå upp på vinden.

Männen blev fler när far försvann.

Far hette Jan.

Han hade letat efter honom på nätet, men hade inte hittat nån som passade. Han var spårlöst försvunnen, hur nu det var möjligt.

Konstigt nog hatade han inte mor, i så fall blev han mer arg på far, för vad var det för far som bara lämnade honom?

Han växte sig stor och stark, och till slut klarade mor inte av honom längre. När han kom hem en kväll, efter att ha städat ett garage på en gård några kilometer bort, satt mor, eller halvlåg, i en fåtölj och pickupen hackade i innerspåret på *Leva livet* med Lill-Babs.

Det stod en urdrucken vinflaska på bordet.

Glaset låg i knäet och kjolen var blöt, det såg ut som om hon hade kissat på sig.

Det hade hon kanske.

Han betraktade henne några minuter.

”Jag förstår varför far lämnade dig”, sa han.

Hon ryckte till, öppnade först höger öga, därefter vänster.

Försökte fokusera.

”Va …?”

”Jag förstår varför far lämnade dig”, sa han.

Hon kom upp i sittande ställning.

”Vem är du? Vad fan står du och säger?”

”Jag förstår varför far lämnade dig”, sa han.

”Är det du, ditt lilla äckel?”

Hon blundade med vänster öga och stirrade på honom med det högra.

”Se dig själv i spegeln, jag förstår varför far lämnade dig”.

”Du förstår inte ett skit”, sa hon.

Hon försökte ställa sig upp, men ramlade tillbaka ned i stolen.

”Hämta mattebankaren!”

”Jag är för gammal för det, mor.”

”Det blir man min själ aldrig för gammal för, det fick jag lära mig.”

”Då får du ta mig, och det kan du inte, det har du inte kunnat på flera år, har du glömt det?”

Hon stod upp nu och stödde sig mot bordet, vinflaskan välte och rullade ned på golvet.

Sminket hade runnit ut och det såg ut som om hon hade torkat sig om munnen med handen eftersom det röda läppstiftet satt mer på kinderna än läpparna.

Håret spretade åt alla håll, och hon såg ut som en karikatyr.

”Du ser ut som en clown, du är ett fyllo, vet du det?” sa han.

”Kom hit … ”

”Ta mig då.”

”Du snackar om din far, du ska få veta en sak, ditt lilla äckel. Han som du kallar din far är inte din far, har du inte förstått det? Är du så jävla dum?”

Han kände svindel och fick luta sig mot dörrkarmen.

Ljög hon?

Eller hade far fått veta att han inte var far?

Var det därför han bara försvann?

Han sa ingenting.

”Där fick du så du teg”, sa hon.

Han sa fortfarande ingenting.

”Vet du vem din far är?” frågade hon.

Han svarade inte.

”Nej, det vet du inte, men det ska jag berätta för dig,”

Hon berättade vem hans far var.

Han blev inte förvånad.

Mannen hade varit en flitig gäst hos mor.

Han visste nu vad han skulle göra.

Vad han var tvungen att göra.

”Vill du slå mig får du komma och ta mig”, sa han.

”Du tror att jag inte klarar av dig, din rälige fan, men jag klarar mer än du tror, det har jag alltid gjort”, sa hon.

Hon vinglade till, men gick ändå förvånansvärt obehindrat. Hon hade inga skor på fötterna.

Han gick baklänges mot trappan till ovanvåningen.

Hon följde efter.

Han gick uppför trappan.

”Vad fan ska du där uppe och göra?”

”Mattebankaren är här, har du glömt det?”

Hon verkade tveka.

Han fortsatte uppåt.

Sexton trappsteg, han räknade dem.

Hon höll sig hårt i trappräcket och fick hiva sig upp, men hon klarade alla sexton.

När hon stod högst upp och andades som om hon precis hade gått i mål efter ett hundrameterslopp böjde han sig fram, tog tag i trasmattan som hon stod på och ryckte till allt vad han orkade.

Hon sa ingenting.

Det kom däremot ett gurglande ljud från hennes strupe när hon föll baklänges och det lät som när man slår på en mogen vattenmelon varje gång hennes huvud dunkade mot trappstegen.

Han visste inte om hon försökte gripa tag om trappräcket eller inte, hon lyckades i alla fall inte.

Hon slog två baklängesvolter innan hon dråsade i golvet och blev liggande med kjolen uppdragen och höger ben i en konstig vinkel.

Hon var orörlig.

Han visste omedelbart att hon var död.

Han rättade till mattan och gick nedför trapporna.

Hennes mun var öppen i en ful grimas och hennes ögon stirrade tomt mot taket.

Nu hade hon kissat på sig.

Han undrade varför hon hade mörka nylonstrumpor med söm och strumpeband på sig. Hennes trosor var röda med spetskant och blöta i skrevet.

Han rörde henne inte.

Han gick i stället runt i huset, lät allting stå som det gjorde när han kom hem, funderade på om han skulle ta upp flaskan och ställa den på bordet, om han skulle lyfta av pickupen, men han lät allting vara, det enda han hade tagit i var trappräcket och mattan, och det var inte så konstigt, han brukade faktiskt städa här. Men flaskan fick ligga kvar på golvet.

Han lät ljuset stå tänt och gick därefter ut till sitt rum i uthuset.

Han hörde råttorna när han hade lagt sig, men han sov förvånansvärt gott. Det hade susat i träden.

På morgonen gick han in i stora huset och ringde till polisen.

Han sa att han hade hittat sin mor död.

Hon måste ha fallit nedför trappan.

Det verkade som om hon hade druckit vin.

Hon hade varit vid liv när han kom hem, hon hade spelat skivor, men han hade gått ut till sig nästan omedelbart och visste inte vad som hade hänt senare på kvällen.

Livet var konstigt på många sätt: Mor var rädd för råttor, men nu låg hon här på kyrkogården under en gravsten bland skalbaggar och andra kryp.

Han hoppades att hon tyckte bättre om dem än om råttorna eftersom de var det enda sällskap hon skulle ha de närmaste tusen åren.

Han reste sig och sträckte på benen, han vek upp kragen på vindtygsjackan och gick mot utgången.

Regnet hade avtagit, men det var fortfarande fuktigt och lite disigt.

”Det är så fint att se hur ni tar hand om mor, det är så många som aldrig bryr sig om gravarna”, sa en blek, mager kvinna med vitt hår som stod två gravplatser från mors grav. Hennes högra arm skakade som om hon fick elchocker.

”Det är det minsta man kan göra”, sa han.

När han kom ut från kyrkogården såg han ingen förutom en punkare med mörkblå tuppkam, sliten skinnjacka, nålar i båda öronen, smala, svarta jeans och ett par rejäla, snörade kängor.

Han visste inte om det var en pojke eller flicka.

Det var kanske inte ens en människa.

Egentligen kvittade det.
Men han undrade hur tuppkammen kunde stå när det regnade.

KAPITEL 34

Solviken
Augusti

DET VERKADE SOM om dagarna med ständig sol var förbi, och det var kanske inte så konstigt, vi var redan inne i augusti. Det hade regnat innan jag körde till Malmö, Hököpinge och Trelleborg, sen kom solen tillbaka, men när jag vaknade till en ny söndag hörde jag hur regnet föll tungt men stilla över lövverket utanför det öppna fönstret.

Det var ganska vilsamt.

Jag satte på kaffe, knäckte två ägg i en stekpanna och gick ned och hämtade tidningarna.

Även om det regnade var det fortfarande varmt. Jag hällde Tabasco på äggen och gick ut och satte mig på verandan för att äta och läsa. Alla tidningarna hade en intervju med Jesper Grönberg som handlade om att han nu tog en time out från politiken för att flytta till Austin i Texas och föreläsa på universitetet där, i det ganska vaga ämnet europeisk politik.

Intervjun var gjord av TT och löd exakt likadant i alla tidningarna, förutom storlek och utseende på rubrik och bildsättning. Det verkade som om Grönberg haft full kontroll över inte bara sina egna svar, utan också frågorna.

Grönberg vägrade prata om det som hade hänt, men tillstod att han på partiets inrådan varit intagen på rehab, och att han nu hade ett klart fokus med livet igen: Han skulle inte se bakåt, bara framåt.

Hade han varit bluessångare eller konstnär, eller både och, hade han kunnat göra en låt med titeln *Nu börjar livet*.

Han var också glad över att ha gått i familjeterapi, för – som han sa: ”Varje skilsmässa är ett misslyckande.”

Jesper Grönberg var verkligen en underhållande figur.

Huruvida familjeterapin hade räddat äktenskapet eller inte stod det ingenting om.

Vem som betalade Austin-äventyret framgick inte heller, om det var Grönberg själv, universitetet i Texas eller den lojala partiapparaten.

Den mindre av morgontidningarna hade gått längre än konkurrenten och publicerade en ruta där man listade Grönbergs karriär från en lovande början som ungdomspolitiker till en kraschlandning i ett hotellrum i Göteborg. De hade också fått en kort intervju med partiets nye ledare som önskade Grönberg varmt välkommen tillbaka den dag han kände sig redo för att ta itu med frågorna som var så viktiga för partiet och Sverige.

Vilka de frågorna var sa han ingenting om.

Men i rutan om Grönbergs karriär låg en liten bild på Bruce Springsteen med bildtexten: "Grönberg gillar Chefen".

Jag la ifrån mig tidningarna och kollade min mobil. Det kan ha varit femtonde gången sen jag vaknade.

Bodil Nilsson hade inte ringt eller sms:at.

Jag kollade Google-bilden på hennes hus igen: Mannen med keps stod kvar, och det är klart – vart skulle han ta vägen, det var ju bara en bild.

Jag ringde till Arne Jönsson för att avlägga rapport, berätta om min intervju (eller vad det nu var) med Maria Hanson i Göteborg och hur jag hade sammanställt alla intervjuerna i ett försök att få fram en bild av mannen vi sökte.

"Jag vet inte vad vi är ute efter", sa jag.

"Du vill väl ha fatt i honom", sa Arne Jönsson.

"Ska du inte komma hit upp?" frågade jag. "Se hur jag bor."

"Det hade jag tänkt göra nån gång, men inte i dag för då ska jag på kyrkogården i Anderslöv, jag hälsar på Svea varje söndag, hon förväntar sig det. Och det är ingen uppoffring, det är inte så jag menar."

"Kom på tisdag, då är det grillkväll här."

"Tackar som frågar, men ska jag vara ärlig, så … jag är så där för grillad mat, men jag skulle gärna vilja äta fisk, ni har väl bra fisk där uppe? Här får man ingen bra fisk alls."

"Vi har ingen fisk i morgon, men om du kommer på tisdag ska

jag se till att du får fisk, trots att det är grillkväll. Men klarar sig bilen hit?"

Arne Jönsson hade en gammal Volvo Duett från 1959, det hade han berättat. Av nån anledning visste jag hur en sån bil såg ut.

"Den ryster om man kommer upp i hundratjugo, men håller man hundra, eller lite över hundra, går den som en klocka och spinner som en katt. Det behöver du inte oroa dig för."

"Har du GPS, eller ska jag ge dig en vägbeskrivning?"

"Jag har karta", sa Arne Jönsson.

Om Bodil Nilsson hade karta, GPS eller kompass hade jag ingen aning om, men hon kom i alla fall uppför stigen från hamnplanen när jag höll på med att sätta samman en ny spellista i min iPod till tisdag kväll.

Jag märkte inte av henne förrän hon stod alldeles intill räcket på verandan och sa:

"Så det är här du gömmer dig."

Det var bara två dygn sen jag hade träffat henne, jag hade inte gjort annat än tänkt på henne men jag hade redan glömt hur vacker hon var.

Jag ställde mig upp, men höll på att falla eftersom jag blev knäsvag. Jag sa ingenting och kände mig som en idiot. Jag visste inte vad jag skulle säga.

"Eller kommer jag olämpligt? Måste man ringa och boka i förväg?"

"Nej, nej … det är … jag … "

"Jag kan köra igen."

"Nej, nej, för Guds skull, kom in. Hej. Förlåt. Välkommen."

Hon hade håret uppsatt, men det verkade leva ett eget liv och några hårslingor hade slitit sig och hängde över ena ögat, i nacken och över vänster öra. Hon hade en vit klänning med små, ljusblå blommor. Hon hade ett brett skärp om midjan. Hon kom upp på verandan, in i huset. Hon hade ingen behå.

Själv hade jag varken skor eller strumpor, bara ett par gamla boxarshorts och en urtvättad vit T-shirt där trycket hade försvunnit för längesen. Jag kom faktiskt inte ihåg vad det hade stått på den.

”Det jag ville säga var att … du är en syn för trötta ögon”, sa jag.

Hon log.

Jag fick hålla mig mot väggen för att inte falla handlöst i golvet. Jag samlade mig och frågade:

”Vill du ha kaffe? Nåt att äta?”

”Kaffe vore gott”, sa hon.

Jag visade henne runt i huset, och när kaffet var klart satte vi oss på verandan.

”Hyr du eller är det ditt hus?” frågade hon.

”Varken eller”, sa jag. ”Simon, ja Simon Pender heter han, arrenderar krogen och det här huset ingår i arrendet, men Simon bor i Ängelholm. Vi har känt varandra ganska länge och han erbjöd mig att bo här i sommar. Sen får vi se. Det är inte säkert han arrenderar en gång till, det är inte lätt att driva krog på landet.”

”Jag har aldrig varit i den här trakten”, sa hon.

”Jag har varit här nästan varje sommar sen jag var liten. Inte just här i Solviken, men på en massa andra ställen. Mina föräldrar hade en liten stuga inåt viken, det var så jag hamnade här från början.”

”Men du bor i Stockholm?”

”Ja, jag har gjort det hittills i alla fall.”

”Men du är född i Malmö.”

Det var mer ett påstående än en fråga.

”Det kan jag inte neka till.”

Hon tittade ned mot hamnen, ut över Skälderviken och bort till andra sidan vattnet. Vid klart väder kunde man se från Ängelholm till Vejbystrand, Torekov och Hallands Väderö.

”Här är fint, här är vackert”, sa hon.

Det hade slutat regna och jag tog på jeans, skjorta och mina boots, och visade henne så mycket jag hann av omgivningarna.

Jag visste inte hur långt jag skulle gå, men kände att ju längre vi gick från Solviken desto längre skulle det dröja innan vi kom tillbaka och desto längre skulle det dröja innan hon åkte hem igen.

Hennes föräldrar hade hämtat hennes dotter för en heldag på Tivoli i Köpenhamn.

”Jag orkar inte med nöjesfält”, sa hon.

”Jag trodde du växte upp med din mamma”, sa jag.

”Dom bodde isär ett tag när pappa jobbade i USA, men dom hittade tillbaka till varandra.”

Hon sa ingenting om var hennes man var, och jag frågade inte. Man ska aldrig väcka den björn som sover.

Vi åt en glass i grannhamnen, och jag visade var vinterstormen hade brutit igenom piren och hur vågorna hade kastat upp fiskebåtarna på land.

”Du stannar väl och äter, så jag får bjuda på den middag vi missade i fredags?” frågade jag. Vi hade börjat gå tillbaka på en av de många olika stigarna som ledde längs klipporna till Solviken.

Hon tittade på klockan.

”Vi får se”, sa hon.

När vi kom tillbaka till Solviken ringde hon till sin pappa. Föräldrarna och dottern var kvar i Köpenhamn, och hon kunde alltså stanna och äta.

”Inga jävla ordvitsar nu”, väste jag åt Simon när vi skulle sätta oss.

”Men hon kanske vill höra … ”

”Nej, det vill hon inte.”

”Bara en liten?”

”Jag slår dig med golfklubban.”

”Okej, okej, du vara chef, du bestämma, ingen vill höra ordvits”, sa han och lomade ut i köket.

Han skötte sig.

Han hade ställt blommor på bordet.

Vi satt vid fönstret med bästa utsikten över hamnen.

Simon kom med två dry martini och sa:

”Harry brukar vilja ha en före maten, jag hoppas damen också vill ha en.”

När han hade gått lutade sig Bodil fram över bordet och sa:

”Jag kan inte dricka, jag ska köra.”

”Du måste inte köra”, sa jag. ”Du kan väl stanna?”

”Nej, jag måste vara hemma när mina föräldrar kommer.”

”Kan dom inte ha din dotter i natt också? Jag har hört att barn tycker om att sova hos mormor och morfar ibland.”

”Det är inte det”, sa hon.

Hon satt tyst en stund.

”Var ska jag sova?”

”Hos mig.”

”Så billig är jag inte”, sa hon.

Men hon log.

”Jag kan sova på soffan, jag kan sova i bilen, jag kan sova här på restaurangen, jag kan sitta i en stol och sova, jag kan ta en taxi till Helsingborg … ”

”Jaja”, sa hon. ”Låt mig ringa igen.”

Hon reste sig och gick ut, tog fram mobilen och ringde.

Hon pratade.

Hon log.

Hon knäppte bort samtalet och la tillbaka mobilen i handväskan.

Hon kom in igen.

Hon satte sig.

Hon lyfte martiniglaset och sa: ”Skål, Harry Svensson.”

”Skål, Bodil Nilsson”, sa jag.

Det kändes som om det sjöng i kroppen, som om jag hade tårar i ögonen.

”Men jag måste ha en egen tandborste”, sa hon.

”Jag har oanvända.”

”Och *jag* sover i soffan. Det är ditt hus och din säng. Maja sover hos mina föräldrar i natt, dom är glada över att passa henne, och pappa har byggt nån sorts hemmabio i källaren, och han har, typ tusen filmer som hon tittar på tills hon somnar.”

Hennes dotter hette alltså Maja.

Men fortfarande inget nytt om hennes man.

Simon ställde in var sin carpaccio med rå äggula och var sitt glas australiskt rött vin som hette *Ten minutes by tractor*, och som vi definitivt inte sålde per glas.

Han fortsatte med en litauisk fiskgryta, men det var ett internskämt. En av kockarna hade bara struntat i att komma fyra dagar tidigare, och Ksystofas, min grillkock, hade fått rycka in och han visade sig vara duktig på mer än att grilla. Från och med nu slapp han blanda murbruk med de andra litauiska pojkarna, han stod i köket från morgon till kväll och älskade det.

Simon bar in en Sauvignon Blanc från Nya Zeeland och jag pratade och pratade. Jag sa inget om försöket att tända eld på mitt hus, men jag berättade om alla underliga personer som bodde i den här trakten, bröder som bodde tillsammans med varandra, syster och bror som bodde tillsammans och aldrig gifte sig och till slut sa jag:

”Säg till om jag pratar för mycket.”

”Det gör inget”, sa hon. ”Det är roliga historier.”

”Jag blir så speedad när jag har druckit mycket kaffe”, sa jag.

”Men du har ju inte druckit kaffe sen i eftermiddags, och då drack du inte upp”, sa hon.

”Det kan vara därför”, sa jag.

”Ta det lugnt”, sa hon. ”Jag är här. Jag ska ingenstans.”

Hon la handen över min.

Jag visste att det var ett speciellt ögonblick.

Jag visste att jag aldrig skulle glömma det … hennes mjuka hud mot min, hennes roade, okynniga uttryck i ögonen, hårslingorna som hade slitit sig.

Vi tackade nej till glass men ja till var sin kaffe med grappa.

Hon hade aldrig druckit grappa, och det är med grappa som med sushi, det är en vattendelare.

Bodil läppjade på grappan.

Hon la huvudet på sned.

Tog en klunk och ställde ned glaset.

”Det var gott”, sa hon.

Bara så där: Det var gott.

Vi gick ned till hamnen och ut på piren.

Det föll ett så lätt duggregn att det knappt märktes, det var alldeles vindstilla och det kluckade behagfullt mellan fiskebåtarna och segelbåtarna. Ljuset från den lilla fyren speglade sig i vattnet.

”Kan man bada här?” frågade hon.

”Tonårskillarna klättrar upp på fyren och hoppar i därifrån, men jag tror dom gör det bara för att imponera på tjejerna, jag skulle aldrig våga hoppa i här”, sa jag.

”Vad gör du för att imponera på tjejerna?”

”Jag pratar för mycket. Men det ligger en badplats en bit bort”, sa jag.

”Gör det?”

”Ja, det gör det.”

”Kan vi inte gå dit?”

”Jag går vart som helst om du är med”, sa jag.

Hon stack armen innanför min när vi långsamt promenerade bort mot badplatsen. Här fanns inga sandstränder och var man van vid trakten gick man i där det passade, där man hade hittat stenar man kunde gå på, stå på och kliva ned i vattnet från.

På Solvikens badplats hade man gjutit cement mellan klippblocken och gjutit fast en trappa som ledde ned i vattnet.

”Är det djupt?” frågade Bodil.

”Ja, det blir djupt med en gång.”

”Bottnar man?”

”Nej, inte här, men man kan flytta sig, simma en bit och känna med fötterna och hitta stenar man kan stå på, om man vill.”

”Ska vi bada?”

”Nu?”

”Ja.”

”Men vi har ju inga … ”

”Det behövs inte.”

Hon tog av sina sandaletter, knäppte upp skärpet och släppte det på marken.

Hon vände sig om med ryggen mot mig.

”Du kan väl dra ned blixtlåset?”

Jag drog ned och hon drog upp klänningen över huvudet och släppte också den på marken.

Hon tog av trosorna och hoppade i, jag tror man kallar det bomben.

Vattnet stänkte upp, och hon försvann under vattenytan.

När hon kom upp igen ropade hon:

”Skynda dig, det är jättevarmt, det är jätteskönt.”

Det är en sak att kasta av sig en klänning och ett par trosor, en helt annan att få av skjorta, byxor och ett par boots i en handvändning. Hon trampade vatten och skrattade när jag till slut gick nedför trappan och gled ut i vattnet.

Hon hade rätt: Det var jättevarmt, det var jätteskönt.

”Visa mig en sten man kan stå på”, pustade hon.

”Men var försiktig, stenarna är fulla av snäckskal, dom kan vara vassare än rakblad.”

”Ska vi simma ut till flotten?” frågade hon.

Det låg en flotte tjugofem-trettio meter ut. Jag hade aldrig varit på den eftersom den på dagtid var full av barn som klättrade, slängde och kastade sig i vattnet.

Bodil var uppspelt som ett barn.

Hon nådde flotten före mig, klättrade uppför stegen och la sig på rygg. Jag var glad över att det fanns en stege också på flotten, jag har aldrig varit bra på att hiva mig upp på flottar, inte på nånting slog det mig.

Jag satt och tittade på henne.

Jag vet inte vilka ord som folk använder, yppig, fyllig, kurvig – det enda jag kom på var vacker.

”Har du hört att folk säger att det blir varmt i vattnet när det regnar?” frågade hon.

”Ja, det har jag hört.”

”Tror du på det?”

”Jag vet inte.”

”Och dom säger att det är ännu varmare i vattnet när det åskar, för då slår blixten ned i vattnet och hettan i blixten värmer upp vattnet.”

”Jag har hört det också”, sa jag.

”Tror du på det?”

”Jag vet inte, men det är kanske logiskt, regnet kommer från en varm himmel och blixtar är … men jag vet inte.”

Hon satte sig upp. Hon sa:

”Hade du haft byxor på dig hade jag kunnat fråga om du hade en banan i fickan eller om du bara var glad att se mig.”

Jag försökte vända mig bort.

”Men det har jag inte”, sa jag.

”Jag ser det”, sa hon.

Jag lutade mitt huvud mot hennes … kaffe, grappa och saltvatten, jag hade aldrig smakat nåt så gott.

Hennes tunga var mjuk, nyfiken, ivrig.

”Men jag sover på soffan, bara så du vet, jag är fortfarande gift”, sa hon. ”Nu simmar vi tillbaka.”

Jag ville helst inte höra talas om det där äktenskapet. Däremot fick jag hålla om henne när vi kom upp för vi hade ingenting att torka oss på och hon började få gåshud.

”Du är verkligen glad att se mig”, sa hon.

”Jag har aldrig sett en så vacker kvinna som du”, sa jag.

”Det säger du till alla.”

”Nej, det är sant det jag säger.”

”Det är inte alls sant. Jag är tjock och har för stor rumpa.”

”Du är inte tjock, och du har den finaste rumpa jag har sett.”

Jag lät händerna glida ned över hennes rygg, ned över skinkorna. Hon tryckte sig mot mig.

”Men jag sover på soffan”, sa hon.

”Du har sagt det”, sa jag.

”Det är allvar”, sa hon.

”Jag vet det”, sa jag. ”Du är en gift kvinna.”

Trots att vi inte hade hunnit bli torra började vi klä på oss, och det var då jag la märke till en person som stod på parkeringen borta vid hamnen och tittade på oss. Jag tror att han gjorde det i alla fall, det var en man. En storväxt man i trenchcoat. Den verkade onödig eftersom det var en så varm kväll och så varmt i vattnet. Han hade i och för sig inte badat, eller också var han frusen. Han stod en bit bort, men jag var säker på att han mötte min blick det kändes så. Kanske var det en sorts manlig beskyddarinstinkt, men jag höll hårt om den nakna Bodil och kysste henne. När jag tittade upp hade mannen försvunnit. Jag hade kanske bara inbillat mig.

Bodils klänning klängde vid hennes kropp där hon fortfarande var blöt och hon höll sina sandaletter i handen när vi gick tillbaka till hamnen.

Jag tycker inte om att gå barfota, men det fanns inte en chans att jag skulle få på bootsen med blöta fötter så jag gick bredvid med bootsen i handen och låtsades att det inte gjorde ont i fotsulorna.

Det var kanske mitt sätt att imponera på tjejerna.

”Finns det handdukar?” frågade hon när vi hade kommit tillbaka till huset.

”Det finns handdukar”, sa jag.

Hon försvann in på toaletten, och när jag hörde ljudet av duschen smög jag ned till krogen och tiggde till mig resten av flaskan med *Ten Minutes by Tractor*.

Jag tittade ut över hamnen, bort mot parkeringen och badplatsen men såg ingen storvuxen man i trenchcoat, jag måste ha inbillat mig. När jag kom upp till mig tog jag fram två vinglas, körde in ett album med Dexter Gordons ballader i cd-spelaren och hällde upp vin i glasen.

När Bodil kom ut hade hon gjort en turban av en handduk och knutit en annan om kroppen. Den räckte knappt till. När hon trippade ut i köket för att krana upp ett glas vatten visade hon halva rumpan.

Hon tittade på vinet, lyssnade på musiken och sa:

”Försöker du förföra mig?”

”Jag kan stänga av … jag kan … vinet är …”

Jag slog ut med händerna.

”Jag trodde du förstod skoj”, sa hon, ställde sig på tå och pussade mig på kinden.

Vi satt tysta på verandan.

Regnet hade tilltagit, men det var en behaglig kväll.

Det var Bodil som bröt tystnaden.

”Mina föräldrar tycker inte om Peter”, sa hon. ”Har aldrig gjort.”

Jag visste inte vad jag skulle svara, så jag sa inget.

Det gjorde inte hon heller.

”Han är inte Majas riktiga pappa”, sa hon till slut. ”Han var ännu hopplösare … kan man säga så, hopplösare, eller heter det ännu mer hopplös?”

”Det går nog bra vilket som”, sa jag.

”Jag vet inte”, sa hon.

”Om vadå?”

”Om allting. Jag vet inte.”

”Det är nog inte många som vet allting om allting eller nånting om nånting”, sa jag.

Just då lät det förnuftigt.

”Jag tycker om dig”, sa hon. ”Jag tyckte om dig när vi träffades på fiket i Malmö, jag blev intresserad av dig när jag såg dig i tv.”

”Vad bra”, sa jag.

”Nej, det är inte bra, jag bär på för mycket bagage och jag vill inte att Maja ska ha en massa olika karlar i huset.”

Jag förstod inte vad hon pratade om.

Hon gäspade stort.

”Kan vi gå in? Jag är sömnig.”

Hon fick en kudde och en pläd, och hon gjorde sig hemmastadd i soffan.

”Ska du inte borsta tänderna?” frågade jag.

”Jag tror jag överlever, vad tror du?”

”Det tror jag också. God natt, då.”

”God natt, Harry Svensson”, sa hon.

Jag gick ut och tittade än en gång efter en man i trenchcoat, men såg ingen, jag kollade också baksidan på huset innan jag gick in, stängde dörrar, låste, drog igen fönster, släckte och gick in i sovrummet.

Jag hade inte mer än hunnit släcka förrän Bodil stod vid sängen. Hon sa:

”Jag vill bli hållen om.”

Jag lyfte på täcket, hon kastade av sig handdukarna och kröp ned.

Hon vände ryggen åt mig.

Hon borrade sig in tätt, tätt.

”Det känns som om jag passar här”, sa hon.

Jag hade mina händer om hennes bröst, hon la sina händer över mina och sa:

”God natt.”

”God natt.”

Det tog kanske en minut, sen sa hon:

”Sover du?”

”Nej.”
”Jag märker det”.
Hon fnissade.
”Sover du?” frågade jag.
”Nej.”
”Jag märker det.”
”Hur märker du det?”
”Du pratar”, sa jag.
”Tänk om jag pratar i sömnen”, sa hon.
”Det låter inte så”, sa jag.
”Vet du hur det låter?”
”Nej, men jag kan tänka mig.”
Hon var tyst i nån minut. Sen sa hon:
”Vad var det Clinton sa?”
”Clinton?”
”Mmm.”
”*Bill* Clinton? Presidenten?”
”Mmm.”
”Han sa mycket”, sa jag.
”Om sex”, sa hon.
”Om sex?”
”Mmm.”
”Han tyckte om en god cigarr, tror jag.”
Hon skrattade.
”Nej, men han tittade ju hela världen i ögonen i tv och sa att han aldrig hade haft sex med den där kvinnan … och i hans värld ljög han inte, i hans värld var det inte att ha sex om man inte stack in den.”
”Stack in den?”
”Du vet vad jag menar.”
Hon släppte taget om mina händer, förde ned handen under täcket och sa:
”Den.”
Hennes hand kändes elektrisk.
”Jaså, den”, sa jag.
”Vad tror du?”

”Om Clintons teori?”

”Mmm.”

”Jag tror man får tro vad man vill.”

”Men om du inte sticker in den så är det inte att ha sex, kan vi inte komma överens om det?”

”Jo, du är trots allt en gift kvinna.”

”Jag visste att du skulle förstå”, sa hon.

Jag hade alltid tyckt om Bill Clinton.

Även om jag aldrig förstod om cigarren var tänd eller inte.

KAPITEL 35

Solviken
Augusti

HAN SJÖNK NED bakom ratten och höll vänstra handen för ansiktet, men det var onödigt, de såg inte honom, de hade bara ögon för varandra.

Journalisten sa nåt.

Kvinnan skrattade.

Tryckte sig mot honom.

Vad skulle de göra nu?

Ha sex?

Och mor hade kallat *honom* för ”ett litet äckel”.

Han skulle kanske vänta ut kvinnan, ta henne också?

Döda henne.

Raggaren hade inte lyckats tända eld på huset.

Men han skulle kunna vänta ut henne.

Han såg lyktor från en bil i backspegeln.

Det var en polisbil.

Den körde långsamt förbi.

Polisen som satt på passagerarsidan nickade åt hans håll, det var en kvinna.

Han kunde inte stå kvar här.

Han nickade lätt tillbaka, satte sig upp och startade bilen.

När poliserna hade vänt på vändplatsen och körde förbi åt andra hållet gjorde han själv en u-sväng och körde upp mot stora vägen.

Polisbilen syntes inte till.

Han körde in och ställde sig på en busshållplats.

Om kvinnan lämnade Solviken skulle han se henne, följa efter och på ett eller annat sätt preja henne.

Ta henne i bostaden.

Det kunde bli lika uppfriskande som med det dumma spånet i Halmstad för så längesen.

Han gick ut och kissade bredvid busskuren och bestämde sig för att vänta en halvtimme innan han körde tillbaka ned i hamnen för att anteckna numren på alla bilarna och ta reda på vilken som var hennes.

Efter tjugo minuter stannade en bil bakom honom.

Fan! Poliserna! Igen!

De höll bakom honom, men satt kvar i bilen. De kollade säkert hans registreringsnummer.

Vänstra dörren öppnades och han såg i backspegeln hur en lång, manlig polis klev ut och började gå fram till honom.

Polismannen tecknade åt honom att rulla ned fönstret.

”Hej, hur har vi det här då?” frågade han.

”Jag sitter bara och vilar innan jag ska köra hem”, svarade han.

”Var det inte du som höll nere i hamnen nyss?”

”Jo, jag hade ätit på krogen och jag kände mig lite trött och tänkte bara vila en liten stund, sluta ögonen, innan jag kör hem.”

”Har du långt hem?”

”Nej, tar bara tre kvart.”

Polismannen, som hette Laxgård enligt namnskylten bad om körkortet, fick det och läste långsamt och noggrant.

”Ja, det verkar ju stämma”, sa han. ”Och du är på väg hem?”

”Ja.”

”Du har inte druckit?”

”Inte mer än vatten.”

”Har du nåt emot att blåsa?”

”Absolut inte.”

Han hade säkert kört hundratusen mil men han hade aldrig gjort en alkotest, då hade han ändå blivit stoppad ganska ofta på den tiden han körde lastbil.

”Jaha, ja”, sa Laxgård. ”Det finns inget att anmärka på, skatten är betald, det är din bil och du är nykter. Men du vet att du står på en busshållplats?”

”Ja?”

”Det är olagligt.”

”Men det går inga bussar nu”, sa han.

”Det betyder ingenting, men det var bra att du tänkte vila innan du fortsatte, så vi struntar i det, nu tycker jag att du ska köra försiktigt.”

”Det ska jag göra”, sa han.

Han rullade upp rutan, startade och körde i väg.

Polisen följde honom ut på stora vägen, och en bra bit bort mot motorvägen, E6:an.

De svängde av till höger på en väg som enligt skylten ledde till nåt som hette Allerum.

Det var kanske lika bra.

Kvinnan med journalisten hade fått honom motiverad, men han tyckte inte om att polisen hade varit honom så nära.

Hur fan kunde man heta Laxgård?

KAPITEL 36

Solviken
Augusti

JAG GREPS OMEDELBART av panik när jag vaknade.

Bodil fanns på mina fingrar, läppar och min tunga, och kudden bredvid mig var fortfarande fuktig där hon hade haft sitt blöta hår, men sängen var tom.

Jag satte mig upp och såg hennes sandaletter på golvet vid dörren, hennes klänning låg bredvid.

Hon kunde inte ha hunnit så långt.

Jag kände mig lugnare, reste mig, tog på ett par shorts och en tröja och gick ut i vardagsrummet.

Jag hörde röster.

I alla fall en.

Bodil pratade med nån.

Hon kanske pratade i telefon eftersom det inte var en dialog, det lät som en monolog.

Jag såg hennes nacke genom fönstret och tog några steg framåt.

Hon pratade med flickan som smög, hon som kom från skogen bakom mitt hus och sprang likt en vildkatt när man närmade sig henne, flickan jag hade frågat om hon sett vem som la ett kuvert med en bild i min brevlåda.

Jag hade aldrig sett henne så nära huset.

Bodil satt i samma stol på verandan som kvällen före och flickan stod cirka två meter bort.

Jag hade aldrig kunnat studera henne så noga förr.

Hon hade mörkt hår i en fläta på ryggen. Hon skelade knappt märkbart, men det syntes och det gav henne ett personligt utseende.

Hon var söt, men allvarlig,

Hon var gammaldags klädd. Hon verkade vara nio eller tio, men inga flickor i den åldern som jag brukade se hade så gamla, omoderna shorts eller gympaskor. Där dagens flickor åkte med pappa och mamma till Köpenhamn och shoppade, verkade man ha köpt den här flickans kläder på ett överskottslager.

Det hade börjat regna, och hon hade en brun regnjacka som nådde henne till midjan.

Hon sa ingenting, men släppte inte Bodil med blicken.

Det lät som om Bodil pratade om sin dotter.

Jag gick mot dörren och flickan ryckte till när hon hörde ljudet av mina steg inifrån huset.

När jag försiktigt gick ut på verandan till höger om Bodil vände sig flickan om och sprang in i skogen.

”Jag förstår inte vart hon springer, det finns inga stigar där inne, jag har kollat”, sa jag.

”Vem är hon?” sa Bodil.

”Jag vet inte, hon kommer hit och står och tittar, hon verkar nyfiken på allt jag gör, eller allt vi gör här på restaurangen, men när man säger nåt, alltså om man frågar nåt eller närmar sig henne så springer hon. Så här nära har hon aldrig varit förut, hon måste gilla dig.”

Jag böjde mig fram och kysste henne.

Hon tog min hand, tittade allvarligt på mig och sa:

”Jag måste köra nu.”

”Jag vet. Hinner du med kaffe?”

”Om du sätter på vatten nu.”

Hon hade lånat en av mina tröjor, den räckte henne knappt till låren, hon hade också tagit på sig mina boots.

”Det där är en sexig outfit”, sa jag.

Det var nämligen det.

Jag märkte att jag blev glad över att se henne igen. Om hon också märkte det vet jag inte, hon sa ingenting om det.

”Sätt på vatten nu”, sa hon.

Jag stod vid spisen och tittade efter henne när hon reste sig och gick mot badrummet.

”Ser jag presentabel ut?” frågade hon när hon kom ut från badrummet och jag räckte över en mugg kaffe.

"Du ser fantastisk ut", sa jag.

Hon såg ut som en sommarbakelse.

"Spelar du gitarr?" frågade hon.

"Nej."

"Men det står ett gitarrfodral i hallen."

"Jaså det."

"Ja?"

"Det stod här när jag flyttade in, jag har inte kommit mig för att ställa undan det."

"Jag kände på det, det verkar inte vara nån gitarr i, det är väldigt lätt."

"Nej, det är tomt."

"Har du öppnat och tittat?"

"Japp."

Jag försökte med en avledande manöver och sa:

"Kan ni inte komma hit igen i eftermiddag, eller i kväll, du och Maja?" frågade jag.

Hon skakade på huvudet.

"I morgon, då?"

Hon skakade på huvudet.

"Jag måste tänka lite först", sa hon.

Det bådade inte gott.

"Jag måste tänka lite först" var en av många varianter på den klassiska klyschan "det är inte du, det är jag".

"Vill du inte?" frågade jag.

"Jo", sa hon.

"Då så."

Hon läppjade på kaffet och sa:

"Eller, nej … jag vet inte."

Vi sa ingenting.

Jag tittade på henne.

Hon tittade ned på bordet, hennes ansikte hade blivit allvarligt. Det luktade gott om hennes hår.

"Men Bill Clinton hade rätt", sa jag till slut.

Hon log.
”Jag ska … eller, *vi* ska resa bort”, sa hon.
”Du och Maja?”
”Inte bara Maja och jag”, sa hon.
”Okej”, sa jag.
”Det har varit bestämt sen länge. En vecka på Kanarieöarna. Maja kan bada och leka med andra barn.”
”Jag är här när ni kommer tillbaka”, sa jag.
”Du ska kanske inte vänta”, sa hon. ”Det är nog lika bra att du inte gör det.”
”Nu låter vi som en dålig dialog i en dålig tv-serie”.
Hon log igen. Hon var så vacker att jag blev tårögd.
”Jag tycker om dig, det var mysigt i går”, sa hon.
”Men?”
”Jag vet inte … det skulle inte bli som det blev, det var inte meningen, det var inte bra.”
”Tyckte du inte om det?”
”Jo. Alldeles för mycket.”
Hon ställde ifrån sig koppen.
”Jag måste köra nu”, sa hon.
Hon strök mig över kinden.
”Tack”, sa hon. ”Tack för maten och för att jag blev hållen om, jag behövde det.”
”Jag är bra på att hålla.”
”Jag vet, jag märkte det.”
”Du kan komma när du vill och bli hållen … ”
”Hej då, Harry”, sa hon och gick.
Bara så där. Hon var ute ur köket, ute ur huset, på väg nedför stigen till hamnen, till bilen, till Maja, till Kanarieöarna innan jag riktigt fattade vad som hände.
”Tandborsten finns alltid här”, ropade jag.
Då satt hon redan i bilen.
Hon tittade inte åt mitt håll när hon körde i väg.
Det kan ha varit inbillning, men det såg ut som om hon grät.
Jag stod kvar i säkert en kvart i nån sorts förhoppning om att hon

skulle vända, att bilen skulle rulla nedför backen och in på hamnplanen, och att hon skulle springa ut och låta motorn gå och bildörren stå öppen och jag skulle springa ned och möta henne och vi skulle kyssas och hela Solviken skulle applådera.

Ibland önskar jag att livet bestod av såna filmbilder.

Men här fanns ingen mer än jag.

När jag vände mig om såg jag flickan i skogsbrynet. Vi var åtminstone två. Men hon applåderade inte.

”Hon är snart tillbaka”, sa jag.

Flickan sa ingenting, men hon sprang heller inte sin väg.

Jag gick ned till brevlådan för att hämta tidningarna.

Jag hade fått ett nytt kuvert.

Det var vitt den här gången.

Harry Svensson, stod det handskrivet på utsidan.

Jag släppte ned det i lådan igen och tog av mig tröjan. När jag tog upp kuvertet en andra gång använde jag tröjan att hålla med. Teknikerna i *CSI* hade gett mig diplom.

Flickan stod kvar i skogsbrynet och jag ropade:

”Har du sett om det har varit …?”

Då vände hon sig om och gick in i skogen.

Hon gick, hon sprang i alla fall inte.

Jag la ifrån mig kuvertet bredvid Bodils halvdruckna kaffemugg och började söka efter en handske eller vante. Om det nu skulle bli nödvändigt att leta efter fingeravtryck hade jag förmodligen redan förstört dem på själva kuvertet, men det var ju onödigt att börja tafsa på själva brevet också.

Det kändes som ett brev.

Det var ingen bild, inget gammalt foto.

Men vem har handskar eller vantar på sommaren?

Till slut hittade jag ett par gula plasthandskar längst in i städskåpet och tog på mig dem. Jag snittade försiktigt upp kuvertet med en kniv och drog fram brevet. Det var vikt på mitten.

Jag vek upp det.

Jag läste.

Det stod:

På förekommen anledning.
Nudism inte är tillåtet i Solviken eller dess närhet.
Den som finner nöje i den sortens böjelser får söka sig till andra platser, det är inte långt till nakenstränderna i Tyskland i så fall.
Uppstår ingen bättring kommer vi att vidtaga åtgärder.
"Solvikens vänner"

När Simon Pender dök upp en timme senare gick jag ned till krogen och frågade:

"Vet du vilka Solvikens vänner är?"

"Nej, det vet jag inte."

Han hade med sig nybakta frallor med tjocka lager av vallmofrö. De var fortfarande lite varma och vi bredde några med leverpastej, la på tomat och gurka.

Jag visade honom brevet.

Han läste och sa: "Badade ni nakna i går?"

"Det är inte det som är det intressanta, det intressanta är vem fan som har skrivit det här, och vilka Solvikens vänner är."

Han läste brevet en gång till och sa:

"Du får passa dig, dom ska ju 'vidtaga åtgärder' annars."

Han skrattade så det bullrade i hela hamnen och räckte tillbaka brevet.

"Det finns byalag i varenda liten by nuförtiden, en massa kärringar som har svårt att få tiden att gå", sa han.

Vår kock Ksystofas anlände i en liten lastbil tillsammans med Andrius Siskaukas. Ksystofas gick ut i köket för att förbereda inför kvällen, men Andrius tog en mugg, hällde upp kaffe och satte sig hos oss. Han sa:

"Jag tänker: Ni måste skaffa sådant hus för fisk, man har sånt överallt."

"'Sådant hus för fisk'?" sa jag.

"Alla har det i hamnar, dom har sådant hus för fisk med också servering utanpå, man kan köpa fisk, inlagd fisk, äta fisk och kanske också räka, och dricka öl och kanske vin", sa han.

Simon och jag sa inget.

”Man får söka hos kommun”, sa han.

”Du menar en bod?” sa Simon. ”En fiskebod.”

”Det finns plats bredvid krog, ni kan ha sådant hus för fisk där. Jag har pojkar som bygga. Jag tänker: Med rotavdrag blir billigare att bygga sådant hus för fisk än inte.”

Simon sa att han skulle tänka på saken och prata med fastighetsägaren.

Eftersom vädret hade varit förvånansvärt bra för en som drev sommarkrog – inget regn, men heller inte *för* varmt – hade det varit en ganska bra sommar ekonomiskt, och där Simon tidigare hade sagt att han fick ta en sommar i taget, lät det nu som om han var villig att fortsätta en säsong till.

Jag hade inget emot det.

Grillkvällarna gick att utveckla ännu mer, och om Andrius pojkar kunde bygga en fiskebod skulle vi kunna öka utbudet och därmed, förhoppningsvis, inkomsterna.

Däremot kände jag en gnagande oro över Bodil Nilsson, och varför hon inte hörde av sig. Jag började skriva på flera sms som alla på ett eller annat sätt involverade vårt bad, Solvikens vänner och Bill Clinton.

Men jag skickade dem aldrig. Jag tänker alltid i så många led att jag såg framför mig hur mitt sms om nakenbadet plingade i hennes telefon, och så satt hennes man bredvid och frågade:

”Vem var det från?”

Och så svarade Bodil nåt undvikande.

Och då blev han misstänksam och slet till sig telefonen.

Och så blev det härva och elände.

”När kommer donnan tillbaka?” frågade Simon. ”Eller var det ett engångs?”

”Jag vet inte vad det var, och jag vet varken *när* hon kommer tillbaka eller *om* hon kommer tillbaka. Det gör mig bekymrad”, sa jag. ”Och bedrövad.”

Jag frågade om han visste vem flickan var som kom varje dag och sprang när man sa nåt.

”Jag vet inte det heller”, sa Simon. ”Fråga Bosse Fiskare, han vet allt.”

Bosse Fiskare höll på med nåt vid sin båt och jag gick ned till hamnen. Han hade den enda fiskebåten i Solviken, hade små omkostnader, och var en av få i trakten som levde på fisket.

Han var ovanligt långhårig för att bo i en gammal fiskeby och vara medelålders. Han hade så slitna, avklippta jeans att de såg ut att falla sönder, och han hade en T-shirt med Rolling Stones-tungan på.

”Tror du det finns nån bra spätta i morgon?” frågade jag.

Han förde ned solglasögonen på näsan och tittade på mig ovanför glasögonbågarna. Han sa: ”Jag kommer inte att ha några, jag fiskar bara makrill, men jag kan ordna, jag vet en som har.”

”Dom säger att du vet allt”, sa jag.

”Kanske det”, sa han.

”Har du sett flickan som kommer hit ibland? Hon står uppe hos oss vid krogen, men när vi försöker prata med henne försvinner hon.”

Bosse Fiskare svarade inte, han lyfte upp ett nät från båten och bar in det i sin fiskebod.

”Du vet inte?” sa jag.

”Vet och vet, en del saker vet man och andra ska man inte bry sig om”, sa han.

”Och vad betyder det?”

”Det vet jag inte”, sa han.

Han log när han sa det.

Nästa morgon stod flickan på samma ställe där hon hade stått när hon pratade med Bodil.

Eftersom det var sol hade hon inte regnjacka.

Hon hade mörkblå, platta gymnastikskor av femtiotalsmodell, ett par kakishorts och en blå blus. Hon såg ut som en flicka på utflykt med skolan i en journalfilm från femtiotalet.

”Väntar du på henne?” frågade jag.

Hon sa ingenting, men hon försvann åtminstone inte.

”Hon som var här i går”, sa jag.

Hon sa ingenting, bara tittade.

Hon hade denna morgon ingen fläta utan håret var utslaget, och luggen var så lång att den hängde ned i hennes ögon.

"Hon heter Bodil, sa hon det?" frågade jag.

Flickan sa ingenting.

"Vad heter du?" frågade jag.

Hon svarade inte.

Jag sa att jag hette Harry, att jag kände Simon som drev restaurangen och hon var välkommen att äta, om hon gillade grillad mat. Jag sa att jag skulle få besök av en god vän som hette Arne och att jag därför hade beställt spätta av Bosse Fiskare.

"Gillar du fisk?" frågade jag.

Hon fortsatte titta på mig.

"Ta med dina föräldrar, jag bjuder er på middag."

Då vände hon sig om och gick in i skogen.

Hennes steg var bestämda och hennes händer knutna utefter sidorna.

Eftersom jag inte hade hunnit läsa tidningarna så länge Bodil var kvar satt jag en stund på verandan och bläddrade.

Jag fastnade för en artikel som handlade om en ung kvinna som hade försvunnit.

Jag kände igen bilden.

Hon såg annorlunda ut, det var förstås en gammal bild, men jag kände igen henne.

Det stod att hon hette Johanna Eklund.

Hon hade försökt lifta med mig från Statoil-macken i Svedala.

Hon försvann senare samma dag tydligen.

En arbetskamrat, en Jocke Grahn, sa i tidningen att han avlöste Johanna och det sista han såg var att hon gick mot busshållplatsen.

Hon delade lägenhet med en tjej i Malmö och när hon inte dök upp hemma eller på jobbet nästa dag larmade man polisen.

Det stod att hon vid försvinnandet hade haft vit sommarklänning och jeansjacka.

Chauffören sa att hon inte hade åkt med bussen till Malmö, på somrarna var det få passagerare och han hade faktiskt haft tom buss ända in till hållplatsen vid Jägersro.

Jag skulle kanske ringa numret i tidningen, skulle kanske ringa till kriminalinspektör Eva Månsson och säga att jag hade handlat av Johanna Eklund på macken. Men där hade varit fler kunder, jag kunde inte bidra med mer än det man redan visste.

Jag hade ändå svårt att somna, och kunde inte släppa tanken: Hade jag kört henne till Malmö så hade Johanna Eklund kanske inte varit försvunnen.

Om hon nu var det.

Flickor försvinner när det är sommar.

Det brukar höra till.

KAPITEL 37

Köpenhamn
Augusti

HAN HADE HELST velat gå till uteserveringen på Café Victor, som låg alldeles bakom Kongens Nytorv, men de stängde redan vid midnatt och när han gick därifrån råkade han gå förbi Dan Turèll, såg att de hade öppet en timme längre och att där fanns en plats ledig på uteserveringen.

Han satte sig, beställde en öl av en blond servitris med stora, runda örhängen och ställde köfodralet bakom sig mot väggen.

”Har du spelat biljard?” frågade servitrisen när hon kom med ett litet glas öl. Hon pekade på fodralet.

”Ja, det är en liten turnering som jag brukar vara med i här i Köpenhamn”, sa han.

”Gick det bra?”

Han gjorde en *comme ci comme ça*-rörelse med handen.

”Är du bra?” frågade hon.

Han nickade. ”Ja, jag är ganska bra.”

Hon var från Malmö och hette Linda. Hon hade håret i hästsvans.

Hela Köpenhamn var invaderat av svenskar. Det var nog tur, danskar vill bara dricka öl och röka cigarr, det visste han sen gammalt.

”Det var längesen jag spelade, jag brukade spela oftare förr”, sa han.

”Du har kanske legat av dig.”

”Nej, det är som att cykla, eller simma, har man en gång lärt sig glömmer man det aldrig. Men det kändes som om jag var i bra form i kväll i alla fall”, sa han.

”Jag har aldrig spelat biljard”, sa hon.

”Du vill kanske prova, jag kan lära dig.”

En annan gäst påkallade hennes uppmärksamhet, hon log och gick därifrån.

Han hade inte spelat biljard.

Han hade aldrig spelat biljard.

Han hade en rotting i köfodralet.

Fodralet var hårt och klätt med sammet på insidan.

Han hade köpt det på nätet för tvåhundranittionio kronor.

Han hade haft det i fem år och det var alldeles utmärkt att transportera rottingen i så den inte tog skada.

Rottingen hade han köpt för ännu flera år sen hos en sadelmakare i Glasgow. Mannen var liten och tunn, med vitt hår och spetsig näsa, och begärde sjuttiofem pund.

Han hade prutat till sextio.

Men han hade inte kunnat pruta med serbiskan.

Han hade varit märkligt otillfredsställd efter Johanna Statoil.

Begäret hade vaknat och röt uppfordrande och krävande.

Han ringde gangsterkärringen trots att hon hade sagt åt honom att ligga lågt.

Hon ville inte prata med honom, men när han sa tjugotusen danska började hon lyssna.

”Går det bra med en afrikanska?” frågade hon.

”Nej”, sa han. ”Och ingen narkoman.”

”Det gör det inte lättare, men okej, jag ska se vad jag kan göra”, sa hon. ”Ring om en timme.”

Han gick ned till uthuset, tog fram och gned rottingen med en mjuk trasa av samma sort man putsade glasögon med. Han lyfte en golvbräda och stack ned handen, samma plåtlåda som förr. Han tog fram en av sedelbuntarna och räknade upp tjugofemtusen danska kronor. Han var mån om att ge bra med dricks om han fick bra service. Rottingen la han i köfodralet och ställde i hallen innanför dörren när han kom upp till huset igen.

Han bredde två smörgåsar med leverpastej och inlagd gurka, satte sig vid köksbordet och hällde upp ett stort glas mjölk medan han väntade på att tiden skulle gå.

När han hade ringt tog han på sig ett par stora glasögon, kammade fram håret i lugg, stoppade sedelbunten i innerfickan på kavajen, tog köfodralet och körde till Köpenhamn.

Den ena kvinnan var från Moldavien och såg surmulen och ointelligent ut. Den andra var från Irland och hade nåt trotsigt i blicken som fick honom intresserad. Hon var inte rödhårig, men hade fräknar över näsan.

”Vill du leka nån lek, skolflicka och lärare, eller nåt sånt?” hade hon frågat. ”Vissa vill det.”

Han hade skakat på huvudet.

Nu satt han på en uteservering med en öl, och när en flicka från Malmö frågade om det hade gått bra hade han tecknat *comme ci comme ça* med handen.

Han skulle kanske bjuda hem henne, visa hur man ”spelar biljard” på riktigt.

Han skrattade för sig själv.

Den serbiska gangsterkärringen, som luktade svett och ständigt hade en cigarett i mungipan, fick sina tjugotusen. Hur mycket irländskan fick av dem visste han inte, det var inte hans problem.

Han gav henne fyratusen i dricks.

Om han inte skulle köra bil hade han nog druckit en öl till.

Det var skönt att bara sitta här, att själv få bestämma över sina besök i Köpenhamn, inte som när mor levde.

Han betalade, och la tre kronor i dricks.

Det var skillnad på dricks och dricks, irländskan fick fyratusen, Linda från Malmö fick tre kronor. Men det var också skillnad på tjänster och tjänster.

Han hade hunnit slinka in på ett Netto, och när han rullade mot Öresundsbron slet han upp en påse fläsksvålar och stoppade två av dem i munnen. Han tuggade försiktigt. Öffers fläsksvålar, med den glade lille grisen på påsen.

Han hade tyckt om att skoja med servitrisen.

KAPITEL 38

Solviken
Augusti

ARNE JÖNSSON PARKERADE sin Volvo Duett från 1959 på parkeringsplatsen vid hamnen, klev ut ur bilen, la händerna på ryggen, såg sig omkring och sa:

"Åh, herregud vad här är grant."

Bilen var mörkblå med ljusa fönsterlister och hade ett litet räcke på taket. Den var så blankpolerad att den glänste. Det låg en uppvikt karta i passagerarsätet, för … vad ska man ha en GPS till.

Han tittade ut över hamnen, ut över Skälderviken och bort mot Torekov och Hallands Väderö på andra sidan vattnet. Det var en klar och fin dag och man kunde se både hus och vägar på andra sidan.

"Är det Torekov där borta?" frågade han.

"Det stämmer."

"Där har jag varit en gång, men jag har aldrig varit här."

Han hade en vit, uppknäppt skjorta och ett par ljusa, tunna sommarbyxor. Skjortan spände över den väldiga magen. På fötterna hade han mörkblå strumpor och ett par gammaldags sandaler av en typ min pappa brukade ha. Han hade stora fötter.

Bosse Fiskare hade levererat spättor och när det var dags att äta bar Simon Pender in en helstekt spätta som var så stor att den hängde utanför tallriken, och det smälta smöret, de stekta champinjonerna och den kokta potatisen fick serveras i tre olika skålar bredvid. Simon frågade om han skulle öppna en flaska vitt vin, men Arne avböjde och sa:

"Jag är gammaldags, så jag tar gärna en öl och snaps, om det går för sig."

Det gick för sig.

”Var det inte här uppe som det var några mord i våras?” frågade han när Simon hade hällt upp snaps nummer två.

”Jo, när jag kom hit var det fortfarande avspärrningar kring en av gårdarna uppe vid stora vägen.”

”Har dom hittat mördarna?”

”Nej, det verkar vara ett mysterium. Inga spår, inga vittnen, ingenting”, sa jag.

Även om det var en varm, fin kväll var det förvånansvärt lite folk på krogen och jag kunde helt överlåta grillandet till Ksystofas, för att i stället sitta med en tallrik kycklingvingar och ett glas rött med Arne Jönsson.

”Vet du om polisen jobbar på det?” frågade han.

”Tveksamt”, sa jag. ”Det enda vi har märkt är att det kommer en polisbil var tredje kväll, som om det skulle hjälpa, som om dom skulle hitta mördaren eller mördarna för att det kommer en polisbil hit och vänder, det känns som om den skulle göra bättre nytta nån annanstans.”

”Vad var det som hände?”

”Nån sköt ihjäl ett thailändskt par som drev en kiosk på stora vägen, dom sålde mest lösgodis och tidningar. Sen brände dom kiosken. Några dar senare knäppte dom en bonde och ingen av dom andra bönderna fattar nånting, du vet hur det brukar vara, ’kanonkille’, ’inga fiender’, ’vän med alla’. Som det framställdes i tidningen jobbade polisen enligt en teori om att morden på thailändarna var ett rasistdåd, men Andrius … ”

”Vem är det?”

”Andrius? Han heter Siskaukas i efternamn och kommer från Litauen, det känns som om han driver hela bygden just nu, han säger att det är rysk maffia som försöker etablera sig här, och att mordet på bonden har med svartsprit, smuggelcigaretter och bensin att göra, det är tydligen mycket pengar i sånt. Men jag vet inte. Han säger att det blir ännu värre nu när rumänerna kommer.”

Arne Jönsson lyckades verkligen rensa och sätta i sig den stora spättan och satt nu och sög det sista av fiskköttet från skrovet. Han torkade sig om munnen med ovansidan av handen och sa:

”Det är mycket med maffia och organiserad brottslighet nu. Ett mc-gäng försöker etablera sig i Anderslöv. Dark Knights heter dom. Knights med K, så det är inte en mörk natt utan mörka knektar, eller vad dom nu menar med det.”

”Riddare, Mörkrets Riddare, låter inte det som ett bra namn på gangsters på motorcykel?”

”Dom har tagit över lokalerna efter en nedlagd bilverkstad, och det är ett jädrans liv eftersom det är kommunen som äger lokalerna och dom borde inte hyra ut till mc-gäng. Men mc-riddarna använde sig av en bulvan, nån advokat från Malmö. Jag försvarar inte kommunen, men dom visste inte vilka dom hade att göra med, och nu är det svårt att bli av med dom, advokaten är hal som en ål och listig som en råtta.”

Jag tyckte om Arne Jönsson.

Jag ångrade verkligen mina förutfattade meningar om honom som en pensionerad landsortsjournalist med för lite att göra.

Arne var intelligent, vältalig och allmänbildad.

Han var också en mycket bättre journalist än de flesta jag hade träffat på tidnings- och tv-redaktioner i Stockholm, män och kvinnor vars namn och bylines var större än deras yrkeskunskap och integritet.

Jag erbjöd honom calvados efter maten, men han var ”gammaldags” och ville ha Grönstedts Monopole och ”vanligt bryggkaffe”.

Ksystofas släckte och stängde grillen för kvällen, och som jag satt med Arne Jönsson och tittade ut över vattnet kom en kvinna med hund förbi.

”Om jag har fattat allting rätt så är det fru Björkenstam”, sa jag. ”Jag tror hon heter Viveca, vad hunden heter vet jag inte.”

”Den heter säkert Jack”, sa Arne Jönsson.

”Jag tror hon skrev brev till mig om att bada naken. Hon är gift med Edward Björkenstam, vad han gör vet jag inte, men han ser rik ut, ibland kör han till badplatsen i en nedcabbad MG eller går omkring i badkappa med rak rygg och blicken mot himlen.”

”Ville hon bada naken med dig?” frågade Arne Jönsson.

”Inte riktigt”, sa jag.

”Vad hette mannen, sa du?” frågade han.

”Edward Björkenstam.”

”Känner igen det namnet … vagt”, sa han. ”Jag får tänka på det.”

När fru Björkenstam och den eventuelle Jack hade försvunnit gled en polisbil tyst och långsamt nedför backen, förbi hamnen, bort till vändplatsen och sen tillbaka igen. Det satt en manlig och en kvinnlig polis i bilen.

”Där kommer lagen”, sa jag. ”Simon sa att det körde en här i går kväll också, men den la jag inte märke till”.

Jag hade bäddat rent till Arne i min säng och när jag hade låst la jag två kuddar i soffan i vardagsrummet och kröp ned under en filt.

Även om jag tyckte om honom tänkte jag verkligen inte ligga sked med Arne Jönsson.

Jag vaknade efter en timme av att min mobil surrade. Ljudet var avstängt, men det lyste om den och den kröp över golvet bredvid soffan som en skalbagge på crack.

Jag såg i displayen vem som ringde.

Det var tyst i andra änden när jag svarade.

Eller … inte riktigt tyst, det susade. Det lät som vågor.

”Vad gör du?” frågade hon till slut.

”Jag sover”, sa jag. ”Vad gör du?”

”Ingenting.”

”Det vet jag inte om man kan säga, du ringer ju till mig.”

”Dom andra sover, men jag är på stranden. Jag sa att jag behövde luft, men egentligen ville jag ringa till dig.”

”Vad bra”, sa jag.

”Det vet jag inte.”

”Vadå?

”Om det är så bra.”

”Varför ville du ringa, då?”

”För att höra din röst. Jag tycker om din röst.”

”Är det vågor i bakgrunden, eller håller du upp en snäcka mot mobilen? Du vet väl att man hör havets sus i snäckskal?”

Hon fnissade.

”Det vet alla.”

”Jag vet inte om det är sant”, sa jag. ”Det kan vara nåt dom har programmerat in i snäckskal.”

”Jag tycker om din humor”, sa hon.

”Jag med”, sa jag.

Då skrattade hon.

”Jag kan inte prata mer, förlåt att jag ringde”, sa hon.

När jag vaknade på morgonen var Arne redan uppe. Alla är alltid uppe långt före mig om morgnarna.

Jag såg honom inte, men jag hörde hans röst, och eftersom ingen svarade antog jag att han pratade med flickan som kommer och går och aldrig säger nåt.

Mycket riktigt stod flickan på samma ställe som tidigare morgnar.

Jag hade inte berättat för Arne om henne, hade inte sagt att hon är folkskygg och inte pratar, men det verkade inte bekomma honom. Han pratade, hon var tyst och han gjorde ingen större affär av det.

Hon ryckte till när jag kom ut på verandan, men hon stannade kvar.

”Hej”, sa jag.

Hon svarade inte.

”Gomorrn’”, sa Arne.

”Jag har pratat med Bodil”, sa jag till flickan. ”Hon ringde i natt, hon är på Kanarieöarna. Berättade hon att hon skulle dit? Hon sa att jag skulle hälsa till dig.”

Jag hade ingen aning om huruvida flickan visste var Kanarieöarna låg eller varför jag ljög för henne om vad Bodil hade sagt eller inte sagt.

Hon reagerade inte.

Jag satte på kaffevatten och stekte ett par ägg och några skivor bacon, och frågade om flickan ville ha nåt, ett glas mjölk eller ett glas juice, men hon reagerade inte.

”Vad du pratar”, sa Arne. ”Tösen vill ha en kopp kaffe.”

Han vände sig till henne och sa:

”Eller hur? Vill du det?”

Det kändes som en evighet innan hon nickade.

På kort tid hade två av mina bekanta, Bodil Nilsson och Arne Jönsson, lyckats med vad jag hade misslyckats med under en hel sommar: De hade fått denna mystiska flicka att reagera.

Arne och jag satt på verandan med våra tallrikar, glas och muggar och när flickan tog kaffemuggen – svart, inget socker – ställde hon sig en bit bort från oss och lutade sig mot räcket, tillräckligt nära för att höra vad vi sa. Hon läppjade på kaffet. Det var starkt, barn brukade inte tycka om så starkt kaffe.

Jag reste mig, gick förbi flickan och ut på gräset utanför verandan. Hon blev stel som en pinne när jag passerade, men när hon såg att jag inte stannade eller tänkte röra vid henne slappnade hon av. Hon till och med vände sig om och tittade efter mig.

”Jag hade en chef som var knähög, och för att kompensera det uppträdde han som en militär. Han gick så här”, sa jag och började paradera med raka, utsträckta ben, vänster pekfinger under näsan och höger hand i en sorts Heil Hitler-gest.

När jag hade gått tre steg och vände mig om såg jag att flickan log.

Det var första gången.

”Han hade två katter, såna där konstiga siamesiska, avlånga som är håriga där andra är kala och kala där andra är håriga. Han hade tränat upp katterna till att smyga sig på honom när han kom hem och det kunde bli fruktansvärda fajter.”

Jag låtsades smyga, låtsades bli överfallen av en katt och kastade mig på marken.

”Han fick liksom slita loss ena katten från strupen så här, och så tog han tag i svansen och slog katten mot golvet … ”

”Slog han katten?”

Om jag tvekade så var det bara för en halv sekund, om ens det. Jag hann tänka att flickan förmodligen skulle ställa ifrån sig kaffemuggen och springa därifrån om jag sa, ”Men herregud, pratar du?”, så jag låtsades som ingenting.

”Han kanske inte slog den, han mer liksom brottades med den så här”, sa jag och stod på knä och låtsades hålla en katt i strypgrepp som Homer Simpson håller Bart när han blir förbannad på honom.

”Ibland kom han till jobbet riven och omplåstrad, blodig på armar, händer och kinder, och folk frågade, ’men vad har hänt, hur ser du ut?’ ’Då skulle ni se katten’, sa han. Jag vet inte om det är sant men nån berättade att en gång fick en av katterna både ett ben och svansen gipsade.”

Både Arne och flickan skrattade. Hon hade ett leende på läpparna när jag reste mig, borstade av mig och gick tillbaka till min stol, men när jag hade satt mig var det som om hon ryckte till. Hon ställde ifrån sig kaffemuggen, gick ned från verandan och in i skogen utan att säga ett knäpp.

”Hon drack i alla fall upp kaffet”, sa Arne som hade sträckt sig efter hennes mugg. ”Vem är hon?”

”Jag vet inte. Hon kommer och går, står här och säger ingenting.”

Vi satt kvar och småpratade i en timme. Sen frågade han om vår vän mördaren och om jag hade hört nånting, om jag hade fått veta nånting.

”Jag tror inte det händer nånting, mer än det jag, eller du och jag, har gjort”.

”Har du berättat om det för … vad hette hon, Månsson?”

”Eva Månsson.”

”Har du det?”

”Jag har ju inte det.”

”Varför inte det?”

”Jag vet faktiskt inte, det verkar som om polisen i Malmö har fullt upp med illegala vapen och gangsterverksamhet. Det har ju blivit en riksangelägenhet, alla resurser läggs på det.”

”Det är inte bara i Malmö, det är gangsters överallt. Småungar säljer narkotika på skolan i Anderslöv, tonårsgäng pressar skolelever på pengar, kräver beskyddaravgift, precis som maffian alltid har gjort. Och så är det mc-gänget, Mörkrets riddare, eller vad du nu fick det till.”

”Ibland tror jag vissa människor är lite imponerade av dom”, sa jag.

”Det var dom ju av maffian i USA också”, sa Arne.

Vi gick en sväng i hamnen och jag beundrade hans Duett.

”Den får mig att tänka på en mopedbil jag mötte när jag var på väg till dig första gången.”

”Mopedbil?”

”Ja, det satt två stora män i den, det såg ut som om dom satt fast. Bengtsson hette dom. Far och son. Det finns en till som heter Johnny, han kör en röd Mustang utan navkapslar.”

”Johnny Bengtsson känner jag till. Han var alltid en buse, ställde till med en massa när han växte upp, men du kommer ihåg Göte, som du hälsade på i Hököpinge, han slätade alltid över allting.”

”Göte glömmer man inte så lätt. Vet du nåt om Bengtssons?”

”Nej, inte direkt, men det kan jag ta reda på. Det känns som om Johnny fortfarande rör sig i gränslandet mellan lagligt och olagligt.”

”Den andre hette Bill. Han verkade inte ha alla hästar hemma”, sa jag.

”Nittiofemprocentare sa man på min tid”, sa Arne.

På väg tillbaka till huset mötte vi Andrius Siskauskas med två pojkar. De hade tydligen bestämt att bygga den där fiskeboden till nästa sommar.

”Jag tänker: Vi får prata senare, nu måste vi gå till Helsingborg”, sa Andrius.

Han och pojkarna gick ned till hans lilla lastbil och körde därifrån. Alla tre vinkade.

”Det var längesen man såg en sån frisyr”, sa Arne. ”Hade inte alla hockeyspelare såna?”

Efter en stund la han till:

”Jag trodde dom skulle gå till Helsingborg.”

KAPITEL 39

Hemma
Augusti

HAN HADE HAFT svårt att sova när han kom hem från Köpenhamn, och det var ovanligt.

Rastlös, han var rastlös, gick snabbt och nervöst – *rastlöst!* – genom huset. Han var glad över att han i alla fall hade hunnit köpa fläsksvålar, och till och med hade två påsar kvar, men han kände inte alls samma lugn som han brukade efter ett så pass väl förrättat värv.

Då hade ändå rappen varit hårda, snudd på perfekta, hon hade varit värd dricksen, det var inte det.

Han gick ut, tände en cigarr och stod mitt på gårdsplanen och rökte och tittade upp på stjärnhimlen.

Det var så tyst.

Så tyst att det nästan gjorde ont i öronen.

Så tyst att han kunde höra hur det frasade om tobaksbladen i cigarren trots att han höll handen utefter sidan.

Han gick ned till uthuset. Han skulle kanske sälja det stora huset och flytta ned hit. Den lilla polskan hade sovit över här några gånger.

Det var kanske lika bra att åka.

Poliserna i Solviken gjorde honom nervös.

Han hade varit nära att åka fast en enda gång, det var i Dallas. Det var därför han undvek Texas.

Det gick överstyr en kväll: När de andra konferensdeltagarna var på en barrunda förhandlade han i telefon med en eskortdam, men när hon kom till hans hotellrum var hon inte beredd att göra vad hon hade lovat i telefon och han körde en tvättlapp i munnen på henne, slog på tv:n, la henne över knäet och gav henne en omgång med livremmen.

Efter en timme kom två uniformerade poliser.

Efter ytterligare en halvtimme kom två kriminalare, en hette Gonzalez, han var av mexikanskt ursprung, precis som horan.

Efter två timmar kom en advokat.

Allting gjordes upp i godo.

Han betalade horan.

Hans uppdragsgivare hade visst inflytande i lokala säkerhetsfrågor, de betalade kriminalarna och allting tystades ned. Alla var nöjda och glada. Utom horan, hon skulle ha svårt att sitta några dagar, men hon skulle aldrig glömma honom. Det fanns alltid nåt att glädjas över.

Men han ville inte utmana ödet igen.

Somrarna gick fort.

Det var kanske bråttom, han visste inte.

Han kunde inte säga att det började med två tomma händer.

Det började med en lastbil.

Han hade under tonåren hjälpt en åkare i Alstad, på landsvägen mot Malmö, med småsysslor. Det var en vänlig änkeman som hette Bertil Mårtensson och inte hade egna barn. Han visste inte vad frun hade dött av, han hade aldrig frågat. Mårtensson visste å sin sida ingenting om hans bakgrund, eller om mor, men hade fattat tycke för honom, hade tagit sig an honom, hjälpt till att betala ett körkort, och han fraktade grus, sten, singel från ett stenbrott i Dalby, utanför Lund, till olika företag, industrier, byggen, vägarbeten och privatpersoner.

Han cyklade till och från åkeriet, men på helgerna lät Mårtensson honom låna en skåpbil så han skulle kunna ”åka ut och roa sig”. Mårtensson hade ingen aning om vad han hade använt bilen till eller vilka som hade åkt i den.

Mårtensson hade uppmuntrat honom till att investera i en egen lastbil, hjälpte honom med lån och kontantinsats. Han körde visserligen nästan enbart för Bertil Mårtensson, men han var sin egen på samma sätt som en frisör som hyr en stol i en salong.

Han var tjugosex när Bertil Mårtensson dog i en hjärtattack, och det visade sig att han hade testamenterat sitt åkeri till honom.

Nu ägde han tio lastbilar, elva med sin egen. Skåpbilen hade Mårtensson redan sålt. Han hade nästan inga kostnader alls på huset han bodde i.

Och precis som han hade lärt sig skapa sitt eget liv med mor lärde han sig snabbt hur det fungerar i affärer.

Han hade inte tänkt sälja, men när han erbjöds en stor summa för åkeriet funderade han i ett dygn innan han slog till.

Fonden ville att han skulle ha kvar tio procent av aktierna och sitta kvar i styrelsen.

Han upptäckte en ny och enklare värld.

Tog för sig.

Förutom att sitta i åkeristyrelsen började han investera i små, lokala entreprenörer, bilverkstäder, lanthandlar, plåtslagerier, städfirmor, pizzerior, frisersalonger och korvstånd. Han satte sig själv som ordförande i alla bolagen och började rationalisera, omstrukturera och sälja. Verksamheten blev förvånansvärt snabbt lönsam, och även om han höll en låg profil blev han kontaktad av affärsmän i södra Sverige och kunde följaktligen köpa mer, rationalisera mer och tjäna mer.

Han fick några internationella uppdrag åt en transportförening och ett säkerhetsbolag, och det var så han hade hamnat i Dallas den gången när det höll på att gå så illa.

Han gjorde sig känd som en slug och kall förhandlare, men han hade också ett rykte om sig att vara rättvis.

Det hände att lokaltidningen eller någon finanstidning ville intervjua honom men han tackade alltid nej.

Han hade till och med fått frågan om att bli styrelseordförande i ett stort svenskt bilföretag.

Han hade tackat nej.

Men han hade säkert gjort ett bättre jobb än holländaren.

Han tyckte inte om offentligheten.

Dels på grund av att han skämdes över sitt utseende.

Dels på grund av sin bakgrund.

Men också på grund av vad han hade gjort, straffexpeditionerna.

Han hade nyligen fått ett erbjudande om att åka iväg och styra upp verksamheten vid ett stort företag, och han skulle kanske ta den chansen.

Komma bort.

Fokusera.

Han tog ett sista bloss på cigarren, trampade ned den i gruset och gick in och bokade resa och hotell på nätet.

Innan han la sig tog han fram och putsade rottingen med den lilla, mjuka duken.

Han sov lugnt och drömlöst.

KAPITEL 40

Malmö
Augusti

NÄR ARNE KÖRDE hem till Anderslöv dröjde det en timme innan kriminalinspektör Eva Månsson ringde.

”Jag hade fel”, sa hon.

”Fel?”

”Han har inte slutat.”

Den här gången ljög jag inte.

Jag satte mig i bilen och när jag kom fram till Malmö berättade jag för Eva Månsson att jag hade varit på Statoilmacken i Svedala samma eftermiddag som Johanna Eklund försvann.

”Varför sa du inte det?” frågade hon förstås.

Vi satt i fönstret med var sin kaffe på Noir, Eva Månsson hade en basker jag inte hade sett förut, jeansjacka och ett par mörkblå byxor. Jag sa:

”Jag säger det nu. Jag såg i tidningen att hon var försvunnen, men jag tog det inte så allvarligt. Flickor i den åldern har en benägenhet att försvinna.”

”Men du pratade med henne?”

”Kallprat, jag betalade för bensinen och köpte en korv som jag slängde. Hon frågade om hon fick lifta med mig till Malmö, men jag skulle inte åt det hållet. Jag tror att hon frågade alla som kom in, det var nåt med bussens tidtabell som inte passade hennes schema.”

”Det var kanske en annan kund som lät henne åka med? Hörde du om hon pratade med nån annan?”

”Nej, och det verkar ju inte som om hon åkte med nån från macken. Hennes kollega sa, i tidningen i alla fall, att hon gick mot busshållplatsen.”

”Hon kanske liftade med nån därifrån.”

”Jag vet inte, Eva”.

Jag visste nämligen inte det.

”Att du är så inblandad i dom här fallen”, sa hon.

Hon hade ingen aning om hur mycket jag var inblandad.

Jag hade inget med Justyna Kasprzyk att göra, mer än att jag hittade henne.

Ulrika Palmgren kunde jag inte ha så många teorier om, jag tror inte att hon hade varit kvar i livet även om jag hade berättat för Eva Månsson att det var just henne jag hade träffat i Malmö.

Johanna Eklund var däremot en sån tillfällighet att det var kusligt.

Men det blev en ny artikel.

Jag skrev själva huvudstoryn medan andra reportrar fick skriva vad som hade hänt tidigare, formulär 1A ytterligare en gång.

Det var väldigt enkelt: En familj om två vuxna och två barn, en son på elva och en dotter på nio, kom hem från semester i Turkiet och upptäckte att nån hade brutit sig in i deras bil på långtidsparkeringen på Sturup.

Nån hade inte bara brutit sig in.

Det satt en kvinna bakom ratten.

Hon var död.

Det var Johanna Eklund, tjugotvå.

Familjen såg bestört ut på bilderna i tidningen dan efter. Mamman höll ena handen för ögonen på dottern, som om det skulle kunna ta bort minnesbilden av vad som satt bakom ratten i deras bil.

Polisen behandlade det till att börja med som ett mord vilket som helst, och det var inte förrän kroppen kläddes av som man upptäckte att Johanna Eklund hade blivit slagen med ett ris över bakdelen och halvvägs ned till knäna.

Hennes trosor satt bakfram.

Hon hade blivit strypt, men man hittade inga fingeravtryck eller andra spår av sperma, tyg eller annat material på bilen eller på Johanna Eklunds kläder.

Jag satt på hotell Mäster Johan och skrev, men valde att köra till Solviken när jag var klar och satte mig, mitt i natten, på min veranda.

Det var småkyligt så jag hade en tjock tröja på mig, men jag satt där i mörkret tills solen började gå upp över Ängelholm på andra sidan bukten.

Hade jag kört Johanna Eklund till Malmö … jag kunde inte släppa tanken … det var ingen omväg … jag kunde inte släppa tanken … såg Johanna Eklund framför mig, hur hon skrattade, blinkade, tog betalt och la en korv i bröd.

Nu var hon död och det var inget jag kunde göra åt det.

Jag hade kanske kunnat, men … jag kunde inte släppa tanken.

Och hade jag sagt till Eva Månsson att mördaren förmodligen varit i kontakt med mig, så … jag vågade inte tänka tanken fullt ut.

Sommargästerna hade redan börjat åka hem till varifrån de nu kom och det blev så småningom tomt i Solviken. Vi slutade med grillkvällarna och Simon höll öppet enbart lördag och söndag lunch.

Fru Björkenstam vallade hunden.

En polisbil gled tyst förbi.

Jag sov med ljudet påslaget i mobilen för att inte missa om Bodil ringde.

Det gjorde hon, men det var tyst i andra änden när jag svarade.

Jag hörde bara sus, kanske var det en snäcka, sen sa hon: ”Jag hatar Kanarieöarna.”

Och så la hon på.

Jag visste inte om hon hade sett att det hade skett ett nytt ”smiskmord”, och jag nämnde inget om det.

Jag inbillade mig att hon grät.

Jag stannade i Solviken en bit in i september. Det var fortfarande sensommarvärme och även om jag kände mig håglös badade jag varje dag. Stockholmarna hade åkt så jag hade badplatsen för mig själv.

Jag badade naken bara för att jävlas.

Ingen brydde sig, familjen Björkenstam hade också åkt till Stockholm.

Jag kunde inte släppa tanken på Johanna Eklund.

Jag saknade Bodil.

Det kändes konstigt att erkänna eftersom vi bara hade träffats på en lunch i Malmö, ätit middag i Solviken, badat och hedrat Bill Clinton. Men jag saknade hennes skratt, hennes röst, hennes sätt att uttrycka sig och jag saknade hennes kropp, hennes värme.

Jag blev aldrig förälskad.

Jag tillät mig inte.

Men jag vet inte.

Jag körde till Malmö några gånger, och jag intalade mig att det var för att träffa Eva Månsson, men hon hade sällan tid och när hon hade det så hade hon väldigt ont om den.

Däremot gick jag i rask takt förbi reklambyrån där Bodil Nilsson jobbade och hoppades att hon skulle råka komma ut när jag gick förbi.

Det gjorde hon inte.

Jag fick däremot ett mejl.

Hon skrev att hon hade sett mig genom fönstret på gamla Väster i Malmö och bestämde sig för att en gång för alla klargöra var hon stod och varför.

Mejlet var på femtusentrehundranio tecken, vilken är som en lång tidningsartikel, och ju mer jag läste om hennes syn på mig, äktenskap i allmänhet och hennes i synnerhet, dottern Maja, hennes man, hennes liv och männen i det, hennes jobb och hennes barndom desto mindre begrep jag.

Jag svarade:

"Jag förstår ännu mindre efter detta 'klargörande.'"

Hon: "Jag är inte så bra på att klargöra."

Jag: "Märker det."

När hon skickade ett mejl några dagar senare stod det:

"Du är äldre än jag."

Jag: "So what?"

Hon: "Men du *är* det! Har kollat birthday.se."

Jag: "Jag har varit med om värre."

Hon: "Är du pedofil?"

Jag: "Du är trettioåtta, Bodil."

Hon: "Tänkte inte på det."

Jag föreslog att vi skulle träffas, men det ville hon absolut inte. Några timmar senare skrev hon:

”Eller … jag får se.”

Det kändes som om det fanns hopp.

Men efter det svarade hon inte på mejl. Jag ville inte ringa till reklambyrån och fråga efter henne och jag ville inte ringa på hennes mobil.

Jag bokade en resa till New York, packade så småningom ihop och körde till Stockholm.

Lägenheten kändes trång och varm när jag hade varit så många månader i ett hus i en hamn i nordvästra Skåne, och i stället för att sitta hemma och tråkas ihjäl gick jag planlöst omkring på olika fik eller krogar.

En gång tyckte jag att jag såg henne.

Hon hade sagt att hon var i Stockholm med jobbet några gånger om året. Hon tyckte om Stockholm, det var det inte många skåningar eller malmöbor som gjorde.

Jag sprang ut från fiket jag satt på och gick ikapp henne.

Det var inte Bodil.

Kvällen innan jag skulle åka till New York satt jag med ett glas rött och pratade om gamla band som Mott The Hoople och The Stooges med Stefan, barchefen på Riche, när hon ringde.

Det lät som om hon hade druckit.

Men hon lät väldigt glad, och det gjorde mig varm inombords.

”Jag har hört världens bästa låt”, sa hon.

”Vilken då?” sa jag.

”Lyssna på den här titeln … *I'd rather be an old man's sweetheart than a young man's fool* … är den inte fantastisk?”

”Candi Staton”, sa jag.

”Har du hört den?”

”Det är en klassiker.”

”Jaha, men bra, *svinbra!* Jag är så trött på att bli lurad och sviken och besviken och bedragen.”

”Och då är jag alltså den gamle mannen … ”

”Jag visste du skulle ta det så.”

Hon lät inte glad och uppåt längre.

"Men jag är bra på att hålla ... "

"Fan också, nu blev det fel igen", sa hon och la på.

Efter en kvart ringde hon igen.

"Du får tro vad du vill, men jag menade det", sa hon.

Hon la på så snabbt att jag inte hann fråga vad det var hon menade.

Om det nu verkligen fanns hopp så var min typ av hopp den typ av hopp man sätter ändelsen "löst" efter.

Det låg ett kuvert på hallgolvet när jag kom hem från Riche.

Simon Penders handstil.

Han skrev att han hade vittjat min brevlåda och hittat ett kuvert, han visste inte hur länge det hade legat där. Det var inte utdelat med post, det stod bara:

Vännen Harry

Det verkade inte innehålla ett brev, det kändes som ett litet, smalt föremål.

När jag öppnade kuvertet trillade en tunn kedja ut.

Ett örhänge.

Det satt en dödskalle i kedjan.

III

KAPITEL 41

New York
September

DET VAR EN fantastisk kväll, sent i september, av ett slag som jag inbillar mig bara inträffar i New York. Luften var varm och inbjudande, och det doftade ljuvligt från alla småkrogar med sina öppna dörrar och fönster.

Det ingav mig ett lugn som jag hade saknat sen Bodil körde från Solviken, sen Johanna Eklund hade blivit mördad och jag hade fått hennes örhänge i ett kuvert i brevlådan.

Jag visste att det var hennes.

Jag hade lagt märke till det när jag tankade i Svedala.

Men jag kom inte ihåg om jag hade kommenterat det, det skulle inte förvåna mig, jag var förtjust i dödskallar på kläder och accessoarer.

Att det var Johanna Eklunds örhänge förstod jag i samma ögonblick som det gled ut ur kuvertet.

Jag visste däremot inte vad jag skulle ta mig till med det.

Spara det?

Det hade varit en alldeles för bisarr souvenir.

Skicka det till Eva Månsson?

Och hur skulle jag då förklara varför mördaren hade skickat örhänget just till mig?

Kasta det?

Efter en minut gick jag ut på gatan och bort till en av de där stora sopsäckarna som kallas Big Bag och står överallt på Stockholms trottoarer. Jag var på väg att släppa ned örhänget bland all byggbråte när det slog mig att vem som helst skulle kunna lägga märke till det, ta hand om det och kanske ge det till sin flickvän. Och kände jag Eva

Månsson rätt så skulle hon, på ett eller annat sätt, få reda på att det var Johannas örhänge och det skulle inte förvåna mig om hon en dag ringde och frågade varför jag hade kastat just det örhänget i en Big Bag.

Jag gick i stället ned på gatan, promenerade två kvarter bort och släppte ned örhänget i en gatubrunn.

Jag behövde sällan en specifik anledning för att åka till New York, men nu kände jag att kunde ha nytta av mina kontakter i stadens S&M-värld. Hade mannen som straffat och dödat tre kvinnor varit verksam i flera år kändes det givet att han på ett eller annat sätt skulle ha kommit i kontakt med den världen.

Det var bland annat därför jag satt med Harriet Thatcher på en bar som hette JG Melon och låg på Tredje avenyn vid 74:e gatan. Jag lärde känna Harriet redan när hon kom till Hollywood som ung sångerska i ett countrypunkband från San Angelo i Texas.

Då hette hon Sara Lee Perkins, bandet hette Focking Horses och var, som Sara Lee själv, mer entusiastiskt än bra. När spelningarna blev färre eller inga alls, och två av medlemmarna tyckte att heroin var roligare än countrypunk, tog hon namnet Tippi Temptation och började på en S&M-inrättning i en villa på San Vicente Boulevard i västra Hollywood. Huset revs snart för att ge plats åt ytterligare ett av alla dessa shoppingcentrum.

Även om mannen som ägde villan på San Vicente Boulevard tog sin del av inkomsterna fick Harriet ofta väldigt bra med dricks och slapp åka hem till San Angelo igen.

Nån kom på att hon var bättre som dominant och under en period var Harriet en *switch*, både gav och tog, innan hon blev sin egen, en dominatrix vid namn Harriet Thatcher.

Harriet Marwood, governess är titeln på en klassisk agaroman om en ung man och hans stränga guvernant, och eftersom Englands före detta premiärminister, Margaret Thatcher, alltid hade varit en välkänd dominant symbol var det ett genidrag av Sara Lee/Tippi/Harriet att kalla sig Harriet Thatcher. Drog hon sitt blonda hår stramt bakåt i en knut, tog på en snäv kjol, lät läpparna smalna och satte sig att stirra bestämt rakt in i kameran, med en rotting eller hårborste i knäet, kunde hon enbart med blicken sätta lustfylld skräck i skolgossar i alla åldrar i hela världen.

Hon bodde på 17:e gatan vid Sjätte avenyn i New York i ett stort loft vars ena del bestod av ett ljudisolerat rum där hon jobbade. Golvet var av trä och lackerat som i en gymnastiksal. Där fanns också en prygelbänk och anrättning att hänga upp kunder i. Hon hade en webbsida, men hennes klienter var till nittiofem procent stamkunder.

”Jag tar inga drop in längre, och det är många skummisar på nätet”, sa hon.

Hon hade tidigare på dagen haft en kund som kom fyra gånger om året och betalade Harriet fyratusenfemhundra dollar varje gång. Hon tjänade därmed på en timme nästan dubbelt så mycket som en svensk sjuksköterska hade i månadslön. Hyran för loftet var i och för sig hög, och prygelbänken var specialgjord och kostade därefter.

”Från Boston, säger han i alla fall. Bankchef med fru och barn, säger han. Han har själv hittat på scenariot och det är likadant varje gång. Jag skäller ut honom, han klär av sig … det går efter fyra-fem rapp. Lätta pengar. Han får själv städa upp, han har ett gulligt, litet förkläde som han tar på sig och ligger på knä och torkar golvet.”

Jag brukade bo hos Harriet i New York. Vad vi hade vet jag inte, vi hade hånglat under hennes countrypunktid, men även om hon var söt, pigg och äventyrlig var hon intresserad av smisk enbart när hon hade det som jobb.

På så sätt var vi olika.

Jag hade aldrig haft det som jobb.

Hade man bara sett Harriet yrkesklädd skulle man inte känna igen henne privat. I stället för snäva dräkter och sträng hårknut hade hon utslaget, böljande hår och bar en vacker senapsgul klänning med små blommor på. Hennes läppstift var lika rosa som skärpet runt midjan, och hon hade en tunn, ljus kofta över axlarna. Ingen skulle tro att hon arbetade med att domptera vuxna män, och en eller annan kvinna, och fick dem att lyda hennes minsta vink.

Hon såg ut som en tonåring.

Hon drack en Cosmopolitan.

Jag drack en dry martini och en Heineken.

Det lät svagt om Rolling Stones från cd-jukeboxen bredvid dörren till toaletten, och stämningen och ljudnivån i den trånga lokalen med alla bilder, teckningar och målningar på vattenmeloner var behaglig och rofylld.

Vi hade beställt chili och cheeseburgare och när Harriet hade droppat över tabasco och tagit första tuggan sa hon:

”Kommer du ihåg ett ställe på Tredje avenyn?”

”Jag kommer ihåg många ställen på Tredje avenyn, det här till exempel”, sa jag.

”Det låg längre ner, Sjuttonde eller Artonde gatan, man kom direkt in till en smal, hög trappa som ledde till ovanvåningen. Jag minns inte vad det hette, men det låg ovanför en bar eller klubb, jag tror det var en jazzklubb. Man hörde musik upp genom golvet.”

Jag tecknade åt den kortklippta, blonda bartendern om mer att dricka. Senast jag såg henne hade hon varit mörkhårig. Hon var till och med äldre än jag.

”Dom ringde in mig några gånger, men jag gillade dom aldrig och var noga med att få betalt i förväg. Dessutom var där smutsigt och ostädat, det var inte som i LA, där var allting elegant, det var därför jag öppnade eget”, sa hon.

”Jag vet inte vad du pratar om”, sa jag.

”Jazzklubben hette Fat Tuesday's kom jag just på. Jag visste att det var nåt med Mardi Gras och New Orleans. Redan för några år sen hörde jag talas om en speciell kund som vägrade använda deras redskap och i stället hade en egen rotting med sig.”

Själv reste jag för första gången på länge utan gitarrfodral, det hade börjat bli för många frågor.

”Han var från Sverige”, sa hon.

”Va?”

Jag slutade tugga och tittade på henne.

Hon nickade.

”Jag är helt säker. Jag träffade honom aldrig, men dom var lite rädda för honom. Du vet … när man tar emot försöker man se till att det blir så smärtfritt som möjligt samtidigt som kunden ska tro att han får full valuta för pengarna, man blir en ganska duktig skådespelerska till slut. Men den här gick inte att lura, och han ställde stora krav. Man har kodord när det gör för ont, men han betalade för att slippa kodord. Han betalade å andra sidan förbannat bra."

Jag fick en ny flaska och ett nytt glas framför mig.

"Du får luta dig fram och läppja på martinin, lyfter du glaset spiller du", sa bartendern.

Jag läppjade. Jag kan också vara lydig, det beror på vad det gäller.

Harriet fortsatte: "Vissa vill leka lekar och låtsas att dom är stygga skolpojkar eller en sträng rektor, men 'svensken' var aldrig intresserad av det, han ville bara straffa och han som drev stället, jag gillade aldrig honom, han fick alltid övertala samma tjej att ställa upp, hon var den enda som orkade med honom ... och jag kommer snart på vad hon heter."

"Och du tror att det var samme man som jag har pratat om?"

"Kanske, det är väl inte så vanligt?"

"Och att han var från Sverige?"

"Jag är nästan säker. Han var liksom en levande legend."

Vi tog så småningom tunnelbanan till 23:e gatan och promenerade hem till henne. Lägenheten låg i ett hus som en gång hade varit en symaskinsfabrik. Förutom det ljudisolerade rummet bestod den av ett öppet kök, ett sovrum och ett rejält vardagsrum med stora, välvda fönster. Det var sparsamt möblerat, hon brukade säga att hon var "väldigt mycket zen" och ville inte samla på sig för många saker. Det hängde en Andy Warhol-affisch på ena väggen, det stod ett litet vinställ i köket men förutom en bra bäddsoffa med tillhörande soffbord och en säng i sovrummet hade hon inte så mycket mer. Jag hade gett henne en affisch från filmen *Secretary*, där Maggie Gyllenhaal kryper med ett papper i munnen. Den satt nålad på ena väggen, Harriet hade inte hunnit rama in den.

Hon gjorde var sin kopp kaffe, hällde upp en calvados till mig och tände själv en joint som hon plockade upp från en ziploc-påse i grönsaksfacket i kylen.

"Kommer du på festen i morgon?" frågade hon.

Harriets fester var mytomspunna. Det kom folk från hela USA för att träffas, prata, umgås och kanske börja smiska varandra, om nu inte just det är detsamma som att umgås i de kretsarna.

”Jag vet inte, jag är privat av mig”, sa jag.

Vi sa inget på en stund. Hon rökte. Jag tittade på.

”Jag kan förstå honom”, sa Harriet till slut, när hon höll det som var kvar av jointen i en pincett för det sista blosset.

”Vem?”

”Svensken. Jag hade också med mig egen rotting dit, deras redskap var värdelösa.”

Roger Thompson hade varit min mentor och läromästare ända sen han betalade mig för att skriva noveller i tidningen *Secks*.

Nu hade han fått en permobil.

Fått och fått, man får ingenting i USA, men han hade tillräckliga sjukförsäkringar för att ha rätt till en permobil när hans vänstra ben amputerades på grund av diabetes.

Han var inte diabetestypen, om det nu finns nån, sjukdomen drabbar vem som helst och allt fler.

Roger var en lång, smal och för sin ålder typiskt engelsk man. Han hade fyllt åttio men var vital som få, och när han visade mig permobilen var han som alltid klädd i mörkblå kavaj med guldknappar, grå byxor, en filthatt av homburger-modell på huvudet samt vita strumpor i mörka loafers med tofsar.

Han hade kraftig, grå mustasch och så brett mellan framtänderna att de som var tillräckligt gamla för att komma ihåg en gammal engelsk komiker som hette Terry-Thomas ofta påpekade likheterna.

Hans fru hade dött för femton år sen, och Roger bodde ensam kvar i en lägenhet vid Central Park på Femte avenyn. Det var där vi körde, och väckte stor uppmärksamhet och munterhet när vi plöjde genom turistflockarna utanför de mäktiga trapporna till Metropolitan Museum.

”Det är så här man ska resa, Harry”, ropade Roger vid styret på denna trehjuliga minicrosser som gick förvånansvärt fort.

”Hold on to your hats!” ropade han åt turisterna trots att han var den ende som bar hatt.

Själv stod jag bakom honom och höll mig i armstöden.

”Den går förbannat fort”, sa jag när vi hade satt oss på en parkbänk på en liten kulle vid en sjö i parken. Nån lekte med en fjärrstyrd segelbåt, och svarta eller sydamerikanska kvinnor gick med övre Manhattans rikemansbarn i flock eller vagn.

Jag kom till New York långt innan stan blev ett tivoli för bönder från Broakulla, människor som gick på Times Square i shorts, Foppatofflor, ryggsäck och keps med svensk flagga. På min tid gick man inte som en julgran på Times Square, man vistades i området med fara för sitt eget liv.

Men det fanns på den tiden en stämning av *anything goes*, och jag erkänner att jag lät allt hända. När mina pengar tog slut fick jag tips om Roger Thompson. Han var redaktör för tidningen *Secks*, som var en gratistabloid med annonser för bordeller, eskortkvinnor och straffhak. Texten betydde inte så mycket, men den som skrev fick betalt.

Jag blev bra på aganoveller, men ingen har kommit upp i Roger Thompsons klass.

Boklådorna på 42:a gatan är borta, för ingen vill eller kan läsa, men Roger, som föreläst i engelsk litteratur på Columbia-universitetet – det var så han hamnade i New York – var begåvad med en stilren och korthuggen prosa som passade hans ämnesval. Han skrev fortfarande, och trots att han var över åttio fanns det inga andra texter där en rotting beskrevs så sensuellt och kärleksfullt och ingenstans där den användes med sån snärt, lidelse, precision och hetta på en stackars sekreterare som stavat fel i ett viktigt affärsbrev.

Jag hade för längesen slutat köpa och samla, men jag missade aldrig en Roger Thompson. Det kan bero på att han skickade manusen direkt till mig. Vi var en utvald skara på sextiofyra personer i hela världen.

Han skrev på gula, linjerade A4-ark och på gammaldags skrivmaskin. Han slog lika hårt på tangenterna som Arne Jönsson i Anderslöv och hans noveller utspelade sig på fyrtio-, femtio- eller sextiotalen eftersom den tiden, och den tidens kvinnor och kvinnoideal, intresserade honom mer än dagens.

Han var före sin tid, långt före *Fifty shades of Grey*.

Mobilen surrade i min innerficka.

”Hon heter Brenda Farr, F-a-r-r”, sa Harriet Thatcher. ”Om hon heter det på riktigt eller om det är ett artistnamn vet jag inte.”

”Hon som … ”

” … stod ut med svensken, och han var svensk, en stor, butter buffel, säger dom.”

”Vad gör Brenda i dag?”

”Ingen aning. Vill man träffa henne ska man gå till Jimmy's Corner, det är en bar på 44:e. Hon sitter precis till vänster innanför dörren, sägs det, hon är där varje kväll.”

När jag hade knäppt bort Harriet sa Roger:

”Du måste prata med poliskvinnan, du kan inte ränna omkring och lösa brott, så fungerar det bara i böcker, inte i verkligheten”.

Vi hade pratat om det som hänt i Sverige och hur jag hade blivit inblandad och … om inte ljugit så åtminstone inte berättat hela sanningen och inget annat än sanningen.

”Har du gått över gränsen på det viset? Jag menar inte att du skulle ha mördat, men … ”.

Jag lät frågan hänga i luften.

”Nej, det är en sak att fantisera, en annan sak att verkligen genomföra det man tänker på eller skriver om”, sa han till slut.

”Vad triggar honom?”

”Jag vet inte, det verkar ju inte vara sexuellt. Han är väl en sjuk fan, helt enkelt.”

”Och det ska du säga.”

Han gnäggade igen, och sa: ”Hade hon verkligen en brandhjälm hemma?”

Jag nickade.

”Han verkar som sagt inte sexuellt intresserad, så varför tog han kontakt med kvinnan med brandhjälmen?” sa jag.

”Han kanske föreslog att göra nåt *med* hennes vilja, och hoppades på och genomförde nåt helt annat *mot* hennes vilja.”

”Men varför dödade han henne, en prostituerad från Polen och en som jobbade på bensinmack? Han hade ju inte dödat tidigare”.

”Det vet du inte. Du borde kanske be poliskvinnan undersöka om det har försvunnit kvinnor i hans trakter.”

Så långt hade jag inte tänkt.

”Harriet tror att han har varit här, i New York, och att folk i hennes bransch tyckte att han var obehaglig.”

”Om det nu är han.”

”Jag börjar tro det mer och mer, och … nånting gnager, det är nånting som ligger djupt inom mig som har med detta att göra, men som jag inte kan komma på, nåt som jag har sett eller hört.”

Roger frågade om jag hade sett en dansk tv-serie som heter ”Borgen” och när jag nickade frågade han om jag hade lagt märke till scenen när Birgitte Hjort Sörensen kliver upp ur en säng och man ser henne naken bakifrån, han hade öga för sånt.

”Du har fyllt åttio, du ska mata duvor”, sa jag.

Roger Thompson gnäggade så högt att de fyra duvor som gick med vickande huvuden runt bänken förskräckt flaxade i väg.

På kvällen kunde vi tack vare Rogers namn på gästlistan gå före en lång kö utanför en sex våningar hög, intetsägande industribyggnad nära nedfarten till Holland Tunnel på Manhattans sydvästra sida. Vi upplevde ytterligare en behaglig kväll, även om det blåste tillräckligt från Hudson-floden för att sönderrivna tidningssidor och papperspåsar skulle virvla i luften och gamla kaffemuggar muntert rulla i rännstenen.

Harriet hade sålt etthundrafyrtiotre biljetter à hundra dollar och hennes smiskfest var en succé redan innan den hade börjat.

Det fanns en ramp för handikappade och Roger navigerade sin permobil, förlåt: minicrosser, ned och in i en mörk källarlokal som till vardags var en seriös S&M-klubb med allt vad det innebär av udda möbler och stora, fladdrande stearinljus och en typ av väggprydnader som man inte ser i ett normalt radhus i Finspång. Resten av huset bestod av små kontor eller gallerier.

Man fick redan i garderoben välja en bricka med ”Dom” eller ”Sub”. Både Roger och jag valde var sin ”Dom” och nålade fast dem på kavajslagen. Kvinnan i garderoben undrade om Roger ville lämna in sin hatt men det ville han inte. Det hade inte jag heller velat. Har man hatt ska man vara rädd om den.

Roger hade fått fyra öl- och vinbiljetter av Harriet, kylskåpet bakom bardisken var fullt av flaskor med Heineken och det stod dunkar med rött och vitt på golvet. Roger beställde rött och fick ett plastglas med vin av en ung kvinna i en svart kroppsstrumpa, det var mycket lätt att se att hon inte hade nåt under den. Hans grimas när han smakade på vinet var av det slaget att jag omedelbart beställde en Heineken.

Lokalen fylldes snabbt. Vissa av gästerna verkade känna varandra, medan andra stod längs väggarna och såg förlägna och osäkra ut. Det verkade vara fler män än kvinnor. Många var förvånansvärt gamla, man inbillar sig ju alltid att allting med nån anknytning till sex tillhör ungdomen.

Roger gled omkring på sina tre hjul med ett förväntansfullt leende på läpparna, Harriet skred som en drottning genom lokalen i sina arbetskläder – hon hade en kort läderrem i skärpets högra sida, en flogger i dess vänstra, och i handen höll hon en nypolerad rotting som det glänste om. Det stod givetvis ”Dom” på hennes skylt, som om ingen förstod. En man i sextioårsåldern med öl-och-pommes-frites-mage smiskade en lika fet kvinna i samma ålder, det såg groteskt ut när hans knubbiga fingrar nästan försvann i de dallrande skinkorna.

Jag gick en sväng i korridorerna och hörde klatschar och pip från olika vrår och rum, och när jag kom tillbaka till bardelen hade tio kvinnor satt sig bredvid varandra på stolar och släpade en man fram och tillbaka över sina knän samtidigt som de klatschade hans nakna rumpa. Detta kallades ”Smisktåget” och applåderades entusiastiskt. En kvinna i sjuttioårsåldern låg på mage på en bänk medan en trettio år yngre man skällde ut henne samtidigt som han slog henne med en tjock läderrem. Hennes klänning var uppdragen till midjan, hennes underkläder neddragna till vristerna och hennes skinkor röda som en brandbil. Roger hade plötsligt en medelålders kvinna över sitt högra knä och ropade ”Hold on to your hat” när han drog upp hennes klänning. Precis som turisterna utanför Metropolitan Museum saknade hon hatt. En fryntlig man i knälånga ridbyxor, gummistövlar och militärkavaj gick långsamt omkring och tvinnade sina vaxade mustascher mellan fingertopparna medan han kastade oroliga eller intresserade blickar på Harriet genom en monokel som fick hans högra öga att se ut som ett tefat. Han hade tropikhjälm på huvudet och det stod "Sub" på hans skylt. En man i trettioårsåldern i stripigt långt hår, jeans och en stor New York Rangers-tröja verkade vilja titta på allt, men vågade inte titta på nånting utan höll krampaktigt i en flaska Heineken och såg ut som om han hade magknip.

Förutom Harriet, Roger och mig själv påminde allting – lådvinet, människorna – om fredagskväll på en campingplats. Jag har hört talas om borgarklassens diskreta charm och jag har läst om överklassens smisklekar. Jag har själv aldrig blivit bjuden, men regissören Roman Polanski och skådespelerskan Liz Hurley har i böcker och intervjuer berättat om fester där man efter kaffet får en bindel för ögonen och därefter ska gissa vem som smiskar en.

Det fanns ingen charm eller överklass bland detta klientel i en källarlokal med niosvansade katter och handfängsel på väggarna, här handlade det om personer som tog buss eller campingbil till festen i stället för limousin eller stadsjeep med chaufför, och i stället för ett årgångsvin från Australien eller Kalifornien drack nåt ljummet från en dunk i plastmugg.

Det fanns framför allt inget sexigt i festen.

Det var därför jag inte hade velat gå. Jag har varit på liknande tillställningar, med eller utan Harriet och Roger, och har aldrig funnit nöje eller nåt intressant i dem. Jag gick för att ... för att man vet aldrig.

Det var som dans och dansband i Sverige.

I min värld är dans vackert, sensuellt och sexigt och det borde aldrig dansas utanför Buenos Aires, men på svenska dansbanor utförs dans som ett motionspass.

Jag vet inte vad människorna i källaren till en industrilokal på Manhattans sydvästra sida var ute efter, arbetarklassens indiskreta charm, kanske.

Jag hittade ingen jag ens kunde försöka prata med för att börja reda ut begreppen.

Jag tror inte ens att jag ville.

Jag var den jag var och nöjd med det.

Jag var inne på min andra Heineken när jag började fundera på olika sätt att smyga därifrån utan att Harriet skulle bli förnärmad. Roger skulle klara sig hem, det gjorde han alltid, och när jag sökte honom med blicken hade han en betydligt yngre kvinna över sitt enda knä i minicrossern.

Jag var på väg ut längs bardisken när jag fick en hård näve i sidan.

Jag vände mig om och såg en kvinna med kortklippt, mörkbrunt hår. I en rak, kort och apelsinfärgad klänning, vita knästrumpor och matchande skor med svart tåhätta såg hon ut som en femtiotalsdröm i en gammal italiensk film, eller möjligen fransk. Hon hade en prickig sjalett på huvudet.

Det stod "Sub" på hennes skylt.

"Jag har kollat in dig, du ser ut som om du vet vad man gör med olydiga flickor", sa hon.

Hon log vackert.

Ögonen var pigga, stora och mörkbruna.

"Nej, jag ... "

"Jo, det syns."

Det lät som nåt Ulrika Palmgren hade sagt för längesen.

Hon kom närmare, ställde sig på tå och viskade i mitt vänstra öra: "Du har ingen aning om hur olydig jag har varit."

Jag visste att det här var som att bjuda upp till dans, men jag dansade inte, i alla fall inte offentligt.

Men jag log.

Det kändes som ett fånigt leende.

Jag ville egentligen inte.

Inte offentligt, inte så här, inte bland de här människorna.

Jag var dock tvungen att erkänna att den italienska femtiotalsdrömmen påverkade mig.

"Eller är du inte man nog?"

"Vem har skrivit den här dialogen?" frågade jag.

"Det är ingen dialog, det är allvar."

Hon lät ena handen glida längs mitt lår.

"Det verkar som om du är *lite* glad över att se mig", sa hon.

Det lät som nåt Bodil Nilsson hade sagt på en flotte utanför en hamn i Skälderviken.

Jag harklade mig och sa: ”Harriet gillar inte att man … ”

”Att man?”

Hennes hand blev mer bestämd, mer målinriktad.

”Jag tänkte precis gå härifrån, det här är inte min scen.”

”Varför kom du hit, då?”

”För att hjälpa en vän i rullstol, eller permobil”, sa jag. ”Fast det är en minicrosser.”

Jag började förklara skillnaderna mellan en permobil och en minicrosser när hon ställde sig på tå igen. Jag trodde hon skulle viska nåt nytt när hon i stället bet mig i örsnibben. Hårt.

”Aj som fan”, sa jag på svenska.

Hennes leende var ännu större och ögonen ännu busigare när jag gned mig om örsnibben.

Hon såg fullständigt bedårande ut.

”Där ser du hur jag har blivit”, sa hon.

”Det gjorde ont.”

”Förstår du hur mycket smisk jag behöver?”

Jag kände hennes hand, doften av tvål från hennes hud och ett fräscht schampo jag inte kunde placera.

”Inte här”, sa jag.

”Varför inte det? Är du feg?”

”Det här är ett zoo.”

”Jag tycker det skulle vara … spännande.”

Jag rörde mig inte, sa ingenting.

Hon gick bort till bartendern och beställde ett glas rött vin.

Jag hade kunnat gå därifrån, men det gjorde jag inte.

När hon kom tillbaka stack hon vänster hand innanför min byxlinning, drog ut den och hällde vinet innanför mina byxor.

”Okej, då”, sa jag.

Hon såg nöjd ut när jag slog plastglaset ur handen på henne, satte vänstra foten på en stolsits och böjde henne över mitt knä. När jag höjde högra handen stack nån till mig en oval *paddle* av trä och det sjöng om den när den träffade sitt mål.

Om hon verkligen var nöjd vet jag inte.

Det var som en dimma jag inte riktigt kunde kontrollera.

Men folk applåderade och femtiotalsdrömmen gned sig frenetiskt där bak när hon dragit upp trosorna och stod på fötter igen.

I samma ögonblick ringde min mobil.

Jag tog fram den ur innerfickan på kavajen och svarade utan att titta vem som ringde.

”Hallå?”

”Det är jag.”

Jag hörde det.

”Jag hör det”, sa jag.

”Vad gör du?” frågade Bodil Nilsson.

”Inte mycket”, sa jag.

”Du låter andfådd.”

”Eh … nej, inte vad jag vet.”

”Var är du?”

”På en bar.”

”Mitt i natten?”

Hon ringde från Sverige. Det var mitt i natten i Sverige, här var klockan bara halv tio.

”Jag måste ta det här samtalet”, sa jag till femtiotalsdrömmen och de gäster som hade applåderat. ”Det är ett viktigt jobbsamtal.”

”Jag bor på The Bowery”, sa drömmen. Hon gned sig fortfarande där bak med båda händerna.

Jag gick uppför trapporna och ut på gatan.

”Så, nu hörs det bättre”, sa jag.

”Var är du, vem pratade du med? Varför pratar du engelska, varför sa du att det här var ett jobbsamtal?”

”Jag är i New York”, sa jag. ”Klockan är inte så mycket.”

”Vad gör du i New York?”

”Inte mycket.”

”Du låter så … konstig?”

”Jag blev bara förvånad över att du ringde, det är ju ett tag sen. Vad gör du uppe så här dags?”

”Kunde inte sova, ville höra din röst.”

Och *som* jag ville höra hennes.

”Är du hemma?”

”Mmm.”

Det rann vin nedför vänstra låret till knäet och jag pep till.

”Vad var det?”

”Jag står ute på gatan nu, och det kom en vindpust och jag rös lite”, sa jag. I själva verket var det ännu varmare än när Roger Thompson och jag rullade in, och det hade slutat blåsa.

”Ringde jag olämpligt? Vem var det som bodde på The Bowery? Det hotellet har jag läst om”, sa hon.

”Ingen speciell”, sa jag.

”Är du ute med nån? Är du på … *dejt*?”

Hon skrattade, och jag önskade jag kunde säga nåt som skulle få henne att skratta ännu mer, kanske resten av mitt liv.

”Nej, jag är inte på dejt, jag är ute med några goda vänner.”

”Vad heter baren, det är kanske också nåt som jag har läst om.”

Jag tittade mig omkring, det fanns ingenting i närheten.

”Det är en helt vanlig bar som heter Holland”, sa jag när jag såg skylten till Holland Tunnel.

”Ligger den på Amsterdam Avenue?” frågade hon.

”Nej, inte alls … ”

”Det var ett skämt.”

”Jaha.”

”Jag ska inte störa, det är väl lika bra att du går in till dina vänner igen, och hon som bor på The Bowery. Det var väl korkat av mig att ringa, som vanligt.”

”Nej, det var inte korkat, jag … ”

”God natt, det var i alla fall skönt att höra din röst”, sa hon och knäppte av samtalet.

Skulle jag ringa tillbaka?

Var hon ensam hemma?

Skulle Maja vakna om jag ringde?

Hade jag varit lagd åt det hållet hade jag kunnat säga att jag var ett rov för motstridiga känslor.

Tre lediga taxibilar vägrade stanna trots att jag stod långt ut i gatan. Men det är klart, vilken taxichaufför stannar och plockar upp en man på en ödelagd Sjunde avenyn med en *paddle* av trä i handen, en skylt med ”Dom” på kavajslaget och ett par byxor som såg ut att vara doppade i rödvin?

Det stank vin när jag klev in i en taxi som först körde förbi, men som stannade en bit bort och tveksamt började backa. Chauffören var orakad och lyssnade på en basebollmatch på radio, Yankees spelade borta, jag förstod inte mot vem. Mannen var så liten att han knappt nådde upp att se över ratten. Han hade en otänd cigarett utan filter bakom höger öra och sa:

”Om du spyr i bilen kostar det femhundra dollar.”

Det lät som en bra deal.

Jag lät min *paddle* ligga kvar i baksätet som dricks när jag klev ut.

KAPITEL 42

New York
September

JAG DUSCHADE OCH gick igenom mina kläder när jag kom hem till Harriet Thatcher. Jag hade vin på skjortan och vin på både jeansen och kalsongerna, det luktade förfärligt om kläderna och det var inte konstigt om taxichauffören trodde att jag var berusad. Det hade runnit vin ända ned till foten, och det var en vinfläck på vänster strumpa.

Kan man ta bort vinfläckar på en vit skjorta?

Harriet brukade lämna smutskläder till en ung, kinesisk kvinna som drev en kemtvätt på 17:e gatan och säkert skulle fixa jeansen, kalsongerna och strumpan. Jag var däremot osäker på skjortan. Skulle man hälla på salt? Eller var det en myt?

Jag tömde fickorna på innehåll, tog på en T-shirt och ett par shorts, öppnade kylen och tog fram Harriets lilla påse med joints. Jag rökte en del förr, men gjorde det nu bara vid speciella tillfällen.

Detta var ett sånt.

Jag hällde upp ett stort glas calvados, tog fram datorn och satte mig vid Harriets skrivbord och tände på. Jag förstår om man använder marijuana i medicinska syften, för när jag hade hostat klart efter det första, ovana blosset infann sig det behagliga, men helt säkert förrädiska och kanske farliga, lugn i kroppen som kan få en att glömma smärta, oförrätter och brustet hjärta och i stället segla på ett moln i en numrerad himmel.

Jag doppade änden i calvados.

Jag kunde inte förstå vad som hade hänt.

Jag kunde inte fatta hur jag hade tappat kontrollen som jag hade gjort, hur jag hade låtit mig provoceras till att offentligt smiska en kvinna i sjalett. Jag visste inte ens vad hon hette, slog det mig. Jag måste fråga Harriet.

Mitt i allt detta hade Bodil ringt efter flera veckors tystnad.

Jag hade haft full kontroll större delen av mitt liv, men allting kändes just nu som förlorad kontroll, och jag förstod ännu mindre av vad jag hade hamnat i.

Men som jag satt och försökte hålla inne röken så länge som möjligt var det som om det där ogripbara jag hade haft inom mig så länge började lösgöra sig från det undermedvetnas rotsystem för att långsamt stiga mot ytan.

Det var nåt med hennes trosor ... allt hade gått väldigt fort, men jag kom ihåg dem: Vita och nästan genomskinliga, mönstrade med små, tunna blomstjälkar och fallande löv. De hade också en röd liten spets kring benen. Jag kom ihåg ett par liknande, jag kom ihåg ett ansikte.

Av en anledning jag bara kan förklara som jointens inverkan tänkte jag på Justyna Kasprzyk som dött i Tommy Sandells hotellsäng för snart ett år sen. Jag blev mer och mer övertygad om att jag hade sett henne förut, det var det som hade legat och gnagt så länge och så djupt.

Jag hade en bild på henne i datorn och drog upp den till skärmens skrivbord.

Jag hade fått bilden av kriminalinspektör Eva Månsson i Malmö, men jag visste inte i vilket sammanhang den var tagen. Hon såg betydligt bättre ut än hon hade gjort som död. Men det gäller nog alla människor.

Bilden var svartvit och hon tittade rakt in i kameran som om hon hade stort förtroende för fotografen och kanske till och med tyckte om honom. Eller henne, det där visste jag inget om. Hon hade axellångt, lite rufsigt, mörkt hår, målade läppar och ett inbjudande leende. Vem än fotografen var så hade han eller hon emellertid varit slarvig och inte lagt märke till att det fanns en liten fläck läppstift på ena framtanden.

Vad som den här kvällen fick mig att än en gång klafsa i internets smiskträsk kan jag fortfarande inte förstå, men även om det var längesen kom jag ihåg det mesta av det jag hade tittat på genom åren och gick igenom bild efter bild och sajt efter sajt där uppläggen är av sånt slag att man kan se en trailer på tio-tjugo sekunder som ska locka en att gå in på huvudsajten, registrera sig som medlem, betala och få tillgång till sajtens alla filmer.

Eller ... filmer och filmer: Där det förr fanns videokassetter med filmer på sextio minuter handlar det i dag om kortfilmer på mellan fem och femton minuter som man kan ladda ner i sin dator, sin iPhone eller iPod.

Jag valde bort allt som handlade om undergivna män och dominanta kvinnor och gick i stället igenom bilder och trailers med flera hundra varianter på samma gamla tema: Kvinnor i fyrtioårsåldern som ska föreställa skolflickor i skoluniform, flätor eller hästsvans, paranta kvinnor som står till svars inför en kontorschef eller unga kvinnor som verkar ha kommit direkt från badstranden på Malibu Beach och som pratade direkt till tittaren och förklarade vem de var, vad de ville och vad vi skulle få se i filmen.

Miljöerna pendlade mellan engelska vardagsrum med flygande porslinsankor på väggen, modernt inredda lyxhem i Kalifornien med skåp och bord som säkert kostat en förmögenhet på antikmässor, ett öppet kök där det stod skålar med vatten och hundmat på golvet, riktiga kontor med fräsig inredning, en skolsal där det på ett ställe, av nån anledning, satt en karta över Sverige på väggen eller helt enkelt bara ett hopsnickrat Ikea-skrivbord och en pinnstol i en lagerlokal som kunde föreställa vad som helst; det fanns hotellrum och -sviter av varierande sort och klass – och jag tror till och med att jag hade bott på ett av dem i Miami, jag kände igen både möblerna, en takfläkt, en soffgrupp och mönstret på sängöverkast och kuddar.

Genom ett annat fönster i ett annat klipp kunde man se röda, engelska tvåvåningsbussar passera förbi nere på gatan och jag inbillade mig att hotellet låg uppe vid Euston Station. Det fanns välklädda och stränga män som skulle spela verkställande direktörer, eller slafsiga karlar i träningsbyxor och för liten fotbollströja som inte det minsta liknade en rektor på en engelsk internatskola men som ändå försökte, det var verkligen en sorglustig samling.

Det handlade till största delen om skol- eller hemmiljöer, en del fängelsemiljöer (en där fängelsedirektören var löjligt lik den nye partiledaren i Jesper Grönbergs parti), men det fanns också en uppsjö av nya, ganska vidriga historier från gamla öststater där en producent faktiskt gjorde ambitiösa långfilmer i historiska miljöer med tidstypisk rekvisita och påkostade kläder, men egentligen var allt meningslöst: Det handlade ju ändå bara om en eller ett par bestraffningar, sex var inte att tänka på, det här var på allvar.

Jag letade efter nåt simpelt, nåt jag hade sett helt snabbt för längesen och av nån anledning hade fastnat för, ett ansikte, en rotting, ett par trosor, en naken rumpa, ett ansikte jag kände igen.

Det tog två timmar och tjugo minuter, två joints och två calvados innan jag hittade det jag sökte.

Jag kom ihåg trailerbilden eftersom kvinnan hade en groteskt ful peruk och ett par glasögonbågar med oslipat glas som de hade vägrat att sälja ens på en bensinmack i Kinna.

Sajten hette *Naughty tails* och trailerklippet var tolv sekunder långt, visade kvinnans ansikte, hennes trosor och ett rapp med rotting på blottad stjärt.

Jag plockade fram ett kreditkort, loggade in och betalade tjugofyra dollar och nittiofem cent och blev medlem i *Naughty tails* i en månad. Jag började bläddra bland filmerna och tog fram en som jag tidigare bara hade sett tolv sekunder av. Vissa sajter hade över hundra filmer, men *Naughty tails* hade bara trettiofyra, de flesta var mer än två år gamla och det verkade inte som om de hade gjort fler sen dess. Den jag sökte var nummer tjugotvå i ordningen.

Den började med en text om att alla deltagare i filmen var över arton år.

De var inte så många, en man och en kvinna.

Kvinnan satt i en soffa, hon såg rädd ut.

En man kom in i rummet och började skälla.

Han pratade en engelska som fick Carl-Henric Svanberg att framstå som en brittisk Shakespeare-skådespelare.

Jag undrade om han hade skrivit sin dialog själv.

”You think come home late and have alcohol, to smell alcohol.

Where you get alcohol? Don't sit there to lie because then gets worse. Now you will get cane, you learn good lesson. I fetch cane. Get up and bare bottom."

Inte nog med att språket var förfärligt, han pratade med en sjungande, typiskt svengelsk satsmelodi som före detta statsminister Ingvar Carlsson hade varit stolt över. Dessutom förstod jag inte varför han skulle gå och hämta rottingen när den redan stod lutad, fullt synlig, mot soffan som kvinnan satt i.

När han sa "now you will get cane" slog kvinnan ena handen för munnen och spärrade upp ögonen som i en gammal stumfilm.

Hon filmades bakifrån när hon hade rest sig, tog av en kort kjol och drog ned ett par ljusa trosor med röd spets.

Hon böjde sig fram med händerna på en stolsits.

Hon fick sex rapp.

Ljudupptagningen var inte den bästa, men rappen verkade vara hårda och lämnade tydliga, röda ränder på hennes skinkor.

Man såg de två första rappen bakifrån, det tredje framifrån och de sista bakifrån.

Hon flämtade till efter de två sista, men gav annars inget ljud ifrån sig under hela filmen.

Den var sju minuter och fyrtionio sekunder lång.

Jag såg den en gång till, spolade tillbaka och frös bilden när kameran fokuserade på hennes ansikte.

Jag delade skärmen så att jag kunde lägga bilden på Justyna Kasprzyk som jag hade fått av Eva Månsson bredvid bilden från filmen.

Den lila, raka peruken, som såg ut som ett draperi på en bar i Thailand, och glasögonbågarna från Helvetet kunde inte dölja det faktum att jag hade två bilder av Justyna Kasprzyk framför mig.

Jag ville ropa eller ringa till nån men jag visste inte till vem eller vad jag skulle säga och nöjde mig med att resa mig upp och gå tre varv i Harriet Thatchers loft.

När jag satte mig och spelade filmen en gång till märkte jag att den aldrig visade mannens ansikte eller överkropp.

Det man såg var hans ben och fötter och handen han höll rottingen i.

Han hade kostym och mörka, välputsade skor.

Han tog av kavajen och kavlade upp höger skjortärm innan han använde rottingen. Hans underarm var hårig, hans hand var grov och stor med långa fingrar, skjortan var vit och det såg ut som om han hade en enfärgad, mörk slips på sig.

Jag trodde inte att nån annan hade varit delaktig i denna produktion. Han hade förmodligen använt två fasta kameror, en som fokuserade på rumpan och en som fokuserade på rummet.

Jag spelade filmen en gång till och pausade fram ruta för ruta.

Där alla andra filmer jag hade sett var inspelade i antingen häftiga eller påvra miljöer i Ryssland, Ungern, Tjeckien, USA, England eller Japan var de här sju minuterna och fyrtionio sekunderna inspelade i Sverige.

Jag var säker på det.

Det verkade vara en sommarstuga i Sverige.

Golvbrädorna var blanklackade och såg nya ut men skulle föreställa gamla, det samma gällde golvlisterna. Soffan var mörk och det låg en vit kudde med ett broderat rådjur vid en sjö på den. Jag var osäker på pinnstolen och bordet, som var rustikt och rejält, men soffan såg ut att komma från Ikea. På bordet stod två stearinljus, ett var grönt, det andra gult och båda var nedbrunna till hälften.

Rummet var ljust tack vare ett fönster med spröjsade fönster som vätte mot nåt som såg ut som svensk skog.

När man såg mannen bakifrån syntes en tavla ovanför soffan med ett motiv som kunde ha varit en hund utanför en hundkoja. Det stod en mobiltelefon på laddning i fönsterkarmen bredvid soffan. Bredvid den stod en japansk katt som vinkade med höger tass. Men den vinkar inte, den kallar till sig folk. I Japan gör man tvärtom, har handflatan utåt när man vill vinka nån till sig, jag visste det eftersom jag hade skrivit en kort sidogrej om den sortens katter till ett resereportage om Japan. Katten hade ryggen inåt rummet, den ville kanske inte titta. Alla fönster som gick att se hade gammaldags hängande, svenska haspar.

När kameran vilade på kvinnans ansikte kunde man bakom henne se en enkel, obäddad säng med ett ljust hopvikt täcke. Det låg en trasmatta i glada färger på golvet. Och när jag stirrade tillräckligt länge inbillade jag mig att man genom fönstret skymtade ett annat, större hus långt upp mellan träden.

Det fanns ett enda inlägg i kommentarsrutan:

nice ass good caning but wtf they get the wig?

Det kunde man fråga sig.

Det gjorde Harriet också när hon kom hem från festen.

Hon hade inte druckit en droppe alkohol på hela kvällen, men när hon hade bytt från den hopsnörda jobbdräkten till pyjamasbyxor och en T-shirt med Johnny Thunders på öppnade hon en flaska vitt vin och hällde upp ett stort glas. Hon lutade sig mot köksbänken och berättade att det hade blivit rekord: Det hade kommit tvåhundranio personer och hon hade därmed dragit in tjugotusenniohundra dollar bara i inträde. Dessutom hade hon köpt öl och vin billigt och allt hade tagit slut.

”Vart tog du vägen? Alla frågade efter dig, du blev ju huvudpersonen”, sa hon.

”Nej ... jag gick.”

”Ja, jag såg det?”

”Vem var kvinnan?” frågade jag.

”Ingen aning, jag har aldrig sett henne förut. Hon gick också därifrån ganska snabbt sen, det blev liksom inget utrymme för extranummer. Nån trodde att hon kom från Kanada, men jag vet inte. Det enda jag vet är att hon nog inte sitter ned och äter frukost i morgon.”

”Kom Roger hem ordentligt?”

”Ja, jag vet inte om du såg den välklädda kvinnan, fyrtionånting, hon åkte hem med honom.”

Jag nickade förstrött.

”Vad gör du?” frågade hon.

”Titta på det här”, sa jag.

Jag spelade upp filmen för henne.

”Var i helsike har dom hittat den peruken?” sa hon.

Efter en minut:

”Vilket språk pratar han?”

”Jag tror det ska föreställa engelska.”

Efter några rapp:

”Det där är han bra på i alla fall.”

När filmen var slut:

”Men inte så bra som jag, han ska använda snärten i handleden. Det är som med hockeyspelare, hemligheten sitter i handlederna, inte i hur stora muskler de har.”

”Och vad vet du om hockey?”

”Jag hade en spelare som kund en gång.”

Hon satte sig på andra sidan köksbordet och tog en stor klunk vin. Hon sa:

”Och vad var detta för mästerverk vi just såg? Jag är inte säker, men jag tror inte att det var Ingmar Bergman.”

Hon sa, som många amerikaner, *Ing-e-mar* Bergman.

Jag sa:

”Om jag läst rätt heter filmen kort och gott *Hanna*, men kvinnan är en polsk prostituerad som heter Justyna Kasprzyk och blev mördad för snart ett år sen i Malmö. Mannen är hennes mördare.”

Sen la jag till:

”Spelade han i NHL?”

”Vem?”

”Vem tror du?”

”Ja.”

”Vilket lag spelade han i?”

”Det har jag glömt.”

Typiskt.

KAPITEL 43

New York
September

DAGEN DÄRPÅ HADE värmen försvunnit och det blev så småningom en typ av New York-kväll när himlen inte bara öppnade sig utan helt enkelt släppte taget, föll ned över våra huvuden och la sig som ett genomdränkt täcke över staden.

Det regnade så mycket utanför Harriets fönster att man inte kunde se taken på höghusen runt omkring när jag slog på datorn.

Jag hade fått en länk och en bifogad fil från Värner Lockström i Vaggeryd. Han skrev:

Kanske nåt för dig, eller … ?
… kontakt i Kapstaden.
tror inte du kan afrikaans, men i bifogad fil finns engelsk översättning.
ps: säljer redan bra

Länken gick till en artikel i en sydafrikansk tidning som heter *Die Burger* och rubriken löd:

VROU GESLAAN NA AAND UIT

Artikeln illustrerades med en bild på en kvinna som jag av bildtexten kunde förstå hette Anli van Jaarsveld och var tjugofyra år. Förutom det hade Värner Lockström rätt i att jag inte kunde afrikaans.

Däremot kände jag snabbt igen vad som hade hänt när jag såg rubriken till den engelska versionen.

WOMAN SPANKED AFTER NIGHT OUT

Anli van Jaarsveld hade, enligt tidningsartikeln, firat en väninnas födelsedag med ett kompis- och arbetsgäng på en pub, och när hon var på väg hem hade en man kommit ”från ingenstans” och burit in henne till en öde lekplats där han satte sig på en bänk och gav henne smisk.

Samma story som tidigare, han hade bara flyttat utomlands.

Anli van Jaarsveld påstod i artikeln att hon hade druckit ”en drink och några öl” men inte var berusad, det säger i och för sig alla. Allting hade gått så fort, och hon hade blivit så förvånad att hon inte kom sig för att ropa på hjälp förrän allt var över. Det enda hon såg var ryggtavlan när han försvann från lekplatsen.

Hon kunde inte ge nåt signalement mer än att han var storvuxen och stark, och att han trots kroppshyddan gick väldigt snabbt därifrån.

Hon hade väntat ett dygn med att gå till polisen och sa till tidningen:

”Jag visste inte om det gick att rubricera som misshandel, och dessutom skämdes jag.”

På tidningsbilden satt hon på ett fik med en kopp kaffe framför sig på ett bord. Hon var kortklippt och mörkhårig och såg så där ledsen ut som folk bara gör på tidningsbilder när fotografen ber dem se ledsna ut, det verkar vara väldigt internationellt.

Mannen hade inte antastat henne sexuellt, om man inte räknar att han drog ned hennes trosor. Enligt både polisen och Anli van Jaarsveld var han uppenbarligen enbart ute efter att straffa henne.

Varför visste hon inte.

Det gjorde inte polisen heller.

Man hade förhört de personer från puben som man hade kunnat spåra, men det hade varit en glad och galen kväll med många gäster och hög stämning, ingen kom ihåg en ”storvuxen och stark” man och polisen hade inga spår efter honom.

När Anli van Jaarsveld kom ut från lekplatsen var gatan tom. Hon trodde sig ha hört en bil starta och köra därifrån, men hon var inte säker. Han hade inte sagt ett ord.

Innan Johanna Eklund hittades mördad och smiskad i en parkerad bil på Sturup hade kriminalinspektör Eva Månsson i Malmö trott att vår man var färdig, men jag var säker på att han inte skulle bli färdig förrän nån stoppade honom.

Man känner andra som man känner sig själv.

Jag visste inte om jag skulle mejla, sms:a eller ringa till Eva Månsson och berätta vad som hade hänt i Kapstaden, men jag kom inte ihåg vad jag hade berättat och vad jag inte hade berättat och bestämde mig för att vänta tills jag var säker på vad hon visste om det jag visste; hon var enormt bra på att komma ihåg, genomskåda och misstänka. Men jag hade skickat ett vykort till henne med en bild på två poliser till häst i Central Park.

Harriet Thatcher hade redan packat en hårborste i handväskan för ett möte på ett hotell som heter The Standard. Den här gången skulle hon inte möta en man utan en kvinna. Det var andra gången kvinnan var i New York, och hon betalade bra, hon var från Danmark.

Jag åkte så småningom hem till Roger Thompson för att visa filmen på min datorskärm, och när jag kom dit var han mycket nöjd över att kvinnan som hjälpt honom hade stannat hela natten och varit "mycket lekfull och olydig".

Han satte på en kanna te. Minicrossen stod i hallen, och Roger förflyttade sig med hjälp av en krycka i den stora lägenheten. Vi satt vid ett slagbord i köket där han dukade fram två muggar, öppnade ett paket kex och hällde upp te.

Han strök sig över mustaschen medan vi tittade på filmen.

När den var slut sa jag: "Jag tror att det här är … nej, jag är säker på att detta är mördaren, han som jag berättade om. Jag är nästan hundra på att det är han, men jag är helt säker på att kvinnan är hans första offer."

"Han har tränat", sa Roger.

"Är det allt du kan säga?"

"Både jag och Harriet är förstås bättre, men han har tränat, rappen är raka och jämna. Det är bara det femte som är lite snett. Hon är också bra, står stilla, sträckta ben, kniper inte ihop."

Han rynkade pannan medan han tog en klunk te.

”Men är det verkligen engelska han pratar?”

”Det ska nog föreställa det, men satsmelodin är svensk.”

”Du måste prata med polisen som du känner. Skicka filmen till henne.”

Jag försökte, lite mer ingående, förklara vilken situation jag befann mig i, hur jag hade ljugit eller inte berättat hela sanningen, och att jag inte kunde komma på hur jag skulle kunna förklara för kriminalinspektör Eva Månsson i Malmö på vilket sätt jag hade kommit över den här filmen.

”Jag måste fixa det på egen hand, på nåt sätt”, sa jag.

Roger hällde upp mer te åt oss båda. Det var rätt gott, helt vanligt te utan smaktillsatser, blomblad eller rökelse.

”Kan vi se filmen en gång till?” frågade Roger.

”Blev du så förtjust?”

”Nej, men … eller, jo, jag gillar henne, var hon från Polen, sa du?”

”Polen”, sa jag. ”Från Bydgoszcz.”

”Byd … ?”

”Jag vet inte om jag uttalar det rätt, det är inte så viktigt.”

”Det är en sak jag vill kolla på filmen, spola fram till när han har rottingen i handen. Kan man visa i slow motion på en dator?”

”Jag kan trycka fram bild för bild, om du vill”, sa jag.

”Utmärkt.”

Han satt framåtlutad och koncentrerad. När jag stängde av satte han sig upp.

”Det där är ingen rotting för amatörer. Du kan köpa en rotting i vilken sexbutik du vill, men det är bara skräp. Den där, den som han använder, är äkta. Jag påstår att den är köpt hos en specialist nånstans i Storbritannien.”

”Och hur vet du det?”

”Det är sånt jag vet. Men det är synd att det inte är bättre ljudupptagning.”

Jag tittade frågande på honom.

”Tycker du om baseboll?” sa han.

”Så där.”

”Jag blev förtjust i baseboll redan när jag kom till USA första gången. Det påminner lite om cricket. Och vet du att man kan höra hur bra träffen är när bollen möter slagträet, man kan höra om bollen kommer att gå åt höger, vänster eller rakt fram och vidare ut till en home run."

"Vad har baseboll med filmen att göra?"

"Du kan avgöra hur bra en rotting är av blotta ljudet. Även om det inte går att höra fullt ut på den här filmen kan jag säga att det där inte är en rotting för amatörer."

"Okej … ", sa jag.

"Och jag vet en sak till."

"Vadå?"

"Sa du inte att han brukade komma hit med en egen rotting?"

"Jo."

"Då har han säkert använt den på fler ställen. Finns det inga såna ställen i Sverige?"

"Där en man kan gå in och visa sin rotting?"

"Ungefär så, ja."

Jag hade inte tänkt så långt och sa det.

"Det kan vara värt att undersöka, kanske inte bara Sverige, är inte Danmark frisinnat? Tyskland? England? Och har han en rotting av den typen förstår jag att han har den med sig. Den är inte att leka med", sa Roger.

Jag satt på baren Jimmy's Corner.

Jag hade en flaska Heineken framför mig.

Regnet klöste på barens fönster som en ilsken katt som försökte smita in så fort nån stod för länge i dörröppningen. Vätan gjorde att lokalen stank av gammal öl, blöta kläder och parfym som kan ha varit dyr men hade blivit billig av fukten.

Jag hade ett stort, rejält paraply men var ändå blöt om byxorna från knäna och nedåt och jag svor för mig själv över att jag inte hade låtit impregnera mina boots av ödleskinn.

Man röker inte inomhus nånstans längre, men jag kunde svära på att det fortfarande luktade rök om väggar och inredning efter åratal av tusentals cigaretter.

Jimmy's Corner låg på 44:e gatan en bit in från Times Square, alldeles i närheten av nåt snabbmatsaktigt som hette Virgil's BBQ. Nu när man har plastanpassat det mesta för finansvalpar och turister och för så kallat vanligt folk ser alla miljöer likadana ut.

Men Jimmy's Corner var ett ställe från förr.

Baren bestod egentligen bara av en enda lång gång, det hängde otidsenliga boxningsaffischer och tidningsklipp om boxare på väggarna och jag såg med tillfredsställelse att en boxare vid namn Roy Jones Jr figurerade flitigt. Jag hade sett honom boxas några gånger, och jag tyckte om honom redan när han tog OS-silver i Söul 1988. Mindes jag rätt blev han bortdömd mot en sydkorean i finalen, det var det mästerskapets stora skandal efter Ben Johnsons doping, men när Jones Jr blev proffs utsågs han så småningom till världens bäste boxare alla kategorier.

Däremot såg jag inte Brenda Farr.

Platsen innanför dörren var upptagen av en man och en kvinna som verkade ha haft en väldigt lycklig timme på Jimmy's efter jobbet. Det stod drinkar i martiniglas framför dem på bardisken, men de hade tungorna i varandras munnar. Det verkade som om mannen hade högra handen en bra bit upp mellan kvinnans ben. Han hade kostym, hon hade dräkt, han hade slips, hon en scarf från Chanel, det var jag nästan säker på.

Det lät som om de flesta i personalen pratade ryska.

Eftersom det hade börjat regna allt häftigare när jag kom ned på Femte Avenyn var det omöjligt att få en taxi och jag promenerade söderut till Times Square, 44:e gatan och en restaurang som heter Cafe Un Deux Trois. Den hade för längesen varit väldigt hipp och då hängde där både rockmusiker, filmstjärnor och politiker. Nu var den lika ointressant som allt annat kring Times Square.

Jag fick ett bord vid ett av fönstren, beställde en steak frites och ringde till Arne Jönsson i Anderslöv utan att tänka på vad klockan var i Sverige.

”Ringer du och väcker en gammal man?” sa han.

”Har du redan lagt dig?”

”Det kan man säga.”

”Sov du?”

”Man måste ha sin sömn. Och vad vill du, då?”

Jag berättade om filmklippet och sa att om han hade haft dator eller mobiltelefon hade jag kunnat skicka en länk till honom, men jag förklarade att jag var övertygad om att det var mördaren och Justyna Kasprzyk på filmen. Jag berättade om tidningsklippet jag hade fått från Sydafrika och att jag såg det som bevis för att vår man fortfarande var aktiv. Jag sa:

”Jag vet att det här är långsökt, men om mördaren fortfarande bor i södra Sverige, kan du kanske hitta nåt samband mellan en man från dina trakter och Sydafrika, jag vet inte … kanske kolla om det fanns en kvinna som bara försvann, ibland går långskotten in. Och jag vet inte om det är ditt område eller om du har den sortens kontakter, men … känner du till sexklubbar?”

”Vi har en bordell i Anderslöv”, sa han. ”Det står en husvagn på en ödetomt utanför byn där järnvägen gick, dom säger att det är ryska kvinnor.”

”Men det här är lite mer speciellt, det handlar inte om vaniljsex, mer om bestraffningar.”

”Vanilj?”

”Det heter så, men glöm det.”

”Jag kan fråga”, sa Arne Jönsson. ”Får jag sova nu?”

Min mat kom in, vi sa god natt och jag knäppte bort samtalet.

Jag hade beställt biffen medium rare men den var torr och ledsen, och när jag hade ätit klart satt jag en stund med ett glas hyggligt rött vin innan jag samlade mig, betalade och halvsprang snett över 44:e gatan till Jimmy's Corner. Den lilla språngmarschen räckte för att byxor och boots skulle bli blöta.

Inne på baren tittade jag mest på min Heineken, men höll också koll på dörren och råkade se när mannen vid kortändan av baren under några ögonblick släppte taget om kvinnan och räknade upp en stor bunt skrynkliga sedlar som han nonchalant la ifrån sig i en oformlig hög på bardisken. Han svepte sin drink, hon läppjade på sin och ställde tillbaka glaset halvfullt medan han tog upp en portfölj från golvet innan de tillsammans ställde sig upp, stapplade uppför trappan, öppnade dörren och gemensamt försökte fälla upp ett paraply. Det gick så där.

Nån ropade åt dem att stänga dörren och då smet Brenda Farr in.

Jag antog att det var hon, för hon gled in på kortsidan av baren och satte sig där den unga kvinnan precis hade suttit.

Innan nån hann reagera svepte hon det som var kvar av drinken som kvinnan hade lämnat. Hon såg sig omkring som för att kolla om nån hade sett det innan hon sa nåt till den kvinnliga bartendern, det lät som om de pratade om regnet. Hon tog av en poncho av plast som det stod *New York Times* på, skakade av regndropparna och nickade när bartendern frågade om hon skulle ha ”det vanliga”.

Jag reste mig, gick bort till hennes del av baren och frågade om jag fick slå mig ner. Jag sa att jag bjuder på ”det vanliga”.

”Och vad vill du?” frågade hon.

Det är möjligt att hon hade varit vacker eller söt en gång, helt klart hade hon varit yngre. Tiden hade var hänsynslös och hon såg sliten och gammal ut. Det fanns ingen nyfikenhet i hennes ögon när hon tittade på mig, bara oro, resignation och rädsla.

Hon luktade lika inrökt som baren.

Hon hade en enkel vit T-shirt som det stod Manhattan på och ett par slitna, blå jeans som var för små redan för ett år sen.

”Är det du som är Brenda Farr?” frågade jag.

”Och?”

”Vi har gemensamma bekanta”, sa jag. ”Dom sa att du brukar sitta här.”

”Det var längesen jag hade bekanta.”

Hon läspade när hon pratade och när hon log mot bartendern som satte ned ett glas Maker's Mark med is såg jag att hon saknade framtänder i överkäken.

Jag var övertygad om att hon var pundare eftersom hon ryckte i hela kroppen, hade dålig hy och svårt att sitta stilla. Förutom inröktheten utsöndrade hon en lukt jag inte kunde härleda.

”Jag vill visa dig en sak”, sa jag. ”Jag vill att du tittar på en grej.”

”Om du bjuder på ett järn till får du visa vad du vill”, sa hon och skrattade.

Jag berättade i stora drag vad som hade hänt, jag sa att en god vän vid namn Harriet Thatcher kom ihåg en kvinna på ett S&M-hak på Tredje avenyn som brukade ta sig an en svensk man, och att Harriet och hennes kolleger var övertygade om att Brenda Farr var den kvinnan.

”Jag vill veta om du tror att mannen på den här filmen är samme man som du träffade.”

Hon vände sig mot mig och kisade med ögonen.

”Vad sa du att du hette?” frågade hon.

”Det sa jag inte, men jag heter Harry Svensson, och jag är också från Sverige.”

”Reser du också omkring med en egen rotting?”

Jag skakade på huvudet.

”Det var längesen”, sa hon.

”Men du kommer ihåg honom?”

”Han är svår att glömma.”

Hon sög upp det sista av sin bourbon och tittade frågande mot glaset.

Jag bad om en till.

”Vad jobbar du med, sa du?” frågade hon.

”Det sa jag inte heller, men jag är journalist, eller jag var journalist, och jag råkade under olyckliga omständigheter hamna i den här härvan.”

Hon blundade med höger öga och stirrade på mig med det vänstra.

”Du är väl inte snut? Jag pratar inte med snutar.”

Jag hade laddat ned det filmiska mästerverket *Hanna* i min iPhone, slog på den och tog fram ett par hörlurar samtidigt som jag sa: ”Jag pratar inte heller med snutar.”

Brenda Farr tyckte av nån anledning att det var väldigt roligt, och jag såg att hon saknade framtänder i underkäken också.

När hon hade skrattat klart gav jag henne de små lurarna och hjälpte henne att få in dem i öronen. Jag tryckte i gång filmen och la telefonen i hennes händer i knäet.

”Vad fan är det för peruk?” sa hon så där högt som alla gör med hörlurar i öronen.

När filmen var slut var också hennes drink slut och jag tecknade om en ny samtidigt som hon slet ut hörlurarna från öronen, det verkade som om hon aldrig hade haft ett par på sig.

"Så vad säger du?" frågade jag.

"Om vad?"

"Om filmen, om mannen, är det han?"

"Vet inte. Kan vara."

"Han pratar ju väldigt speciellt, kände du igen det?"

Hon skakade på huvudet. "Om det är han, så ... han sa aldrig nånting till mig. Han bara pekade. Jo ... han sa, och det var det enda han sa, han sa 'I will teach you lesson', exakt så sa han ... nej, det gjorde han inte alls, han sa 'I am to teach lesson', så sa han, och han sa det långsamt som om han hade svårt att komma ihåg orden eller uttala dom rätt."

"Det säger han ju i filmen också", sa jag.

"Har han mördat nån, sa du?"

"Minst tre som vi känner till, bland annat hon som är med i filmen."

"Jag trodde hon dog av skam efter att ha haft den där peruken på sig."

"Men du vet att han var från Sverige?"

"Nej, inte direkt, det var vad dom sa. Jag vet inte, jag frågade aldrig. Han var inte pratsam. Han hade kommit överens med Tommy ... vad han nu hette ... "

"Vem var Tommy?"

"Han drev stället, det låg på Tredje avenyn, ganska långt ned. Han var irländare. Dom hade kommit överens i förväg och ... det var förbannat bra betalt, även om Tommy ..."

Hon blundade som om hon funderade. "Vad fan hette han i efternamn?"

"Det kvittar", sa jag. "Berätta om mannen, svensken."

"Det var en stor karl. Ibland tänkte jag att han var som Patton i filmen, med honom vad han nu heter, du vet ... "

"George C Scott."

"Precis. Som han. Snaggad. Stor, bredaxlad. Han hade kostym, den såg dyr ut, men satt illa."

Brenda Farr tystnade. Det var som om hon försvann till en tid som hon kanske hade förträngt, och när hon nu tänkte sig dit blev hon påmind om hur plågsamt det var att tänka på den.

”Jag fattar inte hur jag orkade … det gjorde så jävla ont … tre gånger kom han. Tre gånger. Sista gången fick jag tolv rapp, och jag fick veta att jag skulle räkna rappen högt, han hade betalat extra för det. Efteråt frågade han ’Did it hurt?’, jag sa ’Yes’ och han sa ’Good.’ Det var det enda han sa till mig.”

Hon lutade sig mot mig och frågade med ett tandlöst leende: ”Kan jag få en cosmo nu? Fina kvinnor dricker alltid cosmopolitan, det gjorde dom i *Sex and the city*.”

Utan framtänder hade hon svårt att uttala titeln på tv-serien, men jag beställde en cosmo och ytterligare en Heineken till mig själv. Bartendern skakade på huvudet som att jag nog inte skulle bjuda Brenda Farr på fler drinkar efter den här.

Hon började mycket riktigt bli lite slirig, men när hon hade läppjat på sin cosmo sa hon:

”Du vill veta om mannen på filmen är den som jag träffade?”

Jag nickade.

”Det är det.”

”Är du säker?”

”Nittionio procent.”

”Inte hundra?”

”Jo, om nån höll en pistol mot min tinning. Och vet du varför jag vet?”

”Nej.”

”Skorna.”

”Skorna?”

”Jag har aldrig sett så polerade skor. Titta på filmen så kan du se hur putsade dom är. Det var därför jag alltid tänkte på George C Scott och pansargeneralen, eller vad fan han nu var. Jag stod ju framåtböjd, och när jag inte blundade för att det gjorde så satans ont såg jag hans skor. Jag trodde han var militär, alla militärer har välputsade skor, i alla fall dom som jag har knullat.”

Hon spillde när hon lyfte glaset och jag höll hennes arm så hon kunde föra sin cosmo till munnen.

"Vet du vad han hette?" frågade jag.

"Vi brudar fick aldrig veta nånting om vi inte lurade hem en torsk för att knulla. Och dom ljög om vad dom hette. Alla hette Jones. Så jag vet inte, Tommy fixade allting, jag vet inte hur mycket han fick, han behöll säkert det mesta, men jag fick vad jag behövde, och jag behövde pengar på den tiden".

Hon pekade på näsan med höger pekfinger.

"Vet du om Tommy finns kvar nånstans?"

"Ingen aning. Det gick ett rykte om att han blev mördad, skjuten. Men jag vet inte. Nån uppgörelse när ryssarna började komma, dom körde ut irländarna, om irländarna var tuffa var ryssarna hänsynslösa."

Skorna ... skorna ... vem hade mer pratat om skorna?

Var det Bodil? Nån jag hade intervjuat pratade om skorna. Nån annan om att han var snaggad.

"Tack, Brenda", sa jag och gick mot utgången.

Eftersom vinden fortfarande blåste hårt i gatans längdriktning lyckades inte heller jag fälla upp paraplyet och jag fick en rejäl regndusch i ansiktet.

Det var normalt sett svårt att hitta en taxi kring Times Square när teaterföreställningarna var slut, och när det regnade så mycket som nu var det omöjligt. Jag bet ihop och promenerade hem till Harriet Thatcher som halvlåg i sin Johnny Thunders-tröja och randiga pyjamasbyxor i den stora, bruna soffan och tittade på ett gammalt avsnitt av *Sex and the city*.

Jag såg inte om nån drack en cosmo.

Harriet höll däremot en joint i handen.

"Hur gick det med danskan?" frågade jag.

"Utmärkt. Har du varit på The Standard?"

"Nej."

"Man kan se rakt ut över både The Highline och Hudson-floden från fönstren i hotellrummen, och från marken kan man se upp. Jag visste inte det, men folk brukar hyra ett rum och knulla mot fönstret. Offentligt, liksom. Visste du det?"

Jag skakade på huvudet.

”Jag lät henne stå en halvtimme med näsan mot fönstret och händerna på huvudet innan jag smiskade henne. Jag tror att hon gillade det.”

”Vad var hon för typ?”

”Trettiofem, kanske. Välklädd. Dyra saker. Hon hade varit på Wall Street i går, och hon skrev redan i mejlet att bestraffningen skulle handla om att hon hade försnillat pengar.”

”Det hade hon kanske”, sa jag.

Harriet ryckte på axlarna.

”Hon betalade ettusentvåhundra dollar i förväg, och efteråt fick jag trehundra dollar i dricks. Jag gick ned och shoppade, har du sett så många nya, dyra affärer som har öppnat i *Meat Packing District*? Sen åt jag lunch på Scarpetta, och drack två glas champagne.”

Jag hade alla mina anteckningar i mobilen och satte mig vid köksbordet och gick igenom vad jag hade skrivit.

Det var Maria Hanson i Billdal utanför Göteborg som hade pratat om de välputsade skorna. Hon hade också trott att mannen var snaggad, men hon var inte säker eftersom han hade haft hatt på sig hela tiden. Hon hade inte trott att han var militär, däremot polis, och det kunde kanske i det här sammanhanget vara samma sak. Jimmy, den engelske bartendern på The Bishops Arms i Göteborg, hade påpekat att hans kläder var illasittande.

Han hade använt olika varianter av uttrycket ”lära sig en läxa” inför alla kvinnorna, till och med den senaste i Kapstaden.

Detta verkade vara viktigt för honom, så viktigt att Brenda Farr lagt märke till att hans sätt att säga orden lät som om de var inövade och att han hade svårt för att uttala dem på engelska.

Jimmy i Göteborg hade sagt att han pratade fruktansvärt dålig engelska.

Jag trodde mig veta en del om mördaren, men jag visste inte vad jag skulle göra med informationen och jag visste inte vad han hette, var han bodde eller hur jag skulle kunna få tag på honom.

Jag var ingen profilerare, men jag hade åtminstone en profil.

IV

KAPITEL 44

Anderslöv
November

DOFTEN AV KRYDDPEPPAR låg tung, ljuvlig och mustig som en sorts rökelse från förr i Arne Jönssons kök.

Han lagade kalops.

Samtidigt hängde ett så grått, tungt dis över Söderslätt att även om inte rutorna hade blivit immiga av ångorna från de puttrande grytorna på spisen hade det ändå inte gått att se nånting.

Hösten var skånsk och vägarna leriga av traktordäck som rullade från svarta åkrar med sockerbetor på släpvagnar som såg ut att knäckas under tyngden. Jag förstod inte detta med sockerbetor, jag trodde alla sockerbruk hade blivit nedlagda, men eftersom man hade placerat ut stora skyltar med ”Dansukker” där betorna låg i väldiga pyramider så fraktade man kanske allting till Danmark och gjorde socker av det där. Jag visste inte om det gick att känna skillnad på smaken på danskt och svenskt socker, eller om socker var socker var man än befann sig och var det än tillverkades, om nu socker tillverkas.

På grund av maskinfel, inställd flight och ombokning till Köpenhamn hade jag varit på ett uselt humör i ett par dagar, och när jag började mjukna vet jag inte om det berodde på ölen, Arnes småprat, den förföriska doften av kryddpeppar eller att radion stod på och småsurrade för sig själv i ett hörn på diskbänken.

”Jag funderar på att sluta resa”, sa jag.

Jag visste inte om det var sant. Jag hade funderat på det många gånger, och jag hade också verkligen bestämt mig för att sluta resa men sex veckor efter varje beslut började det krypa i kroppen och jag kände suget efter flygplats, flygplan och ett nytt resmål – ända tills jag kom till flygplats och flygplan och undrade vad jag höll på med.

Jag kunde bli avundsjuk på en man som Arne Jönsson som hade levt hela sitt liv på samma ställe med samma kvinna. De hade uppfostrat barn tillsammans och när jag satt i hans hus, så satt jag i ett ombonat hem som han och Svea hade skapat genom att växa samman och bli en enhet. Det var hemtrevligt, det var fint och det var – jag är nästan rädd för att säga det: Mysigt. Jag har alltid haft problem med M-ordet.

”Har du aldrig längtat efter nåt annat?” frågade jag.

”Som vad?”

”Nåt annat än detta, nåt annat än Anderslöv?”

Han tog en bit kalops ur grytan, hällde sås över den pressade potatisen och mosade med en gaffel så allt blev en mörk sörja.

”Min mor brukade alltid säga att när människan kan simma i vattnet som en fisk och flyga i himlen som en fågel, den dan går jorden under”, sa han.

”Och vad ska det betyda?”

”Det får man själv avgöra.”

”Och du har aldrig känt att …”

”Att?”

Han torkade sås från hakan med en bit hushållspapper och tittade på mig, det var tecknade blå fiskar på pappret.

”Att du skulle vilja vara med nån annan, i dag är det ovanligt att folk är gifta så länge som du och Svea var.”

”Svea var den grannaste tösen i bygden, och jag var lyckligt lottad att hon valde mig.”

Han tog en gaffel pressad potatis med sås.

”Du själv, då?” frågade han.

”Vadå?”

”Har du aldrig varit gift, eller sambo?”

”Nej.”

Han hade slutat tugga och tittade på mig. Jag sa:

”Eller jo, jag har haft två långa förhållanden, men jag har aldrig varit gift.”

En av kvinnorna hade ingen aning om vilka behov eller böjelser jag hade, hon gjorde layout på en reklambyrå, medan den andra, hon var läkarsekreterare, villigt lät sig lotsas in i en helt annan värld.

Jag lärde mig aldrig vad som var rätt eller fel, berätta och leva ut eller hålla tyst och trycka bort.

Jag sa ingenting av det till Arne, jag sa:

”Jag har alltid varit rastlös. Jag har alltid varit rädd för att … jag vet inte, för att binda mig och hamna i en Svensson-tillvaro med söndagsstek och fredagsmys och skaffa barn och sånt. Det är så lättvindigt, jag tror inte barnen mår så bra av skilsmässor som deras skilda föräldrar säger.”

”Nej, men ibland är skilsmässa oundvikligt, ibland är det bäst för alla inblandade.”

Jag nickade.

Den här gången skulle jag sova över hos Arne Jönsson, och jag kände mig mätt, dåsig och behaglig efter alldeles för mycket kalops, två burkar öl och två rejäla snapsar av en dansk modell som en god vän hade köpt till Arne i Köpenhamn, det stod *Havstryger* på etiketten.

Jag frågade om jag skulle hjälpa honom med disken, men han vinkade avvärjande.

”Det går snabbare om man gör det själv, det brukade alltid Svea säga, och det hade hon rätt i”, sa han.

Jag tog med mig det som var kvar i öl- och snapsglasen in på hans kontor, satte mig vid hans skrivbord och tittade ännu en gång på ett gammalt skolfoto från 1965.

Första gången jag träffade Arne Jönsson hade han sagt: ”Jag kan ta reda på allting i dom här trakterna”, och när jag bad honom leta efter nåt fall med kvinnor som hade försvunnit hade han mycket riktigt hittat ett.

Han hade inte själv arbetat med storyn, men han kom ihåg den och körde till Trelleborg för att gå igenom gamla tidningssidor på mikrofilm. På så sätt dök namnet Katja Palm upp.

Hon var trettioett när hon försvann 1980.

Hon var framgångsrik fastighetsmäklare.

”Det var hon som låg bakom dom flesta hus- och markaffärerna när Höllviken, Kämpinge, Skanör och Falsterbo började bli förorter till Malmö”, sa Arne medan han lotsade mig genom klippen.

Jag trodde mig komma ihåg historien, för då som nu var den typen av brott och försvinnanden hett stoff i medierna.

Katja Palm var ensamstående, och det var när hon inte dök upp till ett avtalat möte i Malmö som man till slut larmade polisen.

Det stod mycket i *Trelleborgs Allehanda* i ungefär en månad, men förstasidesmaterial blir så småningom alltid bara enspaltare eller notiser, det ligger i sakens natur, och till slut svalnade medieintresset helt för Katja Palm.

Det fanns inget i hennes bostad som tydde på att hon hade varit hotad eller att hon var på väg nånstans. Hennes bil, en mörkblå Mercedes, hittades aldrig. Hennes föräldrar var båda läkare och hade flyttat till Australien, som så många högutbildade gjorde på den tiden. De hade inte haft så nära kontakt med sin dotter och kunde inte komma med några förklaringar. Man förhörde hennes vänner och en före detta pojkvän, men det fanns ingen hemlig man, inga försmådda älskare eller nån som verkade förfölja henne, de flesta av hennes vänner och affärsbekanta sa att hon levde för sitt jobb och inte hade några fiender. Det fanns på den tiden inga program som *Efterlyst* i tv och Katja Palms försvinnande förblev ett mysterium.

Fotografen hade med en röd penna markerat Katja Palm på klassfotot.

Hon såg bra ut, avancerad för sin ålder, för sina klasskamrater.

Det var inget speciellt med hennes kläder, hon hade ett par blå jeans och en vit, stickad kofta men det var nåt i hennes ansikte, i hennes ögon som gjorde att hon såg trotsig ut. Där nästan alla de andra flickorna i klassen hade håret kortklippt, permanentat eller upptuperat i en hövolm, jag tror det kallades Farah Diba-frisyr, var Katja Palms blonda hår axellångt, rufsigt och ojämnt klippt.

Fotot var från 1965 och då hade både Beatles och Rolling Stones slagit igenom, men det fanns inga tecken på det på klassfotot. Hälften av flickorna satt bredvid varandra på en bänk med benen prydligt ihop, den andra hälften stod bakom dem. Det var i den raden som Katja Palm befann sig längst ut till vänster. Bakom flickorna stod alla pojkarna på en bänk. De var antingen snaggade, hade sidbena eller en uppkammad våg. Tre av dem hade kavaj, skjorta och slips. Flickorna hade kjol och blus, med eller utan kofta, en var klädd i dräkt och bara tre av dem hade långbyxor. De bör alla ha varit femton-sexton år men såg ut som tanter och farbröder.

Katja Palm tittade rakt in i kameran med ett leende på läpparna som kanske var … sexigt, eller åtminstone gav ett intryck av att hon visste mer än alla andra om allting.

Där de andra flickorna satt med händerna i knäet eller stod med armarna utefter sidorna hade Katja Palm sina i kors. En flicka i hövolm och ett par kattliknande glasögonbågar höll sin hand på Katjas högra axel. Hon skrattade, som om Katja hade sagt nåt roligt precis innan fotografen tryckte av.

Katja var den enda som hade jeans. Hade inte jeansen slagit igenom 1965, eller var det inget man hade på sig i skolan? Katjas jeans var bylsiga och hon hade nåt i fyrkantigt i höger ficka som putade ut, det kunde ha varit en börs eller ett paket cigaretter. Men fick man röka i skolan på den tiden? Katja Palm stod kanske över alla regler, det såg ut som om hon ville vara rebell. Eller också var det som jag inbillade mig, som om jag läste in för mycket i ett simpelt klassfoto.

Men om det var ett cigarettpaket, blev hon skickad till rektorn då? Tanken svindlade för ett ögonblick, men … skolagan var väl förbjuden 1965, försvann inte den på 50-talet? Skolfotot blev plötsligt intressant, och jag undrade om strumpbyxorna hade slagit igenom på den tiden eller om flickorna hade strumpeband. Det gick inte att se. Jag avbröts i mina tankar när Arne var klar med disken och kom in på kontoret med en bricka där han hade ställt en röd kaffekanna, två koppar med assietter, en flaska konjak och två glas. Det ångade ur pipen på kaffekannan, det stod Grönstedts på konjaksflaskan.

Klassfotot jag höll framför mig hade aldrig funnits med i polisutredningen eller i tidningarna, Arne hade fått det av en fotograf som hette Egon Berg.

”Han hade fotoaffären här i Anderslöv”, sa Arne. ”Han tog kort på brudpar, femtioåringar, nyfödda glyttar, skolklasser, släktträffar och, ja du förstår nog. Han är äldre än jag men har ett jädrans minne, och när jag sa vilka år det gällde rotade han fram det här fotot.”

Jag hade inte tänkt på att det kunde finnas ett klassfoto, det hade tydligen inte polisen heller. Och när både jag och kriminalinspektör Eva Månsson trodde att vår man hade slutat med sin verksamhet så var det Arne Jönsson som sa att det kanske fanns andra flickor som råkat ut för honom men som av olika anledningar aldrig anmälde vad som hade hänt.

Han hade hällt upp både kaffe och konjak och satt nu i en fåtölj framför mig med händerna knäppta ovanpå magen. Han såg nöjd ut.

"Vet du vad det är för fel på fotot?" frågade han.

Jag tittade på det. Som om jag behövde det, det kändes som om jag hade stirrat på det i timmar.

"Nej."

"Det fattas tre."

"Fattas det tre?"

"Ja, det fattas tre elever."

"Hur vet du det?"

"Det var stora klasser på den tiden, ska du veta. På Egons beställning från skolan stod klass för klass och hur många elever det var i varje. För den här klassen stod trettiosex elever, tjugoen flickor och femton pojkar."

"Ja ... ?"

"Räkna dom."

Jag räknade.

"Här är bara trettiotre", sa jag.

Jag räknade igen.

"Tretton pojkar och tjugo flickor."

"Så det fattas tre."

Han reste sig, ställde sig bakom mig och pekade på fotot.

"Han som står där längst till höger, han heter Gunnar Persson och han drev i många år en stor lanthandel i Alstad. Nu bor han i Svarte och ... "

"Svarte?"

"Ja, det ligger utanför Ystad och där bor Gunnar Persson för han har nära till golfbanan, spela golf är hans enda intresse idag. Jag körde dit, visade honom klassfotot och han kom ihåg vilka tre som var borta."

"Och?"

”En tös som hette Gunilla Johansson är frånvarande, hon heter säkert nåt annat som gift och jag vet inte vart hon har tagit vägen, men jag kan nog hitta henne om det skulle behövas. En av pågarna hette Ove Lindgren, men han är död, det var nåt med njurarna, han var sjuklig redan då, tydligen. Den tredje var en påg som heter Gert-Inge Bergström.”

Han gick tillbaka till fåtöljen, satte sig och log belåtet.

”Jaha, och …?”

Han höll den tunna kaffekoppens öra mellan tumme och pekfinger och spretade överdrivet med lillfingret innan han sa:

”Han har varit i Sydafrika. Han kanske är kvar, men jag tror han har kommit hem. Jag har radion på hela dagarna och jag hörde ett inslag om ett svenskt parkeringsföretag som skulle etablera sig i Sydafrika, dom nämnde Bergström.”

”Har han parkeringsföretag?”

”Har och har, han har allt möjligt, han är en mångsysslare men han är hemlig. Det är svårt att få reda på nåt om honom. Men Gunnar, han med lanthandeln som spelar golf … alltså, det är Gunnar som spelar golf, inte lanthandeln … ”

”Jag fattar det, vad sa Gunnar?”

”Han sa att Bergström ofta var frånvarande när dom gick i skolan. Han trodde att Gunilla Johansson hade varit sjuk den dan, men det var som om Bergström hade det besvärligt hemma.”

”Hur då?”

”Det vet jag inte. Men jag kan ta reda på det. Jag kan ta reda på …”

”… allt som händer i dom här trakterna”, fyllde jag i.

Jag reste mig och hämtade min dator i det ganska stora gästrum som Arne hade gjort i ordning åt mig.

Jag gick tillbaka, satte mig vid hans skrivbord, slog på datorn och sa:

”Det är nåt jag vill du ska titta på.”

Han stod tyst bakom mig, det lät knappt som om han andades, under de sju minuter och fyrtionio sekunder som filmen *Hanna* varade. När den var slut stängde jag av datorn.

Arne sa ingenting.

Jag tittade på honom och slog ut med händerna.

Han gick tillbaka till fåtöljen och satte sig.

"Vad var det hon hade på huvudet?" sa han till slut.

"Det är vi många som undrar", sa jag.

"Jag har aldrig sett nåt sånt", sa han. "Finns det på nätet?"

"Det finns på nätet."

"Är det porr?"

Jag ryckte på axlarna.

"Det var ju inget samlag?"

"Nej, men folk blir kåta på det i alla fall."

"Blir dom?"

"Jag tror det", sa jag. "Somliga."

"Man såg ju bara gumpen."

Jag sa inget om att ibland räcker det långt.

"Varför visade du mig detta?" frågade han.

Jag sa att det var Justyna Kasprzyk på filmen och att jag var övertygad om att mannen var mördaren.

"Har du visat den för Månsson, hon polisen i Malmö?" frågade han.

Jag skakade på huvudet.

"Det måste du", sa han. "Har du berättat för henne om det som hände i Kapstaden?"

Jag skakade på huvudet igen.

"Det måste du", sa han.

"Jag måste väl det", sa jag.

"Jag vet vad som händer här, men hon kan ju kontakta Interpol så dom kan undersöka om det finns nåt liknande ute i världen, eller om det finns nåt mer att hämta från Sydafrika."

Jag frågade om han kände igen fler än Gunnar Persson på skolfotot men det gjorde han inte. Arne hade gått i skolan i Trelleborg, och var lite för gammal för att ha varit kompis med nån av de här eleverna.

"Men jag kan fråga Gunnar", sa han. "Och Egon kommer säkert ihåg några av dom, han sparar på allt så han måste ha kvar beställningar på kort."

Arne själv sov på ovanvåningen medan gästrummet låg längst in i huset på bottenplanet. Jag hade fönstret öppet och låg och lyssnade till stillheten medan jag tittade på olika, svårtydda mönster på tapeterna och några tavlor med skånska motiv, sädesfält och hamnar. Det är som om dimma i Skåne gör tystnaden ännu tystare än normalt. Jag nästan slumrade när jag fick ett sms.

Från Harriet i New York. Det stod:

Undersökande journalistik: Din väninna på festen heter Nancy Robbins. Född Chicago. Bor Montreal. "international consulting", konsult – är inte alla det ;-) Vill ha ditt nummer/ mejl. vill du ha hennes?
H.

Nej, däremot fick gärna Bodil höra av sig.

Jag svarade att jag gärna tog Nancys nummer, men att Harriet inte fick lämna ut mitt.

Från och med nu fick det vara slut med lögner, svarta som vita.

Jag var också trött på pling och skeppsklockor och hade bytt ljud på sms-funktionen så efter trettio sekunder ljöd ytterligare en tågvissla i rummet och jag hade mobilnummer och mejladress till Nancy Robbins i Montreal.

Vad jag nu skulle med det till.

Men man vet aldrig när man hamnar i Montreal.

KAPITEL 45

Anderslöv
November

ARNE JÖNSSON ANVÄNDE sällan telefon.

Somliga journalister lämnar aldrig redaktionen, de är mästare med telefon och kan dra fram, nysta upp och på det viset foga samman fantastiska och så småningom prisbelönta avslöjanden. Andra lever för miljöerna. De vill vara på plats för att få en uppfattning om människorna de jagar eller ska intervjua, de vill se hur de rör sig, om blicken flackar, om de skrattar på fel eller rätt ställen, hur deras kontor ser ut, var de bor, hur de går, håller kaffekoppen, pratar eller sitter.

Jag är nog en av dem.

Eller var. Jag hade ju slutat.

Arne sa inte rent ut att detta också var hans arbetssätt. Han hade kanske aldrig formulerat det för sig själv, eller ens tänkt på det, men han tyckte inte om att prata i telefon och sa kort och gott att han var "bäst på fältet". Han satte sig i sin Volvo Duett, och även om livsmedelshandlare, frisörer, slaktare och skomakare hade slagit igen och dragit sig tillbaka, till hemmet eller golfbanan, hade Arne fortfarande tillräckligt många kontakter han kunde besöka och "snacka skit med", som han själv uttryckte det. Det är aldrig fel att vara förberedd, och i dagens journalistik har männen och kvinnorna bakom skrivborden större makt än de utsända reportrarna men … man ramlar aldrig över nåt vid ett skrivbord: Att nån skulle hitta Tommy Sandell i en hotellsäng med en död prostituerad från Polen kunde ingen förutse eller lägga ut som ett uppdrag.

Arne hade kokt ägg och havregrynsgröt till frukost och när han frågade om jag hade kontaktat polisen i Malmö, det vill säga kriminalinspektör Eva Månsson, så nickade jag.

Det hade jag inte.

Mitt nya ärliga liv fick verkligen en pangstart denna morgon.

När vi hade ätit plockade Arne undan, tog på kraftiga skor, en tjock, mörkgrön jacka som spände kring magen och en liten fånig hatt med fjäder i. Jag sa inget om hatten, inget om fjädern heller.

Jag körde heller inte till Malmö.

Det kändes som om jag inte hade rört på mig sen jag gick från Jimmy's Corner till Harriet Thatchers loft i New York och därför klädde jag på mig och gick ut för att promenera planlöst i Anderslöv.

Det tog inte lång tid att gå från ena änden av byn till den andra.

Jag drabbades än en gång av minnets förräderi. När jag var liten kändes Anderslöv som en stad – nåja – men det tog nu en kvart att gå från Arnes hus till stora gatan och därefter till vänster tills byn tog slut.

Arne hade haft rätt i att mc-gänget Dark Knights hade etablerat sig i Anderslöv. Det satt en stor skylt med deras namn och emblem, en sköld med en riddare i rustning på motorcykel, ovanpå nåt som såg ut att en gång ha varit en stor bilverkstad.

Skylten fanns, men jag såg inga personer. Det gick inte att titta in i byggnaden eftersom alla rutor var svarta. Men det verkade som om man hade kört med motorcyklar på uppfarten, det var märken i asfalten som efter stoppsladdar eller rivstarter.

Det tog tjugo minuter att gå därifrån till andra änden av byn och där en gång järnvägen hade gått låg nu en ödetomt. Det stod en husvagn på tomten, det måste vara bordellen som Arne hade pratat om.

Det fanns ingen i eller kring husvagnen, och den verkade inte hålla samma standard som dagens moderna rullande fästningar. Men det satt en liten tv-antenn på taket.

När jag gick tillbaka till Arnes hus stannade jag till utanför kyrkogården. Kyrkan låg vit och imponerande hotfull högst upp på en kulle, och kanske rörde det sig bakom några gravstenar, men jag såg inga människor nånstans denna grådisiga novemberdag.

Möjligen var detta ett typexempel på 2000-talets Sverige: Kyrkan mitt i byn, en husvagnsbordell till höger, ett mc-gäng till vänster och en befolkning som däremellan hukade sig bakom fördragna gardiner.

Jag öppnade grindarna till kyrkogården och gick in. Jag trodde att min farmor låg begravd här, men jag var inte säker och gick några gångar upp och ned, fram och tillbaka, tittade på gravstenarnas namn utan att bli så mycket klokare. Det fanns en minneslund med en bänk där jag satte mig en minut. Jag hade inga blommor och heller inga ljus att sätta i ljusstället, men jag försökte tänka på människor jag känt och som nu var döda, som om de skulle må bättre av det. En hund skällde i dimman, två-tre skall, det var allt som hördes, och det var svårt att höra om hunden var arg eller bara skällde för att det var roligt eller för att den inte hade nåt annat att göra, det var trots allt en hund. Förr, när all trafik mellan Malmö och Ystad gick genom Anderslöv hördes mer än två-tre hundskall så här en vanlig förmiddag i novemberdimma.

När jag gick ut valde jag en annan gångstig, men såg inga namn jag kände igen på gravstenarna där heller. Däremot anade eller inbillade jag mig att jag hörde nåt, att det var nån mer än jag på kyrkogården, men när jag stannade och tittade mig omkring såg jag ingenting. Det var kanske som i skogen med det gamla tivolit, där Ann-Louise och jag hade lekt: Jag är rädd för kyrkogårdar också.

Det hade legat många affärer längs huvudgatan, men jag kom inte ihåg alla. Jag trodde mig minnas två eller tre livsmedelsaffärer, en frisersalong, en färgaffär och ett fik där det i min barndomshjärna alltid var imma på fönstren, vispgrädde i chokladen och fanns tekakor med smör och ost som var stora och runda som däcken på en stadsjeep.

På grund av ovanligt stora fönster och tre-fyra trappsteg till ingången var det däremot lätt att se var de flesta hade legat. I dag var före detta affärer på svenska landsbygden antingen lägenheter, mäklarbyråer eller pizzerior. En och annan thaikrog hade börjat nästla sig in, men jag såg ingen i Anderslöv.

Jag hade fått en uppsättning nycklar av Arne och när jag kom tillbaka till hans hus misslyckades jag med att koka kaffe. Jag hade levt så länge på krogar och kaféer att jag inte längre kom ihåg hur man kokte kaffe själv. Jag kunde grilla, men kokte man verkligen kaffe? Eller bryggde man? Annars skulle det väl heta kaffekokare?

Jag hittade tepåsar i en burk som det mycket riktigt stod te på, värmde vatten och lagade te.

Arne hade hört nåt om Gert-Inge Bergström på radio, och eftersom han bara lyssnade på lokalradion slog jag på datorn, gick in på Radio Malmöhus hemsida, klickade på Nyheter och skrev ”Sydafrika Bergström” i sökrutan. Jag hade för mig att allting sparades upp till ett halvår.

Inslaget var lätt att spåra, det var bara nio dagar gammalt.

Arne sa att det handlade om parkering, men i radio sa nyhetsuppläsaren att det handlade dels om parkering och dels om bevakning. Ordföranden i Södra Park & Vakt AB, Gert-Inge Bergström, hade utfört ett uppdrag åt ett transportföretag i Kapstaden, men hade samtidigt knutit kontakter mellan det vakt- och parkeringsbolag som han hade etablerat i södra Sverige och ett stort, privat bevakningsföretag med personskydd som specialitet i Kapstaden. Det skulle innebära nya arbetstillfällen både här och där, sa nyhetsuppläsaren. Han fortsatte:

”Så här lät det vid en presskonferens i Kapstaden.”

När jag hörde Gert-Inge Bergströms röst väntade jag bara på att han skulle säga ”You think come home late and have alcohol, to smell alcohol … don't sit there to lie ... ”

Men det sa han inte.

Inslaget var bara några sekunder långt:

”We believe in connection people. We make together, South Africa plus Sweden, and we come to earn on this deal for everybody.”

Jag laddade ned inslaget och jämförde det med monologen i filmen *Hanna*.

Det hade jag inte behövt göra. Jag var ingen röstexpert men till och med en lomhörd person hade kunnat höra att det var samme man som pratade i filmen och på en presskonferens i Kapstaden för nio dagar sen.

Allting stämde: Den usla engelskan och en satsmelodi som varken hade med engelska eller svenska att göra. Han hade i alla fall inte sagt ”small people”.

Jag googlade Gert-Inge Bergströms namn och letade på affärstidningarnas sajter, men det stod nästan ingenting om honom nånstans. Det som fanns var korta fakta om att han under några år byggt upp framgångsrika och synnerligen lönsamma bolagsstrukturer genom upphandling av fastigheter och småföretag i södra Sverige. Jag hittade också en uppgift om att han hade haft förbindelser och samarbeten med transportfirmor i USA men att han under senare år hade koncentrerat sig på att hjälpa till vid rekonstruktionen av sydafrikanska företag.

Förstod jag det rätt var hans korta framträdande framför mikrofon i Kapstaden ovanligt, för att inte säga unikt. Han hade tre år tidigare blivit porträtterad helt kort i *Dagens Industri* och där kallade man honom för affärsvärldens Greta Garbo eftersom han var så skygg, hemlighetsfull och mystisk. Det fanns ingen bild till artikeln.

Han hade, såvitt jag förstod, aldrig gett några intervjuer.

En liten artikel i *Svenska Dagbladets* näringslivsbilaga påstod att Gert-Inge Bergströms namn hade föreslagits när det gällde att rädda Saab. Skribenten hävdade samtidigt att detta var osannolikt eftersom Bergström avskydde offentligheten.

Jag hade aldrig behövt sysselsätta mig med ekonomijournalistik och hade liten eller ingen aning om vad som stod i artiklarna, men jag visste att om man sökte på en sajt som heter *allabolag.se* kunde man se om en person hade aktiebolag och i så fall vilket eller vilka.

Förutom Södra Park & Vakt AB hade han bolag som ägde fastigheter, mark och företag i södra Sverige. Om jag printade uppgifterna kunde jag låta nån med kunskap om affärsvärlden ta en titt på dem. Jag skulle till och med kunna ge ett exemplar till Arne Jönsson, man visste aldrig med den mannen.

På ren chans skrev jag in ”Bergström + USA” i sökmotorn och fick så småningom fram en suddig bild till en artikel i *Dallas-Fort Worth News* där han stod tillsammans med fyra andra män. Artikeln handlade om en transportkonferens på Sheraton med deltagare från hela världen. Det handlade om lastbilar. Det stod inte mycket mer än så, man använde transportkonferensen som ett exempel på att Dallas hade blivit en konferensstad.

I bildtexten stod: ”From left, John Fleet, Knoxville, Tennessee, Yuto Ono, Japan, Dieter Mann, Germany, Phillippe Goddard, France, Gerbinge Bergstromm, Sweden.”

Yuto Ono var liten, hade glasögon och håret på ända.

Amerikanen var tjock. Tysken och fransmannen såg ut som konferensmän i allmänhet.

Bergström stod lite bakom de andra. Han var mycket större, det kunde man se, men han försökte göra sig mindre, som om han inte ville vara med på bilden över huvud taget. Han tittade inte i kameran så det var svårt att se hur han såg ut. Han var barhuvad och kortklippt. Hans namn var rättstavat i artikeln men felstavat i bildtexten.

Jag skulle printa både bilden och uppgifterna om hans aktiebolag.

Det fanns säkert nåt ställe man kunde printa på i Köpenhamn.

Det var dit jag skulle.

KAPITEL 46

Anderslöv
November

HAN SATT PÅ en bänk några meter från mors grav.

Han satt under ett stort träd. När han hade suttit där förra gången hade trädet skyddat honom från ett strilande sensommarregn.

Luften hade varit fuktig och varm.

Nu skyddade det inte honom från nånting, de flesta löven hade fallit och låg blöta på marken medan de kala grenarna pekade stelt och ilsket på allt och inget.

Himlen var grå som stål.

Han kunde knappt se ned till ingången till kyrkogården på grund av dimman.

Han hade ställt en liten bukett i en vas vid gravstenen.

Som vanligt var det inte för att han ville, utan för att hålla skenet uppe.

Här fanns ingen att hålla skenet uppe för.

Han var ensam på kyrkogården.

Man behövde inte ens jämföra med en stad som Kapstaden för att inse att Anderslöv inte var en världsmetropol. Ändå mindes han samhället som livfullt och myllrande från sin barndom. Även om mor aldrig tog med honom hade han själv skaffat jobb som springgrabb i några av butikerna.

Nu fanns bara Ica kvar.

Han trodde att straffbehoven hade försvunnit i Kapstaden, men det var nåt i hennes sätt att prata högst av alla, skratta högst av alla och till och med ställa sig på ett bord och dansa med alldeles för rött läppstift och alldeles för kort klänning som fick honom att bestämma sig. Ingen hade sett honom där han satt längst in i ett hörn på puben med en liten whisky, ingen såg honom, aldrig, trots att han var iögonfallande.

Det hade varit lätt att vänta i hyrbilen på parkeringsplatsen, hon kom ut med fyra andra kvinnor, de skrattade, skiljdes åt – det hade varit en spontanbestraffning och som sådan fick den betraktas som ganska lyckad.

Hans tankar avbröts av gnisslet från grinden till kyrkogården och han såg en figur röra sig längs gångarna. Han kisade, det var svårt att se, kanske behövde han glasögon, han skyllde på dimman, det var dimman som gjorde att han först inte såg att det var journalisten som gick på gångarna och tittade på gravstenar.

Han sträckte på sig.

Vad i helvete gjorde *journalisten* här?

Han reste sig och ställde sig bakom trädet som en gång skyddat mot ett regn. Han såg honom gå mot minneslunden, en halvhög häck hindrade insyn ... men journalisten kunde inte vara ute efter honom, då hade han letat mer effektivt, han såg ut att gå planlöst. Han fick huka bredvid en familjegrav när journalisten vände och kom tillbaka.

Han följde efter honom ut på gatan, in på en sidogata och så småningom in i en röd tegelvilla.

Han öppnade med egna nycklar.

En kvinna tittade oroligt ut genom ett fönster där han själv stod, femtio meter från tegelvillan, och han gick tillbaka till bilen och sökte på adressen i sin telefon ... *Arne Jönsson, redaktör* ... vem var det? ... *Arne Jönsson, redaktör* ... han googlade namnet och såg att Arne Jönsson hade varit en välkänd journalist i södra Skåne för bland annat *Trelleborgs Allehanda.*

Det är kanske med journalister som med alkisar och horor, de känner alltid igen varandra, dras alltid till varandra.

Han startade bilen och lät den långsamt rulla förbi den röda villan. Hundra meter därifrån gjorde han en u-sväng och parkerade. Tog fram kikaren. Det stod en Saab 9-5 utanför villan. Visst körde journalisten Saab? Kollade nummerplåten i kikaren. Saaben var skriven på tidningen som journalisten jobbade på, eller hade jobbat på, han fick inte riktigt klart för sig exakt vad fanskapet sysslade med, om han var journalist eller krögare eller bara en finne i röven.

Han hade full uppsikt över huset, blev sittande i bilen, lyfte kikaren men kunde inte se in i den röda tegelvillan.

Arne Jönsson, vem fan var nu Arne Jönsson?

Namnet skavde och brände.

Var hade han hört det? Sett det?

Efter en timme gick han ut ur bilen, ställde sig vid höger bakhjul och kissade.

Hur länge skulle han vänta? Journalisten kunde stanna inne resten av dagen. Han ringde kontoret i Malmö och bad Gudrun Kvist ställa in mötet på eftermiddagen. Han hade redan glömt vad det handlade om. Hon var rejäl: Gudrun Kvist visste vad hon gjorde och sa emot när hon inte höll med. Hon var fyrtionio, hade ingen formell utbildning, men även om hennes titel var sekreterare var det hon som i princip och i praktiken drev verksamheten. Hon hade varit gift, men när mannen var otrogen med en snärta tog hon en brödkavel och knäckte den över mannens huvud, och när han låg utanför dörren och jämrade sig tömde hon en dunk bensin över honom och slängde iväg ett brinnande tändsticksplån.

Han kom aldrig mer tillbaka.

Han anmälde henne heller inte.

Gudrun var bra.

Efter en timme och femtiotvå minuter kom journalisten ut.

Kikaren: Mörkblå duffel över armen, öppnade bakdörren på Saaben, la duffeln och en halsduk i baksätet, hade en mapp i vänster hand, la också den i baksätet.

Gick in i bilen.

Han följde Saaben ut ur Anderslöv mot Malmö. Det blev lättare på motorvägen där det var fler bilar. Det låg en smutsig Toyota mellan dem och han lät en liten skåpbil från en städfirma köra om och lägga sig framför. Svängde av mot Köpenhamn. Han kollade mätaren, han hade gott om bensin, skulle klara sig både dit och tillbaka mer än en gång, den drog nästan ingenting. Bilen från städfirman försvann mot Malmö, Toyotan mot Trelleborg, själv lättade han på gasen tills han knappt kunde se Saabens baklyktor.

När de hade passerat sista avfarten i Sverige saktade han in ännu mer. Nu kunde inte journalisten vända, nu var han tvungen att fortsätta över bron till Köpenhamn, det skulle bli lätt att hinna ifatt honom. Om journalisten ångrade sig, eller inte kunde betala hutlösa trehundrasjuttiofem kronor, skulle han se Saaben vid betalstationen.

Efter den misslyckade jakten på BMW:n hade han skaffat BroBizz och kunde köra rakt igenom utan att stanna. Han tjänade ungefär hundra kronor på varje resa, det var inte helt fel när den serbiska gangsterkärringen var så girig.

Dimman gjorde att han varken såg Danmark eller Sverige och det kändes inte som om han körde på en bro.

På danska sidan ökade han farten tills han såg Saabens baklyktor. Det blev mer trafik när de kom upp ur tunneln, taxibilar på väg från flygplatsen till Köpenhamn for in och ut mellan filerna och han trodde att han blev av med Saaben, men såg den vid avfarten till Köpenhamn.

Hakade på igen.

Hela vägen in till Kongens Nytorv.

Verkade inte som om journalisten visste vart han skulle.

Körde runt Kongens Nytorv tre gånger.

Passerade Nyhavn tre gånger.

Han glömde aldrig Nyhavn. Speciellt inte en gång när de som vanligt skulle till Tivoli, men mor fastnade i Nyhavn, i en källare, luften tjock av rök, klirret av ölflaskor, hon drack och en storvuxen, svettstinkande dansk med cigarr i munnen och stora tatueringar på underarmarna drog upp honom där han försökte gömma sig bakom mor, drog upp honom på bordet, höll hans händer och hoppade upp och ned med honom medan alla skrattade – mor också – mor sjöng med … *Lille klumpeduns* och alla skrattade ännu mer.

Han satt i ett främmande kök hela natten med en citronvand medan mor och den storvuxne, svettstinkande dansken var i ett annat rum. Han ville inte höra vad de gjorde, höll för öronen. Då och då satte de på en skiva med nåt som kallades dixielandmusik, pitten hade stått rakt ut på dansken när han drog igen dörren.

Mors ögon var glansiga och ansiktet rödsvullet när de tog färjan hem morgonen därpå, och hon skakade när hon skulle tända en cigarett. Inte ens cigaretterna kunde dölja den stinkande andedräkten. Han fick en rostbiffsmörgås på färjan till Malmö, mor drack elefantöl till frukost.

När de kom hem satte hon sig att röka i köket, sa åt honom att öppna en av de ölflaskor som hon hade köpt i en källare vid färjeläget, det var en elefant på den etiketten också.

Halsade girigt, halva flaskan i en mun.

Torkade sig över läpparna med baksidan av handen, skum kvar i ena mungipan.

Blängde.

Hon sa:

"Din fule jävel. Varför ska jag dras med dig?"

Hon lutade sig fram och gav honom två örfilar.

Kinderna brände, men han slapp ris.

Några minuter senare snarkade hon högt med öppen mun. Flaskan hade vält och det rann öl över bordet och ned på golvet. Han torkade upp, ställde undan flaskan …

… och journalisten hittade en parkeringsplats bakom hotell d'Angleterre.

Han satt kvar i bilen.

Journalisten drog sitt kreditkort i en parkeringsautomat, satte lapp på insidan av rutan, tog på halsduk och duffel och började gå.

Han körde långsamt efter, stannade till då och då som om han letade parkeringsplats. Journalisten gick in på Store Regnegade, in på Café Dan Turèll, själv körde han runt kvarteret, ställde bilen och betalade med danska mynt. Han kunde naturligtvis inte gå in på Dan Turèll, men gick snabbt förbi och sneglade in: Journalisten satt vid bardisken och pratade i telefon, tittade inte på honom. Han gick gatans längd till de gamla tidningshusen, gick över gatan och tillbaka. Journalisten tittade ut, inte på honom, mer som om han väntade, höll utkik efter nån.

Han fortsatte till hörnet på Ny Östergade, där bilen stod, lutade sig mot husväggen och tittade mot. Efter en kvart såg han en blond kvinna gå in på Dan Turèll. Han väntade en minut innan han gick förbi kaféet: Journalisten och den blonda kvinnan satt vid ett bord längst in i lokalen. Han gick över gatan och tillbaka, långsammare nu, de satt vid samma bord, journalisten viftade med ena armen.

Han gick in på ett fik som hette Café Zeze. Han beställde en vanlig kaffe med mjölk och satte sig vid ett av fönstren, han kunde se Dan Turèll härifrån. Han behövde gå på toa igen. När han var klar gick han ut och förbi Dan Turèll för att förvissa sig om att de inte hade gått därifrån. Det såg ut som om kvinnan hade hörlurar i öronen och lyssnade på nåt i en mobiltelefon. När han gick tillbaka på andra sidan gatan höll hon höger hand för munnen, förskräckt eller förvånad, det var svårt att avgöra.

Kvinnan och journalisten hade tallrikar på bordet, själv beställde han en flaska vatten och en omelett med stekt kyckling, svamp och rosmarin på Café Zeze.

Han undrade om flickan från Malmö jobbade, hon kunde passa i en film, hon var välrundad baktill. Han hade funderat på film länge, han hade gjort en med den lilla polskan. Han ville att den skulle heta *The cane*, rottingen, men nån på sajten han hade skickat filmen till hade döpt den till *Hanna* utan att fråga, han hade tänkt en serie filmer med björkris, hårborste och smisk med handen, men – det skar sig med den lilla polskan … skar sig och skar sig, han tog livet av henne. Det var inget att hymla om.

… journalisten och kvinnan kom ut.

Pratade.

Han gestikulerade med båda händerna.

Hon nickade, pekade.

Han sträckte fram handen som för att ta farväl.

Hon tog ett steg fram och kramade honom.

Kvinnan gick åt samma håll hon hade kommit ifrån.

Journalisten stod en stund och såg efter henne, som om … stod fanskapet inte och stirrade på hennes rumpa?

I samma ögonblick som hon försvann runt hörnet vände sig journalisten om och började gå mot sin bil … nej, han gick vänster på Ny Östergade. Själv la han tillräckligt med kontanter bredvid tallriken för att det skulle täcka notan och följde efter. Det var rätt mycket folk på trottoarerna, men han höll sig åtta-nio meter bakom, fällde upp rockkragen och gick längs husväggen. Journalisten svängde och – nu visste han vart han skulle: Fanskapet stannade utanför en port han själv kände igen mycket väl. Han tryckte på en av knapparna bredvid porten – vilken idiot, där kom han inte in om han inte hade bokat, och det kostade pengar att boka. Journalisten tog två steg tillbaka, stod på gatan och tittade upp mot fjärde våningen. Han drog fram telefonen, tryckte på nån knapp och satte telefonen mot örat, tittade mot fjärde våningen medan signalerna gick fram, kollade displayen, stoppade tillbaka mobilen i innerfickan, gick fram och tryckte en gång till på knappen bredvid dörren och gick sen därifrån.

Han fick kasta sig in i en mörk port för att journalisten inte skulle gå rakt in i honom.

Verkade inte se honom.

Upptagen av tankar.

När han smög ut från porten svängde journalisten runt hörnet och det såg ut som om han var på väg mot Dan Turèll igen. Han satte sig vid bardisken och beställde en flaska mineralvatten. Medan journalisten verkade titta på nåt i telefonen gick han den vanliga rundan, tidningshusen låg kvar. Han gick långsamt tillbaka och ställde sig på andra sidan. Medan han stod där kom irländskan gående från Ny Östergade, stannade till utanför Dan Turèll, gick in, journalisten reste sig, de pratade, han sträckte fram handen, de skakade hand, det såg ut som om han frågade vad hon ville ha. Hon satte sig på en barstol. Hon hade klippt sig, hade jeans och skinnjacka. Bartendern satte en kaffekopp framför henne, journalisten visade sin mobiltelefon, hon fick ett par hörlurar, satte dem i öronen, tittade på mobiltelefonen, på journalisten, nickade, slet ut hörlurarna och la ifrån sig telefonen.

Hon satte händerna för ansiktet.

Såg ut som om hon grät.

Han fick röra sig nu, kunde inte stå kvar.

Han ställde sig utanför Café Zeze och tittade bort mot Dan Turèll … *vad fan* höll journalisten på med? Han visste inte vem kvinnan var som fanskapet först pratade med, men han kände igen irländskan, tolv i rumpan och fyratusen i handen. Men varför var journalisten så intresserad, hur hade han hittat henne, hur visste *han* var den serbiska gangsterkärringen höll till.

Gick förbi Dan Turèll igen.

Det stod ett glas konjak eller liknande framför irländskan.

Journalisten torkade hennes kinder med en pappersnäsduk.

Fjant.

När han kom tillbaka hade irländskan druckit ur glaset, det var förstås whisky, det fick de i modersmjölken på den försupna ön. Han ställde sig utanför Café Zeze igen, men vände sig åt andra hållet, bort mot Café Victor när journalisten och irländskan kom emot honom. De tog vänster på Ny Östergade och han förstod vart de skulle. Nu följde han efter på långt håll. De stannade utanför den välkända porten, irländskan pekade upp mot fjärde våningen, journalisten ringde på dörrklockan, tog fram mobilen, ringde igen, de tittade upp och journalisten sa nåt, irländskan nickade och så gick de därifrån.

De tog farväl vid journalistens bil.

De kramades inte.

Men han följde henne med blicken bakifrån så länge han kunde se henne.

En sjuk jävel, journalisten var *en sjuk jävel.*

Det var inte bara dimmigt, det hade mörknat när de körde över Öresundsbron.

Han låg långt efter Saaben.

Han anade vart de skulle och blev inte förvånad när Saaben stannade utanför en röd tegelvilla i Anderslöv.

Han var arg.

Förbannad.

Förbannad över att ingen svarade på gangsterkärringens nummer, förbannad över att han inte hade fått tillfälle att köpa fläsksvålar.

Det hörde till när man var i Köpenhamn.

KAPITEL 47

Anderslöv
November

ARNE VAR ARG för att jag inte hade kontaktat kriminalinspektör Eva Månsson i Malmö som jag hade lovat.

”Vi kan inte reda ut det här på egen hand”, sa han.

”Du behöver inte ha med det att göra”, sa jag.

Det var ett idiotiskt påstående: Arne hade förstått och letat upp händelser och människor som jag inte hade en aning om. Jag behövde honom. Men jag kunde inte berätta hela sanningen om vad jag hade gjort eller inte gjort ens för honom.

”Det var dumt sagt”, sa jag efter ett tag.

Det lät som om han fnös.

Jag berättade vad jag hade gjort i stället. Berättade att jag hade hittat radioinslaget med Gert-Inge Bergström och hur jag letat efter honom på nätet, men att det inte var det lättaste. Jag berättade om Bergströms olika aktiebolag och att jag till och med hade hittat en suddig bild på honom från en transportkonferens i Dallas.

”Jag printade allt i Köpenhamn”, sa jag. ”Du ska få kopior.”

”Var du i Köpenhamn?”

Han gnuggade med stålull i botten på grytan där makaronerna hade kokt, om de hade blivit vidbrända så hade i alla fall inte jag märkt det.

”Jag bjöd en eskortdam på lunch på ett ställe som heter Dan Turèll”, sa jag.

”Vad gjorde du med en sån dam?”

”Jag träffade henne för ett år sen, när Justyna Kasprzyk hade blivit mördad. Jag ringde henne i går. Hon har sitt kontor på Dan Turèll. Högklassig dam. Ser ut som en affärskvinna. Hon kom ihåg mig. Alltid korta kjolar, eller … jag har bara träffat henne två gånger och då har hon haft kort kjol. Det är nåt visst med långa ben och korta kjolar."

Han ställde upp en tallrik i ett skåp, skakade på huvudet och sa: "Ge fanken i kjolarna, fortsätt."

"Jag visade henne samma film som du har sett, och hon bekräftade att kvinnan är Justyna Kasprzyk. Hon kände igen henne trots glasögonbågarna och peruken."

"Om han nu skulle köpa peruk till henne kunde han väl ha köpt nåt snyggt, om det verkligen är Bergström så har han pengar."

"Ungefär så."

"Kände hon igen mannens röst?"

"Nej, hon har aldrig träffat honom. Hon visste redan för ett år sen att Justyna hade en fast kund i Skåne, men hon visste inte vem, men det var en man som skulle göra henne rik. Däremot visste hon att Justyna tog S&M-uppdrag, och … ja, det såg vi ju."

Arne satte på kaffevatten och medan det surrade om kannan på spisen torkade han av diskbänken, först med en fuktig disktrasa och därefter med en torr handduk.

"När jag träffade henne i går … "

"Eskorten?"

"Ja."

"Har hon ett namn?"

"Lone. Hon sa att hon heter Lone, mer än så vet jag inte."

Han nickade.

"Hon gav mig nummer och adress till ett S&M-hak dit förmögna män kan gå för att få eller ge stryk … "

"Vad konstig världen är."

"Typ. Lone var dessutom flyktigt bekant med en tjej som nämnde en svensk man som brukade komma till Köpenhamn med egen rotting. Jag fick hennes nummer också", sa jag.

"Det låter ju som … i New York … henne som du berättade om."

"Den här tjejen är från Irland och heter Shannon Shaye, och hon gick med på att träffa mig."

"Vad sa hon?"

"Jag hade fått numret till S&M-haket av Lone, och jag ringde dit men fick inget svar. Det låg bara ett par kvarter bort så jag gick dit, men porten var låst och ingen svarade när jag tryckte på ringknappen. Det var ett rätt fint hus."

"Såg irländskan filmen?"

"Ja, men hon kände inte igen Justyna, hon hade aldrig träffat henne. Hon sa att hon inte var eskortdam på riktigt, hon ställde aldrig upp på sex, och hon hade bara träffat Lone en enda gång. Alla andra kontakter sköttes av en serbisk kvinna som förestår den här inrättningen. Lone tror att det är nån annan som äger stället, den organiserade brottsligheten är stor i Köpenhamn."

"Hur hamnade irländskan i den här världen?"

"Fransk pojkvän som spelar saxofon. Jazz, väldigt fri jazz. Inga pengar. Dyr hyra. Han hade hört talas om serbiskan, och tyckte att Shannon kunde testa, dra sitt strå till stacken ... jag vet inte, det blev ett sätt att dryga ut kassan. Världen är full av kvinnor som på olika sätt försörjer män som lever för konsten, hur jävla usel konsten och männen som gör den är."

... när jag hade visat filmen för Shannon Shaye började hon gråta.

Jag hade beställt en calvados till henne, och hon svepte den.

Hon skakade på huvudet. Hon såg ut att titta långt, långt bort.

"Som det blir", sa hon.

"Blir?"

"Det livet gör med en, det man aldrig kan förutse", sa hon.

Hon såg mig i ögonen. "Vet du vem det är?"

"Kanske".

"Vet polisen om honom?"

Jag nickade.

"Har dom tagit honom?"

"Inte än."

"Ska dom?"

"Jag hoppas det."

Hon var inte rödhårig, men hade fräknar över näsan. Uppnäsa. Gröna ögon. Hon såg alldeles för intelligent ut för att syssla med det hon sysslade med.

”Du undrar varför jag håller på”, sa hon.

Jag ryckte på axlarna.

”Jag vet inte, jag har jobbat på krog, men … jag vet ju inte vad Fru Sanja behöll … ”

”Fru Sanja?”

”Hon heter Sanja Pantelic, men alla säger bara Fru Sanja. Jag fick femtusen cash av henne. Jag vet inte hur mycket han betalade, men det är inget billigt nöje. Han var i alla fall frikostig, jag fick fyratusen i dricks. Jag skulle ju kunna flytta hem, min släkt är från Sligo, men där finns inga jobb och … inga jazzklubbar, och – niotusen kronor för en timme är, tja … ”

Hon ryckte på axlarna.

”Men det är inte så tryggt”, sa jag.

Hon ryckte på axlarna igen.

”Fru Sanja är ju alltid där, och när han kom, han på filmen, då var det alltid en sån där stor, serbisk biff närvarande, en livvakt.”

Hon kunde vara tjugofem-tjugosex, nånting, men såg plötsligt väldigt ung och orolig ut.

”Sa han nåt om att du fick lära dig en läxa?”

Hon funderade, skakade på huvudet.

”Han sa nästan ingenting, han bara pekade med rottingen, men han var mycket noggrann.”

”Noggrann?”

Hon nickade. ”Som att jag skulle stå exakt rätt. Det var då han pratade, han sa ’stretch legs … stand still … relax’, det var inte mycket, men det är hans röst på filmen, det lät inte som om han var så bekväm med att prata engelska.”

”La du märke till hans skor?”

”Hur då?”

”Var dom välputsade?”

”Varför frågar du det?”

”Andra har sagt det.”

”Om honom? Om hans skor?”

Jag nickade.

”När du säger det, så … ja, kanske. Men jag undrade mest över …

jag menar, Fru Sanja har ju hur många redskap som helst, men han kom med egen rotting, hur sjukt är inte det?"

Hon pekade ut mot gatan och sa: "Jag gick förbi här efteråt, på andra sidan. Han satt här på uteserveringen, en servitris hade satt fram en öl och pratade med honom. Han såg mig inte. Hon var säkert svenska. Köpenhamn är fullt av blonda, snygga svenskor."

Arne frågade om jag ville ha mer kaffe, men jag skakade på huvudet. Han reste sig och dukade av.

"En svenska, sa du. Frågade du efter henne inne på stället?"

"Ja, men hon var ledig ett par dar, jag fick hennes nummer och har ringt och lämnat meddelande till henne, jag tror att hon bor i Malmö."

"Hon kanske kan identifiera Bergström."

"Kanske det."

"Vill du ha en grogg?"

"Varför inte?"

"Då går vi in i finrummet."

Det var svalt, och nästan lite kusligt eller högtidligt, i rummet. Det kan mycket väl vara samma sak.

Arne hade varit hemma hos Egon Berg och tillsammans hade de gått igenom namnen i Gert-Inge Bergströms klass. Han öppnade en arkivmapp och tog fram klassfotot som jag studerat så noga.

"Ser du tösen här?" sa han och pekade på en flicka med vid grå kjol, kofta, kort hår och runda kinder. Hon satt i mitten på den nedersta raden.

"Hon hette Agneta Grönberg men nu heter hon Melin. Jag har pratat med henne. Hon bor här i Anderslöv och vi kan träffa henne, om du inte har bestämt nåt med polisen, vill säga."

"Hon är på kurs", sa jag.

"På kurs?"

"Ja, nån endagshistoria i Åhus."

Jag hade inte pratat med kriminalinspektör Eva Månsson.

Var fick jag Åhus ifrån?

Men nåt måste man säga när man sitter med en varm grogg och det är isbitsransonering i vissa delar av Skåne.

”Men här ska du se.”

Arne drog upp ett stort foto från mappen och sa:

”Känner du till att fotografer förr tog flygfoton över gårdar och hus, och sen körde dom runt och försökte sälja bilderna?”

”Jag vet, farmor hade en inramad bild av deras hus”, sa jag.

Egon Berg flög inte själv, men vart femte år hyrde han ett plan med pilot och flög en solig eftermiddag över ett område som inkluderade bland annat Svedala, Skurup, Börringe, Alstad och Anderslöv.

”Titta här”, sa Arne, reste sig och pekade på bilden.

”Vad föreställer den?” frågade jag.

”Bergströms hus.”

Huset var en enplansvilla som låg högst upp på en stor kulle. Tomten var stor.

En asfalterad väg ledde upp från grinden.

En hög vit mur löpte runt hela tomten.

Längst ned till vänster, utanför muren, kunde man se en bit av en gavel, och – jag kände igen mig. Det måste vara där som Bengtssons bor, fadern och sönerna. Det gick en lång mur på andra sidan vägen, det kom jag ihåg.

Till vänster om boningshuset låg en altan med bord och stolar, till höger var en stor, stensatt gårdsplan. Det höll en bil på gårdsplanen.

”Kan du se vad det är för bilmärke?” frågade jag.

Arne skakade på huvudet. ”Kan vara en Volvo, men jag vet inte, jag la av efter Amazonen.”

Till höger om och nedanför gårdsplanen låg en stor björkdunge. Det gick en stig från gårdsplanen genom dungen ned till nåt som såg ut som ett gammalt uthus. Det fanns inga människor på bilden, men det syntes att man höll på att lägga nytt tak på det som kanske hade varit ett uthus.

”Den bilden tog Egon för åtta år sen. Nu ska du se en bild han tog för fyrtio år sen.”

Det var också ett flygfoto, men mindre och i svartvitt. Det fanns ingen vit mur och huset på kullen var av en helt annan typ än dagens. Björkdungen fanns redan då, men uthuset såg nästan förfallet ut. Om Bengtssons hus fanns redan på den tiden så syntes det inte på bilden.

”Vi kan träffa Egon också i morgon, om du vill”, sa Arne.

”Varför det?”

”Han har försökt sälja dom här bilderna, han har träffat både Bergström och hans mamma.”

”Har han nån bild på Bergström?”

”Han skulle leta, det är inte omöjligt.”

Han tömde sitt glas och sa:

”Ska vi ta en rackare till?”

”Ja, tack.”

Han blandade nya groggar, satte sig och sa:

”Minns du vad Gunnar Persson sa?”

Glasen var tunna med sirliga mönster. Isen hade smält.

”Golfaren? Som hade haft affär?”

”Just så. Han sa att Bergström var mycket borta från skolan och trodde att han hade det ’besvärligt hemma’, kommer du ihåg att jag berättade det?”

Jag nickade.

”Nu har jag hört så mycket så hälften kan vara nog. Men det var nåt konstigt när mamman dog, jag ska fortsätta luska i det”, sa han och satte ett påfyllt glas framför mig.

Klockan blev nio och Arne skulle titta på nyheterna på tv.

Han drack ur groggen, ställde tillbaka konjaksflaskan, släckte i finrummet och bar ut glasen i köket.

Jag satt bredvid honom framför tv:n och slötittade, jag hoppades på en grogg till, men så roligt skulle vi inte ha.

”Det blir aldrig fred i mellanöstern”, sa Arne när han knäppte av tv:n.

”Det blir aldrig fred nånstans”, sa jag.

”Så sant som det är sagt”, sa Arne.

Det var således en kväll för djupa analyser, och den var fortfarande disig och kall, men jag hade fönstret öppet när jag kröp ned i sängen med mobiltelefonen och tittade på Bodils kontaktuppgifter. Hon hade inte ringt eller sms:at sen kvällen när Harriet hade sitt party i New York.

Hon skulle kanske aldrig mer ringa.

Harriets party ... jag googlade Nancy Robbins i Montreal ... hon fanns på Facebook och Twitter. Fattade jag allting rätt var hon en trettiosexårig frilansande konsult för företag vars medarbetare skulle flytta till och arbeta i länder långt hemifrån, hon lärde dem vett och etikett på andra sidan jordklotet, eller berättade om Kanada för amerikaner. Det fanns stora skillnader mellan länderna, för många amerikaner kunde Kanada verkligen ligga på andra sidan jordklotet.

Det fanns tre foton på Nancy Robbins på Google: Två porträtt och ett som kunde vara taget på en tillställning. Hon hade ett glas i handen och höjde det mot fotografen som en skål.

Femtiotalsdröm eller sextiotalsdröm, det var svårt att avgöra. Det var heller inte så viktigt, men jag undrade om hennes klienter visste vad hon sysslade med när hon åkte till New York.

Tanken gjorde mig ... jag hade packat ned Roger Thompsons senaste historia, fem gula, linjerade A4-ark, den hette *Miss Eliot* och handlade om en ung, engelsk kvinna som får jobb hos en Mr Rochester i Hongkong på femtiotalet. Att han hette Mr Rochester var ingen slump, Roger hade i många sammanhang påpekat sadomasochismen i *Jane Eyre*, och han hade själv skrivit en hel S&M-roman med *Jane Eyre* som grund. I den här historien blev Miss Eliot hemligt förälskad i sin arbetsgivare, och ... jag hade läst storyn förr, Roger hade skrivit den förr, men nya namn, nya situationer, nya miljöer och hans briljanta prosa gjorde att jag snart blev fast och hade kommit till stället där Miss Eliot har hämtat rottingen, räckt över den till Mr Rochester som har tagit av kavajen, lossar på slipsen ... när jag hörde ljudet av en bil ute på gatan.

Det lät som om den stannade med motorn i gång.

Det lät som om nånting helt snabbt pös till.

Täcket såg ut som ett tält och jag fick vänta en stund innan jag kom upp och fick på byxorna. Då hade bilen redan vänt och jag såg baklyktorna när den svängde åt höger ut på stora vägen.

Jag tog på en skjorta och min duffel, hoppade i Arnes trätofflor och gick ut.

Jag såg på långt håll att däcken på min bil var punkterade.

”Har du mina tofflor på dig?”

Jag vände mig om.

Arne stod i dörröppningen i en knälång, vit nattsärk.

”Jag hittade inget annat”, sa jag.

”Vad har hänt?”

”Nån har punkterat alla fyra däcken.”

”Jag tyckte jag hörde en bil.”

Jag svarade inte.

”Vad är det som händer?” frågade han.

”Jag vet inte.”

Jag började gå bort mot stora gatan, men Arnes tofflor var svåra att gå barfota i, dessutom var de alldeles för stora. Jag insåg också att det skulle vara meningslöst att gå dit. Bilen var långt borta, det hördes på motorljudet.

Arne hade frågat vad det var som hände och jag önskade att jag hade ett svar på det.

Det handlade inte om hyss, då hade fler bilar stått med punkterade däck. Nån hade med mening och vilja valt ut just min bil.

”Ursäkta, herrn … ”

Rösten var tunn och tvekande.

Jag vände mig om och såg en kvinna i dörröppningen till en enplansvilla i ljust tegel. Hon hade morgonrock på sig. Håret var så grått att det var vitt.

”Ja?” sa jag.

”Det var den röde bilen”, sa hon.

Jag gick in på hennes tomt och upp mot dörren.

”Såg du den?”

”Jag ser allting”, sa hon. ”Jag står nästan alltid här i fönstret. Jag har sån värk.”

”Jaså?”

”Jag såg bilen.”

Jag gick upp på trappan, sträckte fram min hand och sa:

”Harry Svensson.”

Hennes var liten, vit och lätt som en snöflinga.

”Hjördis Jansson”, sa hon. ”Jag har sett dig, du bor hos Arne.”

”Du ser allting.”

”Det är värken, förstår du, unge man. Jag kan inte ligga eller sitta för länge, jag måste upp och röra mig och då kan jag lika gärna stå här i fönstret", sa hon och pekade på fönstret bredvid dörren.

Hon fortsatte: "Och det var den röde bilen."

"Den röde bilen?"

"Just så, jag såg inte vad som hände borta hos Arne, men bilen stannade där, jag tror det var nåt fuffens."

"Nån punkterade mina däck."

"Men snälla nån, varför det?"

"Det undrar jag också. Men vad var det för röd bil?"

"Jag och bilar, min man hade vetat det med en gång, men han är död sen länge. Man ser den ibland i byn, den röde bilen. Den ser ut som en raggarbil, platt och röd."

"Jag förstår ingenting", sa jag. "Vi får väl ta hand om det här i morgon. Det är bäst jag går tillbaka, Arne är säkert orolig."

"Ni måste ringa polisen."

Alla ville att jag skulle ringa polisen.

Jag vände mig om för att gå när hon sa:

"Det stod en gubbe och tittade på dig i går."

"Förlåt?"

"En gubbe. Han stod där ute".

Hon pekade på trottoaren på andra sidan gatan.

"Och han tittade på mig?"

"Helt säker kan man inte vara, men jag tror det. Du kom från kyrkogården och han följde efter. När du gick in till Arne, för det tror jag att du gjorde, men jag kan inte se hans dörr från mitt fönster, då stod gubben kvar där och tittade."

"Kände du igen honom?"

"Nej, det fanns kanske nåt bekant, men … nej."

"Du säger gubbe, hur gammal var han?"

"Över sextio. Stor och kraftig var han, men han var välklädd, han såg inte som en vanlig Anderslövsbo. Han hade överrock."

"Stod han här hela tiden?"

"Nej, jag tror han såg mig. Jag brukar liksom stå bakom gardinen, men jag tror han såg mig när jag ändrade ställning och då gick han i väg, men sen kom han tillbaka i en stor svart bil och sen satt han i den nere på gatan tills du körde."

”Vad gjorde han då?”

”Det såg ut som om han följde efter. Och när han satt i bilen såg det ut som om han ringde. Jag tror att han gick ut ur bilen och kastade vatten också”, sa hon.

”Du såg inte bilnumret?”

”Nej, det gjorde jag inte. Jag är nittiotvå, och jag får hjälp med städning och mat från kommunen, men det är inget fel på vare sig hörsel eller syn, det är lederna som bråkar med mig. Jag tänkte helt enkelt inte på att titta på nummerskylten, men hade jag gjort det hade jag kommit ihåg vad det stod på den.”

Arne satt vid köksbordet, med ett glas mjölk och en ostsmörgås, när jag kom tillbaka.

”Har du pratat med Hjördis?”

”Ja, hon sa att det hade varit en röd bil här ute.”

”Hjördis är över nittio, men hon är klar i knoppen, hon vet vad hon pratar om.”

”Hon sa också att en man hade följt efter mig hit när jag hade varit ute en sväng i Anderslöv i går. Han gick och hämtade sin bil när han såg att Hjördis stod i fönstret, och sen satt han i bilen här utanför tills jag körde till Köpenhamn.”

Arne drack upp det sista i glaset och lutade sig tillbaka på köksstolen med armarna i kors ovanför den omfångsrika magen.

”Vad gjorde han sen?”

”Hjördis sa att han … att han följde efter mig.”

”Vad säger du?”

”Hjördis säger det.”

”Och du märkte ingenting?”

”Nej, jag … hon sa ’en stor, svart bil’ men jag minns ingen sån. Jag satt väl i andra tankar.”

”Tänk om han följde efter ända till Köpenhamn.”

Jag ryckte på axlarna.

”Du vill inte ha en smörgås?” frågade Arne.

”Nej, det är bra.”

Vi satt där ett tag och sa ingenting.

Till slut frågade jag: ”Hur många känner du här i trakten som har en röd, platt raggarbil?”

Arne funderade, skakade på huvudet.

”Jag vet bara en, en av bröderna Bengtsson, dom som bor granne med Bergström”, sa jag.

”Jaså han, ja. Vad är det nu han heter?”

”Jag har det på tungan.”

”Varför skulle han ha nåt emot dig?”

”Jag vet inte.”

Jag ryckte på axlarna igen.

”Johnny!”

”Johnny?”

”Han heter Johnny Bengtsson, han med raggarbilen”, sa jag. ”Hans bror heter Bill och sist jag såg honom hade han en T-shirt med texten ’Det heter negerboll.’”

”Dom, ja. Dom är lite egna. Pappan heter Bengt.”

Jag frågade: ”Vet du vad Gert-Inge Bergström har för bil?”

Arne såg förbryllad ut, sen sa han: ”Du menar så?”

”Exakt så.”

”Nej, det vet jag inte, men det … ”

”… kan du ta reda på.”

”Precis.”

Han sköljde ur glaset och ställde i vasken.

”Jag tror att litauern kan ordna med däcken”, sa han. ”Han är bra på bilar.”

”Det är Johnny Bengtsson också, har jag hört.”

När han släckte i köket och var på väg mot ovanvåningen sa jag:

”Du borde ha en nattmössa till den där särken, det hade alltid Beppe Wolgers i tv.”

”Man kan inte få allt här i livet”, sa Arne Jönsson.

Jag hade hämtat min golfklubba i bilen och ställde den bredvid sängen innan jag la mig.

KAPITEL 48

Hemma
November

HAN KUNDE INTE bestämma sig.

Skulle han köra tillbaka till Köpenhamn eller inte?

Han hade ringt till serbiskan tolv gånger på en timme. Ingen svarade. Han behövde prata med irländskan. Vad han hon sagt till journalisten? Varför hade han träffat henne? Hur hade han fått tag på henne? Vem var den andra kvinnan som journalisten hade träffat? Vad hade han visat i telefonen? Varför hade de gått bort till gangsterkärringens hus?

Han gick ut, tände en cigarr.

Väntade.

Gick ned till det lilla huset.

Där var varmt och gott.

Han hade verkligen lyckats.

Han var händig.

Hade byggt en egen bänk.

Den hade aldrig blivit använd, men den prydde sin plats i huset och den skulle gå att använda i de filmer han kanske skulle producera.

Han hade möblerat om.

Det hängde nu elva mattpiskare på väggarna i det andra rummet. Några hade han köpt på marknader i Skåne, andra i utlandet, en av de finaste var från Paris, men den såg bättre ut än den bet.

Han släckte och gick ut. När han kom upp på gårdsplanen pep det om telefonen – missat samtal, det var det enda som inte var perfekt med den lilla stugan: Där fanns ingen mottagning. Han kände igen numret för han hade själv ringt och lämnat ett meddelande. Han ringde upp.

Uppdraget var utfört.

Journalisten skulle bli förvånad.

Han körde inte tillbaka till Köpenhamn.

Han gick in i stora huset, letade fram dvd:n med den lilla polskan, hällde upp en liten whisky och satte sig för att se vad han hade gjort för fel, vad han kunde förbättra.

Ett av rappen hade hamnat lite snett, det störde honom.

Men den lilla polskan var bra.

KAPITEL 49

Skanör
November

ARNES LITAUER HETTE Tomas Skarbalius.

Till skillnad från den yvige Andrius Siskaukas i Solviken var Skarbalius en liten och oansenlig man i oformliga, mörkblå arbetsbyxor, en grå, sliten kofta över rutig skjorta och en kavaj eller jacka som mest påminde mig om nåt som förmän hade på lager eller i fabrikslokaler förr i tiden.

Han kunde vara i fyrtioårsåldern.

Han var barhuvad, hade bakåtkammat ljust hår och pratade sämre svenska än Andrius.

Arne hade ringt honom direkt på morgonen och när Skarbalius kom tittade han på däcken och frågade på engelska om jag kunde ryska.

”Njet”, sa jag.

Av nån anledning tyckte Skarbalius att det var väldigt roligt. När han hade slutat skratta förklarade han på en blandning av engelska, svenska och tyska att jag var tvungen att köpa nya däck. Hade jag kört på en spik hade han kunnat spruta in nånting i däcken som gjorde att jag kunde köra till en däckfirma. Varken Arne eller jag förstod vad det var han skulle spruta in, men vi nickade, såg allvarliga ut och höll med. Skarbalius sa:

”Men detta är gjort med kniven. Byta helt. Jag känner Dragan's Däck und Werkstatt i Hållviken. Inte långt, du går där tjugo minuter. Jag ringer Dragan, du går där eller han kommer här. Det går kvickt.”

Tomas Skarbalius nickade snabbt och ivrigt som för att understryka hur snabbt Dragan skulle fixa nya däck till mig.

Jag bestämde att Tomas Skarbalius skulle ringa till Dragan som skulle skicka nån till Anderslöv för att byta däck på min bil. Därefter skulle jag köra till Dragan's Däck und Werkstatt på eftermiddagen och då skulle Arne och jag hinna träffa både Agneta Melin och Egon Berg.

Vi hade druckit kaffe, ätit kokt ägg med Kalles kaviar på grovt bröd och gjorde oss klara för avfärd när Simon Pender ringde.

"Var är du?" gastade han i luren. "När kommer du?"

"Inte i dag i alla fall", sa jag. "Några ungjävlar har skurit sönder mina däck, jag har superpunka, jag kan inte ta mig nånstans."

"Var är du?"

"Stockholm. Jag skulle köra för en timme sen, men jag kan inte ta mig nånstans. Fan vet var jag ska hitta nån som kan byta däck med så kort varsel."

"När kommer du?"

"Det är lite oklart", sa jag.

När jag hade knäppt bort Simon sa Arne:

"Stockholm?"

"Nej, jag vet", sa jag.

Jag packade allt material i en axelremsväska och gick ut och satte mig i Arnes Volvo Duett.

Innan han vred om startnyckeln frågade han en gång till:

"Stockholm?"

Jag tittade ut genom sidorutan.

"Ungjävlar?"

"Vi tar det en annan gång, det är enklast så här", sa jag.

Jag vinkade när vi körde förbi Hjördis Janssons hus.

Det såg ut som om hon vinkade tillbaka.

Men hennes hud var lika vit som gardinen så det var svårt att avgöra om hon ens stod i fönstret.

Som Agneta Grönberg hade hon varit grå och oansenlig, i alla fall på ett klassfoto, men som Agneta Melin var hon parant och välklädd trots att det bara var tidig vardagsförmiddag och hon måste vara i pensionsåldern.

Hon hade en mörkblå klänning med ett brett läderskärp kring

midjan, högklackade skor och en frisyr som bara kan kallas intressant. Hennes läppar var knallröda och det enda smycke hon bar var ett halsband som bestod av bländvita pärlor. Hon hade värmt kanelsnäckor och kokt kaffe, och hon berättade ungefär vad vi redan visste.

”Det var hemskt det som hände med Katja”, sa hon. ”Tror ni att Gert-Inge hade med det att göra? Att hon försvann, menar jag.”

”Vad tror du själv?” frågade jag.

Hon la huvudet på sned och tog sig försiktigt om hakan i nåt som såg ut som en inövad gest.

”Han var ju konstig, Gert-Inge.”

”Hur då?” sa jag.

”Han sa inte så mycket, och han höll sig för sig själv. Jag vet inte varför Katja alltid retade honom, men … ”

”Men?”

”Jag kan ju ha fel, men *jag* tror att Gert-Inge tyckte om henne, men visste inte hur han skulle visa det. Han hade väl inte nån större chans heller. Katja såg väldigt bra ut, visste vad hon ville och fick vad hon pekade på medan Gert-Inge var stor och tjock, eller kraftig, och ingen kan anklaga honom för att se bra ut, han var rent ut sagt ful. Och det såg ut som om han själv hade sytt alla kläder som han hade på sig.”

Villan låg en bit utanför Anderslöv och vi satt i ett stort kök med alla den moderna matlagningens tillbehör. Inget av dem såg däremot ut att ha blivit använt. Hon hade frågat om det dög att sitta i köket, och eftersom jag har bott i lägenheter som var mindre än hennes kök sa jag att det var okej. Hon var hemmafru. Hennes man ägde och drev en stor möbelaffär mellan Trelleborg och Svedala, och hon sa att de minsann fick skatta sig lyckliga som fortfarande kunde leva på att sälja möbler när Ikea fanns.

Jag plockade upp klassfotot vi hade fått av Egon Berg.

”Och Bergström var aldrig med när ni tog skolfoton?” frågade jag.

Agneta Melin tog bilden, försökte fokusera, kisade och höll den på armlängds avstånd.

”Nej, det går inte, jag måste hämta läsglasögonen. Det är hemskt, men så är det”, sa hon.

När hon kom tillbaka tog hon på ett par små, fyrkantiga glasögon med tunna, ljusa bågar.

”Men herregud vad unga vi är. Och där är jag, jag minns den kjolen, jag tyckte aldrig om den.”

”Berätta mer om Bergström, Gert-Inge, alltså”, sa jag.

”Det finns inte så mycket att säga, han höll sig för sig själv, och han var varken duktig eller dålig i skolan.”

”Pratade du med honom dagligdags? Umgicks ni? Fester och sånt?”

Hon skrattade till. ”Nej, verkligen inte. Om man säger att Katja var högst upp i hierarkin så var Gert-Inge längst ned. Det intressanta med honom var nog hans mamma.”

”Dom säger att han hade det svårt hemma”, sa Arne.

Agneta Melin nickade. ”Ja, det sa dom på den tiden också. Han var borta mycket, och det gick rykten om att hon slog honom, mamman alltså.”

”Men det var väl inte så ovanligt på den tiden”, sa jag.

Hon tittade upp från bilden.

”Nej, eller ja … jag vet inte. Det hände väl nån gång att … ”

”Att?”

”... ja, att far tog fram mattebankaren, men man behövde inte vara hemma från skolan i flera dagar för det. Man var öm där bak, men det var sånt man fick räkna med. Det var ju så.”

Jag fick tvinga mig att fokusera. Det där hade jag velat höra mer om.

”Hon var speciell, mamman.”

”Hur då?” frågade jag.

”Alltså … det är inget jag vet, det är bara sånt som folk sa. Mina föräldrar sa att hon både drack och gick med manfolk.”

”Vad betyder det? Att hon tyckte om män eller att män tyckte om henne?”

”Det var nog mest att … ja, vad mina föräldrar sa … att hon tog betalt.”

Både Arne och jag nickade. Vi sa ingenting. Jag visste inte vad detta betydde i det stora hela, eller vad jag skulle säga.

Hon tog av glasögonen, vek ihop dem och la dem i ett fodral som om de var smittbärare. Hon sa:

”Ni vet att det var nåt konstigt när hon dog också, va?”

Vi skakade på huvudena.

”Gert-Inge var äldre då, men han hittade henne död en morgon. Och sen … sen fick Gert-Inge bo kvar ensam där, det tyckte mina föräldrar var konstigt. Men han var duktig på att ta hand om sig, det har vi ju sett nu. Man vet inte så mycket, men han har blivit rik.”

Vi nickade.

”Brukar du se honom?” frågade jag. ”Har du sett honom nån gång i vuxen ålder?”

Hon skakade på huvudet.

”Dom säger att han reser mycket, men nej, jag har aldrig sett honom sen skolan. Men det är inte längesen som dom berättade om honom på radion, han skulle visst starta ett företag i Sydafrika.”

Vi hade inte så mycket mer att fråga om, men kallpratade några minuter innan vi tackade för oss, jag la ned klassfotot i axelremsväskan och Agneta Melin, före detta Grönberg, följde oss till dörren.

Egon Berg bodde ensam i ett vitkalkat tvåvåningshus i närheten av den gamla järnvägsstationen. Det var här han hade haft fotoaffär, men vi gick inte in genom den gamla affärsingången, som vätte mot gatan, utan Arne tog mig till baksidan av huset där vi gick uppför en trappa och knackade på en dörr med en fyrkantig, frostad glasruta.

Det tog en stund innan vi hörde nåt inifrån.

”Han går illa”, viskade Arne. ”Knäna.”

Egon Berg var lika lång som jag, fast mager som en streckgubbe. Men hans handslag var fast, och även om ögonbrynen var vita och gammelmansbuskiga var ögonen pigga och nyfikna. Han hade en tunn, grön väst över en rutig vit skjorta som var så öppen i halsen att det stack upp långa, vita spröt från den tunna bröstkorgen.

Huset var välstädat, men det kändes inte som om han brukade ha fönstren öppna och han hade nog kokt kålsoppa kvällen innan. Där själva affären hade funnits var nu en matsal med ett ovanligt stort bord. Han var änkeman sen många år, och sa att han inte använde alla rummen i det stora huset längre, men så länge han klarade sig själv var han glad över att kunna bo kvar, alla lån var betalda sen länge.

Han undrade om vi ville ha nånting, men efter Agneta Melins kanelsnäckor tackade vi nej.

Vi satte oss kring ett soffbord framför en gammaldags tjock-tv. Egon Berg satt i en lätt svängd, tresitsig soffa med en kudde bakom ryggen. Arne och jag satt i var sin fåtölj. För att vara fotograf hade Egon Berg förvånansvärt få bilder på bord och väggar. Det satt ett flygfoto över huset vi befann oss i på en vägg och det stod två svartvita foton i ovala, svarta ramar på ett litet bord med en lampa och en porslinsfigur som föreställde ett rådjur. Jag antog att det var en ung Egon med fru på bilderna. Det stod en meterhög, odefinierbar växt på andra sidan soffan.

”Du sa att du hade träffat Bergströms mamma”, började Arne.

”Det stämmer”, sa Egon. ”Det stämmer bra det. Jag var uppe där på gården deras när jag skulle sälja det första flygfotot. På den tiden kunde man köra ända upp till huset, men det såg ni ju på bilderna som ni fick låna, att det gick väg ända upp på gårdsplanen.”

”Det fanns ingen mur”, sa jag.

”Precis så, det fanns ingen mur, ingen mur alls.”

Hans röst var väldigt mörk och dov för att komma från en så mager kropp.

”Ville hon köpa fotot?” frågade Arne.

”Nej, det ville hon inte. Det var väl ingen hemlighet att folk pratade om henne, man sa minsann både det ena och det andra. Jag hade för vana att aldrig lyssna på struntprat, men när hon öppnade dörren luktade hon sprit.”

Han tystnade som för att skapa en effekt. Jag vet inte vad Arne tyckte, men i min värld var det inte så uppseendeväckande att en kvinna var onykter mitt på dan som i Egon Bergs.

”Det var andra tider på den tiden”, sa han. ”Då tog en kvinna kanske ett glas likör till kaffet när det var fest.”

”Men det var mycket grogg i buskarna utanför tivolit uppe i skogen, både för karlar och fruntimmer”, sa Arne.

”Kanske det, och det må så vara, men man drack inte mitt på dan, det gjorde man inte.”

”Men hon ville inte köpa bilden”, sa jag.

”Hon tittade på fotot och sa att hon ville ha det, men att hon inte hade några pengar, däremot kunde hon betala ’in natura’, jag hade aldrig hört nåt så oförskämt.”

”Du menar att hon ...”, började Arne.

”Hon till och med drog upp kjolen, och hon hade inga underbyxor på sig. Jag såg väl i det närmaste chockad ut, kan jag tänka, och hon skrattade så mycket att hon slog sig på knäna. Sen frågade hon om jag ville ha en öl, hon hade dansk öl, sa hon.”

”Men det ville du inte”, sa Arne.

”Nej, hur skulle det se ut om jag stod i affären och luktade öl? Det gick verkligen inte för sig.”

”Fanns det nån man i huset? Bergströms pappa?” frågade jag.

”Jag känner inte till nån pappa, Bergströms var inte människor jag normalt umgicks med, men det saknades inte karlar, om man ska tro allt vad folk sa. Det var synd om pojken, han hade nog ingen lätt uppväxt.”

”Såg du honom? Var han hemma när du var där?” frågade jag.

”Nej, det vet jag inte, jag såg honom inte. Men det fanns ju alltid folk som visste mer än andra och dom visste att pojken inte fick bo i huset, utan höll till i uthuset, jag tror det är det man ser på flygfotot.”

”Ja, det tror jag också”, sa jag. ”Och på det senaste fotot verkar det som om Bergström, Gert-Inge alltså, håller på att rusta upp det.”

”Du sa att du försökte sälja det fotot till honom”, sa Arne.

”Ja, men han ville inte veta av mig. Då hade han byggt muren runt tomten och man fick trycka på en knapp nere vid grindarna och prata med honom i en mikrofon.”

”Vad sa han?” undrade jag.

”Han bad mig fara dit pepparn växer. Han använde inte så hårda ordalag, men han lät mig förstå att han inte var intresserad av att köpa några som helst bilder och om jag besvärade honom igen skulle han vidta åtgärder.”

”Vidta åtgärder?” sa Arne.

Egon ryckte på axlarna.

”Jag har aldrig besvärat honom sen dess. Han har ju skaffat sig både makt och rikedom, och jag trodde han skulle vidta rättsliga åtgärder.”

”Eller be nån sticka en kniv i dina däck”, sa jag.

”Förlåt?”

”Jag bara tänkte högt”, sa jag. ”Hade du bild över Bengtssons hus också, dom som bor på andra sidan vägen?”

”Ja, jag hade förstås bild på alla hus och gårdar.”

”Ville dom köpa?”

”Det vet jag inte. Ingen var hemma när jag knackade på och i och med att Bergström lät så otrevlig i den där högtalaren vid grinden så bestämde jag mig för att inte besvära hans grannar heller. Vad hette dom nu igen?”

”Bengtsson”, sa jag. ”Pappa och två söner.”

Han nickade. ”Så kan det ha varit. Men jag är inte säker på att dom hade flyttat dit vid den tidpunkten.”

”Hittade du nån bild på Bergström i ditt arkiv?” frågade Arne.

”Jag gick igenom alla skolfoton mer än en gång, faktiskt tre, och Gert-Inge Bergström var aldrig närvarande när skolfotona togs. Vad detta beror på vet jag inte. I dag hör man ju att han är så skygg, men var han det på den tiden också? Eller var han ofta sjuk? Jag vet faktiskt inte.”

”Han var tydligen mycket borta från skolan”, sa Arne.

”Så du har ingen bild på honom?” sa jag.

”Sakta i backarna”, sa Egon. Han tog ett hårt grepp om soffkarmen med höger hand, pressade samtidigt vänster knytnäve mot soffdynan och hävde sig upp. Det verkade inte som om han använde benmusklerna, bara armarna. När han kom på fötter stod han en stund för att hitta balansen medan båda benen skakade i ett par kritstrecksrandiga, smala byxor.

”Det är som det är med knäna”, sa han.

Han gick ut i den gamla affärslokalen och kom tillbaka med ett svartvitt foto.

”Detta är det enda jag har”, sa han.

”Är det Gert-Inge?” sa jag.

Egon nickade och pekade på bilden med höger pekfinger.

”Jag var ju ingen nyhetsfotograf, det vet du, Arne, men ibland blev jag ombedd av en organisation eller ett företag att komma och ta en bild. Den här tog jag när Gert-Inge hade vunnit en tävling för lastbilar som motorklubben på Söderslätt anordnade. Jag vet inte riktigt vilka moment som skulle utföras, men när hela tävlingen var över så hade Bergström vunnit.”

Jag drog till mig bilden.

”Han körde för en åkare i Alstad som hette Bertil Mårtensson. Mårtensson ville ha en förstoring som han skulle rama in och hänga på kontoret, men Bergström ville själv inte ha nån bild, han ville knappt ens bli fotograferad. Jag försökte få honom att le med alla knep, men han såg lika surmulen ut hela tiden.”

Bergström stod på lastbilens fotsteg.

Dörren var öppen och han lutade sig mot den med hakan på höger arm.

Det stod Volvo på motorhuven.

Kroppen var dold av dörren, men ärmen var uppkavlad och armen muskulös.

Huvudet var stort och runt, och det var ovanligt med hängkinder på en så ung man.

”Gert-Inge bör vara tjugotvå här”, sa Egon.

Bergström hade en vanlig, gammaldags keps på huvudet så det var svårt att se hur håret såg ut.

”Man ser ju knappt hur han ser ut”, sa Arne.

”Det var en storväxt pojke”, sa Egon.

Vi tog fram bilden från *Dallas-Fort Worth News* och jämförde.

”Var är den där tagen?” frågade Egon.

”Bergström var på en transportkonferens i Texas”, sa jag.

”Han vill inte bli fotograferad där heller”, sa Egon. ”Det är lätt att se. Och så är det, vissa människor vill bara inte, dom känner sig obekväma framför en kamera.”

När Arne hade gjort en u-sväng och vi var på väg tillbaka sa han:

”Varför vill inte Bergström bli fotograferad?”

”Han har nåt att dölja”, sa jag.

Det lät mer intelligent än jag hade fog för.

Dragan bytte inte mina däck, det gjorde en ung och pigg man som hette Patrik, det stod så på en liten namnskylt på hans overall. Han hade en basebollkeps med Malmö FF:s klubbmärke över kortklippt, blont hår. Han kom till Anderslöv med domkraft och fyra däck i en liten skåpbil och började byta.

När han var inne på det tredje däcket sa han: ”Det är konstigt, men … det är inte alls längesen jag gjorde samma sak med en annan bil, med ett par andra däck. Det var ett likadant snitt ovanför fälgen, det är nån som vet att däcken inte går att laga.”

”Var hände det?”

”Den andra bilen?”

”Ja.”

”Skanör, en jävligt snygg donna. Hon hade en gubbe med sig, han hade skjutsat henne till firman. En stor, kraftig bit, jag förstår inte vad hon såg i honom.”

Jag nickade, lyssnade inte så noga, var mer fascinerad över hur snabbt en ung man i MFF-keps kunde byta fyra däck.

När han var klar följde jag efter honom till Höllviken och Dragan’s Däck & Verkstad, där man fick gå genom verkstadshallen för att komma till kontoret. En ung man och en ung kvinna jobbade med två upphissade bilar. Båda såg i sina overaller ut att kunna servera på en hipp restaurang. Det var rent och välstädat i verkstan. Blir man inte smutsig som bilmekaniker? När slutade man bli det? Finns det inte olja i bilarna längre, olja som läcker?

Dragan Vukcevic var storväxt och hade tjockt, gråsprängt hår och fast handslag. Han satt på ett kontor bakom en disk, pratade i telefon och skötte tidsbokning med hjälp av en stor datorskärm på väggen. Han pratade svenska utan större brytning, men jag lyssnade inte när han slog på tangenterna på datorn och pratade om försäkring, det verkade som om tidningens försäkring fortfarande gällde.

Jag skrev på ett kvitto och var på väg ut genom verkstan när jag vände och gick tillbaka in på kontoret.

”Patrik sa att det hade hänt nåt liknande för ett tag sen, nån hade skurit upp däcken på en bil i Skanör, tror jag.”

Dragan tittade upp.

”Javisst. Det var Lisen, hon lämnar alltid in bilen här.”

”Vad heter hon mer än Lisen?”

”Vill du bjuda på middag, eller? En riktig fining är hon.”

”Nej, bara lite konstigt att hon råkade ut för samma sak.”

”Ungjävlar, det finns gott om ungjävlar i dag”, sa han.

Men han slog på tangenterna och jag fick adress och telefon till ett galleri i Skanör.

När jag satt i bilen kollade jag numret: Det gick till Galleri Gås och jag ställde in GPS:n.

Gatorna i Skanör var folktomma och Galleri Gås var stängt, men nån rörde sig inne på det jag trodde var kontoret och jag knackade på fönsterrutan. En parant kvinna i uppsatt hår och mörkblå dräkt låste upp dörren och sa att galleriet var stängt. Hon såg ut att vara i fyrtioårsåldern. Ringarna på hennes fingrar såg dyra eller exklusiva ut.

”Jag söker egentligen … Lisen Carlberg”, sa jag.

Jag tittade i mobilen för att vara säker på att jag hade namnet klart för mig.

”Lisen är i Stockholm i dag, men hon kommer att vara här i morgon. Är det privat eller gäller det tavlorna?”

Jag brukar ha svårt för överklasskånska, men den här kvinnan hade en behaglig röst och dialekt.

”Det är privat”, sa jag.

”För om det gäller tavlorna har vi bara öppet några timmar på lördagar och söndagar nu på vintern”, sa kvinnan.

”Jag kommer förbi i morgon”, sa jag. ”Eller också ringer jag”.

”Kan jag hälsa från nån?”

”Jag heter Harry Svensson, men jag tror inte att Lisen vet vem jag är. Men … en fråga bara, fick hon sina däck sönderskurna tidigare i år?”

”Ja, hur vet du det?”

”Fick dom tag på den som gjorde det?”

”Nej, jag tycker aldrig polisen får tag på nån numera.”

”Anmälde Lisen det?”

”Det vet jag inte, men ... när du nu säger det, så ... det tror jag inte. Det var en himla tur att hon fick skjuts till däckfirman.”

”Vem skjutsade henne, vet du det?”

”Nej, jag tror han råkade komma förbi i samma ögonblick som Lisen upptäckte punkteringen. Varför frågar du?”

”Jag fick själv mina däck sönderskurna”, sa jag. ”Såg du hur mannen såg ut?”

”Bara helt kort. Han satt i en bil och jag såg honom bara när dom körde härifrån.”

”Vet du vem det var? Eller sa Lisen vem det var?”

”Nej ... men jag är nästan hundraprocentigt säker på att han var inne här på galleriet tidigare i år och frågade efter Lisen.”

”Frågade han efter Lisen?”

Hon nickade igen. ”Det var när vi hade Glad.”

”Glad?”

”Ja, han heter så, konstnären. Ragnar Glad. Han målar naivistiskt, det var en stor succé, vi sålde slut på allt.”

”Inez”, sa hon. ”Inez Jörnberg. Jag presenterade mig aldrig.”

Hon sträckte fram handen och vi skakade hand.

”Harry Svensson”, sa jag.

”Ja, du sa det. Kom in och titta.”

Hon öppnade dörren och jag gick in.

Det hängde bara tre gigantiska tavlor på väggarna.

En var helt gul.

En var helt blå.

Den tredje var kolsvart.

Alla tre såg ut att vara tre gånger två meter.

”Det är som det är”, sa hon och svepte med ena handen över väggarna. ”Jag tyckte bättre om Glad, men vi har fått goda vitsord i tidningarna.”

Jag sa ingenting för man lät alltid som en idiot om man sa att ”det där hade ett barn – eller jag själv – kunnat måla”.

Men när jag såg priset på en av tavlorna kunde jag inte hålla mig. ”Kostar den sjuttiofemtusen?”

”Ja, den blå och den gula kostar sjuttiofemtusen, den svarta kostar nittiofemtusen”, sa Inez Jörnberg.

Jag tyckte om att hon log när hon sa det.

Jag såg det okynniga i blicken.

Jag tyckte om henne.

”Hur dags är Lisen här i morgon?”

”Så här på hösten brukar hon komma vid elvatiden.”

Jag nickade, vi sa hej då och jag gick ut till bilen.

Jag startade motorn.

Jag stängde motorn.

Jag tittade mot ingången till Galleri Gås.

Jag strök mig om hakan.

Jag sträckte mig till slut mot baksätet, tog min väska och gick tillbaka till Galleri Gås.

Inez Jörnberg öppnade när jag knackade på rutan.

”Vad trevligt att se dig igen”, sa hon.

”Jag har inga speciellt bra bilder, men tror du att du kan känna igen mannen på dom?”

Jag visade henne Egon Bergs lastbilsfoto och jag visade klippet från *Dallas-Fort Worth News*. Jag hade också tagit fram ett porträttfoto från en sajt till en affärstidning som jag hade hittat på nätet, men jag visste inte hur gammalt eller porträttlikt det var.

Hon tittade noga.

Hon rynkade pannan.

Hon skakade på huvudet.

Hon sa: ”Eller … ”

”Eller?”

”Man ser ju att han är storväxt, men han hade annan frisyr när han var här.”

”Du tror det är han?”

”Ja, det gör jag, dom kinderna blir man inte av med så lätt. Men du får visa bilderna för Lisen.”

Jag la tillbaka dem.

”Varför frågar du? Det här har ju inget med konst att göra.”

”Det är lite svårt att förklara”, sa jag. ”Jag är journalist, eller snarare, jag var journalist och, jag tror att jag är en bra story på spåren."

"Om konst?"

"Nej, om sönderskurna däck."

Varför hade Bergström – för jag var säker på att det var han – sökt Lisen Carlberg?

Skulle han köpa konst?

Jag trodde inte det.

Var hon ett påtänkt offer?

Kanske.

Han hade några månader tidigare frågat efter henne och hade sen dykt upp i exakt rätt ögonblick när Lisen Carlberg hade fått däcken sönderskurna.

Som vanligt åt jag alldeles för mycket hemma hos Arne.

När han hade diskat gick han ut för att träffa en gammal kontakt och jag gick igenom allt jag hade, la tidningsartiklarna jag hade fått av Värner Lockström i ordning, kontrollerade att alla intervjuer jag hade gjort fanns i mobiltelefonen och satte mig att skriva ut dem.

De senaste dagarnas dis, dimma och duggregn hade försvunnit och en uppumpad, kritvit fullmåne lyste upp gatan och Arnes trädgård, stjärnorna verkade tillhöra en gammal tecknad Disney-film. Jag såg ingen mystisk figur, och om det dök upp nån var jag säker på att Hjördis Jansson skulle hålla koll på honom, hon hade fått både mitt och Arnes nummer om det hände nånting. Jag såg inte ens Lady och Lufsen i månskenet.

Jag låg redan till sängs när jag hörde Arnes bil, hur han kom in, låste ytterdörren, borstade tänderna och gick upp på ovanvåningen och la sig.

Jag kollade mobilen om jag hade missat ett samtal från Bodil, men det hade jag inte

Innan jag somnade bestämde jag mig för att Inez Jörnberg var en kvinna att minnas

KAPITEL 50

Hököpinge
November

SOLEN SATT LÅGT på den skånska vinterhimlen och var den här morgonen så skarp och vass att det inte ens hjälpte att ta på solglasögon och fälla ned bilens solskydd. Jorden på åkrarna var nyplöjd och det glänste om den, som från hundratals speglar, vilket gjorde det ännu svårare att se vägen.

Just denna morgon hade Arne kokt rågmjölsgröt som han serverade med mjölk och en rejäl klick sirap. Hemma hos honom var det aldrig tal om espresso och en croissant till frukost.

Och om vissa tycker det är uppseendeväckande att servera gröt med sirap så var det som Arne hade att berätta över frukostbordet ännu mer uppseendeväckande.

Det var därför jag inte bara skulle till Malmö och Skanör, jag skulle vidare till ett ställe där jag hade varit en gång tidigare och nästan hade blivit utslängd ifrån.

Eftersom Arne Jönsson var analog som få hade han ingen dator och följaktligen ingen printer. Jag hade därför lagt över alla utskrifter av de intervjuer jag hade gjort på ett USB-minne, och jag körde till hotell Mäster Johan för att printa. Jag hade ringt och frågat om det gick bra, och när jag hade fått två exemplar av varje blad satte jag mig vid ett av borden i lobbyn och sorterade dem innan jag körde till polishuset.

Det låg vid det som bara kallas Kanalen vid Drottninggatan i Malmö och jag hann tänka att det luktade officiellt om receptionen, det luktade myndighet eller möjligen bibliotek, och jag var upptagen av de funderingarna när jag hörde en röst som sa:

”Känner du inte igen mig?”

Jag kände verkligen inte igen Eva Månsson.

Jag har alltid varit fascinerad av stora, yviga och olydiga frisyrer på kvinnor, men … Eva Månsson hade klippt sig.

Hon hade ett par ljusblå, slitna jeans och en enkel, oknäppt blus över en svart T-shirt som det stod Jack Daniel's på, och – det var inget fel på den nya frisyren.

Det var bara så ovant.

Det var inte så här jag tänkte på henne när jag tänkte på henne.

”Jag tröttnade”, sa hon utan att jag frågade. ”Det blev ett helvete att kamma ut håret när jag hade duschat, och när jag skaffade läsbrillor fastnade bågarna hela tiden i håret.”

”Det är snyggt”, sa jag.

”Tycker du?”

”Ovant, men snyggt.”

Hennes rum låg en trappa upp och var kanske tio kvadratmeter stort. Till skillnad från den officiella lukten i receptionen luktade det kaffe om hela hennes våning, och det kunde förklara varför det stod sju urdruckna eller till hälften urdruckna vita eller gröna plastkoppar på hennes skrivbord.

Jag satte mig i besöksstolen medan Eva satte sig i en snurrstol bakom ett skrivbord med en fast telefon, en dator och papper, papper, papper, papper i en enda röra. Om hon hade försökt klippa sig prydlig hade hon misslyckats med sitt rum. På bokhyllan bakom henne stod vad som såg ut som lagböcker och ett trettiotal pärmar med nåt jag trodde var slutförda undersökningar, allting stod till synes helt osammanhängande. Där stod också två krukväxter som inte hade blivit vattnade på 2000-talet.

Eva Månsson hade fortfarande lugg, men håret var nu klippt i en page som var kort i nacken och längre längs med kinderna.

”Jag hoppas jag inte tar upp för mycket tid”, sa jag.

”Nej, här är tradigt nu. Du har väl läst om rasismen? Dom förföljer och hotar judar och jag har nu suttit i tre dagar med samtalslistor från mobiltelefoner … ” – hon svepte med högra handen över pappershögarna på skrivbordet – ” … för att försöka koppla samman dom idioter som kan ligga bakom några av hoten. Kan du tänka dig det, att när Malmö blir världsberömt så är det för att vi är som Hitler? Till och med Barack Obama fördömde Malmö."

Vi hade under en period pratat med varandra i princip varje dag, men nu kändes samtalet styltigt och obekvämt. Kanske berodde det på att det var längesen, kanske berodde det på att hon hade dykt upp i Solviken med en kvinna som hette Lena, och ... om Eva Månsson var lesbisk var det hennes sak och inget jag hade nåt emot eller att göra med, men det stärkte inte mina chanser med henne, om jag nu hade haft såna tankar, vilket jag naturligtvis hade haft.

I stället började jag min föreställning, det jag trodde var min stora stund.

Jag började med att berätta att allting handlade om morden på Justyna Kasprzyk i Malmö och Ulrika Palmgren i Göteborg. Jag la upp kopior på tidningsklippen jag hade fått av Arne Jönsson och Värner Lockström i Vaggeryd, visade utskrifterna från intervjuerna med Malin Frösén i Karlskrona, Cecilia Johnson i Nya Zeeland, Bodil Nilsson i Malmö, Maria Hanson i Göteborg, Brenda Farr i New York och till slut Shannon Shaye och eskortkvinnan Lone i Köpenhamn.

Men jag nämnde inga namn.

Mina intervjuoffer fick, än så länge, vara anonyma.

Eva Månsson hade inte bara klippt sig, hon hade dessutom nya läsglasögon, ett fyrkantigt par med mörka bågar som såg väldigt mycket ut som femtiotalet. Hon satte på sig dem när hon tog emot några av utskrifterna.

Jag visade bilden på Gert-Inge Bergström i *Dallas-Forth Worth News* samt bilden som Egon Berg hade tagit när Bergström hade vunnit en lastbilstävling. Jag spelade upp det korta Sydafrika-inslaget från Radio Malmöhus och la samtidigt fram det senaste klippet om Anli van Jaarsveld från den sydafrikanska tidningen *Die Burger*. Jag pekade på datumet: Bergström hade varit i Kapstaden vid den tidpunkten. Jag berättade om den försvunna Katja Palm, som hade gått i samma klass som Bergström, och lät Eva Månsson se utskrifterna av samtalen med Agneta Melin och Egon Berg i Anderslöv. Jag nämnde mina punkterade däck och att Arnes granne, Hjördis Jansson, hade sett en storvuxen man hålla koll på mig. Jag sa att jag inte hade några belägg för nånting eftersom jag ännu inte hade pratat med Lisen Carlberg på Galleri Gås i Skanör, men enligt hennes assistent, Inez Jörnberg, hade en storvuxen man varit inne på galleriet och frågat efter Lisen Carlberg innan hon fick sina däck sönderskurna. Samme man hade därefter skjutsat Lisen Carlberg till en däckfirma i Höllviken.

Till sist vände jag skärmen på min bärbara dator mot Eva Månsson och spelade upp en sju minuter och fyrtionio sekunder lång film.

När den var slut sa jag: "Jag är övertygad om att kvinnan på filmen är Justyna Kasprzyk, och allting talar för att mannen är en ganska känd men tillbakadragen affärsman som heter Gert-Inge Bergström, han bor utanför Anderslöv."

Jag vände datorn åt mitt håll igen, fällde ned skärmen och lutade mig bakåt.

Eva Månsson hade inte sagt nånting under den halvtimme det tog att gå igenom materialet.

Eva Månsson sa ingenting nu heller.

Hon tittade ned i pappershögarna på skrivbordet, eller möjligen en av de urdruckna plastkopparna.

Hon tog av sig läsglasögonen, la dem ifrån sig och reste sig.

Hon vände sig om och tog fram en telefonkatalog, gick runt skrivbordet och låste dörren till rummet.

Därefter slog hon mig i huvudet med telefonkatalogen.

Hon hade ett rejält grepp om katalogen – jag tror det var Malmödelen – och det var ett hårt slag rakt över höger öra. Därefter slog hon mig över vänster öra innan jag fick ett slag i nacken, och då böjde hon sig fram och väste i mitt högra, ömmande och svidande öra:

"Din jävla bobbe."

Hon gav mig två slag till, böjde sig fram igen och väste:

"Vad fan är det du har hållit på med?"

"Jag har bara … "

Jag hann inte säga mer förrän jag fick två nya rungande örfilar med telefonkatalogen. Kinderna hettade.

"Tror du att du är nån jävla polis, eller? Eller? Tror du att det är nån jävla lek?"

"Nej, jag tror inte … "

”Jag trodde vi hade en deal”, sa hon. ”Vi skulle berätta allt om allting för varandra. *Eller?*”

Hon poängterade detta ”eller” med en femetta i nacken.

”Och så springer du omkring och leker polis på egen hand.”

Jag fick ytterligare ett slag av telefonkatalogen på höger kind innan hon kastade den ifrån sig på golvet, satte sig i sin stol och blängde.

”Du har ljugit från dag ett”, sa hon.

Jag tittade mig omkring i rummet för jag kom plötsligt ihåg att hon hade hotat sticka ut ett av mina ögon med en sax om jag inte höll vad jag lovade. Det hettade fortfarande om kinder och öron, men telefonkatalogens Malmödel var bättre än en sax.

”Jag har inte ljugit”, sa jag.

Och det hade jag inte. Däremot hade jag inte berättat hela sanningen och det fanns en gradskillnad där.

”Vem var det du träffade i Malmö när polskan blev mördad?”

”Jag har glömt vad hon hette.”

”Så du erkänner att du träffade nån.”

”Det är väl inget konstigt, folk träffas.”

”Varför gick du omkring med ett gitarrfodral när du inte spelar gitarr?”

”Det har ju inget med att Justyna blev mördad.”

Hon fnös.

”Jag skulle ha plockat in din dator efter mejlet vi fick.”

”Den står framför dig på bordet.”

”Jag ger mig jävelen på att det inte är samma dator.”

”Nej, och jag förstår inte vad du skulle hitta i den förra. Vet du vem som skickade mejlet?”

Hon skakade på huvudet.

”Jag började inte med det här för att jag ville leka polis. Jag började av nyfikenhet, sen tänkte jag att det skulle bli en bra artikel eller kanske en artikelserie och sen … sen satt jag med det här materialet och … det är för stort för mig, jag fattar det, jag tror att jag har hittat en mördare, jag är faktiskt säker på det, men än en gång, du har rätt, jag är ingen polis, jag vet inte hur man gör. Men du sa också vid nåt tillfälle att ni hade så mycket annat att göra, att dom här fallen med

Justyna Kasprzyk och Ulrika Palmgren inte stod högt på er agenda, och ... det var min nye vän Arne Jönsson som övertygade mig om att jag måste träffa dig och berätta vad vi hade fått fram."

Jag ljög inte, men berättade som vanligt inte hela sanningen. Jag sa inte att Bergström – för jag var säker på att det var han – hade skickat mejl till mig mer än en gång, att han hade lagt en bild i min brevlåda i Solviken, att jag hade fått ett örhänge som tillhörde en flicka som hette Johanna Eklund och att jag egentligen inte alls var nyfiken: Givetvis ville jag att en mördare skulle åka fast, men jag ville också skydda mig själv och den jag var.

Hon tog på sig läsglasögonen igen och bläddrade i pappren.

"Så vad tycker du vi ska göra, åka ut och gripa ... Gert-Inge Bergström?"

"Är det inte så det går till?"

Hon tog av sig glasögonen och log.

"Nej, det är inte så det går till."

"Kan ni inte bara ta in honom för förhör?"

Hon skakade på huvudet.

"Inte på grund av det här, det som du visat mig nu", sa hon. "Här finns ingenting mer än en serie olika omständigheter."

Jag sa inget. Det hettade fortfarande om kinderna och öronen.

"Så då vill ni inte gripa en mördare?"

"Jo, men vi kan inte bara gå omkring och gripa folk hur som helst för att en jävla murvel tror han är Kojak."

"Det måste ju ha varit han som tog livet av flickan på bensinmacken, tänk om han gör det igen."

"Det verkade inte bekymra dig när du inte sa ett skit om vad du höll på med."

Hon hade en poäng där.

Jag sa: "Men kan ni inte ta kontakt med Interpol? Bergström har säkert agerat på andra platser i världen, senast i Kapstaden. Det kanske har försvunnit kvinnor på samma sätt som Katja Palm försvann, han kan ha plockat upp lifterskor var som helst, han verkar ju resa mycket."

"Jag har aldrig hört talas om honom."

”Det hade inte jag heller, men om man letar på nätet så hittar man småbitar här och där, och … han har ju en del företag.”

”Det är inget brott.”

”Men vafan, ser du inte mönstret här?”

”Jag kan ta in *dig* på förhör om du inte passar dig.”

”Misstänkt för vad?”

Jag satte mig upp och började rafsa samman pappren på hennes skrivbord. ”Jag antar att du inte vill ha dom här”, sa jag.

”Jo, låt dom ligga.”

”Okej.”

”Filmen? Har du ensamrätt på den?” frågade hon.

”Jag kan skicka den till din mobil.”

Hon nickade.

Jag försökte mig på ett leende.

”Alltså, jag har läst om hur poliser i förhör lägger en telefonkatalog mot kroppen och sen slår på katalogen, då blir det inga märken, men ditt sätt … ”

”Försök inte vara rolig, jag är inte upplagd för det. Du kan vara en charmig och rolig fan, men du ljuger värre än en travare på Jägersro.”

”Vad ska du göra nu, då?” frågade jag.

”Det får jag se.”

”Hör du av dig, då?”

”Det får vi se.”

”Alltså, förlåt, vad ska jag säga? Jag bar mig idiotiskt åt.”

”Det kan man säga.”

”Ringer inte du så ringer jag.”

Hon gjorde en grimas som var svårtolkad.

Vi reste oss. Hon var tvungen att följa mig ut och på vägen nedför trapporna sa hon:

”Vad fan hade hon på huvudet?”

”Vem?”

”I filmen, polskan.”

Hon log och ryckte på axlarna.

Jag tog det som ett tecken på upptining.

Jag var helt säker på att Lisen Carlberg skulle äta av salladsbordet på Skanörs gästgiveri, men när vi väl satt till bords beställde hon pannbiff och lök.

Jag blev så förvånad att jag beställde pumpasoppa, trots att jag egentligen inte är så förtjust i soppa, om den inte är fransk och kommer från Marseille, och jag ogillar verkligen smaken av pumpa.

När servitrisen hade ställt var sitt glas vatten med is och citron framför oss sa Lisen Carlberg:

”Det är kanske oförskämt att fråga, men ... är du svullen, eller ser du ut alltid ut så där? Man kan tro du har påssjuka.”

”Jag var hos tandläkaren, rotfyllning, bedövningen sitter kvar.”

”Så du har tandläkare i Malmö? Bor du inte i Stockholm?”

”Det var akut”, sa jag.

Hon nickade som om det förklarade allt, och det kanske det gjorde.

Morgonens sol hade försvunnit och ersatts av en grå, enveten vind som gjorde att det var ganska mysigt att sitta i den fina matsalen med höga, levande ljus.

Jag träffade Lisen Carlberg inne på Galleri Gås och hon föreslog att vi skulle äta lunch på Gästis. Hon verkade vara stammis för personalen hejade på henne och hon var Pernilla med servitrisen.

Jag hade läst på, och Lisen Carlberg såg verkligen ut som ett resultat av sin bakgrund, släkt och uppfostran. Men det fanns inget överlägset, högdraget eller bortskämt i hennes sätt och utseende. Hon var långbent som en fotomodell, men inte lika plågsamt smal, hon hade kort, tjockt och blont hår, ett par snäva, bruna byxor som var nedstuckna i ett par halvhöga, ljusbruna stövlar, en röd jacka över svart väst och vit blus. Hon påminde om nån, kanske skådespelerskan Gwyneth Paltrow. Jag kunde aldrig lära mig hur hennes förnamn uttalades.

Det var inget fel på pumpasoppan, men när jag såg med vilken aptit Lisen Carlberg satte i sig pannbiffen, den stekta löken och den kokta potatisen var jag nästan på väg att fråga om vi kunde byta, eller om jag kunde få börja om.

Vi pratade om den konst hon sålde och jag sa att i mina ögon var den konst hon sålde just nu en konst som man satte citattecken kring.

"Konst ligger i betraktarens öga", sa hon. "Det som är konst för en person är rena tramset för en annan, och tvärtom. Jag antar att du inte är så imponerad av Raül Scheckl?"

"Nej, men av priserna. Det känns som om jag själv hade kunnat plankstryka tavlorna."

"Men det gjorde du inte", sa hon. "Och om jag kan få nittiofemtusen för den svarta tavlan vore jag dum om jag tackade nej till det, eller hur?"

Jag höll med.

"Vad har du själv för konst på väggarna?"

"Eh … ingen alls."

"Det har du visst det, alla har nåt på väggarna om så bara en affisch, ett tidningsklipp eller en barnteckning."

"Bilder mest … och några teckningar av boxare och boxningsmiljöer."

"Bilder är också konst."

Hon vinkade på servitrisen.

"Vi tar var sin kaffe, Pernilla."

När vi hade fått in kopparna sa hon:

"Så du hade också fått däcken sönderskurna?"

"Inte bara det", sa jag.

Det var en lång historia, men jag kunde rabbla den ganska bra eftersom jag bara nån timme tidigare hade dragit den för kriminalinspektör Eva Månsson.

Det tog ändå två påfyllningar innan jag var klar.

Lisen Carlberg gick från att inte tro på ett ord av vad jag sa till att se mer tveksam ut, och när jag till slut la bilderna av Gert-Inge Bergström bredvid kaffekoppen framför henne ryckte hon till och tittade på mig med uppspärrade ögon.

"Känner du igen honom?" frågade jag.

Jag hade inte behövt fråga.

Hennes ögon fylldes av tårar.

"Jag … jag kan inte fatta allt detta, allt som du har visat mig och berättat om. Han var så … "

”Hur var han?”

”Vänlig, skulle jag vilja säga. Vänlig och hjälpsam.”

Jag nickade.

”Jag har ingen aning om vad han hade emot dig, men jag är övertygad om att han tänkte straffa dig på samma sätt som han gjort med andra kvinnor. Eller också behöver han ingen direkt anledning för att känna behovet av att straffa. Och jag vet inte var ni kan ha setts, eller hur han kände till dig. Har du sett honom förr?”

Lisen Carlberg skakade på huvudet.

”Men din assistent sa att han hade varit på galleriet strax innan dina däck punkterades.”

Lisen Carlberg nickade. ”Ja, hon säger det, jag vet inte, jag hade aldrig sett honom förrän han körde mig till verkstan i Höllviken.”

”Vad var det som gjorde, tror du, att han ändrade sig?”

”Jag vet inte.”

”Kommer du ihåg vad ni pratade om?”

”Inte direkt, inget viktigt, vi pratade nog om däcken och om tavlorna, väder och vind, vi hade Ragnar Glad då, det minns jag.”

Jag tog upp min telefon, bläddrade fram det jag sökte, tog bort ljudet, gav henne hörlurar och bad henne titta.

När filmen var slut rann två tårar utefter hennes kinder. Hon tog upp servetten hon hade haft i knäet och torkade dem.

”Jag vet inte vad det är för språk han pratar, men det är hans röst.”

”Du är säker?”

”Jag är helt säker.”

Jag tog telefonen och började lägga utskrifterna och tidningsklippen i ordning.

”Varför håller du på med det här?” frågade hon.

Jag gjorde en grimas och ryckte på axlarna.

”Jag menar, varför gör inte polisen det här, varför plockar dom inte in honom?”

”Dom har mycket annat att göra, dom har fullt upp med rasister, illegala vapen och judehatare i Malmö. Vad som händer hos polisen i Göteborg vet jag inte, men inget av morden har speciellt hög prioritet längre, och allt det andra … det hände ju för så längesen.”

”Inte det i Sydafrika, som du berättade om”, sa hon. ”Och inte tjejen på macken, det är inte så längesen. Det kanske händer igen. Han kanske redan har … han kanske redan har gett sig på nån annan kvinna.”

När Pernilla kom med notan låg bilderna av Gert-Inge Bergström kvar vid Lisens kaffekopp. Servitrisen pekade på dem och sa:

”Honom glömmer jag aldrig.”

”Var han … ” Jag visste inte hur jag skulle uttrycka mig. ”Var han obehaglig? Sa han nåt speciellt som gör att du minns honom?”

Hon skakade på kraftigt på huvudet. ”Nej, nej, men jag fick femtiofem kronor i dricks. En lunch kostar nittiofem, då avrundar alla till en hundralapp, men jag fick en hundralapp och en femtiolapp. Han har ett speciellt utseende, men han var snäll. Jag tror han hade varit inne hos dig, Lisen.”

”Varför tror du det?”

”Det låg en broschyr från galleriet på bordet bredvid hans tallrik. Men det var nog när du var i New York.”

Vi gick så småningom tillbaka till Galleri Gås, och Lisen och jag satt på hennes kontor i en timme. När hon följde mig ut till bilen sa hon.

”Han fick en kram.”

”Vem?”

”Bergström.”

”Och?”

”Det kändes som om hela han, och han är en stor karl, det kändes som om hela kroppen smälte, och … ”

”Och?”

”Jag fick för mig att han aldrig hade fått en kram i hela sitt liv.”

När jag kom fram till det som förmodligen hade varit en gammal disponentvilla i Hököpinge körde jag förbi allén som ledde till huvudbyggnaden. Där vägen svängde skarpt åt höger femhundra meter bort ställde jag bilen på en liten skogsväg. Senast jag var här hade allén varit grön och lummig, nu hade träden – och jag visste fortfarande inte vilken sort – tappat alla blad och grenarna pekade torrt, kalt, bittert och ilsket mot himlen, det kunde inte ens Sveriges mest välbärgade kommun göra nåt åt.

Min tanke var att gå genom skogen och komma fram till sjukhemmet på baksidan. Jag kom ihåg en terrass med balkongdörr, där två patienter hade suttit, och jag kom ihåg att Göte Sandstedts rum hade en balkongdörr som stått öppen. Jag hoppades att nån av dörrarna var öppen, även om det drog en klagande gåsvind över åkrarna. Jag ville inte gå genom entrén, om kvinnan i den snäva dräkten var i tjänst skulle hon aldrig släppa in mig.

Jag är inte så bra i terräng.

Jag borde haft gummistövlar.

Jag var säker på att Arne alltid hade ett par rejäla gummistövlar i sin Duett.

Det kändes i alla fall som om jag gick åt rätt håll, men marken blev sank ju längre in i skogen jag kom, och jag sjönk på vissa ställen så djupt ned att bootsen nästan gled av när jag lyfte på fötterna.

Jag svor tyst för mig själv där jag klafsade fram mot sjukhemmet.

Det tog tjugo minuter innan skogen tog slut och jag kunde gå över ett öppet fält. Jag förutsatte att ingen tittade åt mitt håll, om inte gamlingarna med fönster åt skogen sov var de förmodligen blinda, och Göte Sandstedt kollade nog på tv. Det hade dessutom mörknat, och jag var helt säker på att Arne till skillnad från mig hade en ficklampa i sin bil.

Jag gick upp på altanen och försökte stampa av leran från bootsen. Det gick så där.

Jag gick bort mot balkongdörren. Den var låst.

Jag gick runt husknuten till gavelsidan där jag trodde Göte Sandstedts rum låg.

Jag såg på långt håll att hans balkongdörr stod på glänt.

Jag tittade in i rummet.

Han satt i samma stol som förra gången, den med benen i fyra bruna, gummiliknande produkter.

Tv:n var på.

Göte sov.

Dörren var haspad, men jag lyfte upp haspen med en penna, öppnade, gick in och stängde bakom mig.

Göte snarkade.

På tv:n gick ett program där utflippade män och kvinnor designade kläder. Programledaren liknade en gammal fotomodell.

Göte Sandstedt såg lika stram och högdragen ut som förra gången, men det rann saliv ur vänster mungipa och en sån liten detalj kan snabbt ta bort all form av auktoritet.

Jag drog fram en stol och satte mig.

Jag satte höger tumme och pekfinger kring hans näsborrar.

Det tog bara några sekunder innan han började frusta och spotta. Han tittade upp, försökte få klarhet i var han befann sig, och vem jag var, och muttrade "vafan" samtidigt som han instinktivt försökte resa sig upp.

Jag tryckte tillbaka honom med handflatan i bröstkorgen.

"Hej, Göte", sa jag. "Det var ett tag sen."

"Vem fan … jag kan inte … vem fan … ?

"Vad tråkigt att du redan har glömt mig, jag trodde att jag gjorde ett outplånligt intryck förra gången."

"Jag känner inte dig", sa han.

"Det sa du sist också. Tidningsmannen."

Långsamt gick det upp för honom vem jag var, och han försökte än en gång resa sig. Jag lät honom komma halvvägs upp innan jag tryckte tillbaka honom. Han slog i stolsryggen med en smäll.

"Du minns Arne Jönsson också", sa jag.

"Den tjocke."

"Eller så har han kraftig benstomme, det är en tolkningsfråga."

"Jag tror du ska gå."

"Det tror inte jag. Arne Jönsson må ha kraftig benstomme men han har ett mycket skarpt intellekt. Jag tror du sa sist att han 'la sig i sånt som han inte hade med att göra'. Kommer du ihåg det, Göte?"

"Ni bara lägger er i allihop, ett satans rövarpack är vad ni är."

"Arne har inte slutat att lägga sig i, Göte."

"Jag ska ringa på Birgit."

"Du når inte knappen, Göte."

Han gjorde ytterligare en ansats att försöka resa sig, men jag höll honom hårt pressad mot stolsryggen.

”Kommer du ihåg att vi pratade om Bodil Nilsson, Göte? Kommer du ihåg att du sa att hon fick vad hon förtjänade? Kommer du ihåg att ni inte kunde hitta den skyldige. Men vet du vad jag tror, Göte?”

Han började andas tungt, tittade ut genom fönstret.

”Jag tror inte att ni ens försökte. Jag tror att du vet vem som var skyldig och att du lät honom gå.”

”Fan, vad du hittar på, försvinn härifrån.”

”Arne Jönsson är väldigt skicklig på att hitta saker, men han är nästan ännu skickligare på att upptäcka det som inte finns. Det finns ingen rapport om Bodil Nilsson, alla papper är borta. Och vet du vilka andra papper som är borta? Det finns en man som heter Gert-Inge Bergström vars mamma söp sig full och snubblade nedför en trappa och dog. Det vet alla. Men det finns inga papper om det heller, Göte. Varför inte det, du var ansvarig utredare i båda fallen.”

Hela hans kropp spändes när han försökte resa sig och han öppnade munnen för att ropa på hjälp, men jag tryckte tillbaka honom och la handen över hans mun.

”När Arne fortsatte leta och tog hjälp av en gamling från dåvarande pastorsexpeditionen, så … du vet vad han upptäckte, eller hur?”

Göte försökte vända bort ansiktet.

”Inte?”

Han spände bröstkorgen.

”Arne upptäckte att du är pappa till Gert-Inge Bergström. Hur gick det till? Satte du på hans mamma? Var du en av hennes kunder?”

Han mumlade nåt under min hand och jag tog bort den från munnen.

”Jag är inte hans pappa”, sa han.

Musklerna i hans kropp var inte spända längre, han satt hopsjunken i stolen med blicken riktad mot tv:n men han såg inte vad som hände i rutan, han tittade längre bort än så.

”Det står så”, sa jag. ”Det står så i pappren.”

”Det stämmer inte”, sa han.

”Varför står det så då?”

Han stängde munnen och tittade bort. Det rann en tår från hans högra öga, men det såg mer ut som om tårkanalen hade blivit slapp.

Män som Göte gråter inte, har aldrig gjort.

En man har verkligen nått livets höjdpunkt när han försöker tortera en åttiofemåring. Jag kom att tänka på en film där ett punggrepp får den stenhårde skurken att berätta allt, men om Göte Sandstedt hade en pung kunde jag inte hitta den. Han började ändå skrika när jag hade min högra hand djupt i hans skrev så jag blev tvungen att lägga den över hans mun i stället.

”Berätta”, sa jag.

Han nickade, men sa ingenting när jag tog bort handen.

Det hann bli reklam innan Göte tog ett djupt andetag och sa:

”Ni förstår ingenting i dag om hur det var då. Det var andra tider på den tiden.”

”Du menar att du kunde styra och ställa som du ville?”

”Nej, men jag gjorde vad jag ansåg var rätt.”

”Och då kunde du kringgå lagen, menar du?”

”Det är så lätt för dig, du vet inte hur det var då.”

”Jo, jag fick just höra att det var andra tider på den tiden.”

”Just så, helt andra tider.”

”Jag börjar bli otålig”, sa jag.

”Det är ni unga alltid, så otåliga. Men … Aina hade inte haft det lätt.”

”Aina?”

”Mamman. Hon var sjutton när hon födde pojken. Hon var elva när Evert hade intimt med henne första gången.”

”Evert?”

”Hennes far.”

Jag måste ha sett häpen ut, för Göte sa: ”Det hade du inte räknat ut.” Han såg nästan glad ut när han sa det.

”Så hennes far är … ”

”Just så. Hennes far är far till pojken, till hennes son, han är både far och morfar.”

En väldigt gay ung man i skrikigt randig kostym och spretigt hår grät i tv:n, det såg ut som om han hade blivit utröstad.

”Aina var vacker. Hon tyckte om att festa, och jag var gäst hemma hos henne mer än en gång. Jag skäms inte för att säga att jag delade säng med henne när det passade sig. Hon var glad i sprit och hon var glad i det intima."

Jag behövde inte kommentera eller fråga längre, när Göte Sandstedt hade börjat prata fortsatte han oombedd.

"Jag vet inte hur Evert hade ordnat med det där, men det stod 'fader okänd' i kyrkböckerna och Aina ville inte ha det så. Hennes förhållande till pojken var inte okomplicerat, men hon ville att han skulle ha en pappa och ... jag kunde dra i trådar så att det till slut stod att jag var far till barnet."

"Det var ju storstilat", sa jag.

"Jag behövde aldrig betala eller ge Aina presenter efter det."

"Men det fanns ju en pappa, sa folk."

"Det var vad Aina tutade i pojken, hon ville trots allt ha en riktig familj, men hon kunde aldrig hålla sig till en karl och till slut tröttnade han. Han var servitör. Minns jag rätt tog han jobb på Gripsholm, seglade till Amerika och stannade där. Vi hörde aldrig av honom. Jag tror att han tyckte om pojken."

"Det finns inga papper om den mannen heller", sa jag.

"Och vem tar skada av det?"

"Pojken, Gert-Inge."

"Livet har gått sin gilla gång ända tills du la dig i, vad ska det vara bra för?"

"Sanningen", sa jag.

Jag blundade när jag i samma ögonblick kom på hur jag själv förhöll mig till sanningen, på hur jag själv såg på rätt och orätt och hur man kunde styra och ställa med det som kallades verklighet.

"Sanningen är överskattad", sa Göte.

"Men visste du vad Gert-Inge höll på med?"

"Han jobbade hårt, han jobbade hårdare än alla andra och han skapade sig ett bra och rekorderligt liv."

"Förutom att han straffade några kvinnor här och där."

"Säger du, ja."

"Men du måste väl ha misstänkt ... kommer du ihåg Bodil Nilsson, som vi pratade om?"

Han svarade inte.

”Förstod du inte att det var Gert-Inge?”

Han suckade, tittade ut genom fönstret igen. Det hade blivit mörkt på riktigt, designprogrammet var slut och nu handlade det om en kock som skrek och gapade i ett restaurangkök.

”Och om det var det, så … det var väl inte hela världen, det var bara lite bus. Pojken hade svårt med kvinnfolk, svårt att få till det.”

”Så han åkte runt och gav dom ett kok stryk i stället?”

”Det gjorde gott där det kom, det har ingen dött av.”

”Så du la ned utredningen?”

”Det fanns inget att utreda.”

”Men du har fel i att ingen ’har dött av det’. Tre kvinnor är mördade, kanske ännu fler.”

”Det är inget jag vet nånting om.”

”Och du tror inte att Gert-Inge, pojken som du kallar honom, är inblandad.”

Göte Sandstedt tittade mig för första gången stint i ögonen.

Han sa ingenting.

”Jag kommer att höra av mig”, sa jag. ”Kanske blir du kontaktad av en kriminalinspektör som heter Eva Månsson.”

Jag tog ett rejält tag om sladden till Götes ringklocka och slet loss den.

”Du kan stappla ut till receptionen, om du vill”, sa jag, öppnade balkongdörren och lämnade honom framför den gapige kocken.

Den här gången gick jag genom allén, ut på stora vägen och bort till min bil.

Det var mörkt, jag såg ingen och jag tror inte att nån såg mig.

Jag åkte hem till Arne som hade lagat nåt han kallade lökadoppa och som bestod av delade lunchkorvar som han hade stekt och därefter lagt i en gryta med löksås. Till detta serverade han pressad potatis.

Jag berättade om min dag utan att nämna Eva Månssons sätt att handskas med en telefonkatalog.

Om Arne blev förvånad över det som Göte hade berättat så visade han det inte.

”Det har alltid hänt mycket jäkelskap här ute”, var det enda han sa.

Och när han hade diskat och torkat tallrikar, glas och bestick var det dags för konjak och kaffe.

Arne var på gott humör igen.

KAPITEL 51

Malmö
November

HAN BLEV SÅ överraskad när hon tog honom på armen att han tappade balansen och for baklänges in i bilen så hårt att han slog huvudet i den öppna framdörren.

”Men förlåt, skrämde jag dig, det var inte meningen”, sa hon.

Han tappade inte bara balansen, han tappade också både fattningen och talförmågan.

Hon var *ännu mer* förtjusande än han mindes, och han som trodde att han kom ihåg varje detalj i hennes utseende, hennes korta, blonda hår, hennes leende, sättet att prata.

”Kommer du ihåg mig?” sa hon.

Han kunde fortfarande inte prata.

Han nickade.

Han kom ihåg henne.

”Vad bra”, sa hon. ”Jag ställde precis min bil här borta och jag tyckte att jag kände igen din bil, och så klev du ut och då såg jag att det var du och jag tänkte att jag måste hälsa på dig. Blev du rädd på riktigt?”

Han skakade på huvudet.

Även om han hade kunnat säga nåt hade han inte vetat vad han skulle säga.

Solen sken, men vinden var stark och byig, den fick hennes hår att flyga.

Han ville ta på det.

Ta på håret, ta på henne, men han visste inte vad han skulle göra, säga, hur det skulle gå till. Han kände igen situationen, det var så med Katja Palm också, han hade tyckt så mycket om henne, men hon brydde sig inte, inte som kvinnan framför honom, den här ville honom inte illa, han kände det, visste det.

”Vilket håll ska du? Jag har ett möte på Savoy”, sa hon och pekade ned mot kanalen och Centralstationen.

”Jag ska också på ett möte, där borta, jag har kontor där”, sa han och pekade åt samma håll.

”Men då kan vi göra sällskap”, sa hon.

Han tog överrocken som låg i baksätet, slog igen bildörrarna och tryckte på fjärrlåset. Lamporna blinkade både fram och bak och det pep om bilen. Han satte på sig rocken och Lisen Carlberg tog tag om hans vänstra arm och de började gå mot kanalen. De gick förbi hennes bil, det var luft i alla fyra däcken. De såg förmodligen ut som ett par, arm i arm, han hade aldrig gått arm i arm med en kvinna.

”Vet du att det var ett mord på hotellet där borta?”

Hon pekade in i en liten gränd, man kunde se ingången till Mäster Johan från torget.

Han ryckte på axlarna.

”Det stod mycket om det i tidningarna, och det var mycket på tv också, du kan inte ha missat det. Hon som dog låg i Tommy Sandells säng, vet du vem han är?”

Han skakade på huvudet.

Han visste mer om Tommy Sandell än många andra.

”Det är inte min musik, men han har ju blivit väldigt populär igen efter mordet”, sa hon. ”Du känner inte till det?”

”Jag var kanske utomlands.”

”Reser du mycket?”

”Det blir en del.”

”Jag vet inte ens vad du heter”, sa Lisen.

”Bergström.” Han sa alltid efternamnet först, hade aldrig tyckt om sitt förnamn. ”Gert-Inge Bergström.”

”Vad gör du?”

”Jag äger några företag.”

”Jaha.”

”Jag har gått den långa vägen, du vet – två tomma händer.”

Hon skrattade.

Det gjorde ont i honom, så fint lät hennes skratt.

"Jaha, själv har jag en rik pappa", sa hon.

"Jo, det ... " Han visste inte vad han skulle säga.

"Du vet inte vem Tommy Sandell är, men vad tycker du om för musik, då?"

Varje gång han tänkte på musik kom *Living doll* med Cliff Richard & The Shadows upp.

"Ingen alls", sa han.

"Det tror jag inte", sa hon och tog honom på handen. "Alla tycker om konst även om dom förnekar det, och alla tycker om nån sorts musik."

"Gammal schlager", sa han. "Lill-Babs, Siw Malmkvist, Anita Lindblom."

"Jag tycker om Lady Gaga, har du hört henne?"

"Kanske på radio."

"Dina sångerskor var före min tid."

"Det var mors skivor."

"Tyckte hon om musik?"

"Jag tror det, hon spelade skivor, singlar. När hon var glad, men ... jag vill inte prata om henne."

"Har du kvar skivorna?"

"Ja."

"Och gammaldags skivspelare?"

"Ja. Men jag har cd-spelare också."

"Jag har bara sett gamla skivspelare och vinylskivor på bild."

Han skulle egentligen in på Västergatan, men fortsatte gå med hennes arm om sin.

"Bor du här i Malmö?" frågade hon.

"Nej, utanför."

"Det gör jag också, jag bor i Höllviken, men det vet du."

De rundade hörnet vid kanalen och hon sa:

"Ja du, Bergström, nu är jag framme."

"Oj, jag glömde ... jag skulle ju in på gatan här uppe."

"Har du nåt visitkort?"

"Nej."

”Kan jag få ditt nummer, då? Man vet aldrig om jag har vägarna förbi.”

Det snurrade i skallen på honom när hon skrev upp hans nummer i sin mobiltelefon.

”Och var bor du, sa du?”

Det hade han inte sagt.

”Norr om Anderslöv, om du vet var det ligger”, sa han.

Hon nickade, la tillbaka mobilen i sin handväska och gav honom en kram. Hon tryckte ena kinden mot hans bröstkorg och han fick svårt att andas.

Han kände tårar i ögonen.

”Gråter du?” frågade hon när hon släppte honom.

”Nej, det är vinden, den är så vass.”

”Det blåser alltid i den här stan.”

Han följde henne med blicken när hon gick in på hotellet.

Hon vinkade när hon stod på trappan.

Han vinkade tillbaka.

Medan han stod kvar vid det blåsiga hörnet och stirrade tomt eller längtansfullt framför sig ringde mobilen, han kände inte omedelbart igen numret.

Han lyssnade.

Sa inget.

När samtalet var slut suckade han.

Han blev plötsligt så trött.

KAPITEL 52

Anderslöv
November

GENOM ATT INTE göra nånting har jag lyckats förvånansvärt bra.

Det kan låta som en affärsidé för en journalist, en förhörsledare eller utredare: Luta sig tillbaka och låta det som ska hända sköta sig självt, inte säga nånting och därmed få motvilliga intervjuobjekt att öppna sig, genom att vara tyst kan man säga mer än om man pratar. Men det var ingen affärsidé, i mitt fall berodde det mest på lättja, jag har egentligen inte haft en aning om vad jag skulle ta mig till med intervjuobjekt eller hur jag skulle vaska fram en motvillig story.

Lättja, tur och förmågan att vara på rätt ställe vid rätt tidpunkt har styrt mitt liv, men efter besöken hos Eva Månsson, Lisen Carlberg och Göte Sandstedt insåg jag att jag måste ta tag i saker, få nånting att hända.

Jag borde kanske haft en större omtanke om eventuella nya offer, men det som fick mig att fokusera var risken att både jag som person, och min tvivelaktiga hållning till sanningen, skulle hamna i ett obehagligt fokus om polisen i Malmö till slut bestämde sig för att förhöra Gert-Inge Bergström, en man som visste mer om mig än han borde.

Det kändes också som att eventuella avslöjanden från min sida skulle hamna i skuggan om det kom ut att jag, precis som Bergström, fascinerades av bestraffningar.

Jag hade slutat känna skuld eller dåligt samvetet för det. Till skillnad från honom hade jag inga tankar på att tvinga eventuella partners, det ingick inte i mitt koncept, ett S&M-äventyr var en lek på lika villkor.

Jag hade däremot en plan.

Jag behövde en fotograf och kom att tänka på Anette Jakobson som hade fotograferat åt lokaltidningen, och hjälpte en alkoholiserad redaktör hem, när vi öppnade krogen i Solviken. Vi hade hållit kontakten med sms och hon hade varit på krogen med några väninnor en kväll. När jag ringde till henne berättade Anette att hon hade utvidgat verksamheten: Hon var frilans, hade flyttat till Arlöv utanför Malmö och hade börjat filma.

Jag förklarade i korta drag vad det handlade om, och att hon inte kunde få betalt förrän senare. Hon fick se det som ett äventyr.

Hon var inte nödbedd.

"Det är inte bara tv, alla tidningar vill ha rörliga bilder till sina webbsidor, jag plåtar fortfarande på gammaldags digitalt sätt, men jag gör också tv-intervjuer för den som vill ha."

Tiden gick allt fortare: Hon sa att hon "plåtar på gammaldags digitalt sätt".

Jag behövde också Lisen Carlberg.

När jag ringde till henne sa hon ja innan jag ens hade hunnit prata till punkt.

Man kan hitta allt på nätet och när jag hade lusläst det lilla som fanns om Gert-Inge Bergström hittade jag en faktaruta där det stod att han hade för vana att befinna sig på sitt kontor vid Stortorget i Malmö varje tisdag, om han var i Sverige vill säga. Anette ringde till Gibab, Gert-Inge Bergström AB, och låtsades vara en journalist som undersökte var svenska företagschefer befann sig en viss vecka. Den som svarade sa att hon inte kunde berätta var Bergström befann sig.

"Men kan du säga om han är i Sverige?" frågade Anette.

Det kunde hon.

Det var han.

Vi satt till slut och som vanligt i ett litet rum på Mäster Johan och testade utrustningen som Anette hade haft med sig.

Hon tog fram en liten intervjubandspelare som det stod Olympus på, hon satte en hörlur i mitt öra och stack dess sladd i bandarens mikrofonuttag. Därefter ringde jag till Lisen på andra sidan bordet och satte mobilen mot örat som vid ett vanligt samtal.

Vi sa hej och god dag och vackert väder och la på.

Allt hon sa hade tagits upp av den lilla mikrofonen, allt fanns på bandaren.

"Men tänk om han inte kommer", sa Lisen.

"Vi får se", sa jag.

"Tänk om han inte parkerar på Stortorget", sa hon.

"Då får du hänga utanför hans kontor, vi vet ju var det ligger", sa jag.

"Tänk om det inte finns parkeringsplats, då. Ibland är det fullt på Stortorget", sa hon.

Men Gert-Inge Bergström kom och då satt Lisen i sin bil på parkeringsplatsen och väntade.

Anette stod vid statyn mitt på torget.

Själv satt jag i rummet på Mäster Johan.

Min mobil ringde.

"Hör du mig?" frågade Lisen.

"Alldeles utmärkt."

"Då låter jag mobilen ligga som den ligger nu", sa hon.

"Kanon", sa jag.

"Han går ut ur sin bil nu", sa hon. "Jag går fram till honom."

Jag hörde hennes fotsteg, en bil tutade.

Jag hörde allt.

När de skiljdes åt gick Lisen in på hotell Savoy, men det var en avledande manöver, tjugo minuter senare kom hon in på Mäster Johan, slängde handväskan på bordet, satte sig tungt i soffan och sa:

"Fy fan. Jag höll på att kräkas på honom."

Anette Jakobson stod kvar ute på gatan och kunde så småningom rapportera att Bergström hade varit på kontoret i fyrtiofem minuter. När han gick därifrån gick han snabbt och irriterat mot bilen. Anette tyckte han såg arg ut.

Några timmar senare satt Lisen vid ena bordsändan i Arnes kök med ett stort glas whisky som hon snurrade mellan händerna, hon sa att hon behövde styrka sig. Det hade varit mer än omtumlande – och motbjudande – att konfrontera Gert-Inge Bergström och vara trevlig och låtsas som om hon inte visste vem han var eller vad han hade gjort. Hon var lika övertygad som jag och Arne om att Bergström var en mördare, men hon hade spelat sin ovetande roll perfekt.

Jag hade sett Lisen äta med god aptit på Skanörs Gästis, men när Arne kom med en nygräddad raggmunk på en stekspade skakade hon på huvudet. Han la den i stället på min tallrik. Det var min fjärde eller femte, jag hade som tur var slutat räkna. Han följde upp med två skivor fläsk som han hade spetsat på en gaffel.

”Den här bilden är väl bra, här ser man honom tydligt”, sa Anette Jakobson och höll upp en av ett dussintal bilder som hon hade låtit printa på Mäster Johan.

Den visade Gert-Inge Bergström och Lisen Carlberg på parkeringsplatsen på Stortorget. Det kan ha varit som jag inbillade mig, men Bergström såg nästan skräckslagen ut bredvid Lisen, båda tittade rakt in i Anettes kamera. Hon hade också bilder när Bergström tog på sig överrock och bilder på honom och Lisen arm i arm på väg ned mot hotell Savoy. Anette hade dessutom tagit fram hel- och halvfigursbilder samt ett porträtt på honom.

Det var första gången jag såg honom som han såg ut nu, jag räknade inte den korniga tidningsbilden från Texas, och han var verkligen storvuxen: Lisen Carlberg räckte honom bara till bröstkorgen och hon var ingen kort kvinna. Han hade pressat in kroppshyddan i en mörk kostym med slips, vit skjorta och en svart, nästan fotsid, uppknäppt överrock och han såg ut som en typisk affärsman, så som de ser ut i västvärlden, i alla fall i Hollywood-filmer. Hans hår var mörkt och bakåtkammat på ett stort, oformligt huvud med ett par bulldoggkinder som hade blivit mer markerade sen han var tjugotvå och just hade vunnit en lastbilstävling.

Förutom printade papperskopior hade Anette också visat oss rörliga bilder på Bergström och Lisen när de gick nedför Hamngatan, stod på hörnet vid Savoy och Lisen gav honom en kram.

När vi hade ätit hjälpte Anette Arne med disken medan Lisen och jag satt på hans kontor och tittade på bilderna och lyssnade på det bandade samtalet.

”Han säger att han inte känner till mordet på Mäster Johan”, sa jag. ”Det går inte att höra riktigt, men tycker du att han tvekade?”

”Det är svårt att avgöra, jag hade hela tiden känslan av att han var rädd att … vara med mig.”

Hon var inne på sitt tredje glas whisky.

”Han ser skitskraj ut.”

”Det var … som … om … som om han inte visste vad han skulle säga, som om han hade svårt att uttrycka sig, men jag tror inte att det bara berodde på att det var just jag, jag tror inte att han har befunnit sig så där, på tu man hand, med många kvinnor.”

Och när han har gjort det har han haft dem över sina knän, tänkte jag.

Jag fortsatte lyssna på inspelningen.

”Tror du jag kan sova över här? Jag skulle vilja ha en whisky till, och … jag kan inte köra ens som det är nu”, sa hon.

”Det tror jag, det ordnar sig”, sa jag.

Hon gick ut i köket. När hon kom tillbaka hade hon antingen fyllt på glaset eller så hade Arne gjort det åt henne.

”Jag skäms”, sa hon.

”Vadå?”

”Arne och Anette håller på med disken och här sitter du och jag och gör ingenting.”

”Arne tycker om att diska”, sa jag.

”Det finns det ingen som gör”, sa Lisen.

”Du känner inte Arne.”

Hon tog en klunk whisky, strök håret bakom höger öra och drog fram en stol som hon la fötterna på. Anette kom in och frågade om vi ville ha kaffe.

Det ville vi. Lisen sa:

”Tycker du att jag ska åka dit?”

”Dit?”

”Till honom, till Bergström, hem till honom?”

Jag hade tänkt tanken, men hade inte vågat tänka den klart och jag hade givetvis aldrig tänkt ta upp den med Lisen.

”Vad skulle vi vinna på det?”

Hon ryckte på axlarna.

”Jag vet inte ens vad vi har vunnit på det här”, sa jag. ”Vi kan i och för sig lägga över bilderna till Eva Månsson på polisen i Malmö, och då har hon färska bilder att skicka ut till Interpol om dom nu är intresserade", sa jag.

Anette öppnade dörren och sa att Arne ville att vi skulle dricka kaffet i köket så vi reste oss. Jag följde Lisen med blicken och försökte förstå vad som hade väckt Bergströms straffbegär. Ju mer jag fick veta desto mindre begrep jag.

Köksbordet var dukat med koppar, konjaksglas och ett fat med ost och kex mitt på bordet.

"Anette sover i soffan i finrummet", sa Arne. Han vände sig mot Lisen och sa: "Och du kan inte köra så du sover i den gamla barnkammaren."

"Jag har ingen tandborste", sa hon.

"Det finns", sa Arne. "Här finns allting."

"Jag erbjöd mig att åka hem till Bergström, men Harry tycker det är en dålig idé", sa Lisen.

"Jag kan följa med och plåta", sa Anette.

Det lät som om hon också hade druckit mer än en whisky.

"Vad ska du plåta? Vad ska ni säga?"

Anette ryckte på axlarna.

Lisen hade inte sagt nåt sen vi kom ut i köket och jag trodde att hon hade somnat. Lisen ställde ifrån sig det tomma whiskyglaset och satte sig upp.

"Jag kan åka dit", sa hon.

"Det är för farligt", sa jag.

"Äh, han dyrkar mig", sa hon. "Jag vet det."

Hon tittade på Arne.

"Var skulle jag sova, sa du?"

Arne och Lisen gick ut ur köket.

"Men om jag åker med är vi två", sa Anette.

"Och hur ska ni förklara vem du är?"

"En väninna. Vi råkade bara köra förbi, liksom."

"Tänk om han känner igen dig från i dag, då."

Anette gjorde en grimas och skakade på huvudet.

"Jag kan ta på en keps, eller sätta upp håret. Ha en annan kappa."

När Arne kom tillbaka sa han att Lisen hade somnat i samma ögonblick hon la sig ned. Han hade stoppat om henne.

Anette började gäspa och sa att hon också skulle gå och lägga sig, och till slut var bara Arne och jag kvar i köket.

”Vet du en sak?” frågade han.

”Kanske, kanske inte.”

”Vet du vem som betalar Götes rum på sjukhemmet?”

”Bergström”, sa jag utan att tänka.

”Fakturorna går till Gigab, det är Gigab som betalar.”

”Och vad fan tycker du att vi ska göra med den informationen”, sa jag.

Arne lutade sig tillbaka och knöt händerna över magen.

”Men om Eva Månsson lägger ut Anettes bilder på Bergström på Interpol … ” Han lät meningen dö ut.

”Det är många kanske, men värt att prova. Jag tänker inte fråga hur du har fått reda på allt, Arne, men du har gjort ett storstilat jobb.”

Just storstilat var kanske inget ord för min egen insats.

KAPITEL 53

Hemma
November

HAN KANSKE INBILLADE sig.

Men det kändes som om Lisen Carlberg var kvar i hans kläder, doften av henne.

Han satt vid köksbordet.

Bordet var så stort att man kunde sitta tolv hur lätt som helst.

Det hade aldrig hänt.

Förutom att raggaren kom upp på en kaffe ibland hade han alltid varit ensam. Raggarens pappa och idioten fick inte komma in.

Det stod en uppvärmd fryspizza framför honom.

Hur mycket de än skröt om sina fryspizzor i tv-reklamen smakade de aldrig som riktiga pizzor, de var tjocka, sega och luktade unket.

Han hade ställt skorna i hallen och hängt upp sin rock.

Men han hade tagit kavajen med sig ut i köket.

Sköt ifrån sig tallriken och la kavajen framför sig på bordet.

Lutade sig fram, luktade på den.

Hon hade tryckt sig mot honom.

Hållit hårt.

Hennes hår hade luktat som en dröm han en gång hoppades att han hade drömt, vad var det folk sa ... *en doft av den finare världen.*

Hans egen sjaskiga värld skulle aldrig få en doft av den finare.

Dessutom hade han läst att det varken fanns lukter eller färger i drömmar. Det var lika bra att inte drömma, inte tro sig vara förmer än andra.

Det hade mor lärt honom.

Det var alltid nånting, ett eller annat, som skulle tas ur honom, få honom att inse att han inte var vatten värd – så sa hon ofta, *du är inte vatten värd.*

När brunnen en sommar sinade, och de var utan vatten, hade han sagt att nu hade vatten varit värt rätt mycket. Mor tyckte det lät uppnosigt och han fick bryta ett björkris, ta fram den gula Cliff Richard-singeln och än en gång få bevisat för sig att han inte var värd nånting, inte ens vatten, även om vatten hade varit värt väldigt mycket när brunnen sinade och brandkåren fick fylla på.

Han kunde inte förstå varför så många av mors ord, hennes hån, hennes hat, fortfarande satt som hullingar i hans själ.

En kvinna som Lisen visste vad hon var värd.

Själv krälade han i sjaskighet.

Han hade tidigt sett som sin uppgift att straffa kvinnor som förtjänade det. Exakt vad som gjorde att de förtjänade straff hade han aldrig kunnat sätta fingret på.

Han njöt inte.

När han hade utfört bestraffningen kände han ingen annan tillfredsställelse än den efter väl utfört arbete.

Stålmannen såg som sin uppgift att skydda Metropolis.

Själv såg han som sin uppgift att skipa rättvisa, en annan sorts rättvisa än Stålmannens, men ändå – och lik förbannat – rättvisa.

Vad hade hänt om Bertil Mårtensson hade varit hans pappa? Han och hans fru hade inga egna barn vilket var orättvist: Ingen var så snäll och omtänksam som Bertil Mårtensson.

Han hade först trott att han hade en pappa, men han försvann och mor hade förklarat att det var en annan som var hans pappa, och han hade inte blivit förvånad eftersom han, polisen, Göte Sandstedt, hade varit på besök hos mor mer än en gång, om man säger så. Han var bullrig och otrevlig, han skrattade på ett sätt som inte kom sig av att nåt roligt blivit sagt, men han hade dragit i trådar som gjorde att han fick bo kvar när mor hade dött.

Men när han stod utanför Savoy i Malmö och fick ett samtal från Hököpinge fick han veta att också det var en bluff.

Göte Sandstedt var inte hans pappa, men han berättade vem som var det.

Det var svårt att ta in, svårt att smälta.

Han hade aldrig träffat sin morfar … sin *far* …

Tanken svindlade.

Han pressade kavajen mot näsborrarna, drog in djupa andetag och försökte försvinna i en dröm han aldrig hade drömt.

KAPITEL 54

Anderslöv
November

DET VAR FORTFARANDE mörkt när Anette Jakobson väckte mig. Jag hade sovit dåligt, med udda, oroliga och konstiga drömmar, men när Anette knuffade på mig sov jag så djupt att jag inte hade en aning om var jag befann mig.

Anette hade ytterkläder på sig.

”Jag måste dra”, sa hon.

”Vad är klockan?”

”Kvart i sex. Dom har ringt, jag måste på ett jobb.”

”Nu?”

”Det har brunnit på ett sjukhem, jag ska dit och filma för lokal-tv. Nån gamling har brunnit inne.”

”Var?”

”Det heter Hököpinge, jag vet inte riktigt var det ligger, men jag har GPS. Jag hör av mig sen.”

Det var inte förrän jag hörde henne slå igen bildörrarna, starta sin bil och köra därifrån som jag reagerade.

Hököpinge?

Sjukhem?

Brand?

När jag kom ut i köket satt Arne i sin vita nattskjorta med en kopp kaffe framför sig.

”Tösen var tvungen att åka”, sa han.

Jag nickade.

”Jag tycker om henne.”

”Hon är duktig.”

”Det brann, sa hon.”

”Jag hörde det också.”

”Tänker du samma som jag?”

”Det kan vara en tillfällighet.”

”Det tror du inte på själv. Det finns bara ett sjukhem i Hököpinge, och vi vet vem som bor där och vem som betalar för det.”

”Det ena behöver inte ha med det andra att göra. Bränder är vanliga.”

På lokalradion sa man att en person hade dött i en brand på ett privat sjukhem i Hököpinge. Man sa också att branden hade varit begränsad till ett enda rum och att ingen annan hade blivit skadad. Man hade ändå, som en säkerhetsåtgärd, låtit evakuera några av de som bodde i rummen intill, och en kvinna hade förts till sjukhus. Enligt en talesman för brandkåren var det för tidigt att uttala sig om orsaken till branden.

Jag kollade lokaltidningarnas webbsidor, och på en av dem fanns en bild på ett sjukhem som jag kände igen.

Lokal-tv hade en timme senare kommit lite längre. De visade rörliga bilder, och det höll en brandbil och en polisbil utanför ingången till sjukhemmet.

Trappan var avspärrad med polistejp.

Men fotografen hade gått runt själva byggnaden och filmat utsidan på det rum som hade brunnit. Det syntes inga spår av brand mer än att rutorna var sotiga.

Det var ingen tvekan om att det var Göte Sandstedts rum.

Jag hade varit där, hade själv gått in genom altandörren.

Jag antog att Göte Sandstedt var död.

Det var Anettes bilder. Hennes namn dök upp i rutan när inslaget var slut.

Jag slog av tv:n och gick ut i köket.

”Det var Sandstedts rum”, sa jag.

”Det förvånar mig inte”, sa Arne.

”Är Lisen vaken?”

”Hon borstar tänderna.”

Kvinnor som Lisen Carlberg ser aldrig bakfulla ut, men den här morgonen var det ingen tvekan om att Lisen hade druckit mer än ett glas whisky.

”Finns det kaffe?” frågade hon, drog ut en stol och satte sig. Hennes röst lät mörk och skrovlig.

”Det finns kaffe, och det finns ägg, bacon och stekt potatis”, sa Arne.

Lisen gjorde en grimas.

”Kaffe räcker långt”, sa hon.

Det var hon som sa:

”Och vad gör vi nu?”

”Jag vet inte”, sa jag.

”Varför är inte polisen intresserad?” frågade hon.

”Jag vet inte det heller”, sa jag. ”Jag tror att dom är intresserade, men dom kan inte bara klampa in och gripa nån eller förhöra nån lite hur som helst. En polis jag känner, Eva Månsson, Arne känner henne också, hon säger att hittills är detta, allt som vi har fått fram, bara indicier, vi har inga bevis.”

”Det är ju hur klart som helst”, sa hon. ”Nån måste känna igen Bergström.”

”Han har varit duktig på att förändra sitt utseende.”

”Det enda jag säger är att om polisen här skickar en bild på Bergström till polisen i Sydafrika så borde kvinnan där nere kunna peka ut honom”, sa Arne.

”Om han inte såg helt annorlunda ut i Sydafrika”, sa jag.

”Jag tycker ändå att det är konstigt”, sa Lisen. ”Var är Anette, förresten?”

”Hon filmar en brand i Hököpinge”, sa jag. ”Vi tror att Bergström är inblandad.”

”Va?”

Jag ryckte på axlarna, vände mig till Arne och sa:

”Vad säger du om att bjuda hit Eva Månsson?”

Han nickade.

”Men kommer hon, då?” frågade han.

”Om jag säger att du gör fläsk med löksås är jag nittionio på att hon kommer.”

”Okej”, sa han.

”Jag tycker fortfarande att jag ska åka hem till honom. Med eller utan Anette”, sa Lisen.

”Och vad vinner ni på det?”

”Som Anette sa, snoka.”

”Men har han hittills varit så skicklig på att sopa igen alla spår tror jag inte att han har några bevis liggande framme lite hur som helst”, sa jag.

”Vi har inget att förlora på det.”

”Han kan … ”

”Vad?”

”Han kan … straffa dig.”

”Han skulle bara våga.”

”Han är oberäknelig.”

”Han dyrkar mig.”

”Den man älskar agar man.”

”Det där var inte ens roligt”, sa hon.

”Nej, men jag tycker inte att du ska åka dit. Eller ni.”

Hon reste sig och hällde upp en kopp kaffe till.

”Men jag har en egen vilja”, sa hon.

Jag hade inte mycket att säga emot det.

”Jag kan göra det du inte vill eller vågar.”

”Det handlar inte om det.”

”Det är klart att det gör, du kan inte bara låta allting flyta.”

Jag kände mig fånig och handlingsförlamad.

Jag sa: ”Gör inget dumt, bara.”

Hon sa ingenting. Hon blåste på kaffet för att få det att svalna och tittade ned i koppen som om den innehöll en eller annan väsentlig upplysning.

Hon drack sitt kaffe svart utan socker.

KAPITEL 55

Höllviken
November

HAN HADE INTE kunnat sova och hade redan klockan fem satt sig i bilen för att köra planlöst.

Men så planlöst var det inte.

Det var som om bilen självmant sökte sig till Lisen Carlbergs lägenhet i Höllviken.

Han hade suttit här förr.

Satt här igen.

Visste inte varför.

Förra gången skulle han utföra ett uppdrag, men nu visste han inte vad han skulle eller ville. Då skulle han lära henne en läxa, nu hade han svårt att samla tankarna.

Det var mörkt i hennes lägenhet.

Persiennerna var inte fördragna.

Var hon inte hemma?

Den gången hade han ringt till henne, hon hade svarat och han sa att han hade ringt fel. Han hade sett när hon pratade i telefon med honom.

Skulle han gå upp och ringa på? Porten var kanske låst.

Det gjorde inte så mycket, han hade så många nycklar som passade överallt.

Han kunde inte se hennes bil på gatan eller parkeringsplatsen utanför huset.

Han hade radion på.

Man berättade om en brand på ett sjukhem i Hököpinge.

En person hade dött.

Det kom inte som en överraskning.

Enligt brandkåren var det för tidigt att uttala sig om orsaken. Det sa de alltid. De kunde fråga honom i stället.

Raggaren var en idiot, men duktig på bränder och bilar.

Det var fortfarande mörkt när han såg Lisens bil svänga in på gatan.

Strålkastarna lyste upp vägbanan, men han höll en bit bort under några tallar som skiljde bostadshusen från stora vägen och havet.

Lisen klev ut, slog igen dörren och låste med fjärrnyckeln. Det blinkade om hundkojan.

Hon gick snabbt mot huset, satte en nyckel i portlåset och försvann.

Mindre än en minut senare tändes ljuset i hennes lägenhet tre trappor upp.

Han såg henne dra ned persiennerna och vinkla dem så man inte kunde se in.

Vad gjorde hon nu? Klädde av sig? Skulle hon gå och lägga sig? Han undrade hur hon såg ut naken. En tanke slog honom: Hade hon ... hade hon sovit borta? Hos en man?

Nåt vitt skar genom skallen.

Hon ... nej, hon ... inte ... hon var inte som andra, men när han såg henne första gången hade hon varit med en odåga. Han blundade och kramade ratten med båda händerna medan bilder av Lisen i en säng med en man flimrade förbi och gjorde honom upprörd eller ledsen. Han kunde alltid ge henne smisk, det skulle kanske göra att hon tydde sig mer till honom, förstå att han brydde sig om henne, att han gjorde det för hennes eget bästa.

Han skingrade just de tankarna när lamporna bakom persiennerna i Lisens lägenhet släcktes.

Då skulle hon kanske sova.

Han satt en stund och tittade rakt framför sig.

Det hade börjat ljusna.

Han startade bilen och körde mot Malmö.

Han skulle över bron.

Han skulle till Köpenhamn.

Han visste inte vad det skulle ge.

I sämsta fall kanske det bara blev några påsar fläsksvålar.
Det var å andra sidan inte det sämsta.

KAPITEL 56

Anderslöv
November

JAG RINGDE TILL Eva Månsson och berättade allt som hade hänt det senaste dygnet.

Eller åtminstone det mesta.

Eva Månsson lyssnade, kommenterade inte så mycket – nästan ingenting alls – men sa att hon skulle komma till Anderslöv.

”Hon kommer”, sa jag när jag hade knäppt bort samtalet.

”Då åker jag och handlar”, sa Arne.

”Behöver du nåt bidrag? Du har lagt ut så mycket pengar på mat till både mig och alla dom andra.”

”Det är värt vartenda öre, så här roligt har jag inte haft sen tio hästar skenade på Sjöbo marknad 1964.”

Han skrev en inköpslista med en tjock blyertspenna på brunt papper som kanske kom från en gammal lanthandel.

”Det ska bli intressant att träffa en av dina vänner, bara så jag får klart för mig att dom verkligen finns”, hade Eva Månsson sagt.

Jag kanske var överkänslig, tolkade in för mycket i hennes ord, men det verkade som om hon fortfarande retade mig för att jag var så hemlighetsfull om kvinnan jag hade träffat i Malmö, samma Ulrika Palmgren vars mejl Bergström hade kommit över, läst och skickat vidare.

Det var sånt man fick ta.

I alla fall om man var en sån som jag.

När jag hörde ljudet av Arnes Duett försvinna mot byn slog jag på datorn och gick igenom mina gamla klipp. Dessutom skrev och skickade jag ett mejl som jag inte hade berättat om. Jag var tvungen att sätta hjulen i rullning.

Jag la en lapp till Arne på köksbordet, jag skrev att jag skulle köra en sväng.

Det var en skånsk höstdag av ett slag som jag hatar.

Mörkt och kulet, himlen tjock som ett hästtäcke, regnet hängde i luften och kom utan förvarning i häftiga skurar. Dropparna var tunga som bowlingklot och kalla som ett bad i en isvak.

Jag sprang ut till bilen och körde norrut från Anderslöv.

Jag hade inte varit där uppe på snart ett halvår och landskapet och husen såg helt annorlunda ut en så här dyster höst jämfört med när solen sken och det var grödor på åkrarna och löv på träden. Jag hade inte sett så många personer när jag körde här på sommaren, nu såg jag ingen alls.

Det var som om husen såg nedtyngda och sorgsna ut när himlatäcket svepte in dem i ett blött höstmörker.

Jag svängde in på vägen där Gert-Inge Bergström bodde.

Jag såg ingen. Mopedbilen stod på Bengtssons gårdsplan, men ingen röd raggarbil.

Jag stannade vid deras gård och gick ut, tittade in i förarhytten på mopedbilen där det satt ett mopedstyre ovanför en liten instrumentbräda. Gårdsplanen var belagd med kullersten vilket gjorde det svårt att gå med stövlar med klack, men jag gick fram till dörren och knackade. Det hördes ingenting inifrån. Det luktade däremot motorolja och annat man förknippar med bilar. Jag tog några steg till höger, kikade in genom köksfönstret och såg ett bord med rutig vaxduk där det stod en mjölkförpackning, ett öppnat smörpaket med instucken kniv, en stor ost med en kälkbacke så brant att man hade kunnat åka störtlopp i den, en halv limpa och två kaffemuggar. Jag skrek till när en svartvit katt hoppade fram under en bänk vid mina fötter och sprang runt huset.

Cool, Harry, keep cool.

Jag visste inte vad jag gjorde där, vad jag skulle ha sagt om nån av de tre männen var hemma.

Jag gick över vägen, bort till Bergströms grindar, och övervägde om jag skulle ringa på eller inte.

Jag valde att inte trycka på knappen i muren och fortsatte i stället vägen fram tills den tog slut. Där vände jag och körde långsamt tillbaka. Muren var lång och cirka en och en halv meter hög, men den som var vig och hade stege kunde klättra över på ett ställe där muren vek av och fortsatte upp och in i en dunge med björkar.

Jag stannade, klättrade upp på bagageluckan och ställde mig på taket på bilen.

Det låg ett hus, en liten stuga, fem-sex meter innanför muren. Det gick inte att se så mycket mer så jag klättrade ned och körde tillbaka mot Anderslöv.

Katten som hade skrämt mig satt vid husgaveln och gjorde vad nu katter gör vid husgavlar på landet.

När jag kom tillbaka hem till Arne satt Anette vid köksbordet. Efter att ha jobbat klart med branden i Hököpinge kom hon förbi för att säga hej och tack, och Arne bjöd på smörgåsar med leverkorv och rödbetor.

”Jag kände han som brann inne”, sa jag. ”Och det här vet nog inte polisen än, för vi – Arne och jag – har inte berättat det för nån. Men han som dog utgav sig för att vara Bergströms pappa.”

”Hänger allting ihop?” sa hon.

”Det verkar så”, sa jag. ”Var Birgit Löfström där?”

”På sjukhemmet?”

Jag nickade.

”Ja, jag tror att hon hette så.”

”Jag har träffat henne också, hon gillar inte mig.”

”Vad konstigt.”

Arne hade, som så ofta, rätt: Anette Jakobson var en bra tös.

Jag sa att jag hade bestämt mig för att mejla över bilderna till kvinnorna som jag hade intervjuat.

”Glöm inte han på puben i Göteborg”, sa Arne.

”Jag har inget nummer till honom. Han ringde upp mig och det stod ’Dolt nummer’ i displayen. Han flyttade hem.”

”Kan man inte söka på namn?”

”Jo, men han sa ett namn till mig och ett annat till dom han jobbade med. Det lät som om han var känd under tre eller fyra namn.

När han fick lön fick han en näve sedlar i handen. Och ska jag skicka nåt till tjejerna måste jag skicka rörliga bilder också, slår det mig. Det är längesen dom såg Bergström, men alla kommenterade hans kropp, dom sa att han var stor och otymplig, och att han gick på ett speciellt sätt, det blir kanske lättare för dom att bilda sig en uppfattning om dom får se honom i rörelse. Jag skriver ett förklarande mejl och lägger stillbild och rörliga bilder i bifogade filer. Då kan dom välja själva om eller när dom vill öppna och titta, eller om dom raderar hela skiten."

Medan Arne började förbereda för kvällen skrev jag mejl till Maria Hanson i Billdal, Cecilia Johnson i Nya Zeeland samt Malin Frösén i Blekinge. Hon var den som hade varit minst villig att berätta om det hon hade varit med om.

Brenda Farr, som jag hade träffat på Jimmy's Corner i New York, hade jag inga som helst nummer eller adresser till. Hon hade sagt att Bergström såg ut som Patton, pansargeneralen, eller åtminstone som han såg ut i filmen, den med George C Scott, och hon hade en poäng där.

Bodil Nilsson kunde jag ringa till också, tänkte jag. Så fick jag anledning, hon måste ju få se bilderna på Bergström.

Det kändes som om vi hade glidit ifrån varandra.

Det blir lätt så när man inte pratar på flera veckor.

Jag hade inte hört av henne sen hon ringde till mig när jag stod med en *paddle* i handen i en källare i New York .

Hon kanske skulle slänga luren i örat på mig, hur man nu gör det med mobiltelefoner. Eller bara strunta i att svara

Jag hade ingen privat mejladress till Bodil heller, bara till reklambyrån i Malmö, men jag avvaktade med att skicka mejlet.

Jag skulle ringa.

Verkligen.

Vi hade en del att reda ut.

KAPITEL 57

Köpenhamn
November

HAN VAR IRRITERAD, rastlös och förbannad: Den serbiska gangsterkärringen var försenad.

Han stod vid pölsevognen på Kongens Nytorv och tryckte sig mot ena gaveln.

Vagnen stod i hörnet som vätte mot Nyhavn.

Han hade inte varit i Nyhavn sen den tiden.

Han hade varit i Köpenhamn fler gånger än han kunde räkna till, han hade stått på Kongens Nytorv, precis som han gjorde nu, men han hade aldrig gått över gatan till själva Nyhavn och han visste följaktligen inte om mors gamla ställen fanns kvar.

Han trodde inte det.

Hela kajen, där de oräkneliga små ölstugorna, barerna och Tattoo Jack-ställena låg, bestod numera av gigantiska uteserveringar. I alla fall på sommaren. Nu var det en mörkgrå dag med plötsliga, kyliga regnskurar som upphörde lika plötsligt som de började. Han önskade att han var varmare klädd.

Han hade fritidsdress och det såg ut som om han hade varit ute och joggat, bara det att … han såg verkligen inte ut som en joggare.

Kvinnan hade till slut svarat på numret han kunde utantill.

Men hon sa att hon inte kunde prata, att det inte var bra att prata i mobiltelefon.

Hon föreslog att de skulle träffas klockan elva vid korvvagnen på Kongens Nytorv.

Han såg inte när eller varifrån hon kom. Plötsligt stod hon bara bredvid honom och sa ”Davs”.

Hon såg om möjligt anskrämligare ut än han mindes.

”Bjuder du på en pölse?” frågade hon.

Hon tog en ”pölse i svöb”, en tjock, grillad korv som var inlindad i bacon. Hon bad om både rostad och rå lök, och han tänkte att hon kunde äta ett kilo rå lök utan att det märktes: Hon hade redan hemsk andedräkt, hela hon stank alltid av vitlök, cigaretter, svett, smutsiga kläder och gammal öl. Själv gjorde han en mer traditionell beställning: Två röda, kokta pölser med två bröd, ketchup och senap på en papptallrik.

Hon sa att polisen hade slagit igen stället.

Hon sa att hon hade kommit undan eftersom hon hade fått tips om en razzia och när polisen kom stod hon ett kvarter bort och såg dem gå in i huset.

Han var inte förvånad, serbmaffian mutade säkert en eller annan dansk polis som var glad i öl. Alla var glada i öl i Danmark.

Själv var han glad över att det inte hade varit razzia när han var där.

Han hade aldrig tänkt så långt.

Han trodde att det var en legitim affärsrörelse, Danmark var ju så frisinnat.

Han visste inte vad irländskan hette, men den serbiska gangsterkärringen förstod vem han menade.

”Vad vill du med henne?” frågade hon.

”Det begriper du väl?”

Hon ryckte på axlarna och bet över den tjocka korven.

”Hon var bra”, sa han.

”Hon klagade efteråt. Det brukar dom göra med dig.”

”Dom får bra betalt”, sa han.

”Du slår för hårt.”

”Det är meningen.”

”Hon hade märken i mer än en vecka.”

”Det ingår, det vet dom. Dom överdriver alltid.”

Kvinnan tog en rejäl bit av korven och brödet, tuggade och svalde som om hon inte hade ätit på ett bra tag.

”Så vad vill du?”

”Få fatt i henne.”

”Och sen då?”

”Det vet du.”

”Jag vågar inte förmedla nånting, polisen är ute efter mig. Numret som du ringde finns inte längre, den telefonen är förstörd sen två timmar tillbaka.”

”Men du vet hur man får tag på henne, du ringde ju till henne förra gången.”

Hon ryckte på axlarna igen.

Trots att det hängde en papperskorg på korvvagnen kastade hon både servetten och pappret hon fått runt brödet på marken.

”Hur mycket?” frågade han.

”Femtusen”, sa hon.

Han skakade på huvudet.

”Du brukar inte vara knusslig med pengar.”

”Då handlar det om andra saker, det här handlar om ett telefonnummer.”

”Hur mycket vill du betala, då?” frågade hon.

”Tvåtusen.”

Hon skrattade högt.

Till slut enades de om tvåtusenfemhundra danska kronor.

Hon tog fram en mobiltelefon, tryckte på en knapp och läste upp ett nummer för honom.

Han skrev in det i sin mobil.

”Hur vet jag att det är rätt nummer?”

”Du får lita på mig.”

Hon skrattade ännu högre den här gången.

Kvinnan fick sina pengar, vek sedlarna och stoppade dem i en innerfickan, vände sig om och började gå upp mot Ströget.

Själv gick han i rask takt in på en tvärgata från Kongens Nytorv mot St Annes Plads där han hade ställt bilen. Han visste inte vad gangsterkärringen hette, slog det honom.

Hon hade ändå fått, i runda slängar, tvåhundratusen för sina tjänster de senaste åren.

Han satt i bilen med telefonen i handen.

Hur skulle han lägga upp detta?

Skulle han förklara vem han var?

Vad hade den där serbiskan sagt?

Irländskan hade klagat på honom?

Sa han vem han var skulle hon antagligen inte gå med på att träffa honom.

Han var bra på förklädnader, men det var svårt att göra nåt åt rösten. Förra gången hade han haft kostym och glasögon.

Men hur mycket hade han pratat med henne?

Knappt nånting.

Det fanns ändå inget att säga, det viktiga var att de drog ned byxorna, böjde sig fram, stod stilla och höll käften.

Klagat på honom ... att hon hade mage ... hon borde vara stolt, ja, hon borde faktiskt vara stolt över att han hade valt just henne. Han slog numret, det gick fram så många signaler att han tänkte knäppa av när nån svarade.

Han hade hamnat i aphuset på zoo.

Det vrålade, tjöt och ylade i bakgrunden och den som höll i telefonen vrålade ännu högre för att försöka överrösta oljudet.

Kärringen hade lurat honom.

Gett honom numret till zoo.

Han hatade serbiska gangsterkärringar. Han hatade serber.

”Hallå”, sa han.

”'Allo”, vrålade nån.

Han la på.

... hade mage att klaga på honom ...

Satt en halv minut.

... när han hade gjort sitt bästa ...

Han ringde upp igen.

... inte ett rapp hade hamnat snett ...

Oljudet var inte lika påträngande den här gången, och till slut förstod han att personen som svarade var en man och ingen gorilla, och det var inga apljud han utstötte, han pratade franska.

”'Allo”, sa mannen.

”Shannon?”

”Oui, oui”, sa mannen.

”English, please?”.

Mannen bytte språk. Oljudet lät som instrument.

”Jag ska be om tystnad”, sa han.

Han pratade i bakgrunden. Oljudet tystnade.

”Vi repeterar med vår grupp.”

”Shannon?”

”Inte hemma, men detta är hennes mobil. Ska jag ta ett meddelande?”

Han förstod att kvinnan inte kunde vistas i samma lokal. Oljudet kunde göra en galen. Om detta var repetitioner vågade han inte tänka på hur det hade låtit från början. De hade kanske precis träffats. Det lät så.

”Jag vill träffa Shannon. Vi har en gemensam bekant.”

Mannen sa nåt han inte förstod.

”En kvinna från Serbien.”

”Oui, oui.”

Det lät som om grodätaren blev intresserad.

”Pengar, det handlar om mycket pengar, om Shannon ställer upp.”

Om det var löften om pengar, en saxofon som började yla eller en uppfordrande röst i bakgrunden som fick mannen att börja tala förstod han inte, men grodätaren berättade var Shannon jobbade och hur dags hon slutade.

Det var ingen av de kända hamburgerkedjorna, det var en dansk fuskvariant två kvarter från Ströget.

Irländskan plockade papptallrikar, muggar och plastbestick från borden och tömde dem i en stor, svart säck som hon släpade ut i köket när den var full.

Han betraktade henne från andra sidan gatan.

Hon hade en gul rock och en tramsig, liten papphatt på huvudet. Den var formad som en hamburgare med ett tecknat, leende ansikte. Ständigt dessa leende matvaror. Hon verkade ha sina egna jeans under uniformen.

Han valde att inte gå in. Han hade visserligen haft kostym, stora glasögon och lugg sist hon såg honom, men han ville inte riskera en scen om hon trots allt kände igen honom i joggingdressen.

Det skulle dröja två timmar innan hon slutade, och han funderade på att gå till ett smörrebrödställe, men han hamnade på ett kafé som han hade hört talas om, och det slutade med att han betalade tvåhundra kronor för en kopp kaffe och ett wienerbröd.

Danskarna visste hur man tog betalt, hur man lurade folk.

Alla ska vara bra på nåt.

Och alla danskar kan inte tillverka fläsksvålar.

KAPITEL 58

Anderslöv
November

ATT KVÄLLEN MED Eva Månsson – *kriminalinspektör* Eva Månsson – blev så lyckad berodde mycket på att Arne var artig och charmerande. När han dessutom dukade fram stekt fläsk med löksås och pressad potatis trodde jag ett tag att Eva Månsson skulle börja sjunga snapsvisor.

Hon hackade inte på mig på hela kvällen – jag hade i förväg gömt Arnes telefonkataloger och saxar – men pratade bara med Arne, ibland indirekt *om* mig, i stället för *med* mig.

Hade jag varit ensam när jag visade bilderna på Lisen Carlberg och Gert-Inge Bergström hade Eva Månsson förmodligen slagit en stol i huvudet på mig.

Men nu hade hon druckit och ätit gott och jag hade varit smart nog att låta Arne stå för presentationen, förklara vem Lisen var och hur vi hade fått tag på henne, hur hon och jag hade punkterade däck gemensamt.

”Glöm inte Hököpinge”, sa jag.

”Ska jag ta det också?” frågade han.

”Ja, allting måste upp på bordet, nu får det inte finnas några hemligheter längre.”

”Varför satte ni igång hela det här spektaklet?” frågade Eva till slut.

Men hon lät inte arg eller irriterad.

”Jag hade tänkt ... ”, började jag.

”Jag frågade Arne”, sa hon.

Han pekade på mig och sa: ”Han tror att han kan skriva en artikel, eller en artikelserie eller kanske en hel bok om det visar sig att Bergström är mördaren, det skulle inte förvåna mig om nån är intresserad av att ge ut nåt sånt."

"Så han tror det", sa hon.

Arne nickade.

"Och vad blir då din roll?"

"Det har vi inte kommit fram till än, jag bidrar med uppgifter, man kallar det väl research i dag."

Hon nickade. "Se till så han inte lurar dig, bara."

"Jag kan nog reda mig själv."

"Ja, en bra karl gör ju det", sa hon.

Hon sneglade på mig när hon sa det.

Det var första gången.

"Kan jag sova över här?" frågade hon plötsligt.

Arne sa att det gick bra, det fanns plats och både Lisen och Anette Jakobson hade sovit här natten innan.

"I så fall vill jag gärna ha en konjak, om det finns, eller vad fan som helst som innehåller sprit till javan, för vi får väl kaffe?"

Arne frågade om vi skulle flytta in i finrummet, i salongen, men Eva Månsson tyckte att vi skulle sitta kvar i köket.

Han satte på kaffevatten och när vi satt med fulla koppar och glas, och några skedar av en vaniljglass som Arne hade trollat fram ur frysen, sa Eva Månsson:

"Det är lite lustigt, men innan jag körde hit fick jag ett mejl från en journalist på en tidning i Kapstaden. Han påstod att han hade fått ett tips om att det som hände tjejen i Kapstaden, att nåt liknande hade hänt här också. Det fanns en bifogad bild också."

"*Die Burger*", sa jag.

Nu tittade både Eva Månsson och Arne på mig.

"Tidningen heter *Die Burger*", sa jag. "Det var jag som tipsade. Jag såg vem som hade skrivit artikeln om tjejen där nere och mejlade till honom."

"Skrev du också att vi, alltså polisen i Sverige, misstänker Bergström?"

"Nej, jag skrev att jag *personligen* trodde att han *kunde* vara den skyldige, och föreslog att han skulle visa bilden för henne där nere,

Anli nånting, så kanske hon kunde säga ja eller nej."

"Varför sa han så till mig, då?"

"Han ville väl provocera fram ett svar."

"Hur visste han att han skulle prata med mig? Han bad speciellt om att få prata med mig."

"Det skrev jag däremot i mejlet, att du var bäst att prata med, den enda som gäller här."

"Jag kopplade in Interpol när du hade varit i Malmö", sa hon. "Eller jag och jag, våra killar kallar sig IPO, det står för enheten för internationellt polisarbete. Dom är en del av Rikskriminalen, och det är dom som för ärenden vidare till andra länder. Det funkar förstås likadant på andra hållet. Jag vet inte vad IPO heter i Sydafrika, men en timme efter att jag hade pratat med murveln där nere fick jag ett mejl av en kriminalare i Kapstaden."

Hon reste sig, gick ut i hallen och rumsterade i sin väska.

När hon kom tillbaka ut i köket hade hon ett printat mejl i handen. Hon höll upp mejlet med rak arm framför ögonen och sa:

"Han heter Bennie Griessel, och han var intresserad av att utbyta erfarenheter och kontakter. Han hade hört att det hänt nåt liknande här, och han undrade om vi visste vem som låg bakom … det som vissa tidningar döpte till 'Smiskmorden'. Ja, ungefär så."

Vi drack så småningom grogg – jag blandade konjak och det som fanns kvar av en Coca-Cola som jag hade köpt. Eva Månsson började få röda rosor på kinderna. Om hon tyckte det var konstigt att dricka grogg utan is så sa hon ingenting i alla fall.

Hon tittade så småningom på sin klocka och sa:

"Gud, vad hon är mycket. Jag måste vara på polishuset klockan åtta i morgon bitti."

Hon tittade på mig på riktigt för första gången den här kvällen.

"Vill du gå med ut och hämta lite frisk luft?"

"Det finns inte så mycket att se, mer än kyrkogården", sa jag. "Och Arnes granne, Hjördis. Hon kan inte sova för hon har värk så hon står vid fönstret hela tiden."

"Det låter underbart", sa Eva Månsson.

Det var det också.

Det var inte så kallt som tidigare under dan, och även om det var molnigt kunde man skönja en eller annan stjärna.

”Trivs du här?” frågade Eva Månsson.

”Jag vet inte”, sa jag. ”Jag har varit så mycket överallt så jag vet inte var jag trivs, jag trivs nog överallt och ingenstans.”

Hon sa inget.

Vi gick vidare ned längs gatan.

Förbi kyrkogården.

Ut på det som hade varit stora vägen.

”Enligt Arne är det en rysk bordell i en husvagn där järnvägen gick en gång”, sa jag.

”Du har koll på alla sevärdheter.”

”Och i andra änden av byn har Dark Knights högkvarter. Det står deras namn ovanför en gammal bilverkstad, men jag har ännu inte sett nån där.”

”Jag tror att vi har koll på dom”, sa hon.

Vi gick till husvagnen.

Det var mörkt i den.

Det syntes ingen.

Hördes ingen.

Tv-antennen satt kvar.

Vi gick tillbaka.

”Vad hände med din väninna?” frågade jag.

”Vem?”

”Hon … ja, hon som du var med i Solviken … ”

”Lena?”

”Så hette hon kanske.”

”Lena Lindstedt.”

”Ja?”

”Hon har flyttat till Australien. Hon ville klippa får, hon ville bli fårfarmare. Jag åker kanske dit nån gång.”

”Jag fick för mig att … ni höll varandra i handen när ni gick ut på bryggan i Solviken.”

Hon stannade och tog mig i armen. Hon sa:

”Jag var gift i fyra år med en annan polis, han var från Helsingborg, men … jag vet inte. Poliser har nog svårt att leva tillsammans. Vi upptäckte efter några månader att det inte funkade, vi borde ha gjort slut redan där. Jag har inget emot män, men jag har inget emot kvinnor heller, om du förstår."

Jag nickade. Hon höll mig om armen när vi gick vidare.

"Vem var du på Sicilien med?"

"På Sicilien?"

"Ja, du var där … jag trodde att du var där … "

Hon släppte taget om armen och boxade mig i sidan.

"Jag var där ensam, jag gillar att åka iväg en chartervecka och inte umgås med nån."

När vi kom till Arnes gata stannade hon.

Hon sa:

"Fattar du hur korkad jag har varit?"

"Nej … "

"Det dummaste jag gjort var att tro att vi var kompisar, det kändes så när vi träffades redan första kvällen, kommer du ihåg det, på Mäster Johan?"

Jag nickade.

"Det var alltid roligt att prata med dig, i Malmö, i telefon, i Stockholm … men jag skötte inte mitt jobb. Jag skulle givetvis ha begärt in din dator när vi fick mejlet om att 'kolla journalistens dator', men jag trodde inte att det var nödvändigt."

"Det fanns ingenting på den."

"Nej, det trodde jag inte heller, och dessutom visste jag att det inte var du som hade mördat kvinnorna."

En bil körde förbi, förutom det var det tyst i Anderslöv den här kvällen.

Eva Månsson sa: "Och att jag var så nyfiken på vem du träffade i Malmö berodde på att … jag ville kolla vem du var, om du var ihop med nån, vad du var för typ."

"Du var svartsjuk", sa jag.

"Det enda jag vet är att jag var korkad. Du har, eller du och Arne, har presenterat en mängd fakta för mig, men dina uppgiftslämnare är anonyma och de enda namn ni kan ge mig är en gammal fotograf och en före detta skolkamrat som egentligen inte berättar nånting vi kan använda oss av för att lösa morden, eller plocka in Bergström."

Hon tittade mig i ögonen.

"Lura mig inte fler gånger", sa hon.

"Jag ska försöka", sa jag.

"Det är inget skämt."

"Jag vet det", sa jag.

"Nu kan vi gå hem till Arne", sa hon. "Jag är inte nykter."

Vi vinkade båda till Hjördis när vi gick förbi hennes hus.

Arne hade dukat undan och bäddat nytt i det rum där Lisen Carlberg hade sovit.

Eva satte sig på en stol i köket och drog av sina cowboyboots. Hon hade svarta strumpor med noter på.

Arne sa att han skulle laga frukost till henne nästa morgon, hon sa att det aldrig skulle komma på fråga men han sa att det skulle det visst det. Jag följde henne till hennes dörr och innan hon gick in till sitt sa hon:

"Du är en idiot, Harry Svensson, men jag blev glad över att du blev svartsjuk."

Hon ställde sig på tå och gav mig en lätt, knappt märkbar, puss på kinden.

"Hon är bra", sa Arne när jag kom ut i köket igen. "En bra kvinna."

"Du tycker om alla kvinnor", sa jag.

"Är det nåt fel med det, då?"

"Nej, vi är nog ganska lika, du och jag."

När jag hade lagt mig tog jag fram datorn och började surfa. Öppnade mejlkorgen och – jag hade fått ett oväntat mejl.

Avsändaren var en bokstavskombination och själva mejlet bestod av två inklippta citat från en mejlkonversation jag kände igen.

Det handlade om tv-serien *Weeds.*

Det stod "fascinerande" i ett av dem.

Det hade Ulrika Palmgren skrivit.

Själv tipsade jag om en film som heter *Secretary.*

Det fanns en kommentar längst ned.

Jag vet mer än du tror. Tänk på det.

Det gjorde jag verkligen.

Jag tänkte så mycket på det att jag inte sov alls.

KAPITEL 59

Köpenhamn
November

NÄR IRLÄNDSKAN KOM ut från hamburgerstället gick hon förbi det kafé där han hade lagt en förmögenhet på ett wienerbröd och fortsatte mot en kanal som snirklade sig in mellan husen några kvarter bort.

Hon gick med snabba steg, hade joggingskor på fötterna, en enkel ljusblå jacka och en basebollkeps med bokstäver som han som vanligt inte förstod vad de stod för. Han gled långsamt förbi med bilen, stannade, lät motorn stå på, klev ut, gick runt bilen, upp på trottoaren, låtsades vara vilse och sa "Excuse me", som om han ville ha en vägbeskrivning.

I samma ögonblick som hon tittade upp gav han henne en magsugare som fick henne att knäa.

Han fångade upp henne innan hon föll, öppnade dörren på bilens passagerarsida och lyfte in henne. Han slog igen dörren, gick snabbt runt bilen, hoppade in bakom ratten och medan hon fortfarande kippade efter andan drog han bak hennes händer på ryggen och satte handbojor runt hennes handleder.

Han kollade backspeglarna när han körde därifrån, han såg bara tre personer, en av dem verkade vara en uteliggare, ingen tittade åt hans håll.

Hon var mycket medgörlig.

Han behövde inte hota med nånting, i samma ögonblick som hon förstod vem han var bad hon att han skulle låta henne vara, släppa henne och hon skulle inte med ett ord yppa att hon hade träffat honom. Hon såg skräckslagen ut.

Hon berättade om journalisten.

Berättade om filmen han hade visat.

Vad han hade sagt.

Medan hon fortfarande var omtöcknad körde han ut från Köpenhamn till Amager där han parkerade vid några picknickbord i Amager strandpark. Ibland tog han vägen över Amager när han skulle till Öresundsbron, var det mycket trafik gick det snabbare. På somrarna var det folk på stranden och ungdomar som spelade fotboll på gräset men nu var det höst och öde. Det hade visserligen slutat regna, men himlen var grå och Öresunds vatten såg mörkt, kallt och ilsket ut.

”Jag vill inte dö”, sa hon.

Hon hade tårar i ögonen.

”Sa han det, journalisten, att jag är en mördare?”

Hon nickade. ”Han sa att du dödade kvinnan i videofilmen.”

Han höll i ratten med båda händerna, tittade ut över det arga sundet.

”Han ljuger”, sa han.

”Kan jag inte få gå nu? Jag kan själv ta mig härifrån, jag kan gå, jag ska inte berätta för nån.”

”Hur kan jag veta det?” frågade han.

”Jag lovar, du måste lita på mig.”

Det gick inte att lita på kvinnor.

Gick inte att lita på nån.

Förutom Gudrun Kvist!

Gudrun Kvist gick att lita på.

”Please”, sa irländskan.

”Jag måste tänka”, sa han.

Hon blundade.

Det rann tårar från båda hennes ögon. De rullade som stora regndroppar utefter kinderna och ned på halsen. Hon hade ingen halsduk.

Hon lovade att inte berätta, men så sa alla när de ställdes inför det avgörande ögonblicket, det som innebar liv eller död. Katja Palm hade bett om nåd, hade bett om ursäkt om och om igen, var beredd att göra vad som helst för att få leva, hon hade bett om mer stryk bara hon fick behålla livet, men han var klarsynt, fokuserad och effektiv på den tiden. Irländskan skulle kanske berätta för fransmannen som hon bodde med, om det nu gick att kommunicera i den kakofoni som verkade vara hans verklighet, hon kanske tog kontakt med den serbiska gangsterkärringen, men hennes telefonnummer fanns inte mer, det var åtminstone vad det illaluktande fruntimret hade sagt. Men hon ljög säkert, serber har det i blodet. Irländskan påstod att hon aldrig ringde själv, hon hade inget nummer, det var alltid den serbiska gangsterkärringen som ringde, men hon kallade henne inte för den serbiska gangsterkärringen, hon kallade henne fru Sanja.

Hon sa att hon inte visste vad journalisten hette, han hade presenterat sig men hon hade glömt namnet, och hon hade inget nummer till honom.

Så vad skulle hon göra om han lät henne leva?

Hon förtjänade inte att dö.

Ingen förtjänar att dö.

Förutom Katja Palm och mor.

De andra, de föll in under rubriken oförutsedda händelser.

Vinkärringen.

Göte Sandstedt, ytterligare en duktig idiot som han inte hade nytta av längre. När han hade träffat Lisen, och fortfarande hade hennes doft i kläderna, hade gubben ringt och ömsom gråtit och ömsom skällt och sagt att det fick vara slut med lögnerna, han måste lätta sitt samvete.

Hade gubben levt med lögner i så många år kunde han leva några till? Men han kunde inte riskera det.

Han tittade på irländskan.

Hon hade slutat gråta.

Hon blundade.

”Please”, sa hon så tyst att det knappt hördes.

Om han dödade henne, vad skulle han göra med henne? Lämna henne här, på rastplatsen? Ta med henne hem och gräva ned henne? Han hade aldrig blivit stoppad av tullen vid Öresundsbron, men i så fall var det kanske dags nu, all tur förvandlades så småningom till otur.

Hur många hade journalisten visat filmen för?

Det gick inte att se att det var han på filmen, och han kunde alltid blåneka om han blev tillfrågad.

Det fanns inga bevis.
Hade aldrig funnits.
Men irländskan … hon visste, förstås.
Hon hade dessutom klagat på honom.
Det irriterade honom.
Fick inte passera ostraffat.
Han vände sig mot henne.
”Klagade du på mig?”
Hon tittade frågande på honom.
”Klagade? Nej.”
”Ljug inte.”
Hon skakade på huvudet.
”Gangsterkärringen sa att du klagade på mig.”
”Nej, när hon ringde och frågade om jag kunde ställa upp några dagar senare så sa jag att det inte gick, att jag fortfarande hade ont.”
”Det var ju meningen.”
Hon nickade.
”Du fick bra betalt.”
”Jag är mycket tacksam.”
”Det ska du vara.”
”Jag har aldrig upplevt … nåt liknande.”
”Du kände att du lärde dig en läxa?”
Hon nickade ivrigt.
”Då skulle du inte ha klagat.”
Hon började säga nåt, men tystnade.
Hon pendlade mellan hopp och rädsla. Hennes underläpp darrade. Ögonen var bedjande.
Ögonblicket: Liv eller död.
Han klev ut ur bilen, gick runt till passagerarsidan, öppnade dörren och sa åt henne att gå ut.
Han tog henne i vänster öra och drog henne ned mot strandkanten.
Stannade.
Vred om örat tills hon stod på tå.
”Du lovar?”

Hon nickade.

"Jag har ditt nummer, jag har pratat med din pojkvän, jag vet var du bor. Glöm inte det."

"Jag lovar."

Han släppte taget om örat, tog fram nyckeln till handbojorna och låste upp dem.

"Får … får jag gå?"

Han såg sig omkring. De var alldeles ensamma.

"Inte än", sa han. "Knäpp upp byxorna."

"Men … "

"En liten påminnelse bara."

Hennes händer skakade, men hon knäppte upp byxorna.

Han satte vänster fot på bänken vid ett av picknickborden, lyfte upp henne över knäet och drog ned byxor och trosor.

Klatschade tills det sved i handflatan.

Han lämnade henne som han hade lämnat kvinnan i Kapstaden, på alla fyra med bar rumpa.

"Räkna till hundra innan du reser dig."

Han gick snabbt tillbaka till bilen och körde därifrån.

Han hade kanske begått sitt största misstag när han lät irländskan gå.

Men han trodde inte det.

Hoppades.

Han såg i backspegeln hur irländskan hade kommit på fötter och drog upp byxorna. Hon tittade ut över vattnet. Han körde tillbaka till Köpenhamn, parkerade på en sidogata till Rådhusplatsen och promenerade bort till ett 7-Eleven vid Tivoli.

Han satte sig vid en av datorerna, loggade in, skapade ett mejl, skrev en kommentar och skickade.

Därefter gick han bort till en pölsevogn på Rådhusplatsen och köpte två kokta röda med två bröd, ketchup och senap.

Det hettade fortfarande i höger handflata när han körde över Öresundsbron.

Det var en behaglig känsla.

KAPITEL 60

Anderslöv
November

DEN ENDE SOM var pigg nästa morgon var Arne.

Eva Månsson var inte på lika vänligt humör som kvällen innan: Jag fick ingen puss på kinden, om man säger så. Det verkade dessutom som om hon hade återgått till att bara prata med Arne.

”Allt det ni har fått fram … det är imponerande på sitt sätt, men det är ingenting som jag, eller vi, kan gå vidare med. Det tror jag inte i alla fall. Vi kan inte bara ringa på hos herr Bergström och säga att vi tror att han har mördat tre kvinnor”, sa hon.

”Minst”, sa Arne.

”Jag är inte ens säker på att han har gjort det, det som ni har fått fram är inga hållbara bevis”.

Eva Månsson satt med ryggen mot mig och tittade på Arne när hon pratade. Hon höll en kopp mellan sina händer och blåste försiktigt på kaffet för att få det att svalna.

”Men om Interpol hör av sig … ”, sa Arne.

”Jag vet inte om man får resultat så fort”, sa Eva.

”Faran är väl om han gör det igen”, sa Arne.

”Men vi kan inte spärra in honom för det ni har fått fram. Jag måste prata med mina chefer, och med en åklagare. Om han anser att det finns skälig misstanke mot Bergström blir han förundersökningsledare och då kan vi dra i gång.”

Hon satte kaffekoppen med en smäll i köksbordet och sa:

”Och jag vet inte vad fan jag håller på med, jag ska inte sitta här med er två och diskutera nåt som kan vara ett mordfall. När jag kommer till polishuset ska jag samla allt material och presentera det för mordgruppen, sen får vi se.”

Jag insåg att om kvinnan i Sydafrika, Anli van Jaarsveld, kunde identifiera Gert-Inge Bergström skulle man kunna ta in och förhöra honom, men det innebar också att mina egna lögner skulle avslöjas, eftersom han förmodligen inte skulle hålla tyst med det han kände till, och han visste ju mer än vad jag trodde. Mejlet jag hade fått innehöll på så sätt en hotfull ton, och vi befann oss i en situation som Quentin Tarantino hade kallat en *Mexican standoff*.

Jag visste inte om jag hade gjort nåt brottsligt … men det hade jag förmodligen: Undanhållande av bevis, fanns det inte nåt som hette så?

Jag måste agera snabbt och på flera olika plan. Dels hjälpa till att få fram en identifiering från nåt av Bergströms offer, dels försöka hindra polisen från att nå fram till honom innan jag själv gjorde det. Hur jag nu skulle göra det, och vad jag i så fall skulle säga. Skulle jag be honom hålla tyst om mig när eller om polisen sydde in honom på livstid?

När Eva hade kört till Malmö började Arne duka av och diska, och jag gick in på hans arbetsrum och ringde till Bodil Nilsson. Hon svarade inte, men jag log när jag hörde hennes röst på telefonsvararen.

Jag lämnade inget meddelande.

Däremot slog jag på datorn och öppnade mejlkorgen. Mejlet från mannen som visste mer än jag trodde låg kvar och stirrade hotfullt på mig.

Malin Frösén hade svarat och hennes mejl utmynnade i ett ”vet inte, kanske, det var så längesen.”

Cecilia Johnson var betydligt säkrare, men skrev också att hon inte var hundraprocentig efter att bara ha sett de här bilderna.

Maria Hanson hade inte svarat, men hon verkade inte vara typen som kollade datorn eller mobilen varannan minut.

”Två har svarat”, sa jag till Arne. ”Ingen av dom är riktigt säker. Hon i Nya Zeeland är mer säker än hon i Blekinge. 'Vet inte, kanske' skulle man kunna sammanfatta alltihop med.”

Arne var klar med disken och satte sig förväntansfull vid köksbordet.

”Vad ska du göra nu?” frågade han.

"Jag vet inte, men ... "

"Men?"

"Jag vet inte, Arne, men det känns som om jag måste prata med Bergström, försöka träffa honom."

"Kan du inte bara låta Eva och polisen sköta det?"

Jag önskade att jag kunde anförtro mig åt honom, men jag var inte säker på att han skulle stötta mig fullt ut om han fick veta hur mycket jag hade valt att undanhålla. Arne var ingen dumbom, han förstod en del, och anade desto mer, men jag tror inte att han hade helt klart för sig hur mycket sanning jag hade valt att inte nämna.

Jag hade legat vaken större delen av natten och hade kommit att inse att jag måste oskadliggöra Gert-Inge Bergström.

Tanken skrämde mig, men gjorde mig också märkligt upphetsad.

Jag visste inte om det var på allvar.

Jag trodde det.

Eller också inte, det var sånt man bara läste om i böcker eller såg på film.

Det hade funnits tillfällen i mitt förflutna när jag hade balanserat på en tunn linje mellan lag och oordning, och förutom att jag hade svårt att knyta knutar var jag ibland otroligt dåligt på att balansera – att bli lindansare var aldrig ett yrkesalternativ.

Jag sa inget om detta, sa inget om just dessa tankar till Arne.

"Det verkar inte som om det händer nåt på polisfronten", sa jag. "Jag har dessutom en känsla av att Bergström kan slingra sig undan. Det är många indicier och en bra advokat kan säkert rentvå honom."

Vi satt i tankar en stund, sen sa jag:

"Men det känns inte som om han öppnar om jag ringer på."

"Varför inte?"

"En känsla ... det verkar som om han fattar att vi är honom på spåren, att han vet mer än vi tror, det känns här", sa jag och klappade mig på magen.

Min mobil ringde. Eva Månsson sa:

"Vi har hört av Sydafrika. Dom får inte tag på henne, vad hette hon ... Anli van Jaarsveld. Hon har semester och dom tror hon är ute på en kryssning, men dom fortsätter att söka henne, och nu ska jag prata med mina chefer om hur eller vad vi ska göra. Och varför jag informerar dig om det vet jag inte, det borde ju vara du som informerar mig och det brukar du aldrig göra, och när du gör det så ljuger du", sa hon.

Några minuter senare ringde det igen. Jag kände inte igen numret, men det stod +45, landsnumret för Danmark, i displayen.

"Hallå?" sa jag.

"Mr Svensson?"

Det var en kvinna, hon pratade engelska.

"Speaking."

"Shannon ... Shannon Shaye, kommer du ihåg mig?"

Jag kom ihåg henne.

"Han var här i går", sa hon.

Det lät som om hon grät.

"Vem?"

"Han."

"Han!"

"Precis."

Mellan snörvlingar och snyftningar berättade hon att mannen som hade betalat för att använda en rotting på henne hade stått utanför hennes arbetsplats, boxat henne i magen och kört iväg med henne. Han hade frågat ut henne om mig, om vad jag hade visat för henne på Dan Turèll, hur mycket jag visste och hon hade berättat allt.

"Jag var så rädd."

"Det är lugnt", sa jag.

Men lugn var det sista jag kände mig.

"Jag sa till honom att jag inte visste vad du hette, men jag kom ihåg namnet, Harry Svensson, och sen var det lätt att få fram ditt nummer."

Hon sa att hon hade varit så rädd för att bli dödad, hon visste att han funderade på det, hon kände det på sig för han ville inte lämna några spår efter sig, men nånting hade gjort att han lät henne gå, att han lät henne leva.

"Men innan han körde smiskade han mig och lämnade mig ute på Amager. Jag lovade att inte berätta om hans besök för nån och jag har inte ringt till polisen, men jag ringer till dig nu."

”Är detta ditt nummer?” frågade jag.

”Ja.”

”Kan jag skicka en bild till dig?”

Vi la på och jag skickade två bilder på Gert-Inge Bergström till hennes mobiltelefon.

Det tog trettio sekunder innan hon skickade ett sms:

det är han – han var här i går

Jag ringde upp henne igen och frågade om hon var säker.

Till skillnad från de andra kvinnorna var Shannon Shaye helt säker.

Jag frågade om hon tänkte ringa till polisen.

Det tänkte hon inte, hon ville inte bli mer inblandad. Hon hade hört att polisen hade stängt fru Sanjas verksamhet och var orolig för att de skulle få nys om henne också, hon visste inte om hon hade gjort nåt olagligt.

”Men oavsett vilket så kommer allting ut och folk får veta vad jag har hållit på med, det är inget jag är stolt över”, sa hon.

Jag kunde förstå henne, jag kände igen känslan.

”Har du nåt emot om jag ringer dig på det här numret, om det skulle vara nåt, menar jag. Jag tänker inte använda ditt namn.”

”Du kan ringa, men ibland svarar min pojkvän, vi delar på telefonen, han är inte så bra på engelska. Och jag vet inte hur länge vi har kvar den här mobilen, vi ska kanske flytta till Berlin.”

När vi hade avslutat samtalet började jag fundera över hur Bergström visste att jag inte bara hade träffat Shannon Shaye i Köpenhamn utan dessutom visat nånting i mobilen. Att det var filmen med Justyna hade Shannon berättat för honom.

Vad hade Arnes granne, Hjördis, sagt?

En man hade stått på gatan och tittat på mig när jag kom tillbaka från kyrkogården … var det precis innan jag körde till Köpenhamn? Jag kollade almanackan i mobilen och kom fram till att det var samma dag. Även om jag inte hade märkt nåt måste Bergström ha följt efter mig till Köpenhamn. Jag gick ut i köket, öppnade dörren och fortsatte ut på gatan. Jag såg ingen. Det stod fyra bilar på gatan, en var min, en var Arnes. Det satt ingen i nån av de fyra bilarna. Jag såg heller ingen som stod och lurade, men jag förstod att samtidigt som jag letade efter Gert-Inge Bergström på nätet, och lyssnade på honom i ett nyhetsinslag från lokalradion, så stod han själv ute på gatan eller satt i sin bil och väntade, och han följde så småningom efter mig till Köpenhamn.

Min mobil ringde när jag var på väg in i huset igen. Jag kände inte igen det numret heller.

”Är detta Harry Svensson?” frågade en kvinna. Hon pratade skånska.

”Ja.”

”Hej, jag heter Linda Jensen och dom sa på jobbet att du … ja, jag jobbar på Dan Turèll i Köpenhamn, och dom sa att du hade ringt och frågat efter en svensk tjej som jobbar där, och du hade lämnat ett meddelande och … ja, nu ringer jag.”

Jag berättade vad det handlade om och frågade om jag kunde skicka några bilder till hennes mobiltelefon på en man som hon kanske hade serverat en kväll.

Jag skickade bilderna, hon svarade med ett sms och jag ringde upp. Hon hade ingen aning om vem mannen på bilderna var, men hon kände igen honom:

”O, ja, honom kommer jag ihåg, det är han som är så bra på biljard.”

”Biljard?”

”Ja, han hade varit med i en turnering i Köpenhamn den kvällen. Han ser ju ut som han gör, men han var ganska trevlig och pratsam.”

”Pratade ni om biljard?”

”Ja, han hade den där pinnen … jag är inte så bra på biljard … heter det kö?”

”Det heter kö”.

”Han hade den i ett fodral med sig, det var så vi kom att prata om det. Han erbjöd sig till och med att lära mig biljard.”

Jag tackade för att hon ringde och frågade om det var okej att återkomma om jag behövde fler uppgifter.

Linda Jensen sa att det var okej.

Vad jag inte sa var att Gert-Inge Bergström inte hade en biljardkö i fodralet och att han förmodligen hade tänkt lära henne nåt helt annat än biljard.

När jag berättade för Arne att den svenska tjejen på Dan Turèll var säker på att det var Gert-Inge Bergström på bilderna sa han:

”Då är saken biff”.

”Är den? Tänk efter. Vad bevisar det? Egentligen? Bara att han var i Köpenhamn. Polisen har stängt S&M-stället, hon som drev det har gått under jorden och enligt Linda, hon som ringde precis nu, så sa Bergström att han hade spelat biljard i Köpenhamn.”

”Fanns det nån turnering? Jag kan undersöka det. Finns det ingen så ljög han.”

”Han ljög i så fall för en servitris som han kallpratade med, det bevisar inte att han är en mördare, han kanske bara försökte ragga upp henne, göra sig mer intressant.”

”Det är ju själve den”, sa Arne.

Han slog näven i köksbordet.

Arne frågade om jag ville ha nåt att äta, om vi skulle ta några mackor till lunch, men jag var inte hungrig. Jag sa att jag hade sovit dåligt, att jag behövde ta en stödvila och gick in till det som hade blivit mitt rum.

Jag hade satt mig på sängkanten när mobilen ringde igen, nu var det Anette Jakobson.

”Har du pratat med Lisen?” frågade hon.

”Nej, det har varit mycket i dag.”

”Jag tänkte bara säga att jag inte får tag på henne. Tänk om hon körde till Bergström.”

När vi hade avslutat samtalet ringde jag både hem till Lisen Carlberg och till hennes mobil. Jag fick inget svar nånstans.

Jag ringde till Galleri Gås och pratade med Inez Jörnberg. Hon hade inte hört av Lisen, men sa att det var inget ovanligt. Lisen hade inte planerat att komma in, hon hade ingen rapporteringsplikt, hon ägde galleriet och hade ett eget liv och en egen vilja.

Ibland kommer man långt med det.

Ibland ingenstans.

Jag skickade ett sms.
Det är det minsta man kan göra.

KAPITEL 61

Höllviken
November

KLOCKAN VAR HALV åtta på morgonen när ljuset tändes i Lisen Carlbergs lägenhet.

Det var lätt att se även om persiennerna var fördragna.

Det hade kommit en lätt regnskur när han packade väskan och körde hemifrån till Höllviken, men nu såg det ut att bli en disig dag av det slag som var så vanligt vid den här årstiden.

Han hade sovit oroligt, han gjorde det allt oftare numera. Han drömde om mor, men hon var bara en diffus figur som mer liknade de ungdomsporträtt han hade sett av henne än den kvinna hon blivit med åren. Hon sa eller gjorde aldrig nåt i drömmarna mer än vinkade, kanske som en filmstjärna, det var svårt att avgöra. Han trodde att han försökte nå henne, men var inte säker, det gick inte att exakt komma ihåg vissa drömmar, det var som att flyta i dimma.

Han tänkte på Lisen: Hans känslor för henne var inte bara komplicerade, de hade komplicerat hans liv. Han hade alltid vetat vad han ville.

Men Lisen ... under de korta stunder de hade träffats, hade hon fått honom att knäppa upp de översta knapparna i den välsittande kostym av stål han hade burit så länge och han blev både medlidsam och förstående. Han insåg att det var fel att låta irländskan slippa undan med livet i behåll.

Han kunde inte göra om det misstaget.

Han var tvungen att göra nåt åt Lisen.

Hur hade journalisten fått tag på filmen med den lilla polskan?

Han hade förstås sett den på sajten.

Tittade han på såna sajter?

Det är klart att han gjorde.

Men hur hade han gjort kopplingen mellan filmen och honom?

Han hade betalat etthundranittiotre kronor plus porto till ett postorderföretag för peruken så att ingen skulle känna igen henne, men det gjorde journalisten.

Hur hade han fått reda på vad han hade gjort? Enligt irländskan hade han berättat om flickor som fått smisk från sextiotalet fram till helt nyligen, det gällde en kvinna i Sydafrika.

Hur visste journalisten det?

Hur hade han fått reda på det?

Han hade kanske underskattat honom, journalisten var kanske en bättre journalist än han hade trott.

Men han skulle aldrig kunna bevisa nåt. Eller?

Eller?

Under natten hade han bestämt sig för en sak:

Han skulle ta hem Lisen Carlberg.

Ville hon inte följa med frivilligt fick han tvinga henne.

Han blev mer och mer övertygad om att hon hade tillbringat föregående natt med en man, och en sylvass tanke om att hon var som allt annat kvinnfolk borrade sig allt djupare in i hans medvetande.

Nu höll han tre platser från Lisens hundkoja på parkeringsplatsen utanför hennes hus.

Han hade kunnat ringa, men han var orolig över att hon då, på nåt sätt, skulle förvrida hans tankar.

Det var bättre att ta kommandot.

Hon hade pyjamas på sig när hon drog upp persiennerna.

Hon tittade ut, upp mot den grå himlen och drog högra handen genom håret.

Hon försvann in i lägenheten.

Det dröjde en timme och tjugofem minuter innan hon kom ut.

Hon hade halvhöga snörkängor, svarta långbyxor som var nedstuckna i skaften på kängorna och en sorts poncho över axlarna. Hon var barhuvad, håret var struket bakom höger öra. Samma handväska som hon hade haft när de träffades på Stortorget i Malmö hängde på axeln.

Hon gick mot bilen.

Han såg ingen annan på parkeringsplatsen.

Han startade motorn och gick ut.

Gick rakt mot henne.

Han sa:

”Hej, Lisen.”

Hon såg förvånad ut, men när hon var på väg att säga nåt var det redan för sent.

Höger knytnäve i magen – han fångade upp henne när hon böjde sig fram och var på väg att falla, han släpade henne till bilen och la henne i baksätet. Han hade redan satt handbojorna runt säkerhetsbältet och låste fast hennes händer på ryggen. Hon försökte säga nåt, men han rev av en bred bit silvertejp och satte över hennes mun.

Han hittade knapparna i hennes byxor, knäppte upp, drog ned blixtlåset i sidan och förde ned dem till vristerna. Det var ett knep som polisen i Louisiana använde sig av, han hade läst om det: Med händerna på ryggen och byxorna vid fötterna kunde en gripen inte springa, i alla fall inte så fort.

Han var glad över att han kom att tänka på det.

Hon hade glansiga trosor med spets.

Nästan genomskinliga.

Varför hade kvinnfolk underbyxor som gick att se rakt igenom, det var ju meningslöst.

Han la en filt över henne och körde hem.

Han hade tagit kommandot.

KAPITEL 62

Anderslöv
November

ARNE LÖSTE KORSORD i nån kvällstidningsbilaga när jag kom ut i köket. Jag hade inte alls sovit, men jag hade åtminstone legat på rygg i sängen och försökt slappna av alla muskler och låta bli att tänka. Det handlade om att nollställa systemet och det var ofta lika välgörande som en timmes sömn.

Ibland gick det bra.

Ibland inte alls.

Den här gången så där.

Jag hade ringt ytterligare två gånger till Lisens hemtelefon och mobil, och jag hade ringt till Inez Jörnberg.

Inget svar.

När Eva Månsson ringde sa hon varken hej, god dag eller hallå, hon gick i gång direkt:

”Och jag vet inte varför jag ringer och berättar detta, varför jag håller dig underrättad för det här har du egentligen inte med att göra, men vem vet, du kanske kan bidra med nånting. Inte för att jag tror det, men man vet aldrig.”

”Det var roligt att höra av dig också”, sa jag.

Hon hade dragit allting för sin grupp och beslutet var fattat: Polisen skulle agera. Hon sa:

”Tanken var att vi skulle åka hem till Bergström redan i eftermiddag och beslagta hans telefon och dator, men åklagaren, han heter Oscar Bengtzén, blev upptagen så allting är uppskjutet till i morgon bitti eller i morgon förmiddag.”

Hade jag varit lagd åt det hållet hade jag börjat kallsvettas. Jag tror inte handsvett räknas, handsvett är varm.

Hon fortsatte: ”Och får vi tag på Bergströms mobiltelefon kan vi gå igenom samtalslistorna och se om det har varit nån aktivitet som kan knyta honom till nån av brottsplatserna. Jag är en jävel på samtalslistor.”

”Jag tror inte han hade just den mobiltelefonen med sig.”

”Det tror inte jag heller, men man vet aldrig, alla brottslingar begår misstag.”

”Han har säkert kontantkort och kastar både korten och mobilerna när han har använt dom. Och på sjuttiotalet fanns inga mobiltelefoner.”

”Ibland överträffar verkligheten dikten. Det som hände i Kapstaden verkar ha varit ganska spontant, han hade kanske mobilen i innerfickan. Och vi vet inte hur noga han hade planerat att döda Johanna Eklund, alla begår misstag”, sa hon.

”Två av mina källor är säkra på, eller ganska säkra på, att Bergström är vår man.”

”Då får du övertala dom att vittna, om det skulle behövas.”

Kriminalinspektör Eva Månsson lät uppspelt.

Jag kunde förstå henne.

Hade jag lagt alla papper på bordet redan från början hade kanske jag också varit uppspelt när jakten närmade sig sitt slut.

”Det stör mig att varken jag eller Anette får tag i Lisen. Jag kör hem till henne, det har kanske hänt nåt”, sa jag till Arne när samtalet med Eva Månsson var slut.

Jag hade aldrig varit hemma hos Lisen Carlberg, men GPS-kvinnan ledde mig dit, och jag andades ut när jag såg Lisens bil på parkeringsplatsen: Då var hon hemma.

Men hon svarade inte när jag tryckte på knappen vid porten, och hon svarade inte i telefon heller.

Jag gick bort till hennes bil.

Motorhuven var kall, hon hade inte kört den på ett tag.

Jag gick tillbaka och började trycka på de andra knapparna. Sex knappar, sex lägenheter, sex namn, Wulff, Johnsson, Carlberg, Hertzberg, Edblom, Fjellström.

Ingen svarade.

Jag var på väg att gå tillbaka till min bil när en man med en hund närmade sig.

Han var kraftig, mellan sextiofem och sjuttio och hade en elegant joggingdress, en keps det stod Titleist på och ett par groteskt stora pilotglasögon. Han hade en kopplad Jack Russell som nosade nyfiket på mina skor och byxor när de var framme vid porten.

Hunden viftade på svansen.

Det gjorde inte mannen. Han blängde och sa:

”Jaha … kan jag hjälpa till med nåt?”

”Jag försöker komma in”, sa jag.

”Vem söker ni?”

Han pratade inte skånska. Han lät som en inflyttad stockholmare och pratade lite uppfordrande, som om jag hade gjort intrång på privat mark eller i hans liv.

”Lisen Carlberg”, sa jag.

”Lisen är inte hemma.”

”Hur vet du det?”

Trots att han hade sagt ni poängterade jag ordet du.

”Jag såg när hon åkte.”

”Men hennes bil står ju där borta.”

”Hon åkte i en annan bil.”

”Hur vet du det?”

”Det är inte så att jag står och snokar i fönstret hela dagarna, men jag drog ifrån gardinerna och såg att hon pratade med en man.”

”Hur såg han ut?”

”Jag hade inte fått på mig glasögonen så det var lite svårt att se.”

”Men du såg att det var Lisen?”

”Utan tvekan.”

”Känner du henne?”

”Vi säger hej när vi träffas, jag brukar gå på hennes vernissager. Tiger tycker om henne.”

Jag förutsatte att Tiger var hunden och att mannen brukade titta efter Lisen mer än han låtsades om.

”Vad var det för bil?”

”En stor svart sak, jag tror att det var en Volvo.”

”Och hon gick in i den?”

”Jag tror det.”

”Du tror det?”

”Ja, jag letade efter mina glasögon och när jag kom tillbaka såg jag att den svarta bilen försvann. Eftersom inte Lisen var kvar på parkeringsplatsen så antar jag att hon åkte med.”

”Jag heter Harry Svensson, och det här är mitt mobilnummer”, sa jag och skrev upp mitt nummer på baksidan av ett kreditkortskvitto. Jag räckte över lappen och sa: ”Du får gärna ringa om du ser när hon kommer tillbaka, eller om du ser nåt konstigt.”

”Jag ska på golfbanan nu, men … visst”, sa han.

”Vem av dom är du?” frågade jag och pekade på namnen bredvid ringknapparna.

”Edblom, Carl Edblom, angenämt”, sa han och sträckte fram handen.

Vi skakade hand, jag gick tillbaka till bilen och körde mot Anderslöv.

Arne höll på med samma korsord som tidigare. Jag berättade om Höllviken, Carl Edblom och att Lisen åkt iväg med en man i en stor, svart bil som kanske var en Volvo.

Arne nickade.

”Har du en stege?” frågade jag.

”Vad ska du göra nu, då?”

”Nu åker jag till Bergström och klättrar över muren.”

”Det är idiotiskt”, sa han. ”Ring till Eva i stället.”

”Och vad ska jag säga då? Lisen har kanske sovit borta.”

”Men det tror du inte.”

”Har du en stege eller inte?”

”Bara en sån liten trappstege som Svea hade när hon putsade fönster, den står i städskåpet.”

Jag skrev upp några nummer på en lapp som jag gav till Arne: Eva Månsson, Anette Jakobson, Carl-Eric Johansson på tidningen och Simon Pender och Andrius Siskaukas i Solviken.

Han tittade på lappen med namnen och siffrorna.

”Vad ska jag med det här till?” frågade han.

"Om det händer mig nåt, om jag är borta för länge".

Jag hämtade köksstegen i städskåpet, la den i baksätet på bilen och körde ut från Anderslöv.

Arne stod på trappan och tittade efter mig.

KAPITEL 63

Uthuset
November

NÄR HAN KOM hem ställde han bilen utanför boningshuset.

Han lossade Lisens handbojor från säkerhetsbältet, men när han drog ut henne ur bilen försökte hon instinktivt slita sig loss. Hon var starkare än han trodde, slingrade sig i hans grepp, försökte sparka bakut och skalla honom. Han tappade taget om henne och hon började springa, men kom bara två steg eftersom byxorna kring vristerna gjorde att hon omedelbart snubblade och föll raklång.

Nu var han förberedd: Hon sparkade och vred sig, men nu lyfte han enkelt upp henne, slängde henne över vänster axel, tog både sin och hennes väska i höger hand och gick nedför stigen genom björkdungen.

Han gick med raska steg.

Lisens huvud guppade bakom ryggen på honom.

Han dumpade henne i en mörkblå fåtölj med karmar av blankpolerad mahogny där hon satt med händerna på ryggen, tejp över munnen och byxorna neddragna.

Hon förstod inte vad som hade hänt. Även om hon hade tid att försöka samla tankarna i bilen hade allting gått så snabbt.

Fåtöljen verkade inte tillhöra samma möbelfamilj som soffan på andra sidan bordet. Hon tyckte sig känna igen rummet, tyckte sig känna igen soffan. Var det den som kvinnan med peruken hade suttit i, kvinnan på filmen som Harry hade visat?

Han stod med ryggen mot henne och gick igenom hennes handväska i ett litet kök.

Hon försökte resa sig, men det var svårt att få kraft nog att ställa sig upp. Hon vred på sig och var på väg att glida ned från fåtöljen till golvet när han kom tillbaka och lyfte upp henne i sittande ställning igen.

Han slet av tejpen.

Det hettade om läpparna där den hade suttit.

Hon rörde på käkarna, gapade och svalde.

”Hur känner du journalisten?” frågade han.

”Journalisten ... ?”

Hennes röst var lugn.

”Du vet vem jag menar.”

”Jag känner ingen journa… ”

Hon märkte inte örfilen förrän det brann om vänster kind. Klatschen ekade i rummet. Han slog henne en gång till, en backhand på andra kinden.

”Man ska inte ljuga”, sa han.

Han blev suddig framför henne när ögonen tårades.

Båda kinderna hettade av örfilarna.

”Det kanske pappa aldrig lärde dig, att man inte ska ljuga.”

Han höll upp mobiltelefonen framför henne och, tryckte på knappen så displayen tändes.

”Den här journalisten”, sa han. ”Kan du läsa?”

Hon hade åtta missade samtal och två sms, alla var från Harry. Hans namn stod klart och tydligt i displayen.

Hon nickade.

”Alltså känner du en journalist.”

Hon nickade igen.

”Varför ljög du, då?” frågade han.

Hon svarade inte.

”Jag trodde att du var annorlunda”.

”Förlåt”, sa hon.

Förlåt?

Så dags nu.

Hon hade märken av hans fingrar på kinderna.

Det var två bra örfilar.

Det handlade om handleden, snärten, man skulle spreta en aning med fingrarna.

Men hon såg inte rädd ut.

Inte som irländskan som skakade av skräck, rädd för att mista livet.

Han respekterade Lisen Carlberg för det.

Hon sa ingenting, bad inte om nåd.

”Förlåt”. Det var allt.

Han hade för längesen slutat fundera över hur livet kunde ha blivit om det inte hade varit för omständigheterna, om det inte hade varit för mor, eller snarare – om det inte hade varit för morfar. Han hade i alla år lagt all skuld på mor, men hur skulle hon kunna leva ett normalt liv när hon födde sin fars barn?

Det var tyst i rummet, tyst i stugan.

Lisen hade andats häftigt efter örfilarna, men nu satt hon med högburet huvud i fåtöljen och andades till synes normalt.

Hon var däremot röd om kinderna.

”Min morfar var min far”, sa han plötsligt.

Lisen sa ingenting.

”Eller … min far var också min morfar”, fortsatte han.

Det gick lättare att prata när han väl hade sagt det.

”Det kanske förklarar en hel del”, sa han. ”Det kanske förklarar allting.”

Han berättade.

Han önskade att han och Lisen hade kunnat sitta vid köksbordet, dricka vin och äta en god middag medan han pratade, medan han bekände allting han hade gjort och varit med om.

Han önskade att de inte skulle behöva sitta i en stuga som han själv hade byggt och han önskade att Lisen inte behövde sitta bakbunden med örfilade kinder och byxorna kring vristerna när han berättade om mors bestraffningar, om mattebankaren, björkrisen och en glödande cigarett, berättade om hur han själv hade blivit en bestraffare när han fick låna en skåpbil av en vänlig åkare i Fru Alstad.

Han sa att han aldrig velat döda, men att det ibland hade blivit nödvändigt.

Det var inte märkvärdigare än så.

Han var en praktisk person som gjorde vad som behövdes.

Han berättade om Katja Palm som var den första han dödade, han berättade var han hade begravt henne, och han fortsatte att berätta om kvinnor i andra länder, om en vinkärring från Malmö, en flicka på en bensinmack, en polsk hora och en serbisk gangsterkärring.

Han hade tyckt om den polska horan.

Lisen hade tittat bort när han berättade om glöden på mors cigarett, annars satt hon tyst och lyssnade, tittade rakt fram.

Han berättade om en brand på ett sjukhem och sa till slut och ytterligare en gång:

”Min far var min morfar.”

Han reste sig och gick bort till ena hörnet av rummet. Han lyfte på några golvbrädor och tog fram en stor, tjock mapp.

”Jag har antecknat allting som har hänt”, sa han.

Lisen stakade sig, harklade sig. ”Jag har kontakter ... jag kan kanske hjälpa dig att förklara vad som har hänt ... ”

Än en gång kom örfilen så snabbt att hon inte hann vrida på huvudet. Hon fick en till. Båda kinderna brann.

”Du ljuger igen. Du säger det bara för att du vill slippa undan, men den här gången slipper du inte straff. Jag var dum nog att tro att du var annorlunda, men du behöver en läxa.”

Han la tillbaka mappen under golvbrädorna, tog hennes vänstra öra med tumme och pekfinger och vred om.

”Har du fått smaka en rotting? Har du det? Va?”

Han vred ännu hårdare om hennes öra.

”Har du det?” frågade jag.

”Nej”. Hon stönade, fortsatte: ”Men du har nog rätt, jag förtjänar det, sen kan jag ... ”

Han släppte taget om hennes öra, drog upp henne från fåtöljen, bar in henne i ett angränsande rum och la henne framstupa över en svart bänk av trä. Han hade byggt den själv, hade byggt sin egen prygelbänk efter en ritning på nätet.

Den var fastskruvad i golvet och hade fyra ben med remmar av läder. Upptill satt en hård, läderklädd dyna, och det var över den som han böjde henne.

Han jobbade snabbt och effektivt: Tog loss handbojorna från hennes handleder och spände fast armarna vid frambenen på bänken. Hon försökte sparka när han satte sig på huk bakom henne, men han höll fast benen, snörade upp och tog av kängorna och drog av hennes byxor innan han spände fast henne med remmar runt knäna och vristerna.

Han ställde skorna prydligt bredvid varandra vid ena väggen.

Hämtade en klädhängare från ett skåp i det lilla köket, vek ihop hennes byxor och hängde upp dem.

Han drog fram en pall och satte sig bredvid henne.

Tog ett grepp om hennes hår och lyfte hennes huvud.

”Du ljuger eftersom det ligger i din natur, men det ska jag ta ur dig”, sa han.

Hon pratade fort, sammanbitet, greppet om håret gjorde ont. ”Jag ska inte ljuga mer, och jag ljög inte egentligen, jag blev bara så förvånad när du frågade om en journalist, jag tänkte inte på Harry Svensson, att han är journalist.”

Han släppte hennes hår, reste sig och hämtade sin väska. Han öppnade den och tog fram silvertejpen, han rev loss en ny bit som han tejpade över hennes mun.

Så.

Nu.

Tyst.

Hon blev förvånad över hur varsamt han ställde hennes skor och vek ihop hennes byxor. Själv brukade hon bara kasta in dem i garderoben, om hon inte kastade dem på golvet.

Han slog en rem över midjan.

Hon kunde vrida på händerna, fingrarna, hon kunde lyfta på huvudet, men hon kunde inte röra sig. Hon kunde inte prata, tejpen förhindrade det.

Hon var ändå förvånansvärt lugn.

Det hängde mattpiskare av olika storlek och utseende på väggarna.

Hon hade ett fönster rakt framför sig men kunde inte se ut även om hon lyfte på huvudet. Bänken som hon låg över liknade en hoppbock, den var fastskruvad i golvet. Det låg en trasmatta på golvet framför hennes ögon.

Han ställde väskan på golvet.

Hon var inte rädd, det var i alla fall vad hon intalade sig, att hon inte var rädd.

Hon såg inte vad han tog fram ur väskan förrän han la åtta klädnypor på pallen som han just hade suttit på.

De var små och av plast. Han la dem fyra och fyra. En gul, en röd, en grön och en ljusblå i varje grupp.

Han gick ut i köket och hämtade något.

Ställde sig bakom henne.

Kniven var kall mot huden när han skar upp trosorna i linningen och drog av dem. Han stoppade dem i ena byxfickan och la tillbaka kniven i köket.

Nu tog han en blå och en gul klädnypa.

Hon ryckte till när hon kände hans fingrar mot hennes nakna hud.

Hon försökte säga ”aj” och ”nej” när de första klädnyporna bet sig fast.

Det hade kunnat bli en fin tavla att sätta på väggen, nåt hon kunde sälja på Galleri Gås, tänkte han när han betraktade sitt verk.

Om man tog en bild.

Han tyckte om klara och tydliga färger och klädnyporna satt i ett ganska prydligt mönster, fyra på varje sida. Det var kvalitet. Dagens klädnypor var inte värda namnet. De som satt på och mellan Lisens skinkor var femtio år gamla, han hade köpt dem från ett dödsbo i en by som heter Räng utanför Trelleborg.

Hon ryckte redan i remmarna, vred på huvudet, pratade bakom tejpen, försökte skaka loss klädnyporna.

För varje minut, varje sekund, skulle smärtan öka.

Hon stirrade förtvivlat och kanske ilsket på honom när han satte sig på huk, lyfte på en av golvbrädorna i hörnet och tog fram en låda cigarrer. Han tog ut en cigarr, ställde tillbaka lådan och la golvbrädan tillrätta. Han stängde dörren bakom sig när han gick ut, stod på trappan till det lilla huset och tände cigarren.

Det såg ut som om klädnyporna vinkade till honom när han gick ut.

Silvertejp var bra, nästan bättre än en bitboll.

Hon hade kunnat väcka hela bygden om han inte tejpat igen munnen på henne.

Han drog ett djupt bloss innan han tog några steg ut i björkdungen.

Det var vatten i tunnan under stuprännan, det stod ett kraftigt yxskaft lutat mot väggen bredvid den. Varför hade han inte satt fast själva yxhuvudet? Det var olikt honom. Vad hade han tänkt fälla här nere?

Det var synd att det inte var vår.

Då hade Lisen fått skära sitt eget ris.

Men björkarna var kala och torra, det var som det var, man kunde inte få allt här i livet, man fick jobba med det man hade.

KAPITEL 64

Bergströms tomt
November

SKÅNSK HÖST BETYDDE väldigt ofta tystnad, i alla fall om man stod ensam innanför en mur på en främmande tomt och mörkret började lägga sig

Jag hade gått några meter längs muren upp mot Gert-Inge Bergströms hus när jag stannade och lyssnade på – ingenting. Det är ett så fascinerande fenomen, man kan stå utomhus och det hörs ingenting. Inga bilar, inga människor, inga fåglar, inte ens ett flygplan på väg till eller från Europa högt upp i himlen.

Den disiga luften var så tung att alla lukter låg kvar som ett dofteko. Det luktade gräs, skog och mylla, nån hade tänt en brasa, det luktade nyplöjt – för det kan väl inte ha varit gödsel? – och jag fick för mig att jag anade en svag doft av cigarr, nåt knappt förnimbart, nåt som dröjde sig kvar mellan de kala björkstammarna.

Den skånska hösten kan på så sätt spela en ett spratt.

Jag tänkte skicka ett nytt sms till Lisen, men när jag tog fram mobilen saknade den täckning.

Allt hade hittills gått som jag hade tänkt: Jag körde norrut från Anderslöv, släckte billyktorna när jag körde förbi Bengtssons hus, där det lyste i köket, körde förbi Bergströms tomt, gjorde en u-sväng och ställde bilen vid dikesrenen. Jag satte ut en varningstriangel. Man vet aldrig: Pappa Bengtsson kanske skulle gå ut och valla sonen eller katten och då kunde han få tro att bilen hade fått motorstopp, jag trodde inte att han skulle känna igen den.

Jag ställde Arnes trappstege där muren var som lägst, tog tre kliv och kom upp på muren, svajade några sekunder innan jag hoppade ned på andra sidan.

Jag blev själv förvånad.

Jag har aldrig tyckt om att hoppa.

Jag vet inte om jag landade snett, men det högg till i vänster vrist och den värkte när jag började gå längs muren.

Arne hade frågat om jag inte skulle ha nåt bättre – ”nåt redigare” – på fötterna, men det kändes som om bootsen hade lindrat vrickningen eller stukningen.

Däremot stod trappstegen kvar på andra sidan muren.

Så långt hade jag inte tänkt.

Men den var röd och om man inte visste att den stod där den stod skulle den inte vara så lätt att se när det var mörkt. Jag började gå längs muren och när jag kom ut mot huset såg jag Bergströms bil. När jag vände mig om insåg jag att jag inte hade behövt trampa längs muren, det gick en gångstig mellan björkarna, den borde jag ha kommit ihåg från Egon Bergs bilder.

Det var mörkt i huset.

Jag gick upp och letade efter en dörrklocka, såg ingen och knackade på dörren.

Det hördes ingenting inifrån.

I filmer brukar de alltid känna på dörrhandtaget, men det vågade jag inte. Det satt två små fönster på väggen, men de satt så högt upp att jag inte kunde se in, och det kändes som om jag hade hoppat färdigt för i dag.

Gårdsplanen var asfalterad. Stigen som ledde ned mellan björkarna bestod till att börja med av cementplattor, men övergick så småningom i en vanlig skogsstig.

Upp- eller nedfarten till landsvägen verkade brant.

Jag gick runt till andra sidan av huset. Det fanns inget fönster på gaveln, men till skillnad från de små rutorna bredvid ytterdörren på framsidan av huset hade Bergström två stora panoramafönster på baksidan.

Jag tryckte ryggen mot väggen och smög fram mot det ena.

Lutade mig fram och tittade in i ett kök.

Såg ingen.

Såg ingenting i det andra fönstret heller, mer än ett typiskt kök. Jag antog att det var samma kök, huset verkade inte var ett hus med två kök, vad nu det skulle vara för hus.

En stor altan löpte runt husknuten till andra gaveln. Marken började slutta brant och altanen var svår att ta sig upp på, framför allt med en värkande vrist. Jag la höger ben kring en av stolparna, greppade räcket och hävde mig över staketet upp på ett stort trägolv. Jag var glad över att jag hade handskar, mina händer är inga statarnävar.

Det måste vara fantastisk utsikt från altanen när det var sol.

Tryckte näsan mot rutorna till dörrarna och tittade in.

Mörkt där också.

Det såg ut som om det hängde en stor platt-tv på väggen. En dator stod på ett skrivbord. Skärmen var uppslagen men mörk. Det gick inte att se mer.

Hade jag kommit från andra hållet hade det inte varit svårt att ta sig upp på altanen för på den andra gaveln vilade den solid och fin på marken. Jag lyfte ena benet över staketet och gled ned på andra sidan. Det bultade i vänster vrist.

Om Bergström var hemma … var befann han sig? Lisen?

En telefon ringde inne i huset.

Det gick fram ett halvdussin signaler innan den tystnade.

Ingen hade svarat.

Tittade ned mot björkdungen. Jag kunde inte se stigens slut, men om jag kom ihåg hur det såg ut på Egon Bergs flygfoton låg det som hade varit ett uthus längst ned i dungen. Jag började gå ditåt och hade nästan hunnit ned till dungen när min mobil ringde.

Signalerna skar genom tystnaden.

Fumlade upp den: Bodil Nilsson.

Jag tryckte snabbt bort samtalet och ställde mobilen på ljudlöst. Jag stoppade ned den i innerfickan på min jacka och såg mig omkring för att se så ingen hade hört signalen.

Jag varken hörde eller såg nån.

Däremot kände jag slaget som träffade mig rakt över skulderbladen.

Det var så kraftigt och jag var så oförberedd att jag föll handlöst rakt framåt och blev liggande orörlig med armarna utefter sidorna och näsan i nedfallna löv.

Kunde inte röra mig.

Grus i munnen.

Ett par skor dök upp i vänster synfält och jag fick ytterligare ett slag längre ned på ryggen.

Efter det första: Förlamning i kroppen, men nu började det göra ont, en dov smärta som fortplantade sig i hela ryggen, ned i benen, ut i tårna.

Skorna var välputsade.

De dök upp till höger om mig, en hand grep tag om kragen på jackan och vände mig på rygg.

Jag kunde fortfarande inte röra på mig, inte röra fingrarna, inte benen, inte armarna, inte tårna, men jag tittade rakt upp på Gert-Inge Bergström.

Jag försökte höja högra handen i en hälsning, men kunde inte lyfta armen.

Mannen hade ett yxskaft i handen, ett tjockt, massivt, långt och tungt yxskaft.

Han höll det i båda händerna och lyfte det högt över huvudet.

Inte ansiktet, inte tänderna, jag hatar tandläkaren, jag klarar inte att få nya tänder.

Men slaget träffade högt på bröstkorgen.

Nästa slag träffade längre ned och det lät som om nånting krasade. Vedervärdigt ont i höger sida, så ont att jag inte längre kände av stukningen i vristen.

”Intrång på privat mark, jag överraskade en inbrottstjuv, jag kan slå ihjäl dig om jag vill”, sa han.

Han lyfte en fot med en välputsad sko och sparkade mig på höger sida. Smärtan var så intensiv att det svartnade för ögonen och det kändes som om jag skulle spy.

Jag var knappt medveten om att han vände mig på mage igen, lyfte mig i jackkragen och släpade i väg mig.

Jag hängde lealös i hans hand.

Då är jag ändå både lång och tung.

Händerna, jeansknäna, bootsen skrapade i marken.

Jag försökte spotta ut gruset jag hade i munnen.

Han ställde yxskaftet mot väggen på ett rödmålat hus, öppnade en dörr, drog upp mig för några trappsteg, släpade in mig förbi ett litet kök på vänster sida och dumpade mig till slut på golvet så jag satt med ryggen mot en vägg med benen rakt ut på en trasmatta.

Kunde se åt olika håll, kunde flytta blicken, men varken röra huvudet, armarna eller benen.

När jag sneglade åt höger mötte jag Lisen Carlbergs blick.

Hon var lika orörlig som jag.

Hon låg fastspänd över en prygelbänk.

Såg rödgråten ut.

Kinderna var svullna.

Jag visste att det var en prygelbänk, för jag hade sett en likadan i några filmer som utspelade sig på 1800-talet, det hade dessutom funnits en länk till hur man själv kunde bygga en i anslutning till just den sajten.

Jag kände igen den japanska katten i fönstret från filmen med Justyna. Katten hade ryggen åt oss. Den vinkade.

Lisen sa ingenting. Sannolikt för att hon hade tejp över munnen.

Hon var naken från midjan och ner.

Det stod en rotting lutad mot väggen framför henne.

På en hylla stod en gammaldags grammofon med två små högtalare, bredvid låg ett album med vinylsinglar. En var till hälften utdragen ur sitt fodral. Den var gul.

Jag vände blicken mot prygelbänken och sa:

”Jag försökte själv bygga en, men jag har aldrig varit så händig, jag lärde mig aldrig hur en hyvel fungerar.”

Bergström sparkade mig i sidan igen och den här gången svartnade det på riktigt, jag tappade ögonkontakten med Lisen och försvann.

Maneki Neko, tänkte jag.

Så heter de japanska katterna som vinkar.

Maneki Neko.

Jag visste att jag skulle komma på det till slut. Man har det på tungan, och så bara kommer det när man minst anar det.

KAPITEL 65

Ett uthus på landet
November

HAN HADE SAGT åt henne att han skulle gå ut och röka en cigarr medan hon skulle tänka på vad som väntade.

Han hade förberett.

Han var väldigt noggrann.

Hade visat ett helt album med singlar, med namn som Anita Lindblom, Lill-Babs, Connie Francis och Siw Malmkvist.

Han hade sagt att de skulle lyssna på *Living doll* med Cliff Richard och han hade tagit fram en rotting och ställt framför henne.

Den var lång och gul som senap.

Han sa åt henne att titta på den.

Titta och försöka föreställa sig hur ont det skulle göra när hon blev randig som en zebra.

Sen gick han ut.

Nu var han förbannad.

"Journalistjävel", sa han.

Komma här och störa.

Han skulle kanske lära honom en läxa också.

Han visste allt om honom. När han hade slitit loss tejpen från Lisens mun hade hon berättat allt hon visste. Han lät de små, ettriga klämmorna sitta tills han var säker på att hon hade berättat allt, och han torkade tårarna på hennes kinder, torkade svetten ur hennes panna medan hon ömsom skrek och bad honom ta bort klämmorna och ömsom berättade hur de hade filmat honom i Malmö ... den där Anette skulle han ta rätt på nån dag.

Men nu handlade det om Lisen.

Och journalisten kom kanske inte och störde, slog det honom

Kvicknade han till skulle han få se hur det gick till på riktigt. Se om han blev kåt när hon fick smaka rottingen.

KAPITEL 66

Samma uthus
November

ETT ILSKET, VITT sken skar in i mina ögon och gjorde att jag kom till medvetande. Den omedelbara, vresiga smärtan i höger sida hade dämpats, däremot kändes det som om nån hade spänt ett brett bälte av stål runt hela bröstkorgen och det vita ljuset skar som en blixt genom skallen.

Lisen låg kvar över bänken.

Hon försökte prata bakom tejpen, vred och lyfte på huvudet som om hon försökte få mig att ställa mig upp.

Jag såg inte Bergström.

”Jag är lam”, sa jag.

Det gjorde ont när jag andades.

Lisen lyfte på huvudet.

”Jag ser honom inte, jag kan inte röra mig.”

Hon stönade. Det lät frustrerat.

Ytterdörren öppnades och Bergström kom in.

Det luktade cigarr om honom. Jag hade alltså inte inbillat mig när jag stod vid muren och lyssnade på hur allting kunde låta som ingenting.

Han var verkligen storvuxen.

Det var de hängande bulldoggkinderna som gjorde att han hade ett så säreget utseende. Men trots den stora kroppen, och trots sin ålder hade han ett nästan pojkaktigt utseende. Håret var bakåtstruket, han hade sidbena, en välstruken, vit skjorta och ett par mörka byxor. Skorna var onaturligt välputsade.

”Kan du resa dig?” frågade han.

”Jag kan inte röra mig, du har gjort mig lam”, sa jag.

”Du sitter bra där du sitter”, sa han.

Jag sa inget, men upptäckte att jag kunde vicka på lillfingret och långfingret på höger hand.

”Hon har berättat”, sa han och pekade på Lisen. ”Irländskan i Köpenhamn har berättat, jag vet att du såg filmen med den lilla polskan.”

”Om du menar Justyna Kasprzyk … ”

”Polskan.”

”Hon hette Justyna Kasprzyk”, sa jag.

”Från Polen.”

Det stack i höger arm och jag kunde röra hela pekfingret.

”Tyckte du att den var bra?”

”Det är kanske inte läge att prata om det nu”, sa jag.

Det gjorde ont i sidan när jag pratade.

”Tyckte du att den var bra, du är ju expert?” sa Bergström.

”Dialogen var … ”

”Nu pratar jag inte om den.”

”Hennes peruk … ”

Den här gången sparkade han inte, han böjde sig fram och slog knytnäven i höger sida och nåt hett, glödgande flimrade framför ögonen.

”Kan du bruka allvar?” frågade han.

”Jag har sett bättre”, sa jag.

Det kändes som om jag fått en machete inkörd i sidan.

Jag har visserligen aldrig känt hur det känns, men … jag försökte koncentrera mig, tänka bort smärtan.

Bergström sa: ”Jag fick en idé när jag höll utanför din krog i somras, du hade ett kvinnfolk där som jag tänkte lära en läxa, men polisen jagade bort mig.”

Kvinnfolk … det måste vara Bodil, Bergström hade varit där samtidigt som Bodil, polisen gjorde alltså nytta.

”Jag tänkte att du kunde skriva manus till mina filmer. Nästan allting som görs är så overkligt, det vet väl du, du kan ju det här. Jag vill visa hur det verkligen går till.”

Det började värka i vänster vrist och följaktligen gick det att vicka på den.

”Reningsbad”, sa han. ”Vet du vad ett reningsbad är?”

Jag sa inget.

”Är du lam i tungan också? Ett reningsbad är vad fröken Carlberg ska gå igenom, och jag vill att du tittar noga så vi kan prata om det efteråt.”

Stålspännet satt fortfarande runt bröstkorgen, men jag kände hur det stack i benen och armarna och tog det som ett tecken på att rörelseförmågan var på väg tillbaka.

”Hur många rapp ska hon få, tycker du?”

”Inga alls”, sa jag.

Bergström skrattade.

”Jag tror att du har humor.”

Han tog rottingen som stod mot väggen. Han tittade på den som om han aldrig hade sett den förut.

Jag måste få honom att prata, förhala skeendet.

”Är det samma rotting som i filmen?”

”Från Glasgow”, sa han.

Han tittade på den, böjde den mellan händerna.

Roger i New York hade haft rätt: Det var ingen rotting man köpte i en Ann Summers-butik.

”Var det den du hade med dig till New York?”

Gert-Inge Bergström vände sig om och tittade mig i ögonen.

”Vad vet du om det?”

”Du har lämnat spår efter dig i hela världen.”

Han öppnade munnen, men stängde den igen.

”Kommer du ihåg Brenda Farr?”

Han sa ingenting.

”Hon kommer ihåg dig, hon tyckte att du påminde om pansargeneralen, Patton.”

”Har du varit … ?”

”Jag har varit överallt, jag har pratat med alla. Vem tyckte du bäst om? Vem gav dig mest tillfredsställelse? Brenda Farr, Maria i Halmstad, Anli i Kapstaden? Hur många finns det? Hur valde du ut dom?”

”Du kan inte bevisa nånting.”

”Jag tror att Anli kan identifiera dig, jag är helt säker på att en irländsk kvinna i Köpenhamn kan göra det.”

”Jag visste det, jag skulle ha … ”

Han tystnade.

”Vad skulle du? Skulle du ha tagit livet av Shannon?”

Han skakade på huvudet, ställde ifrån sig rottingen och gick ut i det andra rummet. Han kom tillbaka med en blå fåtölj som han ställde snett bakom Lisen. Han lyfte mig, släpade mig till fåtöljen och satte mig i den.

Jag spelade mer orörlig än vad jag var.

”Första parkett”, sa han. ”Nu ska du få se hur det går till.”

Han vände sig om, det surrade om skivtallriken, knastrade om en pick-up, ett ackord och … *got myself a crying, sleeping, walking, talking living doll.*

Bergström ställde sig bredvid Lisen.

Siktade.

Lyfte rottingen.

Jag hävde mig upp ur fåtöljen, men jag hade missbedömt mina krafter och min rörelseförmåga och i stället för att utdela en perfekt amerikansk fotbollstackling föll jag klumpigt framlänges och blev liggande på golvet. Men min axel träffade Bergströms smalben och det var tillräckligt för att han skulle tappa balansen och dråsa baklänges in i väggen. Skivspelaren fick en smäll, pickupen gled över den gula skivan med ett raspande ljud och Gert-Inge Bergström föll tungt, framlänges över mig.

Jag skrek när hans kropp hamnade över revbenen på min högra sida.

”Jag trodde att du var lam, din jävel”, skrek han när han hade kommit på fötter och drog upp mig. ”Kan du stå?” frågade han.

Han släppte mig och jag var på väg att falla, benen bar mig inte.

Bergström fångade upp mig och slängde mig i fåtöljen igen.

Han vände sig om och studerade grammofonen, lyfte på armen, tog upp singeln och tittade på den.

”Du har förstört den”, sa han. ”Vet du hur länge jag har haft den? Armen är av, det är en repa över skivan. Du har förstört den. Det var mors.”

Hade det inte gjort så ont i bröstkorgen hade jag ryckt på axlarna.

Jag tittade honom i ögonen. Hans blick var svart. Han lyfte ena handen och hötte med pekfingret.

Sen vände han sig om och pekade på Lisen.

”Hon får betala för det här. Sex rapp extra för att du är så klumpig. Det är inte mer än rätt.”

”Följde du efter mig till Köpenhamn?” frågade jag.

”Det har du inte med att göra.”

”Följde du efter mig till macken i Svedala?”

”Det har du heller inte med att göra.”

”Varför dödade du Justyna Kazprzyk?”

Frågan fick honom att tänka nån sekund.

”Gjorde jag?”

”Ulrika Palmgren?”

Nu log han.

”Henne tyckte du om, va?” sa han. ”Jag läste era tramsiga mejl.”

”Flickan på macken?”

”Fria fantasier.”

”Sandell och Grönberg?”

”Hycklare.”

”Hur kom du upp på Sandells rum?”

Han tittade på mig som om han inte förstod varför jag frågade.

”Det finns dubbletter till alla hotellnycklar”, sa han.

”Var fick du bilden ifrån som du la i min brevlåda?”

Han skakade på huvudet, det såg ut som om han log.

”Du behöver inte veta allting”, sa han.

”Behåll mig, men släpp Lisen”, sa jag. ”Hon har inte gjort nåt.”

”Du pratar skit”, sa han. ”Jag vet så mycket om dig att jag kan avslöja dig för hela svenska folket. Jag ångrar att jag inte redan har gjort det, men det var roligt att skoja lite med dig.”

Det stack i hela kroppen och jag var övertygad om att jag den här gången skulle kunna ställa mig upp. Jag skulle kanske inte förmå mig att utdela den där tacklingen, men jag skulle åtminstone kunna resa mig.

Han tog upp rottingen igen.

Petade mig i bröstet med den.

”Jag kom på hur jag ska göra.”

Han stötte mig hårt i bröstet med rottingen.

”Jag sätter er i din bil utanför Centralstationen i Malmö.”

”Hur ska du få dit den, då?”

”Raggaren får följa efter i min bil.”

”Men om du gör som du har gjort tidigare kan jag ju berätta allt du har gjort, jag vet allt, jag ser vad du gör nu.”

Hans leende blev bredare.

”Och varför tror du att du ska få behålla livet?”

Jag sa inget.

”Där fick du nåt att tänka på.”

Han vände sig om.

”Jag önskar att vi hade mer tid, då kunde vi ha filmat.”

”Man ser att det är du på filmen”, sa jag.

”Man ser ingenting, men polskan var bra.”

Han ställde sig bredvid Lisen.

Hon ryckte till när han la rottingen över hennes skinkor.

Siktade.

Tog ett halvt steg tillbaka.

”Det här blir bra”, sa han. ”Titta noga nu, så kanske du kan lära dig ett och annat.”

Han ställde sig bredvid Lisen, lyfte rottingen högt över sin högra axel, lutade sig bakåt och lät rottingen flyga.

Det tjöt om den innan den träffade med en ljudlig smäll och lämnade en röd rand efter sig.

Lisen spände kroppen, lyfte huvudet och försökte få fram nåt bakom tejpen.

Bergström vände sig mot mig.

”Det är ingen tvekan om vad fröken Carlberg tyckte, men vad tycker du?”

”Det har gått för långt”, sa jag.

”Jag trodde du tyckte om det här.”

”Låt henne vara.”

”Det är väl sånt här du gillar, sitter framför datorn och runkar?”

”Lägg av nu.”

Han gav Lisen ett nytt rapp.

”Tricket är att varje rapp ska vara hårdare än det förra, det är då rottingen gör nytta.”

När han lyfte rottingen en tredje gång knackade det uppfordrande på dörren.

”Öppna, det är polisen”, sa en djup mansröst.

Det var som om Bergström väcktes ur en sömn eller en trance. Han sa:

”Men vafan … ”

Han hann se en väldigt tjock man.

Det var det sista han såg.

Såg aldrig slaget.

Kände bara att nånting träffade honom i huvudet.

Det knäppte eller knakade till, det blev svart.

Han föll.

Skenet han såg när slaget träffade slocknade långsamt.

Han föll och föll.

Det kändes som om han rasade ned i ett djupt och oändligt hål.

Mörker.

Till slut bara mörker …

Bergström föll långsamt, som i slow motion och kom att ligga på rygg över mina knän.

Den här gången reste han sig inte.

Det blödde från höger tinning.

Kändes inte som om han andades. Men min känsel var inte hundraprocentig.

”Vad fan är det som händer?” sa en röst.

”Jag trodde inte du kunde svordomar”, sa jag till Arne Jönsson.

Han stod bredvid mig med min golfklubba i handen.

”Vad bra att den kom till användning”, sa jag.

Arne såg sig omkring och när han upptäckte Lisen tog han snabbt av sig sin oljerock och la den över henne.

”Hon kan för fan inte ligga på det viset, stackars tösabit”, sa han.

Jag kunde inte röra mig, Gert-Inge Bergström låg över mig.

Det verkade inte som om han andades.

Men jag vågade inte känna efter.

Arne knöt upp Lisens remmar och sa: ”Vad i helvete är det här?”

Han kände på tejpen som satt över hennes mun.

”Det är som ett plåster, man måste dra fort”, sa jag.

Han drog, och det frasade om tejpen när den släppte.

”Behöver du hjälp att resa dig?” frågade han.

Lisen kom långsamt på benen, men hon verkade stå ostadigt och Arne höll om henne.

Hon harklade sig och spottade på golvet.

Hon blödde från underläppen, tejpen hade dragit loss hudflagor.

Hon hade skavsår på handlederna efter remmarna.

”Hur mår du?” frågade jag.

”Jag har mått bättre”.

Hennes röst var hes. Hon smackade som om hon var torr i munnen, stack in händerna under oljerocken och pressade dem över skinkorna.

Arne kranade upp ett glas vatten.

Lisen drack inte.

Hon sköljde däremot munnen, tog två steg fram och spottade i Bergströms ansikte.

Arne höll upp rocken så hon kunde sticka armarna i den och svepa den om sig.

Hon böjde sig fram och tog upp golfklubban från golvet.

Höll om den med båda händerna och slog Bergström i bröstet.

”Lisen … lugna dig”, sa jag.

Hon lyfte klubban igen.

Slog den i magen, låren, halsen och i ansiktet.

Bergströms kropp ryckte till av varje slag och gjorde smärtan skarp och brutal i mina revben.

”Sluta Lisen, jag tror att han är död”, sa jag.

”Är han död?” sa Arne.

”Det känns inte som om han andas”, sa jag.

Lisen sa ingenting. Hon kastade ifrån sig golfklubban.

”Kan ni flytta på honom?” frågade jag.

”Är han verkligen död?” sa Arne.

Arne slet i Bergströms kropp så han föll ned från mitt knä och hamnade på golvet.

Han låg på rygg.

Det blödde vid höger tinning, en tunn, smal rännil.

”Kan man ... konstgjord andning ... ?” sa Arne.

Lisen tittade upp och skrek: ”Nej! Låt fanskapet ligga.”

”Han är död, Arne”, sa jag. ”Han andas inte. Ta hand om Lisen i stället.”

Jag satte mig upprätt i fåtöljen. Macheten jobbade hårt i bröstkorgen varje gång jag andades.

Vristen bultade.

Jag skulle nog bli tvungen att skära upp stöveln för att få av den.

”Har du inga kläder, min vän?” frågade Arne.

Lisen nickade.

Hon hämtade ett par svarta långbyxor som hängde prydligt på en klädhängare i köket.

”Den jäveln har mina trosor i fickan, men dom är sönderskurna”, sa hon.

”Vad gjorde han med dig?” frågade jag.

”Jag vill inte prata om det.”

Hon tog på byxorna och gjorde en grimas när hon drog upp och knäppte dem.

”Jääääävlar vad ont det gör”, sa hon.

”Har han antastat dig?”

”Nej, han kan inte få upp den, det har han inte kunnat sen han var tonåring. Han berättade det. Jag vet allt. Hans mor brände honom med en cigarrett, sen dess har han aldrig kunnat, eller känt eller, jag vet fan inte.”

”Wow ... ”

Jag hörde själv hur fånigt det lät.

”Vad har han gjort med dig?” frågade jag.

”En annan gång, Harry, vi tar det en annan gång.”

Hon tittade mig stint i ögonen.

Hennes kinder var svullna, röda.

"Har han ... "

"En annan gång, sa jag."

"Okej."

Arne stirrade som förhäxad på Bergström.

"Hur kom du in?" frågade jag.

Han ryckte till, tittade upp och sa:

"Som du, du hade ju låtit trappstegen stå kvar. Jag kunde inte sitta kvar hemma, klättrade på väggarna."

"Tack", sa jag.

"Död", sa han. "Han är alltså död."

"Vi går ut i det andra rummet", sa jag.

Det tog lika lång tid för mig att resa mig som det hade gjort för Egon Berg, fotografen.

Jag satte mig försiktigt i soffan. Lisen var på väg att sätta sig, men ångrade sig.

Hon höll Arnes oljerock tätt kring kroppen och tittade i golvet.

Arne tittade på mig.

Jag försökte formulera en plan – först för mig själv, sen började jag tänka högt.

Som så många av mina planer var den ogenomtänkt och ofullständig, den var full av hål och byggde på en hel del chansningar, men jag hade lyckats med liknande planer förr, fast då hade det handlat om journalistik, artiklar, avslöjanden, gillrade fällor ... om man inte räknar några episoder i Los Angeles och New York, men det var längesen.

"Inte mig emot", sa Lisen när jag hade berättat klart.

Arne nickade långsamt och eftertänksamt.

"Kolla om det finns tändstickor i köket", sa jag till Arne.

Han kom tillbaka med en stor paket Solstickan och jag bad honom tända stearinljusen i huset. Det stod ett par tjocka, massiva som verkade vara kvar från filmen med Justyna Kasprzyk, men nån hade också ställt ett par höga, vita ljus i stakar på ena fönsterkarmen.

"Jag har läst om det här", sa jag. "Om det lyckas kommer vi undan med det mesta, ingen behöver veta att vi var här, ingen vet att Arne slog golfklubban i huvudet på Bergström och du, Lisen, behöver inte träda fram om du inte vill."

"Jag kan berätta", sa hon.

"Okej, jag vet att polisen kommer hit för att plocka in Bergström i morgon bitti. Om vi röjer här och låter huset brinna ned är han borta, och det finns ingenting som binder oss vid det."

Jag pekade vagt på väggarna i det lilla huset. Det var först nu jag la märke till hur många mattpiskare det hängde på dem.

"Men vi får hålla ihop, inte säga ett skit om att vi var här eller vad som hände med dig, Lisen."

Arne och Lisen nickade. Han såg orolig ut.

Lisen pekade in i det andra rummet där prygelbänken stod. Hon sa:

"Han har allting där."

"Allting?"

"Ja, allt värdefullt, han sa det."

Jag kom att tänka på datorn jag hade sett genom fönstret till boningshuset. "Vi måste ta hans dator", sa jag. "Vi måste förstöra den."

Ingen av dem reagerade när jag sa det, men det var i och för sig bara jag som visste att om polisen öppnade hans dator skulle de hitta mejlen som han hade skickat till mig.

Det fanns både toalett och kök, och då borde det finnas hushållspapper och mer än en rulle toapapper.

Det hängde gardiner för alla fönstren.

Huset var av trä.

Placerade vi ljusen rätt skulle det brinna utav bara helvete.

Men inte ens de bästa planer räknar med det oförutsedda, då behöver vi inte tala om de sämsta.

Just som jag förklarade hur man tänder på ett trähus slogs dörren upp igen.

Jag såg först bara en gevärspipa.

Det kan ha varit ett hagelgevär.

Om ett gevär har två pipor är det hagel.

Det kan ha varit avsågat.

Jag är ingen expert på gevär, men det verkade vara en ovanligt kort bössa.

Först därefter såg jag Johnny Bengtsson.

Jag hade bara sett honom en enda gång, det var när han stod på gårdsplanen på andra sidan vägen när jag körde förbi familjen Bengtssons hus allra första gången. Han såg ungefär likadan ut som då: Slitna, blå jeans, rutig jacka, blå jeansskjorta, nedgångna, smutsiga boots och en sydstatskeps på huvudet. Han var orakad.

Det hade varit varmt och gott i huset, men när Johnny Bengtsson slog upp dörren kom ett kyligt luftdrag.

”Vad fan har ni gjort med Bergström?” sa han

Bössan pekade i tur och ordning på mig, på Lisen och på Arne.

Lisen tittade Bengtsson i ögonen och sa:

”Och vad ska du göra åt det?”

Hon hade kvar skärpan i rösten och sin medfödda självsäkerhet. Hon släppte inte Johnny Bengtsson med blicken.

”Varför ligger Bergström på golvet?” sa han.

”Han är trött”, sa jag.

”Dig känner jag igen”, sa Bengtsson efter ett tag.

”Alla känner apan”, sa jag.

”Är det du som är raggaren?” frågade Lisen.

”Kanske det”, sa han.

Lisen vände sig mot mig och sa: ”I så fall är det han som brände inne gubben på sjukhemmet.”

”Vad fan vet du om det?” sa Johnny Bengtsson.

Han hade höjt rösten och tog ett halvt steg fram mot Lisen. Bössan var en halv meter från hennes mage.

”Mer än du tror”, sa hon. ”Bergström berättade en hel del innan han blev trött.”

”Så tänker du skjuta oss allihop?” frågade jag.

Han höll bössan i höger hand, hade kolven tryckt mot sidan.

Han gned sig om hakan med vänster hand.

Han verkade tänka.

Det såg besvärligt ut.

”Jag vill veta vad som har hänt”, sa han till slut.

”Vi är tre personer som vet att du tände på när Göte Sandstedt brann inne, jag tror att du försökte sätta fyr på mitt hus i Solviken och att du skar sönder mina däck. Du får skjuta oss allihop om du ska gå fri från det, men då tror polisen att du har skjutit Bergström också och det kan bli svårt att förklara", sa jag.

Johnny Bengtsson rynkade pannan.

"Men vad har ni gjort med Bergström? Är han död?"

"Gå in och titta", sa jag och pekade mot det andra rummet. Bergströms skor syntes i dörröppningen. De var fortfarande välputsade.

Johnny Bengtsson kunde uppenbarligen tänka, men det verkade ta tid.

Bössan pekade på Arne för tillfället.

Jag gjorde ett nytt försök att resa mig när Bengtsson sneglade in i det andra rummet, men Lisen var snabbare. Hon kastade sig rakt på honom, båda åkte i golvet och tre sekunder senare drösade jag klumpigt rakt över dem.

"Satans, jävla brudjävel", skrek Bengtsson.

De höll båda i bössan.

Rullade runt så jag tappade balansen och hamnade framstupa på golvet bredvid dem.

Bengtsson låg på rygg. Lisen stack ett finger i hans öga och han vrålade. Hon knäade honom i skrevet så han tappade det fasta taget om bössan och Lisen kunde greppa kolven. Gevärspipan pekade hit och dit, Arne reste sig och hukade bakom soffan.

Jag kom upp på knä och försökte dra loss geväret från Johnny Bengtssons grepp. Lisen höll samtidigt båda händerna om kolven och … exakt hur det gick till vet jag inte … Lisen satt på Bengtsson och vi höll alla tre i hagelbössan när ett skott brann av.

Det small så häftigt i stugan att jag för några sekunder tappade hörseln, men jag såg att Lisen höll om bössan och kastade den ifrån sig. Hon ställde sig upp med båda händerna för öronen.

Bengtsson tittade ned på sin egen mage med oförstående blick och försökte trycka ihop och hålla samman det som började välla ut genom ett stort, blodigt hål i den blå skjortan.

Hans ögon mötte mina, och han skrek vansinnigt, nästan djuriskt, innan hans huvud långsamt föll tillbaka och han blev liggande.

Han såg förvånad ut.

Kanske var det inte så konstigt, jag visste själv inte riktigt hur allting hängde ihop eller hade gått till, och då hade jag ändå varit med ända från början.

Lisen stod med högra handen för munnen, Arne reste sig och la armen om henne.

Det luktade krut och det kändes som om skottet fortfarande ekade i rummet.

Vi tittade alla tre på en ung man i sydstatskeps som låg död på golvet.

Blodpölen under honom blev större och större.

KAPITEL 67

Mörker

DET VAR FORTFARANDE mörkt, men han var medveten om det och då borde han vara vid liv. Han låg på ett golv. Han visste inte varför.

Det var som om han hade väckts ur en lång dvala av en kraftig smäll.

Huvudet höll på att sprängas.

Han vred på huvudet.

Flyttade armen.

Tog sig om huvudet.

Det såg ut som om han hade blod på handen.

Han förstod inte.

Men han hade en uppgift, han var på ett märkligt sätt medveten om den, det var som när han hade drömt om mor, på ett sätt verkligt på ett annat helt obegripligt.

Han var trött.

Det var skönt att ligga ned.

Bara det inte sprängde så förfärligt i huvudet.

Polisen hade knackat på.

Eller?

Var det hon, Månsson?

Tänk om han skulle ta henne. Tanken piggade omedelbart upp honom. Han hade aldrig straffat en polis.

Han fick se.

En sak i taget.

Han kände sig motiverad, inspirerad.

Om han bara kom på fötter skulle han göra slag i saken och söka upp radiokvinnan.

Han visste var hon bodde.

Han skulle söka upp henne, och han skulle söka upp en som hette Anette, riktigt varför kom han just nu inte ihåg.

Och polisen, Månsson.

Det var en härlig trio.

Han kände hur livsgnistan kom tillbaka.

Bara det inte gjorde så ont i huvudet.

Om han ändå bara kunde resa sig.

KAPITEL 68

Uthuset
November

NÄR HON HADE tänt ljusen hällde Lisen så mycket stearin som möjligt i soffan medan Arne trädde hushålls- och toarullar över de långa, vita ljusen från Ikea.

Själv tömde jag Bergströms gömställe under golvbrädan och stoppade det jag hittade i en svart soppåse som vi fann i ett skåp i köket. Jag gick snabbt igenom en portfölj som Lisen sa var Bergströms, upptäckte en bitboll, en liten låda med klädnypor, ett par handbojor, två par glasögon, en lösmustasch, en klatschig rem i svart läder och en gammaldags, oval hårborste i trä. Jag stoppade den i jackfickan.

Vi ryckte till när det lät som om först Bergström och en stund senare Bengtsson andades eller mumlade, men det måste ha varit det där som händer när kroppar dör och själar lyfter, nåt som rosslar, jag vet inte, jag har bara läst om det.

Jag hittade ingen nyckel, men drog igen dörren så hårt jag kunde och satte yxskaftet som Bergström hade slagit mig med mot dörrhandtaget. Om Bergström eller Bengtsson fick nya liv skulle de åtminstone få kämpa för att komma ut.

Dörren till boningshuset var olåst och vi gick in. Huset var spartanskt möblerat, men välstädat och modernt inrett. Lisen tog Bergströms dator och ryckte loss sladden från väggen. Datorn var fortfarande på. Hon hittade dessutom två mobiltelefoner som hon slog av och tog med sig.

”Vi går på Katja Palm”, sa Lisen när vi gick ut.

”Va?”

”Han begravde henne här.”

Hon pekade på mina fötter.

Jag flyttade mig automatiskt, som om det kunde hjälpa Katja Palm.

Arne sökte igenom Bergströms bil, men hittade ingenting av värde. Han bar sopsäcken medan jag haltade bakom honom på stigen.

Till skillnad från mig hade Arne varit smart nog att lyfta över trappstegen när han klättrade över muren. Det brann i gardinerna i uthuset när jag stod på muren och väntade på att Arne skulle ställa stegen på plats på andra sidan. När jag hade kommit ned tog Lisen stegen och la den i min bil.

”Kan du köra, Harry?” frågade Arne.

”Det måste jag, vi kan inte låta min bil står kvar, och det är bara du som kan köra din. Kör förbi Bengtssons med släckta lyktor, gubben är nyfiken.”

Det lät som om en ruta sprack i det röda, lilla huset när jag startade min bil och vi körde därifrån.

KAPITEL 69

Anderslöv
November

NÄR VI KOM hem till Arne gick han rakt in och la sig på soffan framför tv:n och tittade i taket.

Jag lät honom vara.

Däremot sa jag åt Lisen att ta ut SIM-korten ur Bergströms mobiltelefoner och gå ut och släppa dem i en av brunnarna på gatan.

Själv slog jag sönder telefonerna med en hammare och kastade dem i en soppåse som jag la i Arnes soptunna. Jag vet inte om det behövdes, men det var aldrig fel att vara försiktig.

Utrymmet under golvbrädan hade visat sig vara något av en guldgruva.

Om nån skulle tvivla på vad jag och Arne hade fått fram om Gert-Inge Bergström fanns allting med hans egna ord i små anteckningsböcker eller i pärmar med printade A4-blad. Ulrika Palmgrens gamla mejl fanns i hans dator. Jag tänkte lägga över allt på ett USB-minne innan jag slog sönder datorn och spred beståndsdelarna lite varstans.

Jag hittade dessutom några gamla leksaker: En traktor i trä som förmodligen hade varit röd, den saknade ett framhjul och ett bakhjul, en engelsk dubbeldäckare som det stod Dinky Toys på, en kortlek med avklädda kvinnor och en liten, svartvit bild på en flicka som borde vara Katja Palm, jag tyckte jag kände igen henne från klassfotot.

När jag tittade ut genom fönstret stod Lisen på trottoaren. Jag gick ut och frågade:

”Hur mår du?”

”Jag trodde att man skulle kunna känna nåt … röklukt?” sa hon.

”Vi är för långt bort. Hade det varit ljust och klart hade vi sett röken”, sa jag.

”Du tror att det brinner?”

Jag nickade. ”Det slog lågor från ett av fönstren när vi körde”.

”Du tror att dom brinner inne?”

”Ja, men gör dom inte det ser det ändå ut som om dom har bråkat och haft ihjäl varandra.”

Vi kom överens om den storyn: Bergström hade bjudit hem Lisen, de satt vid hans köksbord, och han berättade om sitt liv. Han trodde att han var sjuk, att han hade fått prostatacancer, och han ville att nån skulle få höra hans historia. Han hade förtroende för Lisen och överlämnade sina gamla och nya anteckningar och fick henne att lova att inte visa dem för nån förrän han var död.

Lisen Carlberg lovade, men hade förstås tänkt åka direkt till polisen.

Plötsligt dök Johnny Bengtsson upp med ett gevär under armen, han uppträdde hotfullt. De pratade om pengar som Bergström var skyldig honom. ”För Sandstedt”, tyckte Lisen att han sa, men hon var inte säker.

Stämningen blev obehaglig och hon tog sina saker, och Bergströms papper, sprang ut och körde därifrån. Johnny Bengtsson hade då geväret riktat mot Bergström.

Hur männen hamnade i uthuset visste hon inte.

Arne hade satt sig upp när vi kom in. Han var inte upplagd för att laga mat för då skulle han bli tvungen att åka och handla och träffa folk och det var sent och det ville han inte.

”Vi beställer pizza”, sa jag. ”Inte för att jag vet om vi behöver alibi, men det är aldrig fel om ett pizzabud kan intyga att vi är här. Och jag är säker på att Hjördis står i fönstret, hon kan bekräfta att vi är hemma.”

Medan vi åt ringde jag till Anette Jakobson.

Hon kom en timme senare och satte upp en liten, men ganska imponerande, mikrofon på ett stativ på Arnes skrivbord.

Hon spelade in allt som Lisen berättade.

Jag visste en del, jag visste väldigt mycket, men det fanns detaljer i Bergströms story som jag inte kände till, och som var så obehagliga att jag hade svårt att tro dem, att ta dem till mig.

Det tog en timme för Lisen att berätta, och när Anette förde över inspelningen till sin dator tog jag av mig skjortan. Överkroppen var röd och blå från halsen till midjan. På höger sida var en svullnad och huden var mörkröd över revbenen.

"Det är nog inte brutet, det är bara en spricka", sa Arne.

"Och sånt vet du?" sa jag.

"Ja, det gör jag", sa han. "Det där kommer att läka av sig självt."

"Men jag vägrar klippa upp stöveln", sa jag och pekade på vänster fot. "Dom var för dyra för det. Jag får sova med stövlarna på."

"Hellre det än att dö med stövlarna på", sa Arne. "Var inte det en film?"

"Jag tror det."

"Jag såg mycket film förr, dom hade biograf i Anderslöv på den tiden."

"Nu har dom pizzeria, det är nya tider", sa jag.

"Nej, jag tror jag går och knyter mig", sa Arne.

Jag följde honom ut ur köket och sa: "Hur känner du dig?"

"Det blir nog bra, jag har varit med om värre. Det var inte roligt när Svea dog, men jag kom över det också."

"Du kunde inte göra på annat sätt", sa jag.

"Jag vet det."

Jag gav honom en kram.

Han var inte typen som kramades, men han verkade uppskatta den.

Han kramades däremot inte tillbaka.

Lisen tänkte köra hem till Höllviken, men jag tyckte att hon skulle stanna och sova över så hon hade sällskap. Anette höll med. Hon tänkte också stanna.

Arne gav Lisen en salva som hon strök på de två svullna, röda ränderna där bak, och när hon hade lagt sig satt jag vid köksbordet medan Anette redigerade Lisens berättelse, klippte bort mina frågor, upprepningar och tveksamheter så det lät som en enda lång berättelse på fyrtiofem minuter.

Längst ned i soppåsen med Bergströms saker kände jag ett stort, hårt paket som var inslaget i en påse från Coop.

Jag öppnade den.

Pengar.

Sedlar.

Mycket pengar.

Hur mycket pengar som helst.

Svenska sedlar, danska, en hög med dollar.

När jag så småningom hamnade på mitt rum räknade jag sedelbuntarna.

Nittiofemtusen svenska kronor.

Trehundranittontusen danska kronor.

Elvatusen amerikanska dollar.

Det fanns ingen lös golvbräda i Arnes gästrum.

Jag stack in pengarna under madrassen.

KAPITEL 70

Anderslöv
November

NÄR POLISEN KOM till Gert-Inge Bergströms grindar klockan nio och tjugofem den morgonen var det en gnistrande vacker höstdag.

De kom inte in.

Ingen svarade i porttelefonen.

De kunde inte se upp till huset.

Det luktade brandrök.

Jag kände till att polisen skulle dit, men jag valde att själv låta bli. Jag hade däremot informerat Anette Jakobson som var på plats med kamera.

Det dröjde en timme innan det kom en person från företaget som hade installerat grindar och larm. Han var stor, rund och glad och hade skägg av skepparkransmodell. Efter tio minuter hade han öppnat grindarna och kriminalinspektör Eva Månsson, åklagare Oscar Bengtzén och en polispiket med fyra poliser, två manliga och två kvinnliga, kunde köra in på Bergströms ägor. Alla hade solglasögon utom mannen med skepparkransen.

Åklagare Bengtzén gick in i boningshuset, men Eva Månsson gick mot uthuset, det var den allt skarpare lukten av brandrök som ledde henne dit.

Det fanns inget uthus i björkdungen längre.

Det enda som fanns var en grund, en skorsten, nåt som hade varit en diskbänk och resterna av en toastol. Allt annat var aska.

Askan var så vit att hon trots sina solglasögon blev bländad, men Eva tyckte sig se ett par handbojor och möjligen en gevärspipa.

När Anette ringde och sa att poliserna hade gått in på tomten ringde jag till Eva Månssons mobil och sa att jag hade en sorts medgivande av Gert-Inge Bergström via Lisen Carlberg.

”Vi är hos Bergström nu”, sa hon. ”Ett helt jävla hus har brunnit ned.”

Jag spelade förvånad.

Jag tror att jag lyckades riktigt bra.

Eva stannade hela dagen på Bergströms tomt, men satt på kvällen med fyra av sina chefer, åklagare Bengtzén och Lisen Carlberg i ett konferensrum på polisstationen i Malmö och lyssnade på bandet som Lisen hade läst in. Man turades därefter om att ställa följdfrågor till Lisen och hon förklarade noggrant hur allting hade gått till.

Hon var mycket bra och tydlig, fick jag höra.

Det dröjde fyra dagar innan brandtekniker hittade rester av kroppar, åtminstone en kropp.

Man var inte säker, det kunde vara två.

Efter ytterligare en dag kunde man fastställa att Johnny Bengtsson, en granne till Gert-Inge Bergström, hade dött i branden.

Så småningom kunde teknikerna nästan återskapa ett armbandsur som Bergströms assistent, Gudrun Kvist, kände igen: Det var Bergströms klocka.

Man slog då fast att också Gert-Inge Bergström hade dött i branden.

Brandingenjör Milton Gabrielsson i Malmö sa att det inte gick att fastställa hur den hade uppstått.

”Det är ett mysterium. Men branden måste ha rasat väldigt häftigt och väldigt snabbt, och huset ligger lite avsides, så ingen märkte att det brann”, sa han.

KAPITEL 71

Anderslöv
November

UNDER TIDEN HADE Arne och jag jobbat.

Vi lämnade texter till tidningens webb där Anette Jakobsons gamla filmbilder från Malmö som visade hur polisen som tog sig in på Bergströms tomt, samt askan efter ett nedbrunnet hus, rullade från lunch och framåt.

Arne och jag hade tolv sidor i papperstidningen.

Vi slog fast att Gert-Inge Bergström var ”Smiskmördaren”.

Vi berättade hans historia, men höll inne vissa detaljer, som vi skulle släppa undan för undan, det här skulle vi leva på åtminstone en vecka.

Vi hade dubbelbyline, stod bredvid varandra på en stor bild och såg ut som Helan & Halvan, även om det bara var Arne som hade fånig hatt.

Jag skulle gömma den där hatten en dag, åtminstone fjädern.

Tim Jansson, ”Valpen”, skrev redan första dagen en sidoartikel om hur många husbränder det inträffar i Sverige varje år, och hur många människor som blir innebrända.

Dan därpå hade tidningen en rättelse: ”Valpen” hade kallat Milton Gabrielsson för Hilton Gabrielsson och hade fel siffra på både antalet bränder och innebrända.

Jag var övertygad om att ”Valpen” skulle gå långt.

I texterna till tidningen tonade jag och Arne ned våra egna roller och lät i stället kriminalinspektör Eva Månsson ta stort utrymme. Hon syntes i alla tidningar, och medverkade i radio och tv flera gånger om dan i en hel vecka.

Sökningarna via Interpol gav resultat från Tyskland, England,

Frankrike, USA och – förstås – Sydafrika, där Anli van Jaarsveld identifierade Bergström.

En polis vid namn Gonzalez i Texas skrev i ett mejl till Eva Månsson att en man aldrig hade blivit gripen eftersom allting gjordes upp i godo, men mannen var svensk, liknade Bergström, pratade usel engelska och hade pryglat en eskortdam på ett hotellrum i Dallas.

Däremot hade den danska polisen ingen aning om vart fru Sanja hade tagit vägen.

Man grävde upp gårdsplanen framför Bergströms hus och hittade kvarlevorna av Katja Palm.

En ung polis från Helsingborg som hette Linn Sandberg körde på sin lediga dag ned till Malmö för att prata med Eva Månsson.

Hon sa att hon kände sig dum, men när hon såg Bergström, och Bergströms bil på bilder i tidningen, kom hon på att hon och hennes kollega Laxgård hade sett och stoppat honom en natt i Solviken. Eftersom de inte hittade nåt misstänkt, mer än att han satt och sov vid en busshållplats, hade de inte skrivit rapport.

Eva Månsson sa att hon själv hade agerat likadant.

Hon tyckte det var konstigare att kollegan hette Laxgård.

KAPITEL 72

Anderslöv
Jul

JAG FIRADE JUL hos Arne i Anderslöv. Det blev en jul som alla drömmer om: Ett lätt, tunt snötäcke, några minusgrader och blå himmel.

Det skånska landskapet såg ut som ett överdrivet julkort, om nu inte överdrivet och julkort är samma sak, och var som gjort för nostalgi. Men det finns, som alltid, bakom varje putsad fasad nåt smutsigt, påträngande och obehagligt; det är som Roxy Music uttryckte det: *In every dream home a heartache.*

Även om vi ansåg att vi hade handlat rätt – åtminstone delvis, vi borde förstås ha ringt till polisen – så var det ganska omtumlande för oss alla, för mig, Arne och Lisen, att ha orsakat två människors död.

Den som påstår sig vara likgiltig inför döden är en lögnare.

Dagarna efter händelserna i Gert-Inge Bergströms uthus pendlade Arnes och Lisens humör och sinnesstämning fram och tillbaka. Jag försökte intala dem att det som hade hänt hade hänt, det var så korten blev lagda och vi kunde inte göra så mycket åt det. Men jag förstod ruelsen och grubblerierna, och jag var i all hemlighet så självisk att jag var glad över att ha kommit så lindrigt undan.

Bergström kunde inte avslöja mig och mitt liv och mina lögner, men jag hade varit med om att avslöja hans.

Jag hade ingen aning om hur mycket Johnny Bengtsson hade vetat, men han låg bakom åtminstone en människas död och ingen kunde säga att rättvisa inte hade blivit skipad.

Vem som hade gjort exakt vad visste vi inte.

Kanske dog inte Bergström av slaget med golfklubban, kanske dog han i branden, kanske dog han av en hjärtattack. Jag kunde leva med det.

Johnny Bengtsson dog av en hagelsvärm i magen, men varken Lisen eller jag visste vem som avlossade skottet. Vi kom överens om att det var han själv.

Vi var för evigt förenade av det som hade hänt, vi skulle för evigt leva med bilderna av två blödande kroppar på ett golv, och jag var full av beundran över hur Lisen hade agerat i stugan och hur hon, på ganska kort tid, hade hittat tillbaka till sig själv efter det som Bergström hade utsatt henne för.

Arnes granne, Hjördis, kom på julafton lagom till Kalle Anka klockan tre. Medan hon log och nickade åt tjuren Ferdinand, Piff och Puff och Lady och Lufsen undrade jag vad Bodil gjorde.

Gert-Inge Bergström hade varit synnerligen noggrann med sitt testamente. Allt han ägde, hus, fastigheter och företag, tillföll hans assistent och högra hand, Gudrun Kvist, och när Arne, Anette och jag hade intervjuat henne på Gigabs kontor i Malmö strax före jul gick jag förbi reklambyrån där Bodil jobbade några gånger.

Såg henne inte.

Gick inte in.

Dan före julafton körde jag förbi huset i Höllviken, men ingen verkade vara hemma. Maja lekte inte i trädgården. Till skillnad från bilden på Google stod det ingen på vägen utanför.

Eftersom jag hade haft telefonen på ljudlöst hörde jag inte att den ringde, men när jag slog på den på juldagens morgon hade Bodil läst in ett meddelande. Kvart i fyra på morgonen sa hon kort och gott: ”Jag hatar jul.”

Två dagar senare fick jag ett mejl där hon skrev att om hon hade ringt mig på julafton skulle jag glömma vad hon hade sagt eftersom hon inte kom ihåg det och förmodligen inte menade vad det än var hon hade sagt.

Allting var, som vanligt, glasklart med Bodil Nilsson.

Jag visste heller inte vad jag kände för henne.

Jag hade med åren börjat tro att jag ofta drabbades av blixtförälskelse – det kan vara ett annat ord för kåthet – men att den snabbt eller så småningom ebbade ut och dog.

Två kvällar senare fick jag ett sms från Bodil:

Är du kvar i Anderslöv?

Ja.

Var?

Hos Arne.

En halv timme senare:

Kan du släppa in mig?

Arne hade lagt sig och jag gick ut i hallen och öppnade dörren.

Även om jag hade tvekat om mina känslor för Bodil blev jag som vanligt knäsvag när jag såg henne.

"Får man komma … "

"Tyst, Arne sover", sa jag.

Vi gick så tyst vi kunde ut i köket och jag erbjöd henne en kopp kaffe.

"Jag vill bara ha ett glas vatten", viskade hon.

Hon var osminkad, håret var uppsatt och hon bar en enkel mörkblå klänning med skärp om midjan. Det verkade som om hon hade kört hemifrån utan att ta ytterkläder på sig.

"Hur hittade du hit?"

"Hitta.se."

"Var är Maja?"

"Hos mina föräldrar."

"Och … "

"Jag vet inte. Jag vet inte var min så kallade make befinner sig, han har varit borta i två dygn, han svarar inte i mobilen, och på hans jobb sa dom att han är på tjänsteresa i London. Det var mer än jag visste. Om detta är att 'göra ett nytt försök' begriper jag ingenting."

"Kom hit", sa jag.

Hon satte sig i mitt knä.

Jag höll om henne.

Hon lutade huvudet mot min axel.

Borrade sig in mot mig.

”Det känns som om jag passar här”, sa hon.

Hon hade tårar på kinderna.

Hon vred på höfterna.

”Blir du lika glad över att träffa alla kvinnor, eller är det bara jag?”

”Det är bara du.”

”Du ljuger så bra.”

”Jag ljuger aldrig.”

Hon var barbent.

Min hand sökte sig upp under klänningen.

”Tror du jag är så billig?”

Vi låg i sängen och hon var mjuk och vacker, det var tryggt, långsamt och varligt. Hon låg på min mage och jag la hennes händer på hennes rygg och höll fast dem.

”Släpp inte mina händer”, viskade hon. ”Säg att jag är fast.”

När vi somnade låg hon med ryggen mot mig.

Jag höll om henne.

När jag vaknade låg vi likadant. Bodil sov med lugna, djupa andetag. Jag hoppades att hon inte skulle vakna på länge än.

Arne kände inte igen henne när vi kom ut i köket och jag sa att vi skulle bli tre till frukost.

”Tösen har ju blivit vuxen”, sa han.

”Jag vet inte vad det här ska leda till, Harry Svensson”, sa Bodil när hon stod vid bilen.

Det visste inte jag heller.

”Jag vill träffa dig, vara med dig”, sa jag.

Hon nickade.

”Det var inte meningen att det skulle bli så här”, sa hon.

”Jag tyckte om det.”

”Det gjorde jag också”, sa hon. ”Alldeles för mycket. Jag skulle aldrig ha kommit hit.”

”Varför kom du hit, då?”

”Jag vet inte.”

”Jag tycker om ditt sällskap”, sa jag.

”Vi får se”, sa hon.
Hon huttrade och jag la armarna om henne.
”Varför har du inga ytterkläder?”
”Jag hade bråttom.”
”Kan du inte stanna?”
”Jag måste hämta Maja.”
”Hämta Maja och kom hit.”
”Det kommer aldrig på fråga.”
Jag vinkade när bilen försvann.
Tre timmar senare skickade hon ett sms:

Maja tyckte vi skulle hälsat på.

Kom hit, då!

Nu äter vi glass.

Jaha.

KAPITEL 73

Januari
Stockholm

JAG HADE ALLTID flytt eller försökt fly från min bakgrund i Skåne, men när jag kom till Stockholm kände jag mig tom och rastlös. Jag saknade inte Malmö, men jag saknade Bodil och jag saknade Arne Jönsson.

Jag saknade Solviken.

Jag saknade nåt att göra.

Men när Anna-Carin Ekdahl, chefredaktören på tidningen, bjöd på middag en kväll och erbjöd mig fast anställning igen tackade jag nej. Arnes, mina och Anette Jakobsons artiklar och webb-tv-inslag hade blivit uppmärksammade. Tidningen hade visserligen inte sålt ett enda lösnummer extra, men klickarna på nätet hade slagit alla rekord.

Förutom tidningsartiklarna höll Arne, jag och Anette på att sammanställa en bok om Gert-Inge Bergström med titeln "Smiskmördaren" och jag klarade mig ganska bra på det jag hade.

Annars hade jag alltid Bergströms sedelbuntar.

Jag hade till att börja med inte berättat om pengarna för de andra, men när jag väl sa att jag hade hittat ganska mycket pengar i Bergströms gömma erbjöd jag dem att ta del av dem.

Lisen ville inte ha nånting som hade med Bergström att göra.

Arne var inte heller så intresserad, men jag gav honom tjugofemtusen för mat och gästfrihet.

Anette fick femtiotusen.

När jag ringde till Arne en dag och klagade över att jag hade tråkigt sa han:

"Du får flytta hit, det finns gott om hus till salu i Anderslöv."

”Jag kan inte bo på landet, jag är en storstadsmänniska”, sa jag.

Men jag visste inte längre.

Jag gick på bio, jag gick på krogen och jag läste tidningar.

Jag saknade verkligen inte Tommy Sandell, men mannen verkade för evigt ta plats i mitt medvetande. Han hade varit en av deltagarna i *Stjärnorna på slottet* mellan jul och nyår och skulle dessutom vara med i *Så mycket bättre*, där artister gråter ut i varandras armar och spelar varandras låtar.

Jag tittar sällan på tv, men hade sett löpsedlar som ledde till artiklar om att han varit berusad varje dag på slottet och mitt i natten försökt ta sig in till en av de kvinnliga stjärnorna.

”Jag vill måla dig naken”, hade han vrålat medan han bultade på hennes dörr.

Jesper Grönberg återvände till Sverige för att bli politisk konsult. Jag vet inte åt vem eller vad det innebar. Han vägrade uttala sig om det som hade varit men hade en ny fru med sig från Texas.

De ställde upp på kändisbilder vid premiärer i Stockholm.

Hon var tjugo år yngre och av kinesiskt ursprung.

Simon Pender ringde och berättade att han hade bestämt sig för att driva krogen i Solviken en sommar till. Han sa:

”Andrius Siskaukas och hans pojkar bygger ’sådan bod för fisk.’”

Jag sa att jag gärna ville vara med.

Shannon Shaye skickade ett sms och skrev att hon och pojkvännen verkligen skulle flytta till Berlin där han skulle vara med i ett storband för frijazz, ett experiment där tolv musiker som aldrig hade träffats samlades för att spela och se vartåt det barkade.

Jag vågade inte ens tänka på hur det skulle låta.

Hon tackade än en gång för att jag hade hållit hennes namn utanför.

Lisen ringde och berättade att hon skulle ha vernissage med en konstnär från Tjernobyl. Jag vågade inte fråga hur tavlorna såg ut.

Hon hade blivit utsedd till Årets gallerist i en konsttidning och skulle få ett pris i Stockholm. Hon skulle kanske öppna nåt i huvudstaden och undrade vad jag tyckte om Galleri Mås som namn. Jag mumlade och skyllde på mottagningen.

Bodil skickade ett högtidligt mejl där hon undrade om jag kunde vänta.

På vad?

Mig.

Hon hade inget direkt förslag på hur denna väntan skulle gå till eller se ut, men vi kom vagt överens om att hålla alla dörrar öppna och träffades vi så träffades vi, eller så gjorde vi inte det, och det lät med andra ord som det hade låtit ett tag.

Jag bestämde mig för att vänta våren ut, men samtidigt leva mitt eget liv, vad nu det var.

En kväll tog jag några glas vin för mycket i baren på Riche, och när jag åkte hem tänkte jag kolla några sajter, för det var längesen nu, men jag snubblade över Nancy Robbins mejladress och skickade på ren ingivelse ett mejl till henne.

Det var eftermiddag i Montreal så hon var förmodligen på jobbet för hon svarade omedelbart. Jag är inte så säker på om konsulter har kontor, hon kanske använde hotellfoajéer eller kaféer som alla andra, det finns kanske ett Il Caffè i Montreal också.

Vi mejlade fram och tillbaka i tre och en halv timme och när jag la mig klockan fyra på morgonen hade jag bokat en resa till Montreal.

Jag hade aldrig varit i Kanada.

Inte gitarren heller.

TACK

TACK TILL FRAMFÖR allt Mia Gahne, som vid oräkneliga bardiskar tålmodigt lyssnat på och diskuterat förslag till lösningar, händelser och episoder, och som haft förståndiga och behjälpliga synpunkter på vem Harry Svensson är och varför.

Vidare har följande personer på ett eller annat sätt bidragit med tips, svar och/eller stimulerande sällskap: Peter Andersson – *Hagströms däck, Stockholm*, Per-Anders Broberg, Åke Edwardson, Ulf Eggefors, Patrick Ekwall, Micke Finell, Per Gessle, Sigge Hansson – *Trelleborgs Allehanda*, John Hägred, Thomas Johansson, Carl Juborg, Daniel Kristoffersson, Dick Lidman, Olof Lundh, Larz Lundgren, Mathias Lühr, Deon Meyer, Jenny Modin, Kai-Anders Nilsson, Nicolinn Nilsson, Nils Petter Nilsson, Thomas Pagden, Mats Palmér, Helén Rasmusen, David Rasmusson – *Radio Malmöhus*, Rockabilly-Bobo, Alex Schelin – *Statoil, Gränna*, Chien Chung Wang – *Kin-Long, Malmö* samt 1630 Madison Avenue i Harlem i New York.

På Salomonsson agency: Niclas Salomonsson, Tor Jonasson och Leyla Belle Drake. Jag är glad över att både Niclas och Tor låg på så hårt från start, jag hade själv ingen aning om att jag skulle skriva en bok.

På Norstedts: Peter Karlsson och John Hagström.

Att det fick hända så mycket hemskt på Mäster Johan i Malmö och Elite Plaza i Göteborg är lite underligt, men det kan bero på att jag under perioder bott där väldigt många gånger, det är två av mina favorithotell.

Extra stort tack till Malin Swedberg, på sin tid en slitstark mittfältare i fotbollslandslaget och numera en briljant kriminalinspektör samt expertkommentator i tv. Jag är glad över att hon mer än en gång har läst allt jag har skrivit eftersom hon vet mer om polisarbete än jag.

En väldigt speciell tanke till Julia Gahne som tidigt trodde mer på mig än vad jag själv gjorde.

Extramaterial om boken och författaren

Mats Olsson i korta drag

Namn: Mats Olsson
Gör: Sportkrönikör och författare
Född: 1949
Bor: New York och nordvästra Skåne
Bibliografi:
Olssons New York: en guide till äventyr och upplevelser i The Big Apple (Norstedts, 1990)
Olssons greatest hits. Vol. 1 (Norstedts, 1991)
De ensamma pojkarna: roman (Bonnier Alba, 1995)
Olssons greatest hits. Vol. 2, Sidor av Olsson (Norstedts, 1997)
Blött och blåsigt, det känns som berättelsen om mitt liv: sportkrönikor 1990-2002 (Modernista, 2002)
En pinne i skogen: en bok om fotboll (Weyler, 2008)
Straffa och låta dö (Norstedts, 2014)

Länktips:

Läs mer om Pocketförlaget och våra författare på:
www.pocketforlaget.se

Pocketförlaget i sociala medier:
www.facebook.com/pocketforlaget
Instagram: pocketforlaget

Mats Olsson i sociala medier:
Twitter: @MatsOlssonNY

Intervju med Mats Olsson

Hej Mats, hur känns det nu när din deckardebut *Straffa och låta dö* kommer ut i pocket?
– Det känns enormt bra. Jag hoppas på en nytändning för berättelsen om Harry Svensson. Det fanns en period när jag bara läste böcker i pocket. Eller snarare: Jag köpte hard cover om jag var riktigt nyfiken, sen köpte jag pocket och satte i hyllan, jag tyckte alltid att pocket var lite finare. Det var bara häromveckan som jag upptäckte att hälften av min Ed McBain-samling i pocket aldrig varit öppnad.

Du är ju journalist sedan många år och skriver mycket om sport och framförallt om fotboll. Hur fick du inspiration och idén till att skriva en deckare?
– Inspirationen och viljan har alltid funnits där, problemet har mest varit att jag har haft ett så roligt jobb som gjort att jag egentligen inte har haft tid. Att åka jorden runt, se på sport och få förbannat bra betalt för det var en stark lockelse. Det var inte förrän jag verkligen slutade på Expressen och satte mig i East Harlem i New York som det blev skriva av på riktigt, disciplinerat, varje dag.

Huvudkaraktären Harry Svensson är en journalist som planerar att byta bana och istället öppna en restaurang. Man uppfattar honom också som en person som glider lite genom livet och tar det som det kommer. Hur mycket av dig finns i Harry?
– Jag önskar att jag vore lika sorglös som Harry Svensson. Jag är betydligt mer noggrann och orolig för hur jag ska försörja mig. Det var kanske därför jag stannade så länge på Expressen. Jag är inte så mycket för att gå på gungfly och jag hoppar aldrig från en trampolin utan att först kolla så det är vatten i bassängen. Däremot är vi väldigt lika vad gäller att hata möten och konferenser. Jag hävdade alltid att journalistik inte handlar om att sitta vid ett skrivbord ... och jag har alltid drömt om att ha en krog.

Det är ett tydligt sadomasochistiskt inslag i *Straffa och låta dö*, hur kom du på att du ville skriva om det?
– Ämnet har alltid fascinerat mig, hur smärta kan upplevas som njutning. När jag samtidigt kom att tänka på en film med Clint Eastwood som heter Tightrope blev det ganska givet att använda S&M. I filmen spelar Eastwood en polis i New Orleans som går till prostituerade och sen får utreda deras död eftersom mördaren dödar de kvinnor Eastwood besökt.

Trots att boken är en deckare så har du lyckats bra med att få in en hel del humor. Är det viktigt med humor tycker du?
– Det är mycket viktigt. Jag är uppfostrad i den traditionen med privatdeckare som Robert B Parkers Spenser och Ed McBains poliser i 87:e distriktet. Till och med Raymond Chandlers Philip Marlowe har några riktigt bra och roliga oneliners.

***Straffa och låta dö* är första delen i en planerad serie om journalisten Harry Svensson. Kan du berätta något om nästa bok?**
– Handlingen utspelar sig på mycket kortare tid än i den första boken, det handlar om cirka två veckor. En liten flicka råkar illa ut och Harry tvingas agera. Han stöter på både mc-gäng och väldigt rika personer i sin jakt på sanningen. Hans kompis i Anderslöv, Arne Jönsson, och kriminalinspektör Eva Månsson är med igen.

Du har varit utrikeskorrespondent i New York, har bott där i flera år, och den största delen av boken är skriven där. Vad är det med staden som lockar just dig?
– Den där lockelsen har ju förändrats med tiden. När jag var yngre var New York en galen och farlig stad på väg att bli bankrutt och det gick att hänga på musikklubbar till fem-sex på morgonen. I dag är staden betydligt mer mondän och ordningsam och jag är nog mer rädd i Köping än i New York. Samtidigt har mina intressen ändrats från rockklubbar till krogar och teatrar. Men det bästa är öppenheten och att man fortfarande kan se ut hur fan man vill, det är alltid nån annan som ser värre/häftigare/tuffare ut.

Slutligen, kan du ge dina tre bästa New York-tips till dina pocketläsare?

– 1/ Jag vet inte vad jag skulle göra om Jones på 54, Great Jones Street tvingades stänga. Det har blivit mitt andra hem och de flesta av människorna jag känner i New York har jag träffat där.

2/ Det finns få promenader som är så hisnande och vackra som den över Brooklyn Bridge.

3/ Min favoritsysselsättning är att bara sätta mig på en parkbänk eller i ett kaféfönster och bara titta på den kavalkad av människor som passerar. Innan man vet ordet av har man suttit i ett par timmar och bara glott – och fantiserat.

På nästa sida kan du läsa ett utdrag ur Mats Olssons nästa bok, *I de bästa familjer* – uppföljaren till *Straffa och låta dö*.

>>>>

Utdrag ur *I de bästa familjer*

... hon sprang så fort att lungorna värkte ... hon skrapade handen när hon tog stöd för att hoppa över en mur, men hon slickade bort svedan i skrubbsåret medan hon fortsatte med snabba, snabba steg på stigen som ledde bort mot skogen ... hon hade hört ropen ”hitta henne!” och ”ni måste ta henne, för helvete!”, och hon hade hört män som svor, men ingen såg när hon hoppade över muren och nu visste hon att om de skulle komma i kapp henne blev de tvungna att köra bil och det gick inte att köra bil på stigen som hon sprang på, det gick inte att köra bil i skogen som hon var på väg in i och det betydde att hon skulle vinna tid ... hon kände skogen väl, grenarna slog mot hennes kropp och kinder, men hon märkte det knappt ... hon kastade sig på marken och ålade en meter där skogen stod som tätast innan hon kom på fötter igen och stod stilla och lyssnade efter en bilmotor, röster eller steg, men hon hörde ingenting mer än sin egen andhämtning, sitt eget bultande hjärta och de ljud hon förknippade med skogen ... hon var van vid skogar, hon visste hur det lät om skog och hon var varken rädd för mörkret eller för sånt som hördes osedvanligt högt när det var natt och tyst, som knäppande pinnar på marken, en uggla som hoade, en fågel som flaxade – den var förmodligen mer rädd för henne än hon var för skogen – och när hon var säker på att ingen hade följt efter henne in hit tog hon ny sats och sprang och sprang utan att våga hoppas på att nån skulle finnas på plats och ta hand om henne, rädda henne ... hon visste nu att människorna som jagade henne var farliga ...